中国历代通俗演义

宋史通俗演义

蔡东藩 ● 著

上

中国书籍出版社
China Book Press

图书在版编目（CIP）数据

宋史通俗演义：全 2 册/蔡东藩著 . —北京：中国书籍出版社，2015. 10

（中国历代通俗演义）

ISBN 978 - 7 - 5068 - 5236 - 4

Ⅰ.①宋… Ⅱ.①蔡… Ⅲ.①章回小说 - 中国 - 现代 Ⅳ.① I246. 4

中国版本图书馆 CIP 数据核字（2015）第 249864 号

宋史通俗演义 （上）

蔡东藩 著

图书策划	武 斌 崔付建	
责任编辑	刘 娜	
责任印制	孙马飞 马 芝	
出版发行	中国书籍出版社	
地 址	北京市丰台区三路居路 97 号（邮编：100073）	
电 话	(010)52257143(总编室) (010)52257153(发行部)	
电子邮箱	chinabp@ vip. sina. com	
经 销	全国新华书店	
印 刷	阳谷毕升印务有限公司	
开 本	880 毫米×1230 毫米 1/32	
字 数	697 千字	
印 张	27.75	
版 次	2016 年 1 月第 1 版 2021 年 2 月第 2 次印刷	
书 号	ISBN 978 - 7 - 5068 - 5236 - 4	
总 定 价	980.00 元（全十一卷）	

自　序

后儒之读《宋史》者，尝以繁芜为病，夫宋史固繁县城芜矣。然辽、金二史，则又有讥其疏略者。夫《辽史》百十六卷，《金史》百三十五卷，较诸四百九十六卷之《宋史》，固有繁简之殊，然亦非穷累年之目前力，未必尽能详阅也。柯氏作《宋史新编》凡二百卷，薛氏《宋元通鉴》百五十七卷，王氏《宋元资治通鉴》六十四卷，陈氏《宋史纪事本末》百有九卷，皆并辽、金二史于《宋史》中，悉心编订，各有心得，或此详而彼略，或此略而彼详，通儒尚有阙如之憾，问诸近今之一孔士，有并卷帙而未尽晰者，遑问其遍览否也。他如遗乘杂出，记载宋事，东一鳞，西一爪，多或数帝，少仅一王，欲会通两宋政教之得失，及区别两宋史籍之优劣者，不得不博搜而悉阅之。然岂所望于詹詹小儒乎？若夫宋代小说，亦不一而足，大约荒唐者多，确凿者少；龙虎争雄，并无其事；狸猫换主，尤属子虚。狄青本面涅之徒，貌何足羡？庞籍非怀奸之相，毁出不经。岳氏后人，不闻朝中选帅；金邦太子，曷尝胯下丧身？种种廖谈，不胜枚举。而后世则以讹传讹，将无作有，劝善不足，导期有余。为问先民之辑诸书者，亦何苦为此凭虚捏造，以诬古而欺今乎？此则鄙人之所大惑不解者也。夫以官书之辞烦义奥，不暇阅，亦不易阅，乃托为小说演成俚词，以供普通社会之览观，不可谓非通俗教育之助；顾俚言之则可，而妄言之亦奚其可乎？鄙人不敏，曾辑元、明、清三朝演义，以供诸世，世人不嫌其陋，反从而欢迎之，乃更溯南北两宋举三百二十年之事实，编成演义共百回，其间治乱兴亡，贤奸善恶，非敢谓悉举无遗，而于宏纲巨目，则固已一一揭橥，无脱漏焉。且官稗并采，务择其信而有征者，笔之于书；至若虚无惝恍之谈，则概不阑入，阅者取而观之，其或有实事求是之感乎！书成，聊志数语，用作弁言。

中华民国十一年元月
古越蔡东藩自识于临江书舍

目　录

第一回

河洛降神奇儿出世　弧矢见志游子离乡

"得国由小儿，失国由小儿。"这是元朝的伯颜拒绝宋使的口头语，本没有什么秘谶，作为依据。但到事后追忆起来，却似有绝大的因果，隐伏在内。宋室的江山，是从周主宗训处夺来。宗训冲龄践祚，晓得什么保国保家的法儿？而且周主继后符氏，又是初入宫中，才为国母，周世宗纳符彦卿女为后，后殂，复纳其妹，入宫才十日。所有宫廷大事，全然不曾接洽，陡然遇着大丧，整日里把泪洗面，恨不随世宗同去。可怜这青年嫠妇、黄口孤儿，茕茕孑立，形影相吊。那殿前都点检赵匡胤，便乘此起了异心，暗地里联络将弁，托词北征；陈桥变起，黄袍加身，居然自做皇帝，拥兵还朝。看官！你想七岁的小周王，二十多岁的周太后，无拳无勇，如何抵敌得住？眼见得由他播弄，驱往西宫，好好的半壁江山，霎时间被赵氏夺去。还说是什么禅让，什么历数，什么保全故主，什么坐镇太平，彼歌功、此颂德，差不多似舜、禹复出，汤、文再生！中国史官之不值一钱，便是此等谀颂所累。

这时正当五季以降，乱臣贼子，抢攘数十年，得了一个逆取顺守彼善于此的主儿，百姓都快活得很，哪个去追究隐情？因此远近归附，好容易南收北抚，混一区夏，一番事情，两番做成，这真叫做时来福辏，侥幸成功呢。偏是皇天有眼，看他传到八九世，降下一个劲敌，把他河北一带先行夺去，仍然令他坐个小朝廷；康王南渡，又传了八九世，元将伯颜引兵渡江，势如破竹，可巧南宋一线，剩了两三个小孩子，今年立一个，明年被敌兵掳去，明年再立一个，不到两年，又惊死了，遗下赵氏一块肉，孤苦伶仃，流离海峤，勉勉强强的过了一年，徒落得崖山覆没，帝子销沉。就是文、陆、张几个忠臣，做到力竭计穷，终归无益，先后毕命，一死谢责。可见得果报昭彰，天道不爽，凭你如何巧计安排，做成一番掀天揭地的事业，到了子孙手里，也有人看那祖宗的样子，不是巧取，便是强夺，悖入悖出，总归是无可逃避呢。为世人作一棒喝，并非迷信之言。不过恶多善少，报应必速；善多恶少，报应较迟。试看朱温、李存勖、石敬瑭、刘知远、郭威等人，多半是淫凶暴虐，善不敌恶，自己虽然快志，子孙不免遭殃。忽而兴，忽而亡，总计五季十三君，一股脑儿只四五十年。独两宋传了十八主，共有三百二十年，这也由赵氏得国以后，颇有几种深仁厚泽，维系人心，不似那五季君主，一味强暴，所以历世尚久，比两汉只短数十年，比唐朝且长数十年，等到山穷水尽，方致灭亡，这却是天意好善，格外优待呢！

　　小子闲览宋史，每叹宋朝的善政，却有数种：第一种，是整肃宫闱，没有女祸；第二种，是抑制宦官，没有阉祸；第三种，是睦好懿亲，没有宗室祸；第四种，是防闲戚里，没有外戚祸；第五种，是罢典禁兵，没有强藩祸，不但汉、唐未能相比，就是夏、商、周三代，恐怕还逊他一筹。但也有两大误处：北宋抑兵太过，外乏良将；南宋任贤不专，内乏良相。辽、金、元三国，迭起北方，屡为边患。当赵宋全盛的时候，还不能收复燕、云十六州，后来国势日衰，无人专阃，寇兵一入，如摧枯拉朽一般，今日失两河，明日割三镇，帝座一倾，主子被虏；到了南渡以后，残喘苟延，已成弩末，稍稍出了几员大将，又被那贼臣奸相，多方牵制，有力没处使，有志没处行，风波亭上冤狱构成，西子湖边骑驴归去，大家心灰意懒，坐听败亡，没奈何迎敌乞降，没奈何蹈海殉国。说也可怜，两宋三百二十年间，始终为夷狄所制，终弄到举国授虏，寸土全无。彼时惩前毖后的赵太祖，哪里防得到这般收场？其实是人有千算，天教一算，若非冥冥中有此主宰，那篡窃得来的国家，反好长久永远，千年不败，咳！天下岂有是理吗？总冒一段，仍归到篡窃之罪，笔大如椽，心细似发。看官不要笑我饶舌，请看下文依次叙述，信而有征，才知小子是核实陈词，并非妄加褒贬哩。稗官野乘，一同俯首。

　　且说后唐明宗天成二年，洛阳的夹马营内生下一个香孩儿，远近传为异闻。什么叫做香孩儿呢？相传是儿初生，赤光绕空，并有一股异香围裹儿体，经宿不散，因此叫做香孩儿。从异闻入手，下笔突兀。或谓后唐明宗李嗣源继祚以后，每夕在宫中焚香，向天拜祝，自言某本胡人，为众所推，暂承唐统，愿天早生圣人，为生民主，拨乱反正，混一中原。谁知他一片诚心，感格上苍，诞生灵异，洛阳的香孩儿便是将来的真命天子，生有异征，也是应有的预兆。香孩儿事见正史，虽或由史官谀颂，但崛起为帝，传统三百年，当非凡人可比。究竟这香孩儿姓甚名谁？看官听着！便是宋太祖赵匡胤。画龙点睛。他祖籍涿州，本是世代为官，不同微贱。高祖名朓，曾受职唐朝，做过永清、文安、幽都的大令；曾祖名珽，历官藩镇，兼任御史中丞。祖名敬，又做过营、蓟、涿三州刺史。父名弘殷，少骁勇，善骑射，后唐庄宗时，曾留典禁军，娶妻杜氏，系定州安喜县人，治家严毅，颇有礼法。第一胎便生一男，取名匡济，不幸夭逝；第二胎复生一男，就是这个香孩儿。香孩儿体有金色，数日不变，难道是罗汉投胎？到了长大起来，容貌雄伟，性情豪爽，大家目为英器。乃父弘殷，历后唐、后晋二朝，未尝失职。香孩儿赵匡胤出入营中，专喜骑马，复好射箭，有时弘殷出征，匡胤侍母在家，无所事事，辄以骑射为戏。母杜氏劝他读书，匡胤奋然道："治世用文，乱世用武。现在世事扰乱，兵戈未靖，儿愿娴习武事，留待后用，他日有机可乘，得能安邦定国，才算出人头地，不致虚过一生呢。"人生不可无志，请看宋太祖自负语。杜氏笑道："但愿儿能继承祖业，毋玷门楣，便算幸事，还想什么大功名、大事业哩！"匡胤道："唐太宗李世民，也不过一将门之子，为什么化家为国，造成帝业？儿虽不才，亦想与他相似，轰轰烈烈做个大丈夫，母亲以为可好么？"杜氏怒道："你不要信口胡说！世上说大话的人，往往后来没用。我不愿听你瞎闹，你还是读书去罢！"匡胤见母亲动怒，才不敢多嘴，默然退出。

怎奈天性好动，不喜静居，往往乘隙出游，与邻里少年驰马角射，大家多赛他不过，免不得有妒害的心思。一日，有少年某牵一恶马，来访匡胤。凑巧匡胤出来，见了少年，却是平素往来，互相熟识，立谈数语，便问他牵马何事。少年答道："这马雄壮得很，只是没人能骑，我想你有驾驭才，或尚能驰骋一番，所以特来请教。"匡胤将马一瞧，黄鬃黑鬣，并没有什么奇异，不过马身较肥，略觉高大，便微哂道："天下没有难骑的马匹，越是怪马，我越要骑它，但教驾驭有方，怕它倔强到哪里去！"后来驾驭武臣，亦是此术。少年恰故意说道："这也不可一概而论的。的卢马常妨主人，也宜小心为是。"遣将不如激将，少年亦会使习。匡胤笑道："不能驭马，何能驭人？你看我跑一回罢！"少年对他嘻笑，且道："我去携马鞍等来，可好么？"匡胤笑道："要什么马鞍等物？"说至此，即从少年手中取过马鞭，奋身一跃，上马而去。那马也不待鞭策，向前急走，但看它展开四蹄，似风驰电掣一般，倏忽间跑了五六里。前面恰有一城，城阗不甚高大，行人颇多，匡胤恐飞马入城，人不及避，或至撞损，不如阻住马头，仍从原路回来。偏这马不听约束，而且因没有衔勒，令人无从羁绊。匡胤不觉焦急，正在马上设法，俯首凝思，不料这马跑得越快，三脚两步，竟至城阊。至匡胤抬起头来，凑巧左额与门楣相触，似觉微痛，连忙向后一仰，好一个倒翻觔斗，从马后坠将下来。*我为他捏一把冷汗。* 某少年在后追蹑，远远的见他坠地，禁不住欢呼道："匡胤！匡胤！你今朝也着了道儿，任你头坚似铁，恐也要撞得粉碎了。"正说着，蓦见匡胤仍安立地上，只马恰从斜道窜去，离了一箭多地，匡胤复抢步追马，赶上一程，竟被追着，依然耸身腾上，扬鞭向马头一拦，马却随鞭回头，不似前次的倔强，顺着原路，安然回来。少年在途次遇着，见匡胤面不改色，从容自若，不由的惊问道："我正为你担忧，总道你此次坠马，定要受伤，偏你却有这么本领，仍然乘马回来，但身上可有痛楚么？"匡胤道："我是毫不受伤，但这马恰是性悍，非我见机翻下，好头颅早已撞碎了。"言罢，下马作别，竟自回去。某少年也牵马归家，毋庸细表。

　　惟匡胤声名，从此渐盛，各少年多敬爱有加，不敢侮弄。就中与匡胤最称莫逆，乃是韩令坤与慕容延钊两人。令坤籍隶磁州，延钊籍隶太原，都是少年勇敢，倜傥不群，因闻匡胤盛名，特来拜访，一见倾心，似旧相识。嗣是往来无间，联成知己，除研究武备外，时或联辔出游，或校射，或纵猎，或蹴鞠，或击球，或作樗蒲戏。某日，与韩令坤至土室中，六博为欢，正在呼么喝卢的时候，突闻外面鸟雀声喧，很是嘈杂，都不禁惊讶起来。匡胤道："敢是有毒虫猛兽，经过此间，所以惊起鸟雀，有此喧声。好在我等各带着弓箭，尽可出外一观，射死几个毒虫，几个猛兽，不但为鸟雀除害，并也为人民免患，韩兄以为何如？"令坤听了，大喜道："你言正合我意。"*一主一将，应寓仁心。* 当下停了博局，挟了弓矢，一同出室，四处探望，并没有毒虫猛兽，只有一群喜雀，互相搏斗，因此噪声盈耳。韩令坤道："雀本同类，犹争闹不休，古人所谓雀角相争，便是此意。"匡胤道："我等可有良法，替它解围？"令坤道："这有何难，一经驱逐，自然解散了。"匡胤道："你我两人也算是一时好汉，为什么效那儿童举动，去赶鸟雀呢？"令坤道："依你说来，该怎么办？"匡胤道："两造相争，统是很戾的坏处，我与你挟着弓箭，正苦没用，何妨弹死几只暴雀，隐示惩戒。来！你射左，我射右，看哪个射得着哩！"令坤依言，便抽箭搭弓，向左射去。匡胤也用箭右射，"飕飕"的发了数箭，射中了好几只，随箭堕下，余雀统已惊散，飞逃得无影无踪了。除暴之法，均可作如是观。两人方囊弓戢矢，忽又听得一声怪响从背后过来，仿佛与地震相似，急忙返身后顾，那土室却无缘无故坍塌下来。令坤惊讶道："好好一间土室，突然坍倒，正是出人意外，亏得我等都出外弹雀，否则压死室中，没处呼冤呢！"匡胤道："这真是奇极了！想是你我命不该死，特借这雀噪的声音，叫我出来。雀既救我的命，我还要它的命，这是大不应该的。现在悔已迟了，你我不如拾起死雀，——掩埋才是。"无非仁术。令坤也即允诺，当将死雀尽行埋讫，然后分手自归。

会晋亡汉继，中原一带多被辽主蹂躏，民不聊生。匡胤年逾弱冠，闻着这种消息，未免忧叹，恨不得立刻从军，驱除大敌。既而辽主道殂，辽兵北去。事见五代史，故此处从略。匡胤父弘殷已为匡胤聘定贺女，择吉成婚，燕尔新欢，自在意中，免不得儿女情长，英雄气短。到了汉乾祐中，隐帝时。弘殷出征凤翔，战败王景，积功擢都指挥使。匡胤未曾随征，在家闲着，又惹起一腔壮志，便欲辞母西行。乃母杜氏不肯照允，他竟潜身外出，直往襄阳，在途寄信回家，劝慰母妻，那母妻才得知晓，但已无法挽留，只好听他前去。匡胤初经远游，未识路径，本拟向西从父，不意走错了路，反绕道南行；及自知有误，索性将错便错，顺道行去。所苦随身资斧带得不多，行至襄阳，一无所遇，反将川资一概用尽。关山失路，日暮途穷，那时进退维谷，不得已投宿僧寺。僧徒多半势利，看他行李萧条，衣履黯敝，已料到是落魄征夫，乐得白眼相对，当下哗声逐客，不容羁留。匡胤没法，只好婉词央告，借宿一宵，说至再三，仍不得僧徒允洽，顿时忍耐不住，便厉声道："你等秃奴，这般无情，休要惹我懊恼！"一僧随口戏应道："你又不是个皇帝，说要什么，便依你什么。我今朝偏不依你，看你使出什么法儿！"道言未绝，那右足上已着了一脚，不知不觉的倒退几步，跌倒地上。旁边走过一僧，叱匡胤道："你敢是强徒吗？快吃我一拳！"说时迟，那时快，这僧拳已向匡胤胸前猛击过来。匡胤不慌不忙，轻轻的伸出右手，将他来拳接住，喝一声去，那僧已退了丈许，扑塌一声，也向地上睡倒了。还有几个小沙弥，吓得魂不附体，统向内飞奔，不一时走出了一个老僧，衲衣锡杖，款款前来。匡胤瞧将过去，却是庞眉皓首，癯骨清颜，比初见的两僧，大不相同。不由的躁释矜平，竦然起敬。小子有诗咏那老僧道：

　　莫言方外乏奇人，参透禅关悟夙因。
　　愿借片帆风送力，好教真主出迷津。

欲知老僧如何对付，且至下回表明。

　　看本回一段总冒，已将宋朝三百年事，包括在内。所谓振衣揭领，举纲定纲，以视俗本小说，空空洞洞的说了几句套话，固自大相径庭矣。后半叙入宋太祖出身，都是依据正史，不涉虚诞，偏下笔独有神采，令人刮目相看，是盖具史家小说家之二长，故能隽妙若此。古人所谓不鸣则已，一鸣惊人，吾于作者亦云。

第二回

遇异僧幸示迷途　扫强敌连擒渠帅

却说寺中有一老僧，出见匡胤，匡胤知非常僧，向他拱手。老僧慌忙答礼，且道："小徒无知，冒犯贵人，幸勿见怪！"匡胤道："贵人两字，仆不敢当，现拟投效戎行，路经贵地，无处住宿，特借宝刹暂寓一宵。哪知令徒不肯相容，并且恶语伤人，以至争执，亦乞高僧原谅！"老僧道："点检做天子，已有定数，何必过谦。"匡胤听了此语，莫明其妙，便问点检为谁。老僧微笑道："到了后来，自有分晓，此时不便饶舌。"埋伏后文。说毕，便把坠地的两僧唤他起来，且呵责道："你等肉眼，哪识圣人？快去将客房收拾好了，准备贵客休息。"两僧无奈，应命起立。老僧复问及匡胤行囊，匡胤道："只有箭囊、弓袋，余无别物。"老僧又命两徒携往客房，自邀匡胤转入客堂，请他坐下，并呼小沙弥献茶。待茶已献入，才旁坐相陪。匡胤问他姓名，老僧道："老衲自幼出家，至今已将百年，姓氏已经失记了。"正史不载老僧姓氏，故借此略过。匡胤道："总有一个法号。"老僧道："空即是色，色即是空，老僧尝自署空空，别人因呼我为空空和尚。"匡胤道："法师寿至期颐，道行定然高妙。弟子愚昧，未识将来结局，还乞法师指示。"老僧道："不敢，不敢。夹马营已呈异兆，香孩儿早现奇征，后福正不浅哩！"匡胤听了，越觉惊异，不禁离座下拜。老僧忙即避开，且合掌道："阿弥陀佛，这是要折杀老衲了。"匡胤道:"法师已知过去,定识未来,就使天机不可泄漏,但弟子此时,正当落魄,应从何路前行,方可得志?"老僧道:"再向北行,便得奇遇了。"匡胤沉吟不答。老僧道:"贵人不必疑虑,区区资斧,老衲当代筹办。"<small>有此奇僧,真正难得。</small>匡胤道:"怎敢要法师破费?"老僧道:"结些香火缘,也是老衲分内事。今日在敝寺中荒宿一宵,明日即当送别,免得误过机缘。"说至此,即呼小沙弥至前,嘱咐道:"你引这位贵客,到客房暂憩,休得怠慢!"小沙弥遵了师训,导匡胤出堂,老僧送出门外,向匡胤告辞,扶杖自去。

匡胤随至客房,见床榻被褥等,都已整设,并且窗明几净,饶有一种清气,不觉欣慰异常。过了片刻,复由小沙弥搬入晚餐,野簌园蔬,清脆可赏。匡胤正饥肠辘辘,便龙吞虎饮了一番,吃到果腹,才行罢手。待残肴撤去,自觉身体疲倦,便睡在床上,向黑甜乡去了。一枕初觉,日已当窗,忙披衣起床,当有小沙弥入房,伺候盥洗,并进早餐。餐毕出外,老僧已扶杖伫候。两下相见,行过了礼,复相偕至客堂,谈了片刻,匡胤即欲告辞。老僧道:"且慢!老衲尚有薄酒三杯,权当饯行,且俟午后起程,尚为未晚。"匡胤乃复坐定,与老僧再谈时局,并问何日可致太平。老僧道:"中原混一,便可太平,为期也不远了。"匡胤道:"真人可曾出世?"老僧道:"远在千里,近在眼前,但总要戒杀好生,方能统一中原。"<small>赵氏得国之由,赖此一语。</small>匡胤道:"这个自然。"两下复纵论多时,但见日将亭午,由小沙弥搬进素肴,并热酒一壶,陈列已定。老僧请匡胤上坐,匡胤谦不敢当,且语老僧道:"蒙法师待爱,分坐抗礼,叨惠已多,怎敢僭居上位哩?"老僧微哂道:"好!好!目下蛟龙失水,潜德韬光,老衲尚得叨居主位,贵客还未僭越,老衲倒反僭越了。"<small>语中有刺。</small>言毕,遂分宾主坐下。随由老僧与匡胤斟酒,自己却用杯茗相陪,并向匡胤道："老衲戒酒除荤，已好几十年了，只得用茶代酒，幸勿见罪！"匡胤复谦谢数语。饮了几杯，即请止酌。老僧也不多劝，即命沙弥进饭。匡胤吃了个饱，老僧只吃饭半碗，当由匡胤动疑，问他何故少食。老僧道："并无他奇，不过服气一法。今日吃饭半碗，还是为客破戒哩。"匡胤道："此法可学否？"老僧道："这是禅门真诀，如贵客何用此法。"天子玉食万方，何必辟谷。匡胤方不多言。老僧一面命沙弥撤肴，一面命僧徒取出白银十两，赠与匡胤。匡胤再三推辞，老僧道："不必！不必！这也由施主给与敝寺，老衲特转赠贵客，大约北行数日，便有栖枝，赆仪虽少，已足敷用了。"匡胤方才领谢。老僧复道："老衲并有数言赠别。"匡胤道："敬听清诲！"老僧道："'遇郭乃安，历周始显，两日重光，囊木应谶。'这十六字，请贵客记取便了。"匡胤茫然不解，但也不好絮问，只得答了"领教"两字。当下由僧徒送交箭囊弓袋，匡胤即起身拜别，并订后约道："此行倘得如愿，定当相报。法师鉴察未来，何时再得重聚？"老僧道："待到太平，自当聚首了。"太平二字，是隐伏太平年号。匡胤乃挟着箭囊，负了弓袋，徐步出寺；老僧送至寺门，道了"前途珍重"一语，便即入内。

匡胤遵着僧嘱，北向前进，在途饱看景色，纵观形势，恰也不甚寂寞。至渡过汉水，顺流而上，见前面层山叠嶂，很是险峻，山后隐隐有一大营，依险驻扎，并有大旗一面，悬空荡漾，烨烨生光。旗上有一大字，因被风吹着，急切看不清楚。再前行数十步，方认明是个"郭"字。当即触动观念，私下自忖道："老僧说是'遇郭乃安'，莫非就应在此处么？"回顾前文。便望着大营，抢步前趋。不到片刻，已抵营前。营外有守护兵立着，便向前问讯道："贵营中的郭大帅，可曾在此么？"兵士道："在这里。你是从何处来的？"匡胤道："我离家多日了。现从襄阳到此。"兵士道："你到此做什么？"匡胤道：“特来拜谒大帅，情愿留营效力。”兵士道：“请道姓名来！”匡胤道：“我姓赵名匡胤，是涿州人氏，父现为都指挥使。”兵士伸舌道：“你父既为都指挥，何不在家享福，反来此投军？”匡胤道：“乱世出英雄，不乘此图些功业，尚待何时？”壮士听者！兵士道：“你有这番大志，我与你通报便了。”

看官！你道这座大营，是何人管领？原来就是后周太祖郭威。他此时尚未篡汉，仕汉为枢密副使。隐帝初立，河中、永兴、凤翔三镇相继抗命。李守贞镇守河中，尤称桀骜，为三镇盟主。郭威受命西征，特任招慰安抚使，所有西面各军，统归节制，此时正发兵前进，在途暂憩。凑巧匡胤遇着，便向前投效。至兵士代他通报，由郭威召入，见他面方耳大、状貌魁梧，已是器重三分。当下问明籍贯，并及他祖父世系。匡胤应对详明，声音洪亮。郭威便道：“你父与我同寅，现方报绩凤翔，你如何不随父前去，反到我处效呢？”匡胤述及父母宠爱，不许从军，并言潜身到此的情形。郭威乃向他说道：“将门出将，当非凡品。现且留我帐下，同往西征，俟立有功绩，当为保荐便了。”郭雀儿恰也有识。匡胤拜谢。嗣是留住郭营，随赴河中，披坚执锐，所向有功。至李守贞败死，河中平定，郭移任邺都留守，待遇匡胤，颇加优礼，惟始终不闻保荐，因此未得优叙。无非留为己用。

既而郭威篡立，建国号周，匡胤得拔补东西班行首，并拜滑州副指挥。未几复调任开封府马直军使。世宗嗣位，竟命他入典禁兵。历周始显，其言复验。会北汉主刘崇闻世宗新立，乘丧窥周，乃自率健卒三万人，并联结辽兵万余骑，入寇高平。世宗姓柴名荣，系郭威妻兄柴守礼子，为威义儿。威无子嗣，所以柴荣得立，庙号世宗。他年已逾壮，晓畅军机，郭威在日，曾封他为晋王，兼职侍中，掌判内外兵马事。既得北方警报，毫不慌忙，即亲率禁军，兼程北进。不两日，便到高平。

适值汉兵大至，势如潮涌，人人勇壮，个个威风，并有朔方铁骑，横厉无前，差不多有灭此朝食的气象。周世宗麾兵直前，两阵对圆，也没有什么评论，便将对将、兵对兵，各持军械战斗起来。不到数合，忽周兵阵内窜出一支马军，向汉投降，解甲弃械，北向呼万岁。还有步兵千余人，跟了过去，也情愿作为降虏。周主望将过去，看那甘心降汉的将弁，一个是樊爱能，一个是何徽，禁不住怒气勃勃，突出阵前，麾兵直上，喊杀连天。汉主刘崇见周主亲自督战，便令数百弓弩手一齐放箭，攒射周主。周主麾下的亲兵，用盾四蔽，虽把周主护住，麾盖上已齐集箭镞，约有好几十支。

匡胤时在中军，语同列道："主忧臣辱，主危臣死，我等难道作壁上观么？"言甫毕，即挺马跃出，手执一条通天棍，捣入敌阵。各将亦不甘退后，一拥齐出，任他箭如飞蝗，只是寻隙杀人。俗语尝言道："一夫拼命，万夫莫当。"况有数十健将，数千锐卒，同心协力的杀将进去，眼见得敌兵搅乱，纷纷倒退。是匡胤第一次立大功。周主见汉兵败走，更率军士奋勇追赶，汉兵越逃越乱，周兵越追越紧。等到汉主退入河东，闭城固守，周主方择地安营。樊爱能、何徽等军被汉主拒绝，不准入城，没奈何仍回周营，束手待罪。周世宗立命斩首，全军股栗。应该处斩。翌日，再驱兵攻城，城上矢石如雨。匡胤复身先士卒，用火焚城。城上越觉惊慌，所有箭镞，一齐射下。那时防不胜防，匡胤左臂，竟被流矢射着，血流如注。他尚欲裹伤再攻，经周主瞧着，召令还营。且因顿兵城下，恐非久计，乃拔队退还，仍返汴都。擢匡胤为都虞侯，领严州刺史。

世宗三年，复下令亲征淮南。淮南为李氏所据，国号南唐，主子叫做李璟，南唐源流，见五代史。他与周也是敌国。周主欲荡平江、淮，所以发兵南下。匡胤自然从征，就是他父亲弘殷，也随周主南行。先锋叫做李重进，官拜归德节度使。到了正阳，南唐遣将刘彦贞引兵抵敌，被重进杀了一阵，唐兵大败，连彦贞的头颅也不知去向。匡胤继进，遇着唐将何延锡，一场鏖斗，又把他首级取了回来。这等首级，太属松脆。南唐大震，忙遣节度皇甫晖、姚凤等领兵十余万，前来拦阻。两人闻周兵势盛，不敢前进，只驻守着清流关，拥众自固。清流关在滁州西南，倚山负水，势颇雄峻，更有十多万唐兵把守，显见是不易攻入。探马报入周营，周主未免沉吟。匡胤挺身前奏道：“臣愿得二万人，去夺此关。”又是他来出头。周主道：“卿虽忠勇，但闻关城坚固，皇甫晖、姚凤也是南唐健将，恐一时攻不下哩。”匡胤答道：“晖、凤两人如果勇悍，理应开关出战，今乃逗留关内，明明畏怯不前，若我兵骤进，出其不意，一鼓便可夺关；且乘势掩入，生擒二将，也是容易。臣虽不才，愿当此任！”周主道：“要夺此关，除非掩袭一法，不能成功。朕闻卿言，已知卿定足胜任，明日命卿往攻便了。”世宗也是知人。匡胤道：“事不宜迟，就在今日。”周主大喜，即拨兵二万名，令匡胤带领了去。

匡胤星夜前进，路上偃旗息鼓，寂无声响，只命各队鱼贯进行。及距关十里，天色将晓，急命军士疾进，到关已是黎明了。关上守兵，全然未知，尚是睡着。至鸡声催过数次，旭日已出东方，乃命侦骑出关，探察敌情。如此疏忽，安能不败？不意关门一开，即来了一员大将，手起刀落，连毙侦骑数人。守卒知是不妙，急欲阖住关门，偏偏五指已被剁落，晕倒地上。那周兵一哄而入，大刀阔斧，杀将进去。皇甫晖、姚凤两人方在起床，骤闻周兵入关，吓得手足无措，还是皇甫晖稍有主意，飞走出室，跨马东奔。姚凤也顾命要紧，随着后尘，飞马窜去。可怜这十多万唐兵，只恨爹娘生得脚短，一时不及逃走，被周兵杀死无数。有一半侥幸逃生，都向滁州奔入。皇甫晖、姚凤一口气跑至滁城，回头一望，但见尘氛滚滚，旗帜央央，那周兵已似旋风一般追杀过来。他俩不觉连声叫苦，两下计议，只有把城外吊桥赶紧拆毁，还可阻住敌兵。当下传令拆桥，桥板撤去，总道濠渠宽广，急切不能飞越。谁知周兵追到濠边，一声呐喊，都投入水中，凫水而至。最奇怪的是统帅赵匡胤，勒马一跃，竟跳过七八丈的阔渠，绝不沾泥带水，安安稳稳的立住了。这一惊非同小可，忙避入城中，闭门拒守。

匡胤集众猛攻，四面架起云梯，将要督兵登城，忽城上有声传下道："请周将答话！"匡胤应声道："有话快说！"言毕，即举首仰望，但见城上传话的人，并非别个，就是南唐节度使皇甫晖。他向匡胤拱手道："来将莫非赵统帅？听我道来！我与你没甚大仇，不过各为其主，因此相争。你既袭据我清流关，还要追到此地，未免逼人太甚！大丈夫明战明胜，休要这般促狭。现在我与你约，请暂行停攻，容我成列出战，与你决一胜负。若我再行败衄，愿把此城奉献。"匡胤大笑道："你无非是个缓兵计，我也不怕你使刁。限你半日，整军出来，我与你厮杀一场，赌个你死我活，教你死而无怨。"皇甫晖当然允诺。自己还道好计，其实不如仍行前策，弃城了事，免得为人所擒。匡胤乃暂令停攻，列阵待着。约过半日，果然城门开处，拥出许多唐兵，皇甫晖、姚凤并辔出城，正要上前搦战，忽觉前队大乱，一位盔甲鲜明的敌帅，带着锐卒，冲入阵来。皇甫晖措手不及，被来帅奋击一棍，正中左肩，顿时熬受不起，啊哟一声撞落马下。姚凤急来相救，不防刀枪齐至，马先受伤，前蹄一蹶，也将姚凤掀翻。周兵趁势齐上，把皇甫晖、姚凤两人都生擒活捉去了。这是匡胤第二次立功。小子有诗咏道：

大业都成智勇来，偏师一出敌锋摧。

试看虏帅成擒日，毕竟奇功出异才。

看官不必细猜，便可知这位敌帅是赵匡胤了。欲知以后情状，请看官续阅下回。

　　读《宋太祖本纪》，载太祖舍襄阳僧寺，有老僧素善术数，劝之北往，并赠厚赆，太祖乃得启行。独老僧姓氏不传，意者其黄石老人之流亚欤？一经本回演述，借老僧之口，为后文写照，前台花发后台见，上界钟声下界闻。于此可以见呼应之注焉。至太祖事周以后，所立功绩，莫如高平、清流关二役，著书人亦格外从详，不肯少略。为山九仞，基于一篑，此即宋太祖肇基之始，表而出之，所以昭实迹也。

第三回

忧父病重托赵则平　肃军威大败李景达

却说皇甫晖、姚凤既被周兵擒住，唐兵自然大溃，滁州城不战即下。匡胤入城安民，即遣使押解囚虏，向周主处报捷。周主受俘后，命翰林学士窦仪至滁州籍取库藏，由匡胤一一交付。既而匡胤复欲取库中绢匹，仪出阻道："公初入滁，就使将库中宝藏，一律取去，亦属无妨，今已籍为官物，应俟皇帝诏书，方可支付。请公勿怪！"匡胤闻言，毫无怒意，反婉颜谢道："学士言是，我知错了！"惟能知过，方期寡过。过了一天，复有军事判官到来，与匡胤相见。两下叙谈，甚是投契。看官道是何人？乃是宋朝的开国元勋，历相太祖、太宗二朝，晋爵太师魏国公，姓赵名普，字则平。太祖受禅，普实与谋，此处特别表明，寓有微意。窦仪亦宋太祖功臣，故上文亦曾提出。他祖籍幽蓟，因避乱迁居洛阳，匡胤本与相识，至是由周相范质荐举，乃至滁州。旧雨重逢，倍增欢洽。会匡胤部下受命清乡，捕得乡民百余名，统共指为匪盗，例当弃市。赵普独抗议道："未曾审问明白，便将他一律杀死，倘或诬良为盗，岂非误伤人命？"匡胤笑道："书生所见，未免太迂。须知此地人民，本是俘虏，我将他一律赦罪，已是法外施仁，今复甘作盗匪，若非立正典刑，如何儆众？"赵普道："南唐虽系敌国，百姓究属何辜？况明公素负大志，极思统一中原，奈何秦、越相视，自分畛域？王道不外行仁，还乞明公三思！"已阴目匡胤为天子。匡胤道："你若不怕劳苦，烦你去审讯便了。"赵普即去讯鞫，一一按验，多无佐证，遂禀白匡胤，除犯赃定罪外，一律释放。乡民大悦，争颂匡胤慈明。匡胤益信赵普先见，凡有疑议，尽与筹商。赵普亦格外效忠，知无不言。

适匡胤父弘殷亦率兵到滁，父子聚首，当然欣慰。不料隔了数日，弘殷竟生起病来，匡胤日夕侍奉，自不消说。谁料扬州警报，纷纷前来，周主也有诏书颁达，命匡胤速趋六合，兼援扬州。原来滁州既下，南唐大震，唐主李璟遣李德明乞和，愿割地罢兵，周主不许。德明返唐，唐主遂挑选精锐，得六万人，命弟齐王李景达为元帅，向江北进发，直抵扬州。扬州本南唐所据，与六合相距百余里，同为江北要塞，是时正由匡胤父弘殷受周主命，夺据扬州。弘殷西还入滁，留韩令坤居守。令坤闻唐兵大至，恐寡不敌众，飞向滁州求援。周主又敦促匡胤出师，匡胤内奉君命，外迫友情，怎敢坐视不发？无如父病未痊，一时又不忍远离，公义私恩，两相感触。不由的进退彷徨，骤难解决。当下与赵普熟商，赵普答道："君命不可违，请公即日前行。若为尊翁起见，普愿代尽子职。"匡胤道："这事何敢烦君？"赵普道："公姓赵，普亦姓赵，彼此本属同宗。若不以名位为嫌，公父即我父，一切视寒问暖及进奉药饵等事，统由普一人负责，请公尽管放心！"后世如袁某等人，强认同姓为同宗，莫非就从此处学来？匡胤拜谢道："既蒙顾全宗谊，此后当视同手足，誓不相负。"赵普慌忙答礼道："普何人斯，敢当重礼？"于是匡胤留普居守，把公私各事都托付与普，自选健卒二千名，即日东行。

既至六合，闻扬州守将韩令坤已弃城西走，不禁大愤道："扬州是江北重镇，若复被南唐夺回，大事去了。"便派兵驻扎冲道，阻住扬州溃军，并下令道："如有扬州兵过此，尽行刖足，不准私放。"一面遣书韩令坤，略言"总角故交，素知兄勇，今闻怯退，殊出意料。兄如离扬州一步，上无以报主，下无以对友，昔日英名，而今安在"云云。韩令坤被他一激，竟督兵返斾，仍还扬州拒守。

可巧南唐偏将陆孟俊从泰州杀到。令坤誓师道："今日敌兵到来，我当与他决一死战，生与尔等同生，死与尔等同死。如或临阵退缩，立杀无赦，莫谓我不预言！"兵士齐声应命。令坤即命开城，自己一马当先，跃出城外。各军陆续随上，统是努力向前，拼命突阵。唐将陆孟俊即麾军对仗，不防周兵盛气前来，都似生龙活虎一般，见人便杀，逢马便斫，没一个拦阻得住，霎时间阵势散乱，被周兵捣入中坚。孟俊知不可敌，回马就逃，唐兵也各寻生路，弃了主帅，随处乱窜。韩令坤如何肯舍，只管认着陆孟俊，紧紧追去。大约相距百步，由令坤取箭在手，搭住弓上，"飔"的一声，将孟俊射落马下。周兵争先赶上，立将孟俊揿住，捆绑过来。令坤见敌将就擒，方掌得胜鼓回城。此功当归赵匡胤。左右推上孟俊，令坤命絷入囚车，械送行在。正拟派员押解，忽由帐后闪出一妇人，带哭带语道："请将军为妾做主，脔割贼将，为妾报仇。"令坤视之，乃是新纳箧室杨氏，便问道："你与他有什么大仇？"杨氏道："妾系潭州人氏，往年贼将孟俊攻入潭州，杀我家二百余口，惟妾一人为唐将马希崇所匿，方得免死。今仇人当前，如何不报？"原来杨氏饶有姿色，唐将马希崇掳取为妾，至韩令坤攻克扬州，希崇遁去，杨氏为令坤所得，见她一貌如花，也即纳为偏房，而且很加宠爱。此时闻杨氏言，即转讯孟俊。孟俊也不抵赖，只求速死。令坤乃令军士设起香案，上供杨氏父母牌位，爇烛焚香，命杨氏先行拜告，然后将孟俊洗剥停当，推至案前，由自己拔出腰刀，刺胸挖心，取祭杨家父母，再命左右将他细剐。霎时间将肉割尽，把尸骨拖出郊外，喂饲猪犬去了。为残杀者鉴。这且按下不提。

　　且说南唐元帅李景达闻孟俊被擒，亟与部下商议进兵，左右道："韩令坤雄踞扬州，不易攻取，大王不如西攻六合；六合得下，扬州路断，也指日可取了。"不能取扬州，乌能取六合？唐人全是呆鸟。景达依计行事，乃向六合进发，距城二十里下寨，掘堑设栅，固守不出。匡胤也按兵勿动。两下相持，约有数天。周将疑匡胤怯战，入帐禀白道："扬州大捷，唐元帅必然丧胆，我军若乘势往击，定可得胜。"匡胤道："诸将有所未知，我兵只有二千，若前去击他，他见我兵寥寥，反且胆壮起来，不若待他来战，我恰以逸待劳，不患不胜。"前时攻清流关，妙在速进；此时屯兵六合，又妙在静待。诸将道："倘他潜师回去，如何是好？"匡胤道："唐帅景达是唐主亲弟，他受命为诸道兵马元帅，俨然到此，怎好不战而遁、自损威风？我料他再阅数日，必前来挑战了。"诸将始不敢多言。又数日，果有探马来报：敌帅李景达，已发兵前来了。匡胤即整军出城，摆好阵势，专待唐兵到来。不一时，果见唐兵摇旗呐喊，蜂拥而至。匡胤即指挥将士，上前奋斗。两下金鼓齐鸣，喧声震地，这一边是目无全虏，誓扫淮南；那一边是志在保邦，争雄江右。自巳牌杀到未牌，不分胜负，两军都有饥色，匡胤即鸣金收军，李景达也不相逼，退回原寨去了。

　　周兵闻金回城，由匡胤仔细检点，伤亡不过数十名，恰也没甚话说。既而令将士各呈皮笠，将士即奉笠献上。匡胤亲自阅毕，忽令数将士上前，瞋目语道："你等为何不肯尽力？难道待敌人自毙么？"言毕，即喝令亲卒把数将士缚住，推出斩首。众将茫然不解，因念同袍旧谊，不忍见诛，乃各上前代求，吁请恩宥。匡胤道："诸将道我冤诬他么？今日临阵，各戴皮笠，为何这数人笠上，留有剑痕？"言至此，即携笠指示，一一无讹。众将见了，愈觉不解。我亦不解。匡胤乃详语道："彼众我寡，全仗人人效力，方可杀敌致功。我督战时，曾见他们退缩不前，特用剑斫他皮笠，作为标记，若非将他正法，岂不要大家效尤，那时如何用兵？只好将这座城池，拱手让敌了。"众将听到此言，吓得面面相觑，伸舌而退。转眼间已见有首级数颗，呈上帐前。军令不能不严，并非匡胤残忍。匡胤令传示各营，才将尸首埋葬。翌日黎明，便即升帐，召集将士，当面诚谕道："若要退敌，全在今日，尔等须各自为战，不得后顾！果能人人奋勇，哪怕他兵多将广，管教他一败涂地哩。"诸将一一允诺。匡胤复召过牙将张琼，温颜与语道："你前在寿春时，翼我过濠，城上强弩骤发，矢下如注，你能冒死不退，甚至箭镞入骨，尚无惧色，确是忠勇过人。今日拨兵千名，令你统率。先从间道绕至江口，截住唐兵后路，倘若唐兵败走，渡江南归，你便可乘势杀出，我亦当前来接应，先后夹攻。我料景达那厮，不遭杀死，也要溺死了。"独操胜算。寿春事，从匡胤口中叙出，可省一段文字。张琼领命去讫。

　　匡胤令将士饱食一餐，俟至辰牌时候，传令出兵。将士等踊跃出城，甫行里许，适见唐兵到来，大家争先突阵，不管什么刀枪剑戟，越是敌兵多处，越要向前杀入。唐兵招架不住，只得倒退。景达自恃兵众，命部下分作两翼，包抄周军。不意围了这边，那边冲破；围了那边，这边冲破。忽有一彪人马，持着长矛，搠入中军，竟将景达马前的大纛旗钩倒。景达大惊，忙勒马退后。那周兵一哄前进，来取景达首级。亏得景达麾下拼命拦截，才得放走景达，逃了性命。唐兵见大旗已倒，主帅惊逃，还有何心恋战？顿时大溃，沿途弃甲抛戈，不计其数。匡胤下令军中：不准拾取军械，只准向前追敌。军士不敢违慢，大都策马疾追。可怜唐帅景达等没命乱跑，看看到了江边，满拟乘船飞渡，得脱虎口。蓦闻号炮一响，鼓角齐鸣，斜刺里闪出一支生力军，截住去路。景达不知所措，险些儿跌下马来。还是唐将岑楼景稍有胆力，仗着一柄大刀，出来抵敌，兜头碰着一员悍将，左手持盾，右手执刀，大呼："来将休走！俺张琼在此，快献头来！"_{张琼出现。}楼景大怒，抢刀跃马，直取张琼。张琼持刀相迎，两马相交，战到二十余合，却是棋逢敌手，战遇良材，偏匡胤率军追至，周将米信、李怀忠等都来助战，任你岑楼景力敌万夫，也只可跳出圈外，拖刀败走。这时候的李景达，早已跑到江滨，觅得一只小舟，乱流径渡。唐兵尚有万人，急切寻不出大船，如何渡得过去？等到周兵追至，好似斫瓜切菜，一些儿不肯留情，眼见得尸横遍野，血流成渠。有几个善泅水的，解甲投江，凫水逃生；有几个不善泅水的，也想凫水逃命，怎奈身入水中，手足不能自主，漩涡一绕，沉入江心。岑楼景等都跨着骏马，到无可奈何的时节，加了一鞭，跃马入水，半沉半浮，好容易过江去了。这是匡胤第三次立功。

南唐经这次败仗，精锐略尽，全国夺气。独周世宗自攻寿州，数月未克，正拟下令班师，忽接六合奏报，知匡胤已获大胜。亟召宰相范质等入议，欲改从扬州进兵，与匡胤等联络一气，下攻江南。范质奏道："陛下自孟春出师，至今已入盛夏，兵力已疲，饷运未继，恐非万全之策。依臣愚见，不如回驾大梁，休息数月，等到兵精粮足，再图江南未迟。"世宗道："偌大的寿州城，攻了数月，尚未能下，反耗我许多兵饷，朕实于心不甘。"范质再欲进谏，帐下有一人献议道："陛下尽可还都，臣愿在此攻城！"世宗瞧着，乃是都招讨使李重进，便大喜道："卿肯替朕任劳，尚有何说。"遂留兵万人，随李重进围攻寿州，自率范质等还都；并因赵匡胤等在外久劳，亦饬令还朝，另遣别将驻守滁、扬。

匡胤在六合闻命，引军还滁，入城省父。见弘殷病已痊可，并由弘殷述及，全赖赵判官一人，日夕侍奉，才得渐愈。

匡胤再拜谢赵普。至别将已来瓜代，即奉父弘殷，与赵普一同还汴。既至汴都，复随父入朝。世宗慰劳有加，且语匡胤道："朕亲征南唐，历数诸将，功劳无出卿右，就是卿父弘殷亦未尝无功足录，朕当旌赏卿家父子，为诸臣劝。"匡胤叩首道："此皆陛下恩威，诸将戮力，臣实无功，不敢邀赏。"何必客气。世宗道："赏功乃国家大典，卿勿过谦！"匡胤道："判官赵普，具有大材，可以重用，幸陛下鉴察！"以德报德。世宗点首。退朝后，即封弘殷为检校司徒，兼天水县男；匡胤为定国节度使，兼殿前都指挥使；赵普为节度推官。三人上表谢恩。自是匡胤父子，分典禁兵，桥梓齐荣，一时无两。相传唐李淳风作推背图，曾留有诗谶一首云：

> 此子生身在冀州，开口张弓立左猷。
> 自然穆穆乾坤上，敢将火镜向心头。近见《推背图》中，此诗移置后文，闻由宋祖将图文互易，眩乱人目，故不依原次。

匡胤父子，生长涿郡，地当"冀州"；"开口张弓"，就是弘字；"穆穆乾坤"，就是得有天下；宋祖定国运，以火德王，所以称作"火镜"。还有梁宝志铜牌记，亦有"开口张弓左右边，子子孙孙万万年"二语。南唐主璟因名子为弘冀，吴越王亦尝以弘字名子，统想符应图谶，哪知适应在弘殷身上，这真是不由人料了。欲知匡胤如何得国，且看下回表明。

　　宋太祖之婉谢窦仪，器重赵普，皆具有知人之明，而引为己用。至激责韩令坤数语，亦无一非用人之法。盖驾驭文士，当以软术牢笼之；驾驭武夫，当以威权驱使之，能刚能柔，而天下无难驭之材矣。若

斫皮笠而诛惰军，作士气以挫强敌，皆驾驭武人之良
策，要之不外刚柔相济而已。观此回，可以见宋太祖
之智，并可以见宋太祖之勇。

第四回

紫金山唐营尽覆　瓦桥关辽将出降

却说周世宗还都后，尚拟再征江南，因思水军不及南唐，未免相形见绌，乃于城西汴水中，造了战舰百艘，命唐降将督练水师，一面搜乘补卒，连日阅操，约期水陆大举。适唐遣员外郎朱元出兵江北，攻夺舒、和、蕲各州，兵锋直至扬、滁。扬、滁守城诸周将闻风遁走，转入寿春，周主闻知，正是忿恨，只因水师尚未练就，不得不忍待时日，惟遥饬李重进，严行戒备，休为唐兵所乘。重进围攻寿州又阅半年，唐节度使刘仁赡扼守寿州城，多方抵御，无懈可击，所以重进仍顿兵城下，不能攻入。自接奉周主诏命，格外小心，把步兵分为两队，一队屯驻城下，专力围攻，一队遏守要冲，专防敌援，自己居中调度，日夕不怠。重进系周室忠臣，故叙笔亦较从详。会唐将朱元、边镐、许文缜等率师数万，来援寿州，各军据住紫金山，共立十余寨，与城中烽火相应。又南筑甬道，输粮入城，绵亘数十里。重进乘夜袭击，杀败唐将，夺了数十车粮草，得胜回营。朱元等吃了败仗，不敢逼攻，只守住紫金山，遥作声援。

周主闻唐兵援寿，恐重进有失，遂命王环为水军统领，自己亲督战船，从闵河沿颍入淮，旌旗蔽空，舳舻横江。这消息传到唐营，朱元等不胜惊骇，飞向金陵乞援。唐主再遣齐王景达及监军使陈觉，率兵五万，来援唐军。过了数日，周主渡淮抵寿春城，朱元登山遥望，但见战船如织，顺流而来，纵横出没，无不如意，不禁大惊道："尝谓南人使船，北人使马，谁料北人今日也能乘船飞驶，反比我南人敏捷，这真是出人不料了。"事在人为，何分南北。既而复见一艨艟大舰，蔽江前来，正中坐着一位衮衣龙袍的大元帅，料知是周世宗，旁边有一位威风凛凛、相貌堂堂的大将，比周主还要威武，禁不住称羡起来，便指问将校道："他是何人？"将校有经过战阵，认识周将，便道："这便叫做赵匡胤。"作者注意在此，下笔特著神采。朱元叹息道："我闻他智勇兼全，屡败吾将，今日遥望丰仪，才知名不虚传了。"后来倾寨降周，已伏于此。说着，周主已薄紫金山，号炮三声，即饬军士登岸。周主亲环甲胄，率兵攻城。

赵匡胤领着偏师，来攻紫金山唐寨，唐将边镐、许文缜开寨搦战，两阵对圆，刀枪并举。战不多时，匡胤忽勒兵退去，边镐、许文缜不知有计，驱兵大进。匡胤且战且走，行到寿州城南，突然翻身杀转，各用长枪大戟，刺入唐阵。唐兵前队，纷纷落马。边、许两将才知中计，正拟整队奋斗，忽左边冲入一队，乃是周将李怀忠的人马，右边又冲入一队，又是周将张琼人马。两队周军捣入阵内，好似虎入羊群，大肆吞嚼，急得边镐、许文缜无法拦阻，慌忙退还原路。哪知部兵已被概数截，首尾不能相顾，连退避都来不及，只剩了数十骑随着边、许，奔回紫金山。匡胤复率众大呼："降者免死！"于是进退两难的唐兵都下马投甲，跪降道旁。是匡胤第四次立功。历叙匡胤战事，无一重复，是笔法矫变处。匡胤收了降军，再逼紫金山下寨。边镐、许文缜已丧失全师，只望朱元寨中出来救应，不防朱元寨内已竖起降旗，输款周军。看官！试想这妙手空空的边、许两将，如何退敌？没奈何卸甲改装，潜越紫金山后，抱头窜去。

唐齐王景达及监军陈觉正率兵入淮，巧遇周水师统领王环，迎头痛击，两下里正在酣斗，那周主已经闻着，自率数百骑，夹岸督战。水军见周主亲到，越战越勇。还有赵匡胤一军，也因紫金山已经荡平，分兵相助。景达、陈觉尚未知边、许败耗，兀自勉强支持，及见周兵越来越多，不胜惊讶，方令弁目缘桅遥望。不瞧犹可，瞧将过去，那紫金山，已遍悬大周旗号了。当下报知景达，景达语陈觉道："莫非紫金山各寨，已被周兵夺去？"陈觉道："若不夺去，如何悬着周字旗号？看来我等只好回军。再或不退，也要全军覆没哩。"正是鼠胆。景达遂传令回军。军士接到此令，自然没有斗志，战舰一动，被周军乘势追杀，夺去舰械无算。唐兵或乞降，或溺死，共失去二万余人。景达、陈觉都逃回金陵去了。

　　寿州城内的刘仁赡连年防守，已是鼓衰力竭，械尽食空，此次又闻援军败衄，急得疾病交乘，卧不能起。周主耀兵城下，且射入诏书，劝令速降。唐监军使周廷构与左骑都指挥使张全约议道："主帅病重，不能理事，况又兵疲粮尽，如何保守此城？与其被敌陷入，致遭屠戮，不如见机迎降，尚望瓦全。君意以为何如？"全约连声赞成，乃代仁赡草定降表，并舁仁赡出降。仁赡已不省人事，由周主仍令还城，传谕仁赡家属，安心侍奉，并封他为天平节度使，兼中书令。仁赡即日逝世，追赐爵为彭城郡王，仁赡实是忠唐。并改名清淮军为忠正军。

　　寿州已下，周主还都，匡胤亦随驾北归，加拜义成军节度使，晋封检校太保。未几，周主又出攻濠、泗，匡胤自请为前锋。兵至十八里滩，见岸上唐营森列，周主拟用橐驼济师，匡胤独跃马入水，截流先渡，骑兵追随恐后，霎时间尽登彼岸。唐营中不及防备，骤被匡胤捣入，害得脚忙手乱，纷纷溃散。营外泊有战舰，舰内已虚无一人，匡胤乘势下船，进薄泗州城下。泗州守将范再遇，惊慌的了不得，当即开城乞降。匡胤入城后，禁止掳掠，秋毫无犯，人民大悦，争献刍粟给军。是匡胤第五次立功。周主闻泗州已定，移师攻濠。濠州团练使郭廷谓，自知力不能支，命参军李延邹草表降周。延邹不允，被廷谓杀死，自作降表，举城归降。周主即遣郭廷谓徇天长，别派指挥使武守琦趋扬州。南唐守将望风披靡，天长、扬州陆续平定，泰州、海州亦相率归附。于是周主进攻楚州，楚州防御使张彦卿与都监郑昭业督兵登陴，誓死固守，周主猛攻不克。唐节度使陈承诏，复出兵清口，与城中连为犄角，互相呼应，因此楚城益固。周主愁烦得很，乃调赵匡胤助战。总需此人出马。

　　匡胤即调集水师，溯淮北上，将到清口，已值黄昏时候，诸将请觅港寄泊，匡胤道："清口闻有唐营，他不意我军骤至，势必无备，我正好乘夜掩袭，捣破唐营，奈何中流停泊呢？"言讫，即命扬帆疾驶，直达清口。是夕天色沉阴，淡月无光，唐营中虽有逻卒，巡至夜半，不见什么动静，便都回营安睡。匡胤正率兵驶至，悄悄登岸，爇起火炬，呐一声喊，竟向唐营奔入。营兵方入睡乡，及至惊醒，见营帐已是通明，连忙起床，不及携械，凭着赤手空拳，如何对敌？周兵已杀进寨门，顺手乱剁，杀死唐兵数千名，尸如山积。匡胤踹入后帐，不见什么陈承诏，料他先行逃走，遂带着百骑，从帐后越出，向前追赶。约行五六里，已至山阳境内，方见前面有一黑影，隐约奔驰，当即加鞭疾驱，急行里许，才得追着。这黑影正是陈承诏，他自梦中惊觉，孤身潜遁，好容易跑了若干里，偏偏冤家路狭，不肯放手，没奈何束手就擒，任他缚去。匡胤既擒住承诏，遂转趋楚州，献俘军前。是匡胤第六次立功。周主大喜，便与匡胤并力攻城，城中势孤援绝，哪里抵挡得住？当被周兵攻入。张彦卿与郑昭业尚率众巷战，杀到矢尽刀缺，彦卿尚举起绳床，舍命抗拒，卒被乱军杀死，郑昭业拔剑自刎，守兵千余人，一律斗死，无一生降。周主不禁嗟叹，命将张、郑两人的尸首，棺殓安葬，随即出示安民，休息数天，再行南下。

唐主闻报大惧，寝食俱废，若坐针毡。嗣闻周主复出扬州，乃遣陈觉奉表，愿传位太子弘冀，听命中国，并献庐、舒、蕲、黄四州地，划江为界，哀恳息兵。周主道："朕兴师只取江北，今尔主举国内附，尚有何求？"乃赐书唐主，通好罢兵。唐主自去帝号，奉周正朔，江北悉平。周主奏凯还朝，大小百官，依次行赏；赐赉匡胤，特别从优。既而唐主遣使至周，私贻匡胤书，并馈白金三千两。匡胤笑道："这明明是反间计，我难道为他所算么？"遂将书函白金，悉行呈入，周主嘉他忠荩，温言褒奖。嗣复改授忠武军节度使。会弘殷旧疾复发，医药无效，竟至谢世。周主又厚赐赙仪，追赠太尉，并武清节度使官衔；封匡胤母杜氏为南阳郡太夫人。匡胤世受周恩，不为不厚，历叙封赠，以著匡胤负周之罪。匡胤居丧守制，不闻政事。

越年为周世宗显德六年，周统终于是年，故特笔点醒。周主以北鄙未复，北汉尝引辽入寇，屡为边患，乃下诏亲自征辽。当召匡胤入朝，命为水路都部署，另简亲军都虞侯韩通为陆路都部署。两将先行出发，水陆并进，车驾自御龙舟，作为后应。

匡胤带领战舰，克日出发，顺风顺水，驶过瀛、莫各州。辽地兵民，毫不防备，骤见周兵到来，都心惊胆落，逃得不知去向。辽宁州刺史王洪也接到周兵入境消息，正拟请兵守城，谁知辽兵尚没有影响，周师已飞薄城河。王洪居守空城，自知不能抵敌，便即开城乞降。匡胤乃收降王洪，令为向导，进抵益津关。关中守将终廷辉，登关南望，但见河中敌舰，一字儿排着，旌旗招飐，戈戟森严，不觉大惊失色。正在彷徨失措，忽闻关下有人大叫道："快快开关！"当下俯视来人，乃是宁州刺史王洪，便问道："你来此何事？"王洪道："我为关内生灵，单骑到此，特欲与君商议。"廷辉乃下关迎入。相见后，王洪便言："周兵势大，未易迎敌，不如降周为是。"廷辉踌躇半晌，想不出什么方法，只好依王洪言，随他出降。匡胤好言抚慰，并问廷辉路径。廷辉道："此去到瓦桥关，不过数十里，但水路狭隘，不便行船。大帅若要前行，须舍舟登陆，方可前进。"匡胤乃即派遣裨将，与王洪返守宁州，并留兵数百，助廷辉守益津关；自思韩通未至，不应久待，索性乘势前行，入捣瓦桥关。于是令军士一齐登岸，鼓行而西。

不一日，即至瓦桥关下，守将姚内斌率着马兵数千骑，出来截击，不值匡胤一扫，内斌遁回关中。由匡胤攻扑一昼夜，未曾得手。翌日，韩通亦到，报称莫州刺史刘楚信、瀛州刺史高彦晖，俱已降服了。*韩通一路用虚写法，因本书注重宋祖，故详此略彼。*匡胤大喜，便亲至关下，召姚内斌答话。内斌在关上相见，匡胤朗声道："守将听着！天军到此，所有瀛、莫各州及宁州益津关诸吏，都已望风降顺，畏威怀德。独你据住此关，不肯归服，难道我不能捣破么？但念南北生民，莫非赤子，若为你一人，害得玉石俱焚，你心何忍？不如早日投降，免致糜烂。"内斌道："且待明日报命。"匡胤道："大丈夫一言既出，驷马难追，你若明日不降，管教你粉骨碎身，悔无可及。"言毕返营。巧值都指挥使李重进等，带领禁军，呼喝前来。匡胤知周主亲到，便与韩通出营接驾，行橐鞬礼。周主入营巡视，慰问劳苦，三军无不欣跃。是夕，周主便留宿营中。到了次日，姚内斌亲至营前，奉表请降。*是匡胤第七次立功。*匡胤引见周主，由内斌拜跪毕，周主亦嘉他效顺，温语褒奖。内斌复叩首谢恩，*叙述各降将，亦无一条重复。*随起导周主入关。

周主置酒大会，遍宴群臣，席间议进取幽州，诸将奏对道："陛下离京不过四十二日，兵不血刃，即得燕南各州，此正陛下威灵远播，所以得此奇功。惟辽主闻失燕南，势必大集房骑，扼守幽州，还望陛下先机审慎，幸勿轻入。"周主默然不答。已露不悦之意。散宴后，便召先锋都指挥使李重进入帐，与语道："朕志在统一，削平南北，今已出兵到此，幸得燕南各州，难道就此罢手不成？你率兵万人，明日出发，朕即统军后至。不捣辽都，决不返师！"李重进唯唯而退。又传谕散骑指挥孙行友，令带骑卒五千，即日往攻易州。孙行友亦奉命去讫。

越日，李重进发兵先行，到了固安，守吏已逃避一空，城门大开，一任周兵拥入。重进略命休息，转眼间周主亦到，当下奉驾前进。行至固安县北，只见一带长河，流水潺潺，望将下去，深不可测；询问土人，叫做安阳水，水中本有渡筏，因对岸辽人闻有敌军，将筏收藏，眼见得汪洋浩淼，不便轻涉。周主乃命各军采木做桥，限日告竣，自率亲军还宿瓦桥。不意夜间竟发寒疾，本是孟夏天气，偏觉挟纩不温，到了翌晨，尚未痊可，一卧两日。孙行友捷报已至，并押献辽刺史李在钦。周主抱病升帐，见左右绑入囚犯，便问他愿降愿死。在钦却瞋目道："要杀就杀，何必多言！"周主便喝令枭首。自觉头晕目眩，急忙退入寝室。又越两日，疾仍未瘳。诸将欲请驾还都，因恐触动主怒，未敢请奏。匡胤独奋然道："主疾未愈，长此羁留，倘或辽兵大至，反为不美，待我入请还跸便了。"乃径入周主寝门，力请还驾。正是：

> 雄主一生期扫虏，老臣片语足回天。

未知周主曾否邀准，且看下回表明。

周世宗为五季英主，而拓疆略地之功，多出匡胤之力，史家记载特详，虽未免有溢美之辞，而后此受禅以后，除韩通诸人外，未闻与抗。是必其平日威望，足以制人，故取周祚如反掌耳。本回叙匡胤破紫金山、降瓦桥关，写得声容突兀，如火如荼，且妙在与前数回战仗，叙笔不同，令阅者赏心豁目。至若旧小说中捏造杜撰，概不采入，无征不信，著书人固不敢妄作也。

第五回

陈桥驿定策立新君　崇元殿受禅登大位

却说赵匡胤入谏周主，至御榻前，先问了安，然后谈及军事。周主道："本想乘此平辽，不意朕躬未安，延误戎机，如何是好？"匡胤道："天意尚未绝辽，所以圣躬未豫，不能指日荡平。若陛下顺天行事，暂释勿问，臣意天必降福，圣躬自然康泰了。"援天为解，可谓善谏。周主迟疑半晌，方道："卿言亦是，朕且暂时回都，卿可调还各处兵马，明日就启銮罢！"匡胤退出，即传旨调回李重进、孙行友等，一面准备返跸。到了次日，周主起床升座，饬改瓦桥关为雄州，命韩令坤留守；益津关为霸州，命陈思让留守，然后乘舆启行。匡胤以下，均随驾南归。周主在道，病势略瘥，就从囊中取出文书，重行披阅。忽得直木一方，约长三尺，上有五个大字，不禁奇怪得很。看官道是何字？便是从前异僧所传，"点检做天子"一语。应第二回。当下把玩一回，仍收贮囊中。及还至大梁，便免都点检张永德官。永德妻即郭威女。张与世宗有郎舅谊，世宗恐他暗蓄异图，将仿石敬瑭故事，事见五代史。所以将他免职，改用赵匡胤为殿前都点检，兼检校太傅。故意使错，岂冥冥中果有主宰耶？匡胤威名，自是益盛。宰相范质等因世宗病未瘥愈，请立太子以正国本，世宗乃立子宗训为梁王。宗训年仅七龄，未谙国事，不过徒挂虚名罢了。是年世宗后符氏去世，改册后妹为继后。入宫未几，世宗又复病剧。数日大渐，亟召范质等人受顾命，重言嘱托，令他善辅储君，且与语道："翰林学士王著系朕藩邸故人，朕若不起，当召他入相，幸勿忘怀！"**既欲王著为相，何勿先时召人，必待身后乃用，殊为不解。**质等应诺。既出宫门，大家私语道："王著日在醉乡，乃是一个酒徒，岂可入相？此必主子乱命，不便遵行，愿彼此勿泄此言。"大家各点头会意。是夜，周主崩于寝殿。范质等奉梁王宗训即位，尊符后为皇太后。一切典礼，概从旧制，不必细表。

惟匡胤改受归德军节度使，兼检校太尉，仍任殿前都点检，以慕容延钊为副都点检。**延钊与匡胤夙称莫逆，见第一回。**至是复同直殿廷，格外亲昵。平居往来密议，人不能知。**著此二语，含有深意。**光阴易过，又是残年，转眼间便是元旦，为幼帝宗训纪元第一日，文武百官，朝贺如仪。过了数日，忽由镇、定二州，飞报京都，说是："北汉主刘钧，约连辽兵入寇，声势甚盛，请速发大兵防边！"幼主宗训只知嬉戏，晓得什么紧急事情。符太后闻报，亟召范质等商议。范质奏道："都点检赵匡胤，忠勇绝伦，可令做统帅；副都点检慕容延钊，素称骁悍，可令做先锋。再命各镇将会集北征，悉归匡胤调遣，统一事权，定保无虞。"**不过将周祚让与他，此外原无他虞。**符太后准奏，即命赵匡胤会师北征；慕容延钊带着前军，先行出发。延钊领命，简选精锐，克日起程。匡胤调集各处镇帅，如石守信、王审琦、高怀德、张令铎、张光翰、赵彦徽等，陆续到来，乃祃纛兴师，逐队出发。都下谣言甚盛，将册点检为天子，市民惊骇，相率逃匿。其实宫廷里面，并没有这般消息，不知何故出此新闻，真正令人莫测呢？**若非有人暗中运动，哪有这等新闻？**

匡胤率着大军，按驿前进，看看已到陈桥驿，天色渐晚，日影微昏，便令各军就驿下营，寓宿一宵，翌晨再进。前部有散指挥使苗训，独在营外立着，仰望云气。旁边走过一人，向他问讯道："苗先生，你在此望什么？"原来苗训素习天文学，凡遇风云雷雨，都能先时逆料，就是国家灾祥，又往往谈言微中，因此军中呼他为苗先生。苗训见过问的人，乃是匡胤麾下的亲吏楚昭辅，便用手西指道："你不见太阳下面，复有一太阳么？"昭辅仔细远眺，果见日下有日，互相摩荡，熔成一片黑光。既而一日沉没，一日独现出阳光，格外明朗，日旁复有紫云环绕，端的是祥光绚彩，乾德当阳，好一歇方才下山。昭辅很是惊异，问苗训道："这兆主何吉凶？"苗训道："你是点检亲人，不妨与你实说，这便叫做天命，先没的日光，应验在周，后现的日光，是应验在点检身上了。"昭辅道："何日方见实验？"苗训道："天象已现，就在眼前了。"天道远，人道迩，恐苗先生亦借天惑人。说着，两人相偕归营。昭辅免不得转告别人，顿时一传十、十传百，军中都诧为异征。

都指挥领江宁节度使高怀德，首先倡议道："主上新立，况兼幼弱，我等身临大敌，虽出死力，何人知晓？不如应天顺人，先立点检为天子，然后北征，未识从征诸公，以为何如？"众将应声道："高公所言甚当，我等就依计速行。"都押衙李处耘道："这事须禀明点检，方可照行，但恐点检未允，好在点检亲弟匡义亦在军中，且先与他说明底细，令他入白点检，才望成功。"大众齐声称善，便邀匡义入商。匡义道："此事非同小可，且与赵书记计议，再行定夺。"看官阅过上文，可记得节度推官赵普么？赵普此时适任归德掌书记，从匡胤出征，匡义即以此事语普。普答道："主少国疑，怎能定众？点检威望素著，中外归心，一入汴京，即可正位，乘今夜安排停当，明晨便可行事。"有志久了。匡义乃偕普出庭，部署诸将，环列待旦。

看看天色将明，大众齐逼匡胤寝所，争呼万岁。寝门传卒，摇手禁止道："点检尚未起床，诸公幸勿高声！"大众道：
"今日策点检为天子，难道你尚未知么？"言未已，匡义排众
趋入。正值匡胤惊觉，起问何事，匡义略言诸将情形。匡胤
道："这、这事可行得么？"匡义道："曾闻兄长述及僧言，
'两日重光，囊木应谶'，这语已经表现，兄长不妨就为天
子。"再应第二回。匡胤道："且待我出谕诸将，再作计较。"言
毕趋出。见众校露刃环列，齐声呼道："诸军无主，愿奉太尉
为皇帝。"匡胤尚未及答，那高怀德等已捧进黄袍，即披在匡
胤身上，众将校一律下拜，三呼万岁。匡胤道："事关重大，
奈何仓猝举行？况我曾世受国恩，亦岂可妄自尊大，擅行不
义？"赵普即进言道："天命攸归，人心倾向，明公若再推让，
反至上违天命，下失人心。若为周家起见，但教礼遇幼主，优
待故后，亦好算始终无负了。"只好自己解嘲。说至此，各将士
已拥匡胤上马。匡胤揽辔语诸将道："我有号令，你等能从我
否？"诸将齐称听令。匡胤道："太后主上，我当北面事他，
你等不得冒犯！京内大臣，与我并肩，你等不得欺凌！朝廷府
库，及士庶人家内，你等不得侵扰！如从我命，后当重赏，否
则戮及妻孥，不能宽贷！"诸将闻令载拜，无不允诺。匡胤乃
整军还汴，当遣楚昭辅及客省使潘美，加鞭先行。

　　潘美是先去授意宰辅，楚昭辅是先去安慰家人，两人驰入
汴都，都中方得消息。时值早朝，突闻此变，统吓得不知所
为。符太后召谕范质道："卿等保举匡胤，如何生出这般变
端？"语至此，已将珠喉噎住，扑簌簌的流下泪来。妇女们只有
此法。范质嗫嚅道："待臣出去劝谕便了。"这是脱身之策。符太
后也不多说，洒泪还宫。范质退出朝门，握住右仆射王溥手
道："仓猝遣将，竟致此变，这都是我们的过失，为之奈何？"
你若能为周死节，还好末减。王溥噤不能对，忽口中呼出呻吟声
来。范质急忙释手，哪知这指甲痕已掐入溥腕，几乎出血。若

辈不啻巾帼，应该有此柔荑。质正向他道歉，适值侍卫军副都指挥使韩通，从禁中趋出，遇着范质、王溥等人，便道："叛军将到，二公何尚从容叙谈？"范质道："韩指挥有什么良法？"韩通道："火来水淹，兵来将挡，都中尚有禁军，亟宜请旨调集登陴守御，一面传檄各镇，速令勤王。镇帅不乏忠义，倘得他星夜前来，协力讨逆，何患乱贼不平？"虽是能说不能行，然忠义之概，跃然纸上。范质道："缓不济急，如何是好？"韩通道："二公快去请旨，由通召集禁军便了。"言毕，急忙驰去。质与溥尚踌躇未决，但见有家役驰报道："叛军前队，已进城来了。相爷快回家去！"他两人听只知身家到这个急报，还管什么请旨不请旨，都一溜烟跑到家中去了。只知身家，真是庸夫。这时匡胤前部都校王彦昇，果已带着铁骑，驰入城中，凑巧与韩通相遇，大声道："韩侍卫快去接驾！新天子到了！"通大怒道："哪里来的新天子？你等贪图富贵，擅谋叛逆，还敢来此横行么？"说着，亟向家门驰回。彦昇素性残忍，闻得通言，气得三尸暴炸、七窍生烟，当下策马急追，紧紧的随着通后。通驰入家门，正想阖户，不防彦昇已一跃下马，持刀径入，手起刀落，将韩通劈死门内；再闯将进去，索性把韩通妻子，尽行杀毙，然后出来迎接匡胤。通固后周忠臣，然前尝臣汉、臣唐，至是独为周死节，当亦豫让一流人物。

　　匡胤领着大军，从明德门入城，命将士一律归营，自己退居公署。过了片刻，军校罗彦瓌等，将范质、王溥诸人拥入署门。匡胤见了呜咽流涕道："我受世宗厚恩，被六军逼迫至此，违负天地，怎不汗颜？"还要一味假惺惺，欺人乎？欺己乎？质等正欲答言，罗彦瓌厉声道："我辈无主，众议立点检为天子，哪个再有异言？如或不肯从命，我的宝剑，却不肯容情哩！"言已，竟拔剑出鞘，挺刃相向。王溥面如土色，降阶下拜。范质不得已亦拜。匡胤忙下阶扶住两人，赐他分坐，与议即位事宜。范质道："明公既为天子，如何处置幼君？"赵普在旁进言道："即请幼主法尧禅舜，他日待若虞宾，便是不负周室。"何尧、舜之多也？匡胤道："太后幼主，我尝北面臣事，已早下令军中，誓不相犯。"总算你一片好意。范质道："既如此，应召集文武百官，准备受禅。"匡胤道："请二公替我召集，我决不忍薄待旧臣。"范质、王溥当即辞出，入朝宣召百僚。待至日晡，百官始齐集朝门，左右分立。少顷，见石守信、王审琦等拥着一位太平天子，从容登殿。翰林承旨陶谷即从袖中取出禅位诏书，递与兵部侍郎窦仪，由仪朗读诏书道：

> 天生烝民，树之司牧。二帝推公而禅位，三王乘时而革命，其揆一也。惟予小子，遭家不造，人心已去，天命有归。咨尔归德军节度使殿前都点检兼检校太尉赵匡胤，禀天纵之姿，有神武之略，佐我高祖，格于皇天，逮事世宗，功存纳麓，东征西讨，厥绩隆焉。天地鬼神，享于有德，讴歌讼狱，归于至仁，应天顺人，法尧禅舜，如释重负，予其作宾。於戏钦哉，畏天之命！

窦仪读诏毕，宣徽使引匡胤退至北面，拜受制书，随即掖匡胤登崇元殿，加上衮冕，即皇帝位，受文武百官朝贺。"万岁万岁"的声音，响彻殿庑。无非一班赵家狗。礼成，即命范质等入内，胁迁幼主及符太后改居西宫。可怜这二十多岁的嫠妇、七龄有奇的孤儿，只落得凄凄楚楚，呜呜咽咽，哭向西宫去了。唐虞时有此惨状否？当下由群臣会议，取消周主尊号，改称郑王，符太后为周太后，命周宗正郭玘祀周陵庙，仍饬令岁时祭享。一面改定国号，因前领归德军在宋州，特称宋朝，以火德王，色尚赤，纪元建隆，大赦天下。追赠韩通为中书令，厚礼收葬。首赏佐命元功，授石守信为归德节度使，高怀德为义成军节度使，张令铎为镇安军节度使，王审琦为泰宁军节度使，张光翰为江宁军节度使，赵彦徽为武信军节度使，并皆掌侍卫亲军。擢慕容延钊为殿前都点检，所遗副都点检一缺，令高怀德兼任。赐皇弟匡义为殿前都虞侯，改名光义。赵普为枢密直学士，周宰相范质依前守司徒兼侍中。王溥守司空，兼门下侍郎。魏仁甫为尚书右仆射，兼中书侍郎，均同平章事。一班攀龙附凤的人员，一并进爵加禄，不可殚述。从此，方面大耳的赵匡胤，遂安安稳稳的做了宋朝第一代祖宗，史称为宋太祖皇帝。后人有诗叹道：

> 周祚已移宋鼎新，首阳不食是何人？
> 片言未合忙投拜，可惜韩通致杀身。

还有一切典礼，依次举行，容至下回续叙。

陈桥兵变，黄袍加身，史家俱言非宋祖意，吾谓是皆为宋祖所欺耳。北汉既结辽为寇，何以不闻深入，其可疑一；都下甫事发兵，点检做天子之谣，自何而来？其可疑二；诸将谋立新主，而匡义、赵普何以未曾入白，即部署诸将，诘朝行事？其可疑三；奉点检为天子，而当局尚未承认，何来黄袍，即可加身？其可疑四；韩通为王彦昇所杀，并且戮及妻孥，而宋祖入都以后，何不加彦昇以擅杀之罪？其可疑五；既登大位，于尊祖崇母诸典，尚未举行，何以首赏功臣，叠加宠命？其可疑六。种种疑窦，足见宋祖之处心积虑，固已有年，不过因周世宗在日，威武过人，惮不敢发耳。世宗殂而妇寡儿孤，取之正如拾芥，第借北征事瞒人耳目而已。吾谁欺？欺天乎？本回虽就事叙事，而微意已在言表，阅者可于夹缝中求之。

第六回

公主钟情再婚志喜　孤臣败死一炬成墟

却说宋太祖既登大位，追崇祖考，用兵部尚书张昭言，立四亲庙，尊高祖朓为僖祖文献皇帝，曾祖珽为顺祖惠元皇帝，祖敬为翼祖简恭皇帝，妣皆为皇后，父弘殷为宣祖昭武皇帝，每岁五享，朔望荐食荐新，三年一祫，五年一禘。庙祀既定，尊母杜氏为皇太后。先是楚昭辅入都，驰慰太祖家属，杜氏闻报，惊语道："我儿素有大志，今果然成功了。"杜氏此言，已将宋祖阴谋，和盘托出。及尊为太后，御殿受朝，太祖下拜，群臣皆行朝贺礼，杜氏并无喜色，反觉满面愁容。左右进言道："臣闻母以子贵，今子为天子，太后反有忧色，究为何事？"杜氏道："先圣有言：'为君难。'天子置身民上，果能制治得宜，原可尊荣过去，倘或失道，恐将来欲做一匹夫，尚不可得，你等道可忧不可忧么？"却是名言。太祖闻言再拜道："谨遵慈训，不敢有违！"既退殿，宋祖又复临朝，拟册立夫人王氏为皇后。太祖元配贺氏见第一回。生一子二女，子名德昭，显德五年病殁；嗣聘彰德军节度使王饶女为继室，周世宗曾赐给冠帔，封琅邪郡夫人，至是册立为后，免不得又有一番典仪，这且毋庸细表。

惟宋祖有妹二人，一已夭逝，追封为陈国长公主，一曾出嫁米福德，不幸夫亡，竟致寡居，太祖封她为燕国长公主。公主韶年守媚，寂寞兰闺，时增伤感，对着春花秋月，尤觉悲从中来。自从宋祖为帝，及尊母册后诸隆仪，陆续举行，阖宫统是欢忻，独公主勉强入贺，整日里颦着双眉，并不见有解颐的时候。太祖情笃同胞，瞧着这般情形，自然格外怜悯。可巧殿前副点检高怀德适赋悼亡，他遂想出一个移花接木的法儿，玉成两美。

这高怀德系真定郡人，父名行周，曾任周天平节度使。怀德生长将门，素有膂力，且生得一副好身材，虎臂猿躯，豹头燕颔，此时正在壮年，理应速续鸾胶，再敦燕好。太祖遂与太后商议，拟将燕国长公主嫁与怀德。杜太后迟疑道："这事恐未便做得。"太祖道："我妹华年，不过逾笄，怎忍令她长守空闺，终身抱恨？"阿兄既可负君，阿妹何妨变节！杜太后道："且待问明女儿，再作计较。"太祖退出，太后即召入公主，与她密谈。公主听到"再嫁"二字，不禁两颊微酡，俯首无语。春心已动。杜太后道："为母的也不便教你变节，但你兄恰恰怜你寂寂寡欢，是以设此一法。"公主恰支吾对付道："我兄贵为天子，无论宫廷内外，均应遵他命令，女儿怎好有违？"说到"违"字，脸上的桃花，愈现愈红，自觉不好意思，即拜别出室去了。原来高怀德入直殿廷，公主曾窥他仪表过人，暗中叹羡，今承母兄意旨，欲与他结为夫妇，真是意外遭逢，三生有幸，也顾不得什么柏舟操、松筠节了。嫠妇失节，往往为此一念所误。宋太祖闻妹有允意，即谕意赵普、窦仪，浼他们作伐。两人欣然领命，即与怀德面商。怀德也尝见过公主，姿色很是可人，况又是天子胞妹，娶为继室，就是现成的皇亲，乐得满口应允，毫不支吾。有愧汉宋弘多矣。普、仪大喜，即去复旨。得喝媒酒，如何不喜！当饬太史择定吉日，行合婚礼，并赐第兴宁坊。藏娇合筑金屋。

届期这一日，高第备了全副仪仗，拥着凤舆，由怀德乘马亲迎。到了宫门，下马而入。司礼官引就甥馆，当有诏书颁下，特拜为驸马都尉。怀德北面叩谢，卤簿使整备送亲仪仗，陈列宫中。司礼官再引怀德出馆，至内东门外，鞠躬西向，令随员执雁敬呈，司礼官奉雁以进，至奠雁礼成，笙簧叠韵，琴瑟谐声，但见这位燕国长公主，装束与天仙相似，由宫娥彩女等簇拥出来，缓步登舆。怀德再拜，拜毕，司礼官即导出宫门，看怀德上马，才行退去。怀德回至本第，下马恭候，待凤舆到来，向舆一揖，至公主下舆，乃三揖引入，升阶登堂。公主东向，怀德西向，行相见礼。既而彼此易位，行交拜礼。礼成，导入寝室，洞房合卺，一一如仪。是时文武百官相率趋贺，宾筵丰备，雅乐铿锵，说不尽的繁华，描不完的热闹。怀德出房陪宾，等到酒阑席散，方才归寝。公主已易浅妆，和颜相迎，彼此在灯下窥视，一个是盛鬋丰容，倍增艳丽，一个是广颐方额，绰有丰神，大家都是过来人，当即携手入帏，同圆好梦。这一夜的枕席风光，比那第一次婚嫁时，更添几倍，从此情天补恨，缺月重圆，好算是内无怨女，外无旷夫了。逐层写来，语多讽刺。

　　哪知么弦方续，鼖鼓复兴，一道诏书，传入高第，竟令高怀德同讨李筠，即日出师。燕国长公主又不免有陌头春色之感，应暗怨阿兄太不解事。李筠，太原人，历事唐、晋、汉三朝，累积战功。至周擢检校太尉，领昭义军节度使，驻节潞州。正与宋祖比肩。宋祖受禅，加筠中书令，遣使赐册。筠即欲拒命，因宾佐切谏，勉强拜受。及延使升阶，张乐设宴，酒过数巡，忽命悬周太祖画像，瞻望再三，涕泣不已。宾佐在旁惶骇，亟语使臣道："令公被酒，致失常度，幸弗怀疑！"及罢宴后，使臣拜别还京，奏陈详情，太祖尚搁置不提。会北汉主刘钧闻筠有拒宋意，遂遣人驰递蜡书，约筠一同起兵。筠即欲举事，长子守节进谏道："潞州一隅，恐不足当大梁，还乞父亲持重，幸勿暴举！"筠怒道："你晓得什么？赵匡胤欺弄孤寡，诈称辽、汉犯边，出兵陈桥，买嘱将士归己，回军逼宫，废少主，幽太后，大逆不道，我还好北面事他么？今日为周讨逆，就使不成，死亦甘心。"说一死字，已伏祸谶。守节复涕泣道："父亲即欲举兵，亦须预策万全，依儿想来，不如将北汉来书，寄上汴都，宋主见我效忠，当然不生疑忌，那时我可相机行事，袭他不备了。"筠答道："这却是条好计，我就遣你南去，赍递北汉来书，一面窥伺宋廷举动。倘遇故人，亦可预约内应。事关机密，你应慎行！"

守节领了父命，即日南下。既至汴都，便入朝太祖，呈上北汉书信。太祖阅毕，便道："你父有此忠诚，朕深嘉慰。你可在此为皇城使，朕当命使慰谕便了。"守节谢恩而出。太祖即亲写诏书，派使复往潞州。守节留仕汴中，见都下很是安稳，各镇俱奉表归诚，毫无异言，料知潞州不便窃发，乃作书寄父，劝父效顺宋廷，勿生异图。不意李筠不从，反将朝使羁住，不肯放归。宋祖闻得此信，便召谕守节道："你父逆迹已著，你应在此抵罪。"前留为皇城使，已是不怀好意。守节慌忙叩首道："臣尝泣谏臣父，勿生异心。"太祖道："朕早知道了。留意已久，故无不察悉。朕特赦你，着你归语你父：朕未为天子时，你父可自由行动，朕既为天子，奈何不守臣节哩？"守节复叩头辞归。返至潞州，入见李筠，备陈一切，且劝父切勿用兵，归使谢罪。筠复怒道："你既得归来，还怕什么？"当下嘱幕府草定檄文，历数宋祖不忠不孝的罪状，布告天下，并执监军周光逊等，押送北汉，求即济师。一面遣骁将儋珪，往袭泽州。儋珪善驰马，每日能行七百里，受遣后，带兵数百，飞行至泽州。泽州刺史张福尚未闻潞州变事，当即开城迎珪，未及开口，已被珪一刀杀死，珪即麾兵入城，据住泽州，驰书告捷，李筠大喜。从事闾丘仲卿献议道："公孤军起事，势甚危险，虽有河东援师，恐未必足恃。河东指北汉。大梁甲兵精锐，难与交锋，不如西下太行，直抵怀孟，寨虎牢，据洛邑，东向争天下，方为上计。"原是良策。筠毅然道："我乃周朝宿将，与世宗义同兄弟，禁卫军皆我旧部，闻我起兵讨逆，势必倒戈归我，况有儋珪等骁悍绝伦，何愁不踏平汴梁哩？"慢着！仲卿见计议不用，默然退去。

嗣闻北汉主刘钧率兵到来，筠即至太平驿迎谒，拜伏道旁。不愿臣宋，胡甘拜汉？汉主即面封筠为平西王，赐马三百匹，召入与语。筠略言："受周厚恩，不敢爱死。"刘钧默然不答。原来周、汉系是世仇，李筠提及周朝，反惹汉主疑忌，因此不愿答言，反令宣徽使卢赞，监督筠军。筠与赞偕返潞州，心甚不平，时与赞有龃龉。赞密报汉主，汉主复遣平章事卫融，替他和解。筠总是不乐。且见汉兵甚少，越加悔恨，怎奈箭在弦上，不得不发，只好留守节居守，自率部众南来。

警报传达宋廷，太祖即诏命石守信为统帅，高怀德为副，兴师北征。怀德正在私第与燕国长公主小饮，把酒言欢，蓦闻诏书颁到，即忙出厅拜受，俟赍诏官已去，入语公主道："北汉刘钧，此次与李筠连兵，真来入寇了。"前借刘钧口中，叙及宋祖诈谋，此复借高怀德言，以证实之。可见陈桥出师，并非真因防寇，故受禅后，全未提及寇警。公主闻言，不觉惹起情肠，含着三分忧色。极力揶揄，不肯放过一笔。怀德道："公主休忧！区区小丑，有什么难平？我军一出，指日即可凯旋了。"公主含泪道："但愿马到成功，免得深闺悬念。"怀德复劝慰数语，再与公主饮了数杯，便冠带入朝。石守信既在朝听训，怀德抢步入殿，朝见礼毕，闻太祖宣谕道："两卿此行，慎勿纵李筠西下太行，须迅速进兵，扼住要隘，自可破敌，朕亲为后应便了。"间丘仲卿之计，宋祖也自防着。怀德与守信叩头领旨，退朝整军，准备出发。

濒行时，怀德又回第别过公主，公主谆嘱小心，送出门外，然后启行。再添一笔。途次，复闻太祖诏命，遣慕容延钊、王全斌出兵东路，夹击李筠，越觉放胆前进。行至长平，望见前面有敌营驻扎，当即列阵搦战。李筠跃马而出，望见石守信、高怀德，便大呼道："石、高两将军，为何甘心附逆，快快倒戈，随我杀入汴都，尚可悔罪补过！"石守信怒道："李筠匹夫听着！你是唐、晋旧臣，为什么改事周室？唐、晋亡国，你却坐视，目今大宋受禅，故君无恙，你反跋扈猖獗，是何道理？快快下马受缚，免你一死！"无瑕者始可戮人，李筠亦未免失着。高怀德不待说毕，便挺枪出阵，麾兵大进。李筠也率兵抵敌，彼此麾斗一场。看看天色将晚，各自收军。次日复战，正杀得难解难分，忽见慕容延钊一军杀到，突入李筠阵内。李筠部下，顿时散乱。石守信、高怀德等，乘势掩杀，把筠军冲作数截。李筠不敢恋战，斜刺冲出，拨马返奔。宋军追了一程，方才退回。

诸将纷纷献功，呈上首级，共约三千余颗，石守信一一记录，复与慕容延钊、高怀德商议进兵。慕容延钊道："王将军全斌，已绕道进捣泽州，我等须前去接应为是。"石守信道："这却不宜迟缓，应即刻进行。"当下传令拔营，三军并进。约行数十里，已至大会寨。这寨倚山为固，势甚扼要，李筠收集败军，在此把守，几有一夫当关、万夫莫开的形状。宋军鼓着锐气，猛扑数次，都被矢石射回。高怀德大愤，拟亲冒矢石，引兵攻寨。不念公主谆嘱么？延钊道："且慢！王将军若至泽州，寨内必有消息，待他军心一乱，便容易攻入了。"于是择地立营，休息一宵。次日再去进攻，仍不能下。又越日依然未克。石守信复语延钊道："寨中坚守如故，并没有内溃情状，想是王将军未到泽州呢。"延钊道："这也未能臆料。且设法攻入此寨，再作计较。"守信道："计将安出？"延钊遂与守信附耳数语，守信大喜，便依计而行。

　　翌日，由延钊出马，直至寨前，大呼"李筠叛贼，快出寨来，与我斗三百合"。寨卒入报李筠，李筠忍耐不住，即出寨迎敌。两下相见，也不答话，便抡刀酣斗，战了二十余合，高怀德纵马前来，大呼道："待我来杀这叛贼罢！"延钊闻声，就虚晃一刀，勒马回阵。怀德挺枪出斗，又是二三十合，故意的装着力怯，倒退下来。延钊又复接战，杀得李筠性起，高叫道："任你一齐都来，我也不怕！"说着，舞动大刀，越战越紧。寨内复趋出卢赞、卫融两人，各执兵器，前来助阵，慕容延钊佯为失色，勒马奔回。李筠见已得势，步步紧逼，延钊、怀德索性招兵退走，奔驰了五六里。筠与卢赞、卫融等奋力追赶，蓦听得一声炮响，石守信伏兵齐起，从旁突出，杀入筠军。延钊、怀德，也即杀回。卢赞、卫融料不能胜，竟返军北走，<small>此所谓胜不相让，败不相救。</small>剩得李筠一支孤军，如何支撑，慌忙返奔。那手下兵士，已伤亡无算，及奔至寨旁，但见寨外已竖起大宋赤帜，有一员金盔铁甲的宋将，领着宋军，从寨内杀出，吓得李筠莫明其妙，只好大吼一声，向西北角遁去。那将也不追赶，便迎接石守信等，一同入寨。看官道此将是谁？原来就是王全斌。<small>叙笔突兀。</small>全斌本欲潜往泽州，因看路上多山，崎岖得很，恐孤军有失，所以中途返辔，绕出大会寨，来会石守信、高怀德等军。入寨后表明一切，彼此统是欢喜。

　　忽有殿前侍卫到来，报称御驾将至，石守信等忙出寨十里，恭迓御跸。既与太祖相见，行过了礼，便拥护入寨，暂憩一宿，翌日即下令亲征。途次山岭复杂，乱石嵯峨，太祖亲自下马，先负数石，将校不敢少懈，争将大石搬去，立刻平为大道。各队陆续启行，将近泽州，见敌寨据住要隘，阻兵前进。原来李筠向北遁去，与卢赞、卫融遇着，择险扼守，扎下数营。太祖便令进攻，李筠、卢赞，并马出来，慕容延钊、高怀德上前厮杀，李筠接住延钊，卢赞接住怀德，四匹马搅做一团，盘旋了好几合，但听怀德叫声"下去！"，把卢赞刺落马下。筠军中一将趋出，大呼道："怀德休得逞威！我来也。"怀德视之，乃是河阳节度范守图，与李筠串同一气，便道："叛贼！你也来寻死么？"随即挺枪再战。王全斌也舞枪拨马，来助怀德，双枪并举，害得范守图手忙脚乱，一个破绽，被怀德活擒过去。李筠见两将失手，只好撇下延钊，与卫融一同回马，跑入泽州。宋军追至城下，四面围攻，都校马全义攻打南门，率敢死士数十人，攀堞登城，城中霎时火起，只见得黑烟遍地，烈焰冲天，小子有诗叹道：

> 拼将一死效孤忠，臣力穷时恨不穷。
> 厝火积薪甘烬骨，满城烟雾可怜红。

毕竟城中何故火起，且看下回说明。

燕国长公主初适米福德，福德卒，再适高怀德，是公主再醮事，确有证据，且载明系建隆元年事。夫男得重聘，妇无再嫁，经义俱存，不容废易，况宋祖初登帝位，礼乐制度正待振兴，顾可令寡妹再醮，有乖名节乎？本回叙述特详，隐含讥刺，是所以垂戒后世，而为名教之树防也。若李筠为周拒宋，涕泣兴师，不得谓非义举，但彼尝臣事唐、晋、汉、周四朝矣，不为唐、晋、汉出死力，独为郭氏表孤忠，是岂郭家以国士待之，乃以国士报乎？然不从间丘仲卿之计，徒欲借北汉为后援，所倚非人，所为未善，徒付诸煨烬而已，可悲亦可叹也！

第七回

李重进阖家投火窟　宋太祖杯酒释兵权

却说泽州城中，忽然火起，看官道火从何来？说来又是话长，小子只好大略叙明。原来李筠遁入泽州，即遣儋珪守城。珪见宋军势大，竟缒城遁去，*本是善驰，不走何待？*急得李筠仓皇失措。筠妾刘氏随至军中，劝筠备马夜遁，返保潞州，筠犹豫未决。或谓城门一发，部下或劫公出降，悔不可及，不如固守为是。筠乃决计死守。会宋将马全义登城，城已被破，筠遂拟取薪自焚。刘妾亦欲从死，筠叹道："我自问已无生理，所以甘心赴火，你肯从死，志节可嘉；但你方有娠，倘得生男，将来或可报仇，快自去逃生罢！"刘氏号泣而去。筠遂纵火焚死，火随风猛，转眼间红光四映，照彻全城，守卒均已骇散。宋将马全义下城开门，放入宋军。王全斌首先杀入，正遇卫融匹马奔逃，当即喝声休走，卫融勉强抵敌，不到三合，便被全斌擒住；城内兵民，亦多被全斌杀毙。经太祖入城，先令人救灭了火，然后揭榜安民。军士推上卫融，太祖劝他降顺。卫融奋然道："你敢负周，我不负汉！"*痛快！*这两语惹动太祖怒意，命卫士用铁挝猛击中卫融额，血流满面。融大呼道："死不负主，死也值得了！"太祖见他语直气壮，又不觉怜悯起来，*并非不忍杀融，实由自己心虚。*即令卫士罢手，将融释缚，善言劝慰，使为太府卿。融乃愿降。*有始无终。*

越日，复进攻潞州，守节大惊，飞向汉主处求援。哪知汉主刘钧早已遁去，一时没法摆布，只好束手待毙。至太祖已到城下，谕令守节速降，免罪不究，守节乃出城迎驾，匍匐乞死。太祖道："你父为逆，你却知忠，朕岂不分善恶，专事孥戮么？今特赦你，且授你为团练使，你好好干蛊，毋负朕恩！"守节叩谢。太祖入潞州城，安民已毕，遍宴从臣，并令守节预宴，赐他袭衣锦带，银鞍勒马。守节感激万分，匍匐地上，磕了好几个响头。如死父何。待至宋祖还跸，方查访父亲，刘氏。刘氏逃入民家，经守节寻还，后来果生一男。守节历任单、济和三州团练使，才逾壮年，病殁无子，幸刘氏所生的男孩儿，得承李祀，不致绝后，这或是李筠孤忠的报应，亦未可知。意在勉人。

话休叙烦。且说宋太祖既平潞州，班师还都。过了数日，有南唐使臣入朝，赍表贺捷，并附呈淮南节度使李重进密书，由太祖展阅，内云：

> 周淮南节度使李重进，奉书南唐主麾下：重进，周室之懿亲，藩镇之旧臣，世受先帝深恩，不忍背负，今将举兵入汴，乞大王援助一旅之师，联镳齐进，声罪致讨，若幸得成功，重进当拱手听命，还爵朝廷，少效臣节于万一，宁敢穷兵黩武为哉？惟大王垂谅焉！

太祖览毕，勃然道："重进竟敢叛朕么？我曾遣陈思诲前去，赐他铁券，优旨抚慰，今思诲尚未回来，他却潜结南唐，竟敢为逆，情殊可恨！"又语唐使道："尔主竭诚事朕，朕心甚慰。尔可回去，转告尔主，守住要隘，勿使叛兵侵入，朕即日发兵平淮便了。"唐使领命去讫。太祖即饬石守信、王审琦、李处耘、宋偓四将，分领禁兵，出征重进。此次不及高怀德，想是怜念胞妹。四将亦启程去了。

　　小子叙到此处，不得不将重进履历，略行表明。重进系周太祖郭威甥，生长太原，历事晋、汉、周三朝。周末任为淮南节度使，镇守扬州。太祖禅位，加授中书令，命移镇青州。重进本与太祖比肩事周，分握兵柄，至闻太祖受禅，恐为所忌，常不自安；及移镇命下，心益怏怏。李筠举兵，消息传到扬州，重进特遣亲吏翟守珣，往潞联盟，定议南北夹攻，哪知守珣反潜至汴都，求见太祖。太祖问明底细，便语守珣道："他无非防朕加罪，因蓄异图，朕今赐他铁券，誓不相负，他可能相信否？"守珣道："臣见重进终有异志，愿陛下先事预防！"太祖点首道："朕与你相识有年，所以你特报朕，可谓不负故交了。但朕欲亲征潞州，恐重进乘虚掩袭，多一掣肘，烦你归劝重进，令他缓发，休使二凶并作，分我兵势。待朕平潞后，再征重进，较易为力了。"守珣唯唯遵旨。太祖复厚赐守珣，命返扬州。守珣见了重进，说了一派谎语，止住重进发兵，重进乃按兵不动。误了，误了。至太祖北征，尚恐重进袭他后路，特遣六宅使宋初武职诸司，有六宅正副使，陈思诲赍奉诏书，赐重进铁券。重进留住思诲，只说待太祖还汴，一同入朝。既而太祖奏凯回来，重进颇有惧意，拟即整理行装，随思诲朝汴。偏部将向美、湛敬等，入阻重进道："公是周室至亲，总不免见忌宋主，若再入朝，适中他计，恐一去不得复还了。"重进道："倘或宋主加责，奈何？"向美道："古人有言：'宁我薄人，毋人薄我。'今当宋主平潞，兵力已疲，何不即日兴兵，直捣汴京，这乃叫做先发制人呢。"重进道："兵力不足，恐不济事。"湛敬答道："可拘住汴使，向唐乞援，若得唐兵相助，何愁大事不成？"李筠乞师北汉，并未成功，岂湛敬独未闻知么？重进道："事宋拒宋，始终难免一死，我就依你照办罢！"又是一个死谳。当下拘住思诲，投书南唐，一面修城缮甲，准备战守。

转瞬数日，忽有探卒来报，宋军已南来了，重进大惊道："唐兵未出，宋军已至，如何是好？"向美、湛敬统不免有些惊惶，但此次兵祸，是由他两人惹引出来，也只好硬着头皮，请兵前往。重进发兵万人，令他带去对仗，自己在城居守，静听战阵消息。谁知警报迭来，都是败耗。嗣闻太祖又亲自南征，更惊慌的了不得，正拟添募兵上，接应前敌，忽见湛敬狼狈逃回，报称向美阵亡，兵士多半丧失了。扬州战事，全用虚写，盖因重进兵力，不逮李筠，史家概从简略，故本书亦用简笔。重进经此一惊，更吓得面色如土，蓦闻城外喊声大震，鼓角齐鸣，料知宋军杀到，勉勉强强的登城一望，但见军士如蚁，矛戟如林，迤逦行来，长约数里；最后拥着一位宋天子，全身甲胄，耀武扬威，端的是开国英君，不同凡主。当下长叹一声，下城语众道："我本周室旧臣，理应一死报主，今将举族自焚，你等可自往逃生罢！"左右请杀思诲，聊以泄恨。重进道："我已将死，杀他何益？"言已，即令家人取薪举火，先令妻子投入火中，然后奋身跃入，一道青烟，都化为焦骨了。想与李筠同事祝融去了。重进已死，全城大乱，还有何人防守？宋军当即登城，鱼贯而进，拿住湛敬等数百人。至太祖入城，查系逆党，尽令枭首。复问及陈思诲，当有将士探报，已被逆党杀毙，横尸狱中。太祖很是叹惜，命厚礼殡葬。再访翟守珣，好容易才得寻着，太祖慰谕道："扬州已平，卿可随朕同去！"守珣道："臣恐重进怀疑，所以避死，今日复见陛下，不啻重逢天日。但臣事重进有年，不忍见他暴骨扬灰，还乞陛下特别开恩，许臣收拾烬余，藁葬野外，臣虽死亦无恨了。"太祖道："依卿所奏，朕不汝罪！"守珣乃自去拾骨，贮棺出埋，然后随驾还朝。

太祖将发扬州，唐主李景原名璟，改名为景。遣使犒师，并遣子从镒朝见，太祖慰劳有加。忽有唐臣杜著、薛良二人投奔军前，献平南策。太祖怒道："唐主事朕甚谨，你乃欲卖主求荣，良心何在？"随喝左右道："快与我拿下！"全是权术。卫士将两人缚住，由太祖当面定刑，命将杜著斩首，薛良戍边。其实他两人本得罪南唐，乘间逃来，意欲脱罪图功，不料弄巧反拙，一杀一戍，徒落得身名两丧，悔已无及，这也所谓自作孽、不可逭哩。为卖主求荣者，作一般鉴。

且说扬州已平，太祖还汴，饮至受赏，不消细说。惟翟守珣得补官殿直，未几即为供奉官，有时且命守珣等随驾微行。守珣进谏道："陛下幸得天下，人心未安，今乘舆轻出，倘有不测，为之奈何？"太祖笑道："帝王创业，自有天命，不能强求，亦不能强拒。从前周世宗在日，见有方面大耳的将士，时常杀死，朕终日侍侧，未尝遭害，可见得天命所归，断不至被人暗算呢。"这也是聪明人语，看官莫被瞒过。一日，又微行至赵普第，赵普慌忙出迎，导入厅中，拜谒已毕，亦劝太祖慎自珍重。太祖复笑语道："如有人应得天命，任他所为，朕亦不去禁止呢。"普又答道："陛下原是圣明，但必谓普天之下，人人悦服，无一与陛下为难，臣却不敢断言。就是典兵诸将帅，亦岂各个可恃？万一乘间窃发，祸起萧墙，那时措手不及，后悔难追。所以为陛下计，总请自重为是！"太祖道："似石守信、王审琦等，俱朕故人，想必不致生变，卿亦太觉多虑。"赵普道："臣亦未尝疑他不忠，但熟观诸人，皆非统驭才，恐不能制服部下，倘或军伍中胁令生变，他亦不得不唯众是从了。"太祖不禁点首，寻复语普道："朕未尝耽情花酒，何必出外微行，正因国家初定，人心是否归向，尚未可料，所以私行察访，未敢少怠哩。"原来为此。赵普道："但教权归天子，他人不敢觊觎，自然太平无事了。"太祖复谈论数语，随即回宫。

一日复一日，又是建隆二年，内外各将帅依然如故，并没有变动消息。赵普私下着急，但又不便时常进言，触怒武夫，没奈何隐忍过去。到了闰三月间，方调任慕容延钊为山南东道节度使，撤销殿前都点检一职，不复除授。拔去一钉。嗣是过了两三月，又毫无动静，直至夏秋交界，太祖召赵普入便殿，开阁乘凉，从容座谈。旁无别人，太祖喟然道："自从唐季至今，数十年来，八姓十二君，篡窃相继，变乱不休，朕欲息兵安民，定一个长久计策，卿以为如何而可？"普起对道："陛下提及此言，正是人民的幸福。依臣愚见，五季变乱，统由方镇太重，君弱臣强；若将他兵权撤销，稍示裁制，何患天下不安？臣去岁也曾启奏过了。"太祖道："卿勿复言，朕自有处置。"普乃退出。

次日，太祖晚朝，命有司设宴便殿，召石守信、王审琦、张令铎、赵彦徽等入宴。酒至半酣，太祖屏退左右，乃语众将道："朕非卿等不及此。但身为天子，实属大难，不若为节度使时，尚得逍遥自在。朕自受禅以来，已是一年有余，何从有一夕安枕哩。"守信等离座起对道："陛下还有什么忧虑？"太祖微笑道："朕与卿等统是故交，何妨直告。这皇帝宝位，哪个不想就座呢。"守信等伏地叩首道："陛下奈何出此一谕？目今天下已定，何人敢生异心？"太祖道："卿等原无此心，倘麾下贪图富贵，暗中怂恿，一旦变起，将黄袍加汝身上，汝等虽欲不为，也变做骑虎难下了。"推己及人。守信等泣谢道："臣等愚不及此，乞陛下哀矜，指示生路！"太祖道："卿等且起！朕却有数语，与卿等熟商。"守信等遵旨起来，太祖道："人生如白驹过隙，忽壮、忽老、忽死。总没有几百年寿数，所以萦情富贵，无非欲多积金银，厚自娱乐，令子孙不至穷苦罢了。朕为卿等打算，不如释去兵权，出守大藩，拣择良好田园，购置数顷，为子孙立些长业；自己多买歌童舞女，日夕欢饮，借终天年；朕且与卿等约为婚姻，世世亲睦，上下相安，君臣无忌，岂不是一条上策么？"守信等又拜谢道："陛下怜念臣等，一至于此，真所谓生死肉骨了。"是日尽欢乃散。越日均上表称疾，乞罢典兵，太祖遂命石守信为天平节度使，王审琦为忠正节度使，张令铎为镇宁节度使，赵彦徽为武信节度使，皆罢宿卫就镇。就是驸马都尉高怀德也出为归德节度使，撤去殿前副都点检。防之耶？抑借之以解嘲耶？诸将先后辞行，太祖又特加赐赉，都欢欢喜喜的去了。从此安享天年，不再出现。

过了数年，太祖欲召天雄军节度使符彦卿，入典禁兵。这彦卿系宛邱人，父名存审，曾任后唐宣武军节度。彦卿幼擅骑射，壮益骁勇，历晋、汉两朝，已累镇外藩；周祖即位，授天雄军节度使，晋封卫王。世宗迭册彦卿两女为后，就是光义的继室，也是彦卿第六女。所以周世宗加封彦卿为太傅，宋太祖更加封他为太师。至此因将帅多已就镇，乃欲召彦卿入值。赵普闻知消息，忙进谏道："彦卿位极人臣，岂可再给兵柄？"太祖道："朕待彦卿素厚，谅他不至负朕。"妹夫尚令他就镇，难道姻长独可靠么？赵普突然道："陛下奈何负周世宗？"兜心一拳。太祖默然，因即罢议。既而永兴军节度使王彦超、安远军节度使武行德、护国军节度使郭从义、定国军节度使白重赞、保大军节度使杨廷璋等，同时入朝，太祖与宴后苑，从容与语道："卿等均国家旧臣，久临剧镇，王事鞅掌，殊非朕优礼贤臣的本意。"说至此，彦超即避席跪奏道："臣素乏功劳，忝膺荣宠，今年已衰朽了，幸乞赐骸骨，归老田园！"太祖亦离座亲扶，且嘉慰道："卿可谓谦谦君子了。"武行德等不知上意，反历陈平昔战功，及履历劳苦。太祖冷笑道："这是前代故事，也不值再谈呢。"行德等碰这钉子，实是笨伯。至散席后，侍臣已料有他诏，果然次日下旨，将武行德等俱罢节镇，惟王彦超留镇如故。小子有诗叹道：

尾大原成不掉忧，日寻祸乱几时休？
谁知杯酒成良策，尽有兵权一旦收。

宿卫藩镇，先后裁制，太祖方高枕无忧；谁知国事粗安，大丧又届。究竟何人归天，侯至下回分解。

李重进为周室懿亲，如果效忠周室，理应于宋祖受禅之日，即起义师，北向讨逆，虽或不成，安得谓为非忠？至于李筠起事，始遣翟守珣往潞议约，晚矣。然使与筠同时并举，南北夹攻，则宋祖且跋前疐后，事之成败，尚未可知也，乃迟回不决，直至潞州已平，乃思发难，昧时失机，莫此为甚。且令后世目为宋之叛臣，不得与韩通、李筠相比，谓非死有余憾乎？赵普惩前毖后，力劝宋祖裁抑武夫，百年积弊，一旦革除，读史者多艳称之。顾亦由宋祖智勇素出诸将右，石守信辈惮其雄威，不敢立异，乃能由彼操纵耳。不然，区区杯酒，寥寥数言，宁能使若辈服帖耶？然后世子孙庸弱不振，卒受制于夷狄，未始非由此成之。内宁即有外忧，此方正学之所以作深虑论也。

第八回

遣师南下戡定荆湘　冒雪宵来商征巴蜀

　　却说建隆二年夏六月，杜太后寝疾，宋祖日夕侍奉，不离左右，奈病势日重一日，未几痰喘交作，势且垂危。太后自知不起，乃召集子孙并枢密使赵普，同至榻前，先语太祖道："你身登大宝，已一年有余，可知得国的缘由么？"太祖答道："统是祖考及太后余庆，所以得此幸遇。"太后道："你错想了！周世宗使幼儿主天下，所以你得至此。你百年后，帝位当先传光义，光义传光美，光美传德昭，国有长君，乃是社稷幸福，你须记着！"太祖泣道："敢不遵教！"太后复顾赵普道："你随主有年，差不多似家人骨肉，我的遗言，烦你亦留心记着，不得有违！"赵普受命，就于榻前写立誓书，先书太后遗嘱，末后更连带署名，写了"臣赵普谨记"五字，即收藏金匮中，着妥当宫人掌管，总道是开国成规，世世勿替了。为后文背誓张本。原来杜太后生五子，长匡济，次即太祖，三匡义，四匡美，五匡赞。匡济、匡赞早亡，太祖即位，为了避讳的缘故，将所有兄弟原名，统改匡为光，所以太后遗嘱中，也称光义、光美。德昭乃太祖子，即元配贺夫人所出，前已叙过，想看官亦应接洽了。事关国祚，不嫌复笔。自金匮立誓后，不到两日，太后即崩于滋德殿，年六十，谥曰"明宪"。乾德二年，复改谥"昭宪"，合祔安陵，这且搁下不提。

　　且说太祖用赵普计，既尽收宿将兵柄，及藩镇重权，乃选择将帅，分部守边，命赵赞屯延州，姚内斌守庆州，董遵诲屯环州，王彦昇守原州，冯继业镇灵武，控扼西陲；李汉超屯关南，马仁瑀守瀛州，韩令坤镇常山，贺维忠守易州，何继筠领棣州，防御北狄；又令郭进镇西山，武守琪戍晋州，李谦溥守隰州，李继勋镇昭义，驻扎太原。诸将家族留居京师，抚养甚厚。所有在镇军务，尽许便宜行事。每届入朝，必召对命坐，赐宴赉金，因此诸将多尽死力，西北得以无虞。羁留家属以防其叛，优加赐赉以买其欢，驭将之道，无逾于此。

惟关南汛地，忽有人民来京控诉，吁称李汉超强占己女，及贷钱不偿事。太祖召语道："汝女可适何人？"该民答道："不过农家。"太祖又问道："汉超未到关南时，辽人曾来侵扰否？"该民道："年年入寇，苦累不堪。"太祖道："今日若何？"该民答言没有。宋祖怫然道："汉超系朕贵臣，汝女畀他为妾，比出嫁农家，应较荣宠。且使关南没有汉超，你的子女，你的家资，能保得全否？区区小事，便值得来此控诉么？下次再来刁讼，决不宽贷！"言毕，喝左右将该民逐出，此种言动，全是权术，不足与言盛王之治。该民涕泣回乡。太祖却遣一密使，传谕汉超道："你亟还民女，并清偿贷款，朕暂从宽典，此后慎勿再为！如果入不敷出，尽可告朕，何必向民借贷哩！"钱财可向你乞济，妻妾不肯令之莅任，奈何？汉超闻言，感激涕零，即遵旨将人财归还，并上表谢罪。嗣是益修政治，吏民大悦。

还有环州守将董遵诲，系高怀德外甥，父名宗本，曾仕汉为随州刺史。太祖微时，尝客游汉东，至宗本署中。宗本颇器重太祖，留住数日，独遵诲瞧他不起，常多侮慢。一夕，语太祖道："我尝见城上紫云如盖，又梦登高台，遇一黑蛇，约长百尺，忽飞腾上天，化龙竟去，这是何故？"太祖微笑不答。越数日，又与太祖谈论兵事，遵诲理屈词穷，反恼羞成怒，竟奋袂起座，欲与太祖角力。太祖匆匆避出，遂向宗本处辞别，自行去讫。至周末宋初，遵诲已任骁武指挥使，太祖在便殿召见，遵诲惶恐得很，伏地请死。太祖令左右扶起，因慰谕道："卿尚记从前紫云化龙的事情么？"遵诲复再拜道："臣当日愚呆，不识真主，今蒙赦罪，当衔环报德。"骄子失势，往往如是。太祖大笑。俄而遵诲部下，有军卒击鼓鸣冤，控告不法事数十件。遵诲益惶恐待罪。太祖复召谕道："朕方赦过赏功，何忍复念旧恶，卿勿复忧！但教此后自新，朕且破格重用。"遵诲又叩首谢恩。遵诲父宗本，世籍范阳，旧隶辽降将赵延寿部下。及延寿被执，乃挈子南奔，惟妻妾陷入幽州，太祖因令人纳赂边民，赎归遵诲生母，送与遵诲。遵诲更加感激，誓以死报。太祖特授为通远军使，镇守环夏。遵诲至镇，召诸族酋长，宣谕朝廷威德，众皆悦服。未几复来扰边，由遵诲发兵深入，斩获无算，边境乃宁。虎狼非不可用，在用之得其道耳。太祖复令文臣知州事，置诸州通判，设诸路转运使，选诸道兵入补禁卫，无非是裁制镇帅，集权中央，于是五代藩镇的积弊，一扫而空了。煞费苦心，方得百年保守。

会太祖复改元乾德，以建隆四年为乾德元年，百官朝贺，适武平节度使周保权，遣使告急。保权系周行逢子，行逢当周世宗时，因平定湖南，受封为朗州大都督，兼武平军节度使，管辖湖南全境。宋初任职如故，且加授中书令。行逢在镇，颇尽心图治，惟境内一切处置，概仍方镇旧态，行动自由。太祖初定中原，不遑过问，行逢得坐镇七年，安享宠荣。既而病重将死，召嘱将校道："我子保权，才十一岁，全仗诸公保护，所有境内各官属，大都恭顺，当无异图。惟衡州刺史张文表，素性凶悍，我死后，他必为乱，幸诸公善佐吾儿，无失土宇，万不得已，宁可举族归朝，无令陷入虎口，这还不失为中策哩。"言讫遂逝。保权嗣位，果然讣至衡州。文表悍然道：

"我与行逢俱起家微贱，同立功名，今日行逢已殁，不把节镇属我，乃教我北面事小儿，何太欺人！"当下带领军士，袭据潭州，杀留后廖简，又声言将进取朗州，尽灭周氏。朗州大震。保权遣杨师璠往讨，并遣使至宋廷乞援。荆南节度使高继冲，亦拜表上闻。继冲系高保勖侄儿，保勖祖季兴，唐末为荆南节度使，历梁及后唐，晋封南平王。季兴死后，子从诲袭爵。从诲传子保融，保融传弟保勖，保勖复传侄继冲，世镇江陵。荆南与湖南毗连，继冲恐文表侵入，所以驰奏宋廷。

太祖闻报，先下诏荆南，令发水师数千名，往讨潭州。已寓深意。然后令慕容延钊为都部署，李处耘为都监，率兵南下。临行时，面谕二将道："江陵南逼长沙，东距建康，西迫巴、蜀，北近大梁，乃是最要的区域。现闻他四分五裂，正好乘势收归，卿等可向他假道，伺隙入城，岂不是一举两得？"这便是假道灭虢之计。二将领命而去。到了襄州，即遣阁门使丁德裕先赴江陵，向他假道。高继冲正遣水军三千人，令亲校李景威统率，出发潭州。已堕宋祖计中。至丁德裕到来，说明假道情形，乃即召僚属会议。部将孙光宪进言道："中国自周世宗，已有统一天下的志向，今宋主规模阔大，比周世宗还要雄武，江陵地狭民贫，万难与宋主争衡，不若早归疆土，还可免祸。就是明公的富贵，当也不至全失哩。"知机之言。继冲踌躇未决，再与叔父保寅密商。保寅道："且准备牛酒，借犒师为名，往觇强弱，再作计较。"继冲道："即请叔父前往便了。"保寅乃采选肥牛数十头，美酒百瓮，往荆门犒师。既至军前，由李处耘接待，很是殷勤，保寅大喜。次日复由慕容延钊召保寅入帐，置酒与宴，相对甚欢。保寅已遣随卒飞报继冲，令他安慰，哪知李处耘即带领健卒乘夜前进，竟达江陵。继冲正待保寅回来，忽闻大兵掩至，急得束手无策，只得出城相迎，北行十余里，正与处耘遇着。处耘揖继冲入寨，令待延钊，自率亲军入江陵城。及继冲得还，见宋军已分据要冲，越觉惶惧，不得已缴出版籍，将全境三州十六县尽献宋廷，当遣客将王昭济奉表赍纳。太祖自然欣慰，遂遣王仁赡为荆南都巡检使，仍令赍衣服玉带、器币鞍勒，赏给继冲，并授为马步都指挥使，仍官荆南节度如故。且因孙光宪劝使归朝，命为黄州刺史。荆南自高季兴据守，传袭三世五帅，凡四十余年，至是纳土归宋，继冲寻改任武宁节度使，至开宝六年病殁，总算富贵终身，了却一世。应了孙光宪之言。

惟慕容延钊、李处耘既袭据江陵，遂进图潭州。是时湖南将校杨师璠已在平津亭大破敌军，擒住张文表，脔割而食。也太残忍。潭州城守空虚，延钊等乘虚掩入，不费兵刃，即得潭州，复率兵进攻朗州。保权尚属冲年，毫无主见，牙将张从富道："目下我兵得胜，气势方盛，不妨与宋军决一胜负。且此处城郭坚完，就使不能战胜，尚可据城固守，待他食尽，自然退去，何足深虑！"以张文表目宋军，拟于不伦。诸将亦多半赞同，遂整缮兵甲，决计抗命。慕容延钊令丁德裕先往宣抚，劝朗州献土投诚。德裕率从骑数百人，直抵朗州城下，呼令开门。张从富在城上应声道："来将为谁？"丁德裕道："我是阁门使丁德裕，特来传达朝旨，宣谕德意！"从富冷笑道："有什么德意？无非欲窃据朗州。汝去归语宋天子，我处封土，本是世袭，张文表已经荡平，不劳汝军入境，彼此各守境界，毋伤和气！"德裕怒道："你敢反抗王师么？"从富道："朗州不比江陵，休得小觑！若要强来占据，我也不怕，请看此箭！"言已，即将一箭射下。德裕乃退，返报延钊。延钊即日奏闻，太祖又遣中使往谕道："汝本请师救援，所以出发大军，来拯汝厄。今妖孽既平，汝等反以怨报德，抗拒王师，究是何意？"从富又拒而不纳，反尽撤境内桥梁，沉船沮河，伐树塞路，一意与宋军为难。延钊、处耘乃陆续进兵。

处耘先到澧江，遥见对岸摆着敌阵，旗帜飘扬，恰也严整得很。处耘阳欲渡江，暗中却分兵绕出上游，潜行南渡。那朗州牙将张从富只知防着处耘，不料刺斜里杀到一支宋军，冲入阵内，慌忙麾兵对仗，战不数合，那对岸宋军又复渡江杀来，害得手足无措，只好逃回朗州。大言无益。宋军俘获甚众，至处耘前报功。处耘检阅俘虏，视有肥壮的人，割肉作糜，分啖左右。又择少壮数名，黥字面上，纵还朗州。被黥的逃入城中，报称宋军好啖人肉，顿时全城惊骇，纷纷逃避。朗州军曾吃过张文表的肉，奈何闻宋军食人，乃惊溃至此？及处耘进抵城南，城中愈乱。张从富自知不支，遁往西山，别将汪端护出周保权及周氏家属，避匿江南岸僧寺中。处耘一鼓入城，待延钊兵到，复出搜逃虏寻至西山下，巧值从富出来，意欲再往别处，冤冤相凑，与宋军遇着，眼见得是束手成擒，身首异处了。再探访至僧寺，又将保权获住，周氏家眷，亦尽做俘囚。只汪端被逃，拥众四掠，复经宋军追剿，把他击死，湖南乃平。保权解至京师，上章待罪，太祖令释缚入朝，一个十一二岁的小孩子，骤睹天威，吓得杀鸡似的乱抖，连"万岁"两字，都模模糊糊的叫不清楚。仿佛刘盆子。太祖不禁怜惜，便优旨特赦，授右千牛卫上将军，葺京城旧邸院，令与家属同居。后来保权年长，累迁右羽林统军，并出知并州，也与高继冲同一善终，这未始非宋祖厚恩呢。

荆、襄既平，太祖复拟荡平南北，因恐兵力过劳，暂令休养。忽军校史珪、石汉卿入白太祖，诬称殿前都虞侯张琼拥兵自盗，擅作威福等情。太祖召琼入殿，面讯一切，琼未肯认罪，反挺撞了几句，引起太祖怒意，喝令掌嘴。那时走过了石汉卿，用铁树猛击琼首，顿时血流如注，晕厥过去。汉卿并将他曳出，锢置狱中。及琼已苏醒，自觉伤重，痛不可忍，乃泣呼道："我在寿春时，身中数矢，当日即死，倒也完名全节，今反死得不明不白，煞是可恨！"应第三回。言毕，遂解下所系腰带，托狱吏寄家遗母；自己咬着牙齿，把头向墙上撞去，创破脑裂，霎时毙命。太祖既闻琼言，复探得琼家毫无余财，未免自悔，命有司厚恤琼家，且严责石汉卿粗莽，便即了案。张琼死谏，咎在宋祖，故特赦之以表其冤。

乾德二年，范质、王溥、魏仁浦三相并罢，用赵普同平章事。宋初官制，多仍唐旧，同平章事一职，在唐时已有此官，就是宰相的代名。太祖既相赵普，复拟置一副相，苦无名称，问诸翰林承旨陶谷。陶谷谓唐有参知政事，比宰相稍降一级。太祖乃命枢密，直学士薛居正、兵部侍郎吕余庆，并以本官参知政事，敕尾署衔随宰相后，月俸杂给视宰相减半，自是垂为定例。惟赵普入相，任职独专，太祖也格外信任，遇有国事，无不咨商。有时在朝未决，到了夜间，太祖且亲至普宅，商及要政。所以普虽退朝，尚恐太祖亲到，未敢骤易衣冠。

一日大雪，辇毂萧条，普退朝后，吃过晚膳，语门客道："主上今日，想必不来了。"门客答道："今夜寒甚，就是寻常百姓，尚不愿出门，况贵为天子，岂肯轻出？丞相尽可早寝了。"普乃易去冠服，退入内室，闲坐片时，将要就寝，忽闻叩门有声，正在动疑，司阍已驰入报道："圣上到了。"普不及冠服，匆匆趋出，见太祖立风雪中，慌忙迎拜，且云："臣普接驾过迟，且衣冠未整，应该待罪。"太祖笑道："今夜大雪，怪不得卿未及防，何足言罪？"一面说着，一面既扶起赵普，趋入普宅。太祖复道："已约定光义同来，渠尚未到么？"赵普正待回答，光义已经驰至。君臣骨肉齐集一堂，太祖戏问赵普道："羊羔美酒可以消寒，卿家可有预备否？"普答言有备。太祖大喜，且命普就地设茵，闭门共坐。普一一领旨，即就堂中炽炭烧肉，唤出妻室林氏，令司酒炙。林氏登堂，叩见太祖，并谒光义，太祖呼林氏道："贤嫂，今日多劳你了。"

赵普代为谦谢。须臾，肉熟酒热，由林氏供奉上来。普斟酒侍饮，酒至半酣，太祖语普道："朕因外患未宁，寝不安枕，他处或可缓征，惟太原一路，时来侵扰，朕意将先下太原，然后削平他国，卿意以为何如？"普答道："太原当西北二面，我军若下太原，便与契丹接壤，边患要我当冲了。臣意不如先征他国，待诸国削平，区区弹丸黑子，哪里保守得住？当然归入版图呢。"老成有识，不愧良相。太祖微笑道："朕意也是这般，前言不过试卿，但今日欲平他国，当先从何处入手？"普答道："莫如蜀地。"太祖点首，嗣复议及伐蜀计策，又谈论了一两时，夜色已阑，太祖兄弟方起身辞去，普送出门外而别。小子有诗咏道：

> 风雪漫天帝驾来，重茵坐饮相臣陪。
> 兴酣商画平西策，三峡烟云付酒杯。

西征议定，战鼓重鸣，宋廷上面，又要遣将调兵，向西出发了。欲知征蜀胜负，请看下回便知。

荆、襄两处唇齿相依，即并力拒宋，亦恐不逮，况外交未善，内乱相寻，宁能不相与沦亡乎？宋太祖欲收荆、湖，何妨以堂堂之师、正正之旗平定两境，而必师假虞伐虢之故智，袭据荆南，次及湖南，是毋乃所谓杂霸之术，未足与语王道者。且观其羁縻李汉超，笼络董遵诲，无一非噢咻小惠之为。至于击死张琼，信谗忘劳，而真态见矣，厚恤家属亦胡益哉？迨观其雪夜微行，至赵普家，定南征北讨之计，后人方侈为美谈，夫征伐大事也，不议诸大廷，乃议诸私第，鬼鬼祟祟，君子所勿取焉。

第九回

破川军孱王归命 受蜀俘美妇承恩

却说蜀主孟昶系两川节度使孟知祥子，后唐明宗封他为蜀王，历史上叫做后蜀，详见《五代史》。唐末僭称蜀帝，未几病殁。子仁赞嗣立，改名为昶。昶荒淫无度，滥任臣僚，所用王昭远、伊审征、韩保正、赵崇韬等，均不称职。昶母李氏，本唐庄宗嫔御，赐给孟知祥，尝语昶道："我见庄宗及尔父灭梁定蜀，当时统兵将帅，必须量功授职，所以士卒畏服。今王昭远本给事小臣，韩保正等又绮绔子弟，素不知兵，一旦有警，如何胜任？"昶母颇有见识。昶不肯从。及宋平荆湖，蜀相李昊又进谏道："臣观宋氏启运，不类汉周，将来必统一海内。为我国计，不如遣使朝贡，免启戎机。"昶颇以为是，商诸昭远。昭远道："蜀道险阻，外扼三峡，岂宋兵所得飞越？主上尽可安心，何必称臣纳贡，转受宋廷节制呢？"昶乃罢朝贡议，并增兵水陆，防守要隘。既而昭远从张廷伟言，劝昶通好北汉，夹攻汴梁。昶乃遣部校赵彦韬等赍送蜡书，令由间道驰往太原。偏彦韬阳奉阴违，竟入汴都，奏闻太祖，太祖展书略阅，但见上面写着：

> 早岁曾奉尺书，远达睿听，丹素备陈于翰墨，欢盟已保于金兰，洎传吊伐之嘉音，实动辅车之喜色。寻于襄汉添驻师徒，只待灵旗之济河，便遣前锋而出境。

太祖览书至此，不禁微笑道："朕正拟发兵西征，偏他先来寻衅，益令朕师出有名了。"遂把原书掷下，安排选将。命忠武军节度王全斌为西川行营都部署，都指挥使刘光义、崔彦进为副，枢密副使王仁赡、枢密承旨曹彬为都监，率部兵六万人，分道入蜀。全斌等入朝辞行，太祖面谕道："卿以为西川可取否？"全斌道："臣等仰仗天威，谨遵庙算，想必克日可取哩。"右厢都校史延德前奏道："西川一方，倘在天上，人不能到，原是无法可取；若在地上，难道如许兵力，尚不能平定一隅么？"太祖喜道："卿等勇敢如此，朕复何忧！但若攻克城寨，所得财帛，尽可分给将士，朕止欲得他土地，此外无所求了。"恐尚有一意中人。全斌等叩首受训。太祖又道："朕已为蜀主治第汴滨，共计五百余间，供帐什物，一切具备，倘或蜀主出降，所有家属，无论大小男妇，概不准侵犯一人，好好的送他入都，来见朕躬，朕当令他安居新第哩。"言中有意，请看下文。全斌等领旨而出，遂分两路进兵。全斌及彦进等由凤州进，光义及曹彬等由归州进，浩浩荡荡，杀奔西川。

蜀主昶闻得警报，亟命王昭远为都统，赵崇韬为都监，韩保正为招讨使，李进为副，率兵拒宋；且令左仆射李昊，在郊外饯行。昭远酒酣起座，攘臂大言道："我此行不止克敌，就是进取中原，也容易得很，好似反手一般哩。"李昊暗暗笑着，口中只好敷衍数语，随即告别。昭远率兵启行，手执铁如意，指挥军事，自比诸葛亮。我说他可比王衍。到了罗川，闻宋帅王全斌等已攻克万仞、燕子二寨，进拔兴州，乃亟派韩保正、李进率军五千，前往拒敌。韩、李二人行至三泉寨，正值宋军先锋史延德带着前队，骤马冲来。李进舞戟出迎，战未数合，被延德用枪拨戟，轻舒左臂，将李进活擒过去。保正大怒，抢刀出战，延德毫不惧怯，挺枪接斗，又战了十余合，杀得保正气喘吁吁，正想回马逃奔，不防延德的枪锋，正向中心刺来，慌忙用刀遮拦，那枪支便缩了回去，保正向前一扑，又被延德活捉去了。正是绔绔子弟，不堪一战。延德驱兵大进，乱杀一阵，可怜这班蜀兵，多做了无头之鬼；还有三十万石粮米，也由宋军搬去，一粒不留。王昭远闻着败信，遂列阵罗川，准备拒敌。延德也不敢轻进，在途次暂憩，静待后军；至崔彦进率兵到来，方会同前进。遥见蜀兵依江为营，桥梁未断，彦进前行张万友，大呼道："不乘此抢过浮桥，更待何时？"道言未绝，他已飞马突出，驰上浮桥。蜀兵忙来拦阻，挡不住万友神力，左一槊，右一刀，都把他杀落水中。宋军一齐随上，霎时间驰过桥西。王昭远见宋军骁勇，不禁失色，便率兵退走，回保漫天寨；未战先怯，岂诸葛军师的骄兵计耶？一面调集各处精锐，并力守御。

崔彦进分兵三路，同时进击，自与史延德为中路，先抵漫天寨下。寨在山上，势极高峻，彦进知不易仰攻，只令兵士在山下辱骂，引他出来。昭远仗着兵众，倾寨出战。彦进率军迎敌，约略交锋，就一齐退去。昭远麾军力追，铁如意用得着了。看看赶了十余里，自觉离寨太远，拟鸣金收军，迟了。偏偏左右两面，杀到两路宋军，左路是宋将康延泽，右路便是张万友，彦进、延德又领军杀回，三路夹击蜀军，任你指挥如意的王昭远，到此也心慌意乱，没奈何驱马奔归。蜀兵随即大溃，宋军乘胜追赶，驰至寨下，凭着一股锐气，踊跃登山。昭远料难保守，复弃寨西奔。宋军掩入寨中，夺得器甲刍粮，不可胜数。待王全斌驰到，再派崔彦进等进兵。王昭远收集溃卒，复来拒敌，三战三北，乃西渡桔柏江，焚去桥梁，退守剑门。

全斌因剑门险峻，恐急切难下，且探听刘光义等消息，再定行止。未几得光义来书，已攻克夔州，进定峡中了。原来夔州地扼三峡，为西蜀江防第一重门户。刘光义、曹彬等自归州进兵，正要向夔州攻入，蜀宁江制置使高彦俦，与监军武守谦，率兵扼守，就在夔州城外的锁江上面，筑起浮桥，上设敌栅三重，夹江列炮，专防敌船。刘光义等出发汴京，已由太祖指示地图，令他水陆夹攻，方可取胜。至是光义等镞江入蜀，距镞江三十里，即舍舟步进，黾夜袭击。蜀兵只管江防，不管陆防，骤被宋军自陆攻入，立即溃散。光义等既夺浮梁，进薄城下。蜀监军武守谦拟开城搦战，高彦俦出阻道：“北军跋涉前来，利在速战，不如坚壁固守，休与交锋，待他师老粮尽，士无斗志，那时彼竭我盈，一鼓便足退敌了。”以逸待劳，莫如此策。守谦不从，独领麾下千余骑，大开城门，跃马出战。正值光义骑将张廷翰挺枪过来，两马相交，双枪并举，战到一两个时辰，廷翰枪法越紧，守谦抵敌不住，虚晃一枪，驰回城中。说是迟、那时快，廷翰紧追守谦，也纵马入城，守卒亟欲闭门，被廷翰戳毙数人，门不及闭。宋军一拥而进，曹彬、刘光义先后驰入，高彦俦忙来拦阻，已是招架不住。守谦遁去，彦俦身中数十创，奔归府第，整衣及冠，望西北再拜，自焚而亡。算是后蜀忠臣。

　　光义等既克夔州，安抚百姓，礼葬彦俦遗骸，再向西北进兵，所过披靡。如万、施、开、忠等州，次第收降，峡中郡县悉定，乃驰书报知全斌。全斌闻东路大捷，即进次益光，途次获得蜀中侦卒，厚赐酒食，劝他降顺，并问入蜀路径。该卒言：“益光江东，越大山数重，有一狭径，地名来苏，由此径通过，即可绕出剑门南面，与官道会合，前途没甚险阻了。”全斌大喜，遂依降卒言，自来苏径趋青疆，一面分兵与史延德，潜袭剑门。果然王昭远闻警，令偏将在剑门居守，自引众至汉源坡，来阻全斌。谁料全斌尚未遇着，剑门失守的信息已经报到，吓得昭远魂不附体，举措失常。既而尘头大起，号炮连声，全斌、崔彦进自青疆杀到，昭远僵卧胡床，好像死去，铁如意拿不动么？还是都监赵崇韬布阵出战。看官！你想这时候

的蜀军，统已胆战心寒，哪里还敢对仗？一经接手，略有几人
受伤，就一哄儿逃散了。崇韬还想支持，偏坐骑也像胆小，只
向后倒退下去，累得崇韬坐不安稳，平白地翻落马下，部下没
人顾着，活活的被宋军缚住。力避词复，故笔下特开生面。全斌
本是个杀星，但教兵士砍杀过去，好似刀劈西瓜，滚滚落地，
差不多有万余颗头颅。有几个败兵侥幸逃脱，奔回寨中，忙将
昭远掖坐马上，加鞭疾奔，逃至东川，下马匿仓舍中，悲嗟流
涕，两目尽肿。何不设空城计？俄而追骑四至，入舍搜寻，见
昭远缩做一团，也不管什么都统不都统，把他铁索上头，似猢
狲般牵将去了。涉笔成趣。

　　蜀主孟昶正与爱妃花蕊夫人点出尤物，饮酒取乐，突然接
到败报，把酒都吓醒了一半，忙出金帛募兵，令太子玄喆为统
帅，李廷珪、张惠安等为副将，出赴剑门，援应前军。玄喆素
不习武，但好声歌，当出发成都时，尚带着好几个美女，好几
十个伶人，笙箫管笛，沿途吹唱，并不像行军情形。大约是出
去迎亲。廷珪、惠安又皆庸懦无识，行到绵州，得知剑门失守，
竟遁还东川。孟昶惶骇，亟向左右问计，老将石斌献议道：
"宋师远来，势不能久，请深沟高垒，严拒敌军。"蜀主叹道：
"我父子推衣解食，养士至四十年，及大敌当前，不能为我杀
一将士，今欲固垒拒敌，敢问何人为我效命？"言已，泪下如
雨。忽丞相李昊入报道："不好了！宋帅全斌已入魏城，不日
要到成都了。"孟昶失声道："这且奈何？"李昊道："宋军入
蜀，无人可当，谅成都亦难保守，不如见机纳土，尚可自
全。"孟昶想了一会儿，方道："罢了罢了！我也顾不得什么
了，卿为我草表便是。"李昊乃立刻修表，表既缮成，由孟昶
遣通奏伊审征，赍送宋军。全斌许诺，乃令马军都监康延泽领
着百骑，随审征入成都，宣谕恩信，尽封府库乃还。越日，全
斌率大军入城，刘光义等亦引兵来会。孟昶迎谒马前，全斌下

马抚慰，待遇颇优。昶复遣弟仁赟诣阙上表，略云：

> 先臣受命唐室，建牙蜀川，因时势之变迁，为人心之拥迫。先臣即世，臣方卝年，猥以童昏，谬承余绪。乖以小事大之礼，阙称藩奉国之诚，染习偷安，因循积岁。所以上烦宸算，远发王师，势甚疾雷，功如破竹。顾惟懦卒，焉敢当锋？寻束手以云归，上倾心而俟命。当于今月十九日，已领亲男诸弟，纳降礼于军门，至于老母诸孙，延残喘于私第。陛下至仁广覆，大德好生，顾臣假息于数年，所望全躯于此日。今蒙元戎慰恤，监护抚安，若非天地之重慈，安见军民之受赐？臣亦自量过咎，谨遣亲弟诣阙奉表，待罪以闻！

这篇表文，相传亦李昊手笔。昊本前蜀旧臣，前蜀亡时，降表亦出昊手。蜀人夜书昊门，有"世修降表李家"六字，这也是一段趣闻。总计后蜀自孟知祥至昶，凡二世，共三十二年。

宋太祖接得降表，便简授吕余庆知成都府，并命蜀主昶速率家属，来京授职。无非念着妙人儿。孟昶不敢怠慢，便挈族属启程，由峡江而下，径诣汴京，待罪阙下。太祖御崇元殿，备礼见昶。昶叩拜毕，由太祖赐坐赐宴，面封昶为检校太师兼中书令，授爵秦国公，所有昶母以下，凡子弟妻妾及官属，均赐赉有差。就是王昭远一班俘虏，也尽行释放。

看官！你道太祖何故这般厚恩？他闻昶妾花蕊夫人艳丽无双，极思一见颜色，借慰渴念，但一时不便特召，只好借着这种金帛，遍为赏赐，不怕她不进来谢恩。昶母李氏，因即带着孟昶妻妾入宫拜谢，花蕊夫人当然在列。太祖一一传见，挨到花蕊夫人拜谒，才至座前，便觉有一种香泽扑入鼻中，仔细端详，果然是国色天姿，不同凡艳，及折腰下拜，几似迎风杨柳，袅娜轻盈，嗣复听娇语道："臣妾徐氏见驾，愿皇上圣寿无疆！"或云花蕊夫人姓费，未知孰是。这两句虽是普通说话，但出自花蕊夫人徐氏口中，偏觉得珠喉宛转，呖呖可听。当下传旨令起，且命与昶母李氏一同旁坐。昶母请入谒六宫，当有宫娥引导前去，花蕊夫人等也即随往。太祖尚自待着，好一歇见数人出来，谢恩告别。太祖呼昶母为国母，并教她随时入宫，不拘形迹，醉翁之意不在酒。昶母唯唯而退。太祖转着双眸，钉住花蕊夫人面上，夫人亦似觉着，瞧了太祖一眼，乃回首出去。为这秋波一转，累得这位英明仁武的宋天子心猿意马，几乎忘寝废餐。且因继后王氏，于乾德元年崩逝，六宫虽有妃嫔，都不过寻常姿色，王皇后之殁，就从此处带过。此时正在择后，偏遇这倾国倾城的美人儿，怎肯轻轻放过？无如罗敷有夫，未便强夺，踌躇了好几天，想出一个无上的法儿来。

一夕，召孟昶入宴，饮至夜半，昶才告归。越宿昶竟患疾，胸间似有食物塞住，不能下咽，迭经医治，终属无效。奄卧数日，竟尔毕命，年四十七岁。太祖废朝五日，居然素服发哀，赙赠布帛千匹，葬费尽由官给，追封昶为楚王。好一种做作。昶母李氏本奉旨特赐肩舆，时常入宫，每与太祖相见，辄有悲容。太祖尝语道："国母应自爱，毋常戚戚，如嫌在京未便，他日当送母归。"李氏问道："使妾归至何处？"太祖答言归蜀。李氏道："妾本太原人氏，倘得归老并州，乃是妾的素愿，妾当感恩不浅了。"太祖欣然道："并州被北汉占据，待朕平定刘钧，定当如母所愿。"李氏拜谢而出。及孟昶病终，李氏并不号哭，但用酒酹地道："汝不能死殉社稷，贪生至此，我亦为汝尚存，所以不忍遽死。今汝死了，我生何为？"遂绝粒数日，也是呜呼哀哉，伏惟尚飨。太祖命赙赠加等，令鸿胪卿范禹偁护理丧事，与昶俱葬洛阳。葬事粗毕，孟昶的家属仍回至汴都，免不得入宫谢恩。太祖见了花蕊夫人，满身缟素，愈显得丰神楚楚，玉骨姗姗，是夕竟留住宫中，迫她侍宴。花蕊夫人也身不由主，只好惟命是从。饮至数杯，红云上脸，太祖越瞧越爱，越爱越贪，索性拥她入帏，同上阳台，永夕欢娱，不消细述。次日即册立为妃。这花蕊夫人系徐匡璋女，绰号花蕊，无非因状态娇柔，仿佛与花蕊相似。嫩蕊娇香，难禁痴蝶，奈何？她本与孟昶很是亲爱，此次被迫主威，勉承雨露，惟心中总忆着孟昶，遂亲手绘着昶像，早夕供奉，只托言是虔奉张仙，对他祷祝，可卜宜男。宫中一班嫔御巴不得生男抱子，都照样求绘，香花顶礼去了。俗称张仙送子，便由这花蕊夫人捏造出来。小子有诗咏花蕊夫人道：

> 供灵诡说是张仙，如此牵情也可怜。
> 千古艰难惟一死，桃花移赠旧诗篇。

花蕊夫人入宫后，宋太祖非常钟爱，欲知以后情事，容至下回表明。

蜀主孟昶嬖幸宠妃，信任庸材，已有速亡之咎，乃反欲勾通北汉，自启战衅，虽欲不亡，其可得乎？王昭远以侍从小臣，谬任统帅，反以诸葛自比，可嗤孰甚！宋祖算无遗策，其视蜀主孟昶已如笼中之鸟，釜底之鱼，其所以预筑新第，特别优待者，无非欲买动花蕊夫人之欢心耳。正史于孟氏世家，载明孟昶入汴，受爵秦国公，数日即卒，而于花蕊夫人事，略而不详，此由《宋史》实录，为君讳恶，后人无从证实，乃特付阙如耳。然稗官野乘已遍录轶闻，辛之无从掩迹。且昶年仅四十有余，而入汴以后，胡竟暴

辛？大明殿之赐宴，明载史传，蛛丝马迹，确有可
寻，著书人非无端诬古，揭而出之，微特足补正史之
阙，益以见欲盖弥彰者之终难文过也。

第十回

戢兵变再定西川　兴王师得平南汉

却说宋太祖得了花蕊夫人，册封为妃，待她似活宝贝一般，每当退朝余暇，辄与花蕊夫人调情作乐。这花蕊夫人却是个天生尤物，不但工颦解媚，并且善绘能诗；太祖尝令她咏蜀，她即得心应手，立成七绝数首，中有二语最为凄切，传诵一时。诗云："十四万人齐解甲，也无一个是男儿。"太祖览此二语，不禁击节称赏，且极口赞美道："卿真可谓锦心绣口了。"惟孟昶初到汴京，曾赐给新造大厦五百间，供帐俱备，俾他安居。至孟昶与母李氏次第谢世，花蕊夫人已经入宫，太祖便命将孟宅供帐，收还大内。卫卒等遵旨往收，把孟昶所用的溺器也取了回来。

看官！试想这溺器有何用处，也一并取来呢？原来孟昶的溺器系用七宝装成，精致异常，要与花蕊夫人相配，应该有此宝装。卫卒甚为诧异，所以取入宫中。太祖见了，也视为稀罕，便叹道："这是一个溺器，乃用七宝装成，试问将用何器贮食？奢靡至此，不亡何待！"即命卫卒将它撞碎，"扑"的一声，化作数块。溺器可以撞碎，花心奈何采用？既而见花蕊夫人所用妆镜，背后镌有"乾德四年铸"五字，史称蜀宫人入内，宋主见其镜背有"乾德四年铸"五字，蜀宫人想即花蕊夫人，第史录讳言，故含混其词耳。不觉惊疑道："朕前此改元，曾谕令相臣，年号不得袭旧，为什么镜子上面也有'乾德'二字哩？"花蕊夫人一时失记，无从对答；乃召问诸臣，诸臣统不知所对。独翰林学士窦仪道："蜀主王衍，曾有此号。"太祖喜道："怪不得镜上有此二字，镜系蜀物，应纪蜀年，宰相须用读书人，卿确具宰相才呢。"窦仪谢奖而退。自是朝右诸臣统说窦仪将要入相，就是太祖亦怀着此意，商诸赵普。普答道："窦学士文艺有余，经济不足。"轻轻一语，便将窦仪抹煞。太祖默然。窦仪闻知此语，料是赵普忌才，心中甚是怏怏，遂至染病不起，未几遂殁。太祖很是悼惜。

忽川中递到急报，乃是文州刺史全师雄聚众作乱，王全斌等屡战屡败，向京乞援。能平蜀主昶，不能制全师雄，可见嗜杀好贪，终归失败。太祖乃命客省使丁德裕即前回之丁德裕，时已改任客省使。率兵援蜀，并遥命康延泽为东川七州招安巡检使，剿抚兼施。看官道这全师雄何故作乱？原来王全斌在蜀昼夜酣饮，不恤军务，曹彬屡请旋师，全斌不但不从，反纵使部下掳掠子女，劫夺财物，蜀民咸生怨望。嗣由太祖诏令蜀兵赴汴，饬全斌优给川资。全斌格外克扣，以致蜀兵大愤，行至绵州，竟揭竿为乱，自号兴国军，胁从至十余万；且获住文州刺史全师雄，推他为帅。全斌遣将朱光绪领兵千人，往抚乱众。哪知光绪妄逞淫威，先访拿师雄家族，一一杀毙只有师雄一女，姿色可人，他便把她饶命，占为妾媵。上行下效，捷于影响。师雄闻报大怒，遂攻据彭州，自称兴蜀大王。两川人民群起响应，愈聚愈众。崔彦进及弟彦晖等分道往讨，屡战不利，彦晖阵亡。全斌再遣张廷翰赴援，亦战败遁回，成都大震。

时城中降兵，尚有二万七千名，全斌恐他们应贼，尽诱入夹城中，团团围住，杀得一个不留。于是远近相戒，争拒官军，西川十六州，同时谋变。全斌急得没法，只好奏报宋廷，一面仍令刘光义、曹彬出击师雄。刘光义廉谨有法，曹彬宽厚有恩，两人入蜀，秋毫无犯，军民相率畏怀。此次从成都出兵，仍然严守军律，不准扰民。沿途百姓望着刘、曹两将军旗帜，都已额手相庆。到了新繁，师雄率众出敌，才一对垒，前队多解甲往降，弄得师雄莫名其妙，没奈何麾众退回。哪知阵势一动，宋军即如潮入，大呼："降者免死！"乱众抛戈弃械，纷纷投顺；剩得若干悍目来斗宋军，不是被杀，就是受伤，眼见得不能支持，统回头跑去。师雄奔投郫县，复由宋军追至，转走灌口。此古人所谓仁者无敌也。全斌闻刘、曹得胜，也星夜前进，至灌口袭击师雄。师雄势已穷蹙，不能再战，冲开一条血路，逃入金堂，身上已中数矢，鲜血直喷，仆地而亡。乱党退据铜山，改推谢行本为主。巡检使康延泽用兵剿平，丁德裕亦已到蜀，分道招辑，乱众乃定。

西南诸夷，亦多归附。捷报传达汴京，太祖乃促全斌等班师。及全斌还朝，由中书问状，尽得黩货杀降诸罪。因前时平蜀有功，姑从末减，只降全斌为崇义节度留后，崔彦进为昭化节度留后，王仁赡为右卫将军。仁赡对簿时，历诋诸将，冀图自免，惟推重曹彬一人，且对太祖道："清廉畏慎，不负陛下，只有曹都监，此外都不及了。"仁赡明知故犯，厥罪尤甚。太祖查得曹彬行囊，止图书衣衾，余无别物，果如仁赡所言，乃特加厚赏，擢为宣徽南院使；并因刘光义持身醇谨，亦赏功进爵。蜀事至此告终，以后慢表。

且说西蜀既平，宋太祖以乾德年号与蜀相同，决意更改，并欲立花蕊夫人为后，密与赵普商议。普言："亡国宠妃，不足为天下母，宜另择淑女，才肃母仪。"太祖沉吟道："左卫上将军宋偓的长女容德兼全，卿以为可立后否？"普对道："陛下圣鉴，谅必不谬。"太祖乃决立宋女为后。这宋女年未及笄，乾德元年，曾随母入贺长春节，太祖生日为长春节。太祖曾见她娇小如花，令人可爱。越四年，复召见宋女，面赐冠帔。宋女年已二八，荳蔻芳年，芙蓉笑靥，模样儿很是端妍，性情儿又很柔媚，当时映入太祖眼帘，便已记在心中；只因花蕊夫人，专宠后宫，乃把宋女搁置一边。此次提及册后事情，除了花蕊夫人，只有这个宋女，尚是萦情。当下通知宋偓，拟召他长女入宫。宋偓自然遵旨，当即将女儿送纳。哪个不想做国丈？

乾德五年残腊，有诏改元开宝。开宝元年二月，由太史择定良辰，册立宋氏为后。是时宋氏年十七，太祖年已四十有二了。老夫得了少妻，倍增恩爱。宋氏又非常柔顺，每值太祖退朝，必整衣候接，所有御馔亦必亲自检视，旁坐侍食，因此愈得太祖欢心。俗语说得好："痴心女子负心汉。"那花蕊夫人本有立后的希望，自被宋女夺去此席，倒也罢了，谁知太祖的爱情也移到宋女上去，长门漏静，谁解寂寥？痛故国之云亡，怅新朝之失宠。因悲成怨，因怨成病，徒落得水流花谢，玉殒香消。数语可抵一篇吊花蕊夫人文。太祖回念旧情，也禁不住涕泪一番，命用贵妃礼安葬。后来境过情迁，也渐渐忘怀了。

会接得北方消息，北汉主刘钧病殁，养子继恩嗣立，太祖因有隙可乘，遂命昭化军节度使李继勋督军北征。乘丧北伐，不得为义。继勋至铜锅河，连破汉兵，将攻太原。北汉主继恩忙遣使向辽乞援。司空郭无为与继恩有嫌，竟密嘱供奉官霸荣，刺死继恩，另立继恩弟继元，太原危乱得很。宋太祖得悉情形，一面促李继勋进兵，一面遣使赍诏，谕令速降，拟封继元为平卢节度，郭无为为邢州节度。无为接诏，颇欲降宋，偏是继元不从。可巧辽主兀律发兵救汉，李继勋恐孤军轻进，反蹈危机，乃收兵南归。北汉兵反结合辽兵，进寇晋、绛二州，大掠而去。太祖闻报大愤，下令亲征，命弟光义为东京留守，自统兵进薄太原，围攻三月，仍不能下。汉将刘继业即杨业，详见下文。善战善守，宋将石汉卿等阵亡。辽复出兵来援，宋太常博士李光赞劝太祖班师。太祖转问赵普，普意与光赞相同，乃分兵屯镇潞州，回驾大梁。此系开宝二年事，厥后荡平北汉，在太宗太平兴国四年，非太祖时事，故此处不得不叙入。

赵年，由道州刺史王继勋上书，内称"南汉主刘铱，残暴不仁，屡出寇边，请速兴王师，吊民伐罪"等语。太祖尚不欲用兵，遗书南唐，令唐主转谕刘铱，劝他称臣。这时唐主李景，已早去世，第六子煜继立，煜仍事宋不怠。既得太祖诏书，即遣使转告南汉。刘铱不服，反拘住唐使，驰书答煜，语多不逊。煜乃将原书奏闻，太祖因命潭州防御使潘美、朗州团练使尹崇珂，领兵南征。

小子欲叙南汉亡国，不得不略述南汉源流。南汉始祖叫做刘隐，朱梁时据有广州，受梁封为南海王。隐殁后，弟陟袭位，僭号称帝，改名为龑。龑读若俨，古时字，书不载，想系刘陟杜撰。龑传子玢，玢为弟晟所弑。晟子名铱，淫昏失德，委政宦官龚澄枢及才人卢琼仙，镇日里深居宫中，荒眈酒色。偶得一波斯女，丰艳善淫，曲尽房术，遂大加宠幸，赐号媚猪。更喜观人交媾，选择美少年，配偶宫人，裸体相接，自与媚猪往来巡察，见男胜女，乃喜，见女胜男，即将男子鞭挞，或加阉刑。群臣有过，及士人释道，可备顾问，概下蚕室，蚕室即阉人之密室。令得出入宫闱。又作烧、煮、剥、剔、刀山、剑树等刑，或令罪人斗虎抵象，辄为所噬。每岁赋敛，异常繁重，所入款项，多筑造离宫别馆及奇巧玩物。内宦陈延寿制作精巧，出入必随。延寿且劝铱除去诸王，藉免后患，于是刘氏宗室屠戮殆尽，故臣旧将非诛即逃。内侍监李托有二女，均饶姿色，铱选他长女为贵妃，次为才人，进托任内太师。自是南汉宫廷，第一个有权力的就是李托，第二个有权力的要算龚澄枢。至宋将潘美等率兵进攻，龚澄枢方握兵权，无从推诿，只好出赴贺州，画策守御。甫至中途，闻宋军已至芳林，距贺州仅三十里，不禁大惊失色，慌忙引军遁还。毕竟是个阉人，带着一半女态。汉主刘铱急得没法，大将伍彦柔自请督兵，乃命率水师援贺。舟至城外，适当夜半，待至迟明，彦柔挟弹登岸，踞坐胡床，指挥兵士。王昭远第二。不意宋军已预伏岸侧，突然杀出，把汉兵冲作数段，汉兵大乱，多半被杀。彦柔不及遁走，被宋军擒住，枭首悬竿，晓示城中。守卒惊愕失措，遂于次日陷入。

刘铱与李托等商议，李托等均束手无策。或请起用故将潘崇彻，铱意尚不欲用，无如警耗迭来，急不暇择，没奈何召入崇彻，命领兵三万，出屯贺江。崇彻本因谗被斥，居常怏怏，此时虽受命统军，免不得心存芥蒂，坐观成败。急时抱佛脚，尚有何益？宋军连拔昭、桂、连三州，进逼韶州。韶州系岭南锁钥，此城一失，广州万不可守。刘铱令将国中锐卒及所有驯象悉数出发，遣都统李承渥为元帅，往韶防御。承渥至韶州城北，驻军莲花峰下，列象为阵，每象载十余人，均执兵仗，气势甚盛。宋军猝睹此状，也未免张皇起来。潘美道："这有什么可怕？众将士可搜集强弩，尽力攒射，管教他众象返奔，自遭残害呢。"将士得令，各用强弓劲矢，向前射去，果然象阵立解，各象向后返窜，骑象各兵，纷纷坠地。宋军乘势掩击，杀得汉兵七歪八倒。承渥抱头窜还，还算保全性命。宋军遂攻入韶州。

刘铱闻报，战栗失容，驯象失败，何不遣媚猪去？环顾诸臣，统是面面相觑，没人敢去打仗，不由的涕泣入宫。宫嫔梁鸾真独上前道："妾有养子郭崇岳，颇娴战略，主上若任他为将，定可退敌。"刘铱大喜，亟命将崇岳召入，面加慰劳，授官招讨使，令与大将植廷晓统兵六万，出屯马径。这郭崇岳毫无智勇，专知迷信鬼神，日夜祈祷，想请几位天兵天将，来退宋军。想由梁鸾真所教导。偏偏神鬼无灵，宋军大进，英州、雄州均已失守，潘崇彻反颜降宋，大敌已进压泷头。郭崇岳返报刘铱道："宋军已到泷头了。看来马径也是难保,应请固守城池,再图良策!"刘铱大惧,半晌才道:"不如着人请和罢!"当下遣使赴潘美军,愿议和约。潘美不许,叱退来使,更进兵马径,立营双女山下,距广州城仅十里。铱逃生要紧,命取船舶十余艘,装载妻女金帛,拟航海亡命。不意宦官乐范先与卫卒千余,盗船遁去。铱益穷追,复遣左仆射萧漼,诣宋军乞降。潘美送漼赴汴,自率军进攻广州城。刘铱再欲遣弟保兴率百官出迎宋师,郭崇岳入阻道:"城内兵尚数万,何妨背城一战。战若不胜,再降未迟。"乃与植廷晓再出拒战,据水置栅,夹江以待。宋军渡江而来,廷晓、崇岳出栅迎敌。怎奈宋军似虎似熊,当着便死,触着便伤,汉兵十死六七,廷晓亦战殁阵中,崇岳奔还栅内,严行扼守,刘铱又遣保兴出助。潘美语诸将道:"汉兵编木为栅,自谓坚固,若用火攻,彼必扰乱,这乃是破敌良策呢。"遂分遣丁夫,每人二炬,俟夜静近栅,乘风纵火,万炬齐发,列焰冲霄,各栅均被燃着,可怜栅内守兵,都变作焦头烂额,逃无可逃,连崇岳也被烧死,只保兴逃回城中。鬼神不为无灵,竟迎崇岳西去。

龚澄枢、李托私自商议道:"北军远来,无非贪我珍宝财物,我不若先行毁去,令他得一空城,他不能久驻,自然退去了。"呆极!乃纵火焚府库宫殿,一夕俱尽。城内大乱,没人拒守。宋军到了城下,立即登城,入擒刘铱并龚澄枢、李托等及宗室文武九十七人。保兴逃入民舍,亦被擒住,悉押送阙下。媚猪曾否在内?有阉侍数百人,盛服求见。潘美道:"我奉诏伐罪,正为此等,尚敢来见我么?"遂命一一缚住,斩首示众,广州乃平。总计南汉自刘隐据广州,至铱亡国,凡五主,共六十五年。当时广州有童谣云"羊头二四,白天雨至",人莫能解,至刘铱亡国,适当辛未年二月四日,"天雨"二字,取"王师如时雨"的意思。小子有诗咏道:

妇寺盈廷适召亡，王师南下效鹰扬。

羊头戾气由人感，童语宁真兆不祥？

刘铱等解入汴京，能否保全首领，且待下回表明。

阅此回可知淫暴之徒必至败亡。王全斌已平两川，乃以淫暴好杀，复召全师雄之乱，非刘光义、曹彬之尚得民心，出师征讨，其有不功败垂成乎？刘铱淫暴称最，宋师一入，如摧枯拉朽，虽有良将，亦且未克支持，况如龚澄枢、李承渥、郭崇岳之庸驽，用以御敌，虽欲不亡，何可得也？彼宋祖不免好淫，未尝好暴，故虽纳蜀妃，尚无大害。后之有国有家者，当知所戒矣。

第十一回

悬绘像计杀敌臣　造浮梁功成采石

却说南汉主刘鋹被宋军擒住，押送汴都。太祖御崇德门，亲受汉俘，当即宣谕责鋹。鋹此时反不慌不忙，向前叩首道："臣年十六僭位，龚澄枢、李托等俱先考旧人，每事统由他做主，臣不得自专。所以臣在国时，澄枢等是国主，臣实似臣子一般，还乞皇上明察！"*史称鋹善口辩，即此数语，已见辩才。*太祖闻奏，乃命大理卿高继申审讯澄枢等一干人犯，得种种好谀情状，当即请旨，将澄枢、李托推出午门外斩首，特诏赦鋹，授检校太保右千牛卫大将军，封恩赦侯。*鋹有可诛之罪，赦且封之，刑赏两失矣。*鋹谢恩退朝，当有大宅留着，俾他居住。鋹弟保兴亦得受封为右监门左仆射，所有萧漼以下各官属，俱授职有差。潘美等凯旋后，载归刘鋹私财，由太祖仍然给还，尚有美珠四十六瓮，金帛相等。鋹用美珠结成一龙，头角爪牙，无不毕具，且极巧妙，当下入献大内。太祖瞧着，语左右道："鋹好工巧，习与性成，若能移治国家，何至灭亡？"左右皆唯唯称是。一日，太祖幸讲武池，从官未集，鋹先禀见，由太祖赐酒一卮。鋹接酒不饮，竟叩头流涕道："臣承祖父基业，违拒朝廷，致劳王师征讨，罪固当诛，陛下既待臣不死，臣愿做个大梁百姓，沐德终身。承赐卮酒，臣未敢饮。"*你也怕死，为何置鋹杀人？*太祖道："你疑此酒有毒么？朕推心置腹，怎敢暗计杀人？"说着，命左右取过鋹酒，一饮而尽，复另酌一卮赐铢。铢饮毕拜谢，面上很有惭色。原来铢在广州，专用毒酒害死臣下，所以推己及人，也恐太祖用此一法。其实也应该鸩死。太祖不但无心加害，且加封铢为卫公，这且搁下不提。

　　且说南汉既平，南唐主煜震恐异常，遣弟从善上表宋廷，愿去国号，改印文为江南国主，且请赐诏呼名。太祖准他所请，惟厚待从善，除常赐外，更给他白银五万两，作为赆仪。看官道是何因？原来江南主李煜曾密贻赵普，计银五万两，普据实入奏，太祖道："卿尽可受用，但复书答谢，少赠来使，便可了事。"普对道："人臣无私馈，亦无私受，不敢奉旨！"太祖道："大国不宜示弱，当令他不测，朕自有计，卿不必辞。"至从善入朝，乃特地给银，仍如李煜赠普的原数。从善还白李煜，君臣都惊讶不置。忽江都留守林仁肇上书阙下，略言："淮南戍兵，未免太少，宋前已灭蜀，今又取岭南，道远师疲，有隙可乘，愿假臣兵数万，自寿春径渡，规复江北旧境。宋或发兵来援，臣当据淮守御，与决胜负。幸得胜仗，全国受福，否则陛下可戮臣全家，藉以谢宋，且请预先告知宋廷，只说臣叛逆，不服主命，那时宋廷也不能归咎陛下，陛下尽可安心哩。"林仁肇此策，实足挑衅，李煜如或依言，灭亡当更早一年。李煜不从。

　　﹞林仁肇夙负勇名，为江南诸将的翘楚，太祖亦闻他骁悍，未敢轻敌，所以暂从羁縻，划江自守，但心中总不忘江南，屡思除去仁肇，以便进兵。可巧开宝四年，李从善又奉兄命，赴汴入朝。太祖把从善留住，特赐广厦，授职泰宁军节度使。从善不好违命，只得函报李煜，留京供职。李煜手疏驰请，求遣弟归，偏偏太祖不许，只诏称"从善多才，朕将重用，当今南北一家，何分彼此，愿卿毋虑"等语。明是就从善身上设计除仁肇，否则乌用彼为？李煜也未识何因，常遣使至从善处，探听消息。嗣是南北通使，不绝于道。太祖即遣绘师同往，伪充使臣，往见仁肇，将他面目形容窃绘而来。至从善入觐，即将仁肇绘像悬挂别室，由廷臣引使入观，佯问他认识与否。从善惊诧道："这是敝国的留守林仁肇，何故留像在此？"廷臣故意嗫嚅，半晌才道："足下已在京供职，同是朝廷臣子，不妨直告。皇上爱仁肇才，特赐诏谕，令他前来，他愿遵旨来归，先奉此像为质。"言毕，又导往一空馆中，并与语道："闻皇上已拟把此馆赐与仁肇，待他到汴，怕不是一个节度使么？"从善口虽答应，心下甚觉怀疑。至退归后，便遣使驰回江南，转报乃兄，究竟仁肇有无异志。李煜即传召仁肇，问他曾受宋诏与否。仁肇毫不接洽，自然答称没有。那李煜也不访明底细，便疑仁肇有意欺蒙，当下赐仁肇宴，暗中置鸩。仁肇饮将下去，回至私第，毒性一发，七窍流血，竟到枉死城去了。这条反间计，也只可骗李煜兄弟，若中知以上，也不至中计。

太祖闻仁肇已死，大加欢慰，惟从善仍留住不遣，且令他转达意旨，召煜入朝。煜只令使臣入贡方物，且再请遣弟归国。太祖仍然不允，且促煜即日赴阙。煜佯言有疾，始终不肯入京，太祖乃拟发兵往征。做到本题。时故周主母子已迁居房州，周主病殁，太祖素服发丧，辍朝十日，谥为"周恭帝"，还葬周世宗庆陵左侧，号称顺陵。叙周恭帝之殁，文无漏笔，周恭帝年甫逾冠，即闻去世，也不免有可疑情事。葬事才了，又值同平章事赵普生出种种疑案，免不得要调动相位，所以将南征事又暂搁起。

原来太祖于岭南平后，复乘暇微行，某夕至赵普第中，正值吴越王钱俶寄书与普，且赠有海物十瓶，置诸庑下。骤闻太祖到来，仓猝出迎，不及将海物收藏。等到太祖入内，已经瞧着，当即问是何物。普恰不敢虚言，据实奏对。太祖道："海物必佳，何妨一尝！"普不能违旨，便取瓶启封，揭开一视，并不是什么海物，乃是灿然有光的瓜子金。真是佳物。看官曾

阅过上文，普曾谓人臣无私受，如何这种海物，却陈列室中
呢？这真是冤冤相凑，反令这位有胆有识的赵则平，弄得局蹐
不安，没奈何答谢道："臣未发书，实不知情。"太祖叹息道：
"你也不妨直受。他的来意，以为国家大事，统由你书生做
主，所以格外厚赠哩。"此语与前文大不相同。言已即去。赵普
匆匆送出，懊丧了好几天。嗣见太祖优待如初，方才放心。哪
知一波未平，一波又起。普遣亲吏往秦、陇间购办巨木，联成
大筏，至汴治第。亲吏乘便影戤，多办若干，转鬻都中，藉取
厚利。三司使赵玭，查得秦、陇大木，已有诏禁止私贩，普潜
遣往购，已属违旨，且贩卖牟利，更属不法，当将详情奏闻。
太祖大怒道："他尚贪得无厌么？"遂命翰林学士承旨，拟定
草诏，即日逐普。亏得故相王溥力为解救，方停诏不发。后因
翰林学士卢多逊与普未协，召对时屡谈普短。太祖更滋不悦，
待普益疏。普乃乞请罢政，当有诏调普出外，令为河阳三城节
度使；卢多逊得擢为参知政事。多逊父亿，尝任职少尹，时已
致仕，闻多逊讦普事，不禁长叹道："赵普是开国元勋，小子
无知，轻诋先辈，将来恐不能免祸。我得早死，不致亲见，还
算是侥幸哩！"为后文多逊流配伏笔。既而亿即病殁，多逊丁忧
去位，奉诏起复，他即入朝视事，很得太祖信任。

太祖复封弟光义为晋王，光美兼侍中，子德昭同平章事。
内顾无忧，乃复议及外事，仍召江南主李煜入朝。煜迭次奉
诏，颇虑入京被留，夺他土地，因此托疾固辞，阴修战备。无
如声色萦情，忧乐无常，他本立周氏为后，嗣见后妹秀外慧
中，遂借姻戚为名，召她入宫，密与交欢。后愤恚成疾，遽尔
谢世。后妹即入为继后，凭着这天生慧质，曲意献媚，按谱征
声，得杨玉环《霓裳羽衣曲》，日夕研摩，竟得神似，自是朝
歌暮舞，惹得李煜意荡神迷，无心国事。亡国祸胎，多由女色，
历叙之以示炯戒。太祖屡征不至，遂命曹彬为西南路行营都部

署，潘美为都监，曹翰为先锋，将兵十万，往伐江南。彬等受命后，即日陛辞，太祖谕彬道："前日全斌平蜀，多杀降卒，朕时常叹恨。此次出师，江南事一概委卿，切勿暴掠生民，须要威信兼全，令自归顺，幸得入城，慎毋杀戮！设若城中困斗，亦当除暴安良。李煜一门，不应加害，卿其勿忘！"观此数语，似不愧仁人之言。彬顿首听命。太祖令起，拔剑授彬道："副将而下，如不用命，准卿先斩后奏。卿可将此剑带去！"彬受剑而退。潘美等闻到此语，无不失色，彼此相戒，各守军律，乃随彬出都南下。

先是，江南池州人樊若水在南唐考试进士，一再被黜，遂谋归宋。他于平居无事时，在采石江上，借钓鱼为名，暗测江面的阔狭。尝从南岸系着长绳，用舟引至北岸，往还十数次，尽得江面尺寸，不失纤毫。至是闻宋廷出师，即潜诣汴都，上书陈平南策，请造浮梁济师。太祖立即召见，若水呈上长江图说，由太祖仔细审视，所有曲折险要，均已载明。至采石矶一带，独注及水面阔狭，更加详细，不禁大喜道："得此详图，虏在吾目中了。"遂面授若水为右参赞大夫，令赴军前效用。复遣使往荆、湖造黄黑龙船数千艘，又用大船载运巨竹，自荆渚东下。是时江南屯戍见宋军到来，尚疑是江上巡卒，只备牛酒犒师，未尝出兵拦阻。宋军顺流径下，直抵池州。池州守将戈产遣侦骑探视，方知宋军南征确音，急得手足无措，竟弃城遁去。曹彬等驰入池州，不戮一人，复进兵铜陵，才有江南兵前来抗御。怎禁得宋军一阵驱杀，不到数时，统已无影无踪。宋军再进至石牌口，先由樊若水规造浮桥，作为试办，然后移置采石，三日即成，不差尺寸。曹彬令潘美带着步兵先行渡江，好似平地一般。

当有探马报入金陵，煜召群臣会议，学士张洎进言道："臣遍览古书，从没有江上造浮桥的故事，想系军中讹传，否则宋军即来，似这般笨伯，怕他什么？"赵括徒读父书，无救长平之败，张泊亦如是尔。煜笑道："我亦说他是儿戏啰，不足深虑。"言未已，又有探卒来报，宋军已渡江了。煜略觉着急，乃遣镇海节度使同平章事郑彦华督水军万人，都虞侯杜真领步兵万人，同拒宋师，并面嘱道："两军水陆相济，方可取胜，幸勿互诿为要！"郑、杜两人，唯唯趋出。郑彦华带领战船，溯江鸣鼓，急趋浮梁。潘美闻他初至，选弓弩手五千人，排立岸上，一声鼓号，箭如飞蝗，射得来舰樯折帆摧，东歪西倒，急切无从停泊，只好倒桨退去。未几，杜真所领的步军从岸上驰到，潘美也不待列阵，便杀将过去，人人奋勇，各个争先，又将杜军杀得七零八落，向南溃散。煜闻败报，方下令戒严，一面募民为兵，民献财粟，得给官爵。可奈江南百姓素来文弱，更兼日久无事，一闻当兵两字，多已胆战心惊，哪个肯前去充役？就是家中储着财粟，也宁可藏诸深窖，不愿助国，因此文告迭颁，无人应命。南人之专顾身家，不自今始。

那宋师已捣破白鹭洲，进泊新林港，并分军攻克溧水。江南统军使李雄有子七人，先后战死。宋曹彬亲督大军，进次秦淮。秦淮河在金陵城南，水道可达城中，江南兵水陆数万，列阵城下，扼河防守。潘美率兵渡河，因舟楫未集，各军相率裹足，临河待舟。潘美勃然道："我提兵数万，自汴到此，战必胜，攻必克，无论什么险阻，我也要亲去一试，况区区这衣带水，难道不好徒涉么？"说毕，将马一拍，竟跃入水中，截流而渡。各军见主将渡河，自然跟了过去。就是未曾骑马的步卒，也凫水径达对岸。江南兵前来争锋，均被宋军杀败。宋都虞侯李汉琼用巨舰入河，载着葭苇，因风纵火，毁坏城南水寨，寨内守卒多半溺死。

这时候的江南主李煜，信用门下侍郎陈乔及学士张泊等计策，坚壁固守，自谓无恐。至若兵士指挥，专属都指挥使皇甫继勋，毫不过问，他却在后院召集僧道，诵经念咒，专祈仙佛默佑。《霓裳羽衣曲》，想已听厌了。及宋军已逼城下，方听得炮声震耳，自出巡城，登陴一望，见城外俱驻着宋军，列栅为营，张旗遍野，便顾问守卒道："宋军已到城下，如何不来报我？"守卒答道："皇甫统帅，不准入报，所以未曾上达。"煜不禁忿怒，此时才觉发忿，尚有何用？即召见皇甫继勋，问他何故隐蔽，继勋答道："北军强劲，无人可敌，就令臣日日报闻，徒令宫庙震惊，想陛下亦没有什么法儿！"说得倒也爽快。煜拍案道："照你说来，就使宋军入城，你也只好任他杀掠，似你这等人物，卖国误君，敢当何罪！"遂喝令左右，把他拿下，付狱定讞，置诸死刑。一面飞诏都虞侯朱令赟，令速率上江兵入援。

令赟驻师湖口，号称十五万，顺流而下，将焚采石浮梁。曹彬闻知，即召战棹都部署王明，授他密计，命往采石矶防堵，王明受计去讫。且说朱令赟驾着大舰，悬着帅旗，威风凛凛，星夜前来。遥望前面一带，帆樯林立，差不多有几千号战舰，他不觉惊疑起来，当命水手停桡，暂泊皖口。时至夜半，忽闻战鼓声响，水陆相应，江中来了许多敌船，火炬通明，现出帅旗，乃是一个斗大的"王"字，岸上复来了无数步兵，也是万炬齐爇，帅旗面上现出一个"刘"字。两下里杀将过来，也不辨有若干宋师。令赟恐忙中有失，不便分军相拒，只命军士纵火，先将来船堵住。不意北风大起，自己的战船，适停泊南面，那火势随风吹转，刚刚烧着自己，霎时全军惊溃，令赟亦惊惶万状，也想拔碇返奔，偏是船身高大，行动不灵，敌兵四面相逼，跃上大船，同舟都成敌国，吓得令赟魂飞天外；正思跳水脱身，巧值一敌将到来，一声呼喝，奔上许多健卒，把他打倒船中，用绳捆缚，似扛猪般扛将去了。叙笔离奇，令人莫测。看官道来将为谁？就是宋战棹都部署王明。他依着曹彬密嘱，在浮梁上下，竖着无数长木，上悬旗帜，仿佛与帆樯相似，作为疑兵。复约合步将刘遇，乘夜袭击，令他自乱。统共不过五千名水军，五千名步军，把令赟部下十万人，半夜间扫得精光，这真是无上的妙计。阅此始知上文之妙。金陵城内，眼巴巴的望着这支援军，骤闻令赟被擒，哪得不魂胆飞扬？没奈何遣学士徐铉，至汴都哀恳罢兵。正是：

> 谋国设防须及早，丧师乞好已嫌迟。

未知太祖曾否允许，且看下回表明。

国有良臣，为敌之忌，自古至今，罔不如是。但如江南之林仁肇，欲乘宋师之敝，规复江北，志虽足嘉，而谋实不臧。宋方新造，战胜攻取，何畏一江南！此时为仁肇计，亟宜劝李煜勤修内政，亲贤远色，方足维持于不敝，轻开边衅胡为者？故即令反间之计，无目得行，仁肇其能免为朱令赟乎？不过江南国中，除仁肇外，更不足讥。李雄父子较为忠荩，俱战死无遗，殆亦忠有余而智勇不足者。然以李煜之昏庸不振，虽有良将，亦无能为力，霓裳羽衣，法鼓僧铙，安在其不足亡国乎？本回纯叙江南国事，中述周主之殂，赵普之罢，系为时事次序，乘便叙入，但承上启下，亦关紧要，阅者勿轻轻滑过也。

第十二回

明德楼纶音释俘　万岁殿烛影生疑

却说江南使臣徐铉驰入汴都，谒见太祖，哀求罢兵。太祖道："朕令尔主入朝，尔主何故违命？"铉答道："李煜以小事大，如子事父，并没有什么过失，就是陛下征召，无非为病体缠绵，因致逆命。试思父母爱子，无所不至，难道不来见驾，就要加罪？还愿陛下格外矜全，赐诏罢兵！"太祖道："尔主既事朕若父，朕待他如子，父子应出一家，哪有南北对峙、分作两家的道理？"铉闻此谕，一时也不好辩驳，只顿首哀请道："陛下即不念李煜，也当顾及江南生灵。若大军逗留，玉石俱焚，也非陛下恩周黎庶的至意。"太祖道："朕已谕令军帅，不得妄杀一人，若尔主见机速降，何至生民涂炭？"铉又答道："李煜屡年朝贡，未尝失仪，陛下何妨恩开一面，俾得生全。"太祖道："朕并不欲加害李煜，只教李煜献出版图，入朝见朕，朕自然敕令班师了。"铉复道："如李煜的恭顺，仍要见伐，陛下未免寡恩呢。"这句话惹动太祖怒意，竟拔剑置案道："休事多言！江南有什么大罪，但天下一家，卧榻旁怎容他人鼾睡？能战即战，不能战即降，你要饶舌，可视此剑！"有强权，无公理，可视此语。铉至此才觉失色，辞归江南。

李煜闻宋祖不肯罢兵，越觉惶急，忽由常州递到急报，乃是吴越王钱俶遵奉宋命，来攻常州。煜无兵可援，只命使遣书致俶道："今日无我，明日岂有君？一旦宋天子易地酬勋，恐王亦变作大梁布衣了。"语亦有理，但也不过解嘲罢了。俶仍不答书，竟进拔江阴、宜兴，并下常州。江南州郡，所存无几，金陵愈围愈急。曹彬遣人语李煜道："事势至此，君仅守孤城，尚有何为？若能归命，还算上策；否则限日破城，不免残杀，请早自为计！"李煜尚迟疑不决，彬乃决计攻城，但转念大兵一入，害及生民，虽有禁令，亦恐不能遍及，左思右想，遂定出一策，诈称有疾，不能视事。众将闻主帅有恙，都入帐请安。彬与语道："诸君可知我病源么？"众将听了，或答言积劳所致，或说由冒寒而成。彬又道："不是，不是。"众将暗暗惊异，只禀请延医调治。彬摇首道："我的病，非药石所能医治，但教诸君诚心自誓，等到克城以后，不妄杀一人，我病便可痊愈了。"众将齐声道："这也不难。末将等当对着主帅，各宣一誓。"言毕，遂焚起香来，宣誓为证，然后退出。

越宿，彬称病愈，督兵攻城。又越日，陷入城中。侍郎陈乔入报道："城已被破了。今日国亡，皆臣等罪愆，愿加显戮，聊谢国人。"李煜道："这是历数使然，卿死何益？"陈乔道："即不杀臣，臣亦有何面目，再见国人？"当下退归私宅，投缳自尽。勤政殿学士锺茜，朝冠朝服，坐在堂上，闻兵已及门，召集家属，服毒俱尽。张洎初与乔约，同死社稷，至乔死后，仍旧扬扬自得，并无死志。彰善瘅恶，褒贬悉公。] 李煜至此，无法可施，只好率领臣僚，诣军门请罪。彬好言抚慰，待以宾礼，当请煜入宫治装，即日赴汴，煜依约而去。彬率数骑待宫门外，左右密语彬道："主帅奈何放煜入宫？倘他或觅死，如何是好？"彬笑道："煜优柔寡断，既已乞降，怎肯自裁？何必过虑！"既而煜治装已毕，遂与宰相汤悦等四十余人，同往汴京。彬亦率众凯旋。太祖御明德楼受俘，因煜尝奉正朔，诏有司勿宣露布，只令煜君臣白衣纱帽，至楼下待罪。煜叩首引咎，但听得楼上宣诏道：

上天之德，本于好生，为君之心，贵乎含垢。自乱离之云瘼，致跨据之相承，谕文告而弗宾，申吊伐而斯在。庆兹混一，加以宠绥。江南伪主李煜，承弈世之遗基，据偏方而窃号，惟乃先父，早荷朝恩，当尔袭位之初，未尝禀命，朕方示以宽大，每为含容，虽陈内附之言，罔效骏奔之礼。聚兵峻垒，包蓄日彰，朕欲全彼始终，去其疑间，虽颁召节，亦冀来朝，庶成玉帛之仪，岂愿干戈之役？蹇然勿顾，潜蓄阴谋，劳锐旅以徂征，傅孤城而问罪。洎闻危迫，累示招携，何迷复之不悛；果覆亡之自掇。昔者唐尧光宅，非无丹浦之师，夏禹泣辜，不赦防风之罪。稽诸古典，谅有明刑。朕以道在包荒，恩推恶杀，在昔骡车出蜀，青盖辞吴，彼皆闰位之降君，不预中朝之正朔，及颁爵命，方列公侯。尔戾我恩德，比禅与皓，又非其伦。特升拱极之班，赐以列侯之号，式优待遇。尽舍愆尤，今授尔为光禄大夫、检校太傅右千牛卫上将军，封违命侯，尔其钦哉！毋再负德！此诏。*平蜀、平南汉，不录南诏，而此特备录者，以宋祖之加兵藩属，语多掩饰故也。*

李煜惶恐受诏，俯伏谢恩。太祖还登殿座，召煜抚问，并封煜妻为郑国夫人，又好作《霓裳羽衣曲》了。子弟等一并授官，余官属亦量能授职，大众叩谢而退。总计江南自李昇篡吴，自谓系唐太宗子吴王恪后裔，立国号唐，称帝六年。传子李璟，改名为景，潜袭帝号十九年。嗣去帝号，自称国主凡四年。又传子煜，嗣位十九年。共历三世，计四十八年。

先是彬伐江南，太祖曾语彬道："俟克李煜，当用卿为使相。"潘美闻言，即向彬预贺。彬微哂道："此次出师，上仗庙谟，下恃众力，方能成事。我虽身任统帅，幸而奏捷，也不

敢自己居功，况且是使相极品呢？"潘美道："天子无戏言，
既下江南，自当加封了。"彬又笑道："还有太原未下哩。"潘
美似信未信，及俘煜还汴，饮至赏功，太祖语彬道："本欲授
卿使相，但刘继元未平，容当少待。"彬叩首谦谢。适潘美在
侧，视彬微笑。巧被太祖瞧着，便问何事。美不能隐，据实奏
对，太祖亦不禁大笑，彬为宋良将第一，太祖何妨擢为使相。乃冠
印弗予，背约失信，殊非王者气象。当赐彬钱五十万。彬拜谢退，
语诸将道："人生何必做使相，好官亦不过多得钱呢。"总算
为太祖解嘲。未几，乃得拜枢密使。潘美得升任宣徽北院使。
惟曹翰因江州未平，移师往征。江州指挥使胡则集众固守，翰
围攻五月，始得入城，擒杀胡则。且纵兵屠戮，民无噍类，所
掠金帛，以亿万计，用巨舰百余艘，载归汴都。太祖叙录翰
功，迁桂州观察使，判知颍州。彬不好杀而犹靳使相，翰大肆屠
掠，乃得升迁，谁谓太祖戒杀之命，果出自本心耶？

　　吴越王钱俶遣使朝贺，太祖面谕使臣道："尔主帅攻克常
州，立有大功，可暂来与朕相见，借慰朕思，朕即当遣归。上
帝在上，决不食言！"使臣领命去讫。钱俶祖名镠，曾贩盐为
盗。唐僖宗时，纠众讨黄巢，平定吴、越，唐乃封镠为越王，
继封吴王，梁又加封为吴越王。传子元瓘，元瓘传子弘佐，弘
佐传弟弘倧，弘倧被废，弟弘俶嗣位，因避太祖父弘殷偏讳，
单名为俶。太祖元年，封俶为天下兵马元帅。俶岁贡勿绝，至
是奉太祖命，与妻孙氏、子维濬入朝。太祖遣皇子德昭，出郊
迎劳；并特赐礼贤宅，亲视供帐，令俶寓居。俶入觐太祖，赐
坐赐宴，且命与晋王光义叙兄弟礼，俶固辞乃止。太祖又亲幸
俶宅，留与共饮，欢洽异常。嗣又诏命剑履上殿，书诏不名。
封俶妻孙氏为吴越国王妃，赏赉甚厚。开宝九年三月，太祖将
巡幸西京，行郊祀礼，俶请扈跸出行。太祖道："南北风土不
同，将及炎暑，卿可早日还国，不必随往西京。"俶感谢泣

下，愿三岁一朝。太祖道："水陆迂远，也不必预定限期，总教诏命东来，入觐便是。"俶连称遵旨。太祖乃命在讲武殿饯行，俟宴饮毕，令左右捧过黄袱，持以赐俶，且言途中可以启视，幸无泄人。俶受袱而去。及登程后，启袱检视，统是群臣奏乞留俶，约有数十百篇。安知非太祖授意群臣，特令上疏，借示羁縻。俶且感且惧，奉表申谢。太祖遣俶归国，即启跸西幸。

原来太祖仍周旧制，定都开封，号为东京，以河南府为西京。是时江南戡定，淮甸澄清，乃西往河洛，祭告天地，且欲留都洛阳。群臣相率谏阻，太祖不从。及晋王光义入陈，力言未便，太祖道："我不但欲迁都洛阳，还要迁都长安。"光义问是何故，太祖道："汴梁地居四塞，无险可守，我意徙都关中，倚山带河，裁去冗兵，复依周、汉故事，为长治久安的根本，岂不是一劳永逸么？"光义道："在德不在险，何必定要迁都？"太祖叹息道："你也未免迂执了。今日依你，恐不出百年，天下民力已尽敝哩。"都汴原不若都陕，太祖成算在胸，所见固是。但子孙不良，即都陕亦无救于亡。乃怅然归汴。过了月余，复定议北征，遣侍卫都指挥使党进，宣徽北院使潘美，及杨光美、牛光进、米文义等，率兵北伐，分道攻汉。党进等依诏前进，连败北汉军，将及太原。太祖又命行营都监郭进等，分攻忻、代、汾、沁、辽、石等州，所向克捷。

北汉主刘继元急向辽廷乞师，辽相耶律沙统兵援汉。正拟鏖战一场，互决雌雄，忽接得汴都急报，有太祖病重消息，促令班师，党进等乃返旆还朝。太祖自西京还驾，已觉不适，后因疗治得愈。到了孟冬，自觉身体康健，随处游幸，顺便到晋王光义第，宴饮甚欢。太祖素性友爱，兄弟间和好无忤，光义有疾，太祖与他灼艾，光义觉痛，太祖亦取艾自灸。尝谓光义龙行虎步，他日必为太平天子，光义亦暗自欣幸，因此对着乃兄，亦颇加恭谨。偏太祖寿数将终，与宴以后，又觉旧疾复发，渐渐的不能支持；嗣且卧床不起，一切国政，均委光义代理。光义昼理朝事，夜侍兄疾，恰也忙碌得很。

一夕，天方大雪，光义入宫少迟，忽由内侍驰召，令他即刻入宫。光义奉命，起身驰入，只见太祖喘急异常，对着光义，一时说不出话来。光义待了半晌，未奉面谕，只好就榻慰问。太祖眼睁睁的瞧着外面，光义一想，私自点首，即命内侍等退出，只留着自己一人，静听顾命。其迹可疑。内侍等不敢有违，各退出寝门，远远的立着外面，探看那门内举动。俄听太祖嘱咐光义，语言若断若续，声音过低，共觉辨不清楚。过了片刻，又见烛影摇红，或暗或明，仿佛似光义离席，逡巡退避的形状。既而闻柱斧戳地声，又闻太祖高声道："你好好去做！"这一语音激而惨，也不知为着何故。暮见光义至寝门侧，传呼内侍，速请皇后皇子等到来。内侍分头去请，不一时，陆续俱到，趋近榻前，不瞧犹可，瞧着后，大家便齐声悲号。原来太祖已目定口开，悠然归天去了。

看官！你想这次烛影斧声的疑案，究竟是何缘故？小子遍考稗官野乘，也没有一定的确证。或说是太祖生一背疽，苦痛的了不得，光义入视，突见有一女鬼，用手搔背，他便执着柱斧，向鬼劈去，不意鬼竟闪避，那斧反落在疽上，疽破肉裂，太祖忍痛不住，遂致晕厥，一命呜呼。或说由光义谋害太祖，特地屏去左右，以便下手。至如何致死，旁人无从窥见，因此不得证实。独《宋史·太祖本纪》，只云帝崩于万岁殿，年五十，把太祖所有遗命，及烛影斧声诸传闻，概屏不录，小子也不便臆断，只好将正史野乘，酌录数则，任凭后人评论罢了。以不断断之。

且说皇后宋氏，及皇子德昭、德芳等，抚床大恸，哀号不已。就是皇弟光美亦悲泣有声。独不及晋王光义，意在言表。内侍王继恩入劝宋后，并言先帝奉昭宪太后遗命传位晋王，金匮密封，可以复视，现请晋王嗣位，然后准备治丧。宋后闻言，索性擘踊大号，愈加慰感。光义瞧不过去，亦劝慰数语。宋后不禁泣告道："我母子的性命，均托付官家。"光义道："当共保富贵，幸毋过虑！"宋后乃稍稍止哀。原来皇子德芳系宋后所出，宋后欲请立为太子，因太祖孝友性成，誓守金匮遗言，不欲背盟，所以宋后无法可施，没奈何含忍过去。此次太祖骤崩，自思孤儿寡妇，如何结果？且晋王手握大权，势不能与他相争，只好低首下心，含哀相嘱。光义乐得客气，因此满口承认，敷衍目前。太祖夺国家于孤儿寡妇之手，故一经晏驾，即有宋后之悲。报应之速，如影随形。

越日，光义即皇帝位，大赦改元，即以本年为太平兴国元年，号宋后为开宝皇后，授弟光美为开封尹，进封齐王，所有太祖、廷美子女，并称皇子皇女。光美因避主讳，易名廷美。封兄子德昭为武功郡王，德芳为兴元尹，同平章事。薛居正为左仆射，沈伦为右仆射，卢多逊为中书侍郎，曹彬仍为枢密使并同平章事，楚昭辅为枢密使，潘美为宣徽南院使，内外进秩官有差；并加封刘鋹卫国公，李煜陇西郡公。越年孟夏，乃葬太祖于永昌陵。总计太祖在位，改元三次，共一十三年。小子有诗咏太祖道：

> 帝位原从篡窃来，孤雏孱妇也罹灾。
> 可怜烛影摇红夜，尽有雄心一夕灰。

晋王光义嗣位后，史家因他庙号太宗，遂称为太宗皇帝。欲知后事，下回再详。

江南主李煜，耽酒色，信浮屠，固足以致亡，前回已评论及之。然其事宋之道不可谓不备，宋祖亦不能指斥过恶，第以屡征不至，遂兴师以伐之。古人所谓国不竞亦陵，何国之为者？观于李煜而益信矣。明德楼之宣诏，语多掩护自己，要不若"卧榻之侧，岂容他人鼾睡"两语较为直截了当。彼恃人不恃己者，其盍援为殷鉴乎？若夫烛影斧声一案，事之真否，无从悬断，顾何不于太祖大渐之先，内集懿亲，外召宰辅，同诣寝门，面请顾命，而乃屏人独侍，自启流言？遗诏未闻，遽尔即位，甚至宋后有母子相托之语，此可见当日宫廷，实有不可告人之隐情，史家无从录实，因略而不详耳。谓予不信，盍观后文！

第十三回

吴越王归诚纳士　北汉主穷蹙乞降

却说太宗即位以后，当即改元，转瞬间即为太平兴国二年。有诏改御名为炅。音炯。至太祖葬后，即将开宝皇后迁居西宫。太宗元配尹氏为滁州刺史尹廷勋女，不久即殁，继配魏王符彦卿第六女，于开宝八年病逝。太宗嗣立为帝，追册尹氏为淑德皇后，符氏为懿德皇后，惟中宫尚在虚位，只有李妃一人，与太宗很相亲爱，生女二人，以次夭殁，继生子名元佐，后封楚王，又次生子名元侃，就是将来的真宗皇帝，开宝中封陇西郡君。太宗进封夫人，正拟册她为后。偏李氏又复生病，病且日剧，于太平兴国二年夏月，竟尔去世。后位未定，何必急急徙嫂，此与暮冬改元更名为炅之意，同一无兄之心，宁待后日之逼死二侄耶？翌年，始选潞州刺史李处耘第二女入宫，至雍熙元年，乃立李氏为后，这且慢表。

且说太平兴国三年三月，吴越王钱俶，与平海军节度使陈洪进相继入朝。钱俶履历已见前文，独陈洪进未曾提及，容小子约略叙明。洪进，泉州人，系清源节度使留从效牙将，从效受南唐册命，节度泉、漳等州，号为清源军，并封鄂国公晋江王。从效殁后无嗣，兄子绍镃继立，年尚幼，洪进诬绍镃将附吴越，执送南唐，另推副使陈汉思为留后，自为副使。寻复迫汉思缴印，将他迁居别墅，复遣人请命南唐，只说是汉思老耄，不能治事，自己为众所推，权为留后。唐主李煜信为真情，即命他为清源军节度使。嗣因宋太祖平泽、潞，下扬州，取荆、湖，威震华夏，旁达海南。洪进大惧，忙遣衙将魏仁济间道至汴，上表宋廷，自称清源军节度副使，权知泉南州军府事，因汉思昏耄无知，暂摄节度印，恭候朝旨定夺；太祖遣使慰问，自是朝贡往来，累岁不绝。乾德二年，诏改清源军为平海军，即以洪进为节度使，赐号"推诚顺化功臣"。开宝八年，江南平定，洪进心益不安，遣子文灏入贡。太祖因诏令入朝，洪进不得已起行，至南剑州，闻太祖驾崩，乃回镇发丧。太宗三年，加洪进检校太师，次年春季，洪进入觐宋廷，太宗赐钱千万、白金万两、绢万匹，礼遇优渥。洪进遂献上漳、泉二州版图，有诏嘉纳，授洪进为武宁节度同平章事，赐第京师。叙陈洪进事，简而不漏。为这一番纳土，遂令吴、越十三州土地，亦情愿拱手出献，归入宋朝。吴越王钱俶正在入觐，闻洪进纳土事，未免震竦，乃上表乞罢所封吴越国王，及撤销天下兵马大元帅，并书诏不名的成命，情愿解甲归田，终享天年。真是鼠胆。太宗不许。傔臣崔冀进言道："朝廷意旨，不言可知。大王若不速纳土，祸且立至了。"俶尚在迟疑，左右俱争言未可。崔冀复厉声道："目今我君臣生命，已在宋主手中，试思吴、越距此约有千里，除非身生羽翼，或得飞还，否则如何脱离？不若见机纳土，免蹈危机。"俶闻言乃决，当于次日奉表道：

　　臣俶庆遇承平之运，远修肆觐之仪，宸眷弥隆，宠章皆极。斗筲之量，实觉满盈，丹赤之诚，辄兹披露。臣伏念祖宗以来，亲提义旅，尊戴中京，略有两浙之土田，讨平一方之僭逆，此际盖隔朝天之路，莫谐请吏之心。然而禀号令于阙廷，保封疆于边徼，家世承袭，已及百年。今者幸遇皇帝陛下，嗣守丕基，削平诸夏，凡在率滨之内，悉归舆地之图，独臣一邦，僻介江表，职贡虽陈于外府，版籍未归于有司；尚令山越之民，犹隔陶唐之化，太阳委照，不及葵家，春雷发声，不为聋俗，则臣实使之然也。莫大焉！不胜大愿，愿以所管十三州，献于阙下执事，其间地里名数，别具条析以闻，伏望陛下念奕世之忠勤，察乃心之倾向，特降明诏，允兹至诚。谨再拜上言。

表既上，太宗当然收纳，下诏褒美道：

表悉！卿世济忠纯，志遵宪度，承百年之堂构，有千里之江山。自朕纂临，聿修觐礼，睹文物之全盛，喜书轨之混同，愿亲日月之光，遽忘江海之志。甲兵楼橹，既悉上于有司，山川土田，又尽献于天府，举宗效顺，前代所无，书之简编，永彰忠烈。所请宜依，借光卿德！

越日，又封俶为淮海国王，及他子弟族属，也有一篇骈体的诏谕道：

盖闻汉宠功臣，聿著带河之誓，周尊元老，遂分表海之邦。其有奄宅勾吴，早绵星纪，包茅入贡，不绝于累朝，羽檄起兵，备尝于百战；适当辑瑞而来勤，爰以提封而上献。宜迁内地，别锡爰田，弥昭启土之荣，俾增书社之数。吴越国王钱俶，天资纯懿，世济忠贞，兆积德于灵源，书大勋于策府。近者，庆冲人之践祚，奉国珍而来朝，齿革羽毛，既修其常贡，土田版籍，又献于有司。愿宿卫于京师，表乃心于王室。眷兹诚节，宜茂宠光，是用列西楚之名区，析长淮之奥壤，建兹大国，不远旧封，载疏千里之疆，更重四征之寄，畴其爵邑，施及子孙，永夹辅于皇家，用对扬于休命。垂厥百世，不其伟欤！其以淮南节度管内，封俶为淮海国王，仍改赐宁淮镇海崇文耀武宣德守道功臣，即以礼贤宅赐之。子惟俶为节度使兼侍中，惟治为节度使，惟演为团练使，惟灏暨侄郁昱并为刺史，弟仪信并为观察使，将校孙承祐、沈承礼并为节度使，各守尔职，毋替朕命！

嗣是命范质长子范旻权知两浙诸州军事，所有钱氏缌麻以上亲属及境内旧吏，统遣至汴京，共载舟一千零四十四艘。吴、越自钱镠得国，历五世，共八十一年而亡。

东南一带，尽为宋有，太宗乃力谋统一，拟兴师往伐北汉。左仆射薛居正等多言未可，更召枢密使曹彬入议，曹彬独言可伐。太宗道："从前周世宗及太祖俱亲征北汉，何故未克？"想是薛居正等所陈之语。彬答道："周世宗时，史彦超兵溃石岭关，人情惊扰，所以班师。太祖顿兵草地，适值暑雨，军士多疾，是以中止。这并非由北汉强盛，无可与敌呢。"太宗道："朕今日北征，卿料能成功否？"彬又答道："国家方盛，兵甲精锐，欲入攻太原，譬如摧枯拉朽，何患不成？"太宗遂决意兴师，任潘美为北路招讨使，率崔彦进、李汉琼、刘遇、曹翰、米信、田重进等，四路进兵，分攻太原；又命邢州判官郭进为太原石岭关都部署，阻截燕、蓟援师。

北汉主刘继元闻宋师大举，急遣使向辽求救。先是开宝八年，辽曾通使宋廷，愿修和好，太祖曾答书许诺。至是辽遣挞马官名，系扈从官。长寿南来，入谒太宗，问明伐汉的情由，太宗道："河东逆命，应当问罪。若北朝不援，和约如故，否则惟有开战呢。"长寿悻悻自去。太宗料辽必往助，恐有剧战，因下诏亲征，藉作士气。当拟命齐王廷美职掌留务。廷美倒也惬意，惟开封判官吕端，入白廷美道："主上栉风沐雨，往申吊伐。王地处亲贤，当表率扈从，若职掌留务，恐非所宜，应请裁夺为是。"廷美乃请扈驾同行。太宗改命沈伦为东京留守，王仁赡为大内都部署，自率廷美等北征。到了镇州，接着郭进捷报，已将辽兵击退石岭关外，可无忧了。太宗大喜。

原来辽主贤得长寿还报，遣宰相耶律沙为都统，冀王敌烈_{一译作迪里。}为监军，领兵救汉，至白马岭，遥见宋军阻住前面，约有好几营扎住。耶律沙语敌烈道："前面有宋师扼守，不宜轻进，我军且阻涧为营，申报主子，再乞添兵接应，方不致惧。"敌烈道："丞相也太畏怯了。我看前面的宋营，至多不过万人，我兵与他相较，众寡相等，何勿趁着锐气，杀将过去？丞相若果胆小，尽可在后押阵，看我上前踏平宋营哩。"_{要去寻死，尽可向前。}耶律沙道："并非胆怯，惟出兵打仗，总须小心为要。"_{亏有此着，才得免死。}敌烈不从，耶律沙忙遣将校，返报辽主，一面随敌烈前行。约里许，即至涧旁，敌烈自恃骁勇，争先渡涧，部兵亦抢过涧去，三三五五，不复成列。猛听得一声炮响，宋军自营内突出，来杀辽兵。辽兵尚未列阵，不意宋军猝至，先吓得手忙脚乱，胆落魂销。敌烈不管死活，还是向前乱闯，凑巧碰着郭进，两马相交，战到三四十合，被郭进卖个破绽，手起刀落，劈敌烈于马下。_{该死得很！}是时耶律沙尚未渡涧，正思上前救应，那辽兵已逃过涧来，反冲动耶律沙军的阵脚。宋军又乘胜追击，尽行渡涧，争杀耶律沙军。耶律沙如何抵挡，只好策马返奔。辽兵只恨脚短，逃得不快，要吃宋军的刀头面。宋军也毫不容情，杀一个，好一个，追一程，紧一程，郭进且下令军前，须擒住耶律沙，方准收军。军士得令，奋勇力追，不防斜刺里杀到一支人马，来救辽兵，截住宋军。看官道是何来？乃是辽将耶律斜轸_{斜轸一译色轸。}奉了主命，接应前军，途次遇了耶律沙军报，急从间道疾趋，来做帮手，刚遇耶律沙败北，正好仗着一支生力军，救应耶律沙，抵敌宋军。郭进见辽兵得救，即勒马止追，整队回师。耶律沙亦引兵退去，两下罢战。

郭进回至石岭关，驰书奏捷。太宗遂自镇州出发，进逼太原。时北路招讨使潘美等屡败汉兵，直抵太原城下，筑起长围，四面合攻，自春徂夏，累攻不息。城中专望辽援，日久不至，又遣健足从间道赴辽，赍奉蜡丸帛书，催促援师。哪知辽兵已被郭进击退，所遣急足又为进所捕住，斩首示众。继元闻报大惧，甚至寝食不安，亏得建雄军节度使刘继业入城助守，昼夜不懈，尚得苟延。推重刘继业。至太宗驰至，亲督卫士，猛力攻扑，毁去城堞无数，均由刘继业冒险修筑，仍得堵住。太宗见城不能下，手书诏谕，劝继元出降。守卒不纳，继元亦无从知悉。太宗再令攻城，城上矢石如雨，击退宋军。马军都军头辅超气愤的了不得，大呼道：“偌大城池，有这般难攻么？如有壮士，快随我来，好登城立功！”言毕，有铁骑军呼延赞等踊跃而出，随着辅超驾梯而上。辅超攀堞欲登，适为刘继业所见，急命长枪手攒刺辅超，辅超用刀格斗，不肯退步，怎奈双手不敌四拳，终被戳伤了好几处，不得已退归城下。解甲审视，身受十三创，血迹模糊。太宗嘉他忠勇，面赐锦袍银带，并令休息后营。辅超尚不肯休，自言翌晨定要入城，虽死无恨。到了诘朝，果然一马跃出，复去登城，梯甫架就，身上已叠中八矢，他左手执盾，右手执刀，尚拟冒死直上。幸由太宗闻悉，忙传令辅超回营，才得不死。写辅超处，正是写刘继业。

太宗乃禁士登城，只命弓弩手万名，排列阵前，蹲甲交射。矢集城上如猬毛，每给矢必数万。继元用十钱购一矢，约得数百万支，仍还射宋军，又支持了月余。外援不至，饷道又绝，太宗屡射书城中，招降将士。城中宣徽使范超，逾城出降，宋军疑为奸细，不待细问，竟将他一刀两段。继元闻范超降宋，也将范超妻小一一杀死，投首城下。真是冤枉。太宗闻范超枉死，又得他妻小首级，不禁悲悼，令将士置棺敛葬，亲往赐祭。城内守将瞧着，又感动起来。指挥使郭万超复密令军士缒城约降，太宗与他折矢为誓，决不加害。郭万超遂潜行出城，投奔宋营。太宗格外优待。自是继元帐下诸卫士，多半出降。太宗又草诏谕继元道：

> 越王吴主，献地归朝，或授以大藩，或列于上将，臣僚子弟，皆享官封。继元但速降，必保终始，富贵安危两途，尔宜自择！

这诏颁到城下，城中总算接待宋使，引见继元。继元读诏毕，沉吟半晌，方答宋使道："果蒙宋天子优礼，谨当遵旨！"宋使出城报命，待了半日，未见继元出降消息，宋军又愤不可遏，锐意攻城。太宗又出谕将士，只说是"城陷害民，不如少待，俟明日尚未出降，当即破城"等语。无非笼络城中士卒。宋军乃少退。是夕，继元遣客省使李勋奉表请降，太宗赐勋袭衣金带，银鞍勒马，另遣通事舍人薛文宝同勋入城，赍诏慰谕。翌日黎明，太宗幸城北，亲登城台，张乐设宴。继元率官属出城，缟衣纱帽，待罪台下。太宗召使升台，传旨特赦，且封继元为检校太师右卫上将军，授爵彭城郡公，给赐甚厚。继元叩首谢恩。太宗即命继元下台，导宋军入城，偏城上立着金甲银鍪的大将，高声呼道："主子降宋，我却不降，愿与宋军拼个死活。"宋军仰首上望，那将不是别人，就是北汉节度使刘继业。当下走报太宗，太宗爱继业忠勇，很欲引为己用，至是令继元好言抚慰。继元乃遣亲信入城，与言不得已的苦衷，不如屈志出降，保全百姓为是。继业大哭一场，北面再拜，乃释甲开城，迎入宋军。太宗入城后，召见继业，立授右领军卫大将军，并加厚赐。继业原姓杨，太原人氏，因入事刘崇，赐姓为刘。降宋后仍复原姓，以业字为名，后人称为杨令公，便是此人。自是北汉遂亡。小子有诗咏道：

> 晋阳卅载据雄封，徒仗辽援保汉宗。
> 两代螟蛉空入继，速亡总自主昏庸。

欲知北汉降后情形，且待下回再表。

　　宋初各国，吴越最称恭顺，而其见机纳土，免害生灵，亦不可谓非造福浙民。天下将定，一隅必不能终守，何若奉表贵献之为愈乎？浙人拜赐，迄今未忘，庙祀而尸祝之，宜也。北汉则异是，恃辽为援，固守坚城，至于饷尽援绝，方出降宋，顾视军民，伤亡已不少矣。且以数十万锐卒，攻一太原，数月始下，宋师老矣，再图燕、蓟，尚可得耶？故北汉之降，不足为宋幸，而刘继元之罪案，亦自此可定矣。

第十四回

高梁河宋师败绩　雁门关辽将丧元

却说刘继元降宋后，太宗命中使康仁宝监督继元，催他部署行装，召齐族属，限日离开太原，驰赴汴都。继元除挈眷随行外，所有宫妓，尽献与太宗。太宗分赐立功将士，仍饬康仁宝监护继元等，赴京去讫。北汉始祖刘崇，本后汉高祖刘知远弟，受封太原，自郭氏篡汉，刘崇乃僭称帝号，传子刘钧。有甥继恩、继元二人，继恩姓薛，继元姓何，都是崇女所出。崇女初适薛钊，生继恩，再醮何氏，生继元。崇以刘钧无嗣，均命收为养子，钧殁后，养子继恩立，继恩被弑，继元入嗣。继元弑钧妻郭氏，幽杀刘崇诸子，又好残杀臣民，至穷蹙乃降。或请太宗按罪加惩，太宗道："亡国君主，非失诸暗懦，即失诸残暴，否则何至灭亡？这等人只应悯惜，若朕也把他虐待，岂非与他相似么？"*此语亦似是而非。*随命毁太原旧城，改为平晋县，以榆次县为并州，遣使分部徙太原民往居。复纵火焚太原庐舍，老幼迁避不及，焚毙甚众。*这是何意？*

太宗即出发太原，意欲顺道伐辽，夺取幽、蓟。潘美等多以师老饷匮，不欲北行，独总侍卫崔翰道："势所当乘，时不可失，臣意恰主张北伐，不难取胜。"太宗遂决计北行。进次东易州，辽刺史刘宇献城出降，太宗留兵千人协守；复入攻涿州，辽判官刘原德亦以城降。乘胜至幽州城南，辽将耶律奚底，*一译作耶律希达。*率着辽兵，自城北来攻宋军，宋军杀将过去，锐不可当，辽兵败走。太宗乃命宋偓、崔彦进、刘遇、孟玄喆四将，各率部兵，四面攻城，另分兵往徇各地。蓟州、顺州次第请降，但幽州尚未攻克，守将耶律学古多方守御，经太宗亲自督攻，昼夜猛扑，城中倒也惴惧起来，几乎有守陴皆哭的形景。

忽有探卒入报宋营，辽相耶律沙来救幽州，前锋已到高梁河了。太宗道："敌援已到高梁河么？我军不如前去迎战，杀败了他，再夺此城未迟。"言毕，即拔营齐起，统向高梁河进发。将到河边，果见辽兵越河而来，差不多有数万人。宋将均跃马出阵，各执兵械，杀奔前去。耶律沙即麾兵抵拒，两下里金鼓齐鸣，旌旗飞舞，几杀得天昏地暗，鬼哭神号。约有两三个时辰，辽兵伤亡甚众，渐渐的不能支持，向后退去。太宗见辽兵将却，手执令旗，驱众前进，暮听得数声炮响，又有辽兵两翼，左右杀来，左翼是辽将耶律斜轸，右翼是辽将耶律休哥。哥一作格。休哥系辽邦良将，智勇兼全，他部下很是精锐，无不以一当十、以十当百，况宋军正战得疲乏，怎禁得两支劲卒横冲过来，顿时抵挡不住，纷纷散乱。休哥趁这机会，冲入中坚，来取太宗。太宗亟命诸将护驾，无如诸将各自对仗，一时不能顾到，急得太宗也仓皇失措，幸亏辅超舞着钢刀，呼延赞挥着铁鞭，前遮后护，翼出太宗，南走涿州。宋将亦陆续逃回，检查军士，丧亡至万余人。这是宋军第一次吃亏。

时已日暮，正拟入城休息，不料耶律休哥带着辽兵，又复杀到。宋军喘息未定，还有何心成列，一闻辽军到来，大家各寻生路，统逃了开去，就是太宗的卫队也多奔散。太宗此时，除了三十六计的上计，简直没法，只好加鞭疾走，向南逃命；偏偏天色渐昏，苍茫莫辨，路程又七高八低，蹀躞难行，后面喊杀的声音，尚是不绝。那时心下越慌，途中越黯，连这马也一跌一突，跑不过去。太宗性急得很，只将马缰收紧，用鞭乱捶，马忍痛不住，不管什么艰险，索性乱窜，扑塌一声，陷入泥淖中，忙呼卫卒救驾。哪知前后左右，已无一人，自己欲下骑掀马，犹恐马足难拔，连自身先坠渊莫测，不禁仰天呼道："我为崔翰所误，亲蹈危机，目今悔已无及了。"并非崔翰所误，实是骄盈取败。

言未已，但见前面火光荧荧，有一队人马到来，也不知是南军，是北军，越觉惶惑不定。待来军行至附近，方见旗帜上面现出一个"杨"字，又不觉喜慰道："大约是杨业来了。"原来杨业降宋后，本已从征幽、蓟，只因太宗命他再赴太原，搬运粮械，接济军需，所以去了好几日，至此才运粮回军，适值太宗遇险，中途接着。太宗急忙呼救，杨业跃马入淖，把太宗轻轻掖起，递交岸上的小将，然后再去牵引御马，好容易才得登岸。太宗早在岸上坐着，业复率小将拜谒，自称："救驾来迟，应该负罪。"太宗道："卿说哪里话来，朕非卿到，恐性命都难保哩。"随问小将何人，业答道："这是臣儿延朗。"太宗道："卿有此儿，也好算作千里驹了。"说着，后面尘头起处，似有辽军赶至。太宗皱眉道："追军又至，奈何？"业答道："请陛下先行一程，由臣父子退敌便了。"言已，即去牵御马过来。哪知马已卧地，不能再骑，乃返奏太宗道："御马不堪再驾，请乘臣马先行。"太宗道："卿欲退敌，不能无马，朕看卿装载饷械，备有驴车，可腾出一乘，由朕暂坐先行罢。"杨业遵旨，遂命部卒腾出驴车，请太宗坐入，命部卒保护前行。所有饷械，亦一律载回，自与延朗勒马待敌。

未几，有军马趋至，乃是孟玄喆、崔彦进、刘廷翰、李汉琼等一班宋将，并带着败兵残卒，均已垂头丧气，狼狈不堪。又未几，潘美等亦复驰到，且问杨业道："皇上到哪里去了，将军有无遇着？"你为招讨使，如何连主子也不顾着？杨业述明情形，潘美道："后面尚有追兵，如何是好？"杨业道："业父子二人，尚思退敌，今得诸将帅到来，怕他什么？"潘美自觉惭惭，即命杨业部勒残兵，列阵以待。不到一时，果有辽兵追至，前队二将，一名兀环奴，一名兀里奚。杨业策马抡刀，当先出阵，大呼："胡虏慢走！"兀环奴、兀里奚大怒，上前迎战，杨业双战二将，毫不惧怯。延朗恐乃父有失，急挺枪出战，与兀里奚对仗。杨业与兀环奴战不数合，被杨业一刀砍死。兀里奚心中一慌，把刀一松，被延朗当胸一枪，也刺落马下。宋将等见杨业父子杀毙辽将，统来助阵，辽兵见不可支，慌忙退去，当由宋军追杀数里，夺还赍械若干，方才收军，驰至定州，得遇太宗。太宗命孟玄喆屯定州，崔彦进屯关南，刘廷翰、李汉琼屯真定。又留崔翰、赵延进等援应各镇，自率军返汴梁，整日里怏怏不乐。

武功郡王德昭曾从征幽州，当宋军败溃时，军中不见太宗，多疑太宗被难，诸将谋立德昭为帝，未成事实，偏被太宗闻知，愈加愤闷。德昭尚未察悉，因见太宗还京已有多日，并不闻战下太原的例赏，且诸将多怀怨望，恐不免有变动情形，乃入谒太宗，即请叙功给赏。太宗不待词毕，便怒目道："战败回来，还有什么功劳？什么赏赐？"德昭道："这也不可一概论的。征辽虽然失利，北汉究属荡平，应请陛下分别考核，量功行赏罢！"语虽合理，然适中太宗之忌。太宗复怒道："待你为帝，赏亦未迟。"这两语是把心中的疑恨，和盘说出。看官！试想这地处嫌疑的德昭如何忍受得起？他低了头，退出宫廷，还至私第，越想越恼，越恼越悲。默思父母早逝，无可瞻依，虽有继母宋氏，季弟德芳，一个是被徙西宫，迹类幽囚，一个是才经弱冠，少不更事。痛幽衷之莫诉，觉生趣之毫无，一时情不自禁，竟从壁间悬着的剑囊中，拔出三尺青锋，向颈一横，顿时碧血模糊，晕倒地上，渺渺英魂，往鬼门关去寻父母去了。自寻短见，愚等申生。及他人得知，已是死去多时，无从解救，只好往报太宗。太宗亟往探视，但见他僵卧榻上，目尚未瞑，不觉良心发现，涕泪交横，带哭带语道："痴儿、痴儿！何遽至此？"恐尚不免做作。随即命家属好生殓葬，自己即还至宫中，颁诏赠德昭为中书，令追封魏王，于是论平汉功，除赏生恤死外，加封弟齐王廷美为秦王，算是依从德昭的遗奏。这且慢表。

且说辽军杀败宋军，回国报功，辽主贤尚欲报怨，遣南京留守韩匡嗣与耶律沙、耶律休哥等，率兵五万，入寇镇州。刘廷翰闻警，忙约崔彦进、刘汉琼等商议抵御方法。廷翰道："我军方败，元气未回，今辽兵又来侵扰，如何是好？"彦进道："若与他对仗，胜负未可逆料，不如用诈降计，诱他入内，然后设伏掩击，定可取胜。"廷翰道："我闻耶律休哥素有才名，恐他持重老成，未必纳降。"汉琼道："先去献他粮饷，令他信我情真，料无不纳之理。"廷翰点首道："且依计一试，再行定夺。"当下差人至辽营中，赍粮请降。匡嗣见有粮饷，问他何日出降。差人答以明日，匡嗣允诺，差人自去。耶律休哥进谏道："宋军未曾交锋，即来请降，莫非具有诈谋，元帅不可不防！"也不出廷翰所料。匡嗣道："他若用诈降计，怎肯到此献粮？"休哥道："这乃是欲取姑与的计策。"匡嗣道："我兵锐气方盛，杀败宋师数十万，理应人人夺气，今闻我军复出，怎得不惊？我想他是真情愿降哩。就使诈降，我也不怕。"休哥见他不从，只得退出，自去号令部兵，不得妄动，待有自己军令，方准出发。只匡嗣与耶律沙约定明日入城，很是欣慰。仿佛做梦。

且说宋将刘廷翰得差人回报，整点军马，令李汉琼率步兵万名，埋伏城东，掩击辽兵来路；崔彦进率步兵万名，埋伏城北，截断辽兵去途；再约边将崔翰、赵延进，连夜发兵，前来夹攻。分布已定，安宿一宵。翌晨，大开城门，自率兵往伏城西，专待辽兵到来。辽帅韩匡嗣当先开道，耶律沙押着后军，望镇州城前来。将到城下，见城门开着，并无一人，匡嗣即欲挥众入城，辽护骑尉刘雄武谏阻道："元帅不可轻入，他既请降，如何城外不见一人？"匡嗣闻言，恰也惊异，猛听得一声号炮，响彻天空，城西杀出刘廷翰，城东杀出李汉琼。匡嗣料知中计，拍马便走，部众随势奔回，冲动耶律沙后队。耶律沙也禁遏不住，只好倒退。忽然间炮声又响，崔彦进又复杀出，截住辽兵去路。辽兵腹背受敌，好似哑子吃黄连，说不出的苦痛，那时无法可施，没奈何拼着性命，寻条血路。不料宋将崔翰、赵延进各军又遵约杀到，人马越来越众，把辽兵困在垓心。韩匡嗣、耶律沙领着将校，冒死冲突，怎奈四面八方，与铁桶相似，几乎没缝可钻，宋军又相继射箭，眼见得辽邦士卒，纷纷落马，伤亡无数。*层层反跌，为耶律休哥作势。*韩匡嗣与耶律沙正当危急万分，忽有一大将挺刀跃马，带领健卒，从北面杀入。韩匡嗣瞧将过去，不是别人，正是耶律休哥，不觉大喜过望，急与耶律沙随着休哥，杀出重围。宋军追了一程，夺得辎重无数，斩获以万计。*比前日所献之粮，获利应加数倍。*直至遂城，方收兵回屯原汛，随即报捷宋廷。

太宗闻报，语群臣道："辽兵入寇镇州，不能得志，将来必移寇他处，朕看代州一带，最关重要，须遣良将屯守，才可无患。"群臣齐声道："陛下明烛万里，应即简择良将，先行预防。"太宗道："朕有一人在此，可以胜任。"随语左右道："速宣杨业入殿。"左右领旨，往召杨业。须臾杨业传到，入谒太宗。太宗语业道："卿熟习边情，智勇兼备，朕特任卿为代州刺史，卿其勿辞！"业叩首道："陛下有命，臣怎敢推诿？"太宗大喜，便敕赐橐装，令他指日启程。业叩谢而出，即率子延玉、延昭等，出赴代州。延昭即延朗，随父降宋后，受职供奉官，改名延昭；业尝谓此儿类我，所以屡次出师，必令他随着。既到代州，适值天时寒冻，业亲督修城，虽经风雪，仍不少懈。

转眼间已是太平兴国五年了，寒尽春回，塞草渐苗，那辽邦复大举入寇，由耶律沙、耶律斜轸等，领兵十万，径达雁门。雁门在代州北面，乃是紧要门户，雁门有失，代州亦危。杨业闻辽兵大至，语子延玉、延昭道："辽兵号称十万，我军不过一二万人，就使以一当十，也未必定操胜局，看来只好舍力用智，杀他一个下马威，方免辽人轻觑哩。"延昭道："儿意应从间道绕出，袭击辽兵背后，出他不意，当可制胜。"杨业道："我亦这般想，但兵不在多，只教趁夜掩击，令他自行惊溃，便足邀功。"当下议定，即挑选劲卒数千名，由雁门西口西陉关出去，绕至雁门北口。正值更鼓沉沉，星斗黯黯，遥见雁门关下，黑压压的扎着数大营，便令延玉带兵三千人从左杀入，延昭带兵三千人从右杀入，业自领健卒百骑独踹中坚。三支兵马衔枚疾走，一到辽营附近，齐声呐喊，捣将进去。耶律沙、耶律斜轸等只防关内兵出来袭营，不意宋军恰从营后杀来，正是防不及防，几疑飞将军从天而下，大都吓得东躲西逃。中营里面，有一辽邦节度使驸马侍中萧咄李，自恃骁勇，执着利斧，从帐后出来抵敌，凑巧碰着杨令公，两马相交，并成一处，战到十余合，但听杨令公大叱一声，那萧咄李已连头带盔，飞落马下。萧咄李，一译作萧绰里特。小子有诗咏道：

> 百骑宵来捣虏营，刀光闪处敌人惊。
> 任他辽将如何勇，一遇杨公命即倾。

萧咄李既死，辽兵越觉惊慌，顿时大溃。俟小子下回再详。

　　高粱河一役，为宋、辽胜败之所由分。宋太宗挟师数十万，乘胜伐辽，而卒为辽将所乘，几至身命不保，宋军自此胆落矣。镇州之捷，雁门关之胜，均不过却敌之来，不能入敌之境，且皆由用智徼功，然则全宋兵力不能敌一强辽，可断言也。德昭之自刎，本应与廷美之死，联络一气，然事相类而时有先后。太原之赏不行，德昭之言不纳，于是德昭愤激自刎，作者依时叙入，免致混乱。坊间旧小说中，有称德昭为八大王，至真宗时尚辅翊宋廷，此全系臆造之谈，固不值一辩也。

第十五回

弄巧成拙妹倩殉边　修怨背盟皇弟受祸

却说辽相耶律沙与辽将耶律斜轸等，因部兵溃散，也落荒遁走，黑暗中自相践踏，伤毙甚多。杨业父子杀退辽兵，便整军入雁门关，检查兵士，不过伤了数十人。当即休息半日，驰回代州，露布奏捷，不消细说。惟辽人经此一挫，多号杨业为杨无敌，自是望见"杨"字旗号，当即引去。辽主贤闻将相败还，勃然大怒，竟亲自督军，再举侵宋，命耶律休哥为先行，入寇瓦桥关。守关将士因闻辽兵两次败退，料他没甚伎俩，竟开关迎敌，面水列阵。耶律休哥简率精锐，渡水南来，宋将欺他兵少，未曾截击，待至辽兵齐渡，万与交锋。哪知休哥部下是百炼悍卒，横厉无前，宋军不是对手，被他杀得七零八落，连关城都守不住，一哄儿弃关南奔，逃入莫州。休哥追至莫州城下，饬兵围攻。警报飞达宋廷，太宗复下诏亲征，调集诸将，向北进行。途次，又接官军败绩消息，忙倍道前进，到了大名，才闻辽主已退，乃令曹翰部署诸将，自回汴京。还汴数日，尚欲兴师伐辽，廷臣多迎合上意，奏称应速取幽、蓟，左拾遗张齐贤独上书谏阻，略云：

> 方今天下一家，朝野无事；关圣虑者，莫不以河东新平，屯兵尚众，幽、蓟未下，輦运为劳。臣愚以为此不足虑也。自河东初下，臣知忻州，捕得契丹纳粟典吏，皆云

自山后转粟以授河东，以臣料契丹能自备军食，则于太原非不尽力，然终为我有者，力不足也。河东初平，人心未固，岚、宪、忻、代，未有军寨，入寇则田牧顿失，扰边则守备可虞，及国家守要害，增壁垒，左控右扼，疆事甚严，乃于雁门、阳武谷，来争小利，此其智力可料而知也。圣人一事，动在万全。百战百胜，不如不战而胜。若重之慎之，则契丹不足吞，燕、蓟不足取。自古疆场之难，非尽由敌国，亦多边吏扰而致之。若缘边诸寨，抚驭得人，但使峻垒深沟，畜力养锐，以逸自处，宁我致人，此李牧之所以用赵也。所谓择卒不如择将，任力不如任人，如是则边鄙宁，边鄙宁则辇运减，辇运减则河北之民获休息矣。臣闻家六合者以天下为心，岂止争尺寸之事，角强弱之势而已乎？是故圣人先本而后末，安内以养外。陛下以德怀远，以惠勤民；内治既成，远人之归，可立而待也，何必穷兵黩武为哉？谨此奏闻！

这张齐贤系曹州人，素有胆识，称名远近。先是太祖幸洛阳，齐贤曾以布衣献策，条陈十事，四说称旨；尚有六条，太祖以为未合，齐贤坚称可行，惹动太祖怒意，令武士将他牵出。既而太祖还汴，语太宗道："我幸西都，惟得一张齐贤，他日可辅汝为相，汝休忘怀！"既已器重齐贤，胡不立加擢用，而必留遗与弟，人谓其友，我谓其私。太宗谨记勿忘。至太平兴国二年，考试进士，齐贤亦在选中，有司将他置诸下第。太宗不悦，特开创例，令一榜尽赐京官，齐贤乃得出仕，历任知州，入为左拾遗。至是上疏直谏，太宗颇为嘉纳，乃暂罢出师。

且说前同平章事赵普。当出任河阳节度使时，接第十一回。曾上表自诉，略言"皇弟光义，忠孝兼全，外人谓臣轻议皇弟，臣怎敢出此？且与闻昭宪太后顾命，宁有贰心？知臣莫若君，愿赐昭鉴"等语，这表文经太祖手封，同藏金匮。太祖崩后，太宗践位，赵普入朝，改封太子太保，因为卢多逊所毁，命奉朝请，居京数年，尝郁郁不得志。他有妹夫侯仁宝，曾在朝供奉，卢多逊因与普有嫌，亦将仁宝调知邕州。邕州在南岭外，与交州相近，交州即交趾地，唐末为大理所并，旋入于唐，五代时归属南汉。及南汉平定，交州帅丁琏，曾入贡宋廷。琏死，弟璇袭职，年尚幼稚，被部将黎桓把他拘禁，自称权知军府事。赵普恐仁宝久居邕州，数年不调，免不得老死岭外，乃设法上书，力陈交州可取。太宗本是喜功，阅读普奏，即拟召仁宝入京，面询边事。哪知卢多逊刁滑得很，即入朝面奏太宗道："交州内乱，正可往取，但若先召仁宝，反恐有泄机谋，臣意不如密令仁宝，整兵长驱，较为万全。"太宗也以为是，遂命仁宝为交州水陆转运使，孙全兴、刘澄、贾湜等，并为部署，同伐交州。偏出赵普意外。

　仁宝奉诏，不敢有违，只得整备兵马，与孙全兴等先后并发。行至白藤江口，适有交州水兵，倚江驻扎，江面列战船数百艘，侯仁宝当先冲入，交兵未及预防，霎时溃散，由仁宝夺取战舰二百，大获全胜，再拟深入交地，仁宝自为前锋，约孙全兴等为后应。全兴等顿兵不行，只有仁宝一军，杀入交趾，沿途进去，势如破竹。忽接到黎桓来书，情愿出降，仁宝信以为真，不甚戒备，到了夜间，黎桓率兵劫营，害得仁宝营内，人不及甲，马不及鞍，仓猝抵敌，哪里支持得住？仁宝竟死于乱军中。实是赵普害他。转运使许仲宣据实奏闻，有诏班师，拿问全兴，立斩刘澄、贾湜。全兴入京，寻亦弃市。后来黎桓复遣使入贡，并上丁璇让表，太宗因惩着前败，含糊答应，事见后文。本回总旨在叙赵、卢交恶事，故叙交州战史，特从略笔。

　赵普闻仁宝败殁，愈恨多逊，恨不能将他枭首剖心，抵偿妹夫的性命。怎奈多逊方邀主眷，一时无隙可乘。多逊且一意防普，只恐他运动廷臣，上章弹劾，所有群臣章奏，必先令禀白自己，又须至阖门署状，亲书二语，乃是"不敢妄陈利便，希望恩荣"十字，可谓防备严密。所以朝右诸臣对着多逊，大家侧目。连普亦没法摆布，整日里怨苦连声。

一日过一日，忽有晋邸旧僚柴禹锡、赵熔、杨守一等，竟直入内廷，密奏太宗，说是秦王廷美骄恣不法，势将谋变；卢多逊交好秦王，恐未免有勾通情事。史第言讦告秦王，不及多逊，吾谓太宗方亲信多逊，胡不问多逊而问赵普，得此揭出，方释疑团。这数语触动太宗疑忌，遂召普入见，与他密商。普竟自作毛遂，愿备位枢轴，静察奸变，且叩首自陈道："臣忝为旧臣，与闻昭宪太后遗命，备承恩遇，不幸戆直招尤，反为权幸所沮，耿耿愚忠，无从告语，就是臣前次被迁，曾有人说臣讪谤皇上，臣尝上表自诉，极陈鄙悃，档册具在，尽可复稽。若蒙陛下察核，鉴臣苦衷，臣虽死不朽了。"太宗略略点首，待普退后，即令近侍检寻普表，四觅无着。有旧侍忆及前事，谓由太祖贮藏金匮，当即禀过太宗，启匮检视，果得普前表，因复召普入语道："人谁无过，朕不待五十，已知四十九年的非了。从今以后，才识卿忠。"普顿首拜谢，太宗即面授普为司徒，兼职侍中，封梁国公，并命密察秦王廷美事。

是时太祖季子德芳亦已病殁，年仅二十三岁，距德昭自刎，只隔一年有余。廷美颇不自安，尝言太宗有负兄意。俗语说得好："一言既出，驷马难追。"为了廷美几句口风，免不得传入太宗耳中；还有一班谐臣媚子火上加炭，只说廷美即谋作乱，应亟预防。太宗遂罢廷美开封尹，出为西京留守，特擢柴禹锡为枢密副使，杨守一为枢密都承旨，赵熔为东上阁门使，无非因他告变有功，特别宠眷的意思。赵普与廷美无甚宿嫌，不过欲扳倒卢多逊，只好从廷美着手，陷他下阱。卢多逊也曾料着，明知祸将及己，可奈贪恋相位，不甘辞职，因此延宕过去。富贵之误人大矣哉！赵普怎肯干休？明访暗查，竟得卢多逊私遣堂吏，交通秦王事。这堂吏叫做赵白，与秦王府中孔目官阎密，小吏王继勋、樊德明等，朋比为奸。秦、卢交好，都从他数人往来介绍。赵白尝将中书机事密告廷美，且述多逊言云："愿宫车晏驾，尽力事大王。"廷美亦遣樊德明，往报多逊道："承旨言合我意，我亦愿宫车早些晏驾呢。"又私赠多逊弓箭等物。普一一入奏，太宗道："兄终弟及，原有金匮遗言；但朕尚强壮，廷美何性急乃尔？且朕待多逊，也算不薄，难道他尚未知足，必欲廷美为帝么？"普奏对道："自夏禹至今，只有传子的公例，太祖已误，陛下岂容再误？"*两语足致廷美死。*太宗不禁点首，遂颁诏责多逊不忠，降为兵部尚书。越日，下多逊于狱，捕系赵白、阎密、王继勋、樊德明等，令翰林学士承旨李昉、学士扈蒙、卫尉卿崔仁冀、御史滕正中等，秉公讯鞫。赵白等一一伏罪，复令多逊对簿，多逊亦无可抵赖。李昉等具狱以闻，太宗再召文武常参官，集议朝堂，太子太师王溥等七十四人，*老而不死，是为贼，王溥有焉。*联名奏议道：

　　谨案兵部尚书卢多逊，身处宰司，心怀顾望，密遣堂吏，交结亲王，通达语言，咒诅君父，大逆不道，干纪乱常。上负国恩，下亏臣节，宜膏铁钺，以正刑章！其卢多逊请依有司所断，削夺在身官爵，准法处斩。秦王廷美，亦请同卢多逊处分，其所缘坐，望准律文裁遣。谨议！

议上，即有诏颁发道：

　　臣之事君，贰则有辟，下之谋上，将而必诛。兵部尚书卢多逊，顷自先朝擢参大政，洎予临御，俾正台衡，职在燮调，任当辅弼，深负倚畀，不思补报，而乃包藏奸宄，窥伺君亲，指斥乘舆，交结藩邸，大逆不道，非所宜言。爰遣近臣杂治其事，丑迹尽露，具狱以成，有司定刑，外廷集议，佥以枭夷其族，污潴其宫，用正宪章，以合经义，尚念尝居重位，久事明廷，特宽尽室之诛，止用投荒之典，实汝有负罪，非我无恩。其卢多逊在身官爵，及三代封赠妻子官封，并用削夺追毁，一家亲属，并配流崖州，所在驰驿发遣，纵经大赦，不在量移之限。期周以上亲属，并配隶边远州郡部曲，奴婢纵之，余依百官所议，列状以闻。

当下再由群臣议定，赵白、阎密、王继勋、樊德明等，并斩都门外，仍籍没家产，亲属流配海岛。廷美勒归私第，所有子女，复正名称，子德恭、德隆等仍称皇侄，皇侄女适韩崇业，去公主、驸马名号。贬西京留守阎矩为涪州司户参军，前开封推官孙屿为融州司户参军，两人皆廷美官属，因责他辅导无状，连带坐罪。卢多逊即日被戍，发往崖州，至雍熙二年，竟殁于流所。多逊籍隶河南，累世祖墓均在河南，未败前一夕，天大雷电，将他祖墓前的林木，尽行焚去，时人诧为奇异。及多逊流徙，始信这造化小儿已预示谴责了。天道有知，应该加谴。

且说赵普计除卢多逊，复黜谪廷美，尚恐死灰复燃，潜嗾开封府李符，上言廷美未肯悔过，反多怨望，乞徙居边郡，借免他变。于是严旨复下，降廷美为涪陵县公，安置房州；妻楚国夫人张氏，削夺国封。命崇仪使阎彦进知房州，御史袁廓通判州事，各赐白金三百两，令他监伺廷美，不得有误。廷美至房州，举动不得自由，阎彦进、袁廓日加侦查，累得廷美气郁成疾，时患肝逆等症，渐渐的尪瘵不堪。太宗因右仆射沈伦未能觉察秦、卢阴谋，不无旷职，亦将他免去相位，降授工部尚书。左仆射薛居正又复去世，乃改任窦偁、郭贽参知政事。寻又以郭贽嗜酒，出知荆南府，另命李昉继任。且因赵普专相，好修小怨，也不免猜忌起来，因语群臣道："普有功国家，并与朕多年故交，朕深倚赖；但看他齿落发斑，年已衰迈，不忍再以枢务相劳，当择一善地，俾他享些老福，才不负他一生知遇呢。"心实刻忌，语却和婉。乃作诗一首，命刑部尚书宋琪，持赐赵普。普捧读毕，不禁泣下，暗思诗中寓意，明是劝他辞职，好容易重登枢辅，又要把这位置让与别人，真是冤苦得很。但事已如此，无可奈何，只好对宋琪道："皇上待普，恩谊兼至，普余生无几，自愧报答不尽，惟愿来世再效犬马微劳，幸乞足下转达！"宋琪劝慰数语，当即告别，返报太宗。翌日，普呈上辞职表，太宗准奏，出普为武胜军节度使，赐宴长春殿，亲与饯行，复作诗赠别。普泣奏道："蒙陛下赐诗，臣当刻石，他日与臣朽骨同葬泉下，臣死或有知，尚当铭恩不忘哩。"无非恋恋富贵。太宗亦洒泪数点，俟普谢宴告退，送至殿外，又命宋琪等代送出都，然后还宫，似假应假。普径赴武胜军去了。

太宗乃命宋琪、李昉同平章事，且因窦偁复殁，别选李穆、吕蒙正、李至三人，参知政事。随诏史官修《太平御览》一千卷，日进三卷，准备御览。越年复改元雍熙，即太宗九年。群臣正拜表称贺，粉饰承平，欢宴数日。忽由房州知州阎彦进驰驿入奏：涪陵公廷美，已病死了。太宗方与宋琪、李昉等商议封禅事宜，一闻讣音，不禁太息道："廷美自少刚愎，长益凶恶，朕因同气至亲，不忍加他重辟，暂时徙置房州，令他闭门思过，方欲推恩复旧，谁料他遽尔殒逝？回溯兄弟五人，今只存朕，抚躬自问，能不痛心？"言已，呜咽流涕。亏他装得像。宋琪、李昉等当然出言奏慰，不劳细表。翌日下诏，追封廷美为涪王，谥曰"悼"，命廷美长子德恭为峰州刺史，次子德隆为瀼州刺史，廷美女夫韩崇业为靖难行军司马，小子有诗咏道：

> 尺布可缝粟可舂，如何兄弟不相容？
> 可怜骨肉参商祸，刻薄又逢宋太宗。

廷美方死，忽由李昉入奏，又死了一个著名的人物。欲知此人为谁？且待下回表明。

赵普与卢多逊积衅成隙，彼此设计构陷，而旁人适受其殃。侯仁宝，普之妹倩也，卢多逊因普迁怒，假南交之役，致死仁宝，仁宝死不瞑目矣。廷美为太宗胞弟，金匮之盟，兄终弟及，普实与闻，顾以卢多逊之嫌，构成煮豆燃萁之祸。推普之意，以为此狱不兴，不足以除卢多逊，多逊得除，何惜廷美？况更借此以要结主宠，为一举两得之计乎。故死廷美者为太宗，而实由于赵普。孔子有言："苟患失之，无所不至。"卢多逊不足责，赵普名为良相，乃与鄙夫相等，何其惑也？呜呼侯仁宝！呜呼廷美！呜呼卢多逊、赵普！阅此回，窃不禁为之三叹焉。

第十六回

进治道陈希夷入朝　遁穷荒李继迁降虏

却说李昉入奏，报称大臣病故。大臣为谁？就是参知政事李穆。太宗闻丧，更加嗟悼，遂亲往赐奠，语侍臣道："穆操履纯正，真不易得，朕方倚用，遽尔沦没，实属可悲。这并非穆的不幸，乃是朕的不幸呢！"言下甚是惨切，且对灵哭了一场，然后还朝。待兄弟如彼，待臣子如此，以见太宗之亲疏倒置。既而群臣请封禅，太宗不许；至阖廷联衔奏请，乃命学士扈蒙等详定仪注，拟至仲冬往祀泰山。不意时当仲夏，乾元、文明二殿忽然失火，太宗以天象示儆，诏求直言，并罢封禅。

到了孟冬，来了华山隐士陈抟，入京觐见。陈抟，亳州人，四五岁时，戏涡水岸侧，有青衣媪给乳与饮，得辟性灵，每读经史百家，一见成诵，毫不遗忘。至后唐中与试进士，试文非有司能解，摈置不录。抟自此不求禄仕，惟游放山水间，怡情自适。嗣得遇奇士二人，导以服气辟谷诸术，并与言武当山九室岩中可以隐居。抟遂受教往隐，历二十余年，但日饮酒数杯，便算了事。既而移居华山云台观，又止少华石室，每寝时，或至百余日不起，俗人有"大睡三千日，小睡八百日"的谣传。周世宗好黄白术，尝召抟至阙下，叩问方术。抟从容奏道："陛下为四海主，当以致治为念，奈何留意黄白术呢？"甚是甚是。世宗爽然自失。留抟住京月余，命为谏议大夫，抟固辞不受。嗣见抟无他技能，乃放还华山。及太祖受禅，抟正乘驴过天津桥，闻受禅消息，竟堕驴大笑道："天下从此太平了。"太宗元年，有旨召抟入京，抟奉命至汴，进见太宗，很蒙优待，赐以金帛，不受而去。

雍熙元年，抟复入朝，太宗益加礼重，语相臣宋琪等道："抟有志独善，不求利禄，这真所谓方外散人呢。朕与他谈及世事，他自言历经离乱，今幸天下太平，所以复来朝觐。朕看他年近百岁，终日不食，却觉得精神矍铄，步履雍容，真正难能，真正难得！"可令汝自愧。宋琪道："从前巢父、许由，想亦如是。"贡谀之言。太宗笑而不答，随命中使送抟至中书省。宋琪等相率迎入，款待殷勤，座间问道："先生玄默修养，得此道术，可否赐教一二？"抟答道："抟系山野人民，无益世用，所有神仙炼丹，及吐纳养生的方术，统未知晓，怎能传人？就使白日升天，亦与国家无补。今皇上龙颜秀异，冠绝天人，博达古今，深究治乱，真有道仁圣的主子。诸公生当盛世，正君臣协心同德，兴化致治的时候，勤行修炼，无出此右，不必再求异术了。"不谈左道，见识独高。琪等闻言，无不称善。翌日奏对，即述抟所言，太宗益加叹赏。诏赐抟号"希夷先生"，复给紫衣一袭，留抟阙下。暇时与谈诗赋，辄令属和。抟夙擅诗才，随口吟成，无不中律，以此益称上旨。一面命有司增葺云台观，俟修筑告竣，乃送归华山，由太宗亲书"华山石室"四字，作为赆仪，抟拜辞而返。至端拱元年，即太宗十三年。抟令弟子贾德升就张超谷下，凿石为室。室成，抟手书数百言，嘱咐弟子赍送汴京，略言："臣抟大数已终，圣朝难恋，当于本月二十二日，化形于莲花峰下张超谷中。"是表上后，太宗遣使往视，至二十九日始到，抟尸陈石榻上，肢体犹温，有五色云遮蔽洞口，冉冉不散。使臣返报太宗，太宗嘉叹不已。抟好读《易》，手不释卷，尝自号扶摇子，著《指玄篇》八十一章，详言导养及还丹各事。宰相王溥亦著

《笺注》八十一章。抟又有《三峰寓言》，及《高阳集》诗六百首，大半雅澹冲夷，自成一格，后世有传有不传。总之陈抟系一隐君子，独行高蹈，不受尘埃，若目他为仙怪一流，实属未当。俗小说中，或称为陈抟老师，捏造许多仙法，作为证据，其实是荒唐无稽，请看官勿为所惑哩。辟除迷信。

闲文少表。且说太宗因中宫虚位，尚未册立，不得不选择继配，作为内助。李妃容德俱茂，入宫数年，素无过行，特册立为后。应十三回。仪文繁备，典礼斋皇，不但内宫外廷赐宴数天，并赐京师人民，大酺三日，仿佛有庆泽均行、醉人为瑞的景象。翌年春季，复召宰相近臣，齐集后苑赏花，并面谕群臣道：“春风暄和，万物畅茂，四方无事，朕愿与臣民共乐，卿等可各赋一诗，抒写情意！”群臣奉命，大家搜索枯肠，挖出几个尧天舜日、帝德皇恩的字样，配搭亭匀，凑成律句，呈上藻鉴。挖苦得很。太宗一一取阅，多半是敲金戛玉、鼓吹休明，乐得心花怒开，满口称美。群臣均叩谢天褒，尽欢而散。到了孟夏，又召辅臣、三司使、翰林枢密直学士、尚书省四品、两省五品以上三馆学士，均至后苑赏花钓鱼，各赐宴饮，免不得又令赋诗。大家换汤不换药，仍旧是一曲贺圣朝。太宗又命习射水心殿，你想穿杨，我夸贯虱，彼此竞射一场，或中或不中，不过是陶情作乐，无关功过，足足的闹了一日，统向太宗叩谢，一并散去。

先是太宗长子元佐为李妃所出，见十三回。幼即聪警，貌类太宗，很得太宗欢心。及长，善骑射，尝从征太原、幽、蓟，返拜检校太傅，加职太尉，晋封楚王，另营新邸。廷美得罪，元佐力为营救，再三请免，屡受乃父呵斥。元佐谊属懿亲，情实可嘉。至闻廷美忧死，他愤极成狂，尝手操挺刃，击伤侍人。迹类佯狂。旋因医治少瘳，太宗颇加喜慰，为赦天下。重九佳节，诏诸王宴射苑中，元佐因新瘥不预。及诸王宴归，暮过元佐门，元佐问明左右，方知诸王侍宴消息，便愤愤道："他人都得与宴，我有何罪，不闻宣召？这是明明弃我呢！"左右从旁劝解，并呈上佳酿，俾他解闷。元佐取来就饮，饮尽索添，连下数十大觥，已是酩酊大醉，他尚不肯罢休，直饮到夜静人阑，方才停杯，回入寝室。左右总道他是熟睡，谁料他竟放起火来，霎时间烟雾迷漫，光烛霄汉，内外侍从慌忙入救，已是不及，只把元佐及所有眷属，救出门外，可惜一座大厦，倏成焦土。偌来富贵，均可作是观。太宗闻楚邸被焚，正在惊疑，嗣有人报称由元佐纵火，不禁大怒，立遣御史捕治，将他废为庶人，安置均州。宋琪率百官上表，请恕他病狂，仍留京师。太宗不许，竟令元佐即日出都，不得逗留。嗣经宋琪等三次奏请，乃下诏召还。元佐时已行至黄山，奉诏乃归，幽居南宫。余事后表。

且说秦、陇以北，有银、夏、绥、宥、静五州地，为拓跋氏所据。唐初拓跋赤辞入朝，赐姓李，至唐末，黄巢作乱，僖宗奔蜀，拓跋思恭纠合蕃众，入境讨贼，得封为定难军节度使，复赐李姓，五代时据境如故。周显德中，适李彝兴嗣职，受周封为西平王。宋太祖初年，彝兴遣使入贡，太祖授彝兴为太尉，彝兴旋殁，子克睿嗣，未几克睿又死，子继筠立。太宗伐北汉，继筠曾遣将李光远、光宪，渡河略太原境，遥作声援。既而继筠复殁，弟继捧袭位。太平兴国七年，继捧入觐太宗，献银、夏、绥、宥四州地，且自陈亲族不睦，愿居汴京。太宗乃遣使至夏州，迎接继捧亲属，且授他为彰德节度使。另派都巡检曹光实，往戍四州。独继捧族弟继迁为定难军都知蕃落使，留居银州，不愿入汴，闻宋使到来，诈言乳母病故，出葬郊外，竟与同党数十人，奔入地斤泽。

泽距夏州东北三百里，继迁号召部落，声势渐盛。曹光实恐为边患，率师袭击，斩首五百级，焚四百余帐，继迁仓猝遁去，母与妻不及随奔，均被光实拿住，押回夏州。不善抚辑，徒逞诈谋，曹光实亦太失策。继迁辗转迁徙，连娶豪族，复日强大，随即召集众人，慨然与语道："李氏世有西土，一旦让人，岂不可恨？尔等若不忘李氏，幸大家努力，共图兴复！"蕃众齐声许诺。继迁复道："用力不如用谋，我当设诈降计，诱杀那曹光实，一则可报前仇，二则可恢先业，尔等以为何如？"蕃众复应声道："全凭调度。"继迁大喜，遂率众向夏州进发。先遣人致书光实，略言"势蹙途穷，幸网开一面，俯允归降，此后生成，全出公惠"等语。言甘心苦。光实信是真言，即与来人面约，期会葭芦川，收纳降众，来使自去。光实届期带领百骑，至葭芦川，见继迁已率数十人，守候该处，彼此相见，继迁拜谒马前，执礼甚恭，并请光实往抚余众。光实志得心骄，全不加察，竟昂然随往。及到继迁营帐前，蕃众尽出，约有数千人，继迁忽举手挥鞭，大声呼道："仇人已到，大众何不动手？"言未毕，但听蕃众一声喊杀，都持着大刀阔斧，向光实杀来。光实手下只有百人，就使每人生着三头六臂，也是挡架不住，眼见得同时毕命，一个不留，继迁遂乘势袭据银州。

边警传达汴京，太宗亟命知秦州田仁朗等，会师往讨。仁朗奉命调军，待各路兵马陆续会齐，乃启程北行。到了绥州，闻继迁围攻三族寨，有众数万，自恐寡不敌众，飞章至汴，请再添兵。嗣又闻三族寨失守，寨将折裕木杀死监军使者，与继迁联合，进攻抚宁寨。将士请速即赴援，仁朗笑道："不妨不妨！蕃人乌合，同来寇边，胜即进，败即退，今继迁啸聚数万，尽锐出攻孤垒，抚宁寨虽狭小，势甚险固，断非十日五日，可能攻入，我待他劳敝，发兵掩击，再遣强弩数百人，截他归路，我料虏必成擒了。"将士各默然退出。仁朗故示闲暇，纵酒摴蒱，流连竟夕。副将王侁乘间媒孽，上诉宋廷。仁朗亦有自取之咎。太宗得悉情形，遂下诏征仁朗还京，下御史狱。廷讯三族寨被陷，及无故奏请添兵等事，仁朗抗声答道："银、绥、夏三州守兵，均托词守城，不肯出发，所以奏请添兵。三族寨相距太远，待臣勉集人马，行至绥州，已闻失守，一时未及赶救，臣不负责。且臣已定有良策，足擒继迁，但因奉诏还京，计不得行。臣料继迁颇得人心，若此时不能擒他，只好优诏怀徕，或用厚利啗饵他酋，令图继迁，早除一日好一日，否则边蠹未除，必为大患。"太宗怒道："朕闻纵酒拇蒲，种种不法，难道继迁肯自来就死么？"仁朗道："这便是臣的诱敌计。"太宗又怒道："什么诱敌不诱敌，朕不用你，看继迁果猖獗否？"遂命将仁朗仍复系狱。越日下诏，贷他一死，贬窜商州。

惟副将王侁既排去仁朗，统兵出银州北面，连破敌寨，斩蕃酋折罗遇，麟州诸蕃因此惶惧，均请纳马赎罪，助讨继迁。侁遂大集各兵入浊轮川，正值折裕木纠众前来，两下交锋，折裕木杀得大败，被王侁军士擒住。继迁从后驰至，又由王侁麾兵，驱杀一阵，十成中丧亡六七成，竟落荒遁去。王侁奏凯而回，适有诏令郭守文到边，与侁同领边事。守文复与知夏州尹宪，共击盐城诸蕃，焚千余帐。自是银、麟、夏三州所有蕃众百二十五族，尽行内附，户口计万六千有余，西北一带，皆就料平。惟继迁穷蹙无归，不得已奉书辽廷，愿作外臣。辽许他归附，册封他为夏国王，并将宗女义成公主嫁给了他。继迁既得荣封，复配豪女，真个是两难兼并，三生有幸了。怪不得人喜降虏。

小子历叙辽事，未曾将辽国源流交代明白，本回将要结束，下回又须接说宋、辽交战情形，趁这笔底余闲，略略一叙。辽本鲜卑别种，初居潢河附近，自称神农氏后裔，聚成部落，号为契丹。朱梁初年，契丹主耶律阿保机并吞诸部，僭称帝号，辽人称为太祖。阿保机死，子耶律德光嗣，助晋灭唐，得幽、蓟十六州。至晋出帝不愿称臣，德光举兵灭晋，改国号辽，纵兵饱掠，归死杀狐岭，是谓辽太宗。倎兀欲嗣立，更名为阮，在位五年遇弑，称世宗。德光子兀律入继，亦改名为璟，嗜酒好猎，不恤国事，又被近侍谋毙，称穆宗。兀欲子贤继立，是为景宗，用萧守兴为尚书令，即立萧女燕燕为后。燕燕一译作叶叶。燕燕色技过人，兼通韬略，既得为后，遂干预国政。景宗又夙婴风疾，诸事皆委燕燕裁决，国中只知有萧后，不知有景宗。俗呼为萧娘娘者即此。太宗七年辽景宗贤殂，子隆绪嗣位。隆绪年尚冲幼，由母后燕燕摄政，史称为萧太后，复国号大契丹，用韩德让即韩匡嗣子。为政事令，兼枢密使，总宿卫兵；耶律勃古哲一译博郭济。总领山西诸州事，耶律休哥为南面行军都统。号令严明，威震朔漠。至收降李继迁后，且使他窥伺宋边，阴图南下；偏三交屯将贺怀浦父子竟献议宋廷，极言幽、蓟可取状，于是鼙鼓复鸣，王师又出，这一番有分教：

　　雄主喜功偏失律，元戎偾事又亡师。

欲知宋廷出师情形，且待下回续叙。

　　五季有一陈抟，得无道则隐之义。宋初有一陈抟，得高尚其志之象。观其入朝论治，不尚虚无，不谈隐怪，其持行之纯正，可以想见，以视陶渊明、贺季真辈且高出一筹。苟目为张道陵、佛图澄之流亚，毋乃太轻视之乎！元佐力救廷美，甚至病狂，彼岂真狂人哉？不悦父行，甘心让国，有吴泰伯之遗风焉。彼李继迁一点菖耳，田仁朗之用计袭取，未始非策，只以纵酒擆蒱启王伉媒孽之口，卒至良谋不用，狡寇降辽，秦、陇以北从此多事。夫平一李继迁尚不能，遑问耶律氏乎？朝曰取燕、蓟，暮曰取燕、蓟，燕、蓟果若是易复乎？观于此而已知宋之渐弱矣。

第十七回

岐沟关曹彬失律　陈家谷杨业捐躯

　　却说贺怀浦父子好谈边事，共守朔方。怀浦曾任指挥使，即太祖元配贺皇后胞兄，子名令图，出知雄州。他因契丹主幼，委政萧氏，似属有机可乘，乃请即出师，北取幽、蓟。计非不是，但彼有耶律休哥，试问有谁人可制耶？太宗遂命曹彬为幽州道行营都部署，崔彦进为副；米信为西北道都部署，杜彦圭为副，出师雄州；田重进为定州都部署，出师飞狐；潘美为云、应、朔都部署，杨业为副，出师雁门。诸将陛辞，太宗语曹彬道："潘美可先趋云州，卿等率十万众，但声言进取幽州。途次宁持重缓行，休得贪利急进！虏闻大兵到来，必悉众救范阳，不暇顾及山后，那时掩杀前去，可望成功。"

　　曹彬等领命登程，分道并进。彬遣先锋将李继隆北向攻入，连拔固安、新城二县，进攻涿州。守将贺斯出城迎敌，李继隆横槊直前，与贺斯战三十多合。贺斯力怯，拍马便走，继隆急追数步，用力一槊，正中贺斯背心，翻身落马，再一槊结果性命，契丹兵遂溃。继隆乘势夺取涿州。未几，契丹兵来攻新城，适与米信相遇，米信麾下只有三百人，契丹兵恰有万余名，彼多此少，相去悬绝，顿被契丹兵围住，重重包裹，如箍铁桶。米信大喝一声，挺着大刀，当先突围，三百骑紧随后面，并力一处，冲破西隅。契丹兵怎肯放松，再上前围绕，巧值崔彦进、杜彦圭等两路杀到，顿将契丹兵赶散。曹彬亦已驰至，会集各军，并趋涿州。一路叙过。时田重进亦出飞狐县南，部将荆嗣率五百骑先行，遥见胡骑漫山塞野而来，差不多有两三万人，就中统兵的大将乃是契丹西面招安使大鹏翼。荆嗣急报田重进，重进连忙赶到，列阵岭东，命荆嗣出岭西，乘暮薄敌。大鹏翼越崖前来，嗣用短兵接战。彼此拼命相争，互有杀伤，战至夜半，方才收军。契丹兵结营崖上，宋军结营崖下。越宿再战，契丹兵自崖杀下，势似建瓴，荆嗣几抵挡不住，亏得重进遣兵相救，才得杀个平手。嗣因敌势颇张，不便久持，忽想到谭延美屯兵小沼，可资臂助，急遣使驰书，请他列队平川；另遣二百人执着白帜，驰骋道旁。大鹏翼登崖遥望，见山下旗帜绵亘，疑是援兵继至，意欲遁去。嗣即率所部，疾驱往斗，一面促重进会师。大鹏翼正与嗣军酣战，不防重进杀到，惊得不知所措，相率奔溃。荆嗣觑定大鹏翼，拈弓搭箭，"飕"的一声，将他射落马下。宋军一拥上前，把大鹏翼牵了过来。枉叫做大鹏翼，如何不能飞遁。大鹏翼成擒，飞狐、灵邱诸守将闻风胆落，次第请降。一路又叙过。还有潘美一路从西陉入，与契丹兵大战寰州城下。契丹兵败退，寰州刺史赵彦章出降；进围朔州，节度副使赵希赞亦举城降；遂转攻应、云诸州，所至皆克。此路亦简而不漏。捷报送达汴都，百官皆贺，丑。独武胜军节度使赵普上书进谏道：

伏睹今春出师，将以收复关外，屡闻克捷，深快舆情。然晦朔屡更，荐臻炎夏，飞挽日繁，战斗未息，老师费财，诚无益也。伏念陛下自翦平太原，怀徕闽、浙，混一诸夏，大振英声，十年之间，遂臻广济。远人不服，自古圣王，置之度外，何足介意？窃念邪谄之辈，蒙蔽睿聪，致兴无名之师，深蹈不测之地，臣载披典籍，颇识前言，窃见汉武时主父偃、徐乐、严安所上书，及唐相姚元崇，献明皇十事，忠言至论，可举而行。伏望万机之暇，一赐观览，其失未远，虽悔可追。臣窃念大发骁雄，动摇百万之众，所得者少，所丧者多。又闻战者危事，难保其必胜，兵者凶器，深戒于不虞，所系甚大，不可不思。

臣又闻上古圣人，心无固必，事不凝滞，理贵变通，前书有兵久生变之言，深为可虑；苟或更图稽缓，转失机宜，旬朔之间，时涉秋序，边庭早凉，弓劲马肥，我军久困，切虑此际或误指纵，臣方冒宠以守藩，易敢兴言而沮众？盖臣已日薄西山，余光无几，酬恩报国，正在斯时。伏望速诏班师，无容玩敌，臣复有全策，愿达圣聪，望陛下精调御膳，保养圣躬，挈彼疲氓，转之富庶，将见边烽不警，外户不扃，率土归仁，殊方异俗，相率向化，契丹独将焉往？陛下计不出此，乃信邪谄之徒，谓契丹主少事多，可以用武，以中陛下之意，陛下乐祸求功，以为万全，臣窃以为不可。伏愿陛下审其虚实，究其妄谬，正奸臣误国之罪，罢将士伐燕之师，非特多难兴王，抑亦从谏则圣也。古之人尚闻尸谏，老臣未死，岂敢面谀，为安身而不言哉？冒渎尊严，无任待命！

这奏甫上，又有捷报到来，田重进再破敌兵，攻入蔚州，获住契丹监城使耿绍忠，将进逼幽州了。太宗以三军屡捷，不从普言，仍锐意用兵。忽接曹彬急奏，说是居涿旬日，粮饷不继，暂退雄州就饷。太宗不觉变色道："从前朕命他缓进，他反欲速，今则大敌在前，反致退师，倘或被袭，岂不要前功尽弃吗？"当下飞使传诏，令曹彬不得骤进，饬引师与米信军相会，借固兵力。彬奉诏后，遵旨行事。会闻潘美已尽略山后地，借重进东下，乘势图幽州。崔彦进等均请命曹彬道："朝旨命三路出师，我军乃是正路，将士最多，今乃逗留不进，转让两路偏师，建功立业，岂不可羞？元帅何不统兵前进，急取幽、蓟，免落人后呢？"曹彬道："皇上有诏，不得轻进。"彦进道："将在外，君命有所不受。元帅能克日成功，难道尚遭主谴么？"曹彬暗暗沉吟，自思彦进所言，亦有至理，乃与米信联络一气，各裹粮怀食，径趋涿州。

契丹大将耶律休哥，初因部下兵寡，不敢轻敌，专令轻骑锐卒，截宋粮道，一面报知辽廷，速发援兵。萧太后燕燕本是一个女中丈夫，接得休哥禀报，竟自统雄师，挟着幼主，出都南援。休哥闻援兵将至，便先至涿州，只命轻兵挑战，遇着宋军，一战即退。俟宋军蓐食，复冲杀过去，宋军撤食与斗，他又退了下去，每日约有数次。夜间却四伏崖谷，或吹胡哨，或鸣鼓角，待至宋军杀出，却又不见一人。是即所谓巫肆以敝，多方以误之策。宋军日夕被扰，累得昼不安食，夜不安眠，只好结着方阵，堑地两边，缓缓前进。偏天公又不作美，时方五月，竟与盛暑无二，赤日悬空，纤云无翳，军士汗流遍体，屡患口渴，奈沿途又无井泉，只有浅溪污淖，大众渴不暇择，彼此漉淖而饮，直至四日有奇，方得行进涿州。

俄有侦骑来报，耶律休哥已统兵前来了，曹彬忙饬令各军，列阵应敌。嗣又有探马报道："契丹太后萧氏及少主隆绪，尽发国中精锐，前来接仗了。"迭用探语，笔亦惊人。这一惊非同小可，顿令宋营将士，无不失色。曹彬与米信商议道："我看全营兵士已疲乏极了，粮又将尽，如何当得起大敌？不如见机回军罢！"米信道："见可而进，知难而退，这是行军要诀，将军何必多疑？"彬乃下令退师。为这一退，顿使全营兵马，不复成列，一哄儿向南飞奔。曹彬称为良将，乃忽进忽退，并无主宰，我殊不解。耶律休哥闻宋军已退，出兵追来，至岐沟关，追着宋军，宋军已无心恋战，勉勉强强的返旆交锋。无如用兵全仗作气，气已疲馁，万万振作不起，况耶律休哥部下，本是强壮得很，兼且养精蓄锐，盛气杀来。看官！试想这困顿劳饿的宋军，哪里支撑得住？战不数合，仍旧返奔。曹彬、米信不能禁遏，也只好随势退却，沿途弃甲抛戈，不可胜数。好容易奔至沙河，才觉追兵已远，大众濒河休息，埋锅造饭，准备夜餐。忽又听得战炮连天，契丹兵从后追到，彬与信不敢再战，弃食忍饥，渡河南走。宋军渡未及半，敌兵已经杀至，把宋军乱劈乱斫，差不多似削瓜切菜，可怜这班宋军，一半儿杀死，一半儿溺死，河中尸首填满，水俱为之不流。所有抛弃战仗，积同邱垤，均被契丹兵搬去。萧太后母子两人，统兵到了沙河，与休哥会着，见休哥已经大捷，很是喜慰。休哥请乘胜南追，杀至黄河以北，方才回军。萧太后道："盛暑不便行军，宋师正犯此忌，所以败绩，我军何可蹈他覆辙？不如得胜回朝，俟至秋高马肥，再行进兵便了。"言已，即命班师还燕。封休哥为宋国王，改遣耶律斜轸调集生力军，再行南下不题。

且说曹彬等逃至易州，计点兵士，伤亡大半，只好拜本上奏，自行请罪。太宗览奏，懊丧得很，乃下诏召还曹彬、米信及崔彦进等还京，令田重进屯定州，潘美还代州，徙云、应、朔、寰四州吏民，分置河东、京西。各路布置尚未妥帖，契丹将耶律斜轸已率兵十万，至定安西。知雄州贺令图自恃骁勇，选兵出战，哪禁得敌兵势盛，徒落得一败涂地，拼命逃回。斜轸进攻蔚州，贺令图急乞师潘美，美率军往援，与令图再行进兵。到了飞狐，正遇斜轸兵，与战又败，于是浑源、应州诸守将，统弃城南走。斜轸乘胜入寰州，杀守城吏卒千余人。潘美既败绩飞狐，退至代州，再议出兵保护云、朔诸州。副将杨业入谏道："今虏兵益盛，不应与战，战亦难胜。朝廷止令徙数州吏民，入居内地，我军但出大石路，先遣人密告云、朔州守将，俟大军离代州时，云州吏民，即可先出。我师进次应州，虏兵必来拒战，那时朔州吏民，也可乘间出城。我军直入石竭谷，遣强弩千人，陈列谷口，再用骑师援应。那时三州吏民，可保万全，强虏亦无从杀掠了。"

潘美闻言，不免沉吟。旁边闪出护军王侁阻挠业议，大声道："我军多至数万，乃畏懦如此，岂非令人耻笑？为今日计，竟趋雁门北川中，鼓行前进，堂堂正正的与他交战一场，未必定他胜我败。"业摇首道："胜败虽难逆料，但他已两胜，我已两败，倘或再至挫衄，后事更不堪设想了。"这是知己知彼之言。侁冷笑道："君侯素号无敌，今逗挠不进，莫非有他志不成？"小人之口，真是可畏。业愤然道："业何敢避死？不过因时尚未利，徒令杀伤士卒，有损无益。护军乃疑我有贰，业当为诸公先驱，须知业非怕死哩！"遂号召部兵，准备出发。临行时，向潘美涕泣道："业本太原降将，应当早死，蒙皇上不杀，擢置连帅，交付兵柄，业并非纵敌不击，实欲伺便立功，借报恩遇，今诸君责业避敌，业尚敢自爱么？业此去，恐不能再见主帅了。"美闻言，哼了一声，复装着笑脸道："君家父子，均负盛名，今乃未战先馁，无怪令人不解。汝尽管放胆前去，我当前来救应。"业复道："虏兵机变莫测，须要预防，此去有陈家谷，地势险峻，可以驻守，请主帅遣兵往驻，俟业转战到此，即出兵夹击，方可援应，否则恐无遗类了。"潘美复淡淡的答道："我知道了。"只此四字，已见妒功害能口吻。

杨业乃率兵自石跌口出发，延玉、延昭随父同行，途遇契丹兵，当即杀上。耶律斜轸稍战即走，业挥兵赶去，沿途多是平原，料无伏兵，只管尽力穷追。斜轸且战且行，诱至中途，放起号炮，四面伏兵，如蜂而至。斜轸又还兵前战，把业兵困住垓心，业带领二子，舍命冲突，硬杀出一条血路，退趋狼牙村，兵士已丧亡过半。那敌兵尚不肯舍，一齐追来，业只得驱兵南奔，自己断后。战一程，退一程，好容易到陈家谷口，眼巴巴的望着援军，哪知谷中并无一人，忍不住恸哭道："这遭死了！"延玉、延昭亦涕泣不止。业复道："父子俱死，也是无益，我上受国恩，下遭时忌，舍死以外，更无他法，你两人可自寻生路，返报天子，须知我忠信见疑，为人所卖，若蒙皇恩昭雪，我死亦瞑目了。"延玉道："儿愿随父亲同死，不愿逃生。"业摇头不答。延昭语延玉道："潘帅已应允来援，就是不到陈家谷，也总可以出师，兄弟且保护父亲，据住谷口，我前去乞援，若得请兵到来，尚可父子俱全呢。"

计议已定，契丹兵已经杀到，万弩齐发，箭如雨点。延昭慌忙走脱，已是流矢贯臂，鲜血淋漓，他也不遑裹创，飞马乞援去了。业与延玉尚率麾下血战，延玉身中数十矢，忍痛不住，哭对乃父道："儿去了，不能保护父亲。"说至"亲"字，口吐狂血，晕绝身亡。业见延玉已死，好似万箭攒胸，回顾手下，已不过数百人，便流泪与语道："汝等都有父母妻孥，与我俱死，有何益处？快各自逃生，回报天子罢！"<small>可悲可恸，阅至此处，怪不得坊间小说，唾骂潘美。</small>各将士也流涕道："生则俱生，死则俱死，我等怎忍舍割将军？"业乃拼死再战，尚手刃胡兵数十百人，身上也受数十创，反觉得麻木不仁，不知痛痒。无奈马亦负伤，不能再进，没奈何暂避林中。契丹将耶律希达望见袍影，用强弩射来，正中马腹，马仆地上，业亦随堕。契丹副部署萧挞览纵马抢入，把业捉去。业部下均战死，无一生还。契丹兵拥业至胡原，见道旁有一石碑，上书"李陵碑"三字，业不禁长叹道："主上待我甚厚，我本思讨贼扞边，上报主恩，今为奸臣所迫，兵败成擒，尚有何面目求活呢？"又大呼道："宁为杨业死，毋为李陵生！"<small>两语不见史传，系作者借杨业口中，警醒后世。</small>呼毕，遂向碑上撞将过去，头破脑裂，霎时毕命。后人有诗咏杨业道：

矢尽兵亡战力摧，陈家谷口马难回。
李陵碑下成忠节，千载行人为感哀。

业已撞死，究竟潘美是否出援，待小子下回叙明。

　　宋初健将，首为曹彬，其次莫如潘美；然彬谦仁有余，智勇不足，岐沟之败，误在不智，又误在不勇。勇者非浪战之谓也，遇事有断，是谓之勇。宋太宗既戒彬轻进矣，彬应持重以待，毋惑歧谋，乃遽信诸将之言，引兵深入，裹粮三日，行军五月，以为行险侥幸之计，及闻敌军大至，遽尔骇退，谓非不勇得乎？若潘美则更不足道矣，杨业骁将也，久历行阵，匪惟勇号无敌，即料事度势，亦有先见之明，美乃不信其言，反误信一忮刻之王侁，卒至孤军应敌，力竭身亡。侁之罪固不容诛，美之罪亦岂可逭？后人悯业嫉美，至生出种种讹传，目潘美为大奸。虽属言之过甚，然究非尽出无稽，以视曹彬之不矜不伐，相去尤远甚焉。故有识者尝为之叹曰："北宋无将！"

第十八回

张齐贤用谋却敌　尹继伦奋力踹营

却说潘美遣业出师，本与王侁等随后为援，趋至陈家谷口，列阵以待，自寅至巳，不得业报，令人登托逻台遥望，毫无所见。美未免怀疑，王侁却入禀道："杨业如或败退，必有急报，乃许久不得消息，大约已杀败敌兵，主帅何不赶紧上前，趁势图功哩？"美踌躇半晌，方道："且再待一二时，才定行止。"侁退出后，语众将道："此时不去争功，尚待何时？我却要先去了。"写尽忮求情态。言已，遂自率部兵，径出谷口。众将亦争功心急，跃跃欲动，美不能制，也只得随行。身为阃帅，乃不能制驭诸将，乌得谓为无罪？遂沿交河西进，行二十里，忽见王侁领兵退回。美问明缘由，侁答道："杨业已败，契丹兵猖獗得很，恐不可当，因此驰回。"美听到此言，也不觉惊慌，索性麾兵退归。把陈家谷的预约，竟致失记，一直退至代州去了。明明是陷业死地，不愿践约。业失援败死，边境大震。云、应、朔诸州的将吏都弃城遁去，眼见将三州疆土复送契丹。这种警耗传达宋廷，太宗恨失边疆，悼丧良将，分别旌诛，下诏宣示道：

执干戈而卫社稷，闻鼓鼙而思将帅，尽力死敌，立节迈伦，不有追崇，曷张义烈。故云州观察使杨业，诚坚金石，气激风云，挺陇上之雄才，本山西之茂族，自委戎

乘，或资战功，方提貔虎之师，以效边陲之用，而群帅败
约，援兵不前，独于孤军陷于沙漠，劲果歼厉，有死不
回，求之古人，何以加此？是用特举徽典，以旌遗忠，魂
而有灵，知我深意，可赠太尉大同军节度，赐其家布帛千
匹，粟千石。大将军潘美，坐失良将；监军王侁，贻误戎
机。国有明刑，应寘重典，姑念立功于前日，特从末减于
今时。美降三官，侁即除名，以示惩儆。此诏！

　　业子延昭至代州乞援，潘美尚靳不发兵，业已早死，延昭
大恸一场，上表奏闻。太宗召令还京，任为崇仪副使，并追赠
延玉官阶。还有业子延浦、延训，俱授供奉官，延环、延贵、
延彬，并为殿直；杨氏一门，均承余荫，业总算不虚死了。

　　曹彬、米信等回京，诏就尚书省讯鞫，令翰林学士贾黄中
等定谳，责他违诏失律，均应坐罪，降彬为右骁卫上将军，信
为右屯卫上将军。余如崔彦进以下，贬黜有差。惟田重进全军
不败，李继隆所部亦成列而还，两人不复加罪，且任重进为马
步军都虞侯，继隆为马军都虞侯，兼知定州。又以代州关系紧
要，杨业已死，须择另任，适张齐贤上书言事，忤太宗意，太
宗遂命他出知代州，与潘美同领军务，加意防边。齐贤文臣，
乃以忤上意调边，太宗仍不免怀私，幸彼文能兼武，后且用计却敌，边
塞得安，否则宁尚有幸耶？

　　是年仲冬，契丹主隆绪又随萧太后统兵入寇，用耶律休哥
为先锋都统，率兵十万，浩浩荡荡，杀奔前来。瀛洲部署刘廷
让即第九回之刘光义，因避太宗讳，改名廷让。闻契丹出师，约同
边将李敬源、杨重进等，集兵十万人，沿海北赴，将乘虚进袭
燕地。计非不佳，可惜遇着耶律休哥。耶律休哥正防他这着，随
处派探骑侦查，一闻侦报，即往扼要隘。廷让等到了君子馆，
天甚寒冷，士卒手皆皲瘃，连弓弩都不能开张，哪知耶律休哥

正因这寒冻时候，攻他不备，掩杀过来。廷让等慌忙对敌，怎奈朔风冽冽，黑雾沉沉，兵士都无斗志，相率溃散。契丹兵素性耐寒，更仗着一股锐气，包抄宋军，顿将廷让等围住。廷让尝分兵给李继隆，令为后援，偏继隆退保灵寿，并不往救。都是顾己不顾人。廷让待援不至，只得与李敬源、杨重进两人，冒死突围，待至血路杀出，敬源、重进都负重伤，倒毙地上。廷让带着数骑，飞马奔逃，才得保全性命。

休哥得了胜仗，遂进图雄州，私遣贺令图书，并重锦十两，但说："自己得罪本国，情愿归顺南朝，请足下代为先容，当约期归降。"令图深信不疑，休哥已得胜仗，就使一个笨伯，也应知他是诈降计，令图信为真言，大约是利令智昏之故。复书约休哥相会。休哥大喜，即带兵至雄州，距十里下寨，遣原使走报令图，与约相见。令图意欲擅功，也不与将校商议，竟引数十骑往迎。既至休哥营内，休哥据胡床高坐，厉声骂道："你好经营边事，今乃送死来么？"确是送死。喝令左右拿下。令图懊恨不迭，还想指挥从骑，与他对抗。看官！试想羊落虎口，哪里还能挣脱？所有从骑，立被杀尽，单剩令图一人，赤手空拳，自然被他擒住，槛送燕都，一刀了事。休哥遂乘胜南驱，连陷深、邢、德三州，杀官吏，俘士民，把城中子女玉帛尽行掠取，辇载而归。贺怀浦于杨业战死时，已先败殁，一年中父子皆死，时人统说他贪功启衅，致有此报。

话休叙烦。且说耶律休哥南下略地，势如破竹，即乘势进薄代州。副部署庐汉赟畏懦得很，只主张固守，不敢出战。知代州张齐贤奋然道："胡骑充斥城下，志骄气盈，须用计破他一阵，才好保全代州，若一被围攻，转眼间粮尽食空，尚能保壁自固么？"时潘美驻师并州，齐贤遂遣使往约，夹击敌兵。美得报，即令原使返报齐贤，准如所约。不料使人被敌骑拿去，齐贤尚未得知，日夕盼望回音。嗣得潘营来使，递上密书，内称："前日复函，谅应接洽，本即践约，出师柏井，奈今得密诏，据云东路失败，只应慎守汛池，不得妄发，现部众已退还并州了。"齐贤道："潘将军前日答复，我处并未接到，想使人已陷没敌中，但敌知潘来，不知潘退，我当设法退敌便了。"遂留住美使，令居室中，自选厢军二千，涕泣与语，并诈言潘军将到，两下夹攻，不怕敌军不退。军士闻言，各感愤得很，誓效死力。齐贤复乘夜发兵二百人，令各持一帜，负一束刍，潜往州西南三十里，列帜燃刍，不得有误。二百人奉命去讫。又令步卒千人，从间道绕出，往伏土镫寨，掩击敌兵归路，步卒亦去。布置已定，时方夜半，齐贤竟亲率数百骑，往捣敌营。休哥倒也准备，俟宋军冲至，即开寨出战。宋军以一当百，都似生龙活虎一般，拦截不住，休哥正麾军围裹，忽见西南一带，火光烛天，恰隐隐有旗帜摇动，疑是并州兵至，当即骇走。到了土镫寨，又闻连珠炮响，伏兵杀出，箭如飞蝗，休哥不知宋军多少，但催兵急遁。契丹国舅详稳挞烈哥、详稳一译详衮，系契丹诸官府监治长官之名号，挞烈哥一译特尔格。宫使萧打里，打里一译达哩。俱中矢落马，被宋军赶上杀死。这一仗，斩首数百级，获马二千匹，所得兵械无算。直至虏兵去远，方收兵回城，时正鸡声报晓，晨光熹微了。以少胜多，全恃智谋。

　　太宗屡得边报，拟大发兵北伐契丹，下诏募兵，令大河南北四十余郡，八丁取一，充作义旅。京东转运使李惟清私叹道："此诏若行，天下无农夫了。"乃上疏力争，至再至三。宰相李昉等亦上言："河南人民，不知战斗，若勒令当兵，窃恐民情摇动，反为盗贼，请收回成命，免多骚扰！"太宗乃再行颁诏，独选河北，不及河南。会雍熙四年暮冬，太宗欲刷新庶政，复下诏改元端拱，于次年元旦举行。越年，即改称端拱元年，上元节届，亲耕籍田，布赦天下。赵普自任所入朝，太宗慰抚数四,留住京都。适布衣翟颖与知制诰胡旦相狎,且令改名马周,隐以唐马周为比。复嗾使击登闻鼓,攻讦李昉,说他"赋诗饮酒,不知备边,旷职素餐,有惭鼎辅"等语。想系胡旦与昉有嫌,特借翟颖为傀儡,且窥伺上意,就边备上弹劾,旦真一险诈小人耳。太宗闻言,未免厌昉,昉即自请解职,因罢为右仆射,有诏授赵普为太保兼侍中,吕蒙正同平章事。

普至是已三次入相,太宗欲重用蒙正,恐他资望尚浅,未洽舆情,特借普作为表率。普与蒙正同登相位,一系元老,一乃后进,只因蒙正秉正敢言,普也不觉折服。会枢密副使赵昌言与胡旦、翟颖等,表里为奸,尝令翟排毁时政,且历举知交数十人,推为公辅。普察得赵、胡私情,遂与蒙正联名奏请,依法论罪。昌言遂出贬为崇信行军司马,且谪为坊州团练副使,翟颖充戍。还有郑州团练使侯莫、陈利用,以幻术得幸,骄恣不法,居处服御,僭拟乘舆。普陈他十罪,力请正法,太宗令发配商州。普仍上书请诛,太宗道:"朕为万乘主,难道不能庇护一人么?"普叩首道:"陛下若不诛奸幸,便是乱法,法可惜,一竖子何足惜呢?"太宗不得已,命即按诛。时利用已至商州,自恃主宠,尚是大言不惭,经朝旨到来,由商州刺史奉诏行刑;至利用伏法,又有朝使驰至,闻利用已经磔市,不由的叹息道:"朝旨已令缓刑,偏我迟了一步,竟致不及,大约利用恶贯满盈,应该受诛,只我恐未免受谴哩。"原来朝使至新安,马适陷淖,及出泞易马,驰至商州,巧巧该犯戮死。汴、陕官民都不禁拍手称快,这正叫做"天网恢恢,疏而不漏"呢。奸臣听者!

且说降王李煜、刘铱等已早病殁,只故吴越王钱俶及定难节度使李继捧尚留京中。端拱元年八月,适遇钱俶生辰,太宗赐宴便殿,是夕暴亡。恐是中毒。独李继捧在京无事。乃弟继迁借契丹为护符,日肆侵扰,普以继捧留京无益,且恐泄漏机密，反致有损，不如令归镇夏州，招抚继迁。太宗也以为然，遂召继捧入见，赐他姓名，叫做赵保忠，并厚加赏赉，遣往夏州，劝弟归诚。<small>继捧庸懦，安能制伏狡弟？纵之使归，殊为失策。</small>隔了数日，连接三次警报，第一次是涿州失守了，第二次是祈州失守了，第三次是新乐失守了。太宗愁容满面，语群臣道："契丹不肯收兵，时扰河朔，看来只好大举北伐哩！"赵普道："时已隆冬，不便出师，但令边将坚壁清野，固守汛地，俟来春大举，亦尚未迟。"太宗踌躇未决，右拾遗王禹偁复上御戎策，大致在任贤修政，省官畜民，选将励士等情。有旨优答。至端拱二年正月，契丹复进陷易州，乃再诏群臣上备边策，同知贡举张洎应诏陈言，略云：

> 中国御戎，惟恃险阻，今自飞狐以东，皆为契丹所有。既失地利，而河朔列壁，皆具城自固，莫可出战，此又分兵之过也。请于沿边建三大镇，各统十万之众，鼎峙而守，仍命亲王出临魏府以控其要，则契丹虽有精兵，岂敢越而南侵？制敌之方，尽于此矣，幸陛下垂察！

是时同平章事宋琪，亦已罢免相职，还任刑部尚书，再迁吏部尚书。琪籍隶幽、蓟，素知边事，亦应诏陈词，洋洋洒洒，差不多有数千言，小子录不胜录，但撮举大要云：

> 国家规画燕地，由雄霸路直进，陂淀坦平，贼来莫测，实属非便。若令大军会于易州，循孤山之北，漆水以西，倚山而行，援粮而进，涉涿水，并大房，抵桑乾河，出安祖寨，则东瞰燕城，才及一舍，此周德威收燕之路，下视孤垒，浃旬必克。山后八州，闻蓟门不守，必尽归降，势使然也。然兵为凶器，圣人不得已而用之，若精选

使臣，不辱君命，通盟继好，弭战息民，此亦策之得也。臣每见国朝发兵，未至屯戍之所，已于两河诸郡，调民运粮，烦费苛扰。臣生居边土，习知其事，此后每逢调发，应各自赍糇粮，不劳馈运，俟大军既至，定议取舍，然后再图转饷，亦未为晚。愿加省览，采择施行！

此外如李昉、王禹偁等，亦多主张修好，毋轻用兵。太宗乃不复大举，但令边将固守要塞，以守为战。契丹闻宋不发兵，又进兵入犯，朝命知定州李继隆发真定兵万余人，护送粮饷数千乘，赴威虏军。耶律休哥侦悉，率精骑数万，邀截途中。北面都巡检使尹继伦适领兵巡路，遇休哥军，避入林间。休哥明明瞧见，但看继伦手下寥寥无几，不值一扫，索性由他避匿，竟自控骑南趋。骄态如绘。继伦待虏兵已过，语军士道："狡虏欺我太甚，他明是蔑视我军，不顾而去，若得胜回来，即驱我北行，否则借我泄忿，我军将无噍类了。为今日计，不如卷旆衔枚，轻蹑敌后，他方锐气无前，断不回顾，我能出他不意，奋力战胜，尚可自立边疆；就使战他不过，殉节沙场，尚不愧为忠义，岂可泯然徒死，空做一班胡地鬼么？"军士闻言，都愤激起来，齐声应道："敢不如命！"继伦即令秣马蓐食，俟至傍晚，饬每人各持短兵，鱼贯启行，静悄悄的走了数十里，天尚未明。继伦登高遥瞩，见前面已至徐河，契丹兵正驻营河滨，隐隐有炊烟数缕，起散天空。隔河四五里，亦有大营扎住，料知是李继隆军，便指示军士道："虏兵想在此造饭了，我等正好杀将过去，休使他安食哩！"军士听令，即一拥上前，奔至河旁，捣入敌营。敌兵正在会食，忽见宋军杀到，也不知从何处过来，慌忙抛下饭碗，准备迎敌。哪知宋军已经闯入，当先一员大将就是尹继伦，生得面目漆黑，又带着黑盔，穿着黑甲，坐着黑马，好似一团黑云，手执亮晃晃的大刀，左斫右砍，杀死无数。契丹将皮室出来抵御，不到三合，头已落地。契丹兵骇呼道："黑面大王来了，快逃命罢？"继伦姓尹，未曾姓阎，为何辽人都怕他索命？顿时惊溃。宋军杀到后帐，耶律休哥方食失箸，忙转身逃走，不意右臂已被斫一刀，不由的失声叫痛，正是：

　　强中更有强中手，智将还须智将摧。

　欲知休哥能否逃生，待至下回说明。

　　耶律休哥为契丹良将，亦未尝无失策之时。代州被赚于张齐贤，徐河见败于尹继伦，是休哥非真无敌者。误在防边诸将多半如贺令图，无功而思争功，不才而夸有才，死在目前，尚不及觉，乃为休哥所屠害耳。或谓以宋朝全盛之时，终不能下燕、蓟，意者由天命使然，非人力所可及。不知天定胜人，人定亦能胜天，况君相有造命之权，顾乃任将非人，竟令山前后十六州，久沦左衽耶？人谋不臧，诿之于天，天何言哉？岂为人任咎乎？

第十九回

报宿怨故王索命　讨乱党宦寺典兵

却说耶律休哥右臂受伤，正在危急的时候，幸帐下亲卒走前护卫，死命与宋军相搏，才得放走休哥。休哥乘马先遁，余众亦顿时散走。俟李继隆闻报，渡河助战，天色已经大明，敌兵不剩一人。继隆大喜，与继伦相见，很是叹服；至两下告别，继隆得安安稳稳的押着粮饷，运至威虏军交讫，这且按下。尹继伦因功受赏，得领长州刺史，仍兼都巡检使。契丹自是不敢深入，平居尝相戒道："当避黑面大王。"就是耶律休哥，也不敢再来问津了。*一战之威，至于如此。*

越年，太宗又下诏改元，号为淳化。*屡次改元，无谓之至。*赵普上表辞职，太宗不许，表至三上，乃出普为西京留守，仍授太保兼中书令。原来太宗再相赵普，本为位置吕蒙正起见，普亦渐窥上意，不愿久任，且因李继捧还镇夏州，非但不能抚弟，反与继迁同谋，尝为边患。时论多谓："纵凶出柙，由普主议。"普心愈不自安，遂称病乞休。至西京留守的诏命下来，普尚三表恳让，太宗就赐手谕道："开国旧勋，只卿一人，不同他等，无至固让，俟首途有日，当就第与卿为别。"普捧谕涕泣，乃入朝请对，赐坐左侧，颇谈及国家事。太宗频频点首，逾时始退。普将启行，太宗亲幸普第，握手叙别。及淳化二年春日，普以年老多病，令留守通判刘昌言奉表到京，哀求致仕，乞赐骸骨。太宗遣中使驰传抚问，授普太师，封魏国公，给宰相俸；且命养疾就痊，再行赴阙相见。普感激涕零，因复力疾办公，勉图报效。怎奈衰躯尚可支持，冤累偏来缠绕，每夜梦魇，往往呼着太后娘娘及秦王殿下，或断断忿争，或哀哀乞免。至左右唤他醒来，他尚讳莫如深，未肯明言，及朦胧睡去，又呼号如故。自是精神恍惚，梦寐不安，渐渐间形尪食少，卧病不起；每一交睫，即见秦王廷美，坐着床侧，向他索命。他无法可施，只得延请羽流，设醮诵经，上章禳谢。羽流问为何事，他又不便与说，开着眼想了一会，就从枕上跃起，索了纸笔，手书数语道：

> 情关母子，弟及自出于人谋，计协臣民，子贤难违乎天意。乃凭幽崇，遵逞强阳，瞰臣血气之衰，肆彼魔呵之厉。信周祝霉魂于鸠诉，何普巫雪魄于雉经，倘合帝心，诛既不诬管蔡，幸原臣死，事堪永谢朱均。仰告穹苍，无任祈向！

书就后，末署自己姓名，亲加密缄，令羽流向空焚祷。羽流即遵命持焚，火方及函，不意一阵狂风，吹入法坛，将封章刮起空中，疾飞而去。诸人不胜惊异。嗣有人过朱雀门，拾得一函，两旁似被火炙焦，中间尚是完固，拆开一瞧，乃是赵普祷告上天的表章，字迹依然存在，丝毫不曾毁去。且见他词句清新，情意斐亹，不由的爱不忍释，遂信口记诵，念到烂熟，传诸友人。于是一传十、十传百，把这一篇祷告文，视作圣经贤传一般，大半耳熟能详，连小子今日，尚可录述简中，作为谈助。这便是欲盖弥彰，无微不显呢。有心人幸勿做亏心事。

] 赵普因祷告无灵，病日加重，再解所宝双鱼犀带，遣亲吏甄潜，诣上清太平宫醮谢。道士姜道元为普扶乩，乞求神语，但见觇笔写着道："赵普系开国元勋，可奈冤累相牵，不能再避。"姜又叩问道:"冤累为谁?"乩笔又绘一巨牌,牌上乱书数字,多不可识,只牌末有一"火"字,姜不能解,转告甄潜,令返报普。普太息道:"此必是秦王廷美无疑。但渠与卢多逊勾结,事露近祸,咎岂在我,不知他何故祟我呢?"*一闻火字,即知必是秦王,可见得贼胆心虚,尚说是于己无与么?*言已,涕泪不止,是夕竟卒,年七十一。讣达殿廷,太宗很是震悼,语近臣道:"普事先帝,与朕故交,能断大事,向与朕尝有不足,尔等应亦深知。但自朕君临以来,他颇为朕效忠,好算得一个社稷臣,今闻溘逝,殊为可悲!"因辍朝五日,为出次发哀,赠尚书令,追封真定王,赐谥"忠献"。太宗亲撰神道碑铭,作八分书以为赐,并遣右谏议大夫范杲摄鸿胪卿,护理丧事,赙绢布各五百匹,米面各五百石。葬日,有司设卤簿,鼓吹如仪。

普少习吏事,寡学术,太祖尝劝以读书,乃手不释卷。及入居相位,每当退食余闲,辄阖户读书,次日临政,取决如流。及病殁,家人检点遗书,藏有一箧,启视箧中,并无异物,只有书籍两本。看官道是何书?乃是《论语》二十篇。普平时亦尝对太宗道:"臣有《论语》一部,半部佐太祖定天下,半部佐陛下致太平。"*恐怕未必。如果身体力行,何致患得患失?*太宗亦很为嘉叹。又普善强谏,太祖尝怒扯奏牍,掷弃地上,普颜色不变,跪拾以归。越日,复补缀旧纸,复奏如初,卒得太祖感悟,如言施行。太宗信用佞臣弭德超,疏斥曹彬,普力为曹彬辨诬,挽回主意。德超窜锢,彬官如旧。惟廷美冤狱,实由普一人构成,时论以此少普。普有子数人,承宗为羽林大将军,出知潭、郓二州,颇有政声,承煦为成州团练使。又有二女皆及笄,矢志不嫁,及送父归葬,自请为尼。太宗婉谕再三,终不能夺,乃赐长女名志愿,号智果大师,次女名志英,号智圆大师。两女遂自建家庵,奉佛终身。*赵氏有此二女,*

智过乃父多矣。真宗咸平初年，复追封普为韩王。话休叙烦。且说普罢相后，用张齐贤、陈恕、王沔为参知政事，张逊、温仲舒、寇准为枢密副使。沔聪察敏辩，首相吕蒙正尝倚以为重，但沔太苛刻，未免与同僚龃龉。张齐贤、陈恕与沔不和，互相疑忌。太宗罢沔、恕官，并及蒙正，即任李昉、张齐贤为同平章事，贾黄中、李沆为参知政事。嗣又用吕端参政。未几又罢张齐贤，仍用吕蒙正。蒙正，河南人。父名龟图，曾任起居郎，平素多内宠，与妻刘氏不睦，甚至出妻逐子。蒙正流栖古寺，尝被僧徒揶揄。寺中故例，每饭必敲钟，僧众以蒙正寄食，不欲与餐，已饭乃击钟，所以"饭后钟"三字，便是蒙正落魄的古典。至蒙正贵显，未尝报怨，反厚给寺僧。又迎父母就养，同堂异室，侍奉极诚。父母相继谢世，蒙正服阕，得入为参政。有朝士指议道："此子亦得参政么？"蒙正佯为不闻，从容趋过，同列不能平，欲究诘朝士姓名，蒙正遽摇手禁止道："不必不必。若一知姓名，便终身不能忘，还是不知的好。"同列相率叹服。<small>插此一段，所以风世。</small>及擢登相位，守正不阿，有僚属藏一古镜，拟献与蒙正，自言能照二百里。蒙正笑道："我面不过楪子大，何用照二百里呢？"<small>谐语有味。</small>遂固辞不受。平居辄储一夹袋，无论大小官吏，进谒时必详问才学，书藏袋中，及朝廷用人，即从袋中取阅，按才奏荐，所以用无不宜。太宗每有志北伐，蒙正谏阻道："隋、唐数十年中，四征辽碣，民不堪命，隋炀帝全军覆没，唐太宗自运土木攻城，终归无效。可见治国大要，总在内修政事。内政修明，远人自然来归，便足致安静了。"<small>也是知本之论。</small>太宗额首称善。因此蒙正为相，不闻劳师。

惟淳化四年，青神民王小波作乱，免不得调兵遣将，西向行军。原来青神系西蜀属县，蜀为宋灭，府库所积，悉运汴京。官吏治蜀，喜尚功利，往往额外征求，苛扰民间。青神县令齐元振，性尤贪惏，专务敲剥，百姓怨声载道，恨入骨髓。土豪王小波乘机纠众，揭竿作乱，尝对众语道："贫的贫，富的富，很不均平，令人痛恨！我今日起事，并不想争城夺地，无非欲均平贫富呢。"贫民听到此语，越觉欢迎，不到数日，已集众至万人，遂攻入县城，捉住齐元振，指斥罪状，把他剖腹，挖出心肝肚肠，用钱盛入，且绑尸门外，揭示罪名。自是旁掠彭山，所在响应。西川都巡检使张玘调众往讨，与战江原，射中小波左目，乱党败走，张玘得胜而骄，夜不戒备，谁知被小波袭击，一阵乱捣，杀死官兵无数，玘亦遇害。小波因目痛加剧，也竟毙命。乱党更推小波妻弟李顺为帅，寇掠州县，陷邛州永康军，有众数十万。越年，转陷汉、彭诸州，乘胜攻成都，转运使樊知古、知府郭载及官属出奔梓州。李顺遂入据城中，僭号大蜀王，并遣党四出骚扰，两川大震。区区小丑，竟猖獗至此，蜀中可谓无人。

　　是时李昉、贾黄中、李沆、温仲舒均已免职，改用苏易简、赵昌言参知政事，太宗因蜀乱甚炽，召集廷臣，特开会议。或请派遣大臣入川抚谕，太宗颇也许可。昌言独毅然道："潢池小丑，敢行弄兵，若非遣师急讨，如何整肃天威？且恐滋蔓难图，更宜从速进剿。"太宗乃命宦官王继恩为两川招安使，率兵西行；雷有终为陕路转运使，管理饷务。继恩等尚未到蜀，李顺已遣党徒杨广率众数万，进逼剑门。都监上官正只有疲卒数百人，由正勉以忠义，登陴固守。杨广围攻三日，均被矢石击退。会成都监军宿翰引兵来援，与杨广搏斗城下；正领数百骑出城，大呼杀贼，自己挺刃当先，往来击刺，锐不可当。贼众披靡，由官军前后夹攻，斩馘几尽，只剩残党三百人，奔还成都。李顺怒责杨广，说他挫损锐气，绑出斩首，又将三百人一律杀死，贼众多半不服，渐渐内溃。顺再遣众攻剑门，那时王继恩已从剑门驰入，长驱至研石寨，杀退贼众，斩首五百级，逐北过青疆岭，平剑州，进攻柳池驿，又大破贼众。李顺闻北路失败，拟向西路进攻，遂驱众围梓州。知梓州张雍初闻王小波作乱，即募练士卒，为城守计，一面修城凿濠，备粮缮械，专待贼党到来，果然贼众大至，差不多有十余万，猛扑城濠。雍率练兵三千人，悉力守御，无隙可乘。相持至两月有余，贼众已是疲敝，守卒尚有余勇。又由王继恩遣将赴援，李顺知不能下，因此退去。未几，王继恩连败贼党，直捣成都。李顺尚有众十万，开城掷战，被官军一场鏖斗，杀得落花流水、狼狈不堪。顺入城死守，经官军昼夜环攻，四面缘梯，冒险登城，城遂攻破。顺尚率军巷战，被官军奋力兜拿，将顺擒住，斩首三万级，遂复成都。顺解陕伏法。

还有贼党张余，溃出城外，收集残众，复攻陷嘉、戎、沪、渝、涪、忠、万、开八州。开州监军秦傅序战死，川境复震。王继恩方奏捷汴都，中书叙功论赏，拟任继恩为宣徽使，太宗道："朕读前代史，宦官预政，最干国纪，就是我朝开国，披庭给事，不过五十人，且严禁干预政治。今欲擢继恩为宣徽使，宣徽即参政初基，怎可行得？"宦官不应预政，如何可以领兵？太宗若明若昧，令人发噱。参政赵昌言、苏易简等，又上言："继恩平寇，立有大功，非此不足酬庸。"昌言力主讨蜀，想受继恩运动。太宗怒道："太祖定例，何人敢违？"金匮盟言，反可背弃么？遂命学士张洎、钱若水别议官名，创立一个宣政使名目，赏给继恩，进领顺州路防御使。继恩手握重兵，久留成都，专务宴饮，每一出游，前呼后拥，音乐杂奏，骑士左执博局、右执棋枰，整日荒戏，恣行无忌。仆使辈骄盈横暴，淫妇女，掠玉帛，任所欲为。小人得志，往往如此。州县遣人乞救，置诸不理。贼目张余，势焰大张，比李顺尤为猖獗，事为太宗所闻，亟命同知司事张咏出知益州。

益州就是成都府，因李顺乱后，降府为州。咏既至蜀，邀集上官正、宿翰等，晓他大义。正与翰甚为感动，誓扫余贼，乃即日出师，临行时，咏又举酒相饯，遍及军校，涕泣与语道："尔辈受国厚恩，此行得荡平丑类，朝廷自有旌赏。若老师旷日，坐误戎机，就使归还此地，亦不能相贷，恐也难免一死哩。"军校唯唯而去。咏复亲自下乡，晓谕百姓，各安生业，毋得从盗。且传语道："前日李顺胁民为贼，今日我化贼为民，可好么?"又探得城中屯兵尚有三万人，无半月粮，民间旧苦盐贵，仓廪却有余积，乃采盐至城，令民得用米易盐。不到一月，得米数十万斛，兵民咸安。并礼士举贤，理刑恤狱，遐迩讴歌，益州大治。理乱之分，全在官吏。上官正、宿翰等用兵屡捷，所失州县，次第克复。张余退走嘉州，被官军中途追及，一鼓擒来，蜀寇乃平。太宗即召王继恩还都，留雷有终、上官正为两川招安使。并下诏罪己，自言"委任非人，致有此乱，此后当慎用官吏，与民更始"云云，由是蜀民大悦。小子有诗咏道：

披庭贱役任檀车，纵有微功宁足夸?
幸得一麾循吏去，两川士庶始无哗。

蜀事就绪，西夏又复入寇，待小子下回再表。

宋初功臣，不止一普，而普之功为最大。即其挂人清议也亦最多：陈桥之变，普尝典谋，为太祖成不忠不义之名者，普也；廷美之狱普实主议，为太宗成不孝不友之名者，亦普也。夫陈桥受禅，隐关气运，定策佐命者实繁有徒，尚得以天与人归为解。廷美之狱，太宗犹畏人言，普乃谓太祖已误，陛下不容再误，而大狱遂由是构成。试问前日金匮之盟，谁为署

尾？如以兄终弟及为非，何不谏阻于先，而顾忍背盟
于后耶？及普之临殁，冤累相随，正史稗乘中俱叙述
及之，此虽未足尽信，然即幻见真，无冤不报，安在
其全出子虚乎？二女为尼未始非由激而成。本回独详
叙普死，所以揭阴私，垂炯戒也。彼夫西蜀之乱，宿
将尚多，乃独任阉人为将，吾不知太宗是何居心。幸
乱民乌合，尚易荡平，否则不蹈唐季覆辙者几希矣。
至叙功论赏，乃反斤斤于一字之辨，改宣徽为宣政，
夫宣徽不可，宣政其可乎？厥后童贯、梁师成之祸，
实自此贻之，法之不可轻弛也，固如此哉！

第二十回

伐西夏五路出师　立新皇百官入贺

却说李继捧还镇夏州，不到数月，即上言继迁悔过，情愿投诚，太宗遂任继迁为银州刺史。其实继迁并无降意，不过借此休息，为集众计。过了一年，即招继捧叛宋，约同寇边。继捧不从，继迁反进攻继捧，亏得继捧有备，将他击败，流矢中继迁身上，继迁飞马遁去。嗣复入寇夏州，继捧上表乞师，太宗遣翟守素往援，复为继迁侦悉，恐势不能敌，又与继捧讲和，令代为谢罪。继捧是个优柔寡断的人物，又替继迁上书宋廷，只说是："决计归款，誓改前非。"恋情骨肉，心尚可原。有诏授继迁为银州观察使，赐姓赵，名保吉，并用他子德明为管内蕃落使行军司马。既而继迁又胁诱继捧，令降服契丹，可封王爵；继捧也觉心动，复告继迁，词涉模棱。继迁即向契丹代请，果得契丹封册，命继捧为西平王。富贵动人。转运副使郑文宝闻继迁狡诈，设法预防，查得银、夏一带，旧有盐地，每岁产盐颇巨，继迁得收为己利，文宝令归官卖，不得私占。继迁失一利源，甚是愤恨，遂率边人四十二族，寇掠环州，大为边害。嗣又欲徙绥州民至平夏，即夏州，唐时党项居夏州者号平夏部，故名。部将高文岯等不愿转徙，反抗继迁，竟将继迁逐去。继迁复纠领部众入攻堡寨，掠居民，焚积聚，进寇灵州。太宗闻继迁兄弟同谋叛逆，立命李继隆为河西都部署，调兵往征。继隆奉命，即带领数千骑，向夏州进发。继捧闻继隆且至，先

挈母妻子女，屯营郊外，且上言与继迁解怨，献马五十匹，乞
即罢兵！太宗览奏微笑道："两竖反复无常，朕岂常受他诳
么？"当下遣中使传谕继隆，令即进师，且授以密计。继隆遂
贻书继捧，相约会师，往讨继迁。一面又与继迁书，令同讨继
捧。继迁竟夜袭继捧营，继捧方寝，不意继迁杀至，忙从帐后
逃出，孑身还城。指挥使赵光嗣诱继捧入别室，把他禁锢起
来，用兵守着，当即开城迎继隆军。继隆入城，即将继捧羁入
囚车，押送京师。又率军往讨继迁，继迁遁去。继捧到汴，待
罪阙廷，由太宗诘责数四，继捧叩首谢罪，有诏特赦，授右千
牛卫上将军，封宥罪侯，赐第都中，并削赵保吉姓名，隳夏州
城，迁民居至绥银，饬兵固守。

　　继迁又献马谢罪，并遣弟延信入觐，把那违叛事情，尽推
在继捧身上。太宗却温言慰谕，抚赉甚厚，复遣内侍张崇贵招
谕继迁，并赐茶药器币衣物。淳化五年冬季，复命于次年改元
至道。至道元年，继迁遣押牙张浦，贡献良马橐驼，适卫士校
射后囿，太宗令张浦往观，卫士皆拓两石弓，且有余力。射
毕，太宗问浦道："你看我朝卫士，艺力如何？"浦答道："统
是矫矫虎臣。"太宗复道："羌人敢对敌否？"浦又答道："羌
部弓弱矢短，但见这长大人物，已是畏避不遑，还敢出来对敌
么？"无非贡谀。太宗大喜，遂命浦为郑州团练使，留居京师。
另遣使持诏拜继迁鄜州节度使。继迁佯不敢受，上表固辞，且
言："郑文宝诱他部属，屡加逼迫。"太宗为弛盐禁，且贬文
宝为蓝山令。徒示以弱，反启戎心。看官！你想这刁狡万分的李
继迁，威不足惩，恩不足劝，怎肯为这区区羁縻，甘心降服？
静养了好几月，竟率千骑攻清远军。幸守将张延预先戒备，设
伏要路，一俟继迁兵到，即发伏出击，杀死敌骑三五百名，继
迁慌忙遁去。

　　越年，太宗命洛苑使白守荣等，护送刍粟四十万出赴灵

州，嘱令辎重分作三队。丁夫持弓箭自卫，士卒布着方阵，步步为营，遇敌乃战，才可无失。复令会州观察使田绍斌，率兵援应。谁知守荣不遵谕旨，并作一运，绍斌也未尝往援，辎重到了浦洛河，竟被继迁邀击，军士逃命要紧，还管什么粮饷，那四十万刍粟，都被继迁部下，抢掠一空。太宗闻报，拿问守荣、绍斌，按律治罪；即命李继隆为环、庆州都部署，再讨继迁。

会值四方馆使曹璨即彬之子。自阿西还汴，上言："继迁率众万余，围攻灵武，城中上书告急，偏使人被继迁捉去，因此消息隔绝，请速发兵救解，方保无虞。"太宗又下枢臣复议。时吕蒙正又罢相，用参政吕端继任，端请分道出师，由麟府、鄜延、环庆三道，会攻平夏，直捣继迁巢穴，不怕继迁不还顾根本，灵武自可解围。此即孙膑击魏救赵之计。太宗也以为是，但主张五路出师，与吕端大同小异。或言时将盛暑，兵士涉旱海，无水泉，沿途饥渴劳顿，不能无失，还不如缓日出师。太宗怒道："寇犯边境，畏暑不救，若寇入内地，难道也听他进来么？况现当孟夏，时尚清和，不速发兵，更待何时？"乃诏令李继隆出环州，丁罕出庆州，范廷召出延州，王超出夏州，张守恩出麟府，五路进讨，直趋平夏。继隆以环州道迁，拟从清冈峡出师，较为便捷，遂遣继和驰奏，自率部兵万人，径从清冈峡出发。太宗得继隆奏报，召见继和，厉声呵责道："汝兄不遵朕言，必致败事，朕嘱他出发环州，无非因灵武相近，欲令继迁闻风解围，驰还平夏，汝速回去，与汝兄说明朕意，毋得违旨获罪！"宋臣多违上命，也是主权旁落之故。继和奉旨亟返，那时继隆已去得远了。

继隆出清冈峡，与丁罕合兵，续行十日，不见一敌，竟引军回来。张守恩与敌相遇，不战即走。独范廷召与王超两军行至乌白池，遥见敌兵蜂拥前来，超语廷召道："敌势甚锐，我军宜各守营寨，坚壁勿动，免为所乘。"廷召应诺，遂彼此依险立营，饬军士不准妄动，遇有敌兵，只准射箭，不准出战。约过一时，继迁督众到来，左右分攻，均被射回，相持至一昼夜。超子德用，年方十七，随父从军，入禀父前道："敌兵虽盛，不甚整齐，儿愿出营一战。"超怒道："你敢违我军令么？"德用道："儿非有意违命，但我不出战，他未肯退，此地转饷艰难，不应久持，还是杀将出去，把他一鼓击退，我等方可从容班师。"超沉吟半晌，方道："且再待半日，俟他锐气少衰，才可得利。"德用乃待至日昃，请得军令，挺身杀出。继迁倒也一惊，嗣见先驱为一少年，欺他轻弱躁率，即分兵两翼，来围德用。德用执着一支银枪，盘旋飞舞，枪锋所至，无不倒毙，继迁方觉得是个劲敌，率锐与搏。哪知王超又来接应，还有廷召营中，亦发兵夹击，眼见得继迁不支，向北遁去。德用驱军追赶，行至中途，继迁又回军再战，三战三北，方麾众远飏。确是一个剧寇。王超鸣金收军，德用乃回。次日还师，德用道："归师遇险必乱，应整饬军行，休为虏袭。"此子才过乃父。超与廷召，均以为然，乃令德用开道，所经险阻，侦而后进。且下令军中道："乱行者斩！"全军肃然。继迁本预遣轻骑，散伏要途，及见宋军严阵而归，才不敢逼。王超、范廷召两军，退回汛地，没甚死伤。

　　只继迁抗命如故，太宗再议往征。可奈历数将终，皇躬不豫，免不得舍外图内，筹及国本问题。先是至道改元，适开宝皇后宋氏崩，太宗不成服，连群臣亦不令临丧。翰林学士王禹偁代为不平，尝对同僚语道："后尝母仪天下，应遵用旧礼为是。"太宗闻知此语，说他谤上不敬，谪知滁州。自己不忠不敬，还要责人，太宗之心术，尚堪问耶？会廷臣冯拯等疏请立储，太宗又斥他多事，贬置岭南。嗣是宫禁中事，无人敢言。寇准因抗直遭谗，出知青州；嗣复由青州召还，正当太宗足疾，寨衣示准道："朕年衰多疾，今又病足，奈何？"寇准道："臣非奉诏命，不敢到京，既已到此，窃有一言上达陛下，幸陛下采纳！"太宗问是何言，寇准遂说出"立储"二字。太宗道："卿试视朕诸子中，何人足付神器？"准答道："陛下为天下择君，不应谋及近臣，尤不应谋及妇人中官，总求宸衷独断，简择得宜，就可付托无忧了。"太宗俯首细思，想了好一歇，乃屏去左右，密语寇准道："襄王可好么？"准又答道："知子莫若父，圣意既以为可，请即决定。"寇准两对太宗，足为君主国良法。太宗点首称善。

原来太宗长子元佐病狂致废，次子就是元侃，与元佐同母所生，述见前文。端拱元年，受封襄王，嗣复晋封寿王。自寇准奏对后，太宗已决计立储，遂于至道元年八月，立寿王元侃为皇太子，改名为恒，大赦天下。太子既立，庙见还宫，都下士民，遮道欢呼，齐称他是少年天子。太宗闻知，反滋不悦，召寇准入见，与语道："人心遽属太子，将置我何地？"准再拜称贺道："这是社稷的幸福呢！"太宗不觉感悟，入语后嫔，都相率称庆。太宗益喜，复出赐准饮，尽欢乃罢。诏命李沆、李至并兼太子宾客，并嘱太子以师傅礼事二李。太子每见二人，必先下拜，沆与至上表辞谢，太宗不许，手谕二李道：

朕旁稽古训，肇建承华，用选端良，资于辅导。借卿凤望，委以护调，盖将勖以谦冲，故乃异其礼数。勿饰当仁之让，副予知子之心！特此手谕。

二李复相偕入谢，太宗又面谕道："太子贤明仁孝，足固国本，卿等可尽心规诲，有善应劝，有过应规。至若礼乐诗书，系卿等素习，不烦朕絮嘱了。"二李叩首而退。

太子年逾弱冠，姿禀聪明，相传母妃李氏夜梦尝用裾承日，因此有娠。及产生后，左足指纹，成一天字。此皆史臣谀颂之辞。五六岁时，与诸王嬉戏，好作战阵，自称元帅。又尝登万岁殿，上升御座。太宗尝手抚儿顶，笑颜问道："这是皇帝的宝座，儿也愿做皇帝么？"太子即答道："天命有归，孩儿亦不敢辞。"太宗暗暗称奇。既而就学受经，一览即能成诵。至是立为储贰，入居东宫。越二年三月，太宗寝疾，渐即弥留。宣政使王继恩忌太子英明，阴与李昌龄、胡旦等，谋立故楚王元佐。后令王继恩召吕端，端料有变故，佯邀继恩入书阁中，秘密与商。至继恩既入，他竟出户反键，将继恩锁置阁内，自己匆匆入宫，谒见皇后。后涕泣与语道："宫车已晏驾了！"吕端也为泣下。即又问道："太子何在？"后复道："立嗣以长，方谓之顺，今将若何？"端收泪正色道："先帝立太子，正为今日，怎敢再生异议？"后默然无语。端即嘱内侍往迎太子，待太子到后，亲视大殓，即位枢前。

越日，奉太子登福宁殿，垂帘引见群臣。端平立殿阶，不遽下拜，请侍臣卷帘，升殿审视，然后退降殿阶，率群臣拜呼万岁，是为真宗皇帝。尊母后李氏为皇太后，晋封弟越王元份为雍王，吴王元杰为兖王，徐国公元偓为彭城郡王，泾国公偶为安定郡主，季弟元俨为曹国公，侄惟吉为武售军节度使；追复涪王廷美为秦王，追赠兄魏王德昭为太傅，歧王德芳为太保；复封兄元佐为楚王，加授同平章事。吕端为右仆射，李沆、李至并参知政事，册继妃郭氏为皇后。真宗元配潘美女，端拱元年病殁，继聘郭氏，系宣徽南院使郭守文二女。郭氏为后，元配潘氏，亦追给后号，谥"庄怀"。复追封生母李氏为贤妃，进上尊号为"元德皇太后"。葬先考大行皇帝于永熙陵，庙号"太宗"，以明年为咸平元年。总计太宗在位二十二年，改元五次，寿五十九岁，小子有诗咏宋太宗道：

寸心未许乃兄知，虎步龙行饰外仪。

二十二年称令主，伦常缺憾总难弥。

欲知真宗初政，且至下回再详。

李继迁一狡虏耳。待狡虏之法，只宜用威，不应用恩。田仁朗欲厚啗酋长，令图折首；张齐贤议招致蕃部，分地声援。二说皆属可行，而尚非探本之论。为宋廷计，应简择良将，假以便宜，俾得联络蕃酋，一鼓擒渠，此为最上之良策。乃不加挞伐，专务羁縻，彼势稍蹙则托词归阵，力转强即乘机叛去，至若至道二年之五路出师，李继隆等不战即还，王超、范廷召虽战退继迁，亦即回镇，彼殆视庙谟之无成算，姑为是因循推诿，聊作壁上观乎？然威日堕而寇且日深矣！若夫建储一事，为君主国之要典，太宗年近周龄，犹未及此，且怒斥冯拯诸人之奏请，何其疏也？幸寇准片言决议，主器有归，于是王继恩不得逞私，吕端得以持正，闭寺人于阁中，观真主于殿上。人以是美吕司空，吾谓当归功寇莱公，曲突徙薪，应为上客，若迟至焦头烂额，不已叹为无及乎？

第二十一回

康保裔血战亡身　雷有终火攻平匪

却说真宗即位，所有施赏大典，已一律举行，只王继恩、李昌龄等谋立楚王，应该坐罪，特贬昌龄为行军司马，王继恩为右监门卫将军，安置均州，胡旦除名，长流浔州。到了改元以后，吕端以老疾乞休，李至亦以目疾求罢，乃均免职，特进张齐贤、李沆同平章事，向敏中参知政事。

越年，枢密使兼侍中鲁公曹彬卒。彬在朝未尝忤旨，亦未尝言人过失，征服二国，秋毫无取，位兼将相，不伐不矜，俸禄所入，多半赒济贫弱，家无余资。病亟时，真宗亲往问视，询及契丹事宜。彬答道："太祖手定天下，尚与他罢战言和，请陛下善承先志。"真宗道："朕当为天下苍生计，屈节言和，但此后何人足胜边防？"彬又答道："臣子璨、玮，均足为将。"内举不避亲，不得谓曹彬怀私。真宗又问二子优劣，彬言璨不如玮。知子莫若父。真宗见他气喘吁吁，便不与多言，只宣慰数语而出。及彬殁，真宗非常痛悼，赠中书令，追封济阳王，谥"武惠"。又越年，太子太保吕端卒。端为人持重，深知大体，太宗用端为相时，廷臣或说他糊涂，太宗道："端小事糊涂，大事不糊涂。"后来锁阁定策，卒正嗣君，果如太宗所言。至端已病剧，真宗也亲自慰问，抚劳备至，殁赠司空，谥"正惠"。亦可谓二惠竞爽。一将一相，详叙其卒，无非阐扬令名。

咸平二年十月，契丹主隆绪复大举入寇，镇定高阳关都部署傅潜拥兵八万余人，畏懦不前，闭营自守。将校等请发兵逆战，潜勃然道："你等欲去寻死么？好好的头颅被人家斫去，有何趣味？"贪生畏死，口吻毕肖。将校道："敌骑深入，将来攻营，请问统帅如何对待？"潜索性大骂道："一班糊涂虫，全不晓得我的苦心，我欲保全你等的性命，所以主守不主战，奈你等定要寻死，死在虏手，不如死在我的刀下。若再道半个战字，立即斩首！"一味蛮话，全无道理。将校等拗他不过，忿忿趋出。

适值副将范廷召到来，大众遂向他谈及，并述潜言，廷召道："且待我入见，再作计较！"及廷召进去，傅潜已料他前来请战，装着一副伊齐面孔，与廷召相对。廷召行礼毕，未曾坐定，即开口道："大敌到来，总管从容坐镇，大约总有退敌的妙计。"潜乃淡淡的答道："我主守不主战，此外要用什么法儿？"廷召道："可守得住么？"潜又道："你又来了，敌势甚大，不应轻敌，总是守着为是。"廷召道："据廷召想来，公拥兵八九万，很足一战，今日即应发兵，出扼险要，与敌对仗，但教一鼓作气，士卒齐心，定能得胜。"潜只是摇首。廷召不禁大忿道："公恇怯至此，恐还不及一老妪呢！"言已，也不及告别，竟自趋出，遇着傅潜部下都钤辖张昭允，便与语道："傅总管这般怯敌，恐边防有失，朝廷必加谴责，连你也难免罪呢！"隐伏下文。昭允道："现正有廷寄到来，饬本部发兵，昭允正要进报，想总管也不好逆旨了。"廷召乃让昭允进去，自己出外候信。昭允入见傅潜，捧递朝旨，潜接阅后，语昭允道："朝廷亦来催我出师，莫非由诸将密奏不成？须知敌势方强，若一战而败，转足挫我锐气，所以我持重不发呢。"昭允道："朝命也是难违，请统帅酌行才是。"潜冷笑道："范廷召正来请战，他既愿为国效力，我便拨骑兵八千，步兵二千，凑足万人，令他前去拒敌便了。"挟怨陷人，其情如见。昭允奉令趋出，报知廷召。廷召道："敌兵闻有十余万，我兵只有万人，就使以一当十，也恐不敷，这是明明叫我替死。"说到"死"字，竟大踏步趋入里面，大声语潜道："总管要我先驱，我食君禄、尽君事，怎敢不去？但万人却是不够，应再添发三五万人，方足济用。"潜佯笑道："将在谋不在勇，兵贵精不贵多，况你为前茅，我为后劲，还怕什么？"廷召道："公果来作后援么？"潜复道："你知忠君，我难道不晓？劝你尽管前去，我当为后应便了。"廷召乃退，自思傅潜所言，未必足恃，不如另行乞师，免致孤军陷敌。当下修书一通，遣使赍往。

　　看官！你道廷召向何人乞援？乃是并、代都部署康保裔，驻师并州一带，地接高阳，因此就近乞师。保裔，洛阳人，祖父皆战殁王事，第因屡承世荫，得任武职，开宝中，<small>开宝系太祖年号，详见前。</small>尝从诸将至石岭关，战败辽兵，<small>辽于太宗时，复号契丹，故本书于太祖时称辽，太宗后称契丹，仍其旧也。</small>积功至任马军都虞侯，领凉州观察使。真宗初，调任并、代都部署，治兵有方，且生就一副血性，矢忠报国，平居对着将士，亦用大义相勉，所以屡经战阵，未闻退缩，身受数十创，血痕斑斑，不知所苦。<small>阐扬忠义，故叙述较详。</small>至是得廷召书，遂率兵万人，倍道赴援。

　　时契丹兵已破狼山寨，悉锐深入。祁、赵、邢、洺各州，虏骑充斥，镇定路久被遮断，行人不通，保裔拟绕攻敌后，直抵瀛洲，一面约廷召夹击。哪知廷召尚未到来，敌兵却已大集，保裔结营自固，待旦乃战。到了黎明，营外已遍围敌骑，环至数重，将士入报道："敌来甚众，援兵不至，我军坐陷虏中，如何杀得出去？为主帅计，不如易甲改装，驰突出围，休使虏骑注目。俟脱围调兵，再与决战未迟。"保裔慨然道："我自领兵以来，只知向前，不愿退后，今日为虏所算，被他围住。古人说得好，'临难毋苟免'，这正是我效死的日子哩。"当命开营搦战，由保裔当先指麾，奋力杀敌。那敌兵越来越众，随你如何奋勇，总是不肯退围。保裔杀开一重，复有一重，杀开两重，复有两重，自晨至暮，杀死敌骑约数千人，自己部下也伤亡了数千名。眼见得不能出围，只好再入营中，拒守一夜。契丹兵也觉疲乏，未曾进攻，惟围住不放。越宿又战，两下里各出死力，拼死相搏，杀得天昏地暗，鬼哭神号，地上砂砾经人马践踏，陡深二尺，契丹兵又死得无数，怎奈胡骑是死一个、添一个，保裔兵是死一个、少一个。看看又到日暮，矢尽道穷，救兵不至，保裔已身中数创，手下只有数百人，也是多半受伤，不堪再战。保裔顾看残卒，不禁流涕道："罢罢！我死定了。你等如有生路，尽管自去罢！"说毕，便从敌兵最多处，持刀值入，手刃敌兵数十名，敌兵一拥上前，你枪我槊，可怜一员大忠臣，竟就千军万马中杀身成仁。为国杀身，虽死犹荣，叙笔亦奕奕有光。保裔既死，全军覆没。

那时高阳关路钤辖张凝与高阳关行营副都部署李重贵，为延召先驱，率众往援，正值契丹兵乘胜而来，声势甚锐，张凝不及退避，先被胡骑围住，凝死战不退，亏得李重贵杀到，救出张凝，复并力掩击一阵，契丹兵方才退去。两军返报延召，延召闻保裔战殁，不敢再进，只得在瀛州西南，据住要害，暂行驻扎。《续纲目》谓延召潜遁，以致保裔战殁，《纪事本末》即本此说。然《宋史·康保裔、傅潜、范廷召传》均未载及廷召潜遁事，惟廷召不至，亦未免愆期，故本书说及廷召，亦隐有贬词。契丹兵又进攻遂城，城小无备，众情恟惧。杨业子延昭方任缘边都巡检使，驻节遂城，当下召集丁壮，慷慨与语道："尔等身家，全靠这城为保障，若城被敌陷，还有什么身家？不如彼此同心，共守此城，倘得戮力保全，岂不是国家两益么？"大众齐声应诺。延昭遂编列队伍，各授器甲，按段分派，登陴护守。自己昼夜巡逻，毫不懈怠。契丹兵连扑数次，均被矢石击退。时适大寒，延昭命汲水灌城。翌晨，水俱成冰，坚滑不可上，敌兵料难攻入，随即引去，改从德棣渡河，进掠淄齐。

真宗闻寇入内地，下诏亲征，命同平章事李沆留守东京，令王超为先锋，示以战图，俾识路径。车驾随后进发，直抵大名。途次闻保裔死耗，震悼辍朝，追赠保裔为侍中，命保裔子继英为六宅使、顺州刺史，继彬为洛苑使，继明为内园副使，继宗尚少，亦得授供奉官，孙惟一为将作监主簿。继英等接奉恤诏，驰赴行在，叩谢帝前道："臣父不能决胜而死，陛下未曾罪孥，已为万幸，乃犹蒙非常恩宠，臣等如何敢受？"随即伏地呜咽，感泣不止。真宗也不觉凄然，随即面谕道："尔父为国捐躯，旌赏大典，例应从厚，不必多辞！且尔母想尚在堂，亦当酌予封典，借褒忠节。"继英叩首道："臣母已亡，只有祖母尚存，享年八十四岁了。"真宗乃顾语随臣道："保裔父祖，累代效忠，深足嘉尚，他的母妻，应即加封，卿等以为然否？"群臣自然赞同，遂封保裔母为陈国太夫人，妻为河东郡夫人，并遣使劳问老母，赐白金五十两。继英等叩谢而出。集贤院学士钱若水上书请诛傅潜，擢杨延昭、李重贵等以作士气。真宗乃命彰信军节度使高琼往代傅潜，令潜赴行在，即命钱若水等按讯，得种种逗挠妒忌罪状，议法当斩。真宗特诏贷死，削潜官爵，流徙房州。张昭允亦坐罪褫职，流徙道州。昭允未免受冤。真宗在大名过年，越元旦十日，得范廷召等奏报，略言"虏兵闻车驾亲征，知惧而退，臣等追至莫州，斩首万余级，尽获所掠，余寇已遁出境外"云云。真宗乃下诏奖叙，擢廷召为并、代都部署，杨延昭为莫州刺史，李重贵知郑州，张凝为都虞侯，并召延昭至行在，询及边防事宜。延昭奏对称旨，真宗大喜，指示群臣道："延昭父业，系前朝名将，延昭治兵护塞，绰有父风，这真不愧将门遗种呢！"乃厚赠金帛，仍令还任。真宗即日回京。

是年冬，契丹复南侵，延昭设伏羊山，自率赢兵诱敌，且战且退，诱至羊山西面，信号一发，伏兵齐起，契丹兵骇退，延昭追杀敌将，函首以献，进官本州团练使。契丹望风生畏，呼他为杨六郎。杨业本生七子，详见前文，惟延昭独著战功，契丹目为杨六郎，见《延昭本传》。俗小说中，乃有大郎及七郎等名目，附会无稽，概不录入。尚有澄州刺史杨嗣，亦因屡战有功，擢任本州团练使。与延昭同日并命，边人称作"二杨"。这且按下慢表。

且说真宗还汴时，途中接得川报，益州兵变，推王均为乱首，都巡检使刘绍荣自经，兵马钤辖符昭寿被戕，贼势猖獗，火急求援。真宗览毕，即日传诏，命雷有终为川峡招安使，李惠、石普、李守伦并为巡检使，给步骑八千名，往讨蜀匪。所有留蜀各官，如上官正、李继昌等均归有终节制。有终等奉诏后，即领兵入川去了。

先是，雷有终为四川招安使，张咏知益州，文武得人，蜀境大治。应十九回。既而有终与咏相继调迁，改用牛冕知益州，符昭寿为兵马钤辖，牛冕懦弱无能，符昭寿骄恣不法，部下兵士已多半怀怨，阴蓄异图。益州戍兵由都虞侯王均、董福分辖，福驭众有法，所部皆得优赡。均好饮博，军饷多刻扣入囊，作为私费。会牛、符两人阅兵东郊，蜀人相率往观，但见福军甲仗鲜明，均军衣装粗敝，免不得一誉一毁。均部下赵延顺等亦自觉形秽，顿生惭愤，且衔怨昭寿，竟于咸平二年除夕胁众为乱，戕杀昭寿。越日为元旦令节，益州官吏方相庆贺，忽闻兵变消息，阖城惊审。牛冕缒城逃去，转运使张适亦遁，惟都巡检使刘绍荣在城。待乱兵闯入，欲奉绍荣为主帅，绍荣怒叱道："我本燕人，弃虏归朝，难道与尔等同逆么？"叛兵欲趋杀绍荣，绍荣冒刃格斗，卒因众寡不敌，败回署中，投缳自尽。监军王泽忙召王均与语道："汝部下作乱，奈何袖手旁观？速宜招安为要！"均出谕叛兵，叛兵即拥他为主，均即直任不辞，均素克扣军粮，奈何叛卒复奉之为主？可见叛兵，亦全无智识。遂僭号大蜀，改元化顺，署置官称，用小校张锴为谋士，出兵陷汉州，进攻绵州不克，直趋剑州，被知州李士衡所败，退回益州。知蜀州杨怀忠传檄各州，会兵往讨，初战得利，乘胜攻城北门，至三井桥，乱党似墙而至，怀忠恐为所乘，勒兵倒退，回走蜀州，再檄嘉、眉等七州，合军复进，战败乱党，暂驻鸡鸣原，静待王师。

过了数日，雷有终等到益州，拟一面攻城，一面派兵攻汉州。巧值都巡检张思钧已将汉州克复，遂进军升仙桥。匪首王均遣众拦截，被官军一阵击退，乘势追至城下，乱兵绕城遁去，城门亦开得洞彻。有终总道王均怯遁，麾军径入，军士不烦血刃，竟夺得一座益州城，顿时心花怒开，乐得劫掠民居，抢些财帛，搂抱几个妇女，畅快一番。恐没有这般运气。蓦闻一声怪响，叫杀连天，官军不暇寻欢，慌忙觅路逃生。到了路口，尽被败床破榻堵塞不通。好容易搬开败物，成一隙路，哪知叛兵在外面等着，见官军出来，统用刀枪乱捣，有几个杀死，有几个戳毙，有几个脚生得长，侥幸漏网。匆匆的逃至城闉，把门一望，叫苦不迭，那门儿已上键了，且有叛兵守着。匪但不准他出去，还要向他情借头颅，于是又冤冤枉枉的死了无数。调侃得妙。雷有终、石普、李惠等都着了忙，各自逃去。有终、石普跑上城头，缘堞而坠，幸得不死。李惠迟了一步，被王均率众追上，双手不敌四拳，白白的送了性命。为这一场被赚，官军丧亡一大半。有终、石普奔至汉州，由张思钧接着，入城休憩，才得少安。嗣是不敢躁进，慢慢儿整顿兵马，徐图大举。

王均计败官军，越觉骄横，掠民女，侑酒不可无此；索民财，酿酒不可无此。整日里左抱右拥，朝饮暮博，把战事搁过一边。至官军元气已复，又来与战，方率众出拒，分路往袭。官军到了升仙桥，早防贼众袭击，戒备甚严，王均不知就里，掩杀过去，怎禁得四面伏兵，一齐截住，把他困住核心，杀得落花流水。均冒死突出，踉跄还城，当即撤桥塞门，一意固守。有终与普进屯城北，分遣将校等攻城东西南三面。均尚屡次出战，统被击退。会值淫雨兼旬，城滑不能上，一时无从攻入，至天气少霁，有终命用火箭火炬等抛射城头，将城上所设敌楼，尽行毁去，城中未免哗噪，有终便趁这机会，四面登城，遂得攻入。王均尚有二万余人，溃围夜走，有终仍恐有伏，纵火焚庐舍，光焰熊熊，通宵达旦。一年被蛇咬，三年烂稻索。次日，复搜获伪官二百人，一股脑儿推入火中。正是：

> 可怜巢鸟无完卵，莫道池鱼应受殃。

后来王均曾否擒获，容至下回说明。

《宋史·忠义传》中，首列康保裔，故本回于保裔战事，演述从详，彰忠节也。傅潜拥兵塞外，惧不发兵，坐令良将陷敌，虽诛之不为过，真宗贷死议流，未免失刑。而张昭允转连带坐罪，得毋大官可为，而小官不可为耶？若西蜀之乱为时无几，李顺以后，继以张余，至用兵三载而始救平。为宋廷计，正宜久任良吏，惩后惩前，奈何雷、张诸人相继调迁，改用牛冕、符昭寿等复酿成王均之变，虽前难后易，期月奏功，而兵民已死伤不少，茫茫川峡，能经几次扰乱乎？雷有终被赚而兵燔，王均败走而民燔，观此不能无遗憾云！

第二十二回

收番部叛王中计　纳忠谏御驾亲征

却说雷有终既复益州，即遣巡检使杨怀忠，往追王均。均逃至富顺监，招集蛮酋，在监署中饮酒，吃得酩酊大醉。至此还要喝酒，真是一个酒鬼。党羽亦各沾余沥，统已酒气醺醺，带着八九分倦意，猛闻官军追至，都吓得不知所为。王均料不能脱，用手击案道："罢了！罢了！"说毕，即解下腰带，悬壁套颈，不到一刻，魂灵儿飞到酒乡去了。乱党无主，自然溃散。杨怀忠率领部兵，杀入监署，擒住乱党六千余人，并割取均首，及僭伪法物，旌旗甲仗甚众，当下返入益州。由有终申报朝廷，诏进有终、怀忠等官阶；流牛冕至儋州，张适至连州；遣翰林学士王钦若、知制诰梁颢，往抚蜀民。越二年，复命张咏知益州，蜀民闻咏再至，欢呼相庆。咏威惠并行，政绩大著。真宗下诏褒美，并令巡抚使谢涛传谕道："得卿在蜀，朕无西顾忧了。"

西陲已定，北方一带，总觉不安。契丹、西夏，时来扰边，小子按年月次序，先叙西夏，继叙契丹。真宗即位，李继迁上表称贺，且求请封藩，真宗也知他狡诈，只因国有大丧，姑从所请，命为定难节度使，且把夏、绥、银、宥、静五州，一并给与。且将从前留住的张浦，亦赍资遣归。张浦可以遣还，五州何必遽与？继迁令弟瑗诣阙申谢，真宗优诏慰答，仍赐还赵保吉姓名。偏继迁阳奉阴违，仍然抄掠边疆，四出为患。可巧同平章事张齐贤与李沆不甚相得，竟以冬至朝会，被酒失仪，坐免相位，真宗乃遣他为泾、原诸路经略使。齐贤入朝辞行，真宗详问边要，齐贤答道："臣看灵武孤城，陡悬塞外，万难固守，徒使军民六七万，陷入危境，多费饷糈，不如弃远图近，徙守环庆，较为省便。"真宗沉吟半晌，方道："卿且去巡阅一番，可弃乃弃，可守必守。"齐贤领旨去讫，既而通判永兴军何亮上安边书，言灵武决不可弃，略云：

> 灵武地方千里，表里山河，舍之则戎狄之利，广且饶矣，一患也。自环庆至灵武凡千里，西域、戎狄合而为一，二患也。冀北马之所生，自匈奴猖獗，无匹马南来，惟资西域，西域既分为二，其右乃西戎之东偏，实为贼夏之境，其左乃西域之西偏，如舍灵武，复合为一，夏贼桀黠，俾诸戎不得货马，未知战马何来，三患也。为今计，请筑溥乐、耀德二城，以通河西之粮道，则灵武有粮可恃，虽居绝域之外，亦可以无恐矣。若不筑此二城，与灵武倚为唇齿，则与舍灵武何异？窃恐灵武一失，内地随在可虞也。谨奏！

真宗览奏后，复诏令群臣复议。知制诰杨亿引汉弃珠崖为喻，请快弃灵武，守环庆，与齐贤议相同。辅臣多言灵州为必争地，万不可弃，应如何亮所陈。众议纷纷，莫衷一是，转令真宗无从解决，乃与李沆熟商。沆徐答道："保吉不死，灵州终不可保，臣意应遣使密召诸将，令他部署军民，空垒而返，庶几关右尚得息肩，这也是螫手断腕的计策。"戎狄得步进步，如何可以拱让？宋臣多半畏缩，故卒致南迁。真宗默然不答。嗣命王超为西面行营都部署，率兵六万，往援灵州。张齐贤自任所上书，谓朝廷若决守灵武，请募江南丁壮，往益戍兵。真宗道："商人远戍西鄙，甚属不便，且转足摇动人心，此奏如何可行？"真宗所言甚是，齐贤岂尚醉酒耶？当将原奏搁起。

过了一月，李继迁寇清远军，都监段义叛降继迁，都部署杨琼拥兵不救，城遂被陷。继迁复进攻定州，并及怀远，劫去辎重数百辆；幸亏副都署曹璨召集蕃兵，出去邀击，才将继迁击退。越年为咸平五年，继迁复转寇灵州，知州事裴济率兵固守，相持月余。继迁益增兵围攻，截断城中饷道，守兵遂至乏食。裴济啮指成书，奏请救兵，怎奈望眼已穿，不闻援至，军士连日枵腹，如何支持？眼见得一座孤城，为贼所陷。济犹率众巷战，力竭身亡。济知灵州数年，议大兴屯田，借实边粟，治民亦颇有惠泽，可惜功尚未成，寇已大至，徒落得荒邱暴骨，枉史流芳。忠臣不没，也还值得。继迁改灵州为西平府，居然作为夏都。真宗得报，优恤裴济家属，且悔不用沆言，致丧良吏，且诏令王超屯永兴军，毋得再误。超奉命往援灵州，乃中道逗留，坐令城亡吏死，有罪不谴，亦属失刑。

又越年，知镇戎军李继和上言六谷酋长巴喇济一译作潘罗支。愿讨继迁，请授职刺史。张齐贤且上书，请封巴喇济为六谷王，兼招讨使，真宗又令辅臣会议。辅臣以巴喇济已为酋长，授职刺史，未免太轻，若骤封王爵，又似太重。招讨使名号，亦不应轻假外夷，乃酌量一职，拟授为朔方节度使，兼灵州西面都巡检使。真宗准议颁旨。巴喇济奉旨后，表称："感激图效，已集骑兵六万，静待王师到来，合讨继迁，收复灵州。"真宗优诏嘉许。既而李继迁攻麟州，为知州卫居宝击退，转寇西凉，杀死西凉府丁惟清，踞住城池。巴喇济居六谷，本为西凉蕃属，当下想了一计，前去诈降。继迁尚未知他受职宋廷，只道是一个蕃酋，畏势投诚，有什么疑虑，便传见巴喇济。巴喇济向他跪谒，并说："大王威德及人，六谷蕃部，俱愿归降。"说得继迁满面春风，立命起来，给他旁坐，且抚慰了好几语。巴喇济称谢不置。继迁更令他招徕部落，借厚兵力，巴喇济欣然领诺，遂往招六谷蕃部，共至西凉，进谒继迁。继迁亲往校场检阅，各蕃兵俱负弩挟矢，鱼贯而入，报名应选。继迁正留心察核，猛听得弓弦一响，忙睁目四顾，巧巧一箭飞来，不偏不倚，正中左目，不觉大叫一声道："快，快! 拿匪徒!" 你也是个匪徒，为何转拿别人? 左右方上前拥护，不料蕃兵已各出短刀，一哄上前，来杀继迁。继迁部下死命抵拒，已被他杀毙多人，剩了几个骁悍的弁目，保着继迁，且战且逃。蕃兵奋勇驱杀，几乎将继迁擒住。旋经继迁党羽，出来相救，做了无数替死鬼，继迁才得脱身。好容易奔回灵州，左目暴痛，睛珠突出，一时忍耐不住，晕绝数次，后来终无法医治，呜呼死了。看官! 想这一箭的原因，当亦不必细猜，便可知是巴喇济所射。巴喇济与蕃部密约，发矢为号，一齐动手，也是继迁该死箭下，虽得幸脱，总归没命。子德明嗣，遣使赴告契丹，契丹赠继迁为尚书令，封德明为西平王。

环庆守吏因德明初立，部落方衰，奏请降旨招降。真宗乃颁诏灵州，令德明自审去就，德明乃遣牙将王侁奉表归顺。朝议加封德明，独知镇戎军曹玮请乘势灭夏，略云：

> 叛酋李继迁，擅河西地二十年，兵不解甲，使中国有西顾之忧，今其子危国弱，不即捕灭，后更强盛，不可制矣。愿假臣精兵，出其不意，擒德明送阙下，复河西为郡县，此其时也。枕戈待命，无任翘企!

这奏章上达宋廷，真宗未以为然。廷臣亦言伐丧非义，不如恩致德明，迂儒之论。乃授德明充定难军节度使，统辖夏、银、绥、宥、静五州。寻闻契丹封德明为西平王，也就封他为西平王。德明再进奉誓表，请藏盟府，且言："父有遗命，竭诚归附。"当由真宗优诏褒嘉，这且待后再表。

惟契丹自莫州败退，边境安静了两年。接前回。至李继迁陷清远军，宋廷又接边报，说契丹将乘隙入寇。真宗亟遣王显为镇定、高阳关都部署，王超为副，预防契丹。果然契丹兵入寇遂城，被王显发兵痛击，斩首二万级，追逐出境。又二年，咸平六年。契丹复遣耶律奴瓜等。奴瓜一译诺郭。寇望都，高阳关副都部署王继忠约同王超、桑赞等军，至康村拒战。继忠列阵东偏，超、赞列阵西偏，彼此严装以待。俄见契丹兵长驱而来，势其锐悍，继忠适当敌冲，怒马直出，率麾下力战，超与赞偏按兵不动，遥见敌骑麇集，将向西来，他两人竟相顾愕眙，遽令退师，剩下王继忠一支人马，怎能支撑到底？不得已且战且行，敌骑迭次赶上，继忠迭次战脱，及退至白城，天色昏晚，道路崎岖，追兵反且大集，四下里喊声震地，摇动山岳。继忠仰天叹道："我与王超、桑赞合兵到此，满望杀敌报功，哪知他两军不战而去，单剩我孤军抵敌，为虏所乘，真正可恨！"后来甘心降虏，全是超、赞两人激成。说至此，见追骑愈逼愈紧，他令残卒先行，自率亲兵断后。霎时间敌兵已至，把他围绕数重，他死战不退。看看手下将尽，正思自刎全节，奈马中流矢，竟至仆地，继忠随马坠下，被敌兵活提而去。解至炭山，见契丹主隆绪，劝令降顺。继忠初不肯从。萧太后闻他骁勇，饬令软禁，复遣辩士诱导再三，继忠竟变志降虏，改姓名为耶律显忠，受官户部使。宋廷还道他战殁，优诏赠官，其实他为虏廷显宦了。暗寓贬意。

咸平六年残腊，下诏改元，越年元旦，称为景德元年。朝贺礼毕，京师即闻地震，越日又震，过了十余日，又复大震，免不得有蠲租缓逋、勉图修省等具文。春季尚幸无事，至春夏交界，皇太后李氏崩，又有一番忙碌。丧葬已了，尊谥"明德"。到了新秋，首相李沆病逝。沆字太初，洺州人，太宗尝称他风度端凝，不愧正士，因擢为参政。真宗初进任右相，居位慎密，遇事敢言。及殁，真宗亲临吊奠，痛哭移时，顾语左右道："沆忠良纯厚，始终如一，怎料他不享遐寿呢？"回朝后，追赠太尉中书令，予谥"文靖"，不没良相。进毕士安、寇准同平章事。

相位甫定，忽由边吏连递警报，仿佛与雪片相似，大致是说契丹主隆绪与母萧氏，率众二十万，前来入寇了。真宗忙召问群臣，寇准独主战，毕士安赞成寇议，参政以下王钦若等，或主守，或主和，纷纷不决。嗣闻契丹攻威虏、顺安各军，均已败去，转攻北平砦、保州，亦不得志，真宗稍稍放心。续接定州捷报：王超在唐河击退虏兵；岢岚军捷报：高继勋力战却敌；瀛州捷报：李延渥接仗获胜。寇准入奏道："虏兵东侵西扰，无非是恐吓我朝，我岂受他恐吓么？请速练师命将，扼守要害，与他决一雌雄！"真宗口虽答应，心中尚是迟疑。及准退后，又接莫州都部署石普奏章，报称契丹遣使议和等情，又附故将王继忠密表，内言"臣孤军失援，致为所虏，徒死无益，勉强偷生，今特劝契丹议和修好，各息兵争，聊报皇恩，为此遣使李兴，赍表莫州，乞代上奏"云云。真宗阅奏，召问毕士安。士安道："这也是羁縻之策，不妨准他议和。"真宗道："敌悍如此，恐不可恃。"士安道："臣尝得契丹降人，据言虏虽深入，未尝逞志，阴欲引去，又耻无名，他既倾国前来，又恐人乘虚袭入，臣所以料他请和，未始非实情呢。"真宗乃诏示石普，令传谕继忠，许他通和。继忠复乞石普复奏，请先遣使至契丹。真宗因遣阁门祗候使曹利用往契丹军。利用陛辞，真宗面谕道："契丹南来，不是求地，就是索赂，朕想关南地久归中国，万难轻许，惟汉用玉帛赐单于，尚有故事可循，卿或可酌量应允。"利用道："臣此去，务期不辱君命，他若妄有所求，臣亦不望生还了。"语颇壮愤。真宗道："卿竭诚报国，朕复何言！"

利用衔命即行。既至契丹营，入见萧太后母子，果欲索关南地。利用道："关南地系我国疆土，如何得给与贵国？"萧太后道："晋尝畀我，周乃夺我，今不见还，尚待何时？"利用道："晋、周故事，于我朝无与。贵国如欲议和，请勿再言索地！就是岁求金帛，亦未知帝意如何。"萧太后不待说毕，便竖起柳眉道："不割地，不输款，如何前来议和？你难道不怕死么？"权势压人，不愧为萧娘娘。利用亦抗声道："我若怕死，我也不来了！我皇上不忍劳民，所以许贵国议和，若仍要索地索金，有何和议可言？"说毕，拱手欲辞。帐下闪出王显忠，劝住利用，邀赴别帐去讫。萧太后复下令军中道："宋使前来，无和可议，不若就此进兵罢！"当下炮声三响，拔寨再进，攻陷德清军，进逼冀州，直抵澶州。

边书告急宋廷，一夕五至，真宗复召群臣会议。王钦若系临江人，请驾幸金陵；陈尧叟系阆州人，请驾幸成都。真宗不答，左右四顾，不见寇准，便问群臣道："寇相如何不来？"钦若曰："他尚在家中饮博哩。"一语已足倾人。真宗愕然道："他还有这般闲暇么？"遂命左右宣准入朝，准既至，便与语道："虏兵已至澶州，朕心甚忧，闻卿却闲暇，是否已得良策？"准答道："陛下如信臣言，不过五日，便可退敌。"真宗转惊为喜道："卿有何妙计？"准又道："莫如御驾亲征。"真宗道："敌势甚盛，亲征亦未必得胜，现有人奏请，或谓宜幸金陵，或谓宜幸成都，卿以为可行否？"寇准朗声道："何人为陛下画此策？臣意请先斩此人，取血衅鼓，然后北伐！试思陛下神武，将臣协和，若御驾亲征，敌当自遁；否则出奇挠敌，坚守老敌，彼劳我逸，可操胜算。奈何弃宗庙社稷，转幸楚、蜀，大驾一移，人心崩溃，虏骑长驱深入，天下尚可保么？"声容俱壮。真宗闻言，尚是沉吟。毕士安在旁奏对道：

"准言甚是，请陛下俯允！"真宗方道："两卿既已同意，朕就下诏亲征罢！"准又奏道："虏骑内侵，天雄军最为重镇，万一陷没，河朔皆成虏境，请陛下简择大臣，出守为要。"真宗道："卿以为何人可使？"准答道："莫如参政王钦若。"钦若退列朝班，历闻准言，已气得面红耳赤；忽听准荐他出守，不由的脸色变青，慌忙趋至座前，正欲跪奏。准即与语道："主上亲征，臣子不得辞难，现我已保荐参政出守天雄军，参政应即领敕启行。"观此言动，似准未免专断，然不如此，乌能远开憸人？钦若道："寇相是否居守？"寇准道："老臣应为王前驱，怎敢自安？"一语破的。真宗也开口道："王卿应善体朕意，朕命你判天雄军，兼都部署，卿其勿辞！"钦若不敢再说，只得叩首受敕，辞行而去。是日即由寇准预备亲征事宜，议定雍王元份为留守，元份系太宗第四子。并申简命。越日，车驾起行，将相皆从，扈驾军士，浩浩荡荡，出发京师。小子有诗咏道：

> 胡骑南来杀运开，征云黯黯覆尘埃。
> 若非御驾亲临敌，怎得澶渊振旅回？

欲知亲征情形，且看下回续叙。

灵武为河西要塞，岂可轻弃。何亮一疏，言之甚明，而张齐贤、李沆等，俱主张弃地，实书生畏葸迁谈耳。真宗虽有心保守，而任将非人。当日曹彬临殁，曾谓其子璨、玮，均擅将才，何不擢之专阃，乃任一阘茸无能之王超耶？裴济陷殁，皆超之罪。至于巴喇济计败继迁，继迁走死，曹玮上书请缨，朝议不从，又欲以恩致之，且有援春秋不伐丧之例以驳玮议者，迂如宋儒，何怪宋之终受制于夷狄乎。追契丹入境，王钦若请幸金陵，陈尧叟请幸成都，微寇公，宋早成为小朝廷矣。时人犹讥寇为不学无术，试问博学者果能安内攘外否耶？宋儒宋儒！吾不欲多责焉。

第二十三回

澶州城磋商和约　承天门伪降帛书

却说真宗下诏亲征，驾发京师，命山南东道节度李继隆为驾前东面排阵使，武宁军节度石保吉守信子。为驾前西面排阵使，各将帅拥驾前行。适值天气严寒，朔风凛冽，左右进貂帽毳裘，真宗摇首道："臣下都苦寒，朕亦何得用此？"将士闻谕，各自感激，顿时勇气百倍，挟𢏟皆温。鼓励将士之法，莫善于此。前军到了澶州，契丹统军顺国王萧挞览一译作萧达兰。自恃骁勇，直犯宋军，压营列阵。李继隆闻报，奏过真宗，上前抵御。两军尚未接战，挞览带领数骑，出阵四眺，审视地形。继隆部将张环正守着床子弩，弩有机，机一触动，百矢齐发，宋军恃为利器。环见契丹阵内有一黄袍大将出来，料知不是常人，他也不遑禀报，竟捻动床子弩，机动箭发，接连射去，刚中挞览要害，应声而倒；其余数骑随将，一半射死，一半受伤。契丹阵内，慌忙抢出将士，扶伤舁死，奔驰而去。待至张环报告继隆，麾兵驱杀，契丹兵早已远飏了。

是时知安肃军魏能、知广信军杨延昭均当敌冲，敌兵屡次围攻，百战不能下。时人称二军为铜梁门、铁遂城。梁门即安肃军治，遂城即广信军治。独王钦若往守天雄军，束手无策，整日里修斋诵佛，闭门默祷，幸契丹兵未曾进攻，还得支持过去。想是我佛有灵。及真宗将至澶州，复有人上言："契丹势盛，未可轻敌，不如往幸金陵。"定是王钦若嗾使。真宗又不免滋疑，召寇准入问。准正色道："陛下只可进尺，不可退寸，河北诸军日夜望銮舆到来，并力对敌，若回辇数步，万众失望，势必瓦解，虏骑随后追蹑，恐金陵也不能到了。"真宗道："卿言亦是，容朕细思。"还想什么？准乃趋出，适遇殿前都指挥晋职太尉高琼，即与语道："高太尉受国厚恩，今日应该报国！"琼矍然道："琼一介武夫，累蒙超擢，应当效死。"准握琼手道："我与你入奏天子，即日渡河杀敌。"琼点首称善。两人入见真宗，准厉声道："陛下若不信臣言，请问高琼便了。"琼即跪奏道："寇准言是，机不可失，请速驾渡河！"真宗乃决，遂命琼麾兵复进。

既至澶州南城，遥见河北一带，敌营累累，似星罗棋布一般，真宗也不觉惊慌，左右复请驻跸，且静觇敌势，再决进止。寇准亟趋至驾前，固请道："陛下若再不过河，敌气未慑，人心益危，怎能取威决胜？现在王超领着劲兵，驻扎中山，可扼敌喉；李继隆、石保吉东西列阵，可掣敌左右肘。四方镇将相率来援，还怕什么契丹，逗留不进？"高琼道："臣愿保驾前行，决可无虑。"于是麾军渡河，进次澶州北城。真宗亲御城楼。远近将士，望见御盖，踊跃鼓舞，齐呼万岁，声闻数十里。契丹自萧挞览射死，人人夺气，又见真宗亲来督师，益觉气沮。只萧太后不肯罢手，饬精骑数千名，前来薄城。寇准奏真宗道："这是来试我强弱哩，请诏下将士，痛击一阵，免他轻觑！"真宗道："军事悉以付卿，卿替朕调遣便了。"实是没用。准遂承旨发兵，开城迎击。战不数合，契丹兵果然退走，由宋军追杀过去，斩获大半，余众走脱。真宗闻捷，乃留准居北城上，自还行宫。嗣又使人觇准，所为何事，究竟不放心。使臣还报道："寇准方与杨亿，饮博欢呼。"故示镇定，也是一策，然亦何必饮博？真宗大喜道："准如此从容，朕可无忧了。"

　　未几，闻曹利用回来，并偕契丹使臣韩杞，一同求见。当即传入利用，利用行过跪叩礼，便上奏道："契丹欲得关南地，臣已拒绝，就是金帛一节，臣尚未曾轻许哩。"真宗道："若欲与地，宁可决战，金帛不妨酌许，尚与国体无伤。朕本意原是这般，至今也是这般哩。"复命宣韩杞进见。杞跪谒毕，呈上国书，并言奉国主命，索还关南地，即可成盟。真宗道："这却不便，国书权且留下罢！"随顾利用道："外使到此，我朝总当以礼相待。你且引他出宴，待朕议定，遣回去罢！"利用领旨，引韩杞退出。真宗复召准入议，准奏道："陛下若为久安计，须要虏廷称臣，及献还幽、蓟地。一切岁币等件，概不许与。那时虏廷畏服，方保百年无事，否则数十年后，他必生心，仍然来扰中国了。"*言之非艰，行之维艰。*真宗道："若如卿言，非战不可，但胜负究难预料，就是得胜，也须伤亡若干兵民，朕心殊属不忍。且数十年后，如得子孙英明，自能防御外人，目下且许与和，总教边境如故，不妨将就了事呢。"准答道："这总非永远计策，臣且去诘问来使，再行复命。"真宗应诺。准自去与韩杞辩论，两下争议未决，准尚欲决战，会闻有蜚语潜准，说他挟主徼功，准不禁叹息道："忠且被谤，尚复何言？"遂入复真宗，但言："臣意在计画久安，如陛下不忍劳师，悉听圣裁！"真宗因遣还韩杞，复命曹利用赴契丹军，且谕利用道："但教土地不失，岁币不妨多给，就使增至百万，亦所不惜。"*岁币亦人民膏血，奈何视若粪土？*利用唯唯而退。寇准闻这消息，召利用至幄，正色与语道："敕旨虽许多给岁币，我意不得过三十万，你若多许，我当斩汝首级，你休后悔！"*寇准好刚使气，可见一斑。*利用暗暗伸舌，随答道："少一些，好一些，利用岂有不知？"当下辞别寇准，径往敌营。

　　契丹政事舍人高正始接着，即向前问道："和议如何？"

利用道："岁币或可酌给，土地万难如议。"正始道："我等引
众前来，无非图复故地，若止得金帛归去，如何对付国人？"
利用道："君为大臣，也应为国家熟计，倘贵国执政，信用君
言，恐兵连祸结，也非贵国利益，请君熟思！"正始无词可
驳，倒也默然。利用入见萧太后，萧太后尚坚执前议，利用仍
然拒绝，乃留利用暂驻营中，另遣监门卫大将军姚东之，再持
书至宋营，复议和款。真宗不许，东之乃去。萧太后始再召利
用，磋商和议，两国境界如旧，宋廷每岁给契丹银十万两、绢
二十万匹，契丹国主以兄礼事宋帝。议既定，利用返报真宗，
真宗很是喜慰。减去七十万，如何不乐？复遣李继隆往契丹军，
签订和约。契丹也遣使丁振赍缴盟书，再命姚东之来献御衣食
物；真宗御行营南楼，赐宴契丹来使，并及从官。至契丹使
去，颁诏边吏，不得出兵邀契丹军归路。契丹主遂奉萧太后，
引众北归，真宗也自澶州回京，录契丹盟书，颁告两河诸州。

　　转眼间已是景德二年，正月初旬，因契丹讲和，大赦天
下，放河北诸州强壮归农。毕士安请通互市，葺城池，招流
亡，广储蓄；一面择要任将，保荐马知节守定州，杨延昭守保
州，李允则守雄州，孙全照守镇州，此外尚有数人，名不胜
述。自是河北大定，烽燧不惊。朝议复以南北修和，未免有往
来庆吊诸仪，特奏设国信司，归内侍职掌。外交大事，如何领以
阉人？既而遣太子中允孙仅，北往契丹，贺萧太后生辰，所具
国书，自称南朝，号契丹为北朝。直史馆王曾上言："《春秋》
外夷狄，爵不过子，今只从他国号，于他无损，于我有名，何
必对称两朝？"所言甚当。真宗也以为然。嗣又有人谓"既称兄
弟，应作两朝称呼，庶较示亲睦"云云，乃仍用原书赍去。真
宗实无定见。此后南北通问，概用南北朝相称，已兆南渡之机。
这也不在话下。

　　且说知天雄军王钦若因南北通好，奉诏还京，仍任参知政

事。钦若以与准不协，迭请解职，乃命冯拯代任，改授钦若为资政殿学士。未几，毕士安病殁，惟准独相。准性刚直，赖士安曲为调停，澶州一役，政策虽多出自准，但也幸有士安襄助，因得成功。真宗谓士安饬躬畏谨，有古人风，因此深信不疑。士安殁后，赐谥文简，车驾哭临，辍朝五日。准因士安已殁，一切政令，多半独断独行，每当除拜官吏，辄不循资格，任意选用，僚属遂有怨言。真宗因他有功，累加优待，就是他语言挺撞，也尝含忍过去。一日会朝，准奏事侃侃，声彻大廷，真宗温颜许可。及准既奏毕，当即趋退，真宗目送准出，注视不已。适王钦若在朝，亟趋前跪奏道："陛下敬准，是否因准有社稷功？"真宗点首称是。钦若又道："澶州一役，陛下不以为耻，乃反目准为功臣，臣实不解。"真宗愕然问故，钦若又道："城下乞盟，《春秋》所耻，澶州亲征，陛下为中国天子，反与外夷作城下盟，难道不是可耻么？"宋儒专尚《春秋》，钦若特举以为证，果足摇动帝心。真宗不禁变色。钦若见已入彀，索性逼进一层，更申奏道："臣有一句浅近的譬喻：譬如赌博，输钱将尽，倾囊为注，这便叫做'孤注一掷'。陛下乃准的孤注，岂不危甚？幸陛下量大福弘，才得免败。"真宗面颊发赤道："朕今知道了。"着了道儿。钦若乃退。由是真宗待准礼意日衰，嗣竟罢准为刑部尚书，出知陕州。准亦知为钦若所谗，奈诏命难违，只好启程赴陕。

适知益州张咏自成都还京，道过陕州，准出郊迎饯，欢宴竟日。临行时，准问咏道："君治蜀有年，政绩卓著，准方愧慕得很，敢问何以教准？"咏徐答道："这也未免太谦了。但《霍光传》却不可不读。"准闻言，一时莫明其妙，只得答了"领教"二字。及咏已辞去，准还署中，取《汉书·霍光传》随读随思，读至"不学无术"一句，不由的自笑道："张公语我，想便指此语了。"准并非无术，实是少学。未几，复徙知天雄军。契丹使过大名，与准相会，出言讯准道："相公望重，何故不在中书？"准答道："我朝天子因朝廷无事，特遣我到此，执掌北门管钥，你何必多疑！"此语却是得体。契丹使方才无言，竟赴汴都去了。这且慢表。

　　且说真宗罢准后，用参政王旦代任。旦，大名人，器量宏远，有宰相器，当时称为得人。惟真宗为钦若所惑，尚以澶州修好，引为己辱，平居怏怏不乐。钦若窥伺意旨，特至内廷奏请道："陛下欲发扬威武，须用兵进取幽、蓟，才可得志。"明知真宗厌兵，特进一步探试。真宗道："河北生民，方免兵革，朕何忍再行动兵？须另图别法。"钦若道："陛下既不忍劳师，不如仿行封禅，或可镇服四海，夸示外国。但自古以来，封禅应得天瑞，必有世上罕见的瑞征，方足服人。"真宗道："天瑞哪可必得？"钦若旁顾左右，似有不敢遽言的形状。真宗喻意，命左右暂退。钦若方申奏道："天瑞原不可必得，前代多用人力造成，但教人主尊信崇奉，便足明示天下。陛下以为河图洛书，真有此事么？圣人神道设教，特借此诱服天下呢！"钦若毕竟聪明。真宗沉思片刻，复道："王旦恐未必赞成哩。"钦若道："圣意若果决定，臣当转告王旦，嘱他遵行。"真宗随即点首。钦若遂退，自与王旦密商去了。越日，又入内复命，报称旦已遵旨，真宗倒也欣慰。及钦若去后，辗转图维，尚觉心下不安，当下亲幸秘阁，直学士杜镐等迎驾叩首。镐年已老，为学士首列，真宗骤问道："古所谓河出图、洛出书，曾否实有此事？"镐未明上意，竟率尔奏对道："这恐是圣人神道设教呢！"好似钦若教他？真宗听到此语，便不复问，即命驾还宫。越日，召王旦至内廷，特别赐宴。宴毕，旦起谢，真宗又另赐一樽，亲给王旦道："此酒极佳，卿可持去，归与妻孥共饮。"旦不敢不受，急忙跪接酒樽，拜赐而退。及归家，见樽口封得甚固，启封审视，并不是什么美酒，乃是宝光闪烁、粒粒似豆的珍珠。当下想了一会儿，即命眷属收藏，后经家人泄言，方知此事。

至景德五年正月，皇城司奏言守卒涂荣，见左承天门南鸥尾上，有黄帛曳着，约长二丈，为此奏闻。真宗即命中使往视，一面顾语群臣道："去冬十一月间，庚寅日夜半，朕方就寝，忽室中烨烨有光，朕深惊讶，蓦见一神人星冠绛衣，入室语朕，谓来月宜就正殿建黄箓道场一月，当降天书大中祥符三篇，朕正欲起对，不意这位神人竟不见了。朕自十二月朔日，已虔诚斋戒，在朝元殿建设道场，伫待天贶，因恐宫廷内外，反启疑言，所以未曾宣布。目今帛书下降，敢是果邀天贶么？"一派鬼话。钦若即出奏道："陛下至诚格天，应该上邀天眷。"真宗喜形于色，待了一刻，见中使驰回复命，匆匆跪奏道："承天门上，果有帛书，约长二丈许，缄物如书卷，外用青缕缠住，封处隐隐有字。"真宗竦然道："这莫非天书不成？"王旦等齐集殿阶，再拜称贺。真宗复道："这须由朕亲往拜受呢。"言毕，即步出殿阶，直抵承天门。百官尽行随着，仰瞻门上，那黄帛正随风飘荡，摇曳空中。真宗望空再拜，拜毕，即遣二内侍升梯上登，敬谨取书，下授王旦。旦捧书跪呈，真宗复再拜受书，亲置舆中，导至道场，命知枢密院事陈尧叟启帛书。帛上有文云："赵受命，兴于宋，付于眘，居其器，守于正，世七百，九九定。"真宗又向书跪拜，书中又有黄字三幅，语类《洪范》《道德经》。前言帝能以至孝至道绍世，次谕以清净简俭，末述世祚延永的大意。陈尧叟捧书读讫，真宗重复跪受，仍将原帛裹书，贮诸金匮。群臣入贺崇政殿，真宗与辅臣皆茹斋戒荤，遣官告天地宗庙社稷，大赦改元，以"大中祥符"为年号，遍宴群臣，并赐京师酺五日，改左承天门为承天祥符，置天书仪卫扶持使，遇有大礼，即命宰执近臣，兼任是职。嗣是陈尧叟、陈彭年、丁谓、杜镐等更争言祥瑞，附和经义。独龙图阁待制孙奭上言道："天何言哉？岂有书也？"两语括尽诈欺。真宗不答。

越数日，宰相王旦等复率文武百官、诸军将校、官吏藩夷、僧道耆寿共二万三千二百余人，上表请真宗封禅，真宗未决。表至五上，强奸民意，已兆于此。乃召权三司使丁谓，入问经费。谓答言大计有余，因决议封禅。命翰林太常详定仪注，任王旦为大礼使，王钦若等为经度制置使，冯拯、陈尧叟分掌礼仪，丁谓计度粮草，大家不胜忙碌，差不多举国若狂，足足筹议了好几月。乃命钦若东行，赴泰山预备封禅。钦若抵乾封，遣使驰奏："泰山有醴泉出，锡山泰山下小山。有苍龙现。"

未几，又报称天书下降，遣中使驰捧诣阙。正是：

> 逢恶罪深逾长恶，欺人术尽且欺天。

这天书再降何处，由小子下回叙明。

　　澶渊修和本出真宗本意，观其在道逗留，望敌惊心，一若身临虎口，栗栗危惧。赖寇准力请渡河，敌气少沮，化干戈为玉帛，得以振旅还京，此非寇公之功，乌能至此？王钦若乃以孤注之言，肆其谗间，木朽虫生，仍由真宗胆怯之所致耳。迨至天书下降，举国若狂，欺人欺天，不值一笑。钦若小人，不足深责。王旦名为正直，乃以钦若一言，美珠一樽，竟钳其口，后且力请封禅，冒称众意，利令智昏，固如此哉！读毕为之三叹！

第二十四回

孙待制空言阻西幸　刘美人微宠继中宫

却说王钦若抵乾封后，再上天书，据言"有木工董祚，在醴泉亭北，见黄帛曳林木上，帛中有字，苦不能识，因辗转告至臣处。臣遣人觇视，与前时所降天书相似，因特敬谨取奉阙下"云云。真宗御崇政殿，传集群臣，朗声宣谕道："朕五月丙子夜间，复梦前日的神人入室告朕，说是来月上旬，当在泰山颁降天书。朕即密谕钦若，留心稽察，今果与梦兆相符，降书泰山。上天眷佑，可谓特隆。惟朕自愧无德，恐不能仰答天麻呢。"这种天书，虽千万册不难立致，真宗说是自愧无德，我想他宣谕时，正恐不免面赤哩。宰相王旦又率百官拜贺道："圣德日增，天无不应，臣等不胜庆幸呢。"真宗欣然道："这也仗卿等辅弼的功劳。"上欺下，下罔上，真会搞鬼。说罢，又迎奉天书至含芳园，就正殿上面庋阁，一面斋戒沐浴，谨备法驾，诣殿拜受。仍命这位知枢密院事陈尧叟启封宣读，百官敛足恭听。但闻尧叟读着道："汝崇孝奉，育民广福，锡尔嘉瑞，黎庶咸知。秘守斯言，善解吾意。国祚延永，寿历遐岁。"读讫，复捧书升殿，百官遂表上尊号，称真宗为崇文广武仪天尊道宝应章感圣明仁孝皇帝。既而敕建玉清昭应宫，虔奉天书。知制诰王曾、都虞侯长旻上书谏阻，均不见报。

到了孟冬，真宗至泰山封禅，用玉辂载着天书，先行登途，自备卤簿仪卫，随后出发。途中历十七日，始至泰山。王

钦若迎谒道旁，献上芝草三万八千余本，<small>倒也亏他采办。</small>真宗
慰劳有加。复斋戒三日，才上泰山，道经险峻，降辇步行。<small>总</small>
<small>算虔心。</small>享祀昊天上帝，左陈天书，配以太祖、太宗，命群臣
把五方帝及诸神于山下封祀坛。礼成，出金玉匮函封禅书，藏
置石碱。<small>音感，石篋也。</small>真宗再巡视圜台，然后还幄，王旦复
率从官称贺。翌日，禅祭皇地祇于社首山，如封祀仪。王钦若
等连上颂词，什么彩霞起岳，什么黄云覆辇，什么瑞霭绕坛，
什么紫气护幄，还有日重轮，月黄色，说得天花乱坠，弄假成
真。真宗即御朝觐坛中的寿昌殿，受百官朝贺，上下传呼万
岁，振动山谷。有诏大赦天下，文武进秩，令开封府及所过州
郡考选举人，赐天下酺三日。改乾封县为奉符县，大宴穆清
殿，又宴泰山父老于殿门，真个是皇恩浩荡、帝泽汪洋。<small>句中</small>
<small>带刺。</small>

过了数日，转幸曲阜，谒孔子庙，酌献再拜，命近臣分奠
七十二弟子，加谥孔子为"玄圣文宣王"，饬此后祭用太牢。
真宗复率从臣游览孔林，到了兴尽思归，乃下诏回銮，仍用玉
辂载奉天书，按驿还都。钦若护驾西归，更联合一班媚子谐
臣，朝奏符瑞，暮颂功德，惹得真宗堕入迷团，自以为五帝三
王，不过尔尔。丁谓又上封禅祥瑞图，揭示朝堂，于是东封不
足，复议西封。可巧徐、兖大水，江、淮亢旱，无为烈风，金
陵大火，各处灾祲，接连入报，<small>这也可作符瑞。</small>乃把西岳封禅，
暂行停办。越年余，中外稍稍安靖，再将旧事提起，由群臣表
请西祀汾阴，有旨准奏，定期来春西幸，所有典礼各使，免不
得仍用熟手。嗣陕州奏称黄河清，集贤院校理晏殊献《河清
颂》，真宗亲制奉天庇民述，宣示相臣。转眼间冬尽春来，命
群臣戒备祭仪，毋得懈怠。适值京畿大旱，谷米腾贵，龙图阁
待制孙奭毅然上疏道：

臣闻先王卜征五年，岁习其祥，祥习则行，不习则增，修德而改卜。陛下始毕东封，更议西幸，殆非先王卜征五年慎重之意，其不可一也。夫汾阴后土，事不经见，昔汉武帝将封禅，故先封中岳，祀汾阴，始巡幸都县，遂有事于泰山。今陛下既已东封，复欲幸汾阴，其不可二也。古者圜丘方泽，所以郊祀天地，今南北郊是也。汉初承秦，唯立五畤以祀天，而后土无祀，故武帝立祠于汾阴。自元成以来，从公卿之议，遂徙汾阴于北郊，后之王者多不祀汾阴。今陛下已建北郊，乃舍之而远祀汾阴，其不可三也。西汉都雍，去汾阴至近，今陛下经重关，越险阻，轻弃京师根本，而慕西汉之虚名，其不可四也。河东唐王业之所由起也，唐又都雍，故明皇闲幸河东，因祀后土。圣朝之兴，事与唐异，而陛下无故欲祀汾阴，其不可五也。昔者周宣王遇灾而惧，故诗人美其中兴，以为贤主。比年以来，水旱相继，陛下宜侧身修德，以答天谴，岂宜下徇奸回，远劳民庶，盘游不已，忘社稷之大计，其不可六也。夫雷以二月启蛰，八月收声，育养万物，失时则为异。今震雷在冬，为异尤甚。此天意丁宁以戒陛下，而反未悟，殆失天意，其不可七也。夫民，神之主也，是以圣王先成民而后致力于神。今国家土木之工，累年未息，水旱灾沴，饥馑居多，乃欲劳民事神，神其享之乎？其不可八也。陛下必欲为此者，不过效汉武帝、唐明皇巡幸所至，刻石颂功，以崇虚名，夸示后世尔。陛下天资圣明，当慕二帝三王，何为下袭汉、唐之虚名？其不可九也。唐明皇以嬖宠奸邪，内外交害，身播国危，兵交阙下，忘乱之迹如此，由狃于承平，肆行非义，稔致祸败。今议者引开元故事以为盛烈，乃欲倡导陛下而为之，臣窃为陛下不取，其不可十也。臣言不逮意，陛下以臣言为可取，愿少赐清问，以毕臣说，臣不胜翘首待命之至。

真宗览奏，因他有"少赐清问"一语，即召内侍皇甫继明，传旨再问，教他尽情说来。孙奭乃再上陈道：

> 陛下将幸汾阴，而京师民心勿宁，江、淮之众，困于调发，理须镇安而矜存之。且土木之工未息，而夺攘之盗公行，外国治兵，不远边境，使者杂至，宁可保其心乎？昔陈胜起于徭役，黄巢出于凶饥，隋炀帝勤远略，而唐高祖兴于晋阳。晋少主惑于小人，而耶律德光长驱中国。陛下俯从奸佞，远弃京师，涉仍岁灾饥之墟，修违经久废之祠，不念民疲，不恤边患，安知今日戌卒无陈胜，饥民无黄巢？枭雄将无窥伺于肘腋，外敌将无观衅于边陲乎？先帝尝议封禅，寅畏天灾，寻诏停寝。今奸臣乃赞陛下，力行东封，以为继承先声。先帝尝欲北平幽、朔，西取继迁，大勋未集，用付陛下，则群臣未尝献一谋、画一策，以佐陛下继先帝之志者，反务卑词重币，求和于契丹，蠹国糜爵，姑息于继迁，曾不思主辱臣死为可戒，诬下罔上为可羞。撰造祥瑞，假托鬼神，才毕东封，便议西幸，轻劳车驾，虐害饥民，冀其无事往还，便谓成大勋绩。是陛下以祖宗艰难之业，为奸民侥幸之资，臣所以长叹而痛哭也。夫天地神祇，聪明正直，作善降之祥，作不善降之殃，未闻专事笾豆簠簋，可邀福祥。传《春秋》曰："国之将兴听于民，将亡听于神。"臣愚非敢妄议，惟陛下终赐裁择！

真宗看到此疏，亦知孙奭是个忠臣；但一种虚夸的念头，已是萦绕胸中，无从解脱，因此将两疏留中，束诸高阁。

仲春吉日，乘着天气晴和，启銮西幸。仍奉天书发京师，出潼关，渡渭河，遣近臣祀西岳，遂进次宝鼎县。汉称汾阴。奉祀后土城祇，一切礼仪，略与前等。余如赏功赦罪，颁宴赐餔，亦与前例相同。迭召隐士李渎、刘巽、郑隐、李宁见驾，渎托言足疾，不愿逢迎。隐与宁总算到来，受赐茶果粟帛，仍迄请回山。惟巽受职为大理评事。还次阌乡，召见道士柴又玄，问他无为要旨。又玄略陈数语，不甚称旨，便即令退。及抵陕州，又遣陕令王希征召隐士魏野，野亦托疾不至。先是咸平五年，张齐贤闻京兆隐士种放名，奏请征命。真宗准奏往征，放即诣京师，受官左司谏，直昭文馆。后来东封西祀，无不随从，时论颇加鄙薄。至李渎、魏野，并辞不至，名盛一时。渎与野本相友善，均遁迹终身，及野殁，渎痛失良友，隔六日亦卒，尤觉奇异。还有杭州隐士林逋，终身不娶，隐居西湖，结庐孤山，妻梅子鹤。真宗料他高节，不肯就征，但赐他粟帛。逋至仁宗时乃殁，临终时口吟自挽诗，有"茂陵他日求遗稿，犹幸曾无封禅书"二语，传诵远迩，众口皆碑，这也不在话下。实是褒扬高节。

惟西封以还，尚有余岳未封，再遣向敏中为五岳奉册使，加上五岳帝号，并作会灵观奉祀五岳。一面任王钦若为枢密使，擢丁谓参知政事，另用林特为三司使，三人互相勾结，专言符瑞。经度制置副使陈彭年，素性奸媚，绰号九尾狐，与内侍刘承珪也阴通声气，广修宫观，朝中目为五鬼。承珪又奏言："汀州王捷在南康遇一道人，自言姓赵，讳玄朗，即司命真君，授捷丹术及小镮神剑，既而不见，因此上闻。"真宗即召捷入朝，授官左武卫将军，赐名中正。廷臣均不胜惊异，真宗却语辅臣道："朕尝梦神人传玉皇命，谓令朕始祖赵玄朗，授朕天书。次日，复梦神人传圣祖言云，吾座西偏，应设六位候着。朕乃命在延恩殿设道场，五鼓一筹，果闻异香。俄顷，

黄光满殿，圣祖竟至。朕再拜殿下，嗣复有六人到来，各揖圣
祖，一一就坐。圣祖命朕道：'我乃人皇九人的一人，是赵氏
始祖，再降为轩辕皇帝。后唐时复降生赵氏，今已百年，愿汝
后嗣，善抚苍生，毋怠前志。'说毕，各离座乘云而去。王捷
所遇，想即这位圣祖了。"愈造愈奇。王旦等不敢指驳，只黑压
压的跪在一地，齐声称贺，因颁诏天下，避圣祖讳，"玄"应
作"元"，"朗"应作"明"，载籍中如遇偏讳，应各缺点画。
寻复以"玄""元"二字，声音相近，改"玄"为"真"，
"玄武"为"真武"，命丁谓等修订崇奉仪注，上圣祖尊号曰：
"圣祖上灵高道九天司命保生天尊大帝。"圣母懿号曰："元天
大圣后。"敕建景灵宫太极观于寿丘，奉圣祖圣母，并诏建康
军铸玉皇圣祖、太祖、太宗尊像，授丁谓为奉迎使，迎像入玉
清昭应宫。真宗又亲率百官郊谒，再命王旦为刻玉使，王钦
若、丁谓为副，把天书刻隶玉籍，谨藏宫中。此后玉清昭应宫
祀事，均归王旦承办，即赐他一个官名，叫做玉清昭应宫使。
《纲目》于王旦病殁，特书玉清昭应使王旦卒，故本编亦特别提出。王
旦虽自觉可笑，但帝命难违，也只得随来随受罢了。这是寓褒
于贬之笔。

　　且说真宗皇后郭氏，谦约惠下，性疾侈靡。族属入谒禁
中，服饰稍华，即加戒勖。母家间有请托，未尝允诺。以此真
宗亦颇加敬礼，素无间言。景德四年，从真宗幸西京，拜谒诸
陵，途中偶冒寒气，还宫寝疾，竟致不起。及崩，谥曰"章
穆"。宫中尚有数嫔，最邀宠眷的要算刘德妃，次为杨淑妃。
这位刘德妃的履历，不甚明白，她本随一蜀人龚美，流至京
师。龚美素业锻银，自导妃入都后，仍执旧业，不知如何得识
内侍，出入宫邸。是时妃年尚只十五，生得巧小玲珑，纤秾秀
媚，兼且有一种特技，善能播鼗。鼗本寻常小鼓，没甚可听，
偏经她纤手摇来，音韵悠扬，别具节奏。在色不在鼗。内侍等

遇着闲暇，辄往听鼗，渐渐的哄动都下，连襄邸中也得闻知。真宗尚未为太子，年少好奇，即带着侍役，微服往游。既至龚美寓中，睹着这位刘美人芳容，已是目眩心迷，暗暗称赏；及令她播鼗，果然声调铿锵，比众不同。刘亦知真宗不是常人，除运动灵腕外，免不得有眉传目语的情形，惹得真宗心猿意马，一经还邸，便令侍役召入，作为侍女。当下问明籍贯，据说是："先家太原，后徙益州，祖名延庆，曾在晋、汉间做过右骁卫大将军。父名通，即在宋朝做过虎捷都指挥使，因从征太原，中道病殁。时女尚在襁褓，因家世廉洁，向无余资，不得不鞠养外家。会因舅氏等相继去世，只剩表兄龚美，素业贱工，糊口四方，是以随徙至此。"话虽如此，未足尽信。她一面说，一面含着凄切态度，越觉楚楚可怜。看官！你想这真宗年当好色，怎肯将她轻轻放过？况这刘美人心灵手敏，乐得移篙近舵，图个终身富贵。洛皋解珮，幸遇陈思，神女行云，巧逢楚主。两下里相怜相爱，几似胶漆黏合，熔成一对鸾凤交。偏真宗乳母秦国夫人，秉性严整，看他两小无猜，料有情弊，遂乘间入白太宗。太宗即传入真宗，当面训责，令他斥逐刘女。真宗不得已，遣女出邸，潜置王宫指使张耆家。老婆子太不解事，几乎拆散鸳鸯。到了真宗即位，大权在握，当即召入宫中，封为美人。破镜重圆，钟情倍甚。那美人确系聪明，对着那郭皇后，侍奉殷勤，就是与同列杨氏亦和好无嫌，因此宫中相率称诵。未几进位修仪，且因她终鲜兄弟，即以龚美为后兄，令改姓刘，赐给官秩。银匠也交运了。

先是郭后连生三子，长名禔，次名祐，又次名祇，皆早殇。杨氏生子祉、祈，又皆夭逝。真宗望子心切，又选纳沈女为才人。沈氏本宰相沈伦孙女，父名继忠，亦曾任光禄卿。就是杨氏祖籍，亦尝通显，她本是天武副指挥使杨知信侄女，比刘氏先入襄邸，刘封修仪，杨亦封修仪。至郭后已崩，刘、杨名位相埒，均有嗣袭中宫的希望。沈才人虽是后进，但系将相后裔，望重六宫，却也是一个劲敌。刘氏外表谦和，内怀刻忌，日思产一麟儿，借得后位，怎奈熊罴不梦，祷祀无灵，只好想了一条以李代桃的计策，暗中授意李侍儿，令司御寝，按天里叠被铺床，抱衾送枕。也是真宗命该有子，竟要她侍寝当夕。春风一度，暗结珠胎。一日，随真宗临幸砌台，狭小金莲稍被一绊，那头上玉钗竟致震落。李不觉失色，真宗暗地卜祷，钗完当生男子。及左右拾钗进奉，果得不毁。真宗甚喜，既而果产一男，取名受益，就是后日的仁宗皇帝。李以是得封才人。刘氏取受益为己子，且商诸杨氏，合同保护。一面密嘱心腹，只说皇嗣为自己所生，不得泄漏外廷，一面悄语真宗求请立后。真宗本宠爱得很，当然言听计从，遂册刘氏为德妃，并召谕群臣，将立刘为继后。忽有一人出班跪奏道："不可，不可！"正是：

蛾眉已博君王宠，鲠骨难移主上心。

欲知何人谏阻，且看下回表明。

东封西祀全是瞎闹，不特无益而已，其劳民费财尤不胜言。当时惟孙奭二疏，最是剀切，真宗明知其忠而不见从，盖理欲交战于胸中，烛理未明，卒为私欲所胜耳。彼刘美人以色得幸，专宠后宫，亦何尝不自私欲所致乎？幸刘氏有吕武之才，无吕武之恶，其事郭后也以谨，其待杨妃也以和；即宫中侍儿，得幸生子，饰为己有，迹近诡秘，但上未敢欺罔真宗，下未忍害死李侍，第不过借此以攫后位，希图尊宠，狡则有之，而恶尚未也。然后世已深加痛嫉，至有狸奴换主之讹传，归罪郭槐，归功包拯，捕风捉影，全属荒唐。宣圣所谓恶居下流者，其信然耶？本书褒不虚褒，贬不妄贬，足与良史同传不朽，以视俗小说之荒谬不经，固不啻霄壤之别矣。

第二十五回

留遗恨王旦病终　坐株连寇准遭贬

却说真宗欲立刘氏为后，有一大臣出班奏道："刘妃出身微贱，不足母仪天下。"观此言，益知刘妃履历，不足取信。真宗视之，乃是翰林学士李迪，便不觉变色道："妃父刘通，曾任都指挥使，怎得说是微贱？"言甫毕，又有参知政事赵安仁出奏道："陛下欲立继后，不如沈才人出自相门，足孚众望。"真宗道："后不可以僭先。且刘妃才德兼全，不愧后仪，朕意已决，卿等毋庸多渎！"李、赵两人碰得一鼻子灰，只好告退。真宗即命丁谓传谕杨亿，令他草诏册后。亿有难色，谓语道："勉为此文，不忧不富贵。"亿听了此语，竟摇首道："如此富贵，却非所愿，请公改谕他人。"气节可嘉。谓乃命他学士草制，竟册刘为后，并晋授杨修仪为淑妃，沈才人为修仪，李才人为婉仪，所有典礼，概从华赡。刘氏既正位中宫，更留心时事，旁览经史。每当真宗退朝，阅天下章奏，辄至夜半，后侍坐右侧，得以预览，所见皆记忆不忘。真宗有所疑问，她即援古证今，滔滔不绝，因此愈得帝欢，渐渐的干预外政了。

真宗仍谈仙说怪，祈神祷天。闻亳州有太清宫，奉老子像，遂加号老子为太上老君，混元上德皇帝，亲往朝谒，又是一番铺张。且改应天府为南京，即宋州。太祖旧藩归德军在宋州，因改名应天府，至是复改称南京。与东西两京，并立为三。敕南京建鸿庆宫，奉太祖、太宗圣像。真宗亦亲去巡阅，相度经营。至还宫后，正值玉清昭应宫告成，修宫使就是丁谓。起初预估年限，应历十五年，方得竣工，真宗嫌时过迟，拟缩短期限，丁谓乃令工役日夕并营，七年乃就。凡二千六百一十楹，制度弘丽，金碧辉煌。内侍刘承珪助谓监工，屋宇略不中式，便令改造，造好复拆，拆后复造，不知费了若干国帑，才算造成。宫中建一飞阁，高可插天，名曰宝符，贮奉天书。复仿真宗御容，铸一金像，侍立右侧。真宗亲制誓文，刻石置宝符阁下。

张咏自益州还京，入直枢密，至是忍耐不住，上疏言："贼臣丁谓，诳惑陛下，劳民伤财，乞斩谓头，悬诸国门，以谢天下！然后斩咏头，置丁氏门以谢谓。"数语传诵都下。偏真宗信任丁谓，竟命他出知陈州，未几遂殁，寻谥"忠定"。他如太子太师吕蒙正、司空张齐贤等俱先后凋谢。吕谥"文穆"，张谥"文定"。不忘老成人。王旦亦衰迈多疾，累请致仕，奈因真宗不许，只好虚与委蛇。他本智量过人，明知真宗所为不合义理，但已被五鬼挟持，没奈何随俗浮沉。合则留，不合则去，奈何同流合污？先是李沆为相，尝取四方水旱盗贼等事，奏白殿廷。旦方参政，以为事属琐屑，不必多渎。沆笑道："人主少年，当令知四方艰难，免启侈心，否则血气方刚，不留意声色犬马，即旁及土木神仙，我已老，不及见此，参政他日或见及此事，应回忆老朽哩。"及沆殁，果然东封西祀，大营宫观，旦欲谏不能，欲去不忍，尝私叹道："李文靖不愧圣人，所以具有先见，我辈抱愧多多哩！"李沆殁谥"文靖"，故称作李文靖。嗣见五鬼当朝，老成迭谢，乃密白真宗，请仍召用寇准。真宗乃召准入京，命为枢密使。准因三司使林特党附俭壬，辄加沮抑。特遂暗加潜诉，惹得真宗动恼，召语王旦道："准刚忿如昔，奈何？"旦复奏道："准喜人怀惠，又欲人畏威，这是他的短处。但本心仍是忠直，若非仁主，确是难容。"真宗默然，嗣竟出准为武胜军节度使，判河南府，徙永兴军。

至祥符九年残腊，真宗又拟改元，越年元旦，遂改元天禧，御驾亲诣玉清昭应宫，上玉皇大帝宝册衮服。翌日，上圣祖宝册。又越数日，谢天地于南郊，御天安殿受册号，御制钦承宝训述，颁示廷臣，命王曾兼会灵观使。曾转推钦若，固辞不受。曾，青州人，咸平中，由乡贡试礼部，及廷对皆列第一。有友人向他贺喜道："状元及第，一生吃着不尽。"曾正色道："平生志不在温饱，难道单讲吃着么？"志不在小。未几，入直史馆，应二十四回。迁翰林学士，嗣擢任为右谏议大夫，参知政事。至兼职观使的诏命，毅然不受。真宗疑曾示异，当面诘问。曾跪答道："臣知所谓义，不知所谓异。"两语说毕，从容趋退。

王旦时亦在朝，暗暗点头，退朝后语僚属道："王曾词直气和，他日德望勋业，不可限量，恐我不及相见哩。"过了数日，决计辞职，连表乞休。真宗仍不肯照准，反加任太尉侍中，五日一朝，参决军国重事。旦愈不肯受，固辞新命，并托同僚代为奏白。乃将成命收回，止加封邑，但相位依然如故，旦却老病日增。应该愧悔增疾。一日，召见滋福殿，他无别人，惟旦独对。真宗见他形色甚癯，不禁黯然道："朕方欲托卿重事，不意卿疾若此，转滋朕忧。"说着，即唤内侍召皇子出来，及皇子受益登殿，真宗命拜王旦。旦慌忙趋避，皇子随拜阶下，旦跪答毕，起言："皇嗣盛德，自能承志，陛下何必过忧。"乃迭荐寇准、李迪、王曾等数人，可任宰辅，自己力求避位。真宗乃允他罢相，仍命领玉清昭应宫使，兼职太尉，给宰相半俸。寻又命肩舆入朝，旦不敢辞，力疾入内廷。有旨命旦子王雍与内侍扶掖进见。真宗婉问道："卿今疾亟，万一不讳，朕把这国事付与何人？"旦答道："知臣莫若君，惟明主自择。"真宗固问道："卿不妨直陈！"旦举笏奏道："依臣愚见，莫若寇准。"真宗摇首道："准性刚量狭，他尝说卿短处，卿何故一再保荐？"旦答道："臣蒙陛下过举，久参国政，岂无过失？准事君无隐，臣所以说他正直，屡行荐举。他人非臣所素知，恐臣病困，不能久侍了。"此等处不愧名相。真宗乃命掖出殿门，上舆而去。真宗终未信旦言，竟任王钦若同平章事。

钦若从前入朝，必预备奏牍数本，但伺真宗意旨，方出奏章，余多怀归。枢密副使马知节素嫉钦若，尝在帝前顾他道："怀中各奏，何不尽行取呈？"钦若闻言，未免失色，但力言知节虚诬，知节亦抗争不屈，嗣是两人结成嫌隙，往往面折廷争。知节退见王旦，犹恨恨道："本欲用笏击死这贼，但恐惊动君上，未敢率行。此贼不去，朝廷没有宁日呢。"也是一个硬头子，所以不肯略去。真宗因两人时常争执，索性一律罢免。钦若出枢密院，知节徙为彰德留后。至此因王旦免相，复念及钦若，仍拜为枢密使，进任同平章事。钦若貌状短小，项有附瘤，时人目为瘿相，他却哓哓语人道："为了王子明，迟我十年作相。"言下尚有愠色。

看官！道王子明为谁？就是王旦的表字。旦闻钦若入相，愈加悔愤，病遂加剧。真宗遣使驰问，每日必三四次，有时亲自临问，御手调药，并薯蓣粥为赐。旦无甚奏对，只说是负陛下恩。悔无及了。及弥留时，邀杨亿入室，托撰遗表，旦语亿道："我忝为宰辅，抱歉甚多，遗表中止叙我生平遭遇，感谢隆恩，并请皇上日亲庶政，进贤黜佞，庶可少减焦劳，切不可为子弟求官，徒滋后累。君系我多年好友，所以托办此事呢。"亿如言撰就，请旦自阅。旦尚窜易数语，并召子弟等入嘱道："我家世清白，槐庭旧德，幸勿遗忘！此后当各持俭素，共保门楣。我自问尚无大过，只天书虚妄，我不能谏阻，徒自滋愧。死后可削发披缁，依僧道例殓葬，或尚可对我祖考呢。”言已，瞑目而逝。原来王旦父祐，曾事太祖、太宗，为兵部侍郎，平生颇有阴德，尝在庭中手植三槐，自言后世子孙，应作三公，故王氏称为三槐堂。旦果贵为宰相，适应父言。家人因旦有遗嘱，拟即遵行，杨亿以为不可，乃止。遗表上闻，真宗临丧哀恸，追赠太师尚书令魏国公，予谥“文正”，还宫后辍朝三日，录旦子弟外孙门客十数人，诸子服阕，各进一官。总算是生荣死哀，恩宠无比了。王旦任相最久，故从详述，褒贬处亦自不苟。

　　且说王钦若入相后，毫无建树，惟奉祀神仙，引用奸幸。王曾以先时示异，被他进谗，出知应天府。越年春季，西京讹言忽起，说有妖物似席帽，夜间飞入人家，又变作犬狼状，不时伤人。百姓相率惶恐，每夕闭户深居，挟兵自卫。渐渐的传到汴都，都下亦哗噪达旦。诏立赏格捕妖，又渐渐的传到南京。王曾令夜开里门，如有倡言妖物，立捕治罪，妖物终没有到来，民居也得归安谧。妖由人兴，人定则妖从何起？既而汴京讹言亦息。真宗以皇子渐长，自身亦常患疾，遂立皇子受益为太子，改名为祯，大赦天下。是年十月，参知政事张知白又为钦若所排，出知天雄军。

　　翌年为天禧三年，永兴军巡检朱能密结内侍周怀政，诈为天书，伪降乾佑山。时寇准方判永兴，因朱能素未附己，乃将伪书上奏，有旨迎入禁中。谕德鲁宗道上言奸臣妄诞，荧惑圣聪，知河阳军孙奭亦请速斩朱能，聊谢天下，两疏均不见从，反有诏召准还京。准奉诏即还。有门生劝准道：“先生若至河阳，称疾不入，坚求外补，乃是上策。倘或入觐，即面奏乾佑天书不得为真，乃是中策。若再入中书，自隳志节，恐要变成下策了。”恰是忠告。准不以为然，竟入都朝见。可巧商州捕得道士谯天易，私蓄禁书，谓能驱遣六丁六甲各神。钦若坐与往来，也想借用六丁六甲么？也致免相。准即受命代任，用丁谓参知政事。准素与谓善，尝称谓为有才，是时李沆尚存，顾语准道："此人可使得志么？"准答道："才如丁谓，恐相公亦不能终抑呢。"沆微哂道："他日当思吾言。"及准三次入相，虽稍知丁谓奸邪，但向属故交，仍加礼貌。谓却事准甚谨。某夕，会食中书，准饮羹污须，谓起身代拂。准略带酒意，竟向谓戏语道："参政系国家大臣，乃替长官拂须么？"替你拂须，还要笑他，未免不中抬举了。这一席话，说得丁谓无地自容，双颊俱赤。马屁拍错了。当时不便发作，暗中很是惭恨，因此有意倾准，时常伺隙。既而准与向敏中均加授右仆射，准素豪侈，贺客甚多；敏中独杜门谢客。真宗遣使觇视，极力褒美敏中，不及寇准。

天禧四年，真宗忽遇风疾，不能视朝，事多决诸刘后，准引为己忧。一日，入宫请安，乘间语真宗道："皇太子关系众望，愿陛下思宗庙重寄，传以神器，亟择方正大臣，预为辅翼，方保无虞。丁谓、钱惟演系奸佞小人，断不足辅少主呢！"真宗道："卿言甚是。"准乃退出。看官阅过上文，已可知丁谓奸邪，惟钱惟演未曾见过，应该补叙明白。惟演即吴越王钱俶子，博学能文，曾任翰林学士，兼枢密副使。他见丁谓势盛，与结婚姻，情好甚密，因此寇准连类奏陈。准既奉旨俞允，即密令杨亿草表，请太子监国，并欲引亿辅政，总道是安排妥当，可无变卦，一时心满意骄，竟从酒后漏言，传入谓耳。谓不觉惊诧道："皇上稍有不适，即当痊可，奈何令太子监国呢？"当下转语李迪，迪从容答道："太子监国，本是古制，有何不可？"谓益加猜忌，竟运动内侍，入诉刘后，只言准谋立太子，将有异图。刘后已隐怀奢望，闻着这个消息，当然忿恨，也不遑报知真宗，竟从宫中发出矫制，罢准相位，授为太子太傅，封莱国公，改任李迪、丁谓同平章事。史称真宗失记前言，因致罢准，后云罢相三黜，皆非帝意，语近矛盾，何如称为刘后矫制，直截了当。

真宗尚莫明其妙，自恐一病不起，尝卧宦官周怀政股上，与言太子监国事。怀政出告寇准，准怅然道："牝后预政，天子失权，教我如何摆布呢？"怀政道："监国不成，何妨竟请太子受禅？"准不待说毕，亟摇手道："你越说越远了。"怀政见左右无人，又密语道："公何故这般胆小？今上明明语我，欲令太子监国，倘竟奉今上为太上皇，传位太子，我想今上亦是愿意，有什么难行呢？"准又摇手道："内刘外丁，权焰熏天，谈何容易？"怀政奋然道："刘可幽，丁可杀，公可复相，看怀政去干一番呢。"看事太易，奚怪无成。但怀政究系内竖，倘侥幸成事，为祸更烈，寇公奈何未思耶？准复劝阻道："此计虽好，但事或不成，为祸不小，还请三思为是！"怀政道："事成大家受福，事不成有我受祸，决不牵累公等，请公勿虑！"准始终不与主张，临别时犹谆嘱小心。幸有此着，得保首领。怀政拂袖竟去。

准自怀政去后，杜门不出，唯暗侦宫廷消息。过了数日，忽闻怀政被拿下了；又越一日，怀政发枢密院审讯，竟直供不讳了。那时准捏着一把冷汗，只恐株连坐罪，随后探听确凿，只怀政一人伏法，不及他人，才稍稍放心。原来怀政秘谋被客省使杨崇勋闻知，崇勋竟转告丁谓。谓即与崇勋微服，黄夜乘着犊车至曹利用家计议，且欲乘此除准。利用因澶州议和时候，受准训斥，也挟有微嫌，应第二十二回。当即商定奏牍，待旦上陈。有诏捕怀政下狱，命枢密院讯问。可巧这日漏员，派着签书枢密院事曹玮。玮即曹彬子，累积战功，此时因边境安宁，入副枢密。当下坐堂讯鞫，止问怀政罪状，不愿株连。怀政亦挺身自认，毫不妄扳。于是具案复奏，罪止怀政。曹玮原是贤吏，怀政也算好汉。丁谓等大失所望，复密启刘后，拟兴大狱。适值真宗略痊，刘后不便擅行，只乘间怂恿真宗，激动怒意。真宗力疾视朝，面谕群臣，欲彻查太子情弊。群臣面面相觑，莫敢发言，独李迪上前跪奏道："陛下有几子，乃有此旨？臣敢保太子无二心！"语简而明。真宗听了，不禁颔首，乃只命将怀政正法，随即退朝。丁谓尚不肯罢休。复与刘后通谋，讦发朱能、怀政伪造天书，由寇准欺主入陈一事。准遂遭贬为太常卿，出知相州，一面遣使往捕朱能。准受诏后，暗自太息道："不遇大祸，还算幸事。丁谓！丁谓！你难道能长享富贵么？"因即束装出都，往就任所。谁知福不双逢、祸偏叠至；朱能竟拥众拒捕，经官军入剿，始惶惧自杀，准又连带加罪，再贬为道州司马。这种诏旨均由刘后一人擅行，至真宗病愈以后，顾语群臣道："我目中何久不见寇准？"仿佛做梦。左右以坐罪加贬为辞。真宗方知是刘后矫制，但欷歔太息罢了。小子有诗咏寇莱公道：

　　　　臣道刚方叶利贞，只因多欲误身名。
　　　　河阳三尺分明在，应悔忠言不早行。

　　寇准既贬，丁谓益肆无忌惮了，下回续叙丁谓罪状，请看官续阅便知。

　　　　本回为王旦、寇准合传。两人皆称名相，而旦失之和，和则流；准失之刚，刚则褊。要之皆非全才，而患得患失之心，则旦与准皆不免。旦之所以同流合污者在此，准之所以屡进屡退者，亦何尝不在此？所谓大臣者，以道事君，不可则止，旦与准若知此道，则和可也，刚亦可也，何致事后自悔，遗令披缁，阿

旨求荣，坐罪迭贬耶？其余叙及诸人，贤奸不一，皆
为本回之宾，然亦可因此而示优劣。通俗教育，于此
寓之，固不得仅目为小说也。

第二十六回

王沂公劾奸除首恶　鲁参政挽辇进忠言

却说丁谓揽权用事，与李迪甚不相协。谓擅专黜陟，除吏多不使与闻，迪愤然语同列道："迪起布衣至宰相，受恩深重，如有可报国，死且不恨，怎能党附权幸，作自安计？"于是留心伺察，不使妄为。是时陈彭年已死，王钦若外调，刘承珪亦失势，五鬼中几至寥落，只有林特一人尚混迹朝班。谓欲引林特为枢密副使，迪不肯允。谓悻悻与争，迪遂入朝面劾，奏称："丁谓罔上弄权，私结林特、钱惟演，且与曹利用、冯拯相为朋党，搅乱朝事。寇准刚直，竟被远谪，臣不愿与奸臣共事，情愿同他罢职，付御史台纠正。"这数语非常激烈，惹动真宗怒意，竟命翰林学士刘筠草诏，左迁迪知郓州，谓知河南府。翌日，谓入朝谢罪，真宗道："身为大臣，如何或迪相争？"谓跪对道："臣何敢争论！迪无故詈臣，臣不得不辩。如蒙陛下特恩赦宥，臣愿留侍朝廷，勉酬万一。"居然自作毛遂。真宗道："卿果矢志无他，朕何尝不欲留卿。"谓谢恩而出，竟自传口诏，复至中书处视事；且命刘筠改草诏命。筠答道："草诏已成，非奉特旨，不便改草。"名足副实，不愧竹筠。谓乃另召学士晏殊草制，仍复丁谓相位。筠慨然道："奸人用事，何可一日与居？"因表请外用，奉命出知庐州。

既而真宗颁诏："此后军国大事，取旨如故，余皆委皇太子同宰相枢密等，参议施行。"太子固辞不许，乃开资善堂议政。看官！你想太子年才十一，就使天纵聪明，终究少不更事。此诏一下，无非令刘后增权，丁谓加焰，内外固结，势且益危。可巧王曾召回汴京，仍令参知政事，他却不动声色，密语钱惟演道："太子幼冲，非中宫不能立，中宫非倚太子，人心亦未必归附。为中宫计，能加恩太子，太子自平安了。太子得安，刘氏尚有不安么？"先令母子一心，然后迎刃而解。惟演答道："如参政言，才算是国家大计呢。"当下入白刘后。后亦深信不疑。原来惟演性善逢迎，曾将同胞妹子嫁与刘美为妻。银匠得配贵女，真是妻荣夫贵。因此与刘后为间接亲戚，所有禀白，容易邀后亲信。王曾不告他人，独告惟演，就是此意。

　　过了天禧五年，真宗又改元乾兴，大赦天下，封丁谓为晋国公、冯拯为魏国公、曹利用为韩国公。元宵这一日，亲御东华门观灯，非常欣慰。偏偏乐极悲生，数残寿尽，仲春月内，真宗又复病发，连日不愈，遣使祷祀山川，病反加剧，未几大渐，诏命太子祯即皇帝位，且面嘱刘后道："太子年幼，寇准、李迪可托大事。"人之将死，其言也善。言至此，已不能成辞，溘然晏驾去了。总计真宗在位，改元五次，共二十六年，寿五十五岁。

　　刘后召丁谓、王曾等入直殿庐，恭拟遗诏，并说奉大行皇帝特命，由皇后处分军国重事，辅太子听政。曾即援笔起草，于皇后处分军国重事间，嵌入一个"权"字。丁谓道："中宫传谕，并没有权就意思，这'权'字如何添入？"曾正色道："我朝无母后垂帘故事。今因皇帝冲年，特地从权，已是国家否运，加入权字，尚足示后。且增减制书，本相臣分内事，祖制原是特许。公为当今首辅，岂可不郑重将事，自乱典型么？"理直气壮。谓乃默然。至草诏拟定，呈入宫禁。刘后已先闻曾言，不便改议，就把这诏书颁示中外。太子祯即位枢前，就是仁宗皇帝，尊刘后为皇太后，杨淑妃为皇太妃。中书枢密两府，因太后临朝，乃是宋朝创制，会集廷议。曾请如东汉故事，太后坐帝右侧，垂帘听政。丁谓道："皇帝幼冲，凡事总须由太后处置，但教每月朔望，由皇帝召见群臣，遇有大政，由太后召对，辅臣议决。若寻常小事，即由押班传奏禁中，盖印颁行便了。"曾勃然道："两宫异处，柄归宦官，岂不是隐兆祸机么？"名论不刊。谓不以为然。群臣亦纷议未决。哪知谓竟潜结押班内侍雷允恭，密请太后手敕，竟如谓议颁发下来。大众不敢反对，谓很是得意。雷允恭即由是擅权，还亏王曾正色立朝，宫廷内外，尚无他变。

嗣封泾王元俨为定王，赞拜不名。元俨系太宗第八子，素性严整，毅不可犯，内外崇惮丰采，各称为八大王。俗小说中误称德昭为八大王。命丁谓为司徒兼侍中尚书左仆射，冯拯为司空兼侍中枢密尚书右仆射，曹利用为尚书左仆射兼侍中。三人朋比为奸，谓尤骄恣。刘后因册立时候，李迪谏阻，引为深恨。谓事事欲取太后欢心，更因与寇准有嫌，索性将两人目为朋党，复添入迪、准故友，奏请一一坐罪。太后自然照允，即命学士宋绶草诏，贬准为雷州司户参军，迪为衡州团练副使，连曹玮也谪知莱州。王曾入语丁谓道："罚重罪轻，还当斟酌。"谓捻须微笑道："居停主人，恐亦未免。"曾乃不便固争。原来准在京时，曾尝将第舍假准，所以谓有此说。谓又授意宋绶，令加入"春秋无将，汉法不道"二语。绶虽不敢有违，但此外却还说得含糊。及草诏成后，谓意未足，竟提笔添入四语，看官道他什么话儿？乃是"当丑徒干纪之际，属先帝违豫之初，罹此震惊，遂致沉剧"。这种锻炼周内的文字，颁示都中。都人士莫不呼冤，也编成四句俚词道："欲得天下宁，须拔眼前丁。欲得天下好，不如召寇老。"谓不恤人言，遣使促迪速行，又令中官赍敕诣准，特赐锦囊，贮剑马前，示将诛戮状。准在道州，方与郡官宴饮，忽郡倅入报中使到来，

有悬剑示威情形。郡官却不禁失色，独准形神自若，与郡官邀
中使入庭，从容与语道："朝廷若赐准死，愿见敕书。"中使
无可措辞，乃登堂授敕。准北面拜受，徐徐升阶，邀中使入
宴，至暮乃散。中使自去，准亦即往雷州。

　　是时真宗陵寝，尚未告成，命丁谓兼山陵使，雷允恭为都
监。允恭与判司天监邢中和往勘陵址，中和语允恭道："山陵
上百步，即是佳穴，法宜子孙。但恐下面有石，兼且有水。"
允恭道："先帝嗣育不多，若令后世广嗣，何妨移筑陵寝。"
中和道："山陵事重，踏勘复按，必费时日，恐七月葬期，不
及遵制，如何是好？"允恭道："你尽管督工改筑，我走马入
白太后，定必允从。"心尚可取，迹实专横。中和唯唯而退。允
恭即日还都，进谒太后，请改穿陵穴。太后道："陵寝关系甚
大，不应无端更改。"允恭道："使先帝得宜子孙，岂非较
善？"太后迟疑半晌，复道："你去与山陵使商议，决定可
否。"允恭乃出语丁谓。谓无异言，再入奏太后。太后才准所
请，命监工使夏守恩领工徒数万名，改穿穴道。起初掘土数
尺，即见乱石层叠，大小不一。好容易畚去乱石，忽涌出一泓
清水，片刻间变成小池，工徒大哗。夏守恩亦觉惊惧，不敢再
令动工，即遣内使毛昌达奏闻。

　　太后责问允恭，并及丁谓。谓尚袒护允恭，但请另遣大臣
按视。王曾挺然愿往，当日就道。不到三日，即已回都；时已
近夜，入宫求见，且请独对。太后即召曾入内。曾叩首毕，竟
密奏道："臣奉旨按视陵寝，万难改移。丁谓包藏祸心，暗中
勾结允恭，擅移皇堂，置诸绝地。"此是王沂公用诈处，但为锄奸
计，不得不尔。太后闻言，不由的大怒道："先帝待谓有恩，我
待谓亦不薄，谁知他却如此昧良。"随语左右道："快传冯拯
进来！"未几冯拯进见，太后尚怒容满面，严谕冯拯道："可
恨丁谓，负恩构祸，若不将他加刑，是没有国法了。雷允恭外

结大臣，更属不法，你速发卫士拿下丁、雷，按律治罪！"冯拯听了此旨，几吓得目定口呆，不能置词。太后复道："你敢是丁谓同党么？"一语惊人，使冯拯无可置喙。冯拯忙免冠叩首道："臣何敢党谓？但皇帝初承大统，即命诛大臣，恐骇天下耳目，还乞太后宽容！"仍是庇护。太后听了，面色少霁，乃谕道："既这般说，且去拿问雷允恭，再行定夺。"拯乃退出，即遵旨将允恭拿下，立即讯鞫定谳，勒令自尽。邢中和一并伏罪，并抄没允恭家产，查出丁谓委托允恭，令后苑工匠造金酒器密书，及允恭托谓荐保管辖皇城司，及三司衙门书稿，并呈太后。

太后召集廷臣，将原书取示，因宣谕道："丁谓、允恭交通不法，前日奏事，均言与卿等已经议决，所以多半照允。今营奉先帝陵寝，擅行改易，若非按视明白，几误大事。"冯拯等均俯伏道："先帝登遐，政事统由丁、雷二人解决，他尝称得旨禁中，臣等莫辨虚实。幸赖圣明烛察，始知奸状，这正是宗社幸福呢！"急忙自身卸火，这是小人常态。当下召中书舍人草谕，降丁谓为太子少保，分司西京。这谕旨榜示朝堂，颁布天下。擢王曾同平章事，吕夷简、鲁宗道参知政事，钱惟演为枢密使。夷简系蒙正从子，从前真宗封岱祀汾，两过洛阳，均幸蒙正私第，且问蒙正诸子可否大用，蒙正答称："诸子无能，惟侄夷简有宰相才。"及真宗还都，即召夷简入直，累擢至知开封府，颇有政声，至是乃入为参政。宗道曾为右正言，刚直无私，真宗尝称为鲁直，故此时连类同升。王曾即请太后匡辅新君，每日垂帘听政，太后方才允行。

先是丁谓家中，有女巫刘德妙尝相往来。德妙颇有姿色，与丁谓三子玘通奸，谓却未曾察悉，但教她托词老君，伪言祸福，借以动人。于是就谓家供老君法像，入夜设醮园中，每至夜静更深，玘往交欢，仿佛一对露水夫妻。得其所哉！雷允恭亦尝至谓家祈祷。及真宗崩后，德妙随允恭入宫，得谒太后，应对详明，谈宫中过去事，无不具知，引得太后亦迷信起来。刘后聪颖，亦着鬼迷，况寻常妇女乎？德妙又持龟蛇二物入内，给言出谓家山洞中，当是真武座前的龟蛇二将。谓又作《龟蛇颂》，说是混元皇帝赐给德妙，俗称龟蛇相交，德妙与妃通奸，应有此赐。太后亦将信将疑。至谓已坐罪，乃将德妙系狱，令内侍刑讯。德妙一一吐实，当然坐罪，并贬谓为崖州司户参军。谓子妃奸案并发，一并除名。学士宋绶奉旨草诏，首四语即为"无将之戒，旧典甚明，不道之辜，常刑罔赦"。朝论称快。报应何速？

谓窜谪崖州，须经过雷州境内，寇准遣使持一蒸羊，作为赠品。谓领谢后，且欲见准，准固辞不见。家童谋刺谓报仇，准不许，杜门纵家童饮博，及谓已去远乃止。时人为之咏道："若见雷州寇司户，人生何处不相逢？"这两语传诵不衰。观过知仁，于此可见。越年，准徙为衡州司马，尚未赴任，忽患病剧，即遣人至洛中取通天犀带，沐浴更衣，束带整冠，向北面再拜，呼仆役拂拭卧具，就榻而逝。这通天犀带系太宗所赐，夜视有光，称为至宝，准因此必欲殓葬。返柩西京，道出公安，人皆路祭，插竹焚纸。逾月枯竹生笋，众因为之立庙，号竹林寇公祠。准少年富贵，性喜豪奢，往往挟妓饮酒，不拘小节。有妾茜桃以能诗名。准殁后十一年，始奉诏复官，赐谥"忠愍"。丁谓在崖州三年，转徙雷州，又五年复徙道州。后以秘书监致仕，病殁光州。尚有诏赐钱十万，绢百匹。这且毋庸细表。

且说乾兴元年十月，葬大行皇帝于永定陵，以天书殉葬，庙号真宗。越年改元天圣，罢钱惟演为保大节度使，知河南府，冯拯亦因疾免职。复召王钦若入都，用为同平章事。钦若复相两年，旅进旅退，毫无建白，只言"皇上初政，用人当循资格，不宜乱叙"，编成一幅官次图，献入宫廷，便算尽职，未几病逝。仁宗后语辅臣道："朕观钦若所为，实是奸邪。"少年天子，便识奸邪，仁宗原非凡主。王曾答道："诚如圣谕。"仁宗乃擢参政张智同平章事，召知河阳军张旻为枢密使。从前太后微时，尝寓旻家，旻待遇甚厚，因此得被宠命。枢密副使晏殊上言："旻无勋绩，不堪重任。"大拂太后本意。既而晏殊从幸玉清昭应宫，家人持笏后至，殊接笏后，怒击家人，甚至折齿。太后有词可借，遂遣殊出知宣州。晏殊亦太粗莽，太后实是有心。别令学士夏竦继任。竦小有才，善事逢迎，因得迁副枢密。

太后称制数年，事无大小，悉由裁决，虽颇能任贤黜邪，总不免有心专擅。一日，参政鲁宗道进谒。太后忽问道："唐武后何如？"宗道知太后命意，亟正笏直奏道："武后实唐室罪人。"太后复问何故，宗道又申奏道："幽嗣主，改国号，几危社稷，尚得谓非罪人么？"太后默然。嗣有内侍方仲弓请立刘氏七庙，太后召问辅臣。大家尚未发言，宗道即出班前奏道："天无二日，民无二王，刘氏若立七庙，将何以处嗣皇？"太后为之改容，乃将此议搁置。会两宫同幸慈孝寺，太后乘辇先发，宗道上前挽住，并抗言道："夫死从子，古有常经，太后母仪天下，不可以乱大法，贻讥后世。"语尚未毕，太后即命停辇，待帝驾先行，然后随往。还有枢密使曹利用，自恃勋旧，气焰逼人，太后亦颇加畏重，第呼他为侍中，未尝称名。独宗道不少挠屈，会朝时辄据理与争，于是宫廷内外，赠他一个美名，叫做鱼头参政。小子有诗咏道：

> 赵宗未替敢尊刘，扶弱锄强弭国忧。
> 鲁直当年书殿壁，如公才不愧鱼头。

天不假年，老成复谢，不到数载宗道等又溘逝了。欲知后事，且看下回。

　　刘太后垂帘听政，多出丁谓、雷允恭之力，故丁、雷二人得以重用，微王曾之正色立朝，恐萧墙之祸，亦所难免。或谓宋室无垂帘故事，曾何不据理力争，为探本澄源之计，乃仅断断于一权字，究属何补？至若准之再贬，又以居停之嫌，不复与辩，毋亦所谓患得患失者欤？不知此王沂公之通变达权，而有以徐图挽救者也。假使操切从事，势且遭黜，徒市直名，何裨国事？试观丁谓之终窜穷崖，雷允恭之卒归赐死，乃知沂分之才识，非常人所可几矣。贼臣已去，而吕、鲁等连类同升，鱼头参政，才得成名，而刘太后亦有从谏如流之美，史家或归美鲁直，实则皆沂公之功，有以致之。故本回实传颂沂公，而鲁参政其次焉者也。

第二十七回

刘太后极乐归天　郭正宫因争失位

却说天圣六年，同平章事张知白卒。越年，参知政事鲁宗道亦殁。知白，沧州人，虽历通显，仍清约如寒士，所以殁谥"文节"。宗道，亳州人，生平刚直嫉恶，殁谥"简肃"。刘太后亦亲临赐奠，称为遗直，嗟悼不置。《宋史》称刘为贤后，职是之故。曹利用举荐尚书左丞张士逊，入为同平章事。既而利用从子曹汭为赵州兵马监押，偶因酒醉忘情，竟身著黄衣，令人呼万岁。事闻于朝，遂兴大狱，毙杖下。利用亦为内侍罗崇勋所谮，发交廷议。张士逊奏对廷前，谓："此事系不肖子所为，利用大臣，本不相与。"太后怒道："你感利用恩，应作此说！"王曾又进奏道："这事与利用无干。"太后复语王曾道："卿尝言利用骄横，今何故替他解释？"曾答道："利用素来恃宠，所以臣有微辞，今若牵连侄案，说他为逆，臣实不敢附和。"太后意乃少解，乃罢利用为千牛卫将军，出知随州。张士逊亦罢职。利用出都，复坐私贷官钱罪，安置房州。罗崇勋再遣同党杨怀敏，押利用至襄阳驿，恶语相侵。利用气愤交迫，竟至投缳自尽。原来利用自通好契丹后，以讲和有功，累蒙恩宠，平素藐视内侍，遇有内降恩典，辄力持不与，因此结怨宦官，至遭此祸。死非其罪。宋廷遂任吕夷简同平章事，夏竦、薛奎参知政事，姜遵、范雍、陈尧佐尧叟弟。为枢密副使，惟王曾任职如故。

先是太后受册，拟御大安殿，受百官朝贺，曾力言不可。及太后生日上寿，复欲御大安殿，曾又不可。太后勉从曾议，均就便殿供帐，当即了事。太后左右姻家稍通请谒，曾更多方裁抑。太后心滋不悦，但不好无故发作，只得再三含忍。不意天圣七年六月间，天大雷雨，电光乱掣玉清昭应宫内，竟射入一大个火团，四处爆裂，霎时间裂焰飞腾，穿透屋顶。卫士慌忙赴救，用水扑火，偏偏水入火中，好似火上浇油，越扑越猛，烈烈轰轰的烧了一夜，竟将全座琳宫玉宇变成一片瓦砾荒场，只剩得长生、崇寿二小殿，岿然尚存。天书已经殉葬，供奉处原可不必，一炬成墟，要算皇天有眼。太后闻报，传旨将守宫官吏，系狱抵罪；一面召集廷臣，向他流泪道："先帝竭尽心力，成此巨宫，一夕延烧几尽，如何对得住先帝？"枢密副使范雍抗声道："如此大宫，遽成灰烬，想是天意，非出人事，不如将长生、崇寿二殿，亦一律拆毁，倘因二殿尚存，再议修葺，不但民力不堪，就是上天亦未必默许哩。"中丞王曙亦言是天意示戒，应除地罢祠，上回天变。司谏范讽且言："与人无关，不当置狱穷治。"乃下诏不再缮修，改二殿为万寿观，减轻守宫诸吏罪，并罢废诸宫观使。惟对着首相王曾，竟说他燮理无功，罢免相职，且令他出知青州。宋自仁宗以前，宰辅稍有微嫌，免职外迁，多为节度使，曾以首相罢知州事，乃是少见少闻，这可知刘太后的心理呢。

又过一年，仁宗年已逾冠，秘阁校理范仲淹请太后还政。疏入不省，反将仲淹出判通州。翰林学士宋绶请令军国大事及除拜辅臣，由皇上禀请太后裁夺，余事皆殿前取旨。这数语又触忤太后，出绶知应天府。会仁宗改元明道，经过月余，生母李氏病剧，才由顺容进位宸妃。她自仁宗为刘后所摄，始终不发一言，平时安分自守，未尝示异。宫中咸惮刘太后，哪个敢泄漏前事？所以仁宗年龄日长，仍视刘太后为母，并不自知为李氏所生。及李宸妃殁后，刘太后欲用宫人礼治丧，移棺出外，吕夷简独入奏道："闻有宫嫔薨逝，如何未闻内旨治丧？"太后矍然道："宰相亦干预宫中事么？"夷简答道："臣待罪宰相，事无大小，均当预闻。"太后不悦，遽引帝入内；须臾复出，独立帘下，怒容可掬道："卿欲离间吾母子么？"夷简不慌不忙，竟毅然奏对道："太后不顾念刘氏，臣不敢多言。若欲使刘氏久安，宸妃葬礼，万难从轻。"夷简此奏，仍是为太后计。太后性究灵敏，一闻此言，不禁点首。有司奉太后意旨，只上言本年岁月，不利就葬。夷简又道："葬即未利，殓应加厚；宫中举哀成服，择地暂殡，难道也不可行么？"太后乃语夷简道："卿且退，我知道了！"言已趋入。内侍押班罗崇勋亦欲随进，夷简竟将他扯住道："且慢！烦申奏太后，宸妃当用后服成殓，且把水银满盛棺内，他日勿谓夷简未曾道及，致贻后悔。"崇勋允诺，入白太后。太后令如言照行，停枢洪福寺中。

　　既而宫中失火，诏群臣直言阙失。殿中丞滕宗谅、秘书丞刘越均请太后还政，借赎天谴，两疏俱不见报。翌年春季，太后欲被服天子衮冕入祭太庙，参政薛奎进谏道："太后若御帝服，将用什么拜礼？"太后不从，竟戴仪天冠，著衮龙袍，备齐法驾，至太庙主祭。皇太妃杨氏、皇后郭氏随从。太后行初献礼，拱手上香，皇太妃亚献，皇后终献。礼毕，群臣上太后尊号，称为"应天齐圣显功崇德慈仁保寿皇太后"。祭毕归宫，感寒成疾。仁宗为征天下名医，诣京诊治，终归无效，逾月竟薨。年六十五，谥"章献明肃"。旧制后皆二谥，称制加四谥，实自刘太后为始。刘太后临朝十一年，政令严明，恩威并用，左右近侍不稍假借，内外赐与亦有节制。三司使程琳尝献武后临朝图，太后取掷地上道："我不作此负祖宗事。"是鱼头参政一奏之功。漕使刘绰自京西还都，奏言："在庾储粟，有羡余粮千余斛，乞付三司！"太后道："卿识王曾、张知白、吕夷简、鲁宗道否？他四人曾进献羡余否？"绰怀惭而退。至太后晚年，稍进外家，宦官罗崇勋、江德明等始乘间窃权，所有被服衮冕等事，多由罗、江二竖怂恿出来。至太后弥留，口不能言，尚用手牵扯己衣，若有所嘱。仁宗在旁瞧着，未免怀疑，送终以后，出问群臣。参政薛奎即答道："太后命意，想是为着衮冕呢。若再用此服，如何见先帝于地下？"随机进言，是薛奎通变处。仁宗乃悟，遂用后服为殓；且因太后遗嘱，尊杨太妃为皇太后，同议军国重事。

　　御史中丞蔡齐入白相臣道："皇上春秋已富，习知天下情伪，今始亲政，已嫌太晚，尚可使母后相继称制么？"吕夷简等终未敢决，适八大王元俨入宫临丧，闻知此事，竟朗声道："太后是帝母名号，刘太后已是勉强，尚欲立杨太后吗？"夷简等面面相觑，连仁宗都惊疑起来。元俨道："治天下莫大于孝，皇上临御十余年，连本生母尚未知晓，这也是我辈臣子未能尽职呢。"得此一言，足为宸妃吐气。仁宗越加惊诧，便问元俨道："皇叔所言，令朕不解。"元俨道："陛下是李宸妃所生，刘、杨二后，不过代育。"仁宗不俟说毕，便道："叔父何不早言？"元俨道："先帝在日，刘后已经用事，至陛下登基，四凶当道，内蒙外蔽，刘后又讳莫如深，不准宫廷泄漏此事。臣早思举发，只恐一经出口，谴臣尚不足惜，且恐有碍皇躬，并及宸妃。臣十年以来，杜门养晦，不预朝谒，正欲为今日一明此事，谅举朝大臣亦与臣同一观念。可怜宸妃诞生陛下，终身莫诉，就是当日薨逝，尚且生死不明，人言藉藉呢。"《宋史·李宸妃传》，燕王入白仁宗陛下为宸妃所生。又《宗室诸王列传》，德昭、元俨各封燕王，是时当为元俨无疑。俗小说中，乃说宸妃被逐，由包拯访闻，后来迎妃还宫，刘后自尽，至有断太后打黄袍诸戏剧，种种妄诞，诬古实甚。仁宗闻言，忍不住泪眦荧荧，复顾问夷简道："这事可真么？"夷简答道："陛下确系宸妃诞生，刘太后与杨太妃，共同抚育，视若己子。宸妃薨逝，实由正命，臣却晓明底细。今日非八大王说明，臣亦当待时举发呢。"夷简亦多狡诈，故摹拟口吻，适肖生平。

仁宗至此，竟大声悲号，即欲赴宸妃殡所，亲视遗骸。夷简复奏道："陛下应先顾公义，后及私恩。且刘太后与杨太妃抚养圣躬，恩勤备至，陛下亦当仰报哩。"仁宗只是哀恸，不发一言。元俨语夷简道："杨太妃若尊为太后，李宸妃更宜尊为太后了。"夷简乃转白仁宗，仁宗略略点首，当即议定杨太妃尊为太后，删去"同议军国事"一语。李宸妃亦追尊为太后，谥曰"章懿"。一面为刘太后治丧，一面连日下诏，责躬罪己，语极沉痛。既而仁宗幸洪福寺，祭告宸妃，并易梓宫，但见妃面色如生，冠服与皇后相等，水银之效。乃稍稍心慰。还宫后私自叹息道："人言究不可尽信呢。"自是待刘氏如故。刘美一家，应感谢夷简不置。惟召还宋绶、范仲淹，放黜内侍罗崇勋、江德明，罢修寺观，裁抑侥幸。中外称颂新政，有口皆碑。

吕夷简揣摩时事，条陈八议：（一）议正朝纲。（二）议塞邪径。（三）议禁货赂。（四）议辨佞壬。（五）议绝女谒。（六）议疏近习。（七）议罢力役。（八）议节冗费。说得肫诚恳切，语语动人。仁宗大为感动，遂召夷简入商，拟将张耆即张旻改名、夏竦、范雍、晏殊等尽行罢职。惟姜遵已殁，不在话下。夷简自然如旨。越日复入朝押班，但听黄门宣诏，除张耆等依次免职外，着末又有数语云："同平章事吕夷简，着授武胜军节度使检校太傅，同中书门下平章事，出判陈州。"这数语似天上迅雷，不及掩耳，惊得夷简似醉似痴，不知为何事许旨，致遭此谴？一时不及问明，只好领旨告退。还第后四处探听，无从侦悉，嗣托内侍副都知阎文应密查，方知事出郭后，不觉愤恨异常。看官欲究明此事原因，由小子补叙郭后历史，以便先后贯通。郭后为平卢节度使郭崇孙女，与石州推官张尧封女先后入宫。尧封即尧佐弟。天圣二年，拟册立皇后，仁宗因张女秀慧，欲选正中宫，刘太后不以为然，乃改立郭后。后虽得立，不甚见亲。这次偏冤冤相凑，由仁宗步入中宫，与郭后谈及夷简忠诚，并言把从前诌附太后诸人，一并罢斥。郭后本未与夷简有嫌，独随口相答道："夷简何尝不附太后，不过机巧过人，善能应对，所以得瞒过一时呢。"却是真话。仁宗听了，不觉也动疑起来，因令中书草制，竟手诏罢免夷简，复召李迪入相，用王随参知政事，李咨为枢密副使，王德用金书枢密院事。

　　不到数月，由谏官刘涣疏陈时事，内有"臣前请太后还政，触怒慈衷，几投四裔，幸陛下纳吕夷简言，察臣愚忠，准臣待罪阙下。臣受恩深重，故不避斧钺，渎陈一切"云云。仁宗览奏，记起前事，又以夷简为忠，后言非实，因复召还夷简，再令为相。且擢刘涣为右正言。涣与夷简，明是串通一气。又命宋绶参知政事，王曙为枢密使，王德用、蔡齐为副使。

　　夷简再入秉政，日伺后隙。可巧宫中有两美人，一姓尚、一姓杨，均邀宠眷。郭后未免怀妒，常与两美人相争。一日，后与尚氏同在仁宗前侍谈，两语未合，又起口角。尚氏恃宠成骄，不肯让后，居然对詈起来。郭后愤极，也不管什么礼节，竟上前动手，批尚氏颊。一骄一莽，厥罪维钧。尚氏当即悲啼，后尚不肯干休，还要再批数下。仁宗看不过去，起座拦阻，谁意郭后手已击来，尚氏闪过一旁，反中仁宗颈上，指尖锐利，掐成两道血痕。惹得仁宗恼起，诃斥郭后数语，引尚美人出还西宫。尚美人装娇撒赖，益发激动帝怒。内侍阎文应本与夷简友善，夷简正托他寻隙，遂入奏仁宗道："寻常民家，妻尚不能凌夫，况陛下贵为天子，乃受皇后欺凌，还当了得。"仁宗半晌无言。文应又道："陛下颈上，血痕宛然，请指示执政，应该若何处置？"仁宗迭受激动，便愤然道："你去召吕宰相来！"文应通报夷简，夷简立刻趋入，向御座前请安。仁宗指示颈痕，并述明底细。夷简道："皇后太属失礼，不足母仪天下。"仁宗道："情迹殊属可恨，但废后一事，却亦有干清议。"夷简道："汉光武素称明主，为了郭后怨怼，竟致坐废，况伤及陛下颈中，尚得说是无罪么？"引东汉郭后为证，绝妙比例。大约郭家女儿，是祖传的泼辣货。仁宗乃决计废后，复与夷简商得一策，只称后愿修道，封为净妃玉京冲妙仙师，居长宁宫，并敕有司不得受台谏章奏。

中丞孔道辅，与谏官范仲淹、孙祖德、宋庠、刘涣，御史蒋堂、郭劝、杨偕、马绛、段少通等，联名具疏，入呈不纳。乃同诣垂拱殿，俯伏同声道："皇后乃是国母，不应轻废，愿待召赐对，俾尽所言。"说了数声，但见殿门紧闭，杳无消息。孔道辅忍无可忍，竟叩镮大呼道："皇后被废，累及圣德，奈何不听台臣言？"俄闻门内传旨，令至阁中与宰相答话。道辅等乃起至中书，见夷简已经待着，便语夷简道："大臣服事帝后，犹人子服事父母一般，父母不和，只可谏止，奈何顺父出母呢？"夷简道："后伤帝颈，过已太甚，且废后亦汉、唐故事，何妨援行。"道辅厉声道："大臣当导君为尧、舜，怎得引汉、唐失德事，作为法制？"夷简不答，拂袖径入。道辅等乃退去。翌日，昧爽入朝，拟留集百官，与夷简廷争。甫到待漏院，即闻有诏旨下来，略言"伏阁请对，盛世无闻，孔道辅等冒昧径行，殊失大体。道辅着出知泰州，仲淹出知睦州，祖德等罚俸半年，以示薄徵。自今群臣毋得相率请对"云云。道辅等乃嗟叹数声，奉旨而去，于是废后之议遂定。小子有诗咏此事道：

废后只因嫡庶争，宫廷构衅失王明。

当年若得刑于化，樛木何由不再赓？

郭后既废，尚、杨二美人益得宠幸，轮流伴寝，几无虚夕，累得仁宗生起病来，下回再行分解。

刘太后生平有功有过，据理立说实属过浮于功。垂帘听政本非宋制，而彼独创之；衮冕为天子之服，彼何人斯，乃亦服之。设当时朝无忠直，不善规谏，几何而不为武后耶？史官以贤后称之，过矣。八大王元俨为仁宗叙明生母，声容并壮，岂吕夷简等可望项背？宜其传诵至今。俗小说中误为德昭，又何其谬欤？郭后误批帝颈，不为无过，然试问仁宗当日，何以宠幸二美人，致有并后匹嫡之嫌乎？夷简挟怨，同谋废后，酿成主上之过举，史犹目为贤相，抑亦过谀。经本回一一揭出，事实既真，褒贬悉当，较之读史，功过半矣。是谓之良小说！

第二十八回

萧耨斤挟权弑主母　赵元昊僭号寇边疆

却说仁宗宠幸尚、杨二美人，每夕当御，累得仁宗形神疲乏，渐就尪羸，什至累日不能进食，奄卧龙床，<small>蛾眉原足伐性，仁宗亦太无用。</small>中外忧惧得很。杨太后诇悉情由，命仁宗斥退二美；仁宗含糊答应，心中恰非常眷恋，怎肯把一对解语花驱出宫中？杨太后又面嘱阎文应，传谕仁宗，速出二美；文应朝夕入侍，说至再三，仁宗不胜絮聒，便恨恨道："你叫她去罢！"文应即唤入氍车，迫二美人出宫。二美人哭哭啼啼，不肯即行，且欲央文应替她缓颊，文应叱道："宫婢休得饶舌！"勒令登车，驱使出宫。<small>小人得志，往往如此。</small>翌日下诏，命尚氏为女道士，居洞真宫，杨氏别宅安置。过了月余，仁宗病体已安，乃另聘故枢密使曹彬孙女入宫。翌年，又改元景祐，立曹氏为皇后，令废后郭氏出居瑶华宫。曹后宽仁大度，驭下有方，册后以后，见仁宗体质羸弱，恐他无嗣，未免怀忧。当下密启仁宗，拟就宗室中取一幼儿，作为螟蛉。适太宗孙允让多男，<small>允让系太宗四子，商王元份子。</small>第十三子名宗实，年方四岁，当即取入宫中，由曹后抚养，后来就是英宗皇帝。

自故后郭氏徙居后，仁宗颇加忆念，赐号金庭教主冲静元师，且遣使存问，赉给诗笺，仿古乐府体。郭氏亦和诗相答，词极凄惋。仁宗欲密召还宫，<small>既立新后，又欲召还故后，试问将何以处置？当时何不预先审慎，乃欲出尔反尔耶？</small>郭答来使道："若再见召，须由百官立班受册，方有面目见帝呢。"仁宗听到此语，当为难起来。阎文应尤加惶急，只恐郭后还宫，自己的性命不能保全。会郭有小疾，由仁宗嘱太医诊视，文应亟与太医急商，不知如何贿嘱，竟把郭氏药毙。宫人疑文应进毒，苦无实据，只得以暴卒奏闻。仁宗很是悲悼，追复后号，用礼殓葬。惟谥册庙的仪制，概行停止。是时范仲淹已调知开封府，劾奏文应罪状，乃谪令出外，命为秦州钤辖，后徙相州，病死途中。未几，杨太后亦崩，谥"章惠"，祔葬永定陵，这且按下慢表。

且说契丹自与宋讲和，彼此相安无事，萧太后燕燕不久即殁。萧氏有机谋，善驭大臣，人乐为用，每发兵侵宋，辄被甲跨马，麾旗督战。及与宋通好，安享承平，不忘武事。惟胡人素乏名节，萧后又生得英颜白皙，未免顾影自怜。辽主贤在日，常患风疾，后已抑郁寡欢，未几即成嫠妇。盛年守寡，怎能忘情？可巧东京留守韩国嗣子德让入直朝班，貌胜潘安，才同宋玉，适中萧氏心怀，特别超擢，居然授他为政事令，总宿卫兵。他本契丹降将韩延徽后裔，骤沐厚恩，感激图报。萧氏即令他出入禁中，特赐禁脔，俾尝风味。德让本是解人，极力奉承，引得萧后心花怒放，相亲恨晚，特赐姓名为耶律隆运，拜大丞相，加封晋王。嗣主隆绪尚幼，管什么敝笱嫌疑，后来逐渐长大，亦已如见惯司空，没什奇异，所以萧后、韩相不啻伉俪一般。等到萧氏病殁，韩德让亦相继去世。真是一对同命鸟。契丹主隆绪且命将德让棺椁，陪葬母旁。可谓特别孝思。

既而高丽国有内乱，主诵为康肇所弑，另立诵兄名询。契丹主兴师问罪，擒诛康肇而还。夷狄有君，不如诸夏之亡。至宋仁宗既位，契丹遣使入汴，吊死贺生。越年，契丹主大阅兵马，声言将校猎幽州。宋廷虑他入寇，拟练兵备边。同平章事张知白道："契丹修好未远，想不欲轻启衅端，今乃声言校猎，无非欲尝试我朝，我若发兵防边，反贻口实，不若托言堵河，募工充兵，他即无可借口了。"仁宗如言照行，契丹兵亦罢去。嗣辽东因契丹加税，致扰兵变，详衮大延琳集叛兵据辽阳，僭号兴辽，改元天庆。留守萧孝先被拘，契丹主即令孝先兄孝穆率兵往讨，扫平叛兵，获斩延琳。到了天圣九年，契丹主隆绪卒，立子宗真，尊号隆绪为圣宗。宗真系宫人萧耨斤一译作讷木谨。所生，隆绪后萧氏无出，取为己子。也学刘太后耶？隆绪疾笃，萧耨斤即骂隆绪后道："老物！福亦将享尽么？"隆绪稍有所闻，召宗真入嘱道："皇后事我四十年，因他无子，取汝为嗣。我死，汝母子切勿害她，这是至要！宋朝信誓，汝宜永守，他不生衅，终当和好，国家自可无忧了。"宗真唯唯受命。

至隆绪已死，萧耨斤自称太后，参预国事。左右希耨斤意旨，诬隆绪后弟谋逆。耨斤派官鞫治，词连隆绪后，宗真道："先帝遗命，怎可不遵？且后尝抚育朕躬，恩勤备至，不尊为太后，反欲加她罪名，如何使得？"宗真还有良心。萧耨斤道："此人不除，必为后患。"宗真道："她既无子，又已年老，还有什么异图？"耨斤不从，竟命将隆绪后迁至上京。宗真发使至宋廷告哀，宋亦遣中丞孔道辅等，充贺册及吊祭使，南北通好，仍然照常。宋仁宗明道元年，契丹主宗真往猎雪林，太后萧耨斤竟遣中使至临潢，勒隆绪后自尽。后慨然道："我实无罪，天下共知，既令我死，且待我沐浴更衣，就死未迟。"中使也为怜惜，暂退室外。有顷入视，后已仰药自尽了。当下返报耨斤，耨斤当然欢慰。独宗真归知此事，怨母残忍，遂有违言。嗣是母子不和，心存芥蒂。过了两年，即仁宗景祐元年，萧耨斤阴召诸弟，谋废宗真，改立少子重元。偏重元入告乃兄，宗真至此，也顾不得母子之情，遂令卫卒收太后玺绶，迁耨斤居庆州，立重元为皇太弟，始亲决国政，与宋和好如初。

惟西夏主赵德明，既臣事宋朝，复臣事契丹，还算安分守己，事大尽礼。会六谷酋长巴喇济为异族所戕，<small>应二十二回。</small>部众拥立巴喇济弟斯榜多为首领，<small>斯榜多一译作斯铎督。</small>宋廷续授他为朔方节度使。斯榜多未洽众望，或多散归吐蕃部。吐蕃本西域强国，唐时与回纥国屡寇边疆，后来两国自相侵伐，同就衰微。宋兴，两部酋先后入贡，真宗时，吐蕃部酋唃厮罗一译作亶勒斯赉。上表宋廷，请伐西夏，廷议以夏主德明尚称恭谨，不许吐蕃往侵。唃厮罗竟入窥关中，知秦州曹玮请兵预防。果然唃厮罗来寇伏羌寨，被曹玮率兵掩击，大败而还。唃厮罗自知势蹙，悔惧乞降。宋授唃厮罗为宁远大将军，兼爱州团练使。

夏主德明，有子元昊，性极雄毅，兼多智略，常欲并吞回鹘即回纥、吐蕃诸部，称霸西陲。嗣竟引兵袭破回鹘，夺据甘州，德明嘉他有功，立为太子。元昊且劝父叛宋，德明不从，且戒元昊道："自我父以来，连岁用兵，疲敝不堪，近三十年间，称臣中国，累沐锦衣，中国可算厚待我了，此恩怎可辜负？"元昊咈然道："衣毳氄，事畜牧，乃我蕃族特性，丈夫子生为英雄，非王即霸，奈何羡这锦衣，甘作宋朝奴隶呢？"<small>也是石勒一流人物。</small>既而德明病死，元昊袭位，宋遣工部郎中杨吉，册元昊袭封西平王，并授定难军节度，夏、银、绥、静、宥等州观察，及处置押蕃落使。元昊还算拜受。契丹亦遣使册元昊为夏国王。

元昊圆面高准，身长五尺有余，善骑射，通蕃、汉文字，登位后大改制度，部署兵行，隐欲与宋为难。仁宗景祐元年，竟引兵入寇环庆，杀掠居民。庆州柔远寨蕃部都巡检嵬通嵬一译作戚。乘夏兵炮飑，尾后袭击，攻破后桥诸堡。元昊反借口报仇，驱兵复出。缘边都巡检杨遵与柔远寨押监卢训，领兵七百人前往备御，哪禁得夏兵大至，被杀得七零八落，四散奔逃。环庆都监齐宗矩与宁州都监王文等未知败耗，只去援应卢训。行次节义峰，骤闻胡哨乱鸣，夏兵已漫山遍野而来，宗矩不及退避，挺身与战，力竭被擒，王文等逃还。既而元昊放归宗矩，只说是双方误会，无故兴兵，现愿彼此约束云云。仁宗尚欲羁縻，颁诏慰抚，且令他兼官中书令。元昊狡诈，酷肖乃祖，仁宗姑息，亦与太宗相同，彼此可谓善绳祖武。元昊佯为听命，暗遣部将苏奴儿一译作苏木诺尔。率兵二万五千人往攻吐蕃，被唃厮罗诱入险地，四面围住，差不多把夏兵杀光，连苏奴儿也活擒了去。元昊闻报大怒，复领众攻陷猫牛城，转围宗哥、带星岭诸城。唃厮罗复遣部将安子罗，截击元昊归路。元昊昼夜角战，杀到好几十日，方将子罗击退，移众往攻临湟。唃厮罗坚壁不战，待元昊渡河，却用精骑杀出。夏兵猝不及防，多半溺死，元昊遁归。唃厮罗报捷宋都，有诏擢他为保顺军留后。

　　既而元昊转侵回鹘，夺据瓜、沙、肃诸州，疆宇日拓，气势愈张。可巧华州有二书生。一姓张，一姓吴，屡试被黜，往游塞外，闻元昊威振西陲，颇思干进，因相偕至灵州，即夏都，见二十二回。入酒家豪饮，索笔书壁道："张元、吴昊到此。"寻被逻卒拘住，见元昊，元昊怒责道："入国问讳，你两人既入我都门，难道不知避讳么？"张、吴二人齐声道："姓尚不理会，却理会这名字，未免本末倒置了。"原来元昊尚用宋朝赐姓，舍李为赵，所以二人乘机进言。果然元昊竦然起敬，亲自下堂，替他解缚，延入赐坐，询及国事。两人抵掌高谈，指陈形势，所有西夏立国规模、寇宋计画，一股脑儿倾倒出来。元昊喜出望外，遂改灵州为兴州，号西平府为兴庆府，阻河带山，负嵎自固，居然筑坛受朝，自称皇帝，国号大夏，称为天授元年；设十六司总理庶务，置十二监军司，派部酋分军管辖；军兵总得五十余万，四面扼守；自制蕃书，形体方正，颇类八分，教国人纪事。遣使诣五台山供佛宝，欲窥河东道路，与诸豪歃血为誓，约先攻延，拟由靖德、塞门寨、赤城路三道并入。叔父山遇劝勿叛宋，元昊不听，山遇挈妻子内降。不意知延州郭劝反将山遇拿住，押还元昊。仿佛唐季之执还悉怛谋。元昊即将他杀死，决意寇宋，先遣使上表宋廷，词云：

> 臣祖宗本出帝胄，当东晋之末运，创后魏之初基。远祖思恭，当唐季率兵拯难，受封赐姓。祖继迁，心知兵要，手握乾符，大举义旗，悉降诸部，临河五郡，不旋踵而归，沿边七州，悉差肩而克。父德明，嗣奉世基，勉从朝命。真王之号，凤感于颁宣，尺土之封，显蒙于割裂。臣偶以狂斐，制小蕃文字，改大汉衣冠，衣冠既就，文字既行，礼乐既张，器用既备。吐蕃、塔塔，张掖、交河，莫不从伏。称王则不喜，朝帝则是从，幅辕屡期，山呼齐举，伏愿一埃之土地，建为万乘之邦家，于是再让靡遑，群集又迫。事不得已，显而行之，遂以十月十一日，郊坛备礼，为始祖始文本武兴法建礼仁孝皇帝，国称大夏，年号天授。伏望皇帝陛下，睿哲成人，宽慈及物，许以西郊之地，册号南面之君，敢竭愚庸，常敦欢好。鱼来雁往，任传邻国之音，地久天长，永镇边方之患。至诚沥恳，仰俟帝俞，谨遣使臣奉表以闻！

是年为仁宗宝元元年，景祐四年后，又改元宝元。吕夷简等均已罢职，王曾封沂国公，已经谢世，复起用张士逊及学士章得象同平章事，王鬷、李若谷参知政事。因元昊表词傲慢，各主张绝和问罪，独谏官吴育却上言："姑许所求，密修战备，彼渐骄盈，我日戒饬，万一决裂，也不足为我害。这便是欲取姑予的计策。"予以虚名，尚属可行。士逊笑为迂论，乃下诏削夺元昊官爵，禁绝互市，并揭榜示边，略言："能擒元昊，或斩首上献，当即授定难军节度使，作为酬庸。"能讨即讨，何必悬赏？一面任夏竦为泾、原、秦、凤按抚使，范雍为鄜、延、环、庆按抚使，经略夏州。两个饭桶，有何用处？知枢密院事王德用即王超子。见二十回。请自将西征，仁宗不许。德用状貌雄伟，颇肖太祖，且平日很得士心。因此仁宗左右交口进谗，谓不宜久典枢密，并授兵权。仁宗竟自动疑，不但不许西征，反将他降知随州，改用夏守知枢密院事。元昊竟入寇保安军，兵锋什锐，到了安远寨附近，见有数千宋军到来，他是毫不在意，以为几千兵士，不值一扫。哪知两阵甫交，蓦然宋军里面突出一位披发仗剑、面含金色的将官来，也不知他是人是鬼，是妖是仙，顿时哗动夏兵，纷纷倒退。这位披发金面的将官，逢人就砍，无一敢当。夏兵愈觉惊惶，连元昊也称奇不置，没奈何麾兵遁去。看官！道此人是谁？乃是巡检指挥使狄青。点名不苟。青字汉臣，河西人氏，骁勇善战，初为骑御散直，从军西征，累著战功。他平时临敌，往往戴着铜面具，披发督阵，能使敌人惊退。俗小说中便说他有仙术了。至是为巡检指挥使，屯守保安，钤辖卢守勤檄令御敌。他手下只带兵士数千名，一场对垒，竟吓退元昊雄师数万人。当下奏捷宋廷，仁宗欲召问方略，会闻元昊复议进兵，乃命图形以进。小子有诗咏道：

仗剑西征播战功，叛王枉自逞英雄。
试看披发戴铜面，已识奇谋在算中。

元昊自保安败退，改从延州入寇。孰胜孰负，且至下回说明。

宋有刘太后，而契丹有萧太后，真可谓兄弟之国，内政相等。至曹后取宗实为己子，隆绪后亦取宗真为己子，举动又复相似。古所谓难兄难弟，不期于南北两国见之。惟萧太后老而淫，萧耨斤且敢弑主母，而宋尚不闻有此。得毋由夷狄之俗不及华夏之犹存礼教耶？夏主德明事南事北，仿佛一条两头蛇，元昊独锐生鳞角，至欲图王争霸，羌戎中偏出枭雄，而宋廷适当乏人，文不足安邦，武不足却敌，徒令元昊增焰耳。幸保安军尚有狄青，差足为中原吐气，然官小职卑，未握重权。屈良骥于枥下，美之适以惜之云。

第二十九回

中虏计任福战殁　奉使命富弼辞行

却说元昊欲寇延州，先遣人通款范雍，诈言两不相犯。雍信为真言，毫不设备。那元昊竟轻师潜出，攻破金明寨，执都监李士彬父子，直抵延州城下。雍始着急起来，飞召在外将士，还援延州。于是鄜、延副总管刘平、石元孙，自庆州驰援；都监黄德和，巡检万俟政、郭遵等亦由外驰入。数路兵合成一处，往拒元昊。两下相遇，夏兵左持盾，右执刀，踊跃前来。刘平令军士各用钩枪，撤去敌盾，大呼杀入，敌众败走。平当先追击，被敌兵飞矢射来，适中面颊，乃裹创退还。到了傍晚，忽来敌骑数千名，猝薄官军，官军未曾预防，竟至小却。黄德和在阵后望见前军却退，竟率步兵先遁。平亟遣子宜孙，驰追德和，执辔与语道："都监当并力抗贼，奈何先奔？"德和不顾，脱辔径去，遁赴甘泉；万俟政、郭遵等，亦先后奔溃。德和可恨，万俟政等尤可恶。平复遣军校仗剑遮留，只拦住千余人，与夏兵转战三日，互有杀伤，敌稍稍退去。平率余众保西南山，立栅自固。夜半四鼓，突闻外面万马齐集，且厉声四呼道："这般残兵，不降何待！"平与元孙料敌大至，勉守孤营，相持达旦。俄而天色已明，开营迎敌，见敌酋举鞭四至，悍厉异常；两人手下已不过数千人，且累日鏖斗，势已困乏，怎能当得这般悍虏？战不数合，已被敌酋冲作数截。平与元孙，不能相顾，战到筋疲力尽，都做了西夏的囚奴。平愤极不食，见了元昊，开口大骂，竟为所害。元孙被拘未死。延州得此败报，人心益惧。幸天降大雪，冻冱不开，元昊始解围退去。

黄德和反诬平降贼，因致败挫，宋廷颇闻悉情形，诏殿中侍御史文彦博，往河中问状。彦博，汾州人，为人正直无私，一经讯鞫，当然水落石出。德和坐罪腰斩，范雍亦贬知安州，追赠刘平官爵，抚恤从优。罪不及万俟政等，还是失刑。诏命夏守赟为陕西经略按抚招讨使，内侍王守忠为钤辖，即日启行。知谏院富弼上言："守赟庸懦，不足胜任。守忠系是内臣，命为钤辖，适蹈唐季监军覆辙，请收回成命！"言之什是。仁宗不从。适知制诰韩琦使蜀还都，奏闻西夏形势，语颇详尽，仁宗遂命他按抚陕西。琦入朝辞行，面奏仁宗道："范雍节制无状，因遭败衄，致贻君父忧，臣愿保举范仲淹往守边疆，定然无误。"仁宗迟疑半晌，方道："范仲淹么？"琦复道："仲淹前忤吕夷简，徙知越州。朝廷方疑他朋党，臣非不知，但当陛下宵旰焦劳，臣若再顾嫌疑，埋才误国，罪且益大。倘或迹近朋比，所举非人，就使臣坐罪族诛，亦所甘心。"百口相保，不愧以人事君之义。仁宗才点首道："卿且行！朕便令仲淹随至便了。"琦叩谢而出。未几即有诏令仲淹知永兴军。先是仲淹知开封府，因吕夷简当国，滥用私人，特上疏指陈时弊，隐斥夷简为汉张禹。夷简说他越职言事，离间君臣，竟面劾仲淹，落职外徙。集贤院校理余靖、馆阁校勘尹洙、欧阳修、奏称仲淹无罪，也致坐贬，斥为朋党。都人士却号作四贤。韩琦此次保荐仲淹，所以有这般论调。仲淹坐朋党落职，系景祐三年事，本回信韩琦奏事，补叙此事，文法绵密。仁宗依奏施行，也算是虚心听受了。

惟张士逊主议征夏，至军书旁午，反无所建白，坐听成败，谏院中啧有烦言。士逊心不自安，上章告老。诏令以太傅致仕，再起吕夷简同平章事。夷简再相，亦以夏守赟非专阃才，不如召还。仁宗乃命与王守忠一同还阙，改用夏竦为陕西经略按抚招讨使，韩琦、范仲淹为副。仲淹尚未赴陕，奉旨陛辞，仁宗面谕道："卿与吕相有隙，今吕相亦愿用卿，卿当尽释前嫌，为国效力。"仲淹叩言道："臣与吕相本无嫌怨，前日就事论事，亦无非为国家起见，臣何尝预设成心呢？"仁宗道："彼此同心为国，尚有何言。"仲淹叩别出朝，即日就道。途次闻延州诸寨多半失守，遂上表请自守延州。有诏令兼知州事，仲淹兼程前进，既至延州，大阅州兵，得万八千人，择六将分领，日夕训练，视贼众寡，更迭出御。又修筑承平、永平等寨，招辑流亡，定保障、通斥堠，羌、汉人民相继归业，边塞以固，敌不敢近。夏人自相告戒道："此次来了小范老子，胸中具有数万甲兵，不比前日的大范老子，可以骗得。延州不必妄想了。"大范就指范雍，小范乃指范仲淹。

元昊闻仲淹善守，佯遣使与仲淹议和，一面引兵寇三川诸寨。副使韩琦令环、庆副总管任福托词巡边，领兵七千人，夜趋七十里，直抵白豹城，一鼓攻入，焚去夏人积聚，收兵还汛。元昊又向韩琦求盟，琦勃然道："无约请和，明是诱我，我岂堕他诡计么？"遂拒绝来使。独范仲淹复元昊书，反复戒谕，令去帝号，守臣节，借报累朝恩遇等语。时宋廷遣翰林学士晁宗悫驰赴陕西，问攻守策，夏竦模棱两可，具二说以闻。仁宗独取攻策，令鄜、延、泾、原会师进讨，限期在庆历元年正月。仁宗改元宝元后，越二年，又改元康定，又越年，复改元庆历。范仲淹主守，韩琦主战，两下各争执一词，彼此据情陈奏，累得仁宗亦疑惑不定，无从解决。

那元昊却不肯罢手，竟遣众入寇渭州，薄怀远城。韩琦亲出巡边，尽发镇戎军士卒，又募勇士万八千人，命环、庆副总管任福为统将，耿傅为参谋，泾、原都监桑怿为先锋，朱观、武英、王珪为后应。大军将发，琦召任福入语道："元昊多诈，此去须要小心！你等可自怀远趋德胜寨，绕出羊牧隆城，攻击敌背，若势未可战，即据险入伏，截他归路，不患不胜。若违我节制，有功亦斩！"福奉令登程，径趋怀远。道遇镇戎军西路巡检常鼎、刘肃等人，传言夏兵在张家堡南，距此不过数里。福即会师亟进，果然遇着敌众，顿时并力掩击，斩馘数百级，敌众溃退，抛弃马羊橐驼，不计其数。先锋桑怿驱兵再进，福接踵而前。参军耿傅尚在后面，接得韩琦来檄，力戒持重，乃附加手书，遣人赍递任福，劝他遵从韩令，切勿躁率。福冷笑道："韩招讨太觉迂谨，耿参军尤觉畏葸，我看虏兵易与，明日进战，管教他只骑不回。"趾高气扬，安能不败？遂令来使速还，约后队迅即来会，越日定可破敌，万勿误期。及使人回报，耿傅、朱观、武英、王珪等，只好一同进兵。

到了笼络川，天色已晚，闻前军已至好水川，相隔只有五里，乃择地安营。次日天晓，桑怿、任福等复循好水川西行，至六盘山下，途次见有银泥盒数枚，缄封什固，桑怿取盒审视，未知内藏何物，但闻盒中有动跃声，疑不敢发。可巧任福亦到，即递交与他。福是个粗豪人物，不管什么好歹，当即把盒启视。哪知盒内是悬哨家鸽，霎时间尽行飞出，回翔军上。桑怿、任福尚翘首视鸽，莫明其妙，忽闻胡哨四起，夏兵大集。元昊亲率铁骑，蹀躞前来。怿忙麾军抵敌，福尚未成列，被敌骑纵横驰突，顿时散乱。众欲据险自固，忽夏人阵中，竖起一张鲍老旗，戏幢名。长约二丈余，左动左伏起，右动右伏起，四面夹攻，宋军大败。桑怿、刘肃陆续战死。福身被十余创，尚力战不退。小校刘进劝福急走，福愤然道："我为大将，不幸兵败，只有一死报国便了。"未几枪中左颊，血流满面，福扼喉自尽。福子怀亮随军，同时毕命，全军尽覆。

元昊乘胜入笼络川，正与朱英军相遇，趁势将朱英围住，英左冲右突，不能出围。王珪急往救援，硬杀一条血路，拔出朱英，但见英已身受重伤，不能视军。珪正焦急得很，正拟设法走脱，不意敌兵益至，又被围住。耿傅、朱观也欲往援，适渭川驻泊都监赵津带领瓦亭骑兵二千，前来会战，耿傅即与赵津救珪，令朱观守住后军。赵津多来送死，然却是朱观的替死鬼。时王珪已经阵亡，朱英亦死，耿、赵两人冒冒失失的冲杀过去，好似羊入虎口，战不多时，一同殉难。朱观见不可支，急率残军千余人，退保民垣，四向纵射。夏兵疑是有伏，更兼天色将昏，乃齐唱蕃歌，收军引去。这一场交战，宋将死了六人，士卒伤亡一万数千名，只朱观手下千余人，总算生还，关右大震。

韩琦退还，夏竦使人收集散兵，并任福等遗骸，见福衣带间尚藏着琦檄，并参军耿傅书，乃将详情奏闻，说是任福违命致败，罪不在琦、傅等人。琦却上章自劾，仁宗很是惊悼，镌琦一级，徙知秦州。元昊自连胜宋军，声势张什，作书答复范仲淹，语极悖嫚。仲淹对着夏使，把书撕碎，付之于火，夏使自去。这事传达宋廷，吕夷简语廷臣道："人臣无外交，仲淹擅与元昊书，已失臣礼，既得答复，又擅焚不奏，别人敢如此么？"参政宋庠遽答道："罪当斩首。"枢密副使杜衍独辩论道："仲淹志在招叛，存心未尝不忠，怎可深罪？"彼此争议未决。仁宗命仲淹自陈，仲淹遥奏道"臣始闻元昊有悔过意，因致书劝谕，宣示朝廷德威，近因任福败死，虏势益张，复书遂多悖嫚，臣愚以为此书上达，若朝廷不亟声讨，辱在朝廷，不若对了虏使，毁去此书，还不过辱及愚臣，似与朝廷无涉。这是区区愚忱，乞即鉴察"等语。仁宗得奏，复命中书枢密两府复议。宋庠、杜衍仍各执前说，仁宗顾问夷简，宋庠总道夷简赞同己说，哪知夷简恰不慌不忙道："杜衍议是，止应薄责了事。"这语说毕，庠不禁瞠目退朝。想是夷简与庠有隙，故独从杜衍之议，不然，前既倡议罪范，此时何反袒范耶？仁宗乃降仲淹知耀州，未几复徙知庆州。诏命工部侍郎陈执中同任陕西按抚经略招讨使，与夏竦同判永兴军。两人意见相左，屡起龃龉，乃又命竦屯鄜州，执中屯泾州。竦守边二年，遇事畏缩，首鼠两端，营中带着侍妾，整日里流连酒色，不顾边情。元昊悬募竦首，只出钱三千文，边人传为笑话。

既而元昊复寇麟府，破宁远寨，陷丰州，警报迭闻。知谏院张方平奏称："竦为统帅，已将三年，师惟不出，出必丧败，寇惟不来，来必残荡。这等统帅，究有何用？请另行择帅，借固边防！"于是改竦判河中，执中知泾州。一面再经廷议，分秦凤、泾原、环庆、鄜延为四路，令韩琦知秦州，辖秦凤；范仲淹知庆州，辖环庆；王沿知渭州，辖泾原，庞籍知延州，辖鄜延，各兼经略按抚招讨使。四人除王沿外，均捍御有方，缮城筑寨，招蕃抚民。羌人尤爱仲淹，呼他为龙图老子。因仲淹曾任龙图阁待制，乃有是名。元昊却也知难而退，稍稍敛迹了。总贵得人。

庆历二年，忽契丹遣使萧特末、刘六符至宋，复求关南故地，且问兴师伐夏，及沿边濬河增戍的理由。朝命知制诰富弼为接伴使，偕中使往迎都外。特末等昂然而来，下马相见，当由中使传旨慰问。特末倔强不拜，弼抗声道："南北两主，称为兄弟，我主与汝主相等，今传旨慰劳，奈何不拜？"特末托言有疾，不能施礼。弼又道："我亦尝出使北方，卧病车中，闻汝主命，即起受尽礼，汝怎得因疾废礼呢？"特末无词可答，只好起拜。先声已足夺人。拜毕，随弼入都。弼导入客馆，开诚与语，特末却亦感悦，即将契丹主遣使本意一一说出。弼据理辩驳，特末密语弼道："贵国可从则从，不可从，或增币，或和亲，亦无不可。"弼乃引两使入谒仁宗，并据特末言奏闻。

仁宗召吕夷简入商，夷简道："西夏未平，契丹乘隙求地，断难允许。但我既与夏构兵，不应再战契丹，现来使萧特末，既有和亲、增币两事，密相告语，我且酌允一件，暂作羁縻罢了。"仁宗道："朕意亦是如此，但何人可以报聘？"夷简道："不如就遣富弼，渠去年曾往使契丹，可称熟手，此次命往，谅想不致辱命。"借夷简口中，补叙富弼奉使契丹，且回应上文弼语特末之言。仁宗点首，遂命富弼报使契丹。诏命既下，廷臣多为富弼担忧，谓此去恐致陷虏；集贤院校理欧阳修且引唐颜真卿使李希烈故事，请留弼不遣，疏入不报。自是谣诼繁兴，统说夷简与弼有嫌，计图陷害，因荐弼北行。弼却毅然愿往，陛辞时叩首奏道："主忧臣辱，臣怎敢爱死？此去除增币外，决不妄允一事。倘契丹意外苛索，臣誓死以拒便了。"仁宗闻言，也不禁动容，面授弼为枢密直学士。弼不肯受，复叩头道："国家有急，义不惮劳，怎敢先受爵禄呢？"仁宗复慰奖数语，弼即起身出朝，到了宾馆，邀同契丹两使，即日往北去了。小子有诗咏道：

> 衔命登程竟北行，国家为重死生轻。
> 折冲樽俎谈何易，恃有忠诚慑虏情。

欲知弼往契丹，如何定议，待小子下回说明。

世尝谓北宋无将，证诸夏事，北宋固无将也。仁宗之世，宋尚称盛，元昊骚扰西陲，得一良将以平之，犹为易事。夏竦、范雍材皆庸驽，固等诸自郐以下。若夫韩琦、范仲淹二人，亦不过一文治才耳。主战主守，彼此异议，主战者有好水川之败，虽咎由任福之违制，然所任非人，琦究不得辞责。主守者遣元昊之谗侮，微杜衍，仲淹几不免杀身。史虽称韩、范善防，然卒无以制元昊，使之帖然归命，非皆武略不足之明证耶？以专阃之乏材，而契丹遂乘间索地，地不给而许增岁币，亦犹二五一十之故智耳。外交以武力为后盾，仅恃口舌之争，虽如富郑公者，亦不能尽折虏焰，而下此更不足道矣。

第三十回

争和约折服契丹　除敌臣收降元昊

却说富弼出使，免不得途中耽搁，一时未到契丹。契丹却聚兵幽、蓟，声言南下。廷议请筑城洛阳，吕夷简谓不若建都大名，耀威河北，示将亲征以伐敌谋。仁宗从夷简言，乃建大名府为北京，即从前真宗亲征驻跸处，一面命王德用判定州，兼朔方三路都部署。德用抵任，日夜练士卒，择期大阅。契丹遣侦骑来视，见德用部下人人强壮、个个威风，当下返报本国，契丹主宗真也觉夺气。宋廷赖有此着，故和议复成。待富弼已到契丹，即入见宗真，行过了礼，便开口问道："两朝人主，父子继好已四十年，乃无故来求割地，究属何故？"宗真道："南朝违约，塞雁门，增塘水，治城隍，籍民兵，亦为着何事？我国大臣均请举兵南向，我意谓遣使质问，并索关南故地，若南朝不肯相从，举兵未晚。"弼即接入道："北朝忘我先帝的大德么？澶渊一役，我朝将士哪一个不主开战？若先帝从将士言，恐北兵均不得生还。我先帝顾全南北，特约修和，今北朝又欲主战，想是北朝臣子均为身谋，不管主子的祸福呢。"说到此句，宗真不觉惊异道："为什么不管主子的祸福？"弼答道："晋高祖欺天叛君，末帝昏乱，土宇狭小，上下离叛，北朝乃得进克中原。但试问所得金币，果涓滴归公否？北朝费了若干军饷、若干兵械，徒令私家充牣，公府雕残。今中国提封万里，精兵百万，法令修明，上下一心，北朝欲用兵，能保必胜么？就使得胜，劳师伤财，还是群臣受害呢，人主受害呢？若通好不绝，岁币尽归人主，群臣有何利益？所以为群臣计，宜战不宜和，为主子计，宜和不宜战。"说得透切，不亚秦、仪。宗真听了，不由的点首数次。弼又道："塞雁门，为备元昊，并非防北朝；塘水开濬，在南北通好前，城隍无非修旧，民兵不过补阙，有何违约可言？"宗真道："如卿言，是我错怪南朝了。但我祖宗故地，幸乞见还！"语已少软。弼答道："晋以卢、龙赂契丹，周世宗复取关南地，统是前代故事。若各欲求地，幽、蓟曾隶属中国，难道是北朝故地么？"宗真亦无词可答，命刘六符引弼至馆，开宴叙谈。六符道："我主耻受金币，定欲关南十县，南朝何不暂许通融？"弼正色道："我朝皇帝尝云，为祖宗守国，不敢以尺地与人，北朝所欲，不过租赋，朕不忍两朝赤子多罹兵革，所以屈己增币，聊代土地。若北朝必欲得关南十县，是志在败盟，借此为词。澶渊盟誓，天地鬼神共鉴此言，北朝若首发兵端，曲不在我，天地鬼神，恐不肯受欺哩。"正襟危论，如闻其声。六符道："南朝皇帝，存心如此，大善大善。当彼此共奏，使两主情好如初。"是日尽欢而散。

翌日，契丹主宗真召弼同猎，引弼马相近，婉语道："南朝若许我关南地，我当永感厚谊，誓敦和好。"仍是欺人之语。弼答道："北朝以得地为荣，南朝必以失地为辱，两朝既称兄弟，怎可一荣一辱呢？"舍理言情，语益动人。宗真默然。猎毕散归，六符复来语弼道："我主闻荣辱的谈论，意什感悟，关南十县，暂且搁起。惟愿与南朝和亲，想南朝总允我结婚呢。"弼复道："结婚易生嫌隙，我朝长公主出降，赍送不过十万缗，哪能及得岁币的大利呢？"六符返报宗真。宗真乃召弼入见，令还取盟书，并与语道："俟卿再至，当择一事为约，卿可遂以誓书来。"弼乃辞归，据实奏陈。仁宗复遣使持和亲增币二议，及誓书再往契丹，并命至枢臣处亲受口传。弼领教即行，途次乐寿，忽心有所触，亟语副使张茂实道："我奉命为使，未见国书，倘书词与口传不同，岂非败事？"茂实唯唯。及启书审视，果与口传不符，立即驰还。时已日昃，叩阍求见，至仁宗召入，弼呈上国书，并跪奏道："枢臣意图陷害，特作此书，俾与口说不同，臣死何足惜，贻误国家，岂非大患？"仁宗恰也惊疑，转问晏殊。晏殊道："吕夷简想不至出此，或恐录述有误呢。"弼奏道："晏殊奸邪，党夷简，欺陛下，应得何罪？"仁宗遂命晏殊易书，弼审视乃行。吕夷简挟私害公，至此未免坐实。晏殊设词掩饰，明是党吕陷弼，史称弼娶晏女，岂翁婿之情，亦全不顾耶？

　　既至契丹，不复议婚，但议增币。契丹主宗真道："南朝既增我岁币，应称为献。"弼答道："南朝为兄，岂有为兄献弟的道理？"宗真道："'献'字不用，改一'纳'字。"弼仍不可。宗真艴然道："岁币且增我，何在此区区一字？若我拥兵南来，得勿后悔么？"弼复道："我朝兼爱南北生民，所以屈己增币，并非有惮北朝。若不得已改和为战，当视曲直为胜负，使臣却不敢预料了。"宗真道："卿勿固执，古时亦曾有此例呢。"弼勃然道："古时惟唐高祖借兵突厥，当时赠遗，或称献纳，但后来颉利为太宗所擒，岂尚有此例么？"说毕，声色俱厉。宗真知不可夺，乃徐徐道："我当自遣人往议罢了。"乃留增币誓书，另遣使耶律仁先及刘六符二人，持督书与弼偕来，且议献纳二字。弼先入奏道："献纳二字，臣已力拒，虏气已中沮了，幸勿再许！"仁宗允奏。后用晏殊议，竟许用"纳"字。一字都不能争得，宋君臣可谓委靡。于是岁增银十万两，绢十万匹，仍遣知制诰梁适持誓书，与仁先等往契丹。契丹亦遣使再致誓书，且报撤兵，总算依旧和好了。

　　弼始受命至契丹，适一女夭殇，弼不过问；及二次再往，闻得一男，亦不暇顾。在外得家书，未尝启阅，随至随焚。左右以为奇，弼与语道："这种家书，徒乱人意，国事尚未了结，何暇顾家？"录此为爱国者劝。至和议已成，仁宗复命他为枢密直学士。弼仍恳辞道："增币非臣本意，只因近日方讨元昊，不暇与契丹角逐，所以臣未敢死争，怎可无功受赏呢？"未几，又授弼为枢密副使，弼又固辞，但表请仁宗坐薪尝胆，不忘修政。仁宗很加赞叹，改授弼为资政殿学士，这且按下慢表。

且说元昊据有西鄙，叛命如故。会夏境天旱年荒，兵民交困，乃渐有纳款意。知延州庞籍报答宋廷，诏命知保安军刘拯，传谕元昊亲臣刚浪陵、一译作野利纲里拉。遇乞一译作雅奇。兄弟，令他内附，即分界西平爵土。刚浪陵很是刁猾，令部下浪埋、赏乞、媚娘三人，伪至鄜州乞降。鄜州判官种世衡料知有诈，留住营中，佯加录用。刚浪陵又遣教练使李文贵来报降期，也由世衡留住。既而元昊仍大举入寇，攻镇戎军，王沿使副总管葛怀敏督诸寨兵出敌，至定州寨，被夏兵绕出背后，毁桥截住。怀敏部军相率惊慌，顿时大溃。怀敏奔还长城，濠路已断，遂与将校十四人，陆续战死，余军九千六百名、马六百匹，均陷没敌中。元昊乘胜直抵渭州，焚荡庐舍，屠掠民畜，泾、汾以东烽火连天。幸知庆州范仲淹率蕃汉兵往援，夏兵乃退。先是翰林学士王尧臣，曾奉命安抚陕西，及还朝，上疏论兵，且言："韩、范具将帅材，不当置诸散地。"仁宗尚不以为意。至葛怀敏败殁，中外震惧，乃命文彦博经略泾、原，并欲徙范仲淹知渭州，与王沿对调。仲淹以王沿无用，拟与韩琦并驻泾州，即行上奏，略云：

> 泾州为秦、陇要冲，贼昊屡出兵窥伺，非协力捍御，不足以制贼锋。臣愿与韩琦并驻泾州，琦兼秦、凤，臣兼

环、庆，泾、原有警，臣与琦合秦、凤、环、庆之兵，犄角而进。若秦、凤、环、庆有警，亦可率泾、原之师为援。臣当与琦练兵选将，渐复横山，以断贼臂，不数年间，可期平定。愿招庞籍兼领环、庆，以成首尾之势。秦州委文彦博，庆州用滕宗谅，总之渭州一武臣足矣。

仁宗准奏，乃用韩琦、范仲淹、庞籍为陕西按抚经略招讨使，置府泾州，分司行事。并召王沿还都，命文彦博守秦州，滕宗谅守庆州，张亢守渭州。韩、范二人同心捍边，号令严明，爱拊士卒，诸羌乐为所用，怀德畏威。边人闻韩、范名，编成四句歌谣道："军中有一韩，西贼闻之心胆寒；军中有一范，西贼闻之惊破胆。"得人之效，可见一斑。

惟种世衡因刚浪陵遣人诈降，总欲以假应假。用反间计除灭了他，免为元昊心腹。当时有僧人王光信，足智多谋，世衡招致部下，奏补三班借职，令改名为嵩，持招降书，往投刚浪陵、遇乞。刚浪陵接到书函，当下展阅，内言："朝廷知王有内附心，已授夏州节度，王其速来！"书后，又绘一枣及一龟。刚浪陵懵然不解，王嵩在旁代解道："'枣'、'早'同音，'龟'、'归'同声，请大王留意！"原来刚浪陵、遇乞皆属野利氏，元昊娶野利氏女为第五妃，即二人女弟，二人因此得宠，且具有才谋，并握重权，夏人号为大王；所以世衡贻书及王嵩与语，亦沿用夏人称呼。刚浪陵毕竟乖刁，狞然笑道："种使君年已长成，何故弄此把戏？难道视我为小儿么？"遂将王嵩拿下，并原书献与元昊。王嵩本有胆智，见元昊后，元昊喝令斩首。嵩并不惊慌，反大笑道："人人说你夏人多诈，我却不信，谁料话不虚传呢。"元昊拍案道："你等多诈，欲来用反间计，还说是我国多诈么？"一语喝破。仿佛《三国演义》中曹操之于阚泽。王嵩道："刚浪大王若非先遣浪埋等来降，种使君亦不至无故送书。现浪埋等尚在鄜州，李文贵居然重用，我朝已授刚浪大王为夏州节度使，今乃有此变卦，岂非你夏人多诈吗？罢罢！我死也还值得。我死，有李文贵等四人偿命呢。"元昊听了，不禁惊诧，遂转问刚浪陵。刚浪陵前遣浪埋等人，尚未与元昊说明，至此反无从详对，但说是别有用意。元昊益觉动疑，当命将王嵩绥刑，囚禁阱中，一面盘诘刚浪陵。刚浪陵才将前情详陈，偏元昊似信非信，也将刚浪陵留住帐中，潜遣人作为刚浪陵使，返报世衡。世衡已料为元昊所遣，却故意将错便错，格外优待，并与约两大王归期。来使怎识诈谋，当然据情还报。元昊不禁怒起，竟召还刚浪陵，与使臣对质。刚浪陵尚想分辩。偏元昊已拔剑出鞘，手起剑落，把刚浪陵挥作两段，除了一个。并将遇乞拘置狱中。种世衡闻刚浪陵被杀，知计已得行，复著成一篇祭文，内说："刚浪陵大王兄弟，有意本朝，忽遭惨变，痛失垂成。"写得非常惨怛，潜令人投置夏境。夏人拾得，赍献元昊。元昊又令人将遇乞处斩。又除了一个。

　　看官！试想这元昊也是一个雄酋，难道这般反间计，竟全然没有分晓，空把那两个有用的妻舅——杀死么？小子搜考野乘，才悉元昊另有一段隐情。遇乞妻没藏氏，因与元昊第五妃有姑嫂关系，往往出入夏宫，她不合生着三分姿色，被元昊看上了眼，极想与她通情，奈因遇乞手握重权，未免投鼠忌器，没奈何勉强忍耐，含着一种单相思，延挨过去。巧值种世衡投书与他，劝令内附，他正好借公济私，除了遇乞，便将没藏氏拘入宫中，一吓两骗，哄得没藏氏又惊又喜，只好献出秘宝，供他享受。

　　元昊已经如愿，索性放出王嵩，厚礼相待，令作书报种世衡，愿与宋朝讲和。世衡转告庞籍，籍即令世衡遣还李文贵，往议和约。元昊大喜，仍使文贵与王嵩偕至延州，赍书议款。

庞籍接得来书，见书意尚是倔强，有云："如日方中，止能顺天西行，安可逆天东下"等语。当下将来书飞报宋廷，仁宗已经厌兵，诏令籍复书许和，但令他稍从恭顺。籍乃如旨示复，遣文贵持去。嗣得夏国六宅使贺从勖与文贵赍书同来，书中自称"男邦泥定国兀卒曩霄，上书父大宋皇帝"。庞籍即问道："何谓泥定国兀卒曩霄？"从勖道："'曩霄'系吾主改定新名，'泥定国'是立国意义，'兀卒'是我国主子的称呼。"庞籍道："如此说来，你主仍不肯臣事本朝，令我如何上闻？"从勖道："既称父子，也是君臣一般，若天子不许，再行计议。"庞籍道："你只可入阙自陈。"从勖答言："愿入京师。"乃送从勖至阙下，并奏言元昊来书，名体未正，应谕令称臣，方可议和。仁宗览奏，即召谕从勖道："你主元昊，果愿归顺，应照汉文格式，称臣立誓，不得说什么'兀卒'，什么'泥定国'。"从勖叩首道："天朝皇帝，既欲西夏称臣，当归国再议。惟天朝仁恩遍覆，每岁应赐给若干，俾可还报。"仁宗道："朕当遣使偕行，与你主定议便了。"从勖乃退。有诏命邵良佐、张士元、张子奭、王正伦四人，偕从勖一同西行，与夏主元昊妥议。四人领命而去。到了西夏，因元昊多索岁币，议仍未洽。元昊乃再遣使臣如定聿舍、一译作儒定裕舍。张延寿等，入汴再议。当议定按年赐给绢十万匹，茶三万斤；夏主元昊应称臣立誓，不得渝盟。夏使乃返。越年，*庆历四年*。元昊始遣使来上誓表，文云：

> 臣与天朝，两失和好，遂历七年，立誓自今，愿藏明府。其前日所掠将校民户，各不复还。自此有边人逃亡，亦毋得袭逐。臣近以本国城寨，进纳朝廷，其栲栳、镰刀、南安、承平故地，及他边境，蕃汉所居，乞画中为界，于内听筑城堡。凡岁赐绢茶等物，如议定额数，臣不

复以他相干，乞颁誓诏，盖欲世世遵守，永以为好。倘君亲之义不存，或臣子之心渝变，当使宗祀不永，子孙殒殃。谨上誓表以闻！

仁宗亦赐答诏书，付夏使赍还。略云：

朕临制四海，廓地万里，西夏之土，世以为胙，今既纳忠悔咎，表于信誓，质之日月，要之鬼神，及诸子孙，无有渝变，申复恳至，朕什嘉之！俯阅来誓，一皆如约。

夏使去后，复拟派遣册礼使，册封元昊为夏王。忽契丹遣使来汴，请宋廷勿与夏和，现已为中国发兵，西往讨夏，累得宋廷君臣，又疑惑起来。正是：

中朝已下和戎诏，朔漠偏来讨虏书。

究竟契丹何故伐夏，试看下回便知。

读本回盟辽、盟夏两事，见得宋室君臣志在苟安，毫无振作气象。契丹主宗真时，上无萧太后燕燕之雄略，下无耶律休哥之将材，富弼一出，据理与争，即折敌焰，何必多增岁币，自耗财物，什至"献纳"二字，亦不能尽去乎？元昊堕种世衡之计，自剪羽翼，又复惑于没藏氏之女色，渐启荒眈，其愿和不愿战也明矣。况乎韩、范、庞三人御边，已属无懈可击，彼若修和，我正当令他朝贡，乃反岁赐绢茶，亦胡为者。总之一奄奄不振，得休便休已耳，观此而已知宋室之将衰。

第三十一回

明副使力破叛徒　曹皇后智平逆贼

却说契丹遣使至宋，请勿与夏和，且来告伐夏，就中有个原因，乃是契丹旧属党项部被元昊吞并，契丹主宗真遣使索还，元昊不答，于是契丹决议兴师。宗真亲率骑兵十万，往伐元昊，一面向宋廷报告师期。仁宗正拟册封元昊，不意遭此打击，反弄得疑惑不定，当与廷臣议决，暂留夏国封册，止使不遣；别命知制诰余靖报使契丹，托词致贺，探明情实。至余靖到了契丹，契丹主已经败归，原来契丹兵三路西进，直达贺兰山，战胜元昊。元昊退师十里，情愿与契丹讲和，偏契丹枢密使萧惠请荡平夏国，不可许成。契丹主犹豫未决。元昊以未得成言，每日退三十里，直退至九十里外，方才下寨。他知契丹兵必来追击，先将经过的地方，所有草木，一概焚去，自己坚壁以待。果然契丹兵追蹑过去，马不得食，不堪临阵，没奈何与元昊议款。元昊确是狡黠，阳与周旋，潜自夜间发兵，袭萧惠营。惠未曾预备，一时招架不及，全营溃散。元昊乘胜攻契丹大营，契丹主仓猝走免。驸马萧胡睹被元昊擒住，他却不去杀他，反好言抚慰，酒食相待，与语讲和事宜。萧胡睹一力担承，愿返报宗真，再敦和好。自己要命，当然愿和。元昊乃纵使归去，并遣人往议和约。宗真无可奈何，只得各还俘虏，仍旧修和。元昊的是能手。余靖探悉情形，即入见宗真，述及宋夏交好事。宗真不便异议，因遣余靖南还。靖既还都，仁宗又遣员外郎张子奭充册礼使，册元昊为夏国主，赐他金带银鞍，并银二万两，绢二万匹，茶二万斤，赐诏不名，许自置官属。元昊总算称臣奉朔，岁贡方物，彼此敷衍过去。

惟元昊既诱占没藏氏，大加宠幸。应前回。没藏氏水性杨花，把那杀夫的冤仇撇在脑后，一味儿献媚纵欢。独野利氏非常妒恨，好几次与元昊争论，欲将没藏氏撵逐。元昊正在眷恋，哪里肯依？可巧太子宁宁哥本野利氏所生，年大须婚，聘定没啰氏女为室。没啰氏一译作玛伊克氏。结婚期届，没啰氏嫁了过来，貌美年轻，苗条可爱。元昊性好渔色，不知如何勾搭，竟将没啰氏引入寝室，也与她颠鸾倒凤，做些不正经的勾当。《新台》一诗，不妨移赠。看官！你想野利氏的母子，如何忍耐得住？于是两人设法，先行下手，没藏氏正在失宠，野利氏乘间过去，指挥女侍，把没藏氏一头黑发尽行髡去，撵出为尼。没藏氏有兄讹庞，一译作鄂博。将妹收养。那妹子正怀六甲，产得一男，密报元昊。元昊移情子妇，得新忘旧，也不愿她母子重还，但令取名宁令哥，给发若干金帛，寄养母家。

独宁宁哥日伺父隙，正苦无从得手，勉强挨过了一年。适值元昊出猎，他借随侍为名，带剑跟着，觑了一个空隙，拔剑出鞘，从元昊脑后劈去。元昊闻有剑声，急忙回顾，凑巧剑锋削来，一时闪避不及，这鼻准随剑落地。好淫之报，应烂鼻准。元昊忍痛呼救，卫兵一拥齐上，那宁宁哥竟被缚住，一溜风的跑走了。元昊力疾还宫，越痛越气，越气越痛，急忙召入讹庞，取宁令哥母子入宫，改立宁令哥为太子，并令讹庞带兵觅宁宁哥。宁宁哥正匿黄庐，被讹庞搜着，一刀两段，取了首级，回宫复命。元昊因鼻创什剧，已晕厥数次，至闻讹庞返报，遗命辅立宁令哥，竟一蹶不醒了。年四十六岁。是第二个朱三。讹庞遂立宁令哥为夏主，年甫及期，别名谅祚，尊没藏氏为太后，把野利氏锢置宫外。没啰氏不知如何处置？设三大将分治国政，大权均为讹庞所握，并遣使讪宋及契丹。宋廷仍遣使慰奠，并册谅祚为夏王，这是仁宗庆历八年的事情。

是年，贝州叛卒王则，由河北宣抚使文彦博、副使明镐、执送汴都，审实伏诛。因元昊病死，与诛王则同时，故用倒提法。王则本涿州人，因岁饥流入贝州，自鬻为奴，牧羊糊口，后投宣毅军为小校，出入军营，免不得引朋呼类，征逐往来。先是贝冀地方，俗尚妖幻，王则更好作讹言，引人迷信，又尝出五龙滴泪等经，及诸图纤书，令兵民诵习。自言释迦佛衰谢，弥勒佛持世，天下将有大乱，惟投入己党，方保无虞。顽卒愚民不辨真假，竟相与倡和，哄动一时。还有州吏张峦，居然引为同调，替他主谋，约于庆历八年元旦，毁澶州浮桥，纠众作乱，会同党致书北京留守贾昌朝，请他内应。昌朝将来人拿住，拘置狱中，王则恐机谋被泄，不及待期，亟于庆历七年冬至日，揭竿起事。知州张得一方与官属谒天庆观，不意叛众骤至，无处逃避，竟被拘住。叛众又拥至库门，拟劫财物，当向通判董元亨索钥。元亨厉声骂贼，致为所害。又杀死司理王奖、节度判官李浩等，遂大肆劫掠，扰乱全城。无非为了阿堵物。兵马都监田斌率步卒巷战，因众寡不敌，逸出城外，城门遂闭。提点刑狱田京等缒城出走，退保南关，抚营兵，诛匪党，南关得不陷。北京指挥使马遂闻王则叛乱，忙报知贾昌朝，请兵讨贼。昌朝尚视为易与，徒令马遂持谕往贝州招降。马遂至贝州指陈祸福，王则不答，惹得马遂动恼，攘臂起座，力扼则喉。怎奈一夫拼命，究竟敌不住万人，并且赤手空拳，如何击刺？眼见得捐躯报国了。这是贾昌朝借刀杀人。

王则据住贝州，僭称东平王，居然建立国号，叫作"安阳"，改元得圣，旗帜号令均用佛号，什么"斗胜佛"，什么"无量寿佛"。城上四面有楼，他竟改称为州，各署州名。用徒众为知州，每面置一总管。他不过这些范围。城内人民多半缠城逃命，他却立出伍伍为保的禁令，一人缒城，四人悉斩。看官！试想这种无知无识的草头王，能成得大事么？宋廷闻警，即命开封知府明镐为按抚使，率兵往讨。镐直抵城下，州民汪文庆等自城上射下帛书，愿为内应。夜半垂绁导引官军，官军数百人登城，为贼所觉，麾众拒战。官军不利，仍与文庆等缒城出来。贝州城高且固，镐叠土成闉，踞高攻城，被城贼纵火击射，焚去营帐，不能立足。乃改从下面着想，从南城穿掘地道，佯从北面攻城，牵制贼军。

适宣抚使文彦博到来，传旨令镐为副使，镐拜受诏命，遂迎文入帐。寒暄已毕，谈及军务，彦博道："副使前日奏议，多半中阻，可曾知道否？"镐答道："想是这位夏枢密呢。"原来庆历三年以后，吕夷简老病辞政，既而病逝，八大王元俨亦薨。仁宗改相晏殊，召夏竦为枢密使。谏官蔡襄、欧阳修等交章劾竦，说他在陕误事，挟诈逞奸，断不足胜大任。仁宗乃徙竦知亳州，改任杜衍为枢密使，韩琦、范仲淹、富弼等为枢密副使。未几，晏殊罢相，代以杜衍，另用贾昌朝为枢密使，陈执中参知政事。昌朝阴柔险诈，好倾善类，密结御史中丞王拱辰，排挤杜衍，及韩琦、范仲淹、富弼等人。执中亦互联声气，乃目诸贤为朋党，屡被进谗。仁宗渐为所惑，竟将杜衍、韩琦、范仲淹、富弼等陆续外调，且擢执中同平章事，与昌朝同一职位。嗣昌朝与参政吴育互起龃龉，仁宗将他两人尽行罢职，又一心一意的召用夏竦，竟命他同平章事。复经谏官御史一再劾奏，乃改授枢密使，令文彦博参政。仁宗必欲重用夏竦，令人不解！夏竦忌镐立功，遇镐上奏，多方阻挠。文彦博代为不平，所以出使河北，即与镐谈及此事。镐亦料到此着，便觉应对相符。插入此段文字，非但说明夏竦奸诈，即庆历中之用人得失，亦就此补叙详明。文彦博又语镐道："副使可谓料事如神，但此后可不必过虑，我已奏闻皇上，得有专阃权了，请副使放胆做去！"镐答道："这却很好。但破城擒渠，便在这旬日内了。"彦博问及军谋，镐详述穿道情形，彦博大喜。

越宿，地道已通，遂选募壮士，潜由地道入城，里应外合。王则纵火牛拒敌，官军用枪击牛鼻，牛负痛返奔，贼众大溃。王则开东门遁去。总管王信忙率军追则，竟将他活捉了来。余众走保村舍，尽被官军焚死。捷报上达京师，夏竦还说他获盗非真，乃诏令槛送至京。彦博即亲押王则，到了阙下，由两府审讯非虚，方磔死市中。总计王则据城，共得六十六日。张得一以降贼伏法，有旨赏功进爵。授彦博同平章事，明镐为端明殿学士。改贝州为恩州，贾昌朝亦受封安国公。侍读学士杨偕上言："贼发昌朝部下，昌朝又未尝出讨，应该坐罪，不宜滥赏。"奏入不省。惟后来彦博推荐明镐，谓可大用，乃擢镐参知政事。贝州叛案，就此了清。仁宗自然欣慰。

适是年为闰正月，两度元宵，仁宗再欲张灯祝庆。曹皇后以徒耗资财，有损无益，极力劝止。过了三日，仁宗正夜宿中宫。忽闻外面有呼噪声、蹴踏声，既而响触檐溜，音随屋瓦。曹后从梦中惊醒，忙披衣起床，仁宗亦起，即欲出外观望，当被曹后拥住，且谏阻道："宫寝中有此怪声，必是内侍谋变，现在黑夜仓皇，陛下切勿轻出，只有传旨出去，亟召都知王守忠引兵入卫，方保万全。"是时值宿宦侍，俱已起来，当由仁宗命召守忠，速即入卫。俄闻怪声愈近，杂以悲号，呼杀呼救，嘈嘈切切。曹后变色道："守忠未来，贼已阑入，不可不预先防备。"复命宦侍齐集，勒成队伍，环守宫门。一太监奏语道："莫非宫中乳媪殴打小女子，所以有此哭声。"曹后不待说毕，便竖起柳眉，大声呵叱道："贼在殿外杀人，你还敢妄言么？"一面令宦侍速去挈水。待水已挈入，复手执绣剪，把宦侍鬓旁各剪一缺，并面嘱道："你等各奋力守门，静待外援，明日当视发征赏。宦侍闻言，都大家踊跃起来，齐至门前拒守。曹后亲自督率，相机应变，忽门外火炬齐明，贼已踵至，但听有贼哗语道："不如纵火毁门罢。"曹后急命将所挈各水，移近门侧，至贼举炬焚门，即用水扑救，火得随扑随灭。智勇兼全，不愧将门孙女。两下里正在相持，都知王守忠已引兵到来，不消片刻，即将贼徒擒住，当下呼报贼平，叩门请安。曹后在门内传语道："叛贼共有几人？"守忠道："共计数十名。贼目是卫士颜秀。"曹后道："知道了。你押带出去，即交刑部，确是擒住的贼人，命即正法，不得妄事株连！"免兴大狱，智而且仁。守忠奉命去了。仁宗见曹后布置井井，立刻平乱，不禁大悦道："卿如此镇定，济变有方，想是祖传的家法哩。"曹后答道："仗陛下洪福，得平内变，妾有什么韬略呢？"谦尊而光。

正说着，妃嫔等也陆续到来，问安门外，当由后命启扉迎入。为首的进来就是张美人，乃后宫第一个宠妃。应二十七回。巧慧多智，素善逢迎。仁宗早欲立她为后，因与刘太后意见未合，因册立郭氏；至郭后见废，又欲立妃为继后，妃却自辞，乃改立曹氏。平居与两后相处，倒也谦退尽礼，无什怨忤，因此愈得主眷。庆历元年，封清河郡君，嗣迁为修媛，忽然被疾，申奏仁宗道："妾姿薄不胜宠名，愿仍列美人。"仁宗点首允许。她名目上虽居后列，实际上几已专房，此次入内请安，仁宗反答言抚慰，就是曹后也曲意周旋。还有一位周美人，紧随张美人后面，她本是四岁入宫，为张美人所钟爱，抚为养女。及年将及笄，生得妩媚动人，居然引动龙心，排入凤侣。仁宗渔色，可见一斑。又有苗才人、冯都君等，亦依次进谒。苗系仁宗乳媪女，冯是良家子，祖名起，曾任兵部侍郎，以德容入选，这且不胜缕述。大家问安已毕，次第退还。

越日下诏，谴斥皇城使及卫官数人。副都知杨怀敏坐嫌疑罪，参知政事丁度，请执付外台穷治。偏枢密使夏竦奏言事关宫禁，不必声张，但由台官内侍审鞫禁中，便可了案。仁宗准奏。及审问怀敏，夏枢密早已替他安排，查不出什么逆证，乃止将怀敏降官，仍充内使，这明明是护符得力了。夏竦且巴结宫闱，明知张美人得宠，想就此结一内援，遂上言美人有扈跸功，应进荣封。功在何处？仁宗眷恋张美人，日思把她进位，但苦无词可借，此次得夏竦奏牍，顿觉借口有资，即命册张美人为贵妃。竦且得步进步，复唆使谏官王贽，奏言："叛贼起自中宫，请彻底追究！"他的本意，无非欲摇动后位，拔帜易帜，讨好张妃。仁宗也不禁起疑，亲见曹后守闱，有何可疑？自来做皇帝者，多半是负心人。可为一叹。转问御史何郯。郯答道："中宫仁智，内外同钦，这是奸徒蜚语中伤，不可不察。"仁宗乃搁置一边。

惟张贵妃伯父尧佐，骤擢高位，命兼宣徽节度景、灵、群、牧四使，殿中侍御史唐介与知谏院包拯、吴奎等，力言不可。中丞王举正又留百官列廷论驳，乃罢尧佐宣徽景、灵二使。未几，又命知河阳，兼职南院宣徽使。御史唐介复抗章上奏，极言"外戚不可预政，前皇上从谏如流，已经收回成命，此次何复除拜，自紊典章"云云。仁宗召介入语道："除拟本出中书，亦并非尽由朕意。"说不过去，便推到宰相身上。介复道："相臣文彦博也想联络贵戚，希宠固荣么？"仁宗闻言，拂袖竟入。介退朝后，又亲自缮成一疏，劾奏文彦博交通宫掖，引用贵戚，不称相位，请即日罢免，改相富弼等语。次日入朝，当面递呈。仁宗略阅数语，便即掷下，并怒叱道："你若再来多言，朕且远窜你了！"介毫不畏怯，竟拾起奏章，从容跪读。读已，复叩首道："臣忠愤所激，鼎镬且不避，何惮远谪呢！"仁宗召谕辅臣道："介为谏官，论事原是本职，但妄劾彦博，擅荐富弼，难道黜陟大权，他也得干预么？"时文彦博也在殿前，介竟向他注目道："彦博应自省！如有此事，不该隐讳。"亦太沽直。彦博向仁宗拜谢道："臣不称职，愿即避位。"仁宗益怒，叱介下殿，声色俱厉。谏官蔡襄趋进道："介诚狂直，但纳谏容言，系仁主美德，乞赐宽贷！"仁宗怒尚未释，竟贬介为青州别驾。嗣由王举正等再谏，乃改徙英州。文彦博后亦罢职，出知许州。

相传张贵妃父尧封，曾为彦博父洎门下客，贵妃未入选时，认彦博为伯父。及入宫专宠，彦博献蜀锦为衣，这锦名为灯笼锦，系特别制成。仁宗初怒介妄言，及调查得实，因将彦博外调，另派中使护介至英州。后来中官作诗咏事，有"无人更进灯笼锦，红粉宫中忆佞臣"二语。究竟是真是假，无从考明。或说灯笼锦由文夫人入献，彦博原未与闻，这也是未可知呢。不欲苟毁贤臣，因复历述所闻。小子有诗咏道：

> 交通宫掖有还无，偏惹台臣口笔诛。
> 当日潞公无辩论，想因献锦未全诬。

彦博既去，夏竦亦死，势不得不另简相臣，试看下回分解。

仁宗之驾驭中外，未尝不明，而失之于柔。元昊之跋扈无论已，贝州王则么么小丑耳，假使留守得人，闻乱即讨，指日可平，乃犹烦大臣出使，竟致小题大做。迨至王则擒诛，赏功且及贾昌朝，得毋谓失入宁失出，乃有此滥赏之过欤？及卫士变起，守阃御乱之方俱出曹皇后，仁宗竟不展一筹，何其无丈夫气？事平以后，张美人并无愒跸功，乃以夏竦一言，竟欲将曹后大功，移归张氏。迨王贽谎奏，且疑曹后亦涉嫌疑，微何郑之据理直陈，中宫又且摇动矣。要而言之：一优柔寡断之失也。夫惟失之于优柔，故贤人不能久用，佞臣得以幸进，而阴柔奸诈之夏竦，遂得以揣摩迎合，适中上意耳。仁宗以仁称，吾谓乃妇人之仁，非明主之仁。

第三十二回

狄青夜夺昆仑关　包拯出知开封府

却说文彦博为相时，陈执中罢职，用宋庠同平章事。庠，安州人，本名郊，仁宗初年，与弟祁同举进士，祁列第一，庠列第三。时刘太后临朝称制，以兄弟名次，不宜倒置，乃擢郊第一，置祁第十，时人呼为大宋、小宋。二宋联翩入仕，均以才藻闻。及郊为翰林学士，因姓名联合，与宋室郊天事相混，乃改名为庠。庠累擢为相，执政数年，无所建树。会祁子与张彦方交游，彦方伪造敕谍，事发论死。谏官包拯等奏庠不戢子弟，治家无术，势难治国，应请免职。庠亦求去，遂出知河南府。至文罢夏死，遂用庞籍同平章事，高若讷为枢密使，梁适参知政事，狄青为枢密副使。青本以戍卒起家，历官西陲，善攻善守，经略判官尹洙目为异材，尝与经略使韩琦、范仲淹谈及。应二十八回及三十回。韩、范遂召青入见，询问战略，无不中彀，遂倚为臂助。仲淹且授以《左氏春秋》，并语青道："为将不知古今，止一匹夫勇呢。"青唯唯受教。自是折节读书，举秦、汉以后将帅兵法，无不通晓，遂积功至都指挥使。元昊称臣，西蕃渐靖，奉召为殿前都虞侯。是时面涅犹存，仁宗尝命他敷药除字，青跪谢道："陛下以臣有微功，屡加迁擢，并非论及门第。臣得有今日，正为此涅，臣愿留示军中，可作劝勉。臣不敢奉诏。"俗小说中说青貌赛潘安，致有单单国公主临阵招亲诸事。当时并无单单国，何来公主？荒诞不经，一何可笑。

仁宗道："卿言亦是有理，随卿所欲罢了。"旋命为彰化军节度使，兼知延州。至是复擢为枢密副使。

仁宗于庆历八年后，复改元皇祐。皇祐初年，广源州蛮酋依智高叛命，僭称南天国，改元景瑞。广源州地近交趾，唐末交趾强盛，并有此州。州东为傥犹州，也属交趾。知州侬全福被交人杀死。全福妻阿侬改嫁商人，生子名智高，冒姓侬氏。智高年方十三，恨有二父，复将商人杀害，嗣与母占据傥犹州。交人兴兵进攻，执住智高母子，见智高状貌雄伟，把他赦宥，且令知广源州。智高仍怨恨交人，潜集部曲，袭据安德州，居然僭号改元，一面入贡中国，自愿内附。宋廷以交趾一隅，自黎桓受封后，更历二传，素修职贡，不愿收纳智高，结怨交人，<small>应十五回。</small>遂却还贡使。智高复奉金函书，力请投诚，仍不见报。于是智高恼羞成怒，竟入窥中国，居然欲与宋朝争衡。广州进士黄师宓郁郁不得志，忽投入智高，愿为谋主。先劝智高屯积粮食，令出敝衣等物，与边民换易粟米。邕州境地与广源州相近，邕人多输粟出边，与智高交易。知州陈珙，差人诘问，智高只说是"洞中饥馑，恐部中离散，反来扰边，所以易粟赈饥，免得暴动"云云。陈珙信为真情，毫不设备。智高复用师宓计，自毁居室，因召众与语道："生平积聚，被火毁尽，现只有入取邕、广，谋一生机，否则大家共死了。"部众闻言，遂各摩拳擦掌，齐声听命。智高即率众五千，沿江东下，攻邕州横江寨，守将张日新等战死，进薄邕州。陈珙不知所为，被智高一鼓攻入，将他缚住。司户孔宗旦、都监张立，皆骂贼遇害。智高遂自称仁惠皇帝，国号大内，改元启历。<small>又要改元，想是摹仿宋朝。</small>

广南一带，久不被兵，军同虚设，智高麾众四出，连陷横、贵、藤、梧、康、端、龚、封八州，守臣相率逃遁；只知封州曹觐、知康州赵师旦，出战阵亡。智高进围广州，知州魏瑾鼓励兵民,登陴死守。知英州苏缄及转运使王罕,先后往援,城得不陷。仁宗接得警报,命余靖为广西安抚使,杨畋为广南安抚使,即调广东钤辖陈曙发兵西征。会知秦州孙沔入朝,仁宗以秦事为勖。沔奏对道:"秦州事不烦圣虑,岭南事却是可忧。臣观贼势方张,官军虽已往讨,尚未闻得将材,恐未必即能报捷哩。"仁宗默然。过了数日,果得败书,昭州钤辖张忠败殁。仁宗乃授沔为湖南、江西按抚使。沔请得骑兵七百人,即日就道,且分檄湖南、江西各州县,略言:"大兵且至,应亟缮营垒,多具燕犒,休得延误!"智高本拟越岭北向,闻得此檄,乃不敢北侵。中沔计了。及沔至鼎州,加广南安抚使,召还杨畋。智高却移书行营,求为邕桂节度使。仁宗拟如所请,参政梁适道:"智高猖獗已什,若再姑息了事,岭南非朝廷有了。"仁宗道:"杨畋无功,余靖等亦未见奏捷,如何是好?"道言未毕,忽有一人出班奏道:"臣愿奉旨南讨,生擒贼首,槛致阙下。"如闻其声。仁宗视之,乃是枢密副使狄青,便喜道:"卿愿南征,应用若干人马?"狄青道:"臣起行伍,非战伐无以报国,愿得蕃落数百骑,更益禁兵万人,便足破贼擒渠。"仁宗道:"卿既欲去,事不宜迟,朕命卿宣抚荆湖,卿即去整顿行装,指日出发便了。"青拜谢而退。

宋制右文轻武,文臣除授节钺,成为习惯,此次独任武人,免不得廷议纷纷。谏官韩绛竟奏称:"青一武夫,不应专任。"仁宗遂欲命内都知任守忠为副使。知谏院李兑又上言:"宦官不应掌兵。"惹得仁宗疑惑不定,这是此老常态。召问首相庞籍。籍答道:"青智足平贼,不妨专任,如号令不一,不如勿遣罢!"仁宗乃置酒垂拱殿,特饯青行;且诏令岭南诸军,概受宣抚使狄青节制。适余靖在军中驰奏,略谓:"交趾愿助讨智高,请下旨允行!"青已出都门,闻得此信,亟拜疏上达,略言:"借兵平寇,有害无利,一俟智高横践两广,力不能制，反欲假兵蛮夷，适为所笑。蛮夷贪得忘义，倘轻视中国，因之启衅，祸且十倍智高。乞饬罢交趾助兵，毋贻后患！"名论不刊。仁宗准奏，遂由青檄止余靖，不得与交趾连兵，并戒前敌各将士，不准妄与贼斗，候令乃发。

钤辖陈曙乘青未至，遽发兵出击，至昆仑关，为敌所乘，立即溃退。殿直袁用等皆遁。青至宾州，会集孙沔、余靖各军，设营立栅，驻扎士卒。沔、靖等入报陈曙败溃状，青勃然道："号令不齐，怎得不败？明晨请诸位到来，严申军律，方可破贼哩！"沔、靖等允约而退。次日天明，青传命各军齐集，大小将校，尽会堂上，依次列座。青见陈曙在座，便起身与揖，曙亦起立。青即问曙道："日前往击昆仑关，共有若干兵马？"曙无可隐讳，只得答言步卒八千名，将校三十二人。青又令曙一一召入，当即升堂高坐，传卫士入帐，森列两旁，召曙至案前，厉声叱责道："皇上授我特权，来讨贼酋，我已在途次传谕诸将，不得妄战，钤辖何故违我号令，致遭败衄？按法当斩！"便喝令卫士，将曙拿下。又传袁用等三十二人与语道："违令的罪状，出自陈曙，但汝等既随陈出战，应该努力杀贼，奈何遇贼即走，不斩汝等，不足申军法。"也令卫士一一捆绑，驱出辕门，尽行枭首。不到一刻，血淋淋的三十余颗首级，由卫士携入堂来，复令销差。沔与靖相顾失色，余将相率股栗，莫敢仰视。青命将首级悬竿徇众，越日方令备棺掩埋。自是肃行伍，明约束，昼夜戒备，壁垒一新。孙武斩美姬，穰苴斩庄贾，胥操是术，否则不足肃军纪。

时已残腊，转眼间已是皇祐五年的新春，青除按兵止营外，仍饬行庆贺礼，且传令休息十天，大众都莫名其妙。就是贼中间谍，也探不出什么兵谋，只返报智高，如十日约。慎重兵机，理应如是。谁知过了一天，青即自将前军，麾兵先发，孙沔为次军，余靖为后军，相机并进，进次昆仑关。智高安居邕州，尚未闻悉。阅二三日，乃再遣侦骑觇视，适值是日为上元节，官军各营，大张灯乐，宴饮尽欢，侦骑当据实回报去了。青料知有敌来窥，故意张筵夜饮。次日复饮，直至二鼓，尚是你斟我酌，兴味盎然。青忽自言未适，暂起入内，一面传谕军官，劝他尽量饮酒，待翌晨下令进关。军官等又欢饮多时，方才散席。待至黎明，均至帐前听令，忽帐内走出传令官，语诸将道："元帅已进关去了。诸位将军，请即前往会食，不得有误！"诸将统不胜惊异，慌忙领兵入关。孙沔、余靖也引军亟进。看官道狄青何时入关？原来青起座入内，即改易军装，从帐后潜出，暗约先锋孙节等，乘夜度关。关在昆仑山上，当宾、邕两州交界，最关冲要。青恐敌人来争，因偷越关外，直趋归仁铺列阵，静待后军。至各军陆续到齐，差不多已是辰牌。那时智高部众也已得信，倾寨前来，抗拒官军。先锋孙节与敌相遇，便上前搏斗。敌众来势什锐，枪矢并发，节力战不退，中枪殒命。沔与靖驻兵冈上，遥见孙节阵亡，不觉大惊。俄闻鼓声大震，一彪人马从山麓杀出。分兵为左右翼，夹击敌众，为首一员大元帅，银盔铜面，手执白旗，向官军左右指挥，忽纵忽横，忽开忽合，杀得敌众东倒西歪，那官军却步骤井井，行伍不乱。孙沔顾语余靖道："这不是狄元帅督战么？看他部下的将士，如生龙活虎一般，端的名不虚传，我等快上前去，助他一阵，管教贼众片甲不回。"靖即允诺，于是沔军在前，靖军在后，从山上冲将下去，搅入敌阵。敌众已抵不住狄军，怎禁得两军杀人，顿时大败，拼命乱窜。官军追奔五十里，斩首数千级，敌将黄师宓、侬建中及伪官属等，死了一百五十七人，生擒敌弁五百余，方才收军。青即乘胜进攻邕州，哪知智高已纵火焚城，夤夜遁去。官军陆续入城，扑灭余火，搜得金帛巨万。赦胁从，招流亡，邕人大悦。一气叙来，极写狄青。

惟查觅智高，竟无着落。适有一贼尸穿着龙衣，大众认作智高，说他已死，拟即上闻。青摇首道："安知非诈？我宁失智高，不敢欺君冒功哩。"乃据实奏报。仁宗喜慰道："青果破贼了，庞籍可谓知人。就是梁适主张讨贼，亦不为无功，否则南方安危，尚未可料呢。"乃诏余靖经制广西，追捕智高，召狄青、孙沔还朝，擢青为枢密使，沔为枢密副使，南征各将赏赉有差。杨延昭子文广，亦因从征有功，授广西钤辖，嗣复令知邕州。是时延昭早殁，杨氏一门，要算文广是绰有祖风了。结束杨家，扫尽穆柯寨、天门阵诸谬说。智高母阿侬及弟智光、侄继宗逃至特磨道，由余靖遣将追获，解京伏法。独智高窜死大理，靖辗转索取，才函首入献。当时广南一带，有农种籴收的童谣，到此始应验了。

狄青入任枢密，庞籍等均言位不相宜，仁宗不听。俗小说中，有奸相庞洪，屡谋害青，想是庞籍之误，但庞籍尚称贤相，即奏阻枢密使，亦非有意害青。籍女且未尝为妃，更属捏造，此如潘美之加名仁美害死杨业诸讹词，同一影射，而荒谬尤过之。青在枢密四年，很加慎重，只因平素恤下，每一公出，士卒辄环拥马前，且谓青家狗生两角，并屡有光怪，以讹传讹，哄动京师。学士欧阳修及知制诰刘敞，统奏称："青掌机密，致启讹言，不如调赴外任，转得保全。"仁宗乃用韩琦为枢密使，罢青为同中书门下平章事，出判陈州。越年，病终任所，赠中书令，谥武襄。有子数人，长名谘，次名咏，并为阁门使。咏承父志，以战略闻。特叙二子，以正小说中狄龙、狄虎之误。这且毋庸细表。

且说皇祐五年后，仁宗下诏改元，号为至和。适值张贵妃一病不起，竟致玉殒香消。仁宗哀悼逾恒，竟辍朝七日，且禁城举乐一月。追册为皇后，治丧皇仪殿，赐谥"温成"加赠妃父尧封为郡王，晋封尧佐为太师。知制诰王洙迎合意旨，阴与内侍石全斌附会，拟令孙沔读册，宰相护葬。庞籍时已罢相，又用陈执中继任。执中奉命维谨，独孙沔入朝抗奏道："陛下命臣沔读册，臣何敢不遵？但臣职任枢密副使，非读册官，臣不读册，是谓违旨，臣欲读册，是谓越职，请陛下将臣罢免，臣才可告无罪了。"志节可嘉。仁宗默然不答。越日，竟罢沔枢密副使，徙知杭州，且令参政刘沆，充温成皇后园陵监护使。葬毕叙功，擢同平章事。宫闱私宠，滥恩至此，色之迷人大矣哉！既而知谏院范镇及殿中侍御史赵抃等，交章劾论陈执中非宰相才，且纵妾笞婢至死，亦当坐罪云云。执中乃免职。

其时中外人士，属望老成，莫如范仲淹、文彦博、富弼三人，这三人忠正相符，不喜阿附，因此在朝未久，俱被外调。直道难容，古今同慨。仲淹徙知青州，竟于皇祐四年，病殁任所，追赠兵部尚书，予谥"文正"。他祖籍是邠州人氏，徙居江南吴县，二岁丧父，随母更嫁，及长，始知家世，辞母归宗，苦志励学。及贵显后，食不重肉，衣不重裘，俸禄所得，留赡族里，尝置义庄一所，赈恤孤贫；所守各郡，恩威并济，人民多立生祠，就是羌夷亦爱戴如父。及殁，远近皆哀，如丧考妣。补叙范文正生平，无非旌善。生四子，历有政绩，事见后文。文彦博出知许州，见前回。富弼出判并州，均尚在任，并著政声。

仁宗既罢免执中，当然要另择相才，适枢密直学士王素因别事入奏，陈言已毕，仁宗道："卿系故相王旦子，与朕为世旧，非他人比，朕所以与卿熟商。今日择相，何人可任？"素对道："但教宦官宫妾，不知姓名，便可充选。"仁宗道："据卿所云，只有富弼一人。"素顿首贺道："臣庆陛下得人了。"仁宗又问及文彦博，素答言亦一宰相才。乃遂下诏召二人入朝。并授同平章事，士大夫都额手称庆。过了至和二年，又改称嘉祐元年，仁宗御大庆殿受朝，忽眩晕欲仆，急命群臣草草行礼，入返寝宫。嗣是数日不朝，大臣不得见，中外忧惧。亏得文、富二相借祈祷为名，直宿殿庐，方得镇静如常。彦博因乘间请立储君，仁宗含糊答应。越月，仁宗疾瘳，亲御延和殿，彦博与弼才退还私第。只立储一事，又复搁起。知谏院范镇屡请立储，竟忤帝意，罢免谏职。学士欧阳修、侍御史赵、知制诰吴奎等，上疏力请，又不见从。殿中侍御史包拯又上疏极谏，说得非常恳切，也把他徙调出外，权知开封府。

包拯字希仁，合肥县人，初举进士，授建昌知县。因父母俱老，辞不就职。后数年双亲并逝，拯庐墓终丧，始出知天长县。人第知拯之廉明，不知拯之孝养，故特为揭出。县中有盗割人牛舌，豢牛主人投署控诉。拯语道："牛舌已去，不能复活，你速回去，烹宰这牛，免得不值一钱！"主人道："小民是来追究割牛舌的人。"拯佯怒道："一个牛舌，值得什么，你也要来刁讼，快出去罢！"主人吞声而去，即将牛杀讫，鬻肉易钱。未几即有人来告他私宰耕牛，拯忽道："你为何割他牛舌？"那人不禁失色，一讯即服。自是以善折狱闻。已而入拜御史，加按察使，又历三司户部判官，出为京东转运使，复入为天章阁待制，更知谏院，除龙图阁直学士，兼殿中侍御史。素性刚毅，不阿权贵，豪戚宦官皆为敛手。既知开封府，大开正门，任人民诉冤，无论何种案件，概令两造上堂直陈，立剖曲直。遇有疑难讼狱，亦必多方察，务得真情。锄豪强，罪奸枉，奖节义，伸冤曲，一介不取，铁面无私，童稚妇女，群知大名，或呼为包待制，或呼为包龙图，京师为之语道："关节不到，有阎罗包老。"后人撰《包公案》一书，却有一半实迹。至说包公殁后，为阴司阎罗王，乃是随口附会，不足凭信。小子有诗咏包公道：

　　立朝一笑比河清，见《包拯传》。妇稚由来识大名。
　　尽说此公能折狱，得情仍不外廉明。

越二年，复召入为御史中丞，他又要面请立储了。未知得邀俞允与否，且看下回便知。

狄青、包拯两人，垂誉至今，称颂不衰。而包龙图三字，盛名尤出狄上。即妇人孺子，无不知有包龙图者。什且谓狄之荣显多由包拯之力，是则子虚乌有之谈，固难取信耳。尝考狄之立功，莫大于夺昆仑关；包之成名，莫要于知开封府。著书人不敢溢美，亦不敢没善，就两人功名，择要演述，已足存其实迹。而当时朝政之得失，亦销纳其间。以视俗小说之附会荒唐，不值一噱者，固不啻霄壤之别也。此书一出，可以扫尽卮言。

第三十三回

立储贰入承大统　释嫌疑准请撤帘

却说包拯奉诏为御史中丞，受职以后，仍然正色立朝，不少挠屈，甫经数日，又伏阙上奏道："东宫虚位，为日已久，中外无不怀忧。陛下试思物皆有本，难道国家可无本么？太子系国家根本，根本不立，如何为国？"仁宗怫然道："卿又来说此事了。朕且问卿，何人可立？"拯叩首答道："臣本不才，叨蒙恩遇，所以乞请建储，无非为宗庙万世至计，陛下今问臣应立何人，仍是疑臣多言，臣年将七十，且无子嗣，还想什么后福？不过耿耿孤忠，不能自默呢。"语诚且挚。仁宗面色转和，方道："忠诚如卿，朕亦深知，建储事总当举行，待朕妥议便了。"拯乃退出。原来拯有一子名垫缋，娶妻崔氏，尝通判潭州，壮年去世。崔氏无出，守节不再嫁，因此拯面奏仁宗，自称无子。但拯有媵妾，已娠被出，在母家产生一男，事为崔氏所知，密为赡养，母子俱全。嘉祐六年，拯进为枢密副使。越年，遇疾将殁，崔乃白拯取回媵子，由拯命名曰綖。拯并留遗嘱道："后嗣倘得为官，当谨守清白家风。如或犯赃，生不得放归本家，死不得葬大茔中，不从吾志，非我子孙。"言讫乃逝。有诏追赠礼部尚书，谥"孝肃"。随笔结过包拯事，免得后文另起炉灶。惟立储一事，也至嘉祐六、七年间，方才定夺。

先是张贵妃殁后，仁宗痛失爱妃，追怀故剑，复召回前时

所宠的杨美人。应二十八回。杨本刘太后姻戚，色艺兼优，自
重入宫后，晋封婕妤，历加修媛、修仪诸名位。怎奈秀而不
实，诞玉无期，就是曹后以下诸妃嫔，或生而不育，终成虚
愿。史称仁宗有三子，曰昉，曰昕，曰曦，皆夭殇。仁宗复采选良
家女十人，一一召幸，宫中号为十总阁。刘氏、黄氏在十阁
中，尤称骄恣，免不得有内外请托等弊。当嘉祐四年秋间，月
食几尽，御史中丞韩绛，密奏十阁恃宠，不足毓麟，反伤阴
教，应严加裁抑云云。仁宗检查得实，乃将十阁尽行遣出，并
放宫女一二百人。

　　既而文彦博告老辞职，富弼因母丧丁忧，就是黑王相公王
德用，德用面黑，人呼为黑王相公。前曾召为枢密使，至是亦已
免职，刘沆亦罢去。乃用韩琦同平章事，宋庠、田况为枢密
使，张昇为副使。琦既入相，即以建储为请。仁宗谓后宫有
孕，待分娩后再议。哪知满望弄璋，变成弄瓦。琦乃怀《汉书
·孔光传》进呈，且奏道：“汉成无嗣，曾立犹子，彼系中材
主，尚能若此，况陛下呢？太祖手定天下，传弟不传子，陛下
知法先祖，何妨择宗室为嗣呢。”仁宗仍然不决。会宋庠以惰
弛免官，擢学士曾公亮为枢密使，嗣更与韩琦并相，以张昇代
公亮后任，并进欧阳修参知政事。公亮娴法令，修长文学，昇
通治术，与韩琦同心辅政，朝廷称治。四人均以建储未定为
忧，一再疏陈，终未见报。会知谏院司马光及知江州吕诲，又
连章固请，词极剀切，仁宗颇为感动，将二疏送交中书。及琦
入对，即中读光、诲二疏。仁宗遽谕道：“朕有意久了，究竟
何人可嗣？”琦忙答道：“这事非臣等所敢私议，请陛下自
择！”仁宗复道：“宫中尝养二子，年少的近时不慧，就是大
的罢！”琦闻旨，便即请名。仁宗道：“就是宗实。”琦极力赞
成。仁宗道：“宗实现居濮王丧，须降旨起复，方可册立。”
琦复道：“事若果行，不可中止，陛下断自不疑，乞从内中批

出!"仁宗道:"且先由中书传旨,起复他知宗正寺,何如?"琦便应声遵旨,当即出传上旨,起复宗实。

宗实父允让,见二十八回。封汝南郡王,嘉祐四年冬薨逝,追封濮王。宗实居庐守制,因有诏起复,固辞不拜,哀乞终丧。仁宗再召问韩琦,琦对道:"陛下为宗社计,乃择贤而立,今固辞不受,勉尽孝道,这便是所谓贤呢,请令终丧视事便了。"定策立储,是韩魏公生平大业,故言之特详。至嘉祐七年秋季,宗实终丧,尚坚卧不起。琦复入朝启奏道:"宗正一诏,已见明文,中外臣民,已知陛下择嗣,不如即日正名为是。"仁宗道:"准卿所奏!"琦退至中书处,即召翰林学士王珪草制。珪奋然道:"这是国家大事,应面授上命,方可拟诏。"琦答道:"既如此,快去请对罢!"珪翌日请对,由仁宗召见。珪跪奏道:"海内望陛下立储,不啻望岁,这事果出自圣意吗?"仁宗道:"朕意已决定了。"珪再拜称贺,乃退朝草制。制命既下,宗实复称疾固辞,章十余上。知谏院司马光入奏道:"皇子固辞主器,延至旬月,可谓贤德过人。但父召无诺,君命召,不俟驾,这是臣子大义,请陛下举义相绳,皇子自不敢有违了。"仁宗乃召同判大宗正寺安国公从古等往传旨意,宗实尚不肯受命。记室周孟阳私问宗实,究为何意?宗实道:"非敢邀福,实欲避祸呢。"孟阳道:"今皇上屡次传诏,乃固辞不受,倘中官等别有所奉,转启嫌疑,尚能宴安无患否?"宗实始悟,乃与从古等相约入宫。临行时语家人道:"谨守吾舍!待上有嫡嗣,我即归来了。"及既入宫中,谒见清居殿,赐名曰曙。自是每日一朝,有时或入侍禁中,过了一月,受封为巨鹿郡公。

转瞬间已是嘉祐八年,正月中无事可表,一到二月,仁宗复患疾卧床,不能视朝,令中书枢密奏事,须至福宁殿内的西阁中。旋经太医调治,稍有起色,三月初旬,曾亲御内殿二次，嗣复寝疾不起，渐加沉重，竟至驾崩。遗诏皇子曙即皇帝位，皇后曹氏为皇太后。总计仁宗在位四十二年，寿五十四岁，改元多至九次，两宋诸帝，要算仁宗享国最号长久。仁宗恭俭仁恕，出自天性，治术尚宽，刑决尚简，所用枢要诸臣，虽贤奸直枉，迭为消长，究竟君子多，小人少，因此力持大体，没什变故。就是庆历年间，党议蜂起，韩、范、富、欧等为一派，吕、夏、宋、陈等为一派，互相排斥，各是其是，但也不过内外迁调，未尝妄兴大狱，所以宋史上称为仁主，极力颂扬，这且不必絮述。

且说仁宗已崩，皇后曹氏即命将宫门各钥，收置身旁，俟至黎明。命内侍召皇子入宫，且传集韩琦、欧阳修等，共议皇子即位事宜。皇子哭临已毕，遽欲退出。曹后道："大行皇帝遗诏，令皇子嗣位，皇子应承先继志，不得有违！"皇子曙变色道："曙不敢为。"韩琦忙掖留道："承先继志，乃得为孝，圣母言不可不从！"皇子乃遵即帝位，御东楹见百官，是为英宗皇帝。英宗欲循行古制，谅阴三年，命韩琦摄行冢宰。琦奏称古今异宜，不应遵行，乃尊皇后为皇太后，请太后权同处分军国重事。太后因御内东门小殿垂帘，宰辅等逐日复奏，由太后援经据史，处决事件，遇有疑难，每语辅臣道："公等妥议，应该如何处置，便可解决了。"自是韩琦等悉心赞议，太后未尝不从。独对待曹氏懿戚及宫中内侍，丝毫不肯假借，内外为之肃然。既而立皇后高氏，后系故侍中高琼曾孙女，母曹氏，为太后胞姊，既生女，幼育宫中。既长出宫，为英宗妃，封京兆郡君，至是册为皇后，与太后如母女一般，当然爱敬有加。太后复重富弼名，召为枢密使。

忽英宗偶然不豫，渐渐的举措乖常，左右有所陈请，辄遭暴怒，什且杖挞相加。内侍等受虐不平，遂交诉内都知任守忠。守忠初为仁宗所黜逐，嗣复召入，累擢至内都知。仁宗欲立英宗，守忠恐英宗明察，拟援立庸弱，谋揽内权，旋因计不得逞，未免失望。适内侍等入诉帝状，遂乘间设法，谗构两宫。看官！试想天下有几个慈明不昧的贤母，诚孝无私的令主，能不听亲幸媒孽么？守忠等日夕浸润，惹得两宫都动疑起来，由疑生怨，由怨成隙，好好的继母继子，几乎变成仇雠。知谏院吕诲亟上书两宫，开陈大义，词旨恳切，多言人所难言，两宫意终未释。

一日，韩琦、欧阳修奏事帘前，太后呜咽涕泣，具述英宗变态。韩琦道："皇躬不豫，因致失常，痊愈以后，必不至此。且太后为母，皇上为子，子有疾，母可不容忍么？"太后尚流泪不止。欧阳修复进奏道："太后事先帝数十年，仁德昭闻，天下共仰，从前温成得宠，太后尚处之泰然，如今母子相关，何至不能相容呢？"太后闻言，方才收泪。修又道："先帝在位日久，德泽在人，所以一旦晏驾，天下奉戴嗣君，无敢异议。今太后原是贤明，究竟是一妇人，臣等五六人，统是措大书生，若非先帝遗命，哪个肯来服从呢？"前以婉言动之，后用危言警之，欧阳公也算善言。太后沉吟不答。琦竟朗声道："臣等在外，皇躬若失调护，太后不得辞责。"索性逼进一层。这数语引动太后开口，即蘧然道："这话从哪里说来？我心更愁得紧哩。"正要引你此语。琦与修均叩首道："太后仁慈，臣等素来钦佩，所望是全始全终哩。"叩毕乃退。内侍等听着，统不禁瞠目咋舌，阴谋为之少懈。

越数日，琦独入内廷，向英宗问安，英宗略谕数语，便道："太后待朕，未免寡恩。"琦遽对道："古来圣帝明王，也属不少，独称舜为大孝，难道此外多不孝么？不过亲慈子孝，乃是常道，未足称扬，若父母不慈，子仍尽孝，乃得称名千古。臣恐陛下事亲未至，尚亏孝道，天下岂有不是的父母么？"英宗不觉改容。嗣英宗疾已少瘳。命侍臣讲读迩英阁，翰林侍讲学士刘敞进读《史记》，至尧授舜天下事，即拱手讲解道："舜起自侧陋，尧乃禅授大位，天下归心，万民悦服，这非由舜别有他术，只因他孝亲友弟，德播远近，所以讴歌朝觐，不召自来呢。"借史讽主，语重心长。英宗悚然道："朕知道了。"遂进问太后起居，自陈病时昏乱，得罪慈躬，伏望矜宥等语。太后亦欣慰道："病时小过，不足为罪，此后能善自调护，毋致违和，我已喜慰无穷，还有什么计较？况皇儿四岁入宫，我且夕顾复，抚养成人，正为今日，难道反有异心么？"英宗泣拜道："圣母隆恩，如天罔极，儿若再忤慈命，是无以为人，怎能治国？"太后亦不禁下泪，亲扶帝起，且道："国事有大臣辅弼，我一妇人，不得已暂时听政，所有目前要务，仍凭宰相取决，我始终未敢臆断，待皇儿身体复原，我即应归政，莫谓我喜称制呢。"如此明惠，即间或被蒙，亦不过如日月之蚀而已。英宗道："母后多一日训政，儿得多一日受教，请母后勿遽撤帘！"太后道："我自有主意。"英宗乃退。自是母子欢好如初，嫌疑尽释。

　　韩琦等闻知此事，自然放心，惟因英宗久不御朝，中外眈忧，致多揣测。会值京师忧旱，英宗适御紫宸殿，琦遂请乘舆祷雨，具素服以出，人情乃安。是年冬，葬大行皇帝于永昭陵，庙号仁宗。封长子仲缄为光国公，寻复晋封为淮阳郡王，改名顼。时英宗已生四子，俱系高后所出，除淮阳王顼外，次名颢，又次名颜，幼名頵。颜甫生即夭，余见后文。越年，改元治平，自春及夏，帝疾大瘳。琦欲太后撤帘还政，乃就入朝奏事时，请英宗裁决十余件。裁决既毕，琦即复奏太后，且言："皇上明断，裁决悉合机宜。"太后一一复阅，亦每事称善。琦因叩首道："皇上亲断万几，又兼太后训政，此后宫廷规画，应无不善，臣年力将衰，恐不胜任，愿就此乞休，幸祈赐准！"太后道："朝廷大事，全仗相公，相公如何可去！我却不妨退居深宫呢。"琦复道："前代母后，贤如马、邓，尚不免顾恋权势，今太后便拟复辟，诚属盛德谦冲，非马、邓诸后所可及。臣幸际慈明，钦承无已，但不知于何日撤帘?"太后道："我并不欲预政，无非为皇上前日，抱恙未痊，不得已而在此。要撤帘就可撤帘，何必另定日子呢?"言已即起。临事果断，不愧贤后。琦即抗声道："太后已有旨撤帘，銮仪司何不遵行?"当下走过銮仪司，把帘除下。太后匆匆趋入，御屏后尚见后衣，内外都惊为异事。英宗加琦为右仆射，每日御前后殿，亲理政事。并上太后宫殿名，称做慈寿宫，所有太后出入仪卫，如章献太后故事。

既而知谏院司马光上疏，极言："内侍任守忠谗间两宫，为国大蠹，若非母后贤明，皇上诚孝，几乎祸起萧墙，乞即援照国法，将守忠处斩都市!"英宗览奏，却也动容，惟一时未见降旨。越宿，韩琦至中书处，骤出空头敕一道，自己署名签字，复令两参政同时签名。参政一是欧阳修，一是赵概。概于仁宗末年，入任是职。欧阳修接敕后，也不多说，当即签名；赵概却有难色，修语概道："不妨照签，韩公总有说法。"概乃勉强签字。签毕，琦即坐政事堂，召守忠至，令立庭下，即面叱道："你可知罪么? 本当伏法，因奉旨从宽，姑把你安置蕲州，你当感念圣恩，勿再怙恶!"言毕，便取出空头敕，亲自填写，付与守忠，即日押令出都。手段似辣，然处置奄人，不得不如是神速。且韩魏公定已密奉得旨，当非专擅者比。又把守忠余党史昭锡一律斥出，窜徙南方，中外称快。

过了数月，适琦入朝，英宗忽问琦道："三司使蔡襄，品行如何?"琦未知问意，但答言："襄颇干练，可以任用。"英宗不答。越日竟命襄出知杭州。看官道是何因? 原来太后听政时，曾与辅臣言及，谓："先帝既立皇子，不但宦妾生疑，就是著名的大臣亦有异言，险些儿败坏大事，我不愿追究，已将章奏都毁去了。"为了这几句懿旨，时人多猜是蔡襄所奏，究竟襄有无此事，无从证实，不过他素好诙谐，语言未免失检，遂致同列滋疑。小子尝记蔡襄平日与陈亚友善，襄戏令陈亚属对，口占出句云："陈亚有心终是恶"。陈即应声道："蔡襄无口便成衰。"当时旁坐诸人，共推为绝对；且因襄欲嘲人，反被人嘲，共笑为诙谐的报应。因国事带叙及此，隐寓劝戒之意。其实襄擅吏治才，遇有案件，谈笑剖决，吏不敢欺。尝知泉州，督建万安桥，长三百六十丈，利济行人。又植松七百里，广为庇荫，州民无不颂德。万安桥一名洛阳桥，迄今碑石尚存，蔡襄亲书碑文，约略可辨。俗说蔡状元造洛阳桥，就是此处。只因戏语招尤，致触主忌。治平三年丁母忧，归兴化原籍，越年卒于家，追赠礼部侍郎，后来赐谥"忠惠"。仍不掩长，是忠厚之笔。小子有诗叹道：

> 泽留八闽起讴歌，一语招尤可若何？
> 才识慎言存古训，不如圭玷尚堪磨。

英宗既降调蔡襄，复诏议崇奉濮王典礼。朝右大臣，又互有一番争议，容至下回表明。

英宗入嗣，曹后听政及撤帘，皆韩琦一人之力。宣圣所云："托六尺之孤，寄百里之命，临大节不可夺者"，如韩魏公足以当之。欧阳修、曾公亮、张昇、王珪、司马光等，类皆附骥而彰，而曹后之贤明，英宗之孝敬，亦赖是以成。欧子谓"不动声色，措天下于泰山之安。"诚非过誉也。彼夫真宗之初有吕端，仁宗之初有王曾，以韩相较，有过之无不及者。贤相与国家之关系，固如此哉！

第三十四回

争濮议聚讼盈廷　传颍王长男主器

却说英宗皇帝，系濮王允让第十三子。濮王三妃，元妃王氏，封谯国夫人，次妃韩氏，封襄国夫人，又次妃任氏，封仙游县君。英宗虽入嗣仁宗，但于本生父母，亦断然不能恝置。首相韩琦尝奏称："礼不忘本，濮王德盛位隆，理合尊礼，请下有司议定名称！"当由英宗批答，俟大祥后再议。知谏院司马光即援史评驳，谓："汉宣帝为孝昭后，终不追尊卫太子史皇孙，光武帝上继元帝，亦不追尊巨鹿南顿君，这是万世常法，可为今鉴。"及治平二年，诏礼官与待制以上，谨议崇奉濮王典礼。各大臣莫敢先发，惟司马光奋笔立议。略言"为人后者为之子，不得顾私亲，应准先朝封赠期亲等属故例，垂为常典"云云。于是翰林学士王珪等，即据司马光手稿，略行增改，随即上奏。其文云：

> 谨按《仪礼·丧服》，为人后者传曰，何以三年也？受重者必以尊服服之，为所后者之祖父母妻，妻之父母昆弟，昆弟之子若子，谓皆如亲子也。所后者，即指继父母言。又为人后者为其父母传曰。何以期？不二斩，特重于大宗，降于小宗也。为人后者为其昆弟传曰，何以大功？为人后者降其昆弟也。先王制礼，尊无二上，若恭爱之心分于彼，则不得专于此故也。是以秦、汉以来，帝王有自旁

·270·

支入承大统者，或推尊其父母，以为帝后，皆见非当时，取议后世，臣等不敢引以为圣朝法。况前代入继者，多宫车晏驾之后，援立之策，或出臣下，非如仁宗皇帝，年龄未衰，深惟宗庙之重，祗承天地之意，于宗室众多之中，简推圣明，授以大业。陛下亲为先帝之子，然后继体承祧，光有天下。濮安懿王，濮王谥安懿。虽于陛下有天性之亲，顾复之恩，然陛下所以负扆端冕，富有四海，子子孙孙，万世相承，皆先帝德也。臣等窃以为濮王宜准先朝封赠期亲尊属故事，尊以高官大国，谯国、襄国、仙游，并封太夫人，考之古今，名称最合，谨具议上闻！

议上，韩琦等谓："珪等所议，未见详定，濮王当称何亲，名与不名，请令珪等复议！"珪等又议称："濮王系仁宗兄，皇帝宜称皇伯而不名。"欧阳修独加驳斥，援据丧服大记，撰成《为后或问》上下二篇，大旨说是："身为人后，应为父母降服，三年为期，惟不没父母原称，这便是服可降，名不可没的意思。若本身父改称皇伯，历考前世，均无典据，即如汉宣帝及光武帝，亦皆称父为皇考，未尝易称皇伯。至进封大国一层，尤觉与礼未合，请下尚书省，集三省御史台议！"于是廷臣又奉诏议礼，正在彼此斟酌，互相辩难的时候，忽接到太后手谕，诘责执政处事寡断，徒启纷哑。理该责问。英宗乃下诏道："朕闻廷臣集议不一，权且罢议，现着有司等博求典故，妥议以闻！"既而礼官范镇等，又奏称："汉时称皇考，称帝称皇，立寝庙，序昭穆，均非陛下圣明所当法，宜如前议为是。"侍御史吕诲、范纯仁，监察御史吕大防，复主张珪议，力请照行。章凡七上，均不见报。乃共劾韩琦专权导谀；欧阳修首创邪议，曾公亮、赵概等附会不正，均乞贬黜！这种弹章呈递进去，当然是不见批答。韩琦等亦上言"皇伯无稽，决不可称，请明诏中外，核定名实。至若立庙京师，干纪乱统等事，均非朝廷本意，应饬臣下不必妄引"等语。英宗正信用韩琦等人，胸中已有成见，不过廷臣互有争端，一时未便下诏。越年，竟由太后手敕中书道：

> 吾闻群臣议请皇帝封崇濮安懿王，至今未见施行，吾载阅前史，乃知自有故事。濮安懿王谯国夫人王氏，襄国夫人韩氏，仙游县君任氏，可令皇帝称亲，濮安懿王称皇，王氏、韩氏、任氏并称后，特此手谕！

韩琦等奉到此敕，即转递英宗。英宗即日颁诏，略云：

> 称亲之礼，谨遵慈训，追崇之典，岂易克当？所有称皇称后诸尊号，朕不敢闻，令内外臣民知之！此诏。

诏既下，又命就濮王茔建园立庙，封濮王子宗朴为濮国公，主奉祠事；所有濮王尊讳，令臣民谨避。濮议遂定。当时盈廷揣测，统说太后一敕，主张追崇，英宗一诏，半安退让，统由中书主谋，借此定议。平心而论，此议不得为谬。吕诲等以论列弹奏，不见听用，缴纳御史敕诰，自称家居待罪。英宗命阁门还敕，不令辞职。诲等又复奏固辞，且言与辅臣势难两立。并无不共戴天之仇，何必出此危词？宋臣虽有气节，究未免市直沽名。英宗览到此语，不免懊恼，因转问韩琦、欧阳修等。琦、修等齐声奏道："御史等以为理难并立，若臣等有罪，当留御史，黜臣等。"英宗不答。翌日，竟诏徙吕诲知蕲州，范纯仁通判安州，吕大防知休宁县。司马光等上疏乞留诲等，不报，复请与俱贬，亦不许。侍读吕公著，上言："陛下即位二年，纳谏未著美名，反屡黜言官，如何风示天下？"英宗仍然不从。公著因乞外调，乃出知蔡州。一番大争论，从此罢休。

话分两头。且说文彦博罢相，出判河南，封潞国公。接应前回。至治平二年，自河南入觐，英宗慰劳有加，且语彦博道："朕得嗣立，多出卿力。"彦博悚然道："陛下入继大统，乃先帝意，及皇太后协赞成功，臣何力之有？况陛下即位，臣方在外，韩琦等仰承圣旨，入受遗诏，臣又未尝预闻。今蒙陛下奖及，实不敢当。"英宗徐答道："卿可谓功成不居了。今暂烦卿西行，不久即当召还呢。"彦博乃退。寻即有旨改判永兴军。彦博方去，忽富弼自称足疾，力请解政，英宗不允。弼偏隔日一奏，五日两疏，坚辞枢密。看官道是何因？原来嘉祐年间，弼入相，适韩琦为枢密使，应三十二回。凡中书有事，往往与枢密相商，至此琦与弼易一职位，琦事多专断，未尝问弼，弼颇不怿。当太后还政时，弼毫不预闻，忽韩琦促请撤帘，弼不禁惊讶道："弼备位辅佐，他事或不可预闻，这事何妨通知，难道韩公独恐弼分誉么？"祸心总未易去，富郑公尚且如此。琦闻弼言，也语人道："此事当如出太后意，不便先事显言。"弼心中总觉不快。英宗亲政，因弼尝与议建储，特加授户部尚书。弼曾乞辞道："建储系国家大计，廷臣等均有此议，何足言功？且陛下受先帝深恩，母后大德，尚未闻所以为报，乃独加赏及臣，臣何敢受！"此语恰很公正，与文彦博奏对略同。英宗不从。再奏仍不允，弼乃强受。至是连章求去，始命弼出判扬州，封郑国公。还有枢密使张昇已加封太尉，亦上章告老。英宗道："太尉勤劳王家，怎可遽去？果因筋力就衰，可不必每日到院，但五日一至便了。"昇总不愿再留，仍然求去，乃出判许州。

韩琦、曾公亮，因富弼、张昇俱已外调，枢密院不能无主，拟迁欧阳修为枢密使。修微有所闻，便进与琦等道："皇上亲政，任用大臣，自有权衡；公等虽系见爱，但未免上凌主权，此事如何行得？"琦等乃止。果然英宗别有所属，召入文彦博，令为枢密使；又擢权三司使吕公弼，使副枢密。公弼先为群牧使，时帝尚未立，得赐马什劣，商诸公弼，欲转易良马。公弼以为未奉明诏，不敢私易，竟谢绝所请。至是英宗擢用公弼，公弼入谢，英宗道："卿前岁不与朕马，朕已知卿正直了。"这是英宗知人处。公弼拜谢而退。嗣又召用泾原路副都部署郭逵，授检校太保，同签书枢密院事。逵本武臣，旧隶范仲淹麾下，仲淹勖以学问，遂成将材。从前任福战殁，及葛怀敏覆军，皆为逵所预料。时人服他先见，累任边镇，积有军功。仁宗季年，湖北溪蛮彭仕羲作乱，调逵知澧州，率兵往讨，尽平诸隘。仕羲审死，余众悉降。寻复改知邵州，讨平武冈蛮，擢容州观察使，转迁泾原路副都部署。英宗闻他智勇，乃召入都中，令就职枢府。看官！你想宋室大臣，心目中只有文人，不顾武士，前次狄青荡平智高，大功卓著，一入枢府，便觉疑谤纷乘，弹章屡上，郭逵功绩不及狄青，哪里能钳定众口？当由知谏院邵亢等连疏奏劾，大略说是："祖宗故例，枢府参用武臣，必如曹彬父子及马知节、王德用、狄青，勋名威望，卓越一时，乃可无愧。郭逵黠佞小才，岂堪大用？乞改易成命！"英宗不报。《宋史》中，狄青与郭逵列传，先后相继，隐然以郭比狄，故本回特别提出，且以见宋臣倾轧之非。

　　会京师大雨，水潦为灾，宫廷门外俱遭淹没；官私庐舍，毁坏不可胜计，人多溺死。英宗诏求直言，谏官等遵旨直陈，无非是进贤黜佞等语。未几，温州大火；又未几，彗星见西方，长丈有五尺。英宗撤乐减膳，加意修省；且令中书举士，得二十人，一体召试。韩琦以与试多人，恐难位置，英宗道："台臣多说朕不能进贤，如果能得贤士，岂不是多多益善吗？"旋经琦等酌定，先召试十人，试后中觳，俱授馆职。宋制，进士第一人及第，往往仕至辅相，士人尤以登台阁，升禁从为荣。尝编一歌谣云：“宁登瀛，不为卿；宁抱椠，不为监。”可见当日人心趋重科第，更艳羡台阁，所有出兵打仗的将士，就使孙、吴复出，颇、牧再生，也看做没用一般呢。宋室积弱。实中此弊。郭逵入枢府半年，终被同列排挤，出任陕西四路宣抚使，兼判渭州。

治平三年十一月，英宗又复不豫，兼旬不能视朝。韩琦等入问起居，见英宗憔悴得很，虽是凭几危坐，已觉困惫难支。琦即进言道：“陛下久不视朝，中外惊疑，请早立储君，借安社稷！”英宗略略点首。琦复奏道：“圣意已决，即请手诏，指日行立储礼。”英宗尚未及答，琦即命召学士承旨张方平入殿草制，先诸英宗亲笔指麾，由方平进纸笔。英宗勉强提毫，草书数字。琦望将过去，纸上写着“立大大王为皇太子”，随复奏请道：“立嫡以长，想圣意必属颍王，惟还请圣躬亲加书明！”英宗乃又批了“颍王顼”三字。方平即遵着帝意，恭拟数语，自首至尾，立刻缮就。中留一空格，即应填太子名，乃请英宗亲笔加入。英宗不堪久坐，待了这一歇，含糊说了数语，韩琦等也听不清楚；至方平呈上草制，乃力疾书太子名，名既书就，不觉叹了一声，忍不住堕泪承眶，随即命内侍掖至龙床，就卧去了。韩琦等当然趋退。文彦博顾语韩琦道：“见上颜色否？人生到此，虽父子亦觉动情呢。”琦答道：“巨鹿受封，尚是眼前时事，不意相去无几，又要力请建储，这也是令人嗟叹呢。”话毕，各散归私第。越二日，即册立太子，奉旨大赦。自是英宗病体毫无起色。

好容易度过年关，已是治平四年，文武百官恭上尊号，当于元旦辰刻，入朝庆贺。英宗已要归天，百官还在做梦，这是中国专务粉饰之弊。既至福宁殿，英宗并未御朝，大家惟对着虚座，舞蹈一番，依次退出。但见外面朔风怒号，阴霾四塞，统觉得天象告变，主兆不祥。过了七日，宫中传出讣音，英宗已升遐了，寿三十六岁，在位只四年。英宗夙有潜德，以孝亲著闻，局量弘远，情性谦和。濮王薨逝时，曾把所服玩物分赐诸子，英宗所受这一份，都转界王府旧人，惟留犀带一条，值钱三十万，委交殿侍出售。殿侍竟把带失去，不胜遑急，英宗却淡然搁置，不索赔偿。即位以后，每命近臣，常称官不称名，臣下有奏，必问朝廷故事，与古治所宜，一经裁决，多出群臣意表，因此中外亦称为贤君。怎奈天不假年，遽尔晏驾，这也是宋朝恨事呢。结过英宗，无非善善从长。

皇太子顼即皇帝位，诏告中外，是谓神宗皇帝。尊皇太后曹氏为太皇太后，皇后高氏为皇太后，晋封弟灏为昌王，頵为乐安郡王。命韩琦守司空兼侍中。曾公亮行门下侍郎兼吏部尚书，进封英国公。文彦博行尚书左仆射检校司徒，兼中书令。富弼改武宁军节度使，进封郑国公。张昇改河阳三城节度使。欧阳修、赵概并加尚书左丞，仍参知政事。陈升之为户部侍郎。吕公弼为刑部侍郎。其余百官，均进秩有差。二月朔日，神宗初御紫宸殿，朝见群臣，随即册立元妃向氏为皇后。向氏系故相向敏中曾孙女，父名经，曾为定国军留后。治平三年，出嫁颍邸，封安国夫人，至是立为皇后。

忽御史蒋之奇上书劾欧阳修，说他帷薄不修、奸乱甥女等事。神宗览毕，转问故宫臣孙思恭，思恭力为辩释。神宗乃诏问之奇，令他证实。之奇无从取证，只好说出一个彭思永来。看官！你道之奇的御史，从何处得来？他本由欧阳修推荐，得任台官。自濮议纷争，修主张称亲，为吕诲等所斥驳，独之奇赞同修议，修因荐为御史。偏朝右目为邪党，对着之奇冷嘲热讽；之奇听不过去，便欲与修立异，借塞众谤。会修妇弟薛良孺与修有嫌，遂捏造蜚言，诬修淫乱。语为中丞彭思永所闻，转告之奇，之奇也不问真伪，遂上章劾修。恩将仇报，具何肺肠。及奉诏诘责，不得已将彭思永传语复奏上去。神宗再诘思永，思永也取不出真凭实据来。于是诬告反坐，将思永、之奇两人一律贬谪。之奇自诒伊戚，却难为思永了。修本杜门请治，至辨明诬伪，仍力求退位，乃罢为观文殿学士，出知亳州。神宗具有大志，因见廷臣乏才，特出自真知，去请一位大名鼎鼎的人物来，有分教：

曲士从兹张异说，中朝自此紊皇纲。

毕竟所召何人，待小子下回报名。

　　宋臣专喜迂论，与晋代之清谈几乎相同，其不即乱亡者，赖有一二大臣为之主持耳。英宗虽入嗣仁宗，缵承大统，而其本生父则固濮王也。以本生父称皇伯，毋乃不伦！欧阳修援引礼经，谓应称亲降服，议固什当，韩琦即据以定议，于称亲之议，则请行之，于称皇称后之议，则请辞之，最得公私两全之道。吕诲等乃激成意气，至欲以去就生死相争，一何可笑？迨英宗疾亟，未闻廷臣有建储之请，赖韩琦入问起居，片言定策。夫濮议，末迹也，而必争之，立储，大本也，而顾忽之，宋臣之舍本逐末，如是如是。微韩魏公诸人，宋室恐早不纲矣。盖舆论与清谈，其足致乱亡一也。

第三十五回

神宗误用王安石　种谔诱降嵬名山

却说神宗因廷臣乏才，特下诏临川，命有司往征名士。看官道名士为谁？原来就是沽名钓誉、厌故喜新的王安石。安石一生，只此八字。安石，临川人，字介甫，少好读书，过目不忘。每一下笔，辄洋洋千万言。友人曾巩曾携安石文示欧阳修，修叹为奇才，替他延誉，遂得擢进士上第，授淮南判官。旧例判官秩满，得求试馆职，安石独不求试。再调知鄞县，起隄堰、决陂塘，水陆咸利。又贷谷与民，立息令偿，俾得新陈相易，邑民亦颇称便。安石自谓足治天下，人亦信为真言，相率称颂。寻通判舒州，文彦博极力举荐，乃召试馆职，安石不至。欧阳修复荐为谏官，安石又以祖母年高，不便赴京为辞。修勖以禄养，并请旨再召，授职群牧判官，安石复辞，且恳求外补，因令知常州，改就提点江东刑狱。为此种种做作，越觉声名噪起。仁宗嘉祐三年，复召为三司度支判官，安石总算入京就职。居京月余，即上万言书，大旨在法古变今，理财足用等事。仁宗也不加可否，但不过说他能文，命他同修起居注，他又固辞不受。阁门吏赍敕就付，他却避匿厕所，吏置敕自去。他又封还敕命，上章至八九次，有诏不许，方才受职。及升授知制诰，当即拜命，并没有推却等情。其情已见。旋命纠察在京刑狱，适有斗鹑少年杀死狎友一案，知开封府以杀人当死，按律申详。安石察视案牍，系一少年得斗鹑，有旧友向他索与，少年不许，友人恃昵抢去，少年追夺，竟将友人杀死，因此拟援例抵罪。他不禁批驳道："按律公取、窃取，皆以盗论。该少年不与斗鹌，伊友擅自携去，是与盗无异。追杀是分内事，不得为罪。"据此批驳，已见安石偏执之非。看官！你想府官见此驳词，肯俯首认错么？当下据实奏辩。安石亦劾府司妄谳。案下审刑大理两司，复按定刑，都说府谳无讹。安石仍不肯认过，本应诣阁门谢罪，他却自以为是，并不往谢。御史遂劾奏安石，奏牍留中不报。安石反迭发牢骚，情愿退休；适值母死丁艰，解职回籍。英宗时也曾召用，辞不就征。

安石父益都虽官员外郎，究没有什么通显，他思借重巨阀，遂虚心下气，与韩、吕二族结交。韩绛及弟维，与吕公著皆友安石，代为标榜。维尝为颍邸记室，每讲诵经说，至独具见解处，必谓此系故友王安石新诠，并非维所能发明，神宗记忆在心，嗣迁韩维为右庶子，维举安石自代。虽未见实行，在神宗一方面，已不啻大名贯耳。既得即位，即召令入都。安石高卧不起，神宗再拟征召，乃语辅臣道："安石历先帝朝，屡召不至，朝议颇以为不恭。今又不来，莫非果真有病，抑系有意要求呢？"曾公亮遽答道："安石真辅相才，断不至有欺罔等情。"神宗方才点首。忽一人出班奏道："臣尝与安石同领群牧，见他刚愎自用，所为迂阔，倘或重用，必乱朝政。"第一个料到安石。神宗视之，乃是新任参知政事吴奎，郑重点名。便怫然道："卿也未免过毁了。"奎复道："臣知而不言，是转负陛下恩遇呢。"神宗默然。退朝后，竟颁诏起用安石，命知江宁府。安石直受不辞，即日赴任。曾公亮复力荐安石，足胜大任。

看官道公亮力荐，料不过器重安石，误信人言，其实他却另有一段隐情：他与韩琦同相，资望远不及琦，所有国家大事。都由琦一人独断，自己几同伴食，所以于心不甘，阴欲援用安石，排间韩琦；可巧神宗意中，亦因琦执政三朝，遇事专擅，未免有些芥蒂。学士邵元、中丞王陶，本是颍邸旧臣，又从中诋毁韩琦。琦内外受轧，遂上书求去。神宗得书，一时不好准奏，只得优诏挽留。会因英宗已安葬永厚陵，庙谥一切，均已办妥，琦复请解职。神宗未曾批答，一面却召入安石，命为翰林学士。琦已窥透神宗意旨，索性连章乞休，每日一呈。果然诏旨下来，授琦司徒兼侍中，出任武胜军节度使，兼判相州。琦奉旨陛辞，神宗向他流泪道："侍中必欲去，朕不得已降制了。但卿去后，何人可任国事？"假惺惺做什么？琦对道："陛下圣鉴，当必有人。"神宗道："王安石何如？"情已暴露。琦复道："安石为翰林学士，学问有余，若进处辅弼，器量不足。平允之论，莫过于此。神宗不答，琦即告辞而去。

未几，吴奎亦出知青州，越年病殁。奎，北海人，喜奖善类。少什贫，及贵，亦仿范文正故事，买田为义庄，所有禄俸，尽赒族党。殁后，诸子至无屋以居，时人称为清白吏子孙。神宗以韩、吴并罢，擢张方平、赵抃参知政事，吕公弼为枢密使，韩绛、邵元为枢密副使。抃曾出知成都，召回谏院，未曾就职省府，骤命参政，几成宋朝创例，群臣以为疑。及入谢，神宗面谕道："朕闻卿匹马入蜀，一琴一鹤作为随从，为治简易，想亦如此。朕所由破格录用呢。"抃顿首道："既承恩遇，敢不尽力！"自是竭诚图报，遇有要政，无不尽言。惟张方平未洽众望，御史中丞司马光奏言方平位置不宜，神宗不从，且罢光中丞职，令为翰林学士。曾公亮复议擢王安石，方平亦力言不可。第二个料到安石。旋方平丁父艰去位，时唐介复入为御史，迁任三司使，神宗因令他参政，继方平后任，惟心中总不忘安石。熙宁改元，即令安石越次入对，神宗问治道何先？安石答称："须先择术。"神宗复道："唐太宗何如？"安石道："陛下当上法尧舜，何必念及唐太宗。尧舜治天下，至简不烦，至要不迂，至易不难，不过后世君臣，未能晓明治道，遂说他高不可及。尧亦人，舜亦人，有什么奇异难学呢？"语大而夸。神宗道："卿可谓责难于君，但朕自顾眇躬，恐不足副卿望，还愿卿尽心辅朕，共图至治！"已经着迷。安石道："陛下如果听臣，臣敢不尽死力！"言毕乃退。

一日，侍讲经筵，群臣讲讫，陆续散去。安石亦拟退班，由神宗命他暂留，且特赐旁坐。安石谢坐毕，神宗乃道："朕阅汉、唐历史，如汉昭烈必得诸葛亮，唐太宗必得魏征，然后可以有为。亮、征二人，岂不是当日奇才么？"安石抵掌道："陛下诚能为尧、舜，自然有皋、夔、稷、契，诚能为高宗，自然有傅说，天下什大，何材没有？诸葛亮、魏征还是不足道呢！但恐陛下择术未明，用人未专，就是有皋、夔、稷、契、傅说等人，亦不免为小人所挤，卷怀自去啰。"居然以古人自命，且语意多半要挟，其私可知。神宗道："历朝以来，何代没有小人？就是尧、舜时候，尚不能无四凶。"安石道："能把四凶一一除去，才得成为尧、舜。若使四凶得逞谗慝，似皋、夔、稷、契诸贤，怎肯与他同列，合流同污呢？"这一席话，说得神宗很是感动，至安石退后，尚嘉叹不置。于是这位坚僻自是的王介甫，遂一步一步的，跨入省府中去了。

当时朝野人士，除吴奎、张方平、韩琦外，尚谓安石多才，定有一番干济。惟眉山人苏洵，已作一篇《辨奸论》，隐斥安石；还有知洛川县李师中，当安石知鄞县时，已说他眼内多白，貌似王敦，他日必乱天下。这两人事前预料，才不愧先知哩。师中，楚邱人，父名纬，曾为泾原都监。师中少识边情，及长，举进士，知洛川县，后调任敷政县，益知边务。神宗嗣位，迁知凤翔府，适青涧守将种谔收复绥州，师中谓种谔轻开边衅，诸朝廷慎重。果然夏主谅祚诱杀知保安军杨定等，几乎宋夏又复交兵。亏得故相韩琦奉命经略陕西，才得支持危局。从李师中折入夏事，又是一种笔墨。这事说来话长，待小子叙明原委，方得一目了然。为下半回主脑。种谔复绥州，尚是治平四年事，本书上文叙王安石，已至熙宁元年，此处系是回溯，不得不从李师中折入，且从前宋夏交涉，亦可借此补叙。

先是夏主谅祚奉册为夏王，宋庭岁赐如常，谅祚亦修贡如故。接应三十一回。英宗人承帝位，夏使吴宗来贺，宗出言不逊，有诏令谅祚罪宗。谅祚不肯奉诏，反于治平三年，寇掠秦、凤、泾原一带，直薄大顺城。环、庆经略使蔡挺率蕃官赵明等，往援大顺；谅祚衷银甲，戴毡帽，亲自督战。挺遣弓弩手整列壕外，更迭发矢，夏兵前列多伤，谅祚亦身中流矢，率众遁去，转寇柔远。挺又使副总管张玉领三千人夜袭敌营，夏兵惊溃，退屯金汤。会宋廷颁发赐夏岁币，知延州陆诜留币不与，飞章上奏道："朝廷素事姑息，所以狡虏生心，敢尔狂悖，今若再赐岁币，是益令玩视，愈亵国威，请降旨诘责虏主，待他谢罪，再行给币未迟。"英宗转问韩琦，琦本主张问罪，当然赞成陆议，乃饬陆移牒宥州，诘问谅祚。谅祚连遭败仗，已经夺气，并因理屈词穷，无可解免，只得遣使谢罪，诿言咎由边吏，应按罪加诛云云。是书上达，已值英宗宾天，神宗践祚，当有新诏一道，赍付谅祚，诏曰：

朕以夏国累岁以来，数兴兵甲，侵犯边陲，惊扰人民，诱迫熟户，去秋复直寇大顺，围迫城寨，焚烧村落，抗敌官军，边奏累闻，人情共愤。群臣皆谓夏国已违誓诏，请行拒绝，先皇帝务存含恕，且诘端由，庶观逆顺之情，以决众多之论。逮此逊章之禀命，已悲仙驭之上宾，朕纂极云初，包荒在念，仰循先志，俯谅乃诚。既自省于前辜，复愿坚于众好。苟奏封所叙，忠信无渝，则恩礼所加，岁时如旧。安民保福，不亦休哉！特谕尔夏主知之！

谅祚得诏，又遣人到宋，庆吊兼行。到了冬季，夏绥州监军嵬名山弟夷山，向青涧城求降。青涧城守将系种世衡子，就是种谔，也算世袭。谔受降后，即令夷山作书，招致乃兄，并特赠金盂一枚。适名山外出，有名山亲吏李文喜接得金盂，喜出望外，便与去使密定计策，令宋兵潜袭营帐，不怕名山不降，且乘势可得绥州。去使返报种谔，谔即密奏宋廷，一面通报延州知州陆诜。诜却谓虏众来降，真伪难测，也奏请戒谔妄动。神宗命转运使薛向，会同陆诜，询明种谔受降虚实，再定机宜。向与诜乃召谔问状，诜始终反对谔议，独向恰有意赞成。两下协定招抚三策，由向主稿，遣幕府张穆之入奏。穆之暗受向嘱，既至阙下，面陈谔议可成。看官！试想神宗是好大喜功，听了张穆之一番奏对，遂以为有机可乘，乐得兴兵略地。且疑陆诜不肯协力，从中掣肘，竟将他调徙秦凤，专任向、谔规复绥州。哪知这种谔还要性急，不待朝命颁到，已起兵潜入绥州，围住名山营帐。名山毫不预防，突然遭围，自然脚忙手乱，当由亲吏李文喜导入夷山，同劝名山降宋。名山无可奈何，只好举众出降，共计首领三百人，户一万五千，兵万名，一概就抚，由谔督兵筑城，缮固守备。夏人来争，被谔发兵邀击，杀退夏众，遂复绥州。绥州久已陷没，规复未始非策，但不在谅祚寇边之先，而在谅祚谢罪以后，未免自失信用耳。陆诜以诏命未至，谔即擅自兴师，拟遣吏逮治，可巧穆之西还，传诏徙诜，诜乃叹息而去。

夏主谅祚闻绥州失守，欲发兵入寇，部目李崇贵、韩道善两人入帐献策道：“大王如欲用兵，恐胜负难料，不如另用他计。”谅祚问用何策，李崇贵道：“前宋使杨定到来，曾许归我沿边熟户，我曾送他金银宝物，他受了我的馈赠，却未闻遵约，反听种谔袭夺绥州，真是可恨！我不若诱他会议，杀死了他，就占领了保安，作为根据，然后进可战、退可守，不患不胜。"谅祚大喜道:"果然好计,就照此行罢!"原来杨定曾出使夏国,见了谅祚,跪拜称臣。谅祚畀他金银,及宝剑一口,宝镜一具,定即许归沿边熟番。及定还,将金银匿住,只把剑镜献上,且言谅祚可刺状。神宗信为真言,竟擢定知保安军。自谅祚用计诱定,即遣韩道善赍书往请,约定会议。定竟冒冒失失的,前去赴会,一到会场,未见谅祚,即由李崇贵责他爽约。定尚未及答,已被崇贵呼出伏兵,乱刀齐下,将定剁成肉泥。该死!该死!随即入攻保安,大肆劫掠。

　　警报送达汴都,神宗不免自悔。巧值李师中奏牍亦到,归咎种谔,朝议随声附和,竟欲诛谔弃绥。前时不闻谏阻,至此又如此畏缩,宋廷可谓无人。神宗未肯遽允,当命陕西宣抚使郭逵移镇鄜延,就近酌夺。接应前回。逵用属吏赵卨议,卨读如歇。奏陈机宜,大致说是:"虏杀王官,应加声讨,若反诛谔弃绥,成何国体?且名山举族来归,如何处置?言之什是。一面贻书辅臣,请保守绥州,借张兵势,规度大理河川,择要设堡,画地三十里,安置降人,方为上计。"朝议仍然未决,乃调韩琦判永兴军,经略陕西。琦临行,曾言绥不当取,及既抵任所,复奏称绥不可弃。枢府驳他前后矛盾,令再明白复陈。琦遂复奏道:"臣前言绥不当取,是就理论上立言;今言绥不可弃,是就时势上立言。现在边衅已开,无理可喻,只有就势论势。保存绥州,秣兵厉马,与他对待,俾他不敢小觑,方能易战为和。"练达之言。奏既上,言官尚交论种谔,有旨将谔贬官,谪置随州。会郭逵诇知诱杀杨定系李崇贵、韩道善主谋,遂传檄谅祚,索取罪人。凑巧谅祚得病,更闻韩琦镇边,料知不能反抗,只得执住李、韩二人献与郭逵。未几,谅祚病死,子秉常嗣立,遣臣薛宗道等赴宋告哀。神宗问杀杨定事,宗道谓:"李、韩二犯已执送边镇,不日可到。"果然隔了一宵,由郭逵将李、韩二人槛送阙下。神宗亲自廷讯,李崇贵直陈颠末，神宗不禁叹息道："照此说来，杨定纳贿卖地，罪不容诛，但你等何妨径自陈请，由朕明正典刑，今乃擅加诱杀，藐我上国，难道得称无罪么？"崇贵等乃叩首伏罪。神宗特赦崇贵等死刑，追削杨定官爵，籍没田宅。另遣使臣刘航，册秉常为夏国王。小子有诗咏韩魏公道：

> 入定皇纲出耀威，如公谁不仰丰徽？
> 三朝政绩昭然在，中外都凭只手挥。

夏事暂作结束，小子又要叙那王安石了。看官少待，且看下回。

上有急功近名之主，斯下有矫情立异之臣。如神宗之于王安石是已。神宗第欲为唐太宗，而安石进之以尧、舜，神宗目安石为诸葛、魏征，而安石竟以皋、夔、稷、契自况。试思急功近名之主，其有不为所惑乎？当时除吴奎、张方平、苏洵外，如李师中者，尝谓其必乱天下。夫师中亦一夸诞士，史称其好为大言，以致不容于时，吾谓大言者必未足副实，即如绥州之役，彼第归咎种谔，而于善后事宜，毫不提及，是殆亦责人有余，而责己不足者。赖韩琦坐镇，郭逵为辅，夏事始得就绪耳。吾以是叹韩魏公之不可及也。

第三十六回

议新法创设条例司　谳疑狱狡脱谋夫案

却说王安石既承主眷，渐渐露出锋芒，意欲变法维新，炫人耳目。是时大内帑银所存无几，神宗年少气锐，方以富国强兵为首务，安石隐伺上意，遂倡理财足国的美谈，歆动神宗。熙宁元年仲冬，行郊天礼，辅臣以河朔旱灾，国用不足，乞南郊以后，不可再循故例，遍赐金帛。有诏令学士复议，司马光道："救灾节用，当自贵近为始，辅臣议应当照行。"王安石道："国用不足，乃不善理财的缘故，若徒事节流，未识开源，终属无益。"司马光又道："什么叫做善理财？无非是头会箕敛罢了。"安石道："不必加赋，自增国用，才算是理财好手。"光笑道："天下哪有此理？天地生财，止有此数，官府多一钱，民间便少一钱，若设法夺民，比加赋还要厉害。从前桑弘羊尝挟此说，欺骗汉武帝，太史公大书特书，显是指斥弘羊，讽刺汉武呢。"语虽未必尽然，但如桑弘羊、王安石等，实蹈此弊。安石尚不肯服理，仍然争论不已。神宗道："朕意亦与光同，但些须例赏，必欲吝啬，似亦未免失体了。"遂不从辅臣所议，行赏如故。仍是左袒安石。

既而郑国公富弼自汝州入觐，诏许肩舆至殿门，令弼子扶掖进见，且命免拜跪礼，赐坐与谈。

神宗开口问道："卿老成练达，定有高见，现欲治国安邦，须用何术？"弼对道："人主好恶，不可令人窥测，否则奸人必伺隙售奸。譬如上天监人，善恶令他自取，乃加诛赏，庶几功罪两明。"神宗又道："北有辽，西有夏，边境未宁，如何是好？"弼又道："陛下临御未久，当首布德惠，愿二十年口不言兵。"对症发药。神宗踌躇多时，方道："朕常欲询卿，卿可留朝辅政。"弼答言："老不胜任。"仍辞退赴郡。至熙宁二年二月，复召弼入都，拜司空兼侍中，并特赐甲第。弼仍上表固辞，经优诏促使就道，乃奉旨入朝。途次闻京师地震，神宗减膳撤乐，独安石谓："灾异由天，无关人事。"安石距近今千年，已知新学，确是一个人才。弼不禁叹息道："人君所畏惟天，天不足畏，何事不可为？此必奸人欲进邪说，摇惑上心，不可以不救呢。"当即上书数千言，力陈进贤辨奸的大要。及入对，又说了数十语，无非是隐斥安石。神宗虽任弼同平章事，意中总不忘安石，拟擢为参政。会值唐介奏事，即与介述明本意，介言安石不胜大任。神宗道："文学不可任呢？经术不可任呢？吏事不可任呢？"介对道："安石好学泥古，议论每多迂阔，若令他为政，必多变更。"神宗不答。介退，语曾公亮道："安石果大用，天下必困扰，诸公后当自知，莫谓介不预言呢！"公亮本推荐安石，哪里肯信？未几，神宗又问侍读孙固，谓安石可否令相？固对道："安石文行什优，令为台谏侍臣，必能称职，若宰相全靠大度，安石狷狭少容，如何做得？陛下欲求贤相，臣心目中恰有三人，便是那司马光、吕公著、韩维呢。"神宗总归不信，竟命安石参知政事。

安石入谢，神宗语安石道："廷臣都说卿但知经术，未通世务。"安石道："经术正所以经世务，他人谓臣未通世务，实即未通经术，请陛下详察！"神宗道："照卿说来，欲经世务，先施何术？"安石道："变风俗，立法度，正当今急务。"神宗点首称善。安石遂进言道："立国大本首在理财，周朝设泉府等官，无非酌盈剂虚，变通民利，后世惟汉桑弘羊、唐刘晏粗合此意。今欲理财，亟应修泉府遗制，藉收利权。利权在握，然后庶政可行。"神宗道："卿言什是。"

安石又道："古语有言：'为政在人'，但人才难得，更且难知。今使十人理财，有一、二人不肯协力，便足败事。尧与众人共择一人治水，尚且九载勿成，况择用不止一人，简选未尝询众，能保无异议么？陛下诚决计进行，首在不惑异说。"让你一人独做，可好么？神宗道："朕知道了，卿去妥议条规，待朕次第施行。"安石应命退出。次日，即奏请制置三司条例司，掌经画邦计，变通旧制，调剂利权；更举知枢密院事陈升之，协同办事。神宗准奏，当命安石、升之两人总领制置三司条例司，令得自择掾属。安石遂引用吕惠卿、曾布、章惇、苏辙等，分掌事务。惠卿曾任真州推官，秩满入都，与安石谈论经义，意多相符。安石竟称为大儒，事无大小，必与商议，有所奏请，又必令他主稿，几乎一日不能相离。曾布即曾巩弟，事事迎合安石意旨，安石亦倚为心腹，与惠卿同一信任。当下悉心酌商，定了新法八条，六条谓足富国，两条谓足强兵，由小子录述如下：

富国法六条。

（一）农田水利　饬吏分行诸路，相度农田水利，垦荒废，浚沟渠，酌量升科，无论吏民，皆须同役，不准隐漏逃匿。

（二）均输　诸州郡所输官粮，俱令平定所在时价，改输土地所产物，官得徙贵就贱，因近易远，并准便宜蓄买，懋迁有无。

（三）青苗　农民播种青苗时，由朝廷出资贷民，至秋收偿金，加息十分之二，或十分之三，仍还朝廷。

（四）免役　使人民分等，纳免役钱，得免劳役，国家别募无职人民，充当役夫。

（五）市易　就京师置市易所，使购不卖之物于官，或与官物交换，又备资贷与商人，使遵限纳息，过限不输，息金外更加罚金。

（六）方田　以东南西北各千步为一方，计量田地，分五等定税，人民按税照纳。

强兵法二条。

（一）保甲　采古时民兵制度，十家为保，五百家为都保，都保置正副二人，使部下保丁，贮弓箭，习武艺。

（二）保马　以官马贷保丁，马死或病，令按值给偿。

这数条新法，议将出来，老成正士没有一个赞成。参政唐介抗直敢言，先与安石争辩。安石强词夺理，谓可必行，神宗又庇护安石，介不胜愤懑，气得背上生疽，竟尔谢世。先气死了一个。神宗遂将安石新法依次举行。先遣刘彝、谢卿材、侯叔献、程颢、卢秉、王汝翼、曾伉、王广廉八人，巡行诸路，查核农田水利，酌定税赋科率，徭役利害；继即饬行均输法，起用薛向为江、浙、荆、淮发运使，领均输平准，创行东南六路。两法颁行，言路已是哗然。知制诰钱公辅、知谏院范纯仁等，均言薛向开衅边疆，曾坐罪罢黜，应前回。不应起用。公辅且斥安石坏法徇私，安石不悦，竟奏徙公辅知江宁府。宣徽北院使王拱辰、翰林学士郑獬、知开封府滕元发，均为安石所忌，相继迁谪。恼了御史中丞吕诲，含忍不住，即撰成一篇弹文，入朝面奏。途中遇着司马光，问他何事？诲便道："我将参劾一人，君实可赞成么？如肯赞成，请为后劲。"光问所劾何人？诲答道："便是新参政王安石。"光愕然道："朝廷方喜得人，奈何劾他？"诲叹道："君实也作是说么？怪不得别人。安石好执偏见，党同伐异，他日必败国事，这是腹心大患，不劾何待？你如不信，尽管请便，我要入朝去了。"光答道："我正去侍讲经筵，不妨同行。"原来君实系光表字，故诲以此相呼。两人同入朝堂，待至神宗御殿，诲即袖出弹章，上殿跪呈。神宗当即展阅，但见上面文字，无非指斥安石，最注目的却有数语，其文云：

> 臣闻大奸似忠，大诈似信。安石外示朴野，中藏巧诈，骄蹇慢上，阴贼害物，诚恐陛下悦其才辩，久而倚畀，大奸得路，群阴会进，则贤者尽去，乱由是生。臣究安石之迹，固无远略，唯务改作，立异于人。徒文言而饰非，将罔上而欺下，臣窃忧之！误天下苍生者，必斯人也！

看官！你想神宗方信任安石，怎能瞧得进去？看到"误天下苍生"句，不禁怒形于色，立将原奏掷还。诲大声道："陛下如不见信，臣不愿与奸佞同朝，乞即解职！"神宗也不多言，只命他退去，诲退后，即下诏出诲知邓州。范纯仁复申劾安石，留章不下。纯仁求去，奉诏免他谏职，改判国子监。纯仁又续缮奏章，拟再垦辞。甫经缮就，忽由安石遣使，传语纯仁道："已议除知制诰了，请不为已什。"纯仁勃然道："这是用利诱我了。我言不用，万钟亦非我所愿呢！"*不愧家风。*当下将奏稿取交来使，次日，即将奏本呈入。神宗尚未许去，蓦见安石入朝，疾言遽色，奏请立黜纯仁。神宗道："纯仁无罪，就使外调，亦当给一善地，可令出知河中府便了。"安石不便再言，只得悻悻而退。

范纯仁即仲淹第二子，兄纯佑曾随父镇陕，与将士杂处，评价人才，无不具当。仲淹得任人无失，以此立功，及仲淹罢职，他奉侍左右，未尝少离。未几，废疾去世，弟纯礼、纯粹，依次出仕，后文慢表。惟纯仁以父荫得官，历任县令判官，所向皆治。寻擢为侍御史，与议濮王典礼，复遭外谪。见三十四回。嗣又召还京师，命知谏院，至是又出守河中。寻徙成都转运使，因新法不便，戒州县不得遽行。安石恨他阻挠，诬以失察僚佐罪，左迁知和州。插此一段。叙明纯仁历史，且回应三十二回中语。这且按下再提。

且说王安石以两法既行，复议颁行青苗法。吕惠卿极端怂恿，独苏辙立言未可，安石问为何因？辙答道："出钱贷民，本欲救民，但钱入民手，不免妄用，满限多无力筹偿，有司饬吏追呼，鞭扑横施，是救民反至病民了。"安石道："君言诚有理，且从缓议。"于是有好几旬不谈此法。忽奉神宗诏命，令与司马光复议登州狱案。安石遂邀光合议，两人各据一见，免不得又争执起来。登州有一妇，许嫁未行，闻夫婿貌丑，心什不平，竟暗挟利刃，潜往害夫。适乃夫卧田舍间，便拔刀斫入，幸乃夫尚未睡着，慌忙起避，才得不死；只因用手遮格，被断一指而去。乃夫遂鸣官诉讼。知州许遵拘妇到案，见该妇姿色颇佳，与乃夫确不相配，遂有意脱妇，令她一一承认，当为设法保全，该妇自然听命。许遵即以自首减罪论，上达朝廷。遵有意全妇，莫非想娶她做妾么？安石谓遵言可行。光愤然道："妇谋杀夫，尚可减罪么？"安石道："妇既自首，应从末减。"光又道："律文有言，因他罪致杀伤，他罪得首原。今该妇谋杀乃夫，本属一事，岂谋自谋，杀自杀，可分作两事，得准首原么？"明白了解。安石道："若自首不得减罪，岂非自背律文？"无非好异，不顾纲常。两人相持不下，当即共请神宗判断。偏神宗左袒安石，竟准如安石议。文彦博、富弼等谏阻不从，且将谋杀已伤、按问自首一条，增入律中，得减罪二等，发交刑部，垂为国法。侍御史兼判刑部官刘述封还诏旨，驳奏不已。安石大愤，请神宗黜退刘述。述遂率侍御史刘琦、钱颙，共上疏论安石罪，略云：

安石执政以来，未逾数月，操管商权诈之术，与陈升之合谋，侵三司利权，开局设官，分行天下，惊骇物听。近复因许遵妄议，定按问自首之法，安石任偏见而立新议，陛下不察而从之，遂害天下大公。先朝所立制度，自宜世守勿失，乃妄事更张，废而不用，如此奸诈专权，岂宜处之庙堂，致乱国纪？愿早罢逐，以慰天下。曾公亮畏避安石，阴自结援以固宠，赵则括囊拱手，但务依违，皆宜斥免，臣等为国家安危计，故不惮刑威，冒渎天听，伏冀明断施行。

疏上，安石奏贬琦监处州盐酒务，颙监衢州盐税，并拘述狱中。司马光等上疏力争，乃将述贬知江州。琦、颙照安石议，贬谪浙东。殿中侍御史孙昌龄、同判刑部丁讽、审刑院详议官王师元，皆坐述党忤安石，谪徙有差。还有龙图阁学士祖无择、与安石意见不同，亦遭黜逐。正是：

黜陟不妨由我主，纲常何必为人拘？

既而三司条例司官苏辙，亦被谪为河南府推官。欲知苏辙如何得罪，容至下回表明。

新法非必不可行，安石非必不能行新法，误在未审国情，独执己见，但知理财之末迹，而未知理财之本原耳。当安石知鄞时，略行新法，邑人称便，即哓哓然曰："我宰天下有余。"不知四海非一邑之小，执政非长吏之任也。天下方交相诟病，而安石愈觉自是，黜陟予夺，任所欲为。至若登州妇人一案，较诸斗鹌少年，尤关风化，同僚谓不宜减罪，而彼必欲减免之，盖无非一矫情立异之见耳。夫朝廷举措，关系天下安危，而顾可以矫情立异行之乎？我姑勿论安石之法，已先当诛安石之心。

第三十七回

韩使相谏君论弊政　朱明府寻母竭孝思

却说苏辙系安石引用，在三司条例司中，检详文字。安石欲行青苗法，为辙所阻，数旬不言。嗣由京东转运使王广渊，上言农民播种，各苦无资，富家得乘急贷钱，要求厚利，乞留本道钱帛五十万，贷民取息，岁可获利二十五万。安石览到此文，不禁喜跃道："这便是青苗法呢，奈何不可行？"遂亟召广渊入都，与商青苗法。广渊一口赞成。安石乃奏请颁行，先从河北、京东、淮南三路开办，逐渐推广。有旨报可。自是从前常平通惠仓遗制，尽行变更。苏辙仍力持前说，再三劝阻，又与吕惠卿论多不合。惠卿遂进谗安石，谓辙有意阻挠。安石大怒，欲加辙罪。还是陈升之从旁劝解，乃罢辙为河南府推官。安石复荐惠卿为太子中允，崇政殿说书。司马光谓："惠卿俭巧，心术不正，安石误信惠卿，因致负谤中外，如何可以重用？"神宗不从，竟依安石所请。

首相富弼见神宗信任安石，料想不能与争，托病求去，乃出判亳州，擢陈升之同平章事。

升之就职后，神宗问司马光道："近相升之，外议如何？"光对道："闽人狡险，楚人轻易，今二相皆闽人，曾公亮晋江人，陈升之建阳人，俱属闽地。二参政皆楚人，王安石，临川人，赵抃，西安人，俱属楚地。他日援引亲朋，充塞朝堂，哪里能培植风俗呢？"神宗道："升之颇有才智，晓畅民政。"光又道：

"才智非不可用，但必须旁有正士，隐为监制，方能无患。"
神宗又问及王安石，光答道："外人言安石奸邪，未免过毁，
但他性太执拗，不明事理，这也是一大病呢。"评论确当。神宗
始终不听。

　　陈升之既经入相，颇欲笼络众望，请罢免三司条例司。这
便是才智的见端。安石以为负己，又同他争论起来。升之称疾乞
假，安石遂引枢密副使韩绛，制置三司条例；安石每奏事，绛
亦随入，常奏称安石所陈无不可用，安石大得臂助。绛复上
言："青苗法便民，民间多愿贷用，乞遍下诸路转运使施行！"
于是诏置诸路提举官，执掌贷收事件。提举官多方迎合，以多
贷青苗钱为功，不论贫富，随户支配。又令贫富相兼，十人为
保首。王广渊在京东，分民户为五等，上等户硬贷钱十五千，
下等户硬贷钱一千，到限不还，即着悍吏敲比征呼，民间骚
然。广渊入奏，反说百姓欢呼感德。谏官李常、御史程颢劾论
广渊强为抑配，搭克百姓，神宗不报。河北转运使刘庠不放青
苗钱，奏称百姓不愿借贷，神宗又不报。安石反恨恨道："广
渊力行新法，偏遭弹劾，刘庠欲坏新法，不闻加罪，朝事如
此，尚可望富强么？"依了你，反要贫弱，奈何？

　　横渠人张载，与河南程颢、程颐兄弟素相友善，平居共谈
道学，归本六经。及出为邑宰，不假刑威，专务敦本善俗，民
化一新。御史中丞吕公著登诸荐牍，当由神宗召见，问以治
道。载对道："为政必法三代，否则终成小道呢。"时安石方
倡言古道，神宗亦有心复古，听了此言，还道张载亦安石一
流，即留他在朝，命为崇文院校书。哪知张载所说的古法，与
安石不同。他见安石托古病民，料难致治，竟称疾辞去。洁身
自好，足称明哲。前参政张方平服阕还朝，应三十五回。受命为
观文殿大学士判尚书省，安石以方平异己，极力排挤，因出知
陈州。及陛辞，极言新法弊害，神宗亦忧然动容，随即召为宣

徽北院使。又事事受安石牵制，坚请外调，乃复出判应天府。

时已熙宁三年了。河北安抚使韩琦忽上疏请罢青苗法，略云：

> 臣准散青苗，诏书务在惠小民，不使兼并乘急，以邀倍息，而公家无所利其入。今所列条约，乃自乡户一等而下，皆立借钱贯数，三等而下，更许皆借。且乡户上等，并坊郭有物业者，乃从来兼并之家，今令借钱一千，纳一千三百，是官自放钱取息，与初诏相违。又条约虽禁抑勒，然不抑勒，则上户必不愿请，下户虽或愿请，请时什易，纳时什难，将必有督索同保均赔之患。陛下躬行节俭以化天下，自然国用不乏，何必使兴利之臣，纷纷四行，以致远迩之疑哉？乞罢诸路提举官，第委提刑点狱，依常平旧法施行！

神宗览到琦疏，亦稍有所悟，便将原疏藏在袖中出御便殿，召辅臣等入议。曾公亮先入，神宗即从袖中，取出琦疏，递示公亮道："琦真忠臣，虽在外不忘王室。朕始谓青苗等法可以利民，不料害民如此。且坊郭间何有青苗，乃亦强令借贷呢？"说至此，忽有一人趋进道："如果从民所欲，虽坊郭亦属何害？"神宗命曾公亮递示原疏，安石略略一瞧，不禁勃然道："似汉朝的桑弘羊刮取天下货财，供奉人主私用，乃可谓兴利之臣。今陛下修周公遗法，抑兼并，赈贫弱，并不是剥民自奉，如何说是兴利之臣呢？"神宗终以琦说为疑，沉吟不答。安石趋出，神宗乃谕辅臣道："青苗法既不便行，不如饬令罢免。"公亮道："待臣仔细访查，果不可行，罢免为是。"无非回护安石。神宗允准，公亮等方才退出。安石即上章称病，连日不朝。神宗乃命司马光草答琦诏，内有士夫沸腾，黎民骚动等语。安石闻知，上章自辩，神宗又转了一念，似觉薄待安石，过不下去，乃巽辞婉谢，且命吕惠卿劝使任事。安石仍卧疾不出，神宗语赵抃道："朕闻青苗法多害少利，才拟罢免，并非与安石有嫌，他如何不肯视事？"赵抃曰："新法都安石所创，待他销假，再与妥议，罢免未迟。"赵抃称廉直，何亦有此因循？韩绛道："圣如仲尼，贤如子产，初入为政，尚且谤议纷兴，何怪安石？陛下如果决行新法，非留用安石不可！安石若留，臣料亦先谤后诵呢。"这一席话，又把神宗罢免青苗的意思尽行丢去，仍敦促安石入朝。一面遣副都知张若水、押班蓝元振出访民情。哪知这两人早受安石贿托，回宫复命，只说是民情称便。神宗益深信不疑，竟将琦奏付条例司，命曾布疏驳，刊石颁示天下。安石乃入朝叩谢，由神宗温词慰勉。安石自此执行新政，比前益坚。

文彦博看不过去，入朝面奏，力陈青苗害民。神宗道："朕已遣二中使亲问民间，均云什便，卿奈何亦有此言？"彦博道："韩琦三朝宰相，陛下不信，乃信二宦官么？"神宗不觉变色，但因彦博系先朝宗臣，不忍面斥，惟有以色相示。彦博知言不见听，亦即辞出。韩琦闻原奏被驳，复连疏申辩，且言安石妄引周礼，荧惑上听。终不见答。琦遂请解河北安抚使，止领大名府一路。这疏一上，却立邀批准了。

嗣是知审官院孙觉因指斥青苗法，被贬知广德军，御史中丞吕公著亦因言新法不便，被贬知颍州。知制诰兼直学士院陈襄推荐司马光、韩维、吕公著、范纯仁、苏轼等人，见忤安石，出知陈州。参知政事赵抃，自悔前时主持不力，致复行青苗法，上章劾论安石，并求去位，亦出知杭州。参政一缺即命韩绛继任。

那时又来了一个护法幺么，姓李名定，曾为秀州判官，居然因附会安石，得擢为监察御史里行。定为安石弟子，自秀州被召，入京遇右正言李常。常问道："君从南方来，民谓青苗法如何？"定答道："民皆称便。"弟子不可不从师。常愕然道："果真么？举朝方争论是事，君勿为此言。"定与常别，即去谒见安石，且禀白道："青苗法很是便民，如何京师传言不便？"安石喜道："这便叫作无理取闹呢。改日入对，你须要明白上陈。"定唯唯遵命。安石即荐定可用，神宗即召定入问，定历言新法可行。及询至青苗法，定尤说得远近讴歌，舆情悉洽。神宗大悦，即命定知谏院。曾公亮等言查考故例，选人未闻为谏官，应请改命。乃拜监察御史里行。知制诰宋敏求、苏颂、李大临谓："定不由铨考，擢授朝列，不缘御史，荐置宪台，朝廷虽急欲用才，破格特赏，但紊乱成规，所益似小，所损实大。"遂封还制书。经神宗诏谕再三，颂等仍执奏不已。安石劾他累格诏命，目无君上，遂坐罪落职，时人称为熙宁三舍人。

未几，有监察御史陈荐劾定，说他为泾县主簿时，闻母仇氏丧，匿不为服，应声罪贬斥。定上书自辩，谓："实不知由仇氏所生，所以疑不敢服。"看官阅到此处，恐不能不下一疑问，定出应仕籍，并非三五岁的小孩儿，况他父名问，也曾做过国子博士，定并非生自空桑，难道连自己的生母，都未晓得么？说来也有一段隐情。

仇氏初嫁民间，生子为浮屠，释名了元，相传是与苏轼结交的佛印禅师。后仇氏复为李问姜，生下一子，就是李定。寻又出嫁郜氏，生子蔡奴，工传神。此妇所生之子，却都有出息。定因生母改嫁，不愿再认，因此仇氏病死，他未尝持服。偏被陈荐寻出瘢点，将他弹劾，他只好含糊解说，自陈无辜。安石谊笃师生，极力庇护，反斥荐捕风捉影，劾免荐官，改任定为崇政殿说书。监察御史林旦、薛昌朝、范肯复上言："定既不孝，怎可居劝讲地位？"并交论安石祖徒罪状。安石又入奏神宗，说他朋讪为奸，应加惩处。神宗此时已是百依百顺，但教安石如何说法，当即准行，林旦等又复落职，言路未免哗然。定也觉不安，自请解职，乃改授检正中书吏房，直舍人院。总仗师力。

宋室旧制，文选属审官院，武选属枢密院，安石又创出一篇议论，分审官为东西院，东主文，西主武。看官道他何意？原来文彦博正主枢密，与安石不合，安石欲夺他政权，所以想出此法。神宗依议施行，彦博入奏道："审官院兼选文武，枢密院还有何用？臣无从与武臣相接，不能妄加委任，陛下不如令臣归休罢！"神宗虽慰留彦博，但审官院分选如故。知谏院胡宗愈力驳分选，且言李定非才，有诏斥宗愈内伏奸意，中伤善良，竟贬为通判真州。

会京兆守钱明逸报闻知广德军朱寿昌弃官寻母，竟得迎归。有"孝行可嘉，亟待旌扬"等语。有李定之背母，复有朱寿昌之寻母，一孝一不孝，互勘益明。李定当日恐不免有瑜、亮并生之叹。寿昌，扬州人，父名巽，曾为京兆守，巽姜刘氏，生寿昌，年仅三岁，刘氏被出，改适党氏。《宋史·寿昌本传》，谓刘氏方娠即出，寿昌生数岁还家。但据王偁《东都事略》，苏轼《志林》皆云寿昌三岁出母，今从之。至寿昌年长，父巽病亡，他日夕思母，四处访求，终不可得。寿昌累知各州县，除办公外，辄委吏役探听生母消息，又遍贻同僚书函，托访母刘氏住址。不意愈久愈杳，越访越穷，他竟摒绝酒肉，戒除嗜欲，什至用浮屠言，灼背烧顶，刺血书佛经，誓诸神明，得母方休。熙宁初年，授知广德军，他莅任数月，竟太息道："年已五十，尚未得见生母，如何为人？古人说得好：'求忠臣于孝子之门'，孝且未尽，怎好言忠？罢罢！我宁舍一官，再往寻母，好歹总要得一确音。万一我母西归，就使森罗殿上，我也要去探觅哩。"孝子忠臣多人做成，自呆。随即辞职，并与家人诀别道：

"我此行若不见母，我亦不回来了。"家人挽留不住，他竟背着行囊，飘然径去。在途跋山涉水，触暑冒寒，也顾不得什么辛苦，只是沿途探问，悉心侦察，好容易行入关中，到了同州，复逐村挨户的查问过去。恰巧有一老妇人倚门立着，他竟向问刘母下落。那老妇却似有所晓，便令寿昌入内，盘问底细。寿昌一一陈明，老妇不禁流泪道："据你说来，你便是朱巽子寿昌么？"当下将自己如何被逐，后来如何改嫁，也说明情由。寿昌听了数语，已知情迹相符，遂不待辞毕，倒身下拜道："我的母亲，想煞儿了！"老妇亦对着寿昌，抱头同哭，哭了一会，又由寿昌自述寻母始末，更不禁破涕为笑。老妇道："我已七十多岁了，你亦五十有零，谁料母子尚得重逢？想是你至诚格天，因得如此哩。"言毕，复召入壮丁数人，与寿昌相见。这几个壮丁，乃是刘适党氏后所生数子。寿昌问明来历，即以兄弟礼相待，大家暄叙一场。当由党氏家内，草草的备了酒肴，畅饮尽欢。越两日，寿昌即将老母刘氏及党氏数子，悉数迎归。

事闻于朝，一班老成正士均说他孝行卓绝，须破格赐旌。奈王安石回护李定，不得不阻抑朱寿昌，仍请诸神宗，令还就原官。寿昌以养母故求通判河中府，总算照准。士大夫作诗相赠，极为赞美。监官告院苏轼亦赠寿昌诗，并有诗序一篇，阳誉寿昌，阴斥李定。定见诗及序，大加恚恨，后来遂有诬轼等事。寿昌判河中数年，母殁居忧，终日哭泣，几乎丧明。既葬，有白鸟集于墓上，时人以为孝思所致。小子有诗咏道：

> 人生百行孝为先，寻母何辞路万千。
> 留得一编《孝义传》，好教后世仰前贤。

寿昌仕至中散大夫而终。《宋史》列入《孝义传》，这且不必絮述。下回接入朝事，请看官续阅下文。

　　青苗法非必不可行，弊在立法未善耳。春贷秋还，本钱一千，须加息三百，利率何其重耶？愿借者固贷与之，不愿借者亦强令贷钱，勒派何其苛耶？坊郭本无青苗，乃亦放钱取息，是更名实未符，第借此以刮民财而已。韩琦上疏，几已感格君心，乃复为邪党所误，韩绛等不足责，赵抃亦与有过焉。安石坚僻自是，顺己者虽奸亦忠，逆己者虽忠亦奸，不孝如李定，且始终回护之，刎在他人？惟既生李定，复生朱寿昌，造化小儿，恰亦故使同时，俾其互相比例，是得毋巧于撮弄欤？本回于韩琦奏牍，特行提叙，于朱寿昌行谊，又特行表明，劝忠教孝，寓有微忱，匪特就史述史已也。

第三十八回

弃边城抚臣坐罪　徙杭州名吏闲游

却说监察御史程颢，系河南人，与弟颐皆究心圣学，以修齐治平为要旨。颢尝举进士，任晋城令。教民孝悌忠信，民爱戴如父母。后入京为著作佐郎，吕公著复荐为御史。神宗素闻颢名，屡次召见。颢前后进对什多，大要在正心窒欲，求言育才。神宗亦尝俯躬相答。至新法迭兴，颢屡言不便，请罢青苗钱利息，及汰去提举官等。安石虽怀怒意，但颇敬他为人，不欲遽发。颢忍无可忍，复上疏极言，略云：

臣闻天下之理，本诸简易，而行之以顺道，则事无不成。故曰智者若禹之行水，行其所无事也。舍之而于险阻，则不足以言智矣。盖自古兴治，虽有专任独决，能就事功者，未闻辅弼大臣，人各有心，暌戾不一，致国政异出，名分不正，中外人情，交谓不可，而能有为者也。况于措制失宜，沮废公议，一二小臣，实预大计，用贱陵贵，以邪妨正者乎？凡此皆天下之理，不宜有成，而智者之所不行也。设令由此侥幸，事有小成，而兴利之臣日进，尚德之风日衰，尤非朝廷之福。矧复天时未顺，地震连年，四方人心，日益摇动，此皆陛下所当仰测天意，俯察人事者也。臣奉职不肖，议论无补，望早赐降责，以避官谤，不胜翘企之至！

　　疏入后，奉旨令诣中书自言。颢乃至中书处，适安石在座，怒目相视。颢恰从容说道："天下事非一家私议，愿平心听受，言可乃行，不可便否，何必盛气凌人？"安石闻言，不觉自愧，乃欠身请坐。颢方坐定，正欲开言，忽同僚张戬亦至。无独有偶。安石见他进来，又觉得是一个对头。他与台官王子韶上疏论安石乱法，并弹劾曾公亮、陈升之、韩绛、吕惠卿、李定等，疏入不报，竟向中书处面争。时适天暑，安石手携一扇，对着张戬，竟用扇掩面吃吃作笑声。确有奸相。戬竟抗声道："如戬狂直，应为公笑，但笑戬的不过公等两三人，公为人笑，恐遍天下皆是呢！"陈升之在旁道："是是非非，自有公论，张御史既知此理，也不必多来争执。"戬不待说完，便应声道："公亦不得为无罪。"升之也觉渐沮。安石道："由他去说，我等总有一定主意，睬他何为？"戬知无理可喻，转身自去。颢亦辞归，复上章乞罢。诏令颢出为江西提刑，颢又固辞，乃改授签书镇宁军节度使判官，戬与子韶亦求去，于是戬出知公安县，子韶出知上元县。还有右正言李常因驳斥均输、青苗等法，比安石为王莽，安石怎肯相容，亦出常通判滑州。不数日间，台谏一空。

　　安石却荐一谢景温为侍御史。谢与安石有姻谊，所以援引进去。且将制置条例司归并中书，所有条例司掾属各授实官。命吕惠卿兼判司农寺，管领新法事宜。枢密使吕公弼屡劝安石守静毋扰，安石不悦。公弼将劾安石，属稿甫就，被从孙吕嘉问窃去，持示安石。安石即先白神宗，神宗竟将公弼免官，出知太原府。吕氏赠嘉问美名就是"家贼"两字，嘉问亦安然忍受，但邀安石欢心，也不管什么贼不贼了。可谓无耻。既而曾公亮因老求去，乃罢免相位，拜司空兼侍中，并集禧观使。当时以熙宁初年，五相更迭，有生老病死苦的谣言："安石生，曾公亮老，唐介死，富弼称病，赵抃叫苦。"虽是一诙谐，却也很觉确切呢。

安石正力排正士，增行新法，忽西陲呈报边警，夏主秉常大举入寇，环庆路烽烟遍地了。安石遂自请行边，韩绛入奏道："朝廷方赖安石，何暇使行？臣愿赴边督军！"神宗大喜，便令绛为陕西宣抚使，给他空名告敕，得自除吏掾。绛拜命即行。总道是马到成功，谁知骑梁不成，反输一跌。

先是建昌军司理王韶尝客游陕西，访采边事，返诣阙下，上平戎三策。大略谓："西夏可取，欲取西夏须先复河湟，欲复河湟，须先抚辑沿边诸番。自武威以南，至洮、河、兰、鄯诸州皆故汉郡县，地可耕，民可役，幸今诸羌瓜分，莫能统一，乘此招抚，收复诸羌，就是河西李氏即西夏。即在我股掌中。现闻羌种所畏，惟唃氏即唃厮罗，见第十八回。子孙，若结以恩信，令他纠合族党供我指挥，我得所助，夏失所与，这乃是平戎的上策呢。"此策非必不可用。神宗以为奇计，即召王安石入议。安石也极口赞许，乃命韶管干秦凤经略司机宜文字，一面封唃厮罗子董毡为太保，董毡一译作董戬，系唃厮罗三子。仍袭职保顺军节度使，且封董毡母乔氏为安康郡太君，董毡因遣使入谢。至王韶到了秦凤，收降青唐蕃部俞龙珂，遂请筑渭、泾上下两城，屯兵置戍，并抚纳洮河诸部。秦凤经略使李师中反对韶议，安石以师中阻挠，令罢帅事。王韶又上言："渭源至秦州，废田多至万顷，愿置市易司，笼取商利，作为垦荒经费。"安石正要行市易法，哪有不从之理？即请旨转饬李师中给发川交子，即钞票之类。易取货物，并令韶领市易事。师中又上言："韶所指田系极边弓箭手地，不便开垦。市易司转足扰民，恐所得不补所亡。"看官！你想安石肯听从师中么？当下奏罢师中，徙知舒州，另命窦舜卿知秦州，与内侍李若愚往查闲田所在。哪知仅得地一顷，还是另有地主，舜卿、若愚只好据实奏报。安石又说舜卿隐蔽，把他贬谪，令韩缜往代。缜遂报无为有，顺安石意。<u>要想保全官职，也不得不尔。</u>乃进韶为太子中允，寻复令主洮河安抚司事。看官记着！为了王韶倡议平戎，不但吐蕃境内从此多事。就是宋、夏交涉也因此决裂，竟先闹出战事来。

熙宁三年五月，夏人筑闹讹堡<u>一译作诺和堡。</u>屯兵什众，知庆州李复圭闻朝廷有意平夏，竟欲出师邀功，当遣裨将李信、刘甫等率蕃、汉兵三千，往袭该堡。偏被夏人得知，一阵驱杀，大败信等，信等逃归。复圭不觉自悔，却想了一计，把无故兴兵的罪状都推在李信、刘甫身上，斩首徇军。复由自己领兵追袭夏人，杀了老弱残兵二百名，即上书告捷。<u>真好法子。</u>夏人不肯干休，乘着秋高马肥，大举入环庆州，攻扑大顺城及柔远等寨。钤辖郭庆、高敏等战死。及韩绛巡边，在延安开设幕府，选蕃兵为七军。绛不习兵事，措置乖方，且起用种谔为鄜延钤辖，知青涧城，命诸将皆受谔节制，蕃兵多怨望。绛与谔谋取横山，安抚使郭逵道："谔一狂生，怎知军务？朝廷徒以种氏家世，赐荫子孙，若加重用，必误国事。"绛什不谓然。适陈升之因母丧去位，两个同平章事，去了一双。<u>一即曾公亮。</u>神宗擢用两人做了接替，一个便是王安石，一个偏轮着韩绛。<u>安石为首相，即就此带叙。</u>绛在军中，有诏遥授为同平章事，绛兴高采烈，即劾郭逵牵掣军情。逵奉敕召还，谔遂率兵二万人袭破罗兀，筑城拒守，进筑永乐川、赏逮岭二寨。又分遣都监赵璞、燕达等修葺抚宁故城，及分荒惟三泉、吐浑川、开光岭、葭芦川四寨，相去各四十余里。韩绛方保荐种谔，盛叙功绩，不意夏人已入顺宁寨，进围抚宁。是时边将折继世、高永能等方驻兵细浮图，去抚宁不过数里。罗兀城兵势尚厚，且有赵璞、燕达等防守抚宁。谔在绥德闻报，惊惶得了不得，拟作书召回燕达，偏偏口不应心，提起了笔，那笔尖儿好似作怪，竟管颤动，不能成字。适运判李南公在旁，看他这般情形，不禁好笑，他却掷笔旁顾道："什么好？什么好？"说了两个好字，竟眼泪鼻涕一齐流将出来。穷形尽相。南公劝解道："大不了的弃掉罗兀城，何必害怕哩？"谔一言不发，尚是涕泪不已。及南公趋退，那警报杂沓进来，所有新筑诸堡陆续被陷，将士战殁千余人。谔束手无策，绛亦无可隐讳，只得上书劾谔，且自请惩处。有诏弃罗兀城，贬谔为汝州团练副使，安置潭州。绛亦坐罢，徙知邓州。夏人既得罗兀城，却也收兵退去。

惟王安石转得独相，把揽大权。新任参政冯京、王珪。珪曲事安石，仿佛王氏家奴，京虽稍稍腹诽，但也未敢直言。翰林学士司马光、范镇依次罢去。神宗新策贤良方正，太原判官吕陶、台州司户参军孔文仲对策直言，已登上第，为安石所阻，饬孔文仲仍还故官，吕陶亦止授通判蜀州。于是保甲法、免役法次第举行，并改诸路更戍法，更定科举法，朝三暮四，任意更张。

小子于保甲、免役诸法已在上文约略说明，所有更戍法系太祖旧制，太祖惩藩镇旧弊，用赵普策，分立四军：京师卫卒称禁军，诸州镇兵称厢军，在乡防守称乡军，保卫边塞称藩军。禁军更番戍边，厢军亦互相调换，兵无常帅，帅无常师，所以叫作更戍。时议以兵将不相识，缓急无所恃，不如部分诸路将兵总隶禁旅，使兵将相习，有训练的好处，无番戍的烦劳。安石称为良策，乃改订兵制，分置诸路将副。京畿、河北、京东西路置三十七将，陕西五路置四十二将，每将麾下，各有部队将训练官等数十人，与诸路旧有总管钤辖都监监押等。设官重复，虚糜廪禄，并且饮食嬉游，养成骄惰，是真所谓弄巧反拙了。

宋初取士多仍唐旧，进士一科，限年考试，所试科目，即诗赋杂文及帖经墨义等条。仁宗时，从范仲淹言，有心复古，广兴学校，科举须先试策论，次试诗赋，除去帖经墨义。及仲淹既去，仍复旧制。安石当国欲将科举革除，一意兴学，当由神宗饬令会议。苏轼谓："仁宗立学，徒存虚名，科举未尝无才，不必变更。"神宗颇以为然。安石以科法未善定欲更张。当由辅臣互为调停，以经义论策取士，罢诗赋、帖经、墨义。后来更立太学生三舍法，注重经学。安石且作《三经新义》，注释《诗》、《书》、《周礼》，颁行学官，无论学校科举，只准用王氏《新义》，所有先儒传注概行废置。安石的势力总算膨胀得很呢。这两条不第解释新法，即宋初成制，亦借此叙明。

苏轼见安石专断，什觉不平，尝因试进士发策，拟题命试，题目是：晋武平吴，独断而克，苻坚代晋，独断而亡，齐桓专任管仲而霸，燕哙专任子之而败，事同功异为问。这是明明借题发挥，讥讽安石。安石遂挟嫌生衅，奏调轼为开封府推官。轼决断精敏，声闻益著，再上疏指斥新法，略云：

臣之所欲言者，三言而已：愿陛下结人心，厚风俗，存纪纲。人主所恃者，人心也。自古及今，未有和易同众而不安，刚果自用而不危者。祖宗以来，治财用者不过三司。今陛下又创制置三司条例司，使六七少年，日夜讲求于内，使者四十余辈，分行营干于外。以万乘之主而言利，以天子之宰而治财，君臣宵旰，几有年矣，而富国之功，茫如捕风。徒闻内帑出数百万缗，祠部度五千余人耳。以此为术，人皆知其难也。汴水浊流，自生民以来，不以种稻，今欲陂而清之，万顷之稻，必用千顷之陂，一岁一淤，三岁而满矣。陛下使相视地形所在，凿空访寻水利，堤防一开，水失故道，虽食议者之肉，何补于民？自古役人，必用乡户，徒闻江、浙之间，数郡雇役，而欲措之天下，自杨炎为两税，租调与庸，既兼之矣，奈何复欲取庸？青苗放钱，自昔有禁，今陛下始立成法，每岁常行，虽云不许抑配，而数世之后，暴官污吏，陛下能保之乎？昔汉武以财力匮竭，用桑弘羊之说，买贱卖贵，谓之均输，于是商贾不行，盗贼滋炽，几至于乱，臣愿陛下结人心者此也。国家之所以存亡者，在道德之浅深，不在乎强与弱。时数之所以长短者，在风俗之厚薄，不在乎富与贫。臣愿陛下务崇道德而厚风俗，不愿陛下急于有功而贪富强。仁宗持法至宽，用人有序，专务掩覆过失，未尝轻改旧章，考其成功，则曰未至，言乎用兵，则十出而九败，言乎府库，则仅足而无余。徒以德泽在人，风俗向义，故升退之日，天下归仁。议者见其末年，吏多因循，事多不振，乃欲矫之以苛察，济之以智能，招来新进勇锐之人，以图一切速成之效，未享其利，浇风已成，欲望风俗之厚，岂可得哉？臣愿陛下厚风俗者此也。祖宗委任台谏，未尝罪一言者，纵有薄责，旋即超升，许以风闻而无官长，言及乘舆，则天子改容，事关廊庙，则宰相待罪，台谏固未必皆贤，所言亦未必皆是。然须养其锐气，而借之重权者，将以折奸臣之萌也。臣闻长老之谈，皆谓台谏所言，常随天下公议，今者物议沸腾，怨交至，公议所在，亦知之矣。臣恐自兹以往，习惯成风，尽为执政私人，以致人主孤立，纲纪一废，何事不生？臣愿陛下存纲纪者此也。事关重大，用敢直言，伏乞陛下裁察！

这疏一上，安石愈加愤怒，使御史谢景温妄奏轼罪，穷治无所得，方才寝议。轼乞请外调，因即命他通判杭州。

轼字子瞻，眉山人。父洵，尝游学四方，母程氏亲授诗书，及弱冠，博通经史，善属文，下笔辄数千言。仁宗嘉祐二年，就试礼部，主司欧阳修得轼文，拟擢居冠军，嗣恐由门客曾巩所为，但置第二，复以春秋对义列第一。嗣入直史馆，为安石所忌，迁授判官告院，至是又徙判杭州。杭城外有西湖，山水秀丽冠绝东南，轼办公有暇，即至湖上游览，所有感慨悉托诸吟咏，一时文士多从之游。又仿唐时白居易遗规，浚湖除葑，在湖中筑土成堤，植桃与柳，点缀景色。后人以白居易所筑的堤，称为白堤，苏轼所筑的堤，称为苏堤。相传苏轼有妹名小妹，亦能诗。适文士秦观，字少游，与轼唱和最多。轼又与佛印作方外交，与琴操作平康友，闲游湖上，诗酒联欢，这恐是附会荒唐，不足凭信。轼有弟名辙，与兄同登进士科，亦工诗文，曾任三司条例司检详，以忤安石意被黜，事见上文。小妹不见史乘，秦观曾任学士，与轼为友。佛印、琴操稗乘中间有记载，小子也无暇详考了。尝有一诗咏两苏云：

> 蜀地挺生大小苏，才名卓绝冠皇都。后人称轼为大苏，辙为小苏。昭陵试策曾称赏，可奈时艰屈相儒。仁宗初，读两苏制策，退而喜曰："朕为子孙得两宰相。"

苏轼外调，安石又少一对头，越好横行无忌了。本回就此结束，下回再行续详。

　　本回以程疏起手，以苏疏结局，前后呼应，自成章法。中叙宋、夏交涉一段，启衅失律，仍自王安石致之。有安石之称许王韶，乃有韩绛之误用种谔。韶议虽非不可行，然无故开衅，曲在宋廷。绛、谔坐罪，而安石逍遥法外，反得独揽政权，神宗岂真愚且蠢者？殆以好大喜功，堕安石揣摩之术耳。程颢为道学大家,以言不见用而求去,苏轼为文学大家,以言反遭忌而外调,特录两疏,与上回之韩疏相映,盖重其人乃重其文,笔下固自有斟酌也。

第三十九回

借父威竖子成名　逞兵谋番渠被虏

　　却说苏轼外徙以后，又罢知开封府韩维及知蔡州欧阳修，并因富弼阻止青苗，谪判汝州。王安石意犹未足，比弼为鲧与共工，请加重谴。居然自命禹、皋。还是神宗顾念老成，不忍加罪。

　　安石因宁州通判邓绾贻书称颂，极力贡谀，遂荐为谏官。绾籍隶成都，同乡人留宦京师，都笑绾骂绾。绾且怡然自得道："笑骂由他笑骂，好官总是我做了。"为此一念，误尽世人。绾既为御史，复兼司农事，与曾布表里为奸，力助安石，安石势焰益横。御史中丞杨绘奏罢免役法，且请召用吕诲、范镇、欧阳修、富弼、司马光、吕陶等，被出知郑州。监察御史里行刘挚陈免役法有十害，被谪监衡州盐仓。知谏院张璪因安石令驳挚议，不肯从命，亦致落职。又去了三个。

　　吕诲积忧成疾，上表神宗，略言"臣无宿疾，误被医生用术乖方，浸成风痹，祸延心腹，势将不起。一身不足恤，惟九族无依，死难瞑目"云云，这明明是以疾喻政，劝悟神宗的意思。奈神宗已一成不变，无可挽回。至诲已疾亟，司马光亲往探视，见诲不能言，不禁大恸。诲忽张目顾光道："天下事尚可为，君实勉之！"言讫遂逝。诲，开封人，即故相吕端孙，元祐初，追赠谏议大夫。

　　既而欧阳修亦病殁颍州。修四岁丧父母，郑氏画荻授书，一学即能。至弱冠已著文名，举进士，试南宫第一。与当世文士游，有志复古。累知贡举，厘正文体。奉诏修《唐书》纪、志、表，自撰《五代史》，法严词约，多取春秋遗旨。苏轼尝作序云："论大道似韩愈，论事似陆贽，记事似司马迁，诗赋似李白。"时人叹为知言。修本籍庐陵，晚喜颍川风土，遂以为居。初号醉翁，后号六一居士。殁赠太子太师，谥文忠。大忠大奸，必叙履历，其他学术优长，亦必标明，是著书人之微旨。又死了两个。

安石有子名雱，幼甚聪颖，读书常过目不忘，年方十五六，即著书数万言，举进土，调旌德尉，睥睨自豪，不可一世。居官未几，因俸薄官卑，不屑小就，即辞职告归。家居无事，作策二十余篇，极论天下大事。又作《老子训解》，及《佛书义解》，亦数万言。他本倜傥不羁，风流自赏，免不得评花问柳，选色征声，所有秦楼楚馆，诗妓舞娃，无不知为王公子。安石虽有意沽名，侈谈品学，但也不能把雱约束，只好任他自由。况且他才华冠世，议论惊人，就是安石自思，也觉逊他一筹。由爱生宠，由宠生怜，还管他什么浪迹？什么冶游？

当安石为参政时，程颢过访，与安石谈论时政，正在互相辩难的时候，忽见雱囚首袒面，手中执一妇人冠，惘然出庭，闻厅中有谈笑声，即大踏步趋将进去。见了程颢，也没有什么礼节，但问安石道："阿父所谈何事？"安石道："正为新法颁行，人多阻挠，所以与程君谈及。"雱睁目大言道："这也何必多议！但将韩绛、富弼两人枭首市曹，不怕新法不行。"其父行劫，其子必且杀人。安石忙接口道："儿说错了。"颢本是个道学先生，瞧着王雱这副形状已看不过去，及听了雱语更觉忍耐不住，便道："方与参政谈论国事，子弟不便参预。"雱闻言，气得面上青筋一齐突出，几欲饱程老拳。还是安石以目相示，方怏怏退出。

到了安石秉国，所用多少年，雱遂语父道："门下士多半弹冠，难道为儿的转不及他么？"安石道："你只知其一，不知其二，执政子不能预选馆职，这是本朝定例，不便擅改哩。"你尚知守法么？雱笑道："馆选不可为，经筵独不可预么？"安石被他一诘，半晌才说道："朝臣方谓我多用私人，若你又入值经筵，恐益滋物议了。"你尚知顾名么？雱又道："阿父这般顾忌，所以新法不能遽行。"安石又踌躇多时，方道："你所做的策议，及《老子训解》，都藏着否？"雱应道："都尚藏着。"安石道："你去取了出来，我有用处。"雱遂至中书室中，取出藏稿，携呈安石。安石叫过家人，令付手民镂版，印刷成书，廉价出售。未免损价。都下相率购诵，辗转间流入大内，连神宗亦得瞧着，颇为叹赏。邓绾、曾布正想讨好安石，遂乘机力荐，说雱如何大才，如何积学，差不多是当代英豪，一时无两。于是神宗召雱入见，雱奏对时，无非说是力行新法，渐致富强。神宗自然合意，遂授太子中允及崇政殿说书。雱生平崇拜商鞅，尝谓不诛异议法不得行，至是入侍讲筵，往往附会经说，引伸臆见，神宗益为所惑，竟创置京城逻卒，遇有谤议时政，不问贵贱，一律拘禁。都人见此禁令，更敢怒不敢言。

安石遂请行市易法，委任户部判官吕嘉问为提举。家贼变为国贼。继行保马法，令曾布妥定条规，遍行诸路。又继行方田法，自京东路开办，逐渐推行。用巨野县尉王曼为指教官。枢密使文彦博、副使吴充、上言保马法不便施行，均未见从。枢密都承旨李评又诋毁免役法，并奏罢阁门官吏，安石说他擅作威福，必欲加罪。神宗虽然照允，许久不见诏命。且因利州判官鲜于侁上书指陈时事，隐斥安石，神宗竟擢他为转运副使。安石入问神宗，神宗言："侁长文学，所以超迁。"并出原奏相示。安石不敢再言。利州不请青苗钱，安石遣吏诘责，佽复称："民不愿借，如何强贷？"安石无法，遂想出一个辞职的法儿，面奏神宗，情愿外调。好似妓女常态。神宗道："自古君臣，如卿与朕，相知极少，朕本鄙钝，素乏知识，自卿入翰林，始闻道德学术，心稍开悟。天下事方有头绪，卿奈何言去？"安石仍然固辞。神宗又道："卿得毋为李评事与朕有嫌？朕自知制诰知卿，属卿天下事，如吕诲比卿为少正卯、卢杞，朕且不信，此外尚有何人敢来惑朕？"安石乃退。次日，又赍表入请，神宗未曾展览，即将原表交还，固令就职。安石才照常视事。乃创议开边，三路并进。一路是招讨峒蛮，命中书检正官章惇为湖北察访使，经制蛮方。一路是招讨泸夷，命戎州通判熊本为梓夔察访使，措置夷事。一路便是洮河安抚使王韶，招讨西羌，进兵吐蕃诸部落。这三路中惟羌人狡悍，不易收服，所有蛮、夷两路，没什厉害，官兵一至，当即敛迹。安石遂据为己功，仿佛是内安外攘，手造升平，这也足令人发噱呢。

小子逐路叙明，先易后难，请看官察阅！西南多山，土民杂处，历代视为化外，呼作蛮、夷，不置官吏。惟令各处酋长，部勒土人，使自镇抚。宋初，辰州人秦再雄，武健多谋，为蛮人所畏服。太祖召至阙下，面加慰谕，命为辰州刺史，赐予什厚，使自辟吏属，给一州租赋。再雄感恩图报，派选亲校二十人，分使诸蛮，招降各部，数千里无边患。嗣后各州虽稍有未靖，不久即平。仁宗时，溪州刺史彭仕羲自号如意大王，纠众作乱，经官军入讨，仕羲遁去。见三十四回。宋廷遣吏传谕，许他改过自归，仕羲乃出降，仍奉职贡，嗣为子师彩所弑。师彩兄师晏，攻杀师彩，献纳誓表。神宗乃命师晏袭职，管领州事。

蛮众列居，向分南北江，北江有土州二十，俱属彭氏管辖，南江有三族，舒氏、田氏各领四州，向氏领五州，皆受宋命。既而峡州峒酋舒光秀刻剥无度，部众不服，湖北提点刑狱赵鼎据实上闻，辰州布衣张翘又献策宋廷，言诸蛮自相仇杀，可乘势剿抚，夷为郡县。宋廷遂遣章惇为湖北察访使，经制南北。

章惇既至湖北，先招纳彭师晏遣诣阙下，授礼宾副使，兼京东州都监，北江遂定。再由惇劝谕南江各族，向永晤奉表归顺，献还先朝所赐剑印。舒光秀、光银等亦降，独田元猛自恃骁勇，不肯从命。惇率轻兵进讨，攻破元猛，夺踞懿州。南江州峒闻风而下，遂改置沅州，即以懿州新城为治所。尚有梅山峒蛮苏氏，及诚州峒蛮杨氏，亦相继纳土。惇创立城寨，于梅山置安化县，隶属邵州。又以诚州属辰州，寻又改称靖州，蛮人平服，章惇还朝。一路了。

再说泸夷在西南徼外，地近泸水，置有泸州，因名泸夷。仁宗初年，夷酋乌蛮王得盖，居泸水旁，部族最盛。附近有姚州城，废置已久。得盖奉表宋廷，乞仍赐州名，辑抚部落，效顺天朝。仁宗准奏，仍建姚州，授得盖刺史，铸印赐给。得盖死后，子孙私号"罗氏鬼主"。但势日衰弱，不能驭诸族。乌蛮有二酋，一名晏子，一名箇恕，素属得盖孙仆夜管辖。仆夜号令不行，二酋遂纠众思逞，擅劫晏州山外六姓及纳溪二十四姓生夷，归他役属。六姓夷遂受二酋嗾使入扰宋边。戎州通判熊本素守边郡，熟识夷情，因受命为察访使，得便宜行事。本知夷人内扰，多恃村豪为向导，遂用金帛诱致村豪百余人，到了泸川，一并斩首，当下悬竿徇众，各姓股栗，愿效死赎罪。独柯阴一酋不至，本遣都监王宣，招集晏州降众及黔州义军，授以强弓毒矢，进击柯阴。柯阴酋居然迎敌，哪禁得弩弓迭发，一经着体，立即仆地，夷众大溃。王宣追至柯阴，其酋无法可施，只得降顺马前。宣报知熊本，本驰至受俘，尽籍丁口土田，及重宝善马，悉数归官。

晏子、箇恕闻官军这般厉害，哪里还敢倔强？当下遣人犒师，并悔过谢罪。罗氏鬼主仆夜本是个没用人物，当然拜表归诚。于是山前后十郡诸夷皆愿世为汉官。本一一奏闻，乃命仆夜知姚州，箇恕知归徕州，晏子未受王命已经身死，子名沙取禄路亦得受官巡检。泸夷亦平，本还都。神宗嘉他不伤财，不害民，擢为集贤殿修撰，赐三品冠服。嗣又出讨渝州獠，破叛酋木斗，收溱州地五百里，创置南平军，本奏凯班师，入为知制诰，蛮、夷均皆就范围了。两路了。

惟王韶既收降俞龙珂，且为龙珂请赐姓氏，龙珂自言中国有包中丞，忠清无比，愿附姓为荣。神宗乃赐姓包氏，易名为顺。应前回。包顺导韶深入，韶遂与都监张守约就古渭寨驻戍，定名通远军，作为根本。然后西向进兵，入图武胜。蕃酋抹耳、一译作穆尔。水巴一译作舒克巴。等据险来争。韶躬环甲胄，督兵迎战，大破羌众，斩首数百级，焚庐帐数座。唃厮罗长孙木征来援抹耳，又被击退。看官！欲知木征的来历，还须约略表明。

唃厮罗初娶李氏，生瞎毡一译作瞎戬。及磨毡角，又娶乔氏，生董毡。乔氏有姿色，大得唃宠，遂将李氏斥逐为尼，并李氏所生二子，尽锢置廓州。二子不服，潜结母党李巴全，窃母奔宗哥城。一译作宗噶尔。磨毡角抚有城众，就此居住。瞎毡别居龛谷。于是唃氏土地分作三部，唃厮罗死后，妻乔氏与子董毡。居历精城，有众六七万，号令严明，人不敢犯。既受宋封，尚称恭顺。见前回。惟磨毡角与瞎毡相继病死。磨毡角子瞎撤欺丁孤弱不能守，仍归属董毡部下。瞎毡有子二，长名木征，次名瞎吴叱。一译作瞎乌尔戬。木征居河州，瞎吴叱居银川，木征恐董毡往讨，曾乞内附。至是因宋军入境，同族乞援，乃率众反抗王韶。偏被韶军击败，退守巩令城。当遣别酋瞎药一译作恰约克。助守武胜，哪知韶军已长驱捣入，瞎药抵挡不住，只好弃城遁走。武胜遂为韶有。

因择要筑城，建为镇洮军，一面连章报捷。朝议创置熙河路，即升镇洮军为熙州，授韶经略安抚使，兼知熙州事及通远军，并领河、洮、岷三州。时三州实未规复，由韶遣僧智圆潜往河州，赍金招诱，自率轻骑尾随。适瞎药败还河州，与智圆晤谈，得了若干金银，即愿归顺。待韶军已至，导入河州，杀死老弱数千名，连木征妻子尽被擒住。木征在外未归，那巢穴已被捣破了。韶复进攻洮、岷，木征还据河州，韶又回军击走木征，河州复定。岷州首领木令征闻风献城，洮州亦降。还有宕、叠二州均来归附，总计韶军行五十四日，涉千八百里，得州五，斩首数千级，获牛羊马万余头，捷书上达，神宗御紫宸殿受贺，解佩带赐王安石，进韶左谏议大夫，兼端明殿学士。韶乃留部将分守，自率军入朝，不意韶甫还都，边警随至，知河州景思立竟战死踏白城。羌人多诈，宋将枉死。

原来木征虽已败窜，心总未死，复诱合董毡别将青宜结一译作青伊克结、鬼章一译作果庄。等入扰河州。景思立麾军出战，羌众佯败，追至踏白城，遇伏而亡。木征势焰复张，进寇岷州。刺史高遵裕令包顺往击，战退木征。木征又转围河州。是时王韶已奉诏还镇，行至兴平，闻河州被围，亟与按视鄜延军官李宪，日夜奔驰，直抵熙州，选兵得二万人，令进趋定羌城。诸将入禀道："河州围急，宜速往救，奈何不趋河州，反往定羌城？"韶慨然道："你等怎知军谋？木征敢围河州，无非恃有外援，我先攻他所恃，河州自然解围了。"却是妙计。乃引兵至定羌城，破西蕃，结河川族，断夏国通路，进临宁河，分命偏将入南山，截木征后路。木征果然解围，退保踏白城。韶军已绕出城后，出其不意，突入羌营，焚帐八十，斩首七千。木征无路可归，没奈何带领酋长八十余人，诣军门乞降。

韶即遣李宪押送木征，驰入京师，正是：

> 欲建战功因略远，幸操胜算得擒渠。

未知木征能否免死，容待下回说明。

　　既有王安石之立异沽名，复有王雱之矜才傲物，非是父不生是子，幸其后短命死耳。否则误国之祸，不且较乃父为尤烈耶？史称安石之力行新法，多自雱导成之，是误神宗者安石，误安石者即其子雱。本回特别表出，志祸源也。王韶创议平戎，而章惇、熊本相继出使，虽抚峒蛮，平泸夷，诸羌亦畏威乞降，渠魁如木征，且槛致阙下，然亦思劳师几何？费饷几何？捷书屡上，而仅得荒僻之地若干里，果何用乎？功不补患，胜益长骄，谁阶之厉？韶实尸之！故本回以章惇、熊本为宾，而以王韶为主，语有详略，意寓抑扬，若王安石则尤为主中之主者，叙笔固亦不肯放松也。

第四十回

流民图为国请命　分水岭割地界辽

却说王韶受木征降，仍将木征解京，朝右称为奇捷，相率庆贺。丑态如绘。先是景思立战死，羌势复炽，朝议欲仍弃熙河，神宗亦为之旰食，屡下诏戒韶持重。韶竟轻师西进，卒俘木征。那时神宗喜出望外，御殿受俘，特别加恩，命木征为营州团练使，赐姓名赵思忠。授韶观文殿学士，兼礼部侍郎，未几，又召为枢密副使，总算是破格酬庸，如韶所愿了。句中有刺。安石本主张韶议，得此边功，自然意气扬扬，诩为有识。会少华山崩，文彦博谓为民怨所致，安石大加反对，彦博遂决意求去，乃出为河东节度使，判河阳，寻徙大名府。

安石复用选人李公义及内侍黄怀信言，造成一种濬川杷，说是濬河利器。看官道是什么良法？他是用巨木八尺为柄，下用铁齿，约长二尺，形似杷状，用石压下，两旁系大船，各用滑车绞木，谓可扫荡泥沙。哪知水深处杷不及底，仍归无益，水浅处齿碍沙泥，初时尚觉活动，后被沙泥淤住，用力猛曳，齿反向上。这种器具，有什么用处？安石偏视为奇巧，竟赏怀信，官公义，将杷法颁下大名。文彦博奏言杷法无用，安石又说他阻挠，令虞部郎范子渊为濬河提举，置司督办，公义为副。子渊是个蔑片朋友，专会敲顺风锣，只说杷法可行，也不管成功不成功，乐得领帑取俸，河上逍遥。日前之计，无过于此。

提举市易司吕嘉问复请收免行钱，令京师百货行各纳岁赋。又因铜禁已弛，奸民常销钱为器，以致制钱日耗。安石创行折二钱用一当二，颁行诸路。嗣是罔利愈什，民怨愈深。熙宁六年孟秋至八年孟夏，天久不雨，赤地千里，神宗忧虑得很，终日咨嗟，宫廷内外，免不得归咎新法。惹得神宗意动，亦欲将新法罢除。安石闻得此信，忙入奏道："水旱常数，尧汤时尚且不免，陛下即位以来，累年丰稔，至今始数月不雨，当没有什么大害。如果欲默迓天庥，也不过略修人事罢了。"神宗蹙然道："朕正恐人事未修，所以忧虑。今取免行钱太重，人情恣怨，自近臣以及后族无不说是弊政，看来不如罢免为是。"参政冯京时亦在侧，便应声道："臣亦闻有怨声。"安石不俟说毕，即愤愤道："士大夫不得逞志，所以訾议新法。冯京独闻怨言，便是与若辈交通往来，否则臣亦有耳目，为什么未曾闻知呢？"看这数句话，安石实是奸人。神宗默然，竟起身入内。安石及京各挟恨而退。未几，即有诏旨传出，广求直言，诏中痛自责己，语极恳切，相传系翰林学士韩维手笔。神宗正在怀忧，忽由银台司呈上急奏，当即披阅，内系监安上门郑侠奏章，不知为着何事？忙将前后文略去，但阅视要语道：

> 去年大蝗，秋冬亢旱，麦苗焦槁，五种不入，群情惧死，方春斩伐，竭泽而渔，草木鱼鳖，亦莫生遂，灾患之来，莫之或御。愿陛下开仓廪，赈贫乏，取有司掊克不道之政，一切罢去，冀下召和气，上应天心，延万姓垂死之命。今台谏充位，左右辅弼，又皆贪猥近利，使夫抱道怀识之士，皆不欲与之言。陛下以爵禄名器，驾驭天下忠贤，而使人如此，什非宗庙社稷之福也。窃闻南征北伐者，皆以其胜捷之势，山川之形，为图来献，料无一人以天下之民，质妻鬻子，斩桑坏舍，遑遑不给之状上闻者。

臣仅以逐日所见，绘成一图，但经眼目，已可涕泣，而况有什于此者乎？如陛下行臣之言，十日不雨，即乞斩臣宣德门外，以正欺君之罪。

神宗览到此处，即将附呈的图画展开一阅，但见图中绘着统是流民惨状，有的号寒，有的啼饥，有的嚼草根，有的茹木实，有的卖儿，有的鬻女，有的万疰瘠不堪，还是身带锁械，有的支撑不住，已经奄毙道旁。另有一班悍吏，尚且怒目相视，状什凶暴。可怜这班垂死人民，都觉愁眉双锁，泣涕涟涟。极力写照。神宗瞧了这幅，又瞧那幅，反复谛视，禁不住悲惨起来。当下长叹数声，袖图入内，是夜辗转吁嗟，竟不成寐。翌日临朝，特颁谕旨，命开封府酌收免行钱，三司察市易，司农发常平仓，三卫裁减熙河兵额，诸州体恤民艰，青苗免役，权息追呼，方田保甲，并行罢免，共计有十八事。中外欢呼，互相庆贺。

那上天恰也奇怪，居然兴云作雾，蔽日生风，霎时间电光闪闪，雷声隆隆，大雨倾盆而下，把自秋至夏的干涸气，尽行涤尽。淋漓了一昼夜，顿觉川渠皆满，碧浪浮天。辅臣等乘势贡谀，联翩入贺，神宗道："卿等知此雨由来否？"大家齐声道："这是陛下盛德格天，所以降此时雨。"越会贡谀，越觉露丑。神宗道："朕不敢当此语。"说至此，便从袖中取出一图，递示群臣道："这是郑侠所上的流民图，民苦如此，哪得不干天怒？朕暂罢新法，即得甘霖，可见这新法是不宜行呢。"安石忿不可遏，竟抗声道："郑侠欺君罔上，妄献此图，臣只闻新法行后，人民称便，哪有这种流离惨状呢？"门下都是媚子，哪里得闻怨声？神宗道："卿且去察访底细，再行核议！"安石怏怏退出，因上章求去，疏入不报。

嗣是群奸切齿，交嫉郑侠，遂怂恿御史，治他擅发马递罪。侠，福清人，登进士第，曾任光州司法参军，所有谳案，安石悉如所请。侠感为知己，极思报效。会秩满入都，适新法盛行，乃进谒安石，拟欲谏阻。安石询以所闻，侠答道："青苗、免役、保甲、市易数事与边鄙用兵，愚见却未以为然呢。"安石不答。侠退不复见，但尝贻安石书，屡言新法病民。安石本欲辟为检讨，因侠一再反对，乃使监安上门。侠见天气亢旱，百姓遭灾，遂绘图加奏，投诣阁门，偏被拒绝不纳。乃托言密急，发马递呈入银台司。向例密报不经阁中，得由银台司直达，所以侠上流民图，辅臣无一得闻，及神宗颁示出来，方才知晓。详叙原委，不没忠臣。大众遂设法构陷，当将擅发马递的罪名付御史谳治。御史两面顾到，但照章记过罢了。

吕惠卿、邓绾复入白神宗，请仍行新法。神宗沉吟未答，惠卿道："陛下近数年来，忘寝废餐，成此美政，天下方讴歌帝泽，一旦信狂夫言，罢废殆尽，岂不可惜。"言已，涕泣不止。邓绾亦陪着下泪。小人女子，同一丑态。神宗又不禁软下心肠，顿时俯允，两人领旨而出，复扬眉吐气，饬内外仍行新法，于是苛虐如故，怨恣亦如故。太皇太后曹氏也有所闻，尝因神宗入问起居，乘间与语道："祖宗法度，不宜轻改，从前先帝在日，我有闻必告，先帝无不察行，今亦当效法先帝，方免祸乱。"神宗道："现在没有他事。"太皇太后道："青苗、免役各法，民间很是痛苦，何不一并罢除？"神宗道："这是利民，并非苦民。"太皇太后道："恐未必然。我闻各种新法，作自安石，安石虽有才学，但违民行政，终致民怨，如果爱惜安石，不如暂令外调，较可保全。"神宗道："群臣中惟安石一人，能任国事，不应令去。"太皇太后尚思驳斥，忽有一人进来道："太皇太后的慈训，确是至言，皇上不可不思！"神宗正在懊恼，听了这语，连忙回顾，来人非别，乃是胞弟昌王颢，当下勃然怒道："是我败坏国事么？他日待汝自为，可好否？"为了安石一人，几至神宗不孝不友，安石焉得无罪？颢不禁涕泣道："国事不妨共议，颢并不有什么异心，何至猜嫌若此？"太皇太后也为不欢，神宗自去。过了数日，神宗又复入谒，太皇太后竟流涕道："王安石必乱天下，奈何？"神宗方道："且俟择人代相，把他外调便了。"安石自郑侠上疏，已求去位，及闻知这个风声，乞退愈力。神宗令荐贤自代，安石举了两人，一个就是前相韩绛，一个乃是曲意迎合的吕惠卿。荆公夹袋中，只有此等人物。神宗乃令安石出知江宁府，命韩绛同平章事，吕惠卿参知政事。韩、吕两人感安石恩，自然确守王氏法度，不敢少违。时人号绛为传法沙门，惠卿为护法善神。

三司使曾布与惠卿有隙，又因提举市易司吕嘉问恃势上陵，遂奏言："市易病民，嘉问更贩盐鬻帛，贻笑四方。"神宗览疏未决，惠卿即劾布阻挠新法。于是布与嘉问，各迁调出外。惠卿又用弟和卿计策创行手实法，令民间田亩物宅、资货畜产据实估价，酌量抽税，隐匿有罚，讦告有赏。那时民家寸椽尺土都应输资，就是鸡豚牛羊，亦须出税，百姓更苦不胜言了。郑侠见国事日非，辅臣益坏，更激动一腔忠愤，取唐朝宰相数人，分为两编，如魏征、姚崇、宋璟等称为正直君子，李林甫、卢杞等号为邪曲小人。又以冯京比君子，吕惠卿比小人，援古证今，汇呈进去。看官！你想惠卿得此消息，如何不愤？遂劾侠讪谤朝廷，以大不敬论。御史张璟时已复职，竟承惠卿旨，也劾京与侠交通有迹。不附安石，即附惠卿，想因前时落职，连气节都吓去了。侠因此得罪，被窜英州，京亦罢去参政，出知亳州。安石弟安国任秘阁校理，素与乃兄意见不合，且指惠卿为佞人，此次亦坐与侠交，放归田里。安国不愧司马牛。

惠卿黜退冯京、郑侠等，气焰越盛，索性横行无忌，连那恩师王安石亦欲设法陷害，挤入阱中。居然欲学逄蒙。会蜀人李士宁自言知人休咎，且与安石有旧交。惠卿竟欲借此兴狱，亏得韩绛暗袒安石，从中阻挠。至士宁杖流永州，连坐颇众。绛恐惠卿先发制人，亟密白神宗。复用安石。神宗恰也记念起来，即召安石入朝。安石奉命，倍道前进，七日即至，进谒神宗，复命为同平章事。御史蔡承禧即上论惠卿欺君玩法，立党肆奸，中丞邓绾亦言惠卿过恶，安石子雱又深憾惠卿，三路夹攻，即将惠卿出知陈州。三司使章惇也为邓绾所劾，说与惠卿同恶相济，出知潮州，反复无常，险哉小人！韩绛本密荐安石，嗣因议事未合，也托疾求去，出知许州，安石复大权独揽了。

是时契丹主宗真早殁，庙号兴宗，子洪基嗣立，系仁宗至和二年事，此处乃是补叙。复改国号，仍称为辽，此后亦依史称辽。与宋朝通好如前。神宗熙宁七年，遣使萧禧至宋，请重订边界。神宗乃遣太常少卿刘忱等偕行，与辽枢密副使萧素会议代州境上，彼此勘地，争论未决。看官！试想辽、宋已交好有年，画疆自守，并无龃龉，此番偏来议疆事，显见是借端生衅，乘间侵占的狡谋。一语断尽。辽使萧禧来京，谓宋、辽分界应在蔚、朔、应三州间，分水岭土垄为界，且诘宋增寨河东，侵入辽界。及刘忱往勘，并无土垄。萧素又坚称分水岭为界，凡山统有分水，萧素此言，明明是含糊影射，得错便错。刘忱当然与辩，至再至三，萧素仍执己意，不肯通融。辽人已经如此，无怪近今泰西各国。忱奏报宋廷，神宗令枢密院详议，且手诏判相州韩琦、司空富弼、判河南府文彦博、判永兴军曾公亮、核议以闻。韩琦首先上表，略云：

　　臣观近年朝廷举事，似不以大敌为恤，彼见形生疑，必谓我有图复燕南之意，故引先发制人之说，造为衅端。臣尝窃计，始为陛下谋者，必曰治国之本，当先聚财积谷，募兵于农，庶可鞭笞四夷，复唐故疆，故散青苗钱，设免役法，置市易务，新制日下，更改无常，而监司督责，以刻为明，今农怨于畎亩，商叹于道路，长吏不安其职，陛下不尽知也。夫欲攘斥四夷，以兴太平，而先使邦本困摇，众心离怨，此则为陛下始谋者大误也。臣今为陛下计，具言向来兴作，乃修备之常，岂有他意？疆土素定，悉如旧境，不可持此造端，以隳累世之好。且将可疑之形，因而罢去。益养民爱力，选贤任能，疏远奸谀，进用忠鲠，使天下悦服，边备日充，若其果自败盟，则可一振威武，恢复故疆，摅累朝之宿忿矣。谨具议上闻！

富弼、文彦博、曾公亮亦先后上书，大致与韩琦略同，神宗不能遽决。那辽主复遣萧禧来致国书，只说是忱等迁延，另乞派员会议。神宗再命天章阁待制韩缜与萧禧叙谈，两下仍各执一词，毫无结果。禧且留馆不去，自言必得所请方可回国。宋廷不便驱逐，乃先遣知制诰沈括报聘。括至枢密院查阅故牍，得前时所议疆地书，远不相符，即奏称："宋、辽分境，本以古长城为界，今所争在黄嵬山，相差三十余里，如何可让？"神宗也不觉叹息道："大臣不考本末，几误国事。"遂赐括白金千两，令即启行。括至辽都，辽相杨遵勖与议至六次，括终不屈。遵勖道："区区数里，不忍界我，莫非自愿绝好么？"又欲恫吓。括奋然道："师直为壮，曲为老，北朝弃信失好，曲有所归，我朝有什么害处？"因辞辽南归，在途考察山川关塞，风俗民情，绘成一图，返献神宗。神宗恐疆议未成，意图北伐。王安石谓战备未修，且俟缓举。此外一班辅臣，主战主和，意见不一。神宗入禀太皇太后，太皇太后道："储蓄赐与，已备足否？士卒甲仗，已精利否？"神宗茫然答道："这是容易筹办的。"太皇太后道："先圣有言，吉凶悔吝生乎动，若北伐得胜，不过南面受贺，万一挫失，所伤实多。我想辽果易图，太祖、太宗，应早收复，何待今日？"神宗才悟着道："敢不受教！"既退尚有所疑，拟再使问魏国公韩琦。不料琦竟病逝，遗疏到京，乃辍朝发哀，追赠尚书令，予谥忠献，配享英宗庙庭。琦字稚圭，相州人，策立二帝，历相三朝，宋廷倚为社稷臣。殁前一夕，大星陨州治，枥马皆惊。及殁，远近震悼。韩魏公身殁，不可不志，故借此叙过。神宗无可与商，只得再问王安石。安石道："将欲取之，必姑与之，这是老氏遗训，何妨照行。"神宗乃诏令韩缜允萧禧议，就分水岭为界，计东西丧地七百里，萧禧欣然辞去。小子有诗叹道：

> 外交原不仗空谈，我弱人强固未堪。
> 独怪宋、辽同一辙，胡为弃地竟心甘？

辽事既了，交趾忽大举入寇，究竟如何启衅，请看官续阅下回。

　　神宗权罢新法，天即大雨，是或会逢其适，非必天心感应，果有若是之神且速者。但如郑侠之上流民图，足为《宋史》中第一忠谏，神宗几被感悟，罢新法至十有八事。古人视君若天，侠其果有回天之力耶？乃稍明复昧，仍洄群阴，安石、惠卿迭为进退。至辽使以勘界为名，借端索地，廷议不一，而安石却援欲取姑与之说，荧惑主听，卒至东西丧地七百里。试问终宋之世，能取偿尺寸否耶？后人称安石为政治家，吾正索解无从矣。

第四十一回

奉使命率军征交趾　蒙慈恩减罪谪黄州

却说交趾自黎桓篡国，翦灭丁氏世祚，宋廷不遑讨罪，竟将错便错，封桓为交趾郡王。<small>应第十五回。</small>桓死，子龙钺嗣，龙钺弟龙廷杀兄自立，入贡宋廷，宋仍封他为王，且赐名至忠。<small>不有兄弟，何有君臣？</small>既而交州大校李公蕴又弑了龙廷，遣使入贡，依然受宋封册，嗣复晋封南平王。公蕴传子德政，德政传子日尊，均袭南平王原爵。日尊又传子乾德，神宗封他为郡王，乾德修贡如故。适章惇收峒蛮，熊本平泸夷，王韶又克河州，边功迭著，恩赏从隆，于是知邕州萧注也艳羡起来，居然欲南平交趾，献策徼功。及神宗召他入问，他又一味支吾，说不出什么方法。<small>徒知迎合，有何良策？</small>偏度支判官沈起大言不惭，竟视南交为囊中物。<small>硬要来出风头。</small>神宗以为有才，便命他出知桂州。起既抵任，遣使入溪峒募集土丁，编为保伍，令出屯广南，派设指挥二十员，分督部众，又在融州强置城寨，杀交人千数。交趾王乾德奉表陈诉，神宗也觉无理可说，只好归咎沈起，把他罢职，另调知处州刘彝往代起任。

彝到桂州，虽奏罢广南屯兵，恰仍遣枪杖手分戍边隘。复听偏校言论，大造戈船，似乎有立平南交的意思。交人入境互市被他拒绝，又沿途派置巡逻，不准交趾通表。<small>一蟹不如一蟹。</small>于是交人大愤，竟分三道入寇：一自广府，一自钦州，一自昆仑关，连陷钦、濂二州，杀死土丁八千人。宋廷接到边警，把彝除名，并再贬沈起，安置郢州。初则所用非人，致启边衅，继则后先加罚，益张寇焰，是谓一误再误。

交人不肯罢手，竟入逼邕州。知州苏缄悉力拒守，一面向各处乞援哪知附近州吏，统是一班行尸走肉的人物，袖手旁观，坐听成败。缄虽日夕抵御，究竟寡不敌众，看看粮竭矢穷，料已不能再守，乃命家属三十六人先行自尽，一一埋置坎中，然后纵火自焚。城中兵民感缄忠义，无一降寇，至交人攻入，所有城内五万八千余人被交人屠戮殆尽。这都是沈、刘二人所害。这一番失败非同小可，神宗得了消息，不胜惊悼，有诏赠缄奉国节度使，赐谥忠勇，授天章阁待制赵卨为招讨使，宦官领嘉州防御使李宪为副，往讨交趾。

卨与宪议事不合，因上言："宪系内侍，不便掌兵，请另行简命！"神宗乃召卨入问道："李宪既不便偕行，由卿另举一人便了。"卨对道："据臣愚见，莫如宣徽使郭逵，他熟识边情，定能胜任。臣才不及逵，伏乞命逵为使。臣愿为副！"颇能让贤。神宗准奏，改易诏命。及郭逵陛辞，请调鄜延、河东旧吏士随军南下，亦奉谕照允，并赐宴便殿，特给中军旗章剑甲借示威宠。逵申谢即行，与赵卨一同前往。

会交人露布传达汴都，略言"中国遂行新法，大扰民生，因特地出兵，来相救济"等语。王安石见了很是恚怒，至亲草敕牒，极力诋斥，且令郭逵檄谕占城、占腊即真腊国。二国夹击交州。

逵率军行至长沙，依令驰檄，并遣裨将往攻钦廉，自与卨西向进发。将至富良江，接到钦廉捷报：两州已克复了。逵乘势进兵，到了江边，遥见敌舰纷至，帆樯如林，舰中满载兵甲，来势什锐，倒不禁疑虑起来。当下与赵卨商议道："南蛮狡悍，鼓锐前来，急切难与争锋，看来我军是不能速渡哩，应如何设法，方可破敌？"卨答道："不如先造攻具，毁坏蛮船，再出奇兵逆击，无虑不胜。"逵欣然道："就照此办理罢！请君督行便是。"卤唯唯而出，即分遣将吏登山伐木，制成机械，运至江滨，用石发机，抛击如雨。蛮船未曾预防，遭此一击，统害得帆折樯摧，七颠八倒。卤已备着大筏，选锐卒万人，乘筏急攻。交人正虑船破，修补不及，怎禁得宋军驶至，乱砍乱剁，霎时间各船大乱，纷纷溃散。伪太子洪真尚拟勒兵截杀，亲登船楼，指挥左右，不料一箭飞来，正中要害，当即堕船毙命。蛇无头不行，兵无主越乱，大家逃命要紧，除晦气的蛮兵杀死溺死，其余都奔回交州去了。

宋军夺住战船数十艘，斩首数千级，各返报军门，献功陈绩。卤一一记录，转达郭逵。逵飞章告捷，又与卤面商道："此次战胜，贼应丧胆，正好乘势入攻，无如我军远来，触犯烟瘴，非死即病，昨由我派吏查核，我军本有八万名，现已死亡逾万，有一半也是病疫，这却如何是好哩？"赵卤道："既如此，且缓渡富良江，就在江北略地，借此示威。若李乾德肯来谢罪，我等就得休便休罢！"逵点首道："我也这般想呢。"乃勒兵不渡，只分兵略定广源州、门州、思浪州、苏茂州及桄榔县。李乾德却也震惧，遣使奉表，诣军门纳款。郭逵、赵卤遂与来使议和，班师还朝。廷臣又相率称贺，神宗谕改广源州为顺州，赦乾德罪，复治沈起、刘彝开衅罪状，安置随、秀二州。讨好反跌一交，我替二人呼枉。既而乾德遣使来贡，并归所掠兵民，廷议以乾德悔罪投诚，赐还顺州，寻复还他二州六县。交趾算不复叛了。他本无叛意，因激之使成，谁生厉阶，枉死若干兵士？

交事就绪，王安石也即罢相。原来吕惠卿既出知陈州，王雱尚欲倾害，事被惠卿所闻，即上讼安石方命矫令，罔上要君，并及雱构陷情状。神宗取示安石，安石为子辩诬，及退归问雱，雱却并不抵赖，且言必致死惠卿，方能泄恨。顿时父子相争，惹起一场口角。雾盛年负气，郁郁成疾，背上陡生巨疽，竟尔绝命。安石又悲不自胜，屡请解职。御史中丞邓绾恐安石一去，自己失势，力请慰留安石，赐第京师。神宗心滋不悦，转语安石。安石颇揣知上意，即还奏道："绾为国司直，乃为宰臣乞恩，大伤国体，应声罪远斥为是。"神宗遂责绾论事荐人不循守分，斥知虢州。可为逢迎者鉴。看官！试想邓绾是安石心腹，安石指斥邓绾罪状，明明是尝试神宗，可巧弄假成真，教安石如何过得下去？当下申请辞职，神宗亦即允奏，以使相判江宁府，寻改集禧观使。

安石既退处金陵，往往写"福建子"三字。福建子是指吕惠卿，或竟直言吕惠卿误我。惠卿再讦告安石，附陈安石私书，有"无使上知"，及"勿令齐年知"等语。神宗察知"齐年"二字，系指冯京一人，京与安石同年，自神宗览到此书，方以京为贤，召知枢密院事。复因安石女夫吴充素来中立，不附安石，特擢为同平章事。王珪亦由参政同升。充乃乞召司马光、吕公著、韩维及荐孙觉、李常、程颢等数十人。神宗乃召吕公著知枢密院事，复进程颢判武学。颢自扶沟县入京，任事数日，即由李定、何正臣劾他学术迂阔，趋向僻异。神宗又疑惑起来，竟命颢仍还原官。吕公著上疏谏阻，竟不得请。且擢用御史中丞蔡确为参政。蔡确由安石荐用，得任监察御史，初时很谄事安石，至安石罢相，他即追论安石过失，示不相同，即此一端，已见阴险。并排去知制诰熊本、中丞邓润甫、御史上官均，自己遂得代任御史中丞。神宗反加信任，竟命为参政。士大夫交口叱骂，确反自喜得计。吴充欲稍革新法，他又说是萧规曹随，宜遵前制，因此各种新法，仍旧履行。既论王安石，复劝吴充遵行新法，反复无常，一至于此。

会中丞李定、御史舒亶劾奏知湖州苏轼怨谤君父，交通戚里。有诏逮轼入都，下付台狱。看官道苏轼如何得罪？由小子约略叙明。轼自杭徙徐，良徐徙湖，平居无事，每借着吟咏，讥讽朝政，尝咏青苗云："赢得儿童语音好，一年强半在城中。"咏课吏云："读书万卷不读律，致君尧、舜终无术。"咏水利云："东海若知明主意，应教斥卤变桑田。"咏盐禁云："岂是闻韶解忘味，迩来三月食无盐。"数诗传诵一时。李定、舒亶因借端进谗，坐他诽谤不敬的罪名，竟欲置诸死地。适太皇太后不豫，由神宗入问慈安，太皇太后道："苏轼兄弟初入制科，仁宗皇帝尝欣慰道，'吾为子孙得两宰相'。今闻逮轼下狱，莫非由仇人中伤么？且文人咏诗，本是恒情，若必毛举细故，罗织成罪，亦非人君慎狱怜才的道理，应熟察为是。"神宗闻言，总算唯唯受教。及退，复得吴充奏章，为轼力辩，乃不忍加轼死罪，拟从末减。既而同修起居注王安礼复从旁入谏道："自古以来，宽仁大度的主子不以言语罪人轼具有文才，自谓爵禄可以立致，今碌碌如此，不无怨望，所以托为讽咏，自写牢骚。一旦逮狱加罪，恐后世谓陛下不能容才呢！"神宗道："朕固不欲深遣，当为卿贳他罪名。但轼已激成众怒，恐卿为轼辩，他人反欲害卿，愿卿勿漏言，朕即有后命。"生杀大权，操诸君相之手，何惮何忌，乃戒他勿泄耶？同平章事王珪闻神宗有赦轼意，又举轼咏桧诗，有"根到九泉无曲处，世间惟有蛰龙知"二语，遂说他确系不臣，非严遣不足示惩。神宗道："轼自咏桧，何预朕事？卿等勿再吹毛索瘢哩。"文字不谨，祸足杀身，幸神宗尚有一隙之明，轼乃得侥幸不死。舒亶又奏称驸马都尉王诜辈，与轼交通声气，居然朋比。还有司马光、张方平、范镇、陈襄、刘挚等，托名老成正士，实与轼等同一举动，隐相联络，均非严惩不可。神宗不从，但谪轼为黄州团练副使，本州安置。轼弟辙及王诜，皆连坐落职。张方平、司马光、范镇等二十二人惧罚铜。

　　先是轼被逮入都，亲朋皆与轼绝交，未闻过视。至道出广陵，独有知扬州鲜于侁亲自往见。台吏不许通问，侁乃叹息而去。扬州属吏劝侁道："公与轼相知有素，所有往来文字书牍，宜悉毁勿留，否则恐遭延累，后且得罪。"侁慨然道："欺君负友，侁不忍为，若因忠义获谴，后世自有定评，侁亦未尝畏怯呢。"至是侁竟坐贬，黜令主管西京御史台。轼出狱赴黄州，豪旷不异往日，尝手执竹杖，足踏芒鞋，与田父野老优游山水间。且就东坡筑室自居，因自号东坡居士。每有宴集，笑谈不倦，或且醉墨淋漓，随吟随书。人有所乞，绝无吝色。就是供侍的营妓，索题索书，无不立应，因此文名益盛。神宗以轼多才，拟再起用，终为王珪等所阻。一日视朝，语王珪、蔡确道："国史关系至为重大，应召苏轼入京，令他纂成，方见润色。"珪答道："轼有重罪，不宜再召。"神宗道："轼不宜召，且用曾巩。"乃命巩充史馆修撰。巩进太祖总论，神宗意尚未惬，遂手诏移轼汝州。诏中有"苏轼黜居思咎，阅岁滋深，人才实难，不忍终弃"等语。轼受诏后，上书自陈贫士饥寒，惟有薄田数亩，坐落常州，乞恩准徙常，赐臣余年云云。神宗即日报可，轼乃至常州居住。这是后话。

且说神宗在位十年，俱号熙宁，至十一年间，改为元丰元年。苏轼被谪，乃是元丰二年间事。补叙岁序。未几，宫中即遇大丧，太皇太后曹氏升遐而去，有司援刘后故例，拟定尊谥，乃是"慈圣光献"四字。神宗素具孝思，服事太皇太后，无不曲意承欢，太皇太后亦慈爱性成，闻退朝稍晚，必亲至屏扆间候瞩，或且持膳饷帝，因此始终欢洽，毫无间言。旧例外家男子不得入谒，太皇太后有弟曹佾，曾任同中书门下平章事，神宗常入白太皇太后，可使入见。太皇太后道："我朝宗法，怎敢有违？且我弟得跻贵显，已属逾分，所有国政，不应令他干涉，亦不准令他入宫。"密示防闲，确是良法。神宗受教而退。及太皇太后违豫，乃由神宗申禀，得引佾入谒，谈未数

语，神宗先起，拟暂行退出，俾佾得略迹言情。不意太皇太后
已语佾道："此处非汝所得久留，应随帝出去！"这两语不但
使佾伸舌，连神宗听着也为竦然。至太皇太后病剧，神宗侍疾
寝门，衣不解带，竟至匝旬。太皇太后崩，神宗哀慕逾恒，几
至毁瘠。一慈一孝，也可算作宋史的光荣了。特笔从长。嗣复
推恩曹氏，进佾中书令，官家属四十余人，其间不无过滥，但
为报本起见，不必苛议。力重孝字。况且曹佾有官无权，终身
不闻侈汰，这也由曹氏一门犹知秉礼，所以除贤后外，尚有这
贤子弟呢。极褒曹氏。

　　元丰三年，神宗拟改定官制，饬中书置局修订，命翰林学
士张璪、枢密副承旨张诚一主领局事。先是宋初官制，多承唐
旧，但亦间有异同。三师、太师、太傅、太保。三公太尉、司徒、
司空。不常置，以同平章事为宰相，另置参知政事为副，中书
门下，并列于外。别在禁中设置中书，与枢密院对持文武二
柄，号为二府。天下财赋悉隶三司。所有纠弹等事，仍属御史
台掌管。他如三省、尚书令、侍中、中书令。六部、吏、户、礼、
兵、刑、工。九寺、太常、宗正、光禄、卫尉、太仆、大理、鸿胪、
司农、大府。六监国子、少府、将作、军器、都水、司天。等，往往
由他官兼摄，不设专官。草诏属知制诰及翰林学士两职。知制
诰掌外制，翰林学士掌内制，号为两制。修史属三馆，便是昭
文馆、史馆、集贤院。首相尝充昭文馆大学士，次相或充集贤
院大学士。有时设置三相，即分领三馆。馆中各员多称学士，
必试而后命。一经此职遂号名流。又有殿阁等官，亦分大学士
及学士名称，惟概无定员，大半由他官兼领虚名。前文未尝叙
明官制，此段原不可少。自经两张改订后，凡旧有虚衔一律罢
去，杂取唐、宋成规，自开府仪同三司，至将仕郎，分二十四
阶，如领侍中、中书令、同平章事等名改为开府仪同三司，领
左右仆射，改为特进，以下递易有差。换汤不换药，济什么事？

神宗以新官制将行，砍兼用新旧二派，尝语辅臣道："御史大夫一职，非用司马光不可。"时吴充已罢，惟王珪、蔡确两人相顾失色。原来神宗时代，朝右分新旧两党，新党以王安石为首领，珪与确等统传安石衣钵，与旧党积不相容。旧党便是富弼、文彦博等一班老成，司马光亦居要领，还有研究道学诸儒，也是主张守旧，与司马光等政论相同。道学一派，由胡瑗、周敦颐开宗。胡瑗，泰州人，字翼之，湛深经学，范仲淹曾聘为苏州教授，令诸子从学，知湖州滕宗谅，亦聘为教授，尝立经义治事二斋，注重实学。嘉祐中，擢为太子中允，与孙复同为国子监直讲。嗣因老疾致仕，还家旋殁。世称孙复为泰山先生，胡瑗为安定先生。周敦颐，濂溪人，字茂叔，历任县令州佐，所至有治绩，平素爱莲，因居莲花峰下。南安通判程珦与瑗交好，令二子颢、颐受业，颢尝谓吾见濂溪先生，得吟风弄月以归，几有吾与点也的乐趣，熙宁六年病殁。同时有河南人邵雍，字尧夫，苦学成名，尤精易理，宋廷屡征不至。程颢曾与雍议论数日，叹为内圣外王的学问。但性甘恬退，自名居室曰"安乐窝"。熙宁十年逝世，后来追谥康节。至若横渠先生张载，字子厚，前文亦已提及，一出为官，见新法不善，即托疾归家。著有《正蒙》《西铭》等书，广谈性理，与邵雍同岁病终。这数人多反对新党，所以屏迹终身。二程兄弟，实得真传，<small>叙入此段，志道学诸儒之缘起。</small>且与司马光友善。王珪恐司马光起用，旧派将连类同升，故与蔡确同一惊惶。及退朝后，珪尚怏怏不乐，那蔡确默筹一番，竟不禁大笑道："有了有了！"<small>奸状如绘。</small>正是：

　　　　毕竟佥人多谲智，全凭巧计作安排。

　　欲知蔡确的妙策，请看下回便知。

交趾屡行篡逆，宋廷未闻加讨，至李公蕴篡国后，已历三传。乾德修贡，未尝失职，乃独欲出兵南征，开边启衅，创议者为萧注，为沈起，为刘彝，实则皆误于王安石，而成于神宗。邕州之陷，苏缄阖门殉难，兵民被屠，至五万八千余口，谁为为之，一至于此？及神宗既厌安石，复擢用王珪、蔡确，曾亦忆珪、确两人，为谁氏所引用耶？安石尚有好名之心，而珪与确则悍然不顾，隐嗾同党，文致轼罪，微太皇太后言，虽有吴充、王安礼，恐亦难为轼解。是则免轼于死者，实出自太皇太后，于神宗无与也。然能受慈训而赦才士，犹不失为孝思。著书人褒贬从严，有恶必贬，有善必扬，其寓劝世之意也深矣。入后附入两片段文字，关系政治学术，阅者亦幸勿滑过可也。

第四十二回

伐西夏李宪丧师 城永乐徐禧陷殁

却说蔡确想就一法，便笑语王珪道："公恐司马光入用，究为何意？"珪答道："司马光来京，必将参劾我辈，恐相位且不保了。"无非为此，确是鄙夫。确便道："主上久欲收复灵武，公能任责，相位便能终保，尚惮一司马光么？"为个人计，劳师费财，蔡确实是可杀。珪乃转忧为喜，一再称谢。乃荐俞充知庆州，使上平西夏策。神宗果然专心戎事，不暇召光，乃用冯京为枢密使，薛向、孙固、吕公著为枢密副使。诏民畜马，拟从事西征。向初赞成畜马议，旋恐民情不便，致有悔言。御史舒亶遂劾他反复无常，失大臣体，竟斥知颍州。冯京亦因此求去，有诏允准，即命孙固知枢密院事，吕公著、韩缜同知院事。嗣复接俞充奏牍，略言："夏将李清本属秦人，曾劝夏主秉常以河西地来归。秉常母梁氏得悉，幽秉常，杀李清。我朝应兴师问罪，不可再延，这乃千载一时的机会呢。"神宗览奏大喜，即命熙河经制李宪等准备伐夏，并召鄜延副总管种谔入问。谔本是个言不顾行的人物。既至阙下，便大声道："夏国无人，秉常小丑，由臣等持臂前来便了。"看时容易做时难。

神宗乃决计西征，召集辅臣，会议出师。孙固入谏道："发兵容易，收兵很难，还乞陛下三思后行！"神宗道："夏有衅不取，将为辽人所据，此机断不可失。"固答道："必欲用兵，应声罪致讨，幸得胜夏，亦当分裂夏地，令他酋长自守。"神宗笑道："这乃汉郦生的迂论，卿奈何亦作此言？"固复道："陛下以臣为迂，臣恐尚未必制胜，试问今日出兵，何人可做统帅？"神宗道："朕已托付李宪了。"固奋然道："伐夏大事，乃使阉人为帅，将士果肯听命么？"此言最是。神宗面有愠色。固知不便再谏，随即趋退。既而由王珪、蔡确等，议定五路出师，固复约吕公著入谏。固先启奏道："今议五路进兵，乃无大帅统率，就使成功，必致兵乱。"神宗道："内外无统帅材，只好罢休。"吕公著即进谏道："既无统帅，不若罢兵。"固又接口道："公著言什是。请陛下俯纳！"神宗沉着脸道："朕意已决，卿等不必多言。"孙固、吕公著复撞了一鼻子灰，相偕出朝。神宗遂命李宪出熙河，种谔出鄜延，高遵裕出环庆，刘昌祚出泾原，王中正出河东，分道并进。又诏吐蕃首领董毡集兵会征，于是鼙鼓喧天，牙旗蔽日，又闹出一场大战争来。何苦乃尔？

李宪统领熙秦七军，及董毡兵三万，突入夏境，破西市新城，袭据女遮谷，收复古兰州，居然筑城开幕，设置帅府。种谔也攻克米脂城，高遵裕夺还清远军，王中正率河东兵入宥州。刘昌祚进次磨啰隘，遇夏众扼险拒守，他却凭着一股锐气，横冲过去，夏军纷纷败走，遁还灵州。五路捷报陆续入都，神宗很是喜慰，即诏令李宪统率五路直捣夏都。哪知诏书才下，败耗旋闻，各路将士不是溺死，就是冻死、饿死，剩了若干将死未死的疲卒幸全生命，狼狈逃归。一场空欢喜。

原来夏人闻宋师大举，未免惊惶，当由秉常母梁氏召集诸将共议防御方法。年少气盛的将士无不主战。一老将独献策道："宋师远来，利在速战。我军不必拒敌，但教坚壁清野，诱他深入，一面在灵夏聚集劲兵，以逸待劳，再遣轻骑抄袭敌后，断他饷运，他已不战自困，恐退兵都来不及哩。"勿谓夏无人。梁氏大喜，依计而行。因此宋军五路并进，夏兵未与酣斗，尽管退走。及刘昌祚既薄灵州，乘胜猛攻，城几垂克，偏高遵裕忌他成功，飞使禁止。昌祚旧属遵裕部辖，不敢违命，只好按甲以待。等到遵裕到来，城中守备已固，围攻至十有八日，尚不能下。夏人且潜至灵州南面，决黄河七级渠，灌入宋营。宋军不意水至，溺毙多人，并因时值隆冬，就是凫水逃生，也是拖泥带水，寒冷不堪，可怜又死了若干名。当下遵裕、昌祚两军丧亡大半，陆续溃归。在途又被夏人追杀一阵，十成中剩得两三成，得还原汛。两路败退。

那时种谔从米脂进发，破石堡城，直指夏州，驻军索家坪，忽闻后面辎重被夏人截住，兵士顿哗噪起来。大校刘归仁竟先溃通，余军随走。适大雪漫天，兵不得食，沿途倒毙不可胜计。出兵时共九万三千，还军时只剩三万人。一路未败即退。

王中正自宥州行至奈王井，粮食亦尽，六万人饿死二万，亦奔还庆州。一路亦未败而退。

独李宪领兵东上，立营天都山下，焚去西夏的南牟内殿，并毁馆库。夏将仁多唆丁一作新都喇卜丹。率众来援，由宪驱军夜袭，杀败夏兵，擒住百人，进次葫芦河。闻各路兵已经退归，不敢再进，当即班师。还是知机。

先是五路大兵，共约至灵州会齐，各路共至灵州境内，惟李宪不至。军报送达京师，神宗始叹息道："孙固前曾谏朕，朕以为迂谈，今已追悔无及了。"谁叫你黩武用兵？乃按罪论罚，贬高遵裕为郢州团练副使，本州安置。种谔、王中正、刘昌祚并降官阶，惟不及李宪。孙固又入奏道："兵法后期者斩，况各路皆至灵州，宪独不至，这岂尚可赦罪么？"神宗以宪有开兰会功。即古兰州，唐名会州。不忍加罪，但诘他何故擅还？宪复称："馈饷不继，只好退归，且整备兵食，再图大举。"神宗又为宪所惑，竟授宪泾原经略安抚制置使，兼知兰州，李浩为副。方悔不用孙固言，谁知又复入迷。吕公著再上书谏阻，仍不见从。公著引疾求去，遂出知定州。时官制已一律订定，改同中书门下平章事为左右仆射，参知政事为门下中书侍郎尚书左右丞。即命王珪为尚书左仆射，蔡确为尚书右仆射，章惇为门下侍郎，张璪为中书侍郎，蒲宗孟为尚书左丞，王安礼为尚书右丞。一王安礼独如宋皇何？

神宗有志开边，屡不见效，帝闷闷不乐。平时召见辅臣，有"人才寥落"等语。蒲宗孟出班奏道："人才半为司马光邪说所坏。"神宗瞪目注视，半晌方道："蒲宗孟乃不取司马光么？从前朕令光入枢密院，光一再固辞，自朕即位以来，独见此一人，他人虽令去位，亦未肯即行呢。"借神宗口中，补叙前事，且以神宗之迷，见贤而不能举，何以为君？何以为国？宗孟闻言，不禁面颊发赤，俯首归班。神宗又问辅臣道："李宪请再举伐夏，究靠得住否？"王珪对道："向患军用不足，所以中阻，今议出钞五百万缗，当必足用，不致再有前患了。"王安礼接入道："钞不可啖，必转易为钱，钱又必易为刍粟，辗转需时，哪能指日成事？"神宗道："李宪奏称有备，渠一宦官，犹知豫备不虞，卿等乃独无意么？朕闻唐平淮蔡，唯裴度谋议与宪宗同，今乃不出自公卿，反出自奄寺，朕却很觉可耻哩。"安礼道："唐讨淮西三州，相有裴度，将有李光颜、李愬，尚穷竭兵力，历年后定。今西夏势强，非淮蔡比，宪及诸将才度又不及二李，臣恐未能副圣志呢。"明白了解，尚无以唤醒主迷，奈何？神宗不答，随即退朝。

未几，得种谔奏议，乃是用知延州沈括言，拟尽城横山，俯瞰平夏，取建瓴而下的形势，且主张从银州进兵。神宗览奏后，即命给事中徐禧及内侍李舜举往鄜延会议。王安礼又入谏道："徐禧志大才疏，恐误国事，请陛下另简妥员！"神宗不从。李舜举却往见王珪道："古称四郊多垒，乃卿大夫之辱，今相公当国，举边事属诸二内臣，内臣止供禁廷洒扫，难道可出任将帅么?"不以人废言。珪也自觉抱愧,没奈何随口敷衍,说了"借重"二字。舜举遂与徐禧偕行,既至鄜延,见了种谔。谔拟城横山,禧独拟城永乐,两人争议不决。当将两议上达都中,神宗独从禧议,竟令禧带领诸将往城永乐。命沈括为援应,陕西转运判官司饷运,凡十四日竣工,赐名银川寨,留鄜延副总管曲珍居守,禧与括等俱退还米脂。这银川寨距故银州二十五里,地当银州要冲,为夏人必争地。从前种谔反对禧议,正恐夏人力争,未易保守。果然不出十日,即有铁骑数千前来攻城,曲珍忙报知徐禧。禧遂与李舜举、李稷等统兵往援,令沈括留守米脂。禧等至银川寨,夏人亦倾国前来,差不多与蜂蚁相似。

大将高永能献策道:"虏来什众,请乘他未阵,即行掩击,或可取胜。"徐禧怒叱道:"你晓得什么,王师不鼓不成列!"竞欲效宋襄公耶?言已,拔刀出鞘,麾兵出战。夏人耀武扬威,进薄城下,曲珍距河列阵,见军士皆有惧色,便语禧道:"珍见众心已摇,不应与战,战必致败,不如收兵入城,徐图良策。"禧笑道:"君为大将,奈何遇敌先退呢?"乃以七万人列阵城下。夏人纵铁骑渡河,曲珍又急白禧道:"来的是铁鹞子军,不易轻敌,须乘他半济,袭击过去,杀他一个下马威。若渡河得地,东冲西突,乃是无人敢当呢。"禧又大言道:"王师堂堂正正,用不着什么诡计。"迂腐之论。曲珍退回本阵,忍不住长叹道:"我军无死所了!"说着,夏兵前队已渡河东来。曲珍忙率兵拦阻,已有些招架不住。及铁骑尽行过河,纵横驰骤,如入无人之境。曲珍部下先已胆寒,还有何心恋战,顿时纷纷退还,自蹂后阵。徐禧至此,亦手忙脚乱,急切顾不及王师,拍转马头,飞跑回城。何如何如?李舜举、李稷等也是没法,相率奔回,军士大溃。曲珍亟收集余众,逃入城中,夏人尽力围城,环绕数匝,且据住水寨,断绝城内的汲道。

　　徐禧束手无策，只仗曲珍部卒昼夜血战，勉强守住。怎奈城中无水可汲，四处掘井，俱不及泉，兵士多半渴死，危急万分。有溺死鬼，有冻死饿死鬼，不意还有渴死鬼。沈括与李宪援兵又都被夏人遮断。种谔且怨禧异议，不发救兵，可怜银川寨内的将士，几不异瓮中鳖，釜中鱼。会夜半大雨，夏人环城急攻，守兵不及抵御，竟被陷入。徐禧、李舜举、李稷、高永能等俱死乱军中。惟珍弃甲裸跣，幸得走免。将校死数百人，士卒役夫丧亡至二十余万。夏人追至米脂，沈括忙阖门固守，总算未曾失陷。由夏人攻扑数次，随即退去。总计自熙宁以来，用兵西陲，已是数次，所得只葭芦、吴堡、义合、米脂、浮图、塞门六城，兵士已伤亡无数。钱谷银绢，尤不胜计。永乐一役，损失更多。

　　神宗接得败报，也不禁痛悼，什至不食，追赠徐禧等官，禧死有余辜，岂宜追赠？贬沈括为均州团练副使，安置随州，降曲珍为皇城使。咎不在沈括、曲珍，所罚亦误。自是无意西征，每临朝叹息道：“王安礼尝劝朕勿用兵，吕公著亦屡陈边民困苦，都是朕误信边臣，害到这般。”事过乃悔，事后又忘，都由利令智昏所致。

　　既而夏人又入寇兰州，夺据两关门，副使李浩除困守外无他计。亏得钤辖王文郁夜率死士七百余人缒城潜下，各持短刀搠入夏营。夏人猝不及防，竟被冲破，吓得东逃西躲，鼠窜而去。当时比文郁为唐尉迟敬德，经廷议优叙，擢知州事。夏人又转寇各路，均遭击退，兵力亦敝，乃由西南都统昂星嵬名济一译作茂锡克额不齐。移书泾原总管刘昌祚，略云：

　　　　中国者礼乐之所存，恩信之所出，动止猷为，必适于
　　　正。若乃听诬受间，肆诈穷兵，侵人之土疆，残人之黎
　　　庶，是亦乖中国之体，为外邦之羞。昨日朝廷暴兴甲兵，

大穷侵讨，盖天子与边臣之议，为夏国方守先誓，宜出不虞，五路进兵，一举可定，故去年有灵州之役，今秋有永乐之战。然较其胜负，与前日之议为何如哉？落得嘲笑。朝廷于夏国，非不经营之，五路进讨之策，诸边肆扰之谋，皆尝用之矣；知侥幸之无成，故终于乐天事小之道。况夏国提封万里，带甲数十万，南有于阗，作我欢邻，北有大燕，为我强援，若乘间伺便，角力竞斗，虽十年岂得休哉？即念天民无辜，受此涂炭之苦，国主自见伐之后，夙夜思念，以为自祖宗以来，事中国之礼，无或亏怠，而边吏幸功，上聪致惑，祖宗之盟既阻，君臣之分不交，存亡之机，发不旋踵，朝廷当不恤哉？至于鲁国之忧，不在颛臾，隋室之变，生于杨感，此皆明公得于胸中，不待言而后喻。何不进谠言，辟邪议，使朝廷与夏国欢好如初，生民重见太平！岂独夏国之幸，乃天下之幸也。**书中虽未免自夸，然诘问宋廷颇中要窾，故特录之。**

昌祚得书上闻，神宗亦无可驳斥，即令昌祚答使通诚。夏乃复遣使上表，有"乞还侵地，仍效忠勤"等语，乃特赐诏命云：

顷以权强敢行废辱，朕用震惊，令边臣往问，匿而不报。**只好推到幽主上去。**王师徂征，盖讨有罪，今遣使造庭，辞礼恭顺，仍闻国政悉复故常，益用嘉纳。**实是所答非所请。**已戒边吏毋辄出兵，尔亦慎守先盟，毋再渝约！

夏使得诏自去。再命陕西、河东经略司，所有新复城寨，逻卒毋出二三里外。岁赐夏币悉如前额。已而夏主复上书乞还侵疆，神宗不许，于是夏人仍有贰心。中丞刘挚劾奏李宪贪功生事，遗祸至今，不可不惩，乃贬宪为熙河安抚经略都总管。越年为元丰七年，夏人又大举入寇，号称八十万，围攻兰州。云梯革洞，百道并进，阅十昼夜，城守如故，敌粮尽引还。这一次总算由李宪先事预防，守备什严，所以不至陷落。一长必锋。及夏人再寇延州德顺军、定西城、并熙河诸寨，均不得逞。未几又围定州城，为熙河将秦贵击退。夏人方卷甲敛师，稍稍歇手了。

神宗罢免蒲宗孟，用王安礼为尚书左丞，李清臣为尚书右丞，调吕公著知扬州。且因司马光上《资治通鉴》，授资政殿学士。这《资治通鉴》一书，上起周威烈王二十三年，下终五代，年经国纬，备列事目，又参考群书，评列异同，合三百五十四卷，历十九年乃成。神宗降诏奖谕道："前代未闻有此书，得卿辛苦辑成，比荀悦《汉纪》好得多了。荀悦汉季颍阴人，曾删定《汉书》，作《帝纪》二十篇，所以神宗引拟司马光。小子也有诗咏道：

> 不经鉴古不知今，作史原垂世主箴。
> 十九年来成巨帙，爱君毕竟具深忱。

转眼间已是元丰八年，神宗有疾，竟要从此告终了。看官少待，试看下回接叙。

　　夏无可伐之衅，乃以司马光之将召，启蔡确西讨之谋。俞充为蔡确腹心，上书一请，出师五道，孙固、吕公著等力谏不从，且任一刑余腐竖，付之重权，就令得胜，尚足为中国羞。况伊古以来，断未有奄人统军，而可以成功者。多鱼漏师，竖刁为祟，相州溃败，朝恩监军，神宗宁独未闻耶？灵州一败，李

宪尚不闻加罚，且复令经略泾原，再图大举，一之为
什，乃至于再。不待沈括、徐禧之生议，而已知其必
败矣。要之兵不可不备，独不可常用。富郑公当熙宁
初年，奉召入对，已请二十年口不言兵，老成人固有
先见之明，惜乎神宗之不悟也。

第四十三回

立幼主高后垂帘　拜首相温公殉国

却说元丰八年正月，神宗不豫，命辅臣代祷景灵宫。及群臣分祷天地宗庙社稷，均不见效，反且加剧，辅臣等入宫问疾，就请立皇太子，并皇太后权同听政。神宗已无力答言，只略略点首罢了。查神宗本有十四子，长名佾，次名仅，三名俊，四名伸，五名人侑，六名傭，七名价，八名倜，九名佖，十名伟，十一名佶，十二名侯，十三名似，十四名偲。佾、仅、俊、伸、侗、价、倜、伟均早亡，要算第六子傭，挨次居长，神宗已封他为延安郡王，但年龄尚止十岁。

当拟立皇太子时，职方员外郎邢恕想立异邀功，竟往谒蔡确道："国有长君，乃社稷幸福，公何不从岐、嘉二王中，择立一人？既可安国，复可保家，岂不是两全其美吗？"蔡确踌躇半晌，方道："君言亦是，但不知太后意见如何？"邢恕道："岐、嘉二王，皆太后所出，母子恩情，当必逾常，公还有什么疑虑？"一厢情愿。确喜道："且与高氏商量，免生枝节。"邢恕道："恕先去密议，包管成功。"言毕辞出，遂往见太后侄儿高公绘兄弟。公绘迎入，恕寒暄数语，即与附耳密谈。公绘摇首不答，恕复道："延安幼冲，何若岐、嘉？况岐、嘉本皆称贤王呢。"公绘道："这是断不便行，君难道欲贻祸我家么？"恕碰了一个钉子，未免乘兴而来，败兴而返。

看官道岐、嘉二王是何人？便是神宗胞弟昌王颢及乐安郡

王颢。颢徙封岐王，頵进封嘉王，两王因神宗寝疾，尝入问起
居，高太后恰也防着，命他不必屡入，并阴敕中人梁惟简妻预
制一十岁儿可穿的黄袍，密教他怀藏进呈。偏邪恕心尚未死，
再与蔡确密谋，拟约王珪入问帝疾，暗使知开封府蔡京外伏剑
士，胁迫王珪，倘珪持异议，即将珪枭首，哪知珪命不该绝，
未待蔡确与约，先已入宫定议，册立延安郡王。确迟了一步，
计不得行。满腹奸刁，至此也输人一筹。

三月朔日，延安郡王傭立为太子，赐名煦，皇太后高氏权
同处分军国重事。越五日，神宗驾崩，年三十有八。总计神宗
在位，改元二次，共十八年。太子煦即皇帝位，尊皇太后高氏
为太皇太后，皇后向氏为皇太后，帝生母德妃朱氏为皇太妃，
是为哲宗皇帝。追尊先帝庙号曰神宗，葬永裕陵。晋封叔颢为
扬王，頵为荆王，弟佶为遂宁郡王，佖为太宁郡王，俣为咸宁
郡王，似为普宁郡王。尚书左仆射王珪为岐国公，潞国公文彦
博为司徒，王安石为司空，余官一律加秩，赐致仕各官服带银
帛有差。

太皇太后首先传旨，遣散修京城役夫，止造军器，及禁庭
工技，戒中外无苛敛，宽民间保甲马。人民欢悦。王珪等并未
预闻，及中旨传出，方得闻知。一经出手，便见高后贤明。过了
数日，复下诏道：

先皇帝临御十有八年，建立政事以泽天下，而有司奉
行失当，几于烦扰，或苟且文具，不能布宣实惠，其申谕
中外协心奉令，以称先帝惠爱元元之意！

这诏一下，都中卿大夫已知太皇太后的命意，是欲改烦为
简，易苛从宽了。蔡确恐朝政一新，自己或致失位，遂因上朝
议政时，面奏太皇太后，请复高遵裕官。看官道遵裕是何人？

乃是太皇太后的从父。蔡确此奏，明明是借此求媚，固宠希荣的意思。<u>真会献谀。</u>太皇太后偏凄然道："灵武一役，先皇帝中夜得报，环榻周行，彻旦不能寐，自是惊悸，驯至大故。追原祸始，实自遵裕一人。先帝骨肉未寒，我岂敢专徇私恩，不顾公议么？"<u>理正词严。</u>确惶悚而退。太皇太后又诏罢京城逻卒及免行钱，废浚河司，蠲免逋赋，驿召司马光、吕公著入朝。

光居洛十五年，田夫野老，无不尊敬，俱称为司马相公，就是妇人女子，亦群仰大名。神宗升遐，光欲入临，因自避猜嫌，不敢径行。适程颢在洛，劝光入京，光乃启程东进，将近都门，卫士见光到来，均额手相庆道："司马相公来了！司马相公来了！"<u>两语重叠，益饶意味。</u>沿途人民，亦遮道聚观，各朗声道："司马相公，请留相天子，活我百姓，勿遽归洛。"光见他一唱百和，反觉疑惧起来，竟从间道归去。太皇太后闻他入都，正要询问政要，偏待久不至，乃遣内侍梁惟简驰问。光请大开言路，诏榜朝堂。至惟简复命，蔡确等已探悉光言，先创六议入奏，大旨是："阴有所怀，犯非其分，或扇摇重机，或迎合旧令，上则侥幸希进，下则眩惑流俗，有一相犯，立罚无赦。"太皇太后见了此议，又遣使示光。光愤然道："这是拒谏，并非求谏。人臣只好不言，一经启口，便犯此六语了。"乃具论以闻。太皇太后即改诏颁行，言路才得渐开。

嗣召光知陈州，并起程颢为宗正寺丞。颢正拟就道，偏偏二竖缠身，竟尔去世。颢与弟颐受学周门，以道自乐，<u>见二十四回。</u>平时有涵养功，不动声色。既卒，士大夫无论识否，莫不衔哀。文彦博采取众论，题颢墓曰"明道先生。"惟光受命赴陈州，道经阙下，正值王珪病死，辅臣等依次递升，适空一缺。太皇太后即留光辅政，命为门下侍郎。蔡确等只恐光革除新法，又揭出三年无改的大义，传布都中。光独指驳道："先帝所行的法度，如果合宜，虽百世亦应遵守，若为王安石、吕惠卿所创，害国病民，须当亟改，似救焚拯溺一般。况太皇太后以母改子，并不是以子改父哩。"*与强词夺理者不同。*众议自是少息。

太皇太后又召吕公著为侍读。公著自扬州进京，擢授尚书左丞。京东转运使吴居厚前继鲜于侁后任，大兴盐铁，苛敛横征，至是被言官交劾，谪置黄州，仍用鲜于侁为转运使。司马光语同列道："子骏什贤，不应复使居外，但朝廷欲救京东困弊，非得子骏不可。他实是个一路福星呢。当今人才什少，怎得似子骏一百人，散布天下呢！"原来子骏即侁表字，侁既到任，即奏罢莱芜、利国两冶，及海盐依河北通商，人民大悦，有口皆碑。于是司马光、吕公著两人同心辅政，革除新法，罢保甲，罢保马，罢方田，罢市易，削前市易提举吕嘉问三秩，贬知淮阳军，吕党皆坐黜，并谪邢恕出知随州。越年，改为元祐元年，右司谏王觌极论蔡确、章惇、韩缜、张璪等朋邪害正，章至数十上。右谏议大夫孙觉、侍御史刘挚、左司谏苏辙、御史王岩叟、朱光庭、上官均又连章劾论确罪，乃免确相位，出知陈州。当下擢司马光为尚书左仆射兼门下侍郎，吕公著为门下侍郎，李清臣、吕大防为尚书左右丞，李常为户部尚书，范纯仁同知枢密院事。

光时已得疾，因青苗、免役诸法尚未尽革，西夏议亦未决，不禁叹息道："诸害未除，我死不瞑目了。"遂折简与吕公著，略言："光以身付医，以家事付愚子，只国事未有所托，特以属公。"公著为白太皇太后，有诏免光朝觐，许乘肩舆，三日一入省。光不敢当，且上奏道："不见天子，如何视事？"乃改诏令光子康扶掖入对，且命免拜跪礼。光遂请罢青苗、免役二法，青苗钱罢贷，仍复常平旧法，诸大臣没什异议。独免役法议罢后，光请仍复差役法，章惇力言不可，与光辩论殿前，语什狂悖。太皇太后亦不免动恼，逐出知汝州。

会苏轼已奉诏入都，任中书舍人，独请行熙宁初给田募役法，条陈五利。监察御史王岩叟谓五利难信，且有十弊，轼议遂沮。群臣又各是其是，诏令资政殿大学士韩维及吕大防、范纯仁等详定上闻。轼本与司马光友善，竟往见光道："公欲改免役为差役，轼恐两害相均，未见一利。"光问道："请言害处！"轼答道："免役的害处，是掊敛民财，十室九空，敛从上聚，下必常患钱荒，这害已经验过了。差役的害处，是百姓常受役官府，无暇农事，贪吏猾胥，且随时征比，因缘为奸，岂不是异法同病么？"光又道："依君高见，应该如何？"轼复道："法有相因，事乃易成。事能渐进，民乃不惊。从前三代时候，兵农合一，至秦始皇乃分作两途，唐初又变府兵为长征卒，农出粟养兵，兵出力卫农，天下称便。虽圣人复起，不能变易了。今免役法颇与此相类，公欲骤罢免役，改行差役，正如罢长征，复民兵，恐民情反多痛苦呢。"光终未以为然，只淡淡的答了数语，轼即辞出。

越日，光至政事堂议政，轼复入白此事，光不觉作色。轼从容道："昔韩魏公刺陕西义勇，公为谏官，再三劝阻，韩公不乐，公亦不顾。轼尝闻公自述前情，难道今日作相，不许轼尽言么？"以子之矛，刺子之盾，坡公可谓善言。光始起谢道："容待妥商。"范纯仁亦语光道："差役一事，不应速行，否则转滋民病。愚意愿公虚心受言，所有谋议，不必尽从己出。若事必专断，恐奸人邪士，反得乘间迎合了。"光尚有难色，纯仁道："这是使人不得尽言呢。纯仁若徒知媚公，不顾大局，何如当日少年时，迎合王安石，早图富贵哩！"语亦透澈。光乃令役人悉用现数为额，衙门用坊场河渡钱，均用雇募。先是光决改差役，以五日为限，僚属俱嫌太急促，独知开封府蔡京如约，面复司马光。光喜道："使人人奉法如君，有何不可？"待京辞退后，光乃信为可行，拟坚持到底，其实蔡京是个大奸巨猾，专事揣摩迎合，初见蔡确得势，就附蔡确，继见司马光入相，就附司马光。这种反复小人，最足误人国事。司马光忠厚待人，哪里晓得他暗中机巧呢？为后文蔡京倾宋张本。

王安石宦居金陵，闻朝廷变法，毫不为意，及闻罢免役法，愕然失声道："竟一变至此么？"良久复道："此法终不可罢，君实辈亦太胡闹了。"既而病死，太皇太后因他是先朝大臣，追赠太傅，后人称他为王荆公。乃是元丰三年，曾封安石为荆国公，所以沿称至今。安石既死，余党依次贬谪，范子渊贬知陕州，韩缜罢知颍昌，李宪、王中正等罚司宫观。郑绾、李定放居滁州，吕惠卿贬为光禄卿，分司南京，再贬为建宁军节度副使，安置建州。相传再贬吕惠卿草诏，系出苏轼手笔，内有精警语数联，传诵一时。其文云：

> 吕惠卿以斗筲之才，穿窬之智，诪事宰辅，同升庙堂，乐祸贪功，好兵喜杀。以聚敛为仁义，以法律为诗书，首建青苗，次行助役。即免役法。均输之政，自同商贾，手实之祸，下及鸡豚，苟可蠹国害民，率皆攘臂称首。先皇帝求贤如不及，从善若转圜，始以帝尧之仁，姑试伯鲧，终焉孔子之圣，不信宰予。尚宽两观之诛，薄示三苗之窜。此谕！

还有贬范子渊草制，亦由轼所拟，内称"汝以有限之才，兴必不可成之役，驱无辜之民，置之必死之地"四语，亦脍炙人口，称为名言。新法党相继罢黜，吕公著进任尚书右仆射，兼中书侍郎，韩维为门下侍郎。司马光又上言："文彦博宿德耆臣，应起为硕辅。"太皇太后拟用为三省长官，言官以为不可，乃命平章军国重事。六日一朝，一月两赴经筵，班宰相上，恩礼从优。彦博此时，年已八十有一了。老成俱老，宋祚安得不老？光又与吕公著，交章荐程颢弟颐，遂有旨召为秘书郎。及颐入对，改授崇政殿说书，且命修定学制。于是诏举经明行修的士子，及立十科举士法：（一）行义纯固，可作师表。（二）节操方正，可备献纳。（三）智勇过人，可备将相。（四）公正聪明，可备监司。（五）经术精通，可备讲读。（六）学问该博，可备顾问。（七）文章典丽，可备著述。（八）善听狱讼，尽公得实。（九）善治财赋，公私俱便。（十）练习法令，能断清谳。这十科条例，统由司马光拟定，请旨颁令。

　　光见言听计从，越觉激发忠忱，誓死报国，无论大小政务，必亲自裁决，不舍昼夜，海内亦喁喁望治。就是辽、夏使至，俱必问光起居，且严敕边吏道："中国已相司马公了，勿轻生事，致开边衅呢！"国有贤相，不战屈人。无如天不佑宋，梁栋浸颓。光因政体过劳，日益清瘦，同僚举诸葛亮食少事烦，作为劝戒，光慨然道："死生有命，一息尚存，怎敢少懈呢！"嗣是光老病愈什，竟致不起。弥留时尚呓语不绝，细听所谈，皆关系国家事。及卒，年六十八。光生平孝友忠信，恭俭正直，居处有法，动作有礼。在洛时，每往夏县展墓，必至兄室。兄名旦，年将八十，光奉若严父，爱若婴儿，自少至老，未尝妄语。尝谓吾无过人处，惟一生作事，无不可对人言。陕、洛间闻风起敬，居民相劝为善，稍有过恶，便私自疑惧道："君实得无闻知否？"既殁，远近举哀，如丧考妣。略述行谊，为后人作一榜样。太皇太后亦为之恸哭，与哲宗亲临光丧，赠太师温国公。诏户部侍郎赵瞻、内侍省押班冯宗道护丧归陕州夏县原籍。予谥"文正"，赐碑曰"忠清粹德"，都人罢市往奠。岭南封州父老，亦相率具祭，到了归丧以后，都下及四方人民，尚画像以祀，饮食必祝，这可见遗德及民，无远勿届呢。小子有诗咏道：

到底安邦恃老成，甫经借手即清平。

如何天不延公寿？坐使良材一旦倾。

光殁后，当然是吕公著继任。欲知后事如何，且至下回续表。

本回叙高后垂帘，及温公入相。才一改制，即见朝政清明，人民称颂。可知前时王、吕、蔡、章等之所为实是拂民之性，强行己意，百姓苦倒悬久矣。饥者易为食，渴者易为饮，此所以一经著手，不啻来苏，宜乎海内归心，讴歌不已也。但司马光为一代正人，犹失之于蔡京，小人献谀，曲尽其巧。厥后力诋司马光者，即京为之首，且熙丰邪党，未闻诛殛，以致死灰复燃。人谓高后与温公，嫉恶太严，吾谓其犹失之宽。后与公已年老矣，为善后计，宁尚可姑息为乎？读此回犹令人不能无慨云。

第四十四回

分三党廷臣构衅　备六礼册后正仪

却说司马光病殁以后，吕公著独秉政权，一切黜陟，仍如光意。进吕大防为中书侍郎，刘挚为尚书右丞，苏轼为翰林学士。轼奉召入都，仅阅十月，三迁清要，寻兼侍读。每入值经筵，必反复讲解，期沃君心。

一夕值宿禁中，由中旨召见便殿，太皇太后问轼道："卿前年为何官？"轼对道："常州团练副使。"太皇太后复道："今为何官？"轼对道："待罪翰林学士。"太皇太后道："为何骤升此缺？"轼对道："遭遇太皇太后，及皇帝陛下。"太皇太后道："并不为此。"轼又道："莫非由大臣论荐么？"太皇太后又复摇首。轼惊愕道："臣虽无状，不敢由他途希进。"太皇太后道："这乃是先帝遗意，先帝每读卿文章，必称作奇才奇才，但未及进用卿哩。"轼听了此言，不禁感激涕零，哭至失声。*士伸知己，应得一哭。*太皇太后亦为泣下。哲宗见之对哭，也忍不住呜咽起来。*十余岁童子，当作此状。*还有左右内侍，都不禁下泪。大家统是哭着，反觉得大廷岑寂，良夜凄清。太皇太后见了此状，似觉不雅，即停泪语轼道："这不是临朝时候，君臣不拘礼节，卿且在旁坐下，我当询问一切。"言毕，即命内侍移过锦墩，令轼旁坐，轼谢恩坐下。太皇太后问语片时，无非是国家政要。轼随问随答，颇合慈意，特赐茶给饮。轼谢饮毕，太皇太后复顾内侍道："可撤御前金莲烛，送学士归院。"一面说，一面偕哲宗入内。轼向虚座前申谢，拜跪毕仪，当由两内侍捧烛导送，由殿至院，真个是旷代恩荣，一时无两。确是难得。

轼感知遇恩，尝借言语文章，规讽时政。卫尉丞毕仲游贻书诫轼道："君官非谏官，职非御史，乃好论人长短，危身触讳，恐抱石救溺，非徒无益，且反致损呢。"轼不能从。时程颐侍讲经筵，毅然自重，尝谓："天下治乱系宰相，君德成就责经筵。"因此入殿进讲，色端貌庄。轼说他不近人情，屡加抗侮。当司马光病殁时，适百官有庆贺礼，事毕欲往吊，独程颐不可，且引《鲁论》为解。谓："子于是日哭则不歌。"或谓："哭乃不歌，未尝云歌即不哭。"轼在旁冷笑道："这大约是枉死市的叔孙通，新作是礼呢。"谐语解颐，但未免伤忠厚。颐闻言，很是介意。是不及乃兄处。轼发策试馆职问题有云："今朝廷欲师仁宗之忠厚，惧百官有司，不称其职，而或至于偷。欲法仁宗之励精，恐监司守令，不识其意，而流入于刻。"右司谏贾易、右正言朱光庭系程颐门人，遂借题生衅，劾轼谤讪先帝。轼因乞外调。侍御史吕陶上言："台谏当秉至公，不应假借事权，图报私隙。"左司谏王觌亦奏言："轼所拟题，不过略失轻重，关系尚小，若必吹毛求疵，酿成门户，恐党派一分，朝无宁日，这乃是国家大患，不可不防。"范纯仁复言轼无罪。太皇太后乃临朝宣谕道："详览苏轼文意，是指今日的百官有司，监司守令，并非讥讽祖宗，不得为罪。"于是轼任事如故。

会哲宗病疮疹，不能视朝，颐入问吕公著道："上不御殿，太皇太后不当独坐。且主子有疾，宰辅难道不知么？"越日，公著入朝，即问帝疾。太皇太后答言无妨。为此一事，廷臣遂嫉颐多言。御史中丞胡宗愈、给事中顾临连章劾颐，不应令直经筵。谏议大夫孔文仲且劾颐污下险巧，素无乡行，经筵陈说，僭横忘分，遍谒贵臣，勾通台谏，睚眦报怨，沽直营私，应放还田里，以示典刑。诬谤太什，孔裔中胡出此人？乃罢颐出管勾西京国子监。自是朝右各分党帜，互寻仇隙，程颐以下有贾易、朱光庭等，号为洛党；苏轼以下有吕陶等，号为蜀党。还有刘挚、梁焘、王岩叟、刘安世等与洛、蜀党又不相同，别号朔党，交结尤众。三党均非奸邪，只因意气不孚，遂成嫌怨。哪知熙丰旧臣，非窜即贬，除著名诸奸人外，连出入王、吕间的张璪、李清臣亦均退黜。若辈恨入骨髓，阴伺间隙，这三党尚自相倾轧，自相挤排，这岂非螳螂捕蝉，不顾身后么？插入数语，隐伏下文。

文彦博屡乞致仕，诏命他十日一赴都堂，会议重事。吕公著亦因老乞休，乃拜为司空，同平章军国事。授吕大防、范纯仁为左右仆射，兼中书门下侍郎，孙固、刘挚为门下中书侍郎，王存、胡宗愈为尚书左右丞，赵瞻签书枢密院事。大防朴直无党，范纯仁务从宽大，亦不愿立党。二人协力佐治，仍号清明。右司谏贾易因程颐外谪，心什不平，复劾吕陶党轼，语侵文彦博、范纯仁。太皇太后欲惩易妄言，还是吕公著替他缓颊，只出知怀州。胡宗愈尝进君子无党论，右司谏王觌偏上言宗愈不应执政。前说不应有党，此时复因宗愈进无党论，上言劾论，自相矛盾，殊不可解。太皇太后又勃然怒道："文彦博、吕公著亦言王觌不合。"范纯仁独辩论道："朝臣本无党，不过善恶邪正，各以类分。彦博、公著皆累朝旧人，岂可雷同罔上？从前先臣仲淹与韩琦、富弼，同执政柄，各举所知，当时蜚语指为朋党，因三人相继外调，遂有一网打尽的传言。本王拱辰语。此事未远，幸陛下鉴察！"随复录欧阳修朋党论呈将进去。太皇太后意未尽解，竟出觌知润州。门下侍郎韩维亦被人谗诉，出知邓州。太皇太后初欲召用范镇，遣使往征。镇年已八十，不欲再起，从孙祖禹亦从旁劝止，乃固辞不拜。诏授银紫光禄大夫，封蜀郡公。元祐三年，病殁家中。镇字景仁，成都人，与司马光齐名，卒年八十一，追赠金紫光禄大夫，谥忠文。

越年二月，司空吕公著复殁，太皇太后召见辅臣，流涕与语道："国家不幸，司马相公既亡，吕司空复逝，为之奈何？"言毕，即挈帝往奠，赠太师，封申国公，予谥正献。公著字晦叔，系故相吕夷简子，自少嗜学，至忘寝食，平居无疾言遽色，暑不挥扇，寒不亲火。父夷简早目为公辅，至是果如父言。范祖禹曾娶公著女，所以公著在朝，始终引嫌。尝从司马光修《资治通鉴》，在洛十五年，不事进取，至富弼致仕居洛，杜门谢客，独祖禹往谒，无不接见。神宗季年，弼疾笃，曾嘱祖禹代呈遗表，极论王安石误国，及新法弊害，旁人多劝阻祖禹，不应进呈，祖禹独不肯负约，竟自呈入，廷议却不与为难，赠弼太尉，谥文忠。富弼亦一代伟人，前文未曾叙及，故特于此处补出。哲宗即位，擢为右正言，避嫌辞职，寻迁起居郎，又召试中书舍人，皆不拜。及公著已殁，始任右谏议大夫，累陈政要，多中时弊。旋加礼部侍郎，闻禁中觅用乳媪，即与左谏议大夫刘安世上疏谏阻，大旨："以帝甫成童，不宜近色，理应进德爱身。"又乞太皇太后保护上躬，言什切至。太皇太后召谕道："这是外间的谣传，不足为信。"祖禹对道："外议虽虚，亦应预防，天下事未及先言，似属过虑。至事已及身，言亦无益。陛下宁可先事纳谏，勿使臣等有无及的追悔呢。"恰是至言。太皇太后很是嘉纳。

既而知汉阳军吴处厚上陈蔡确游车盖亭诗，意在讪上。台谏等遂相率论确，乞正明刑。有旨令确自行具析，刘安世等言确罪什明，何待具析，乃贬确为光禄卿，分司南京。谏官尚以为罪重罚轻，啧有烦言。范祖禹亦上言确有重罪，应从严议。于是文彦博、吕大防等，拟窜确岭峤。独范纯仁语大防道："此路自乾兴以来，荆棘丛生，近七十年，倘自我辈创行此例，恐四方震悚，转致未安。"大防乃不再言。越六日，又下诏再贬确为英州别驾，安置新州。纯仁复入白太皇太后道："圣朝宜从宽厚，不应吹求文字，窜诛大臣。譬如猛药治病，足损真元，还求详察"蔡确罪大，诛之不得为过，纯仁亦未免太柔。太皇太后不从。

　　会知潞州梁焘奉召为谏议大夫，道出河阳，与邢恕相晤。恕言确有策立功，托焘入朝时声明。焘允诺。及入京，即据邢恕言入奏。太皇太后出谕大臣道："皇帝是先帝长子，分所应立，确有什么策立功？似此欺君罔上，他日若再得入朝，恐皇帝年少，将为所欺，必受大害。我不忍明言，特借讪上为名，把他窜逐，借杜后患，这事关系国计，虽奸邪怨谤，我也不暇顾了。"司谏吴安诗与刘安世等遂疏劾纯仁党确，吕大防亦言蔡确党盛，不可不治。纯仁因力求罢政，出知颍州。尚书左丞王存本确所举，亦出知蔡州。胡宗愈已早为谏官所劾，罢尚书右丞。乃擢刘挚为尚书右仆射，兼中书侍郎，苏颂为尚书左丞，苏辙为尚书右丞。会赵瞻、孙固先后并逝，即进韩忠彦同知枢密院事，王岩叟签书枢密院事，复召邓润甫为翰林学士承旨。润甫曾阿附王、吕，出知亳州，至是被召。梁焘、刘安世、朱光庭等连疏弹劾，俱不见报。焘等乃力请外补，竟出焘知郑州，光庭知亳州，安世提举崇福宫。文彦博因老疾致仕，右司谏杨康国奏劾苏辙兄弟，文学不正，贾易复入为侍御史，与御史中丞赵君锡先后论轼。轼出知颍州，寻改扬州，易与君锡一并外用。刘挚峭直，与吕大防议论朝政，辄致龃龉。殿中侍御史杨畏方附大防，遂劾挚结党营私，联络王岩叟、梁焘、刘安世、朱光庭等为死友，觊觎后福，且与章惇诸子往来，交通匪人。太皇太后即面谕刘挚，挚惶恐退朝，上章自辩。梁焘、王岩叟果上疏论救。太皇太后愈觉动疑，出挚知郓州，王岩叟亦出知郑州。嗣复召程颐入直秘阁，兼判西京国子监，为苏辙所阻，颐亦辞不就职。这便是三党交攻，更迭消长的情形呢。一语结束，可见上文并叙，寓有深意。

元祐七年，哲宗年已十七了，太皇太后留意立后，曾历采世家女子百余人，入宫备选。就中有眉州防御使兼马军都虞侯孟元孙女，操行端淑，秉质幽娴。太皇太后及皇太后两人教以女仪，格外勤慎，因此益得两后欢心。时年十六，与哲宗年龄相当，即由太皇太后宣谕宰臣，略言："孟氏后能执妇道，应正位中宫。惟近代礼仪，多从简略，应命翰林台谏给舍与礼官等，妥议册后六礼以闻！"这谕下来，那廷臣自有一番忙碌，彼斟古，此酌今，议论了好几日，方草定一篇仪制，呈入政事堂。吕大防等又详细核订，略行损益，再进慈览。太皇太后传旨许可，当由司天监择定吉日，准备大婚。先期数日，命尚书左仆射吕大防充奉迎使，尚书左丞苏颂充发策使，尚书右丞苏辙充告期使，皇伯祖高密郡王宗晟充纳成使，吏部尚书王存时王存复调入内用。充纳吉使，翰林学士梁焘充纳采问名使。六礼分司，各有专职，正使以外，且省副使，当以旧尚书省为皇后行第，先纳采、问名，然后纳吉"纳成"告期。五月戊戌日，哲宗戴通天冠，服绛纱袍，临轩发册，行奉迎礼。百官相率入朝，吕大防等首先趋入，东西鹄立。典仪官奉上册宝置御座前。大防率百官再拜，乃由宣诏官传谕道："今日册孟氏为皇后，命公等持节展礼！"大防等又复拜命，典仪官捧过册宝，交与大防。大防接奉册宝，复率百官再拜。宣诏官又传太皇太后制命道："奉太皇太后制，命公等持节奉迎皇后！"大防等拜辞出殿，即至皇后行第，当有傧介接待，导见后父。大防入内宣制道：

> 礼之大体，钦顺重正。其期维吉，典图是若。今遣尚书右仆射吕大防等以礼奉迎，钦哉维命！

后父跪读毕，敬谨答道：

> 使者重宣中制，今日吉辰备礼，以迎蝼蚁之族，猥承大礼，忧惧战悸，钦率旧章，肃奉典制。

答罢，即再拜受制。于是保姆引皇后登堂，大防等向后再拜，奉上册宝。后降立堂下，再拜受册，当由内侍接过册宝，转呈与后。大防等退出，后升堂。后父升自东阶，西向道："戒之戒之！夙夜无违命！"语已即退。后母进自西阶，东向施衿结帨，并嘱后道："勉之戒之！夙夜无违命！"后乃出堂登舆，及出大门，大防等导舆至宣德门，百官宗室列班拜迎，待后入门，钟鼓和鸣，再入端礼门，穿过文德殿，进内东门，至福宁殿，后降舆入次小憩。哲宗仍冠服御殿，尚宫引后出次，谐殿阶东西向立。尚仪跪请皇帝降座礼迎，哲宗遂起身至殿庭中，揖后入殿，导升西阶，徐步入室，各就榻前并立。尚食跪陈饮具，帝、后乃就座。一饮再饮用爵，三饮用卺，合卺礼成。尚宫请帝御常服，尚寝请后释礼服，然后入幄，侍从依次毕退。是夜龙凤联欢，鸳鸯叶梦，毋庸细述。历叙礼节，见得哲宗册后，格外郑重，为下文被废反笔。次日朝见太皇太后、皇太后，并参皇太妃，一如旧仪。越三日，诣景灵宫行庙见礼，归后再谒太皇太后。太皇太后语哲宗道："得贤内助，所关不小，汝宜刑于启化，媲美古人，方不负我厚望了。"及帝、后俱退，太皇太后叹息道："此人贤淑，可无他虞，但恐福薄，他日国家有事，不免由她受祸哩。"既知孟后福薄，何必定要册立，此等处殊难索解。大婚礼成，宫廷庆贺兼旬，才得竣事。惟孟后容不胜德，姿色不过中人，哲宗少年好色，未免心怀不足，可巧御侍中有一刘氏女，生得轻秾合度，修短适宜，面滟滟若芙蓉，腰纤纤如杨柳，夷嫱比艳，环燕输姿，哲宗得此尤物，怎肯放过？便教她列入嫔御，进封婕妤，这一番有分教：

贯鱼已夺官人宠，飞燕轻贻祸水来。

看官欲知后事，且待下回表明。

朋党林立，为国家之大患，不意于元祐间见之。元祐之初，高后垂帘，群贤并进，此正上下泰交，拔茅汇征之象。且熙丰时各遭摈斥，同病相怜，一朝遇主，携手入朝，乐何如之？奈何程、苏交哄，洛、蜀成嫌，二党倾轧之不足，而复有所谓朔党者，与之鼎足而三耶？然则元祐诸君子，殆不能辞其过矣。若夫册后一事，已成常制，本书于前后各文，俱不过数语而止，独于孟后之立，纪载从详。盖自有宋以来，惟哲宗册立孟后，仪文特备，高后恐哲宗年少，易昵私爱，故特隆之以六礼，重之以宰执大臣，且亲嘱之曰："得贤内助，所关非细。"是其为哲宗计者，至周且挚，初不意后之竟背前训也。《宋史》中曾大书曰："始备六礼立皇后孟氏，正为后文废后反照。"故本书亦不敢从略，所以存史意也。

第四十五回

嘱后事贤后升遐　绍先朝奸臣煽祸

　　却说范纯仁外调后，尚书右仆射一缺尚属虚位，太皇太后特擢苏颂为尚书右仆射，兼中书侍郎，苏辙为门下侍郎，范百禄_{即范镇子。}为中书侍郎，梁焘、郑雍为尚书左右丞，韩忠彦_{即韩琦子。}知枢密院事，刘奉世签书枢密院事。

　　嗣又因辽使入贺，问及苏轼。乃复召轼为兵部尚书，兼官侍读。原来轼为翰林学士时，每遇辽使往来，应派为招待员。时辽亦趋重诗文，使臣多文学选，每与轼谈笑唱和，轼无不立应，惊服辽人。会辽有五字属对，未得对句，遂商诸副介，请轼照对。看官道是什么难题？乃是"三光日月星"五字。轼即应声道："'四诗风雅颂，'这是天然对偶，你不必说是我对，但说你自己想着便了。"副介如言答辽使，辽使方在叹愕，轼又出见辽使道："'四德元亨利，'难道不对么？"辽使欲起座与辩，轼便道："你道我忘记一字么？你不必多疑。两朝为兄弟国，君是外臣，仁庙讳亦应知晓。"_{仁宗名祯，这是苏鬓诙谐语，不可作正语看。}辽使闻言，亦为心折。旋复令医官对云："六脉寸关尺。"辽使愈觉敬服，随语轼道："学士前对，究欠一字，须另构一语。"适雷雨交作，风亦大起，轼即答道："'一阵风雷雨，'即景属对，可好么？"辽使道："敢不拜服。"遂欢宴而散。至哲宗大婚，辽使不见苏轼，反觉怏怏。太皇太后乃召轼内用，寻又迁礼部兼端明侍读二学士。

御史董敦逸、黄庆基又劾轼曾草吕惠卿谪词，隐斥先帝，轼弟辙相为表里，紊乱朝政。想又是洛党中人。吕大防替轼辩驳，且言近时台官，好用蜚语中伤士类，非朝廷之福。辙亦为兄讼冤。太皇太后语大防道："先帝亦追悔往事，什至泣下。"大防道："先帝一时过举，并非本意。"太皇太后道："嗣主应亦深知。"乃罢董、黄二人为湖北、福建路转运判官。未几，轼亦罢知定州。苏颂保荐贾易，谓易系直臣，不宜外迁，与大防廷争。侍御史杨畏、来之邵即劾颂庇易。颂上书辞职，因罢为观文殿大学士。范百禄与颂友善，亦为杨畏所劾，出知河南府。梁焘亦因议政未合，遂称疾乞休，乃再召范纯仁为尚书右仆射，兼中书侍郎。杨畏、来之邵复上论纯仁不可再相，乞进用章惇、安焘、吕惠卿，疏入不报。吕大防欲引畏为谏议大夫，纯仁谓："畏非正人，怎可重用？"大防微笑道："莫非恨他劾奏相公么？"纯仁尚莫名其妙，苏辙在旁即读畏弹文。纯仁道："这事我尚未闻，但公不负畏，恐畏且负公！"隐伏下文。大防不信，竟迁畏礼部侍郎。畏劾范纯仁，且请用章、吕等人，其隐情已可窥见，何大防尚未悟耶？

元祐八年八月，太皇太后寝疾，不能听政，吕大防、范纯仁入宫问视，太皇太后与语道："我病将不起了。"吕、范齐声道："慈寿无疆，料不致有意外情事。"太皇太后道："我今年已六十二岁，死亦不失为正命，所虑官家宫中称皇帝为官家。年少，容易受迷，还望卿等用心保护！"吕、范又同声道："臣等敢不遵命！"太皇太后顾纯仁道："卿父仲淹，可谓忠臣，在明肃垂帘时，惟劝明肃尽母道，至明肃上宾，惟劝仁宗尽子道，卿当效法先人，毋忝所生！"纯仁亦涕泣受命。高后岂亦虑哲宗之难恃耶？太皇太后复道："我受神宗顾托，听政九年，卿等试言九年间，曾加恩高氏否？我为公忘私，遗有一男一女，我病且死，尚不得相见哩。"时嘉王頵已薨，高后子只留一颢，徙封徐王，故尚未相见。言讫泪下，喘息了好一歇，复嘱吕、范二人道："他日官家不信卿言，卿等亦宜早退，令官家别用一番人。"说至此，顾左右道："今日正值秋社，可给二相社饭。"吕、范二人不敢却赐，待左右将社饭备齐，暂辞出外，至别室草草食讫，复入寝门内拜谢。太皇太后呜咽道："明年社饭时，恐二卿要记念老身哩。"太后既预知哲宗心性，当力戒哲宗，奈何对吕、范二人，徒作颓唐语，亦令人难解！吕、范劝慰数语，随即告退。越数日，太皇太后竟崩。

后听政九年，朝廷清明，华夏绥定，辽主尝戒群臣道："南朝尽行仁宗旧政，老成正士多半起用，国势又将昌盛哩，汝等幸勿生事！"因此元祐九年，毫无边衅。夏主来归永乐所俘，乞还侵地，太皇太后有志安民，诏还米脂、葭芦、浮屠、安疆四寨，夏人遂谨修职贡，不复生贰。有司请循天圣故事，两宫同御殿，太皇太后不许。又请受册宝于文德殿，太皇太后道："母后当阳非国家之美事，况文德殿系天子正衙，岂母后所当御，但就崇政殿行礼便了！"太皇太后侄元绘、元纪，终元祐世，只迁一秩，还是哲宗再三申请，方得特许。中外称为女中尧、舜。礼臣恭上尊谥，乃是"宣仁圣烈"四字。

哲宗乃亲政，甫经著手，即召内侍刘瑗等十人入内给事。翰林学士范祖禹入谏道："陛下亲政，未闻访一贤臣，乃先召内侍，天下将谓陛下私昵近臣，不可不防。"哲宗默然，好似不见不闻一般。侍讲丰稷亦以为言，反将他出知颍州。出手便弄错。范祖禹忍无可忍，复接连上疏，由小子略述如下：

熙宁之初，王安石、吕惠卿造立新法，悉变祖宗之政，多引小人以误国，勋旧之臣，屏弃不用，忠正之士，相继远引，又用兵开边，结怨外夷，天下愁苦，百姓流徙，赖先帝觉悟，罢逐两人，而所引群小，已布满中外，不下二十万，可复去。蔡确连起大狱，王韶创取熙河，章惇开五溪，沈起扰交管，沈括、徐禧、俞充、种谔兴造西事，兵民死伤，皆不先帝临朝悼悔，谓朝廷不得不任其咎，以至吴居厚行铁冶之法于京东，王子京行茶法于福建，蹇周辅行盐法于江西，李稷、陆师闵行茶法市易于西川，刘定教保甲于河北，民皆愁痛嗟怨，比屋思乱，赖陛下与先后起而救之，天下之民，如解倒悬。惟是向来所斥逐之人，窥伺事变，妄意陛下不以修改法度为是，如得至左右，必进奸言，万一过听而误用之，臣恐国家自此陵迟，不复振矣。

这疏大意，是防哲宗召用熙丰诸臣。还有一疏，仍系谏阻近幸，略云：

汉有天下四百年，唐有天下三百年，及其亡也，皆由宦官，同一轨辙。盖与乱同事，未有不亡者也。汉自元帝任用石显，委以政事，杀萧望之、周堪，废刘向等，汉之基业，坏于元帝。唐自明皇使高力士省决章奏，宦官遂盛，李林甫、杨国忠皆自力士以进。唐亡之祸，基于开元。熙宁、元丰间，李宪、王中正、宋用臣辈，用事总兵，权势震灼，中正兼干四路，口敕募兵，州郡不敢违，师徒冻馁，死亡最多。宪陈再举之策，致永乐再陷，用臣兴土木之兵，无时休息，罔市井之微利，为国敛怨，此三人者虽加诛戮，未足以谢百姓。宪虽已亡，而中正、用臣尚在。今召内臣十人，而宪、中正之子，皆在其中，则中正、用臣必将复用，臣所以敢极言之，幸陛下垂察焉！

两疏呈入，哲宗仍然不省。范纯仁、韩忠彦等亦面请效法

仁宗，均不见纳。吕大防受命为山陵使，甫出国门，杨畏即首
叛大防，上言："神宗更立旧制，垂示万世，乞赐讲求，借成
继述美名。"哲宗便召畏入对，并问："先朝旧臣，孰可召
用？"畏举章惇、安焘、吕惠卿、邓润甫、李清臣等，各加褒
美，且言："神宗建立新政，与王安石创行新法，实是明良交
济，足致富强。今安石已殁，只有章惇才学与安石相似，请即
召为宰辅。"哲宗却很是信从，当下传出中旨，复章惇、吕惠
卿官。寻用李清臣为中书侍郎，邓润甫为尚书左丞。至宣仁太
后葬毕，吕大防回都，闻侍御史来之邵已有弹章，即上书辞
职，哲宗立即准奏。拔去首辅，好算辣手。于是彼言继志，此言
述事，哄得这位哲宗皇帝，居然想对父尽孝，一心一意的绍述
神宗。元祐九年三月，廷试进士李清臣，发策拟题，题云：

> 今复词赋之选，而士不知劝，罢常平之官，而农不加
> 富，可差可募之说杂，而役法病，或东或北之论异，而河
> 患滋，赐土以柔远也，而羌夷之患未弭，弛利以便民也，
> 而商贾之路不通。夫可则因，否则革，惟当之为贵，圣人
> 亦何有必焉！

原来元祐变政，曾禁用王氏经义字说，科试仍用诗赋，补
上文所未及。所以李清臣发策，看作什重。第一条便驳斥词赋，
第二条阴主青苗法，第三条指免役，第四条论治河，第五条斥
还夏四寨事，第六条讥盐铁弛禁事。门下侍郎苏辙抗言上
奏道：

> 伏见策题历诋行事，有诏复熙宁、元丰之意。臣谓先
> 帝设施，盖有百世不可易者。元祐以来，上下奉行，未尝
> 失坠，至于事或失当，何世无之？父作于前，子救于后，

前后相继，此则圣人之孝也。汉武帝外事四夷，内兴宫室，财用匮竭，于是修盐铁榷酤均输之政，民不堪命，几至大乱。昭帝委任霍光，罢去烦苛，汉室乃定。光武、显宗，以察为明，以谶决事，上下恐惧，人怀不安。章帝深鉴其失，代之宽厚，恺悌之政，后世称焉。本朝真宗天书，章献临御，揽大臣之议，藏之梓宫，以泯其迹，仁宗听政，绝口不言。英宗濮议，朝廷汹汹者数年，先帝寝之，遂以安静。夫以汉昭帝之贤，与吾仁宗、神宗之圣，岂其薄于孝敬而轻事变易也哉？陛下若轻变九年已行之事，擢任累岁不用之人，怀私忿而以先帝为辞，则大事去矣。

哲宗接阅奏章，竟勃然大怒道："辙敢比先帝为汉武么？"我谓神宗尚不及汉武。言下即欲逐辙。辙下殿待罪，众莫敢救。范纯仁从容进言道："武帝雄才大略，史家并无贬词，辙引比先帝，不得为谤。陛下甫经亲政，待遇大臣，也不当似奴仆一般，任情呵斥。"正说着，有一人越次入奏道："先帝法度都被司马光、苏辙等坏尽。"纯仁视之，乃是新任尚书左丞邓润甫，遂抗声道："这语是说错了。法本无弊，有弊必改。"哲宗道："秦皇、汉武，古所并讥。"纯仁便接奏道："辙所论是指时事言，非指人品言。"哲宗颜色少霁，乃不复发语，当即退朝。辙前时曾附吕大防，与纯仁议多不合，至是方谢纯仁道："公乃佛地位中人，辙仗公包涵久了。"纯仁道："公事公言，我知有公，不知有私。"名副其实，是乃谓之纯仁。辙又申谢而退。越日，竟下诏降辙官职，出知汝州。

及进士对策，考官评阅甲乙，上第多主张元祐。嗣经杨畏复勘，悉移置下第，把赞成熙丰的策议拔置上列。第一名乃是毕渐，竟比王、吕为孔、颜，仿佛王、吕二人的孝子顺孙。自是绍述两字喧传中外，曾布竟用为翰林学士，张商英进用为右正言。未几，即任章惇为尚书左仆射，兼门下侍郎。章惇既相，恁人当道，还管什么时局？什么名誉？贬苏轼知英州，寻复安置惠州。罢翰林学士范祖禹，出知陕州。范纯仁当然不安，连章求去，也出知颍昌府。召蔡京为户部尚书，安石婿蔡卞为国史修撰，林希为中书舍人，黄履为御史中丞。先是元丰末年，履曾官中丞，与蔡确、章惇、邢恕相交结。惇与确有所嫌，即遣恕语履。履尽情排击，不遗余力，时人目为四凶。因被刘安世劾奏，降级外调。惇再得志，立即引用，那时报复私怨，日夕罗织，元祐诸君子，都要被他陷入阱中了。去恶务尽，元祐诸贤，不知此义，遂致受殃。

当下由曾布上疏，请复先帝政事，下诏改元，表示意向。哲宗准奏，即于元祐九年四月，改称绍圣元年，半年都不及待，何性急乃尔？遂复免役法，免行钱、保甲法，罢十科举士法，令进士专习经义，除王氏字说禁令。黄履、张商英、上官均、来之邵等乘势修怨，迭毁司马光、吕公著妄改成制，叛道悖理。章惇、蔡卞且请掘光、公著墓冢。适知大名府许将内用为尚书左丞，哲宗问及掘墓事。许将对道："掘墓非盛德事，请陛下三思！"哲宗乃止，惟追夺司马光、吕公著赠谥，仆所立碑。贬吕大防为秘书监，刘挚为光禄卿，苏辙为少府监，并分司南京。章惇复钩致文彦博等罪状，得三十人，列籍以上，请尽窜岭表。李清臣独进言道："变更先帝法度，虽不能无罪，但诸人多累朝元老，若从惇言，恐大骇物听，应请从宽为是！"哲宗点首。看官阅过前文，应知李清臣是主张绍述，仇视元祐诸臣，为何反请哲宗从宽呢？原来清臣本思为相，至章惇起用，相位被他夺去，于心不甘，所以与惇立异，有此奏请。哲宗乃颁诏道："大臣朋党，司马光以下，各以轻重议罚，余悉不问，特此布告天下。"

　　会章惇复荐用吕惠卿，诏命知大名府，惇未以为然。监察御史常安民上言："北都重镇，惠卿且未足胜任，试思惠卿由王安石荐引，后竟背了安石，待友如此，事君可知。今已颁诏命，他必过阙请对，入见陛下，臣料他将泣述先帝，感动陛下，希望留京了。"哲宗也似信非信。及惠卿到京，果然请对，果然述先朝事，作涕泣状，哲宗正色不答。惠卿只好辞退，出都赴任。惇闻此事，隐恨安民，可巧安民复劾论蔡京、张商英，接连数奏，末疏竟斥章惇专国植党，乞收回主柄，抑制权奸。惇挟嫌愈甚，潜遣亲信进语道："君本以文学闻名，奈何好谈人短，甘心结怨？能稍自安静，当以高位相报。"安民正色呵斥道："尔乃为当道做说客么？烦尔传语，安民只知忠君，不知媚相。"*傲骨棱棱。*看官！试想章惇不立排安民，尚是留些余地，有意笼络，偏安民一味强硬，教章惇如何相容？遂嗾使御史董敦逸弹斥安民，说他与苏轼兄弟素作党援，安民竟被谪滁州，令监酒税。门下侍郎安焘上书救解，毫不见效，反为惇所谗间，出知郑州。蔡卞重修《神宗实录》，力翻前案，前史官范祖禹及赵彦若、黄庭坚等并坐诋诬降官，安置永、澧、黔州，并因吕大防尝监修《神宗实录》，亦应连坐，徙至安州居住。范纯仁请释还大防，大忤章惇，竟贬纯仁知随州。惇且记念蔡确，惜他已死，嘱确子渭叩阍诉冤，即追复确官，并赠太师，予谥忠怀。一面与蔡京定计，勾通阉寺，密结刘婕妤为内援，把灭天害理的事情逐渐排布出来。小子有诗叹道：

　　　　宵小无非误国媒，胡为视作济时才？
　　　　堪嗟九载宣仁力，都被奸邪一旦摧。

　　究竟章惇等作何举动，容至下回表明。

宋代贤后，莫如宣仁，元祐年间，号称极治，皆宣仁之力也。但吾观宣仁弥留时，乃对吕、范二大臣丁宁呜咽，劝以宜早引退，并谓明年社饭，应思念老身，意者其豫料哲宗之不明，必有蔑弃老成，更张新政之举耶？且哲宗甫经亲政，奸党即陆续进用，是必其少年心性已多昧，宣仁当日，有难言之隐，不过垂帘听政，大权在握，尚足为无形之防闲。至老病弥留，不忍明言，又不忍不言，丁宁呜咽之时，盖其心已不堪酸楚矣。宣仁固仁，而哲宗不哲，吕、范退，章、蔡进，宋室兴衰之关键，意在斯乎！意在斯乎！

第四十六回

宠妾废妻皇纲倒置　崇邪黜正党狱迭兴

却说刘婕妤专宠内庭，权逾孟后，章惇、蔡京即钻营宫掖，恃婕妤为护符，且追溯范祖禹谏乳媪事，应四十四回。指为暗斥婕妤，坐诬谤罪，并牵及刘安世。哲宗耽恋美人，但教得婕妤欢心，无不可行，遂谪祖禹为昭州别驾，安置贺州，安世为新州别驾，安置英州。刘婕妤阴图夺嫡，外结章惇、蔡京，内嘱郝随、刘友端，表里为奸，渐构成一场冤狱，闹出废后的重案来。奸人得势，无所不至。

婕妤恃宠成骄，尝轻视孟后，不循礼法。孟后性本和淑，从未与她争论短长。惟中宫内侍，冷眼旁窥，见婕妤骄倨无礼，往往代抱不平。会后率妃嫔等朝景灵宫，礼毕，后就坐，嫔御皆立侍，独婕妤轻移莲步，退往帘下。孟后虽也觉着，恰未曾开口。申说二语，见后并非妒妇。偏侍女陈迎儿口齿伶俐，竟振吭道："帘下何人？为什么亭亭自立？"婕妤听着，非但不肯过来，反竖起柳眉，怒视迎儿，忽又扭转娇躯，背后立着。形态如绘。迎儿再欲发言，由孟后以目示禁，方不敢多口。至孟后返宫，婕妤与妃嫔等随后同归，杏脸上还带着三分怒意。既而冬至节届，后妃等例谒太后，至隆祐宫，太后尚未御殿，大众在殿右待着，暂行就坐。向例惟皇后坐椅朱漆金饰，嫔御不得相同，此次当然循例。偏刘婕妤立着一旁，不愿坐下。内侍郝随窥知婕妤微意，竟替她易座，也是髹朱饰金，与后座相等，婕妤方才就坐。突有一人传呼道："皇太后出来！"
孟后与妃嫔等相率起立，刘婕妤亦只好起身。哪知伫立片时，
并不见太后临殿，后妃等均是莲足，不能久立，复陆续坐下。
刘婕妤亦坐将下去，不意坐了个空，一时收缩不住，竟仰天跌
了一交。却是好看。侍从连忙往扶，已是玉山颓倒，云鬓蓬松。
恐玉臀亦变成杏脸。妃嫔等相顾窃笑，连孟后也是解颐。看官！
试想此时的刘婕妤，惊忿交集，如何忍耐得住？可奈太后宫
中，不便发作，只好咬住银牙，强行忍耐，但眼中的珠泪，已
不知不觉的迸将下来。她心中暗忖道："这明明中宫使刁，暗
嘱侍从设法，诈称太后出殿，诱我起立，潜将宝椅撤去，致令
仆地，此耻如何得雪？我总要计除此人，才出胸中恶气。"后阁
中人，原太促狭，但也咎由自取，如何不自反省？当下命女侍替整
衣饰，代刷鬓鬟，草草就绪，那向太后已是出殿，御座受朝。
孟后带着嫔妃行过了礼，太后也没什问答，随即退入。

　　后妃等依次回宫，刘婕妤踉跄归来，余恨未息。郝随从旁
劝慰道："娘娘不必过悲，能早为官家生子，不怕此座不归娘
娘。"婕妤恨恨道："有我无她，有她无我，总要与她赌个上
下。"说着时，巧值哲宗进来，也不去接驾，直至哲宗近身，
方慢慢的立将起来。哲宗仔细一瞧，见她泪眦荧荧，玉容寂
寂，不由的惊讶逾常，便问道："今日为冬至令节，朝见太
后，敢是太后有什么斥责？"婕妤呜咽道："太后有训，理所
当从，怎敢生嗔？"哲宗道："此外还有何人惹卿？"婕妤陡然
跪下，带哭带语道："妾、妾被人家欺负死了。"哲宗道："有
朕在此，何人敢来欺负？卿且起来！好好与朕说明。"婕妤只
是哭着，索性不答一言。这是妾妇惯技。郝随即在旁跪奏，陈
述大略，却一口咬定皇后阴谋。主仆自然同心。哲宗道："皇后
循谨，当不至有这种情事。"也有一隙之明。婕妤即接口道：
"都是妾的不是，望陛下撵妾出宫。"说到"宫"字，竟枕着

哲宗足膝，一味娇啼。古人说得好："儿女情长，英雄气短。"
自古以来，无论什么男儿好汉，钢铁心肠，一经娇妻美姜朝诉
暮啼，无不被她熔化。况哲宗生平宠爱，莫如刘婕好，看她愁
眉泪眼，仿佛一枝带雨梨花，哪有不怜惜的道理？于是软语温
存，好言劝解，才得婕好罢哭，起侍一旁。哲宗复令内侍取酒
肴，与婕好对饮消愁，待到酒酣耳热，已是夜色沉沉，接连吃
过晚膳，便就此留寝。是夕，除艳语浓情外，参入谗言，无非
是浸润之谮，肤受之愬罢了。

　　会后女福庆公主偶得奇病，医治无效，后有姊颇知医理，
尝疗后疾，以故出入禁中，无复避忌。公主亦令她诊治，终无
起色。她穷极无法，别觅道家治病符水入治公主。后惊语道：
"姊不知宫中禁严与外间不同么？倘被奸人谣诼，为祸不轻。"
遂令左右藏着，俟哲宗入宫，具言原委。哲宗道："这也是人
生常情，她无非求速疗治，因有此想。"后即向左右取出原
符，当面焚毁，总道是心迹已明，没什后患。谁料宫中已造谣
构衅，啧有烦言。想就是郝随等人捏造出来。未几，有后养母听
宣夫人燕氏及女尼法端、供奉官王坚为后祷祠。郝随等方捕风
捉影，专伺后隙，一闻此信，即密奏哲宗，只说是中宫厌魅，
防有内变。哲宗也不察真伪，即命内押班梁从政与皇城司苏珪
捕逮宦官、宫妾三十人，彻底究治。梁、苏两人内受郝随嘱
托，外由章惇指使，竟滥用非刑，把被逮一干人犯尽情搒掠，
什至断肢折体。孟后待下本宽，宦妾等多半感德，哪肯无端妄
扳？偏梁从政等胁使诬供，定要归狱孟后。有几个义愤填胸，
未免反唇相讥，骂个爽快。梁、苏大怒，竟令割舌，结果是未
得供词，全由梁、苏两人，凭空架造，捏成冤狱，入奏哲宗。
有诏令侍御史董敦逸复录罪囚。敦逸奉旨提鞫，但见罪人登
庭，都是气息奄奄，莫能发声，此时触目生悲，倒也秉笔难
下。侧隐之心，人皆有之。敦逸虽是奸究，究竟也有天良。郝随防他

翻案，即往见敦逸，虚词恫吓。敦逸畏祸及身，不得已按着原谳复奏上去。一念萦私，便入阿鼻地狱。哲宗竟下诏废后，令出居瑶华宫，号华阳教主玉清静妙仙师，法名冲真。是时为绍圣三年孟冬，天忽转暑，阴翳四塞，雷雹交下。董敦逸自觉情虚，复上书谏阻，略云：

> 中宫之废，事有所因，情有可察。诏下之日，天为之阴翳，是天不欲废后也。人为之流涕，是人不欲废后也。臣尝奉诏录囚，仓猝复奏，恐未免致误，将得罪天下后世，还愿陛下暂收成命，更命良吏复核真伪，然后定谳。如有冤情，宁谴臣以明杜，毋污后而贻讥，谨待罪上闻！

哲宗览毕，自语道："敦逸反复无常，朕实不解。"次日临朝，谕辅臣道："敦逸无状，不可更在言路。"曾布已闻悉情由，便奏对道："陛下本因宫禁重案，由近习推治，恐难凭信，特命敦逸录问，今乃贬录问官，如何取信中外？"此奏非庇护敦逸，乃是主张成案。哲宗乃止。旋亦自悔道："章惇坏我名节。"照此说看来，是废后之举，章惇必有密奏。嗣是中宫虚位，一时不闻继立。刘婕妤推倒孟后，眼巴巴的望着册使，偏待久无音，只博得一阶，晋封贤妃。

贼臣章惇，一不做、二不休，既构成孟后冤狱，还想追废宣仁，因急切无从下手，乃再从元祐诸臣身上层加罪案，谋达最后的问题。二省长官统是章惇党羽，惇便教他追劾司马光等，说是："诋毁先帝，变易法度，罪恶至深，虽或告老或已死，亦应量加惩罚，为后来戒！"那时昏头磕脑的哲宗皇帝，竟批准奏牍，追贬司马光为清远军节度使，吕公著为建武军节度副使，王岩叟为雷州别驾，夺赵瞻、傅尧俞赠谥，追还韩维、孙固、范百禄、胡宗愈等恩诏。寻又追贬光为朱崖军司户，公著为昌化军司户。各邪党兴高采烈，越觉猖狂。适知渭州吕大忠，系大防兄，自泾原入朝，哲宗与语道："卿弟大防素性朴直，为人所卖，执政欲谪徙岭南，朕独令处安陆，卿可为朕寄声问好，二、三年后，当再相见！"大忠叩谢而退。

章惇正在阁中，闻大忠退朝，即出与相见，并问有无要谕。大忠心直口快，竟将哲宗所嘱，一一告知。章惇佯作惊喜道："我正待令弟入京，好与他共议国是，难得上意从同，我可得一好帮手了。"至大忠去后，即密唆侍御史来之邵及三省长官，奏称："司马光叛道逆理，典刑未及，为鬼所诛，独吕大防、刘挚等罪与光同，尚存人世。朝廷虽尝惩责，尚属罚不称愆，生死异置，恐无以示后世。"乃复贬大防为舒州团练副使，安置循州，刘挚为鼎州团练副使，安置新州，苏辙为化州别驾，安置雷州，梁焘为雷州别驾，安置化州，范纯仁为武安军节度副使，安置永州，刘奉世为光禄少卿，安置柳州，韩维落职致仕，再贬均州安置，王觌谪通州，韩川谪随州，孙升谪峡州，吕陶谪衡州，范纯礼谪蔡州，赵君锡谪亳州，马默谪单州，顾临谪饶州，范纯粹谪均州，孔武仲谪池州，王钦臣谪信州，吕希哲谪和州，吕希纯谪金州，吕希绩谪光州，姚缅谪衢州，胡安诗谪连州，秦观谪横州，王汾落职致仕，孔平仲落职知衡州，张耒、晁补之、贾易并贬为监当官，朱光庭、孙觉、赵卨、李之纯、李周均追夺官秩，嗣复追贬孔文仲、李周为别驾。这道诏命系是中书舍人叶涛主稿，文极丑诋，中外切齿。那章惇、蔡京等，才把元祐诸臣，一网打尽，无论洛党、蜀党、朔党，贬窜得一个不留，大宋朝上，只剩得一班魑魅魍魉了。君子尚能容小人，小人断不能容君子，于此可见。

先是左司谏张商英曾有一篇激怒君相的奏牍，内言："陛下无忘元祐时，章惇无忘汝州时，安焘无忘许州时，李清臣、曾布无忘河阳时。"为这数语，遂令哲宗决黜旧臣，章惇等誓复旧怨，遂兴起这番大狱。韩维子上书陈诉，略言："父维执政时，尝与司马光未合，恳请恩赦！"得旨免行。纯仁子亦欲援例，拟追述前时役法，父言与光议不同，可举此乞免。纯仁摇首道："我缘君实荐引，得致宰相，从前同朝论事，宗旨不合，乃是为公不为私，今复再行提及，且变做为私不为公。与其有愧而生，宁可无愧而死？"随命整装就道，怡然启行。僚友或说他好名，纯仁道："我年将七十，两目失明，难道甘心远窜么？不过爱君本心，有怀未尽，若欲避好名的微嫌，反恐背叛朝廷，转增罪戾呢。"忠臣信友，可谓完人。诸子因纯仁年老，多愿随侍，途次冒犯风霜，辄怨詈章惇，纯仁必喝令住口。一日，舟行江中，遇风被覆，幸滩水尚浅，不致溺死。纯仁衣履尽湿，旁顾诸子道："这难道是章惇所使么？君子素患难，行乎患难，何必怨天尤人。"纯仁可与言道。既至永州，仍夷然自若，无戚戚容，以此尚得保全。吕大防病殁途中。梁焘至化州，刘挚至新州，均因忧劳成疾，相继谢世。

张商英又劾文彦博背国负恩，朋附司马光，因降为太子少保。及诏命到家，彦博亦已得病，旋即身逝，年九十二岁。彦博居洛，尝与司马光、富弼等十三人，仿白居易九老会故事，置酒赋诗，筑堂绘像，号为洛阳耆英会，迄今留为佳话。徽宗初追复太师，赐谥忠烈。

会哲宗授曾布知枢密院事，林希同知院事，许将为中书侍郎，蔡卞、黄履为尚书左右丞，卞与惇同肆罗织，尚欲举汉、唐故事请戮元祐党人。凶险之至。哲宗询及许将，将对道："汉、唐二代，原有此事，但本朝列祖列宗，从未妄戮大臣，所以治道昭彰，远过汉、唐哩。"许将亦奸党之一，但尚有良心。哲宗点首道："朕意原亦如此。"将即趋退。章惇更议遣吕升卿、董必等察访岭南，将尽杀流人。哲宗召惇入朝，面谕道："朕遵祖宗遗志，未尝杀戮大臣，卿毋为已什！"惇虽唯唯应命，心中很是不快，暗中致书邢恕，令他设法诬陷。恕在中山，得书后，设席置酒，招高遵裕子士京入饮，酒过数巡，乃私问道："君知元祐年间，独不与先公推恩否？"士京答言未知。恕又问道："我记得君有兄弟，目今尚在否？"士京答称有兄士充，现已去世。恕又道："可惜！可惜！"士京惊问何事？恕便道："今上初立时，王珪为相，他本意欲立徐王，曾遣令兄士充，来问先公。先公叱退士充，珪计不行，所以得立今上。"一派鬼话。士京又答言未知。恕复道："令兄已殁，只有君可作证，我有事需君，君肯相从，转眼间可得'高官厚禄'，但事前切勿告人！"士京莫名其妙，但闻"高官厚禄"四字，不禁眉飞色舞，当即答称如命。饮毕，欢谢而别。恕即复书章惇，谓已安排妥当。惇即召恕入京，三迁至御史中丞。恕遂诬奏司马光、范祖禹等曾指斥乘舆，又令王珪为高士京作奏，述先臣遵裕临死，曾密嘱诸子，有叱退士充，乃立今上等事。再嗾使给事中叶祖洽上言册立陛下时，王珪尝有异言。三面夹攻，不由哲宗不信，遂追贬王珪为万安军司户，赠遵裕秦国军节度使。

自是天怒人怨，交迫而至。太原地震，坏庐舍数千户，太白星昼见数次，火星入舆鬼，太史奏称贼在君侧。哲宗召太史入问，贼主何人？太史答道："谗慝奸邪，皆足为贼，愿陛下亲近正人，修德格天！"此语颇为善谏，可惜未表姓名。哲宗乃避殿减膳，下诏修省。何不黜逐奸党？绍圣五年元日，免朝贺礼。章惇、蔡京恐哲宗另行变计，又想出一条奇谋蛊惑君心。小人入朝，无非蛊君。

看官道是何事？乃是咸阳县民段义忽得了一方玉印，镌有"受命于天，既寿永昌"八字，呈报地方长官。官吏称是秦玺，遣使赍京，诏令蔡京等验辨。看官听着！这玺来历，明明是蔡京等授意秦吏现造出来，此时教他考验，如何说是不真？

且附上一篇贺表，称作天人相应，古宝呈祥。哲宗大喜，命定
此玺名称，号为天授传国受命宝。择日御大庆殿受玺，行朝会
礼。仿佛儿戏。并召段义入京，赐绢二百匹，授右班殿直，骤然
升官发财，未知段义交什么运？一面颁诏改元，以绍圣五年为元
符元年，特赦罪犯，惟元祐党人不赦，且反逮文彦博子及甫下
狱，锢刘挚、梁焘子孙于岭南，勒停王岩叟诸子官职。当时称
为同文馆狱。

　　原来文彦博有八子，皆历要官，第六子名及甫，尝入值史
馆。因与邢恕友善，为刘挚所劾，出调外任。时吕大防、韩忠
彦等尚秉国政，及甫迁怨辅臣，曾致书邢恕，有"司马昭之
心，路人皆知，又济以粉昆，可为寒心"等语。司马昭隐指大
防，粉昆隐指忠彦。忠彦弟嘉彦，曾尚淑寿公主，英宗第三女。
俗号驸马为粉侯，因称忠彦为粉昆。恕曾将及甫书示确弟硕，
至是恕令确子渭上书，讼挚等陷害父确，阴谋不轨，谋危宗
社，引及甫书为证。乃置狱同文馆，逮问及甫，令蔡京讯问，
佐以谏议大夫安惇。安惇本迎合章、蔡，因得此位，遂潜告及
甫，令诬供刘挚、王岩叟、梁焘等人。及甫如言对簿，诡称：
"乃父在日，尝称挚为司马昭，王岩叟面白，乃称为粉，梁焘
字况之，况字右旁从兄，乃称为昆。"京、惇因据供上陈，遂
言："挚等大逆不道，死有余辜，不治无以治天下。"哲宗问
道："元祐诸臣，果如是么？"京、惇齐声道："诚有是心，不
过反形未著。"含血喷人。乃诏锢挚、焘子孙，削岩叟诸子官。
及甫系狱数日，竟得释放，进安惇为御史中丞，蔡京只调任翰
林学士承旨。

　　京与卞系是兄弟，卞已任尚书左丞，由曾布密白哲宗，兄
弟不应同升，因止转官阶，不得辅政。嗣被京探悉，引为深
恨，遂与布有隙，格外诡附章惇。惇怨范祖禹、刘安世尤深，
特嘱京上章申劾，竟将祖禹再窜化州，安世再窜梅州。嗣惇又

擢王豪为转运判官使，令暗杀安世。豪立即就道，距梅州约三十里，呕血而死，安世乃得免。祖禹竟病殁贬所。惇又与蔡卞、邢恕定谋，拟将元祐变政归罪到宣仁太后身上，竟欲做出灭伦害理的大事来。小子有诗叹道：

> 贼臣当国敢无天，信口诬人祸众贤。
> 不信奸邪如此恶，且连圣母上弹笺。

欲知章惇等如何划策，俟至下回叙明。

章惇乃第一国贼，蔡卞等特其爪牙耳。惇不入相，则奸党何由而进？冤狱何由而兴？人谓刘婕妤意图夺嫡，乃有孟后之废，吾谓婕妤何能废后？废后者非他，贼惇是也。人谓绍述之议，创自杨畏、李清臣，由绍述而罪元祐诸臣，乃有钩党之祸，吾谓杨畏、李清臣，何能尽逐元祐诸臣？逐元祐诸臣者非他，贼惇是也。废后不足，尽黜诸贤，妨贤不足，且欲上诬宣仁，是可忍，孰不可忍乎？呜呼章惇，阴贼险狠，较莽、操为尤什，欲穷其罪，盖几罄竹难书矣。故读此回而不发指者，吾谓其亦无人心。

第四十七回

拓边防谋定制胜　窃后位喜极生悲

却说章惇、蔡卞等，欲诬宣仁太后，遂与邢恕、郝随等定谋，只说司马光、刘挚、梁焘、刘大防等，曾勾通崇庆宫内侍陈衍，密谋废立。崇庆宫系宣仁太后所居，陈衍为宫中干役，时已得罪，发配朱崖。尚有内侍张士良，从前亦与衍同职，外调郴州。章惇遣使召还，令蔡京、安惇审问。京、惇高坐堂上，旁置鼎镬刀锯，非常严厉，方召士良入讯，大声语道："你肯说一有字，即还旧职，若讳有为无，国法具在，请你一试！"全是胁迫。士良仰天大哭道："太皇太后不可诬，天地神祇不可欺，士良情愿受刑，不敢妄供！"京等胁逼再三，士良抵死不认。好士良。京与惇无供可录，只奏衍疏隔两宫，斥逐随龙内侍刘瑗等人，翦除人主心腹羽翼，谋为大逆，例应处死！哲宗神志颠倒，居然批准下来，章惇、蔡卞遂擅拟草诏，呈入御览，议废宣仁为庶人。哲宗在灯下展览，正在迟疑未决，忽有内侍宣太后旨，传帝入见。哲宗即往谒太后，太后道："我曾日侍崇庆宫，天日在上，哪有废立的遗言？我刻已就寝，猝闻此事，令我心悸不休。试想宣仁太后待帝什厚，尚有不测的变动，他日还有我么？"言下带着惨容。哲宗连称不敢，既而退还御寝，即将惇、卞拟诏，就灯下毁去。郝随在旁窥见，即往告惇、卞。次日，惇、卞再行具状，坚请施行，哲宗不待阅毕，已勃然怒道："汝等不欲朕入英宗庙么？"撕奏掷地，事乃得寝。既知悖、卞虚诬，奈何尚不加罪？这且慢表。

且说哲宗元符元年，夏主秉常病殂，子乾顺嗣立，遣使至汴都告哀。哲宗仍册封乾顺为夏王，乾顺申谢封册，并归永乐俘虏。当时曾给还四寨，见四十五回。令彼此画界自守，夏人得步进步，屡思侵轶界外，所以画界问题始终未定。不过元祐年间，宋廷称治，夏人尚不敢深扰，至绍圣改元，屡求塞门二寨，愿以兰州边境为易，廷议不许。绍圣三年，乾顺奉母梁氏，秉常母姓梁，乾顺母亦姓梁。率众五十万，大入鄜延，西自顺宁招安寨，东自黑水、安定，中自塞门、龙安、金明以南，二百里间，烽烟不绝。乾顺子母亲督桴鼓，纵骑四掠，前队攻金明，后队驻龙安。宋将调集边兵，掩击夏人，反为所败，金明被陷，守兵二千五百人尽行陷没，只五人得脱。城中粮五万石，草十万束，统被掠去，将官张舆战死。时吕惠卿调任鄜延经略使，正拟请诸路出兵，往援金明，忽由夏人放还俘卒，颈上置有一书，两手尚被缚着。当经惠卿左右替他解缚，并取来书呈上。惠卿当然展阅，但见书中略云：

> 夏国昨与朝廷议疆场事，惟小有不同，方行理究，不意朝廷改悔，却于坐团铺处立界。本国以恭顺之故，亦黾勉听从，亦于境内立数堡以护耕。而鄜延出兵，悉行平荡，又数数入界杀掠，国人共愤，欲取延州。终以恭顺，止取金明一寨，以示兵锋，终不失臣子之节也。调侃语。

惠卿览毕，问明还卒，方知夏人已经退去，乃将来书赍送枢密院，院吏匿不上闻。越年，知渭州章楶献平夏策，请筑城葫芦河川，扼据形胜，严拒夏人。楶与章惇同宗，接得此书，称为奇计。当即请命哲宗，依议施行。与宰相同宗，自有好处。楶遂檄令熙河、秦凤、环庆、鄜延四路人马缮理他寨数十所，佯示怯弱，自率兵备齐板筑，竟出葫芦河川，造起两座城墙：一座在石门峡江口，一座在好水河北面。端的是据山为城，因河为池。夏人闻章楶筑寨，即来袭击，被章楶设伏掩杀，驱退夏人。二旬又二日，筑城告竣，取名平夏城、灵平寨，当下拜表上闻。章惇遂请绝夏人岁赐，命沿边诸路，择视要隘，次第筑城，共五十余所。总不免劳民伤财。于是鄜延经略使吕惠卿乘势图功，疏请诸路合兵，出讨夏罪。哲宗立即批准，并饬河东、环庆各军尽听惠卿节制。惠卿遣将官王愍攻夺宥州，嗣复奏筑威戎、威羌二城。诏进惠卿银紫光禄大夫，其余筑城诸将士，爵赏有差。

到了元符元年冬季，夏人复寇平夏城，章楶仍用埋伏计，就城外十里间三覆以待，命偏将折可适带领前军向前诱敌，只准败，不准胜。夏将嵬名阿理，一译作威明阿密。素有勇名，仗着一身膂力，超跃而来。折可适率军拦截，不到数合，便即奔回。嵬名阿理不知是计，急麾军追赶，后队的夏监军，名叫妹勒都逋一译作穆尔图卜。闻先锋得胜，也鼓勇随来。章楶在山冈遥望，见夏兵被折可适诱入，已到第二层伏兵境内，当即燃炮为号，一声爆响，伏兵齐起，把夏兵冲作数段。嵬名阿理尚不知死活，只管舞动大刀，东挑西拨，宋军奋力兜拿，一时恰不能近身。章楶命弓弩手一齐注射，箭如飞蝗。饶你夏先锋力大无穷，熬不住数支箭镞，顿时中矢落马，被宋军活捉住了。妹勒都逋也被第三层伏兵围住，舍命冲突，竟不能脱，只好束手受擒。夏兵大败，死亡过半。章楶好算能军。这次战胜夏人，所有夏国精锐，多半陷没，夏人为之气夺。

章楶飞书奏捷，哲宗御紫宸殿受贺。章楶请乘胜平夏，令章楶便宜行事。楶乃创设西安州，并添筑荡羌、天都、临羌、横岭诸寨，及通会、宁韦、定戎诸堡，着着进逼。夏主乾顺不禁畏惧，复值国母梁氏身亡，越觉乏人主张，遂遣使向辽乞援。辽遣签书枢密院事萧德崇至宋，代为议和，诏令郭知章持书复辽，略言："夏人若果出至诚，悔过谢罪，应当予以自新，再修前好。"于是夏主遣使告哀，上表谢过。朝议许夏通好，令再进誓表，仍给岁赐。西陲少安。

未几，又有吐蕃战事。自王韶倡复河湟，縶归木征，因功封枢密副使后，应三十九回。旋与王安石有隙，出知洪州，未几遂死。韶将死时，生一背疽，终日闭目奄卧，尝延医就诊，医请开眼鉴色，韶谓一经开眼，即有许多斩头截脚等人，立在眼前，所以眼中无病，也不敢开。医生知为果报，勉强用药，敷衍数日，疽溃而亡。为好杀者戒，故特补叙。时人闻韶暴死，相戒开边。

惟元祐二年，岷州将种谊复洮州，执吐蕃部族鬼章等，鬼章一译作果庄。槛送京师。鬼章本熙河首领，王韶定熙河，尝请封鬼章为刺史，鬼章总算投诚。会保顺军节度使董毡病卒，养子阿里骨嗣位。阿里骨一译作额尔古。阿里骨诱使鬼章入据洮河，至鬼章被擒。哲宗加恩赦宥，遣居秦州，令招子结龁，及部属自赎。阿里骨颇也知惧，上表谢罪，诏令照常纳贡，不再加兵。阿里骨旋死，传子辖征。一译作辖戬。辖征暴虐，部曲携贰，大酋沁牟钦毡一译作星摩沁占。等，阴蓄异谋，虑辖征叔父苏南党征雄武过人，不为所制，遂日进谗言，哄动辖征加罪叔父。辖征昏愦异常，竟将叔父杀死，且剪灭余党，独篯罗结一译作沁鲁克节。投奔溪巴温。一译作希卜温。溪巴温系董毡疏族，曾居陇逋部，役属土人，篯罗结奔至，为溪巴温设法略地，与他长子杓栒攻入辖征属境，夺据溪哥城。辖征出兵掩讨，攻杀杓栒，篯罗结转奔河州。洮西安抚使兼知河州王赡收为臂助，密议攻取青唐，献策朝廷。章惇正贪功黩武，力言此议可行，于是王赡遂引军趋邈川。邈川为青唐要口，辖征虽设兵防守，猝闻王赡军至，不及预防，吓得仓皇失措。王赡督兵攻城，并射书招降。守兵知不可支，情愿投顺，遂开城迎纳瞻军。辖征在青唐闻报，慌忙调兵抵敌，哪知号令不灵，无人听命，他穷急无法，不得已单身潜出，竟至邈川乞降。瞻收纳辖征，露布奏捷。诏命胡宗回统领熙河，节制诸部。

王瞻以功由己立，不蒙特赏，反来一胡宗回，权出己上，心中很是不平，乃逗兵不进。沁牟钦毡等竟迎溪巴温入青唐，立木征子陇枺一译作隆咱尔。为主，势焰复炽。宗回督瞻进攻，瞻尚未肯受命，寻由朝旨催促，瞻乃进薄青唐。陇枺及沁牟钦毡因急切无从固守，勉强出降。为后文伏笔。瞻遂入据青唐城，驰书奏闻。诏改青唐为鄯州，命王瞻知州事；邈川为湟州，命王厚知州事。当时中外智士已料二酋乞降，非出本心，将来必有变动，不但青唐不能久据，就是邈川亦恐不可守。王瞻等但顾目前，未遑后计，哪里防到后文这一着哩？这且待后再详。

且说哲宗废去孟后，未免自悔，蹉跎三年，未闻继立中宫。刘贤妃日夕觊望，格外献媚，终不得册立消息。再嘱内侍郝随、刘友端并首相章惇，内外请求，亦不见允，累得这位刘美人徬徨忧虑，怅断秋波。就中只有一线希望，乃是后宫嫔御，未育一男，哲宗年早逾冠，尚乏储嗣，若得诞生麟儿，这中宫虚悬的位置，不属刘妃，将属何人？天下事无巧不成话，那刘妃果然怀妊，东祷西祀，期得一子，至十月满足，临盆分娩，竟产下一位郎君，这番喜事，非同小可，刘妃原是心欢，哲宗亦什快慰。于是宫廷章奏，一日数上，迭请立刘妃为后。哲宗乃命礼官备仪，册立刘氏为皇后，右正言邹浩抗疏谏阻道：

> 立后以配天子，安得不审？今为天下择母，而所立乃贤妃，一时公议，莫不疑惑，诚以国家自有仁宗故事，不可不遵用之尔。盖郭后与尚美人争宠，仁宗既废后，并斥

美人，所以示公也。及立后则不选于妃嫔，而卜于贵族，所以远嫌，所以为天下后世法也。陛下之废孟氏，与郭后无以异，果与贤妃争宠而致罪乎？抑亦不然也？二者必居一于此矣。孟氏垂废之初，天下孰不疑立贤妃为后，及请诏书，有"别选贤族"之语，又闻陛下临朝慨叹，以为国家不幸。至于宗景立妾，怒而罪之，于是天下始释然不疑，今竟立之，岂不上累圣德？臣观白麻所言，不过称其有子，及引永平、祥符事以为证，臣请论其所以然：若曰有子可以为后，则永平贵人，未尝有子也，所以立者，以德冠后宫故也。祥符德妃，亦未尝有子，所以立者，以钟英甲族故也。又况贵人实马援之女，德妃无废后之嫌，迥与今日事体不同，顷年冬，妃从享景灵宫，是日雷变什异，今宣制之后，霖雨飞雹，自奏告天地宗庙以来，阴霾不止。上天之意，岂不昭然？考之人事既如彼，求之天意又如此，望不以一时致命为难，而以万世公议为可畏。追停册礼，如初诏行之。

哲宗览奏至此，即召邹浩入问道："这也是祖宗故事，并非朕所独创哩。"浩对道："祖宗大德，可法什多，陛下未尝遵行，乃独取及小疵，恐后世难免遗议呢。"哲宗闻言变色，至邹浩退朝，再阅浩疏，踌躇数四，若有所思，因将原疏发交中书，饬令复议。看官！试想废后立后，多半是章惇构成，此次幸已成功，偏来了一个邹浩，还想从旁挠阻，哪得不令惇忿恨？当下极端痛诋，力斥邹浩狂妄，请加严惩！哲宗本是个没主意的傀儡，看到疏，又觉邹浩多言，确是有罪，遂将他削职除名，羁管新州。尚书右丞黄履入谏道："浩感陛下知遇，犯颜纳忠，陛下反欲置诸死地，此后盈廷臣子，将视为大戒，怎敢与陛下再论得失呢？愿陛下改赐善地，毋负孤忠！"强盗也发善心么？哲宗不从，反出履知亳州。

先是阳翟人田画，为前枢密使田况从子，议论慷慨，与邹浩友善，互相砥砺。元符中，画入监京城门，往语浩道："君为何官？此时尚作寒蝉仗马么？"浩答道："待得当进言，勉报君友。"至刘后将立，画语僚辈道："志完再若不言，我当与他绝交了。"志完即邹浩表字，及浩以力谏得罪，画已病归许邸，闻浩出京，力疾往迎。浩对他流涕，画正色道："志完太没气节了。假使你隐默不言，苟全禄位，一旦遇着寒疾，五日不出汗，便当死去，岂必岭海外能死人么？古人有言：'烈士徇名'，君勿自悔前事，恐完名全节的事情尚不止此哩。"浩乃爽然谢教。浩有母张氏，当浩除谏官时，曾面嘱道："谏官责在规君，你果能竭忠报国，无愧公论，我亦喜慰，你不必别生顾虑呢。"宗正寺簿王回闻浩母言很是感叹。及浩南迁，人莫敢顾，回独集友酿资，替浩治装，往来经理，且慰安浩母。逻卒以闻，被逮系狱。回从容对簿，御史问回曾否通谋？回慨然道："回实与闻，怎敢相欺！"遂诵浩所上章疏，先后约二千言，狱上除名。回即徒步出都，坦然自去。浩有贤母，并有贤友，亦足自慰。

哲宗因册后诏下，择日御文德殿，亲授刘后册宝。礼成，宫廷庆贺，欢宴数日。蛾眉不肯让人，狐媚竟能惑主，数年怨忿，一旦销除，正是吐气扬眉，说不尽的快活。哪知福兮祸伏，乐极悲生，刘后生子名茂，才经二月有余，忽生了一种奇疾，终日啼哭，饮食不进，太医都不能疗治，竟尔夭逝。刘后悲不自胜，徒唤奈何。人力尚可强为，天命如何挽救？偏偏福无双至，祸不单行，皇子茂殇逝后，哲宗也生起病来，好容易延过元符二年，到了三年元日，卧床不起，免朝贺礼。御医等日夕诊视，参苓杂进，龟鹿齐投，用遍延龄妙药，终不能挽回寿数。正月八日，哲宗驾崩，享年只二十有五。总计哲宗在位，改元二次，阅一十五年。小子有诗叹道：

> 治乱都缘主德分，不孙不子不成君。
> 宫闱更乏刑于化，宋室从兹益泯棼。

哲宗已崩，尚无储贰，不得不请出向太后，定议立君。究竟何人嗣位，待至下回说明。

夏主乾顺，冲年嗣立，即奉母梁氏，率兵五十万寇边，其蔑宋也实什。纵还俘卒，贻书惠卿，语多调侃，彼心目中岂尚有上国耶？章粢定计筑寨，连破夏众，擒悍寇，戕夏卒，虽不免劳师费财，而夏人夺气，悔罪投诚，西陲得无事者数年，粢之功固有足多者。若夫王赡之议取青唐，情形与西夏不同，夏敢寇边，其曲在夏，青唐虽自相残害，于宋无关得失，贸贸然兴兵出塞，据邈川，入青唐，侥幸取胜，曾亦思取之什易，守之实难乎？然则章粢、王赡同一用兵，而功过之辨，固自判然，正不待下文之得而复失，始知其未克有成也。刘妃专宠，竟得册立，邹浩力谏不从，为刘氏计，乐何如之？然子茂遽天，哲宗旋逝，天下事以阴谋窃取，侥幸成功者，终未能长享幸福，人亦何不援以自鉴耶？吉凶祸福，凭之于理，世有循理而乏善报者，未有蔑理而成善果者也。

第四十八回

承兄祚初政清明　信阉言再用奸慝

却说哲宗驾崩，向太后召入辅臣，商议嗣君。因泣对群臣道："国家不幸，大行皇帝无嗣，亟应择贤继立，慰安中外。"章惇抗声道："依礼律论，当立母弟简王似。"向太后道："老身无子，诸王皆神宗庶子，不能这般分别。"惇复道："若欲立长，应属申王佖。"太后道："申王有目疾，不便为君，还是端王佶罢。"佖又大言道："端王轻佻，不可君天下。"轻佻二字，恰是徽宗定评，不得以语出章惇，谓为诬妄。曾布在旁叱惇道："章惇未尝与臣等商议，如皇太后圣谕，臣很赞同。"蔡卞、许将亦齐声道："合依圣旨。"太后道："先帝尝谓端王有福寿，且颇仁孝，若立为嗣主，谅无他虞。"哲宗原是不哲，向太后亦失人了。章惇势处孤立，料难争执，只好缄口不言。乃由太后宣旨，召端王佶入宫，即位柩前，是为徽宗皇帝。曾布等请太后权同处分军国重事，太后谓嗣君年长，不必垂帘。徽宗泣恳太后训政，移时乃许。

徽宗系神宗第十一子，系陈美人所生，神宗崩，陈氏尝守陵殿，哀毁致亡。徽宗既立，追尊为皇太妃，并尊先帝后刘氏为元符皇后。授皇兄申王佖为太傅，进封陈王，皇弟莘王俣为卫王，简王似为蔡王，睦王偲为定王。特进章惇为申国公，召韩忠彦为门下侍郎，黄履为尚书左丞。立夫人王氏为皇后。后系德州刺史王藻女，元符二年归端邸，曾封顺国夫人。于是徽宗御紫宸殿，受百官朝觐。韩忠彦首陈四事：一、宜广仁恩，二、宜开言路，三、宜去疑似，四、宜戒用兵。太后览疏，很是嘉许。适值吐蕃复叛，青唐、邈川相继失守。太后感忠彦言，不愿穷兵，遂决计弃地，贬黜边臣。

原来王赡留守青唐，纵兵四掠，羌众都有怨言。沁牟钦毡纠众谋叛，被赡击破，尽戮城中诸羌，积尸如山。篯罗结因此生贰，诡言归抚本部，赡信以为真，听他自去。他遂招集千余人，围攻邈川，一面向夏乞援。夏人即发兵助攻，邈川危什，青唐亦受影响。赡恐被叛羌隔断，遽弃了青唐，率兵东归。王厚亦守不住邈川，飞章告警。那朝旨接连颁下，先谪王赡至昌化军，继谪王厚至贺州，连胡宗回亦夺职知蕲州，仍将鄯州即青唐。给还木征子陇栚，授河西军节度使，赐姓名曰赵怀德。陇栚弟赐名怀义，为廓州团练使，同知湟州。即邈川。加辖征校尉太傅，兼怀远军节度使。王赡以前功尽弃，且遭贬窜，免不得悔愤交迫，惘惘然行到穰县，自觉程途辛苦，越想越恼，竟投缳自尽了。死由自取，夫复谁尤？

未几，已是暮春时候，司天监步算天文，谓四月朔当日食，诏求直言。筠州推官崔鶠上书言事，略云：

> 比闻国家以日食之异，询求直言，伏读诏书，至所谓"言之失中，朕不加罪。"盖陛下披至情，廓圣度，以求天下之言如此，而私秘所闻，不敢一吐，是臣子负陛下也。方今政令烦苛，民不堪扰，风俗险薄，法不能胜，未暇一一陈之，而特以判左右之忠邪为本。臣生于草莱，不识朝廷之士，但闻左右有指元祐诸臣为奸党者，必邪人也，使汉之党锢，唐之牛、李之祸，将复见于今日，可骇也。夫毁誉者朝廷之公议，故责授朱崖军司户司马光，左右以为奸，而天下皆曰忠；今宰相章惇，左右以为忠，而天下皆

曰奸。此何理也？夫乘时抵以盗富贵，探微揣端以固权宠，谓之奸可也。苞苴满门，私谒踵路，阴交不轨，密结禁廷，谓之奸可也。以奇技淫巧荡上心，以倡优女色败君德，独操刑赏，自报恩怨，谓之奸可也。蔽遮主听，排斥正人，微言者坐以刺讥，直谏者陷以指斥，以杜天下之言，掩滔天之罪，谓之奸可也。凡此数者，光有之乎？惇有之乎？夫以佞为忠，必以忠为佞，于是乎有谬赏乱罚，赏谬罚滥，佞人倘佯，如此而国不乱，未之有也。光忠信直谅，闻于华夷，虽古名臣未能过，而谓之奸，是欺天下也。至如惇狙诈凶险，天下士大夫呼曰惇贼，贵极宰相，人所具瞻，以名呼之，又指为贼，岂非以其孤负主恩，玩窃国柄，忠臣痛愤，义士不服，故贼而名之耶？京师语曰："大惇小惇，殃及子孙，"谓惇与御史中丞安惇也。小人譬之蝮蝎，其凶忍害人，根乎天性，随遇必发，天下无事，不过贼陷忠良，破碎善类，至缓急危疑之际，必有反复卖国，跋扈不臣之心。比年以来，谏官不论得失，御史不劾奸邪，门下不驳诏令，共持暗默以为得计。昔李林甫窃相位，十有九年，海内怨痛，而人主不知，顷邹浩以言事得罪，大臣拱手观之，同列无一语者，又从而挤之。夫以股肱耳目，治乱安危所系，而一切若此，陛下虽有尧舜之聪明，将谁使言之？谁使行之？夫日阳也，食之者阴也，四月正阳之月，阳极盛，阴极衰之时，而阴干阳，故其变为大。惟陛下畏天威，听民命，大运乾纲，大明邪正，毋违经义，毋郁民心，则天意解矣。若夫伐鼓用币，素服彻乐，而无修德善政之实，非所以应天也。臣越俎进言，罔知忌讳，陛下怜其愚诚而俯采之，则幸什！

徽宗览毕，顾左右道："鸥一微官，乃能直言无隐，倒也不可多得呢。"备录鸥疏，亦见此意。遂下诏嘉奖，擢鸥为相州教授，复进龚夬为殿中侍御史，召陈瓘、邹浩为左右正言。安惇入奏道："邹浩复用，如何对得住先帝？"徽宗勃然道："立后大事，中丞不言，独浩敢言，为什么不可复用呢？"初志却是清明。惇失色而退。陈瓘遂劾惇诳惑主听，妄骋私见，若明示好恶，当自惇始。乃出安惇知潭州。复哲宗废后孟氏为元祐皇后，自瑶华宫还居禁中。升任韩忠彦为尚书右仆射，兼中书侍郎，李清臣为门下侍郎，蒋之奇同知枢密院事。

忠彦请召还元祐诸臣。诏遣中使至永州，赐范纯仁茶药，传问目疾，并令徙居邓州。纯仁自永州北行，途次复接诏命，授观文殿大学士。制词中有四语云："岂惟尊德尚齿，昭示宠优，庶几鲠论嘉谋，日闻忠告。"纯仁泣谢道："上果欲用我呢，死有余责。"至纯仁已到邓州，又有诏促使入朝。纯仁乞归养疾，乃诏范纯礼为尚书右丞。苏轼亦自昌化军移徙廉州，再徙永州，更经三赦，复提举玉局观，徙居常州。未几，轼即病殁。轼为文如行云流水，虽嬉笑怒骂，尽成文章，当时号为奇才。惟始终为小人所忌，不得久居朝列，士林中尝叹息不置。徽宗又诏许刘挚、梁焘归葬，录用子孙，并追复文彦博、司马光、吕公著、吕大防、刘挚、王珪等三十三人官阶。用台谏等言，贬蔡卞为秘书少监，分司池州，安置邢恕于舒州。向太后见徽宗初政，任贤黜邪，内外无事，遂决意还政，令徽宗自行主持，乃于七月中撤帘。总计训政期间，不过六月，好算一不贪权势、甘心恬退的贤后了。应加褒美。

宋室成制，每遇皇帝驾崩，必任首相为山陵使，章惇例得此差，八月间哲宗葬永泰陵，灵舆陷泥淖中，越宿乃行。台谏丰稷、陈次升、龚夬、陈瓘等劾惇不恭，乃罢知越州。惇既出都，陈瓘申劾："惇陷害忠良，备极惨毒，中书舍人蹇序辰及出知潭州安惇甘作鹰犬，肆行搏噬，应并正典刑。"

诏除蹇序辰、安惇名，放归田里，贬章惇为武昌节度副使，安置潭州。蔡京亦被劾夺职，黜居杭州。林希也连坐削官，徙知扬州。韩忠彦调任首相，命曾布继忠彦任。布初附章惇，继与惇异趋，力排绍圣时人，因此得为宰辅。时议以元祐、绍圣，均有所失，须折衷至正，消释朋党，乃拟定年号为"建中"，复因建中为唐德宗年号，不应重袭，特于"建中"二字下，添入靖国二字；遂颁诏改元，以次年为"建中"靖国元年。

到了正月朔日，徽宗临朝受贺，百官跄跄济济，齐立朝班。正在行礼的时候，忽有一道赤气，照入殿庑，自东北延至西南，仿佛与电光相似。赤色中复带着一股白光，缭绕不已，大家统是惊讶。至礼毕退朝，各仰望天空，赤白气已是将散，只旁有黑祲，还是未退。于是群相推测，议论纷纷。独右正言任伯雨谓年当改元，时方孟春，乃有赤白气起自空中，旁列黑祲，恐非吉兆。遂黄夜缮疏，极陈阴阳消息的理由，大旨谓："日为阳，夜为阴；东南为阳，西北为阴；赤为阳，黑与白为阴；朝廷为阳，宫禁为阴；中国为阳，夷狄为阴；君子为阳，小人为阴。今天象告变，恐有宫禁阴谋，以下犯上。且赤散为白，白色主兵，或不免夷狄窃发等事。望陛下进忠良，黜邪佞，正名分，击奸恶，务使上下同心，中外一体，庶几感格天心，灾异可变为休祥了。"暗为后文写照。次日拜本进去，没有什么批答出来。那宫禁中却很是忙碌，探问内侍，系是向太后遇疾，已近弥留，伯雨乃不复申奏。过了数日，向太后竟尔归天，寿五十有六。

太后素抑置母族，所有子弟不使入选，徽宗追怀母泽，推恩两舅，一名宗良，一名宗回，均加位开府仪同三司，晋封郡王，连太后父向敏中以上三世，亦追授王爵，这也是非常恩数呢。太后既崩，尊谥钦圣宪肃，葬永裕陵，复追尊生母陈太妃为皇太后，亦上尊谥曰钦慈。惟哲宗生母尚存，徽宗奉事惟谨，再越一年方卒，谥曰钦成皇后，与陈太后同至永裕陵陪葬，这却不必叙烦。

且说向太后升遐时，范纯仁亦病殁家中，由诸子呈入遗表，尚是纯仁亲口属草。劝徽宗清心寡欲，约己便民，杜朋党，察邪正，毋轻议边事，毋好逐言官，并辨明宣仁诬谤，共计八事。徽宗览表叹息，诏赙白金三十两，赠开府仪同三司，赐谥忠宣。范仲淹四子中，纯仁德望素著，卒年七十五。*褒美贤臣，备详生卒。* 先是徽宗召见辅臣，尝问纯仁安否，以不得进用为憾。至纯仁已逝，任伯雨追论纯仁被黜，祸由章惇，应亟真重典，内有最紧要数语云：

> 章惇久窃朝柄，迷国罔上，毒流搢绅，乘先帝变故仓卒，辄逞异志，向使其计得行，将置陛下与皇太后于何地？若贷而不诛，则天下大义不明，大法不立矣。臣闻北使言，去年辽主方食，闻中国黜惇，放箸而起，称善者再，谓南朝错用此人。北使又问何为只若是行遣？以此观之，不独孟子所谓国人皆曰可杀，虽蛮貊之邦，莫不以为可杀也。

这疏上去，总道徽宗即加罪章惇，不意静待数日，尚不见报。伯雨接连申奏，章至八上，仍无消息，*徽宗已易初志。* 乃与陈瓘、陈次升等商议，令他联衔具奏，申论惇罪。两陈即具疏再进，乃贬惇为雷州司户参军。从前苏辙谪徙雷州，不许占居官舍，没奈何赁居民屋，惇又诬他强夺民居，下州究治，幸赁券所载什明，无从锻炼，因得免议。至惇谪雷州，也欲向民僦居，州民无一应允。惇诘问原因，州民道："前苏公来此，为章丞相故，几破我家，所以不敢再允。"惇惭沮而退。自作自受，便叫作现世报。方惇入相时，妻张氏病危，语惇道："君作相，幸勿报怨。"七字可作座右铭。有善必录，是书中本旨。惇不能从。及张氏已殁，惇屡加悲悼，且语陈瓘道："悼亡不堪，奈何？"瓘答道："徒悲无益，闻尊夫人留有遗言，如何不念？"惇不能答，至是已追悔无及。旋改徙睦州，病发即死。

曾布本主张绍述，不过与惇有嫌，坐视贬死，噤不一言。既得专政，当然故态复萌，仍以绍述为是。任伯雨司谏半年，连上一百零八篇奏疏。布恨他多言，调伯雨权给事中，并遣人密劝伯雨：少从缄默，当令久任。伯雨不听，抗论益力，且欲上疏劾布。布预得消息，即徙伯雨为度支员外郎。尚书右丞范纯礼，沉毅刚直，为布所惮，乃潜语驸马都尉王诜道："上意欲用君为承旨，范右丞从旁谏阻，因此罢议。"诜遂衔恨胸中。会辽使来聘，诜为馆待员，纯礼主宴，及辽使已去，诜遂借端进谗，诬纯礼屡斥御名，见笑辽使，失人臣礼。徽宗也不问真假，竟出纯礼知颍昌府。嗣又罢左司谏江公望及权给事中陈瓘，连李清臣也为布所嫌，罢门下侍郎。朝政复变，绍述风行，又引出一位大奸巨慝入紊皇纲，看官道是何人？就是前翰林学士承旨蔡京。

京被徙至杭州，正苦无事，日望朝廷复用，适来了一个供奉官，姓童名贯，为杭州金明局主管，奉诏南下。京遂与他结纳，联为密友，朝征暮逐，狼狈相依。徽宗性好书画及玩巧诸物，贯承密旨采办。京能书工绘，遂刻意加工，画就屏障扇带，托贯进呈，并代购名人书画，加入题跋，或竟冒己名。一面赂贯若干财帛，乞他代为周旋。贯遂密表揄扬，谓京实具大才，不应放置闲地。至返都后，复联络太常博士范致虚及左阶道录徐知常代京说项。知常尝挟符水术，出入元符皇后宫中，因得谒侍徽宗，屡言京有相才。贯又替京遍赂宦官宫妾，大家得些好处，自然交口誉京，不由徽宗不信。乃起京知定州，改任大名府。继而曾布与韩忠彦有嫌，至欲引京自助，乃荐京仍为翰林学士承旨。京入都就职，私望很奢，意欲将韩、曾二相一律排斥，自己方好专政。会邓绾子洵武人为起居郎，与京有父执谊，因串同一气，日夕往来。可巧徽宗召对，洵武遂乘间进言道："陛下乃神宗子，今相忠彦乃韩琦子，神宗变法利民，琦尝以为非，今忠彦改神宗法度，是忠彦做了人臣，尚能绍述父志，陛下身为天子，反不能绍述先帝么？"牵强已极。徽宗不觉动容。洵武复接口道："陛下诚继志述事，非用蔡京不可。"徽宗道："朕知道了。"洵武趋退后，复作一爱莫能助之图以献。图中分左右两表，左表列元丰旧臣，蔡京为首，下列不过五六人。右表列元祐旧臣，如满朝辅相公卿百执事尽行载入，差不多有五六十人。徽宗以元祐党多，元丰党少，遂疑及元祐诸臣，朋比为奸，竟欲出自特知，举蔡京为宰辅了。正是：

宿雾渐消天欲霁，层阴复泹日重霾。

徽宗欲重用蔡京，当然有一番黜陟，待至下回表明。

　　牝鸡司晨，惟家之索，而宋独反是。有宣仁太后临朝，而始得哲宗之初政。有钦圣太后临朝，而始得徽宗之初政。是他史以母后临朝为忧，而《宋史》独以母后不久临朝为憾，是亦一奇事也。徽宗亲政，虽黜逐首恶，而曾布尚存，恶未尽去。且欲调和元祐、绍圣诸臣，以致贤奸杂进，曾亦思薰莸器，泾渭殊流，天下无贤奸并立之理，贤者或能容奸，而奸人断不能容贤乎？蔡京结纳童贯，贿托宫廷，内外俱为揄

扬，尚不过迁调北镇。至布嫉忠彦，欲引京自助，乃
入为翰林学士承旨。人谓进蔡京者童贯，吾谓进蔡京
者实曾布也。导狼入室，必为狼噬，布亦可以已乎！

第四十九回

端礼门立碑诬正士　河湟路遣将复西蕃

　　却说徽宗既信邓洵武言，欲重用蔡京，且因京入都陈言，力请绍述，遂再诏改元，定为"崇宁"二字，隐示尊崇熙宁的意思。擢洵武为中书舍人给事中，兼职侍讲，复蔡卞、邢恕、吕嘉问、安惇、蹇序辰官，罢礼部尚书丰稷，出知苏州，再罢尚书左仆射韩忠彦，出知大名府，追贬司马光、文彦博等四十四人官阶，籍元祐、元符党人，不得再与差遣。又诏司马光等子弟，毋得官京师。进许将为门下侍郎，许益为中书侍郎，蔡京为尚书左丞，赵挺之为尚书右丞。自韩忠彦去位，惟曾布当国，力主绍述，因此熙丰邪党陆续进用。蔡京亦由布引入，但京本与布有隙，反日夜图布，阴作以牛易羊的思想。布亦稍稍觉着，怎奈京已深得主眷，一时无从撵逐，只好虚与委蛇。京得任尚书左丞，居然在辅政地位，所有一切政事，布欲如何，京必反抗，所以常有龃龉。会布拟进陈佑甫为户部侍郎，佑甫系布婿父，与布为儿女亲家。京遂乘隙入奏道："爵禄乃是公器，奈何使宰相私给亲家？"语什中听。布忿然道："京与卞系是兄弟，如何亦得同朝？佑甫虽系布亲家，但才足胜任，何妨荐举。"京冷笑道："恐未必有才呢。"布益怒道："京以小人心，度君子腹，怎见得佑甫无才呢？"同一小人，何分彼此？说至此，声色俱厉。温益从旁叱布道："布在上前，怎得无礼？"布尚欲还叱温益，但见徽宗已面带愠色，拂袖退

朝，乃悻悻趋出。殿中侍御史钱通，即于次日呈入弹文，略
言：“曾布援元祐奸党，挤绍圣忠贤。”当有诏罢布为观文殿
大学士，出知润州。布初由王安石荐引，阿附安石，胁制廷
臣，至哲宗亲政，始助章惇。继排章惇；徽宗嗣立，章惇被
逐，布为右揆，欲并行元祐、绍圣诸政，乃逐蔡京。嗣与韩忠
彦有隙，又引京自助，至是终为京所排，落职出外。时人谓杨
三变后，无过曾布。看官道杨三变为何人？就是前文所叙的杨
畏。畏在元丰间，附安石等，元祐间，附吕大防等，绍圣间，
附章惇等，后被谏官孙谔所劾，号他为杨三变，出知虢州。插
入杨畏，补上文所未逮。布始终奸邪，机变益多，且曾居宰辅，
比杨三变尤为厉害，《宋史》编入奸臣传，与二惇、二蔡并
列，也算是名不虚传呢。力斥奸邪。

　　布既被斥，蔡京当然入相，即受命为尚书左仆射，兼中书
侍郎。京入谢，徽宗赐坐延和殿，并面谕道：“神宗创法立
制，先帝继志述事，中遇两变，国是未定，朕欲上述父兄遗
志，卿将何以教朕？”教你亡国何如？京避座顿首道：“敢不尽
死。”京既得志，遂禁用元祐法，复绍圣役法，仿熙宁条例司
故事，就在都省置讲议司，自为提举讲议，引用私党吴居厚、
王汉之等十余人为僚属，调赵挺之为尚书左丞，张商英为尚书
右丞。凡一切端人正士及与京异志，概目为元祐党人，尽行贬
斥。就是元符末年疏驳绍述等人，亦均称为奸党，一律镌名刻
石，立碑端礼门。这碑叫作“党人碑”，内列一百二十人，乃
是蔡京请徽宗御书，照刊石上。姓名列下：

司马光	文彦博	吕公著	吕公亮	吕大防	刘　挚
范纯仁	韩忠彦	王　珪	梁　焘	王岩叟	王　存
郑　雍	傅尧俞	赵　瞻	韩　维	孙　固	范百禄
胡宗愈	李清臣	苏　辙	刘奉世	范纯礼	安　焘

陆　佃　上列为曾任宰执以下等官

苏　轼　范祖禹　王钦臣　姚　勔　顾　临　赵君锡
马　默　王　蚡　孔文仲　孔武仲　朱光庭　孙　觉
吴安持　钱　勰　李之纯　赵彦若　赵　卨　孙　升
李　用　刘安世　韩　川　吕希纯　曾　肇　王　觌
范纯粹　王　畏　吕　陶　王　古　陈次升　丰　稷
谢文瓘　鲜于侁　贾　易　邹　浩　张舜民

上列为待制以上等官

程　颐　谢良佐　吕希哲　吕希绩　晁补之　黄庭坚
毕仲游　常安民　孔平仲　司马康　吴诗安　张　来
欧阳棐　陈　瓘　郑　侠　秦　观　徐　常　汤　馘
杜　纯　宋保国　刘唐老　黄　隐　王　巩　张保源
汪　衍　余　爽　常　立　唐义问　余　卞　李格非
商　倚　张庭坚　李　祉　陈　祐　任伯雨　朱光裔
陈　郛　苏　嘉　龚　夬　欧阳中立　吴　俦
吕仲甫　刘当时　马　琮　陈　彦　刘　昱　鲁君贶

韩　跂　上列为杂官

张士良　鲁　泰　赵　约　谭　裔　王　偶　陈　询
张　琳　裴彦臣　上列为内官

王献可　张　巽　李备胡　上列为武官

　　还有元符末，日食求言，当时应诏上书，不下数百本，由
蔡京及私党检阅，定为正上、正中、正下三等，邪上、邪中、
邪下三等。于是钟世美以下四十一人为正等，尽加旌擢，范柔
中以下五百余人为邪等，降责有差，且降责人不得同州居住。
比章惇执政时，还要厉害。从此小人道长，君子道消。昌州判官
冯澥窥伺朝旨，竟越俎上书，谓元祐皇后不当复位，这一书正
中蔡京心怀，他本由童贯贿赂宫中，密结刘后心腹，互为称

扬，因得进用，孟后复位，刘后很是不快，内侍郝随等更滋疑惧，此次乘蔡京执政，重复哲宗旧规，遂暗托京再废孟后。京以事关重大，一时也不便发言，只好待机而动。凑巧冯澥呈上此议，即面请徽宗，乞交辅臣台官复奏。看官！试想这时候的辅臣台官，多半是蔡京爪牙，哪个不顺从京意？当下由御史中丞钱遹、殿中侍御史石豫、左肤等奏称"韩忠彦等复瑶华废后，掠流俗虚美，物议本已沸腾，今至疏远小臣亦效忠上书，天下公议，可想而知，望询考大臣，断以大义，勿为俗议所牵，致累圣朝"等语。说不出孟后坏处，乃反谓有累圣朝，试问为何事致累耶？蔡京遂邀集许将、温益、赵挺之、张商英数人联衔上疏，大旨如钱遹等言。徽宗本不欲再废孟后，因被蔡京等胁迫，没奈何依议施行，撤销元祐皇后名号，再遣孟氏出居瑶华宫，且降韩忠彦、曾布官，追贬李清臣为雷州司户参军，黄履为祁州团练副使，安置翰林学士曾肇、御史中丞丰稷、谏官陈瓘、龚夬等十七人于远州。因他同议复后，所以连坐。擢冯澥为鸿胪寺主簿。

刘皇后私恨邹浩，复嘱郝随密语蔡京，令罪邹浩。浩自徽宗初召还，诏令入对，徽宗问谏立后事，奖叹再三，嗣复询谏草何在？浩答言："已经焚去。"及浩退朝，转告陈瓘。瓘惊语道："君奈何答称焚去，倘他时查问有司，奸人从中舞弊，伪造一缄，那时无从辨冤，恐君反因此得祸了。"瓘有先见之明。浩至此亦自悔失言，但已不及挽回，只好听天由命。蔡京受刘后密嘱，即令私党捏造浩疏，内有"刘后夺卓氏子，杀母取儿，人可欺，天不可欺"等语，因入呈徽宗，斥他诬蔑刘后并及先帝。徽宗即视作真本，暴邹浩罪，立窜昭州。追册刘后子茂为太子，予谥"献愍"，并尊元符皇后刘氏为皇太后，奉居崇恩宫。

蔡京弟卞，以资政殿学士，擢知枢密院事。二蔡同握大权，黜陟予夺，任所欲为，复追论任伯雨等罪状，安置伯雨于昌化军，陈祐徙连州，龚夬徙化州，陈次升徙循州，陈师锡徙郴州，陈瓘徙澧州，李深徙复州，江公望徙安南军，常安民徙温州，张舜民徙商州，马涓徙吉州，丰稷徙台州，张庭坚亦编管象州。赵挺之升中书侍郎，张商英、吴居厚为尚书左右丞，安惇复入副枢密院。既而商英与京议不合，为京所嫉，罢知亳州，排入元祐党籍。商英得入元祐党，恐英以为辱，我以为荣。京又自书党人姓名，分布郡县。统令刻石。有长安石工安民充刻字役，辞不承差。府官问他情由。安民道："小民什愚，本识立碑的命意，但如司马相公，海内统称为正直，今乃指为首奸，令小民无从索解，所以不忍镌刻呢。"是乃所谓天下公议。府官怒叱道："你晓得什么？朝廷有命，我等且不敢违，你既为石工，应该充役，难道敢违反朝廷么？"说至此，即旁顾皂役，命取大杖过来。安民泣禀道："被役不敢辞，但小民的姓名，乞免镌石末。"府官又叱道："你的姓名，有什么用处？哪个要你镌入？"安民乃勉强遵刻，工竣，痛哭而去。天下之良工也。

京乃更盐钞法，铸当十大钱，令天下坑冶金银，悉输内藏，创置京都大军器所，聚敛以示富，耀兵以夸武，遂又荐王厚、高永年为边帅，谋复湟、鄯、廓三州。自陇拶兄弟，沐赐姓名，分辖青唐、邈川等地，尚称恭顺，应前回。惟溪巴温子溪赊罗撒，一译作希卜萨罗桑。席权怙势，诱结羌众，胁逼陇拶。陇拶奔避河南。辖征也不自安，表求内徙，有诏令入居邓州。羌人多罗巴一译作都尔本。遂拥溪赊罗撒为主，号令诸部，蟠踞西蕃。蔡京正欲假功张威，即上言："王厚本有将才，前因韩忠彦等甘弃湟州，冤诬王厚，因致落职，今宜还他原秩，令复故地。还有河东蕃官高永年，足为副将，请一并录用，定卜成功。"徽宗准奏，当命王厚安抚洮西，合兵十万，指日西征。京又保举内客省使童贯，说他尝使陕右，熟悉五路事宜，及诸将能否，乞仿前朝用李宪故事，饬令监军。徽宗亦即照允，诏令童贯出监洮西军务。贯拜命就道，耀武扬威的到了湟州。王厚、高永年已调集边兵，待童贯出发，贯与王厚等会晤，遂定期出师。适禁中太乙宫失火，徽宗恐天象告警，不应用兵，即下手札止贯，飞驿递去。贯接阅后，遽纳靴中，王厚在旁问故。贯微笑道："没什要事，不过促使成功呢。"*此即宦官擅权之渐。*厚乃率军西行，途次闻多罗巴大集众羌，据险固守，遂与高永年定议，佯命驻兵中途，自偕永年带着轻骑，从间道驰入。适遇多罗巴三子各踞要害，被王厚、高永年两路杀进，猝不及防，三子中死了二人，惟少子阿蒙带箭而逃，还亏多罗巴来援，随与俱遁。厚遂进拔湟州，驰报捷音。

徽宗大喜，进蔡京官三等，蔡卞以下二等恩赏，追论前时弃湟州罪，贬韩忠彦为磁州团练副使，安焘为祁州团练副使，曾布为贺州别驾，范纯礼为静江军节度副使，夺蒋之奇三秩，凡曾经预议等人，俱贬黜有差。一面令熙河、兰会诸路，宣布德音，再饬王厚督大军西进。厚分军为三，命高永年将左军，别将张诚将右军，自将中军，三路并发，约会宗噶尔川。群羌列阵拒战，背临宗水，面倚北山，气势颇盛。溪赊罗撒登高指挥，居然张黄屋，建大旆，威风凛凛，单望着中军旗鼓，麾众冲来。厚号令军中，不得妄动，只准用强弓迭射，拒住羌人。羌人三进三退，锐气渐衰。厚乃潜率轻骑，从山北杀上，攻击溪赊罗撒背后。溪赊罗撒见部众不能取胜，正在心焦，拟驱马下山亲攻宋营，不防宋军从山后杀到，大呼羌酋速来受死，谷声震应，聚成一片。溪赊罗撒不知有若干人马，惊得手足无措，慌忙逃窜。羌众见主子骇奔，也即一哄而走，渡水逃生。张诚也带领右军，越川奋击，可巧天起大风，飞沙走石，宋军顺风追赶，羌众欲回头迎敌，扑面都是沙泥，连两目都被迷住，不能开眼，只好四散奔逃。厚与永年，驱兵芟薙，斩首四千三百余级，俘三千余人，溪赊罗撒单骑窜去。厚拟乘夜穷追，童贯以为不能及，乃收军扎营。次日进薄鄯州，溪赊罗撒知不可守，复孑身远逸。其母龟慈公主带着诸酋开城迎降。厚再率大兵趋廓州，羌酋落施军令结一译作喇什钧棱节。亦率众投诚。于是鄯、湟、廓三州一并克复。

捷书迭达都中，蔡京率百官入贺，当由徽宗下诏赏功，授蔡京为司空，晋封嘉国公，童贯为景福殿使，兼襄州观察使，王厚为武胜军节度观察留后，高永年、张诚等亦进秩有差。送陇栲至京师，封安化郡王。

京自恃有功，越觉趾高气扬，罢讲议司，令天下有事，直达尚书省。旧有讲议官属，依制置三司条例司旧例，尽行迁官。自张康国以下，得官几四十人。可以专断，无烦讲议。毁景灵宫内司马光等绘像，禁行三苏及范祖禹、黄庭坚、秦观等文集，另图熙宁、元丰功臣于显谟阁。且就都城南大筑学宫，列屋千八百七十二楹，赐名辟雍，广储学士，研究王氏《经义字说》。辟雍中供俸孔孟诸图像，以王安石配享孔子，位次孟轲下。重籍邪党姓名，得三百有九人，刻石朝堂。许将稍有异议，即由京嘱使中丞朱谔劾将首鼠两端，罢知河南府。擢赵挺之、吴居厚为门下中书侍郎，张康国、邓洵武为尚书左右丞，召胡师文为户部侍郎，调陶节夫经制陕西、河东五路。师文系蔡京姻家，最工掊克，陶节夫系蔡京私党，本为鄜延总管，屡在无关紧要的地方增筑堡寨，虚报经费，所有中饱，悉赂蔡京，因得入任枢密直学士，至是又出任五路经略，统是蔡京一手提拔。节夫遂诱致土蕃，贿令纳土，得邦、叠、潘三州，只报称远人怀德，奉土归诚。奏中极力誉京，益坚徽宗信任。京又欲用童贯为熙河、兰湟、秦凤路制置使，令图西夏，盈庭都是京党，当然不敢异词。偏乃弟蔡卞，谓用宦官守疆，必误边计，京竟诋卞怀私，卞即求去，遂出知河南府。兄弟间犹相冲突，况在他人？

卞娶王安石女为妇，号为七夫人，颇知书能诗。卞入朝议政，必先受教闺中，因此僚属尝互相嘲谑道："今日奉行各事，想就是床笫余谈呢。"既已知之，何乃无耻？及入知枢密院事，家中设宴张乐，伶人竟扬言道："右丞今日大拜，都是夫人裙带。"卞明有所闻，不敢诘责伶人。平居出入兄门，归家时或述兄功德，七夫人冷笑道："你兄比你晚达。今位出你上，你反向他巴结，可羞不可羞呢？"为这一语，遂令卞与兄有嫌，所以二府政议，常有不合，至此终为兄所排，出调外任。小子有诗叹道：

> 甘将骨肉作仇雠，构祸都因与妇谋。
> 天怒人愁多不畏，入闺只畏一娇羞。

卞既外调，童贯遂出任经略，又要与西夏开衅了。欲知后事，试看后文。

王安石之后有章惇，章惇之后有蔡京，所谓一蟹不如一蟹，宋室元气，能经几回断丧耶？党人碑之立，如石工安民，犹不忍刻君实名，京犹人耳，胡必排斥旧臣，作一网打尽之计？彼以为专擅大权，无人掣肘，可以任所欲为，不知人之云亡，邦国珍瘁，国已亡矣，京能独存乎？或谓鄯、湟、廓三州之克复，实自京造成之，夫取其人不足以为民，得其地不足以为利，徒自劳师，已属无谓，况以六军之血战，为权佞之荣身，京得封公拜爵，而孤人子，寡人妻，布莫倾筋，哭望天涯者，已不知凡几矣。且自河湟幸胜，狃于用兵，卒酿成异日辽、夏之祸，所得者一，所失者十，小人之不可与议国是也，固如此哉！

第五十回

应供奉朱勔承差　得奥援蔡京复相

　　却说童贯由蔡京保荐，任熙河、兰湟、秦凤路经略安抚制置使，阴图西夏。京复嘱令王厚，招诱夏卓罗右厢监军仁多保忠，令他内附。厚奉命招致，颇已说动保忠，奈保忠部下无人肯从，只好迁延过去。京再四促厚，厚据实报闻，哪知京反责厚延宕，定要限期成功。厚不得已遣弟赍书，往劝保忠，途次被夏人捉去，机谋遂泄。夏主因召还保忠。厚复报明情形，且言：“保忠即不遇害，亦必不能再领军政，就使脱身来降，不过得一匹夫，何益国事？”这数语是知难而退，得休便休。偏蔡京贪功性急，硬要王厚招致保忠，如若违命，当加重罪。正是强词夺理。一面饬令边吏，能招致夏人，不论首从，赏同斩级。于是夏国君臣，怒宋无理，遂号召兵民，入寇宋边。适辽遣成安公主嫁与夏主乾顺，乾顺恃与辽和亲，声言向辽乞援，并贻书宋使，争论曲直。童贯搁置不答，陶节夫且讨好蔡京，大加招诱，不惜金帛。徒以金帛动人，就使为所招诱，亦岂足恃？夏复上表婉请，并函诘节夫。节夫拒绝来使，反将夏国牧卒，杀死多名。夏人愤怒已极，遂简率万骑，入镇戎军，掠去数万口，一面与羌酋溪赊罗撒合兵逼宣威城。

　　时高永年正知鄯州，发兵驰援，行三十里，未见敌骑，天色将昏，乃择地扎营，安食而寝。到了夜半时候，蓦闻胡哨齐鸣，羌兵大至。高永年惊起帐中，正拟勒兵抵敌，不防羌众前后杀入，顿将营寨攻破，宋军大溃。永年手下亲兵亦不顾主将，纷纷乱窜，那时永年惊惶失措，突被一槊刺来，不及闪避，竟刺中左胁，晕倒地上，羌众将他擒去。至永年醒来，已身在虏帐中。但见一酋高坐上面，语左右道："这人杀我子，夺我国，令我宗族失散，居无定所。老天有眼，俾我擒住，我将吃他心肝，借消前恨。"说至此，即起身下座，拔出佩刀，对着永年胸膛，猛力戳入，再将刀上下一划，鲜血直喷，横尸倒地。那羌酋即挽取心肝，和血而食。看官道这酋为谁？就是羌人多罗巴。多罗巴既杀死高永年，遂拥众尽毁大通河桥，湟、鄯大震。

徽宗闻报，不觉大怒，是蔡京叫了他来，何必动怒？亲书五路将帅刘仲武等十八人姓名，敕御史侯蒙往秦州逮治。蒙至秦州，刘仲武等囚服听命，蒙与语道："君等统是侯伯，无庸辱身狱吏，但据实陈明，蒙当为君等设法挽回。"仲武等乃一一实告，蒙即奏乞敕罪，内有数语，最足动人。略云：

> 汉武帝杀王恢，不如秦穆公赦孟明，子玉缢而晋侯喜，孔明亡而蜀国轻，今杀吾一都护，而使十八将由之以死，是自戕其肢体也，欲身不病得乎？

徽宗览这数语，也觉有所感悟，遂释罪不治。惟王厚坐罪逗留，贬为郢州防御使。

未几，夏人复入寇，为鄜延将刘延庆所败，才行退军。自是边境连兵，数年不息，蔡京反得进尚书左仆射，兼门下侍郎，用赵挺之为尚书右仆射，兼中书侍郎。挺之与京比肩，遂欲与京争权，屡次入白，陈京奸恶。京方得徽宗宠任，怎肯信及挺之？挺之上章求去，因即罢免。京仍得独相，居然欲效法周公，制礼作乐，粉饰承平，置礼制局，命给事中刘昺为总领，编成五礼新仪，订新乐章，命方士魏汉津为总司，定黄钟律，作大晟乐，又创制九鼎，奉安九成宫。蔡京为定鼎礼仪使，导徽宗亲至鼎旁，行酌献礼，鼎各一殿，四周环筑垣墙，安设中央曰帝鼎，北曰宝鼎，东曰牡鼎，东北曰苍鼎，东南曰冈鼎，南曰彤鼎，西南曰阜鼎，西曰晶鼎，西北曰魁鼎。徽宗一一酌献，挨次至北方宝鼎，酌酒方毕，忽听得一声爆响，不由的吓了一跳。此时幸无炸弹，否则必疑为鼎中藏弹了。及仔细审视，鼎竟破裂，所酌的酒醴，竟汩汩的流溢出来，大家都惊异不置。徽宗也扫兴而归。时人多半推测，谓为北方将乱的预兆，这也似隐关定数呢。蔡京一意导谀，反说是北鼎破碎，系主辽邦分裂，与宋无关，且藉此可收复北方，亦未可知。引得徽宗皇帝转惊为喜，亲御大庆殿，受百官朝贺。赐魏汉津号虚和冲显宝应先生。未几，汉津病死，追封嘉成侯，诏就铸鼎地方作宝成宫，置殿祀黄帝、夏禹、周成王、周公旦、召公奭，置堂祀唐李良及魏汉津。

自九鼎告成，徽宗心渐侈汰，由逸生骄。某日，召辅臣入宴，令内侍出玉盏玉卮，指示群臣道："朕欲用此物，恐言路又要喧哗，说朕太奢。"蔡京起奏道："臣前时奉使北朝，辽主尝持玉盘玉卮，向臣夸示，谓此系石晋时物，恐南朝未必有此，臣想番廷尚挟此居奇，难道我堂堂中国，反不及他么？但因陛下素怀俭德，不敢率陈，今既得此佳制，正好奉觞上寿，哪个敢说是不宜用呢？"徽宗道："先帝作一小台，言官已连章奏阻，朕早制就此器，正恐人言复兴，所以不便轻示。"徽宗尚知顾忌。京又答道："事苟当理，何畏人言？古人说得好：'惟辟作福，惟辟作威，惟辟玉食。'陛下富有四海，正当玉食万方，区区酒器，何足介怀？"逢君之恶，其罪大。徽宗闻言，不禁喜逐颜开，心满意足，至兴酣宴罢，群臣皆散，独留京商议多时，京始退出。

越宿即传出中旨，命朱勔领苏、杭应奉局，及花石纲于苏州。先是蔡京过苏，拟修建僧寺，务求壮观，预估材料，价约巨万。京不虑乏财，但虑无人督造，适寺僧保荐一人，姓朱名冲，乃是本郡人氏，京即令僧召至，与冲面商。冲一力担承，才阅数日，即请京诣寺度地。京偕冲到寺，但见两庑堆积大木，差不多有数千章。京已觉惊异，及经营裁度，所言统如京意。京极口奖许，即命监造。冲有子名勔，干练不亚乃父，父子一同督理，匝月即成。京往寺游览，果然规模闳丽，金碧辉煌，乃复温言褒赏，令朱冲父子，随同入都。当下替他设法，将他父子姓名，列入童贯军籍中，只说是积有军功，应给官阶。这是官场通弊。自是朱冲父子，居然紫袍金带，做起官来。好运气。

徽宗性好珍玩，尤喜花石，京令冲采取苏、杭珍异，随时进献。第一次觅得黄杨三本，高可八九尺，确是罕见奇品，献入后大得睿赏。嗣后逐件献入，无物不奇，徽宗更觉心欢。至是蔡京遂密保朱勔，令在苏州设一应奉局，专办花石，号为"花石纲"。勔既得此美差，内帑由他使用，每一领取，辄数十百万，于是搜岩剔薮，索隐穷幽，凡寻常士庶家，间有一木一石，稍堪玩赏，即令健卒入内，用黄封表识，指为贡品，令该家小心护视，静待搬运，稍一不谨，便加以大不敬罪。到了发运的时候，必撤屋毁墙，辟一康庄大道，恭异而出。士庶偶有异言，鞭笞交下，惨无天日。因此民家得一异物，共指为不祥，相率毁去。不幸漏泄风声，为所侦悉，往往中家破产，穷民至卖儿鬻女，供给所需。或既经毁去，被他察觉，又硬指他藏宝不献，勒令交出。可怜苏、杭人民，无端罹此督责，真是冤无从诉，苦不胜言。而且叱工驱役，掘山葊石，就使穷崖削壁，亦指使搬取，不得推诿，或在绝壑深渊，也百计采取，必得乃止。及运物载舟，无论商船市舶一经指定，不得有违。篙工柁师，倚势贪横，凌轹州县，道路侧目。朱勔假势作威，更了不得凶横。会从太湖取一巨石，高广俱约数丈，用大舟装运，水陆牵挽，凿城断桥，毁堤坼闸，历数月方达汴京。役夫劳敝，民田损害，几乎说不胜说。勔奏报中，反谓不劳民，不伤财，如此巨石，安抵都下，乃是川渎效灵，得此神捷，因此宫廷指为神运石。后来万岁山成，即将此石运竖山上，作为奇峰，下文再表。

且说赵挺之辞右相后，心恨蔡京不置，每与僚友往来，必谈蔡京过恶。户部尚书刘逵与挺之最称莫逆，尝言有日得志，必奏黜蔡京。崇宁五年，春正月，彗星出现西方，光长竟天。徽宗因星象告警，避殿损膳，挺之与吴居厚请下诏求言，当即降旨准奏，且擢居厚为门下侍郎，逵为中书侍郎，逵遂乞碎元祐党人碑，宽上书邪籍禁令。徽宗亦俯如所请，夜半遣黄门至朝堂，毁去碑石。次日蔡京入朝，见党碑被毁，即入问徽宗。徽宗道：“朕意宜从宽大，所以毁去此碑。”京厉声道：“碑可毁，名不可灭呢！”这一语声彻朝堂，朝臣都觉惊异，连徽宗亦向京一瞧，微露怒容。敢怒不敢言，亦觉可怜。既而退朝，不到半日，即呈入刘逵奏牍，极陈“蔡京专横，目无君父，党同伐异，陷害忠良，兴役扰民，损耗国帑，应亟加罢黜，安国定民”等语。徽宗览奏未决，嗣司天监奏称太白昼见，应加修省，乃赦一切党人，尽还所徙，暂罢崇宁诸法及诸州岁贡方物，并免蔡京为太乙宫使，留居京师。复用赵挺之为尚书右仆射，兼中书侍郎。挺之入对，徽宗道：“朕见蔡京所为，一如卿言，卿其尽心辅朕！”既知蔡京罪恶，何不罢黜他方？挺之顿首应命。自是与刘逵同心夹辅，凡蔡京所行悖理虐民的事情，稍稍改正，且劝徽宗罢兵息民。

一日，徽宗临朝谕大臣道：“朝廷不应与四夷生隙，衅端一开，兵连祸结，生民肝脑涂地，这岂是人主爱民至意？卿等如有所见，不妨直陈！"挺之接奏道："西夏交兵，已历数年，现在尚未告靖，不如许夏和成，得抒边衅。"徽宗点首道："卿且去妥议方法，待朕施行。"挺之退语同列道："皇上志在息兵，我辈应当将顺。"同列应声称是不过数人，余多从旁冷笑。看官不必细猜，便可知是蔡京旧党尚遍列朝班呢。挺之归，属刘逵补登奏疏，大旨是罢五路经制司，黜退陶节夫，开诚晓谕夏人等事。奏入后，大旨照准，徙陶节夫知洪州，遣使劝谕夏主，夏主也应允罢兵，仍修岁贡如初。

惟蔡京为刘逵所排，愤怨已极，必欲将逵除去，聊快私忿。当下与同党密商，御史余深、石公弼等道："上意方向用赵、刘，一时恐扳他不倒，须另行设法为是。"京便道："我意也是如此，现已设有一法，劳诸君为后劲，何如？"余深问是何计？京作鸱鹦笑道："由郑入手，由公等收场，赵、刘其如予何？"王莽学过此调，蔡公亦欲摹仿耶！余、石等已知京意，齐声赞成。揖别后，即分头安排，专待好音。

看官听着！这"由郑入手"一语，乃是隐指宫中的郑贵妃，及中书舍人兼直学士院的郑居中。郑贵妃系开封人，父名绅，曾为外官，绅女少入掖庭，侍钦圣向太后，秀外慧中，得列为押班。徽宗时为端王，每日问太后起居，必由押班代为传报。郑女善为周旋，能得人意，况兼她一貌如花，哪得不引动徽宗？虽无苟且情事，免不得目逗眉挑。至徽宗即位，向太后早窥破前踪。即将郑女赐给，尚有押班王氏，也一同赐与徽宗。徽宗得偿初愿，便封郑女为贤妃，王女为才人。郑氏知书识字，喜阅文史，章奏亦能自制，徽宗更爱她多才，格外嬖昵。王皇后素性谦退，因此郑氏得专房宠，晋封贵妃。《宋史·郑皇后传》有端谨名，故本书亦无什贬词。居中系郑贵妃疏族，自称为从兄弟，贵妃以母族平庸，亦欲倚居中为重，所以居中恃有内援，颇得徽宗信用。

蔡京运动内侍，令进言贵妃，请为关说，一面托郑居中乘间陈请。居中先使京党密为建白，大致为："蔡京改法统禀上意，未尝擅自私行，今一切罢去，恐非绍述私意。"徽宗虽未曾批答，但由郑贵妃从旁窥视，已觉三分许可。贵妃复替京疏通，淡淡数语，又挽回了五六分。于是居中从容入奏道："陛下即位以来，一切建树，统是学校礼乐、居养安济等法，上足利国，下足裕民，有什么逆天背人，反要更张，且加威谴呢？"徽宗霁颜道："卿言亦是。"居中乃退，出语礼部侍郎刘正夫。正夫也即请对，语与居中适合。徽宗遂疑及赵、刘，复欲用京。最后便是余、石两御史联衔劾逐，说他："专恣反复，陵蔑同列，引用邪党。"一道催命符，竟将刘逐驱逐，出知亳州。赵挺之亦罢为观文殿大学士祐神观使。再授蔡京尚书左仆射，兼门下侍郎。京请下诏改元，再行绍述。乃以崇宁六年，改为大观元年，所有崇宁诸法，继续施行。吴居厚与赵、刘同事，不能救正，亦连坐罢职。用何执中为中书侍郎，邓洵武、梁子美为尚书左右丞，三人俱系京党，自不消说。

郑居中因蔡京复相，多出己力，遂望京报德。京也替他打算，得任同知枢密院事。偏内侍黄经臣与居中有嫌，密告郑贵妃，谓："本朝外戚，从未预政，应以亲嫌为辞，借彰美德。"黄经臣想未得略，故有此语。郑贵妃时已贵重，不必倚赖居中，且想借此一请，更增主眷，也是良法。遂依经臣言谏阻。徽宗竟收回成命，改任居中为太乙宫使。居中再托京斡旋，京为上言："枢府掌兵，非三省执政，不必避亲。"政权不应畀外戚，兵权反可轻畀么？疏入不报。居中反疑京援己不力，遂有怨言。京也无可如何，只好装着不闻。徽宗恐不从京言，致忤京意，乃将京所爱宠的私人，擢为龙图阁学士，兼官侍读。

正是：

权奸计博君王宠，子弟同侪清要班。

究竟何人得邀擢用，且看下回便知。

人主之大患，曰喜谀，曰好侈，曰渔色，徽宗兼而有之。因喜谀而相蔡京，因好侈而用朱勔，因渔色而宠郑贵妃。蔡京大憨也，朱勔小丑也，郑贵妃虽有端谨之称，然观其援引蔡京，倚庇郑居中，亲信黄经臣，均无非为固宠起见，女子与小人为难养也，宣圣岂欺我哉？赵挺之、刘逵未尝不与邪党为缘，第争权夺利，致与京成嫌隙，崇宁诸法之暂罢，岂其本心，不过借此以倾京耳。然京之邪尤什于赵、刘，倏伏倏起，一进一退，爵禄为若辈播弄之具，国事能不大坏耶？而原其祸始，徽宗实尸之。徽宗若果贤明，宁有此事？读此回窃不禁为之三叹曰："为君难！"

第五十一回

巧排挤毒死辅臣　喜招徕载归异族

却说徽宗再相蔡京，复用京私亲为龙图阁学士，兼官侍读，看官道是何人？乃是京长子蔡攸。攸在元符中，曾派监在京裁造院，徽宗尚在端邸，每退朝遇攸，攸必下马拱立，当经端邸左右禀明系蔡京长子，徽宗嘉他有礼，记忆胸中。即位后，擢为鸿胪丞，赐进士出身，进授秘书郎，历官集贤殿修撰。此时复升任学士，父子专宠，势益薰人。攸毫无学术，唯采献花石禽鸟，取悦主心。京亦仍守故智，专以诱致蛮夷，捏造祥瑞，哄动徽宗侈心。边臣暗承京旨，或报称某蛮内附，或奏言某夷乞降，其实统是金钱买嘱，何曾是威德服人？还有什么黄河清，什么甘露降，什么祥云现，什么灵芝瑞谷，什么双头莲，什么连理木，什么牛生麒麟，禽产凤凰，外臣接连入奏，蔡京接连表贺。都是他一人主使。既而都水使者赵霆自黄河得一异龟，身有两首，赍呈宫廷，蔡京即入贺道："这是齐小白所谓象罔，见者主霸，臣敢为陛下贺。"齐小白所见，乃是委蛇，并非象罔，且徽宗已抚有中国，降而为霸，亦何足贺？徽宗方喜谕道："这也赖卿等辅导呢。"京拜谢而退。忽郑居中入奏道："物只一首，今忽有二，明是反常为妖，令人骇异。京乃称为瑞物，居心殆不可问呢！"一语已足。徽宗转喜为惊道："如卿言，乃是不祥之物。"说至此，即命内侍道，速将两首龟抛弃金明池，不要留置大内。内侍领旨，携龟自去。越日，竟降旨一道，命郑居中同知枢密院事。好官想到手了。蔡京闻悉情形，很是怏怏。

过了数月，又有人献上玉印，长约六寸，上有篆文，系是"承天福延万亿永无极"九字。龟不可欺，再用秦玺故智。徽宗赐名镇国宝，复选良工，另铸六印，仿合秦制天子六玺成数，与元符时所得秦玺，共称八宝。进蔡京为太尉。至大观二年元日，徽宗御大庆殿，祇受八宝，赦天下罪囚，文武进位一等。蔡京得晋爵太师，童贯竟加节度使，宣抚如故。未几，贯复奏克复洮州，诏授贯为检校司空。宦官得授使相，以此为始。又擢京私党林摅为中书侍郎，余深为尚书左丞。先是河南妖人张怀素自言能知未来事，与蔡京兄弟秘密交通。至怀素谋为不轨，事发被诛，狱连蔡京兄弟并及邓洵武诸人。洵武坐罪免官，蔡卞亦落职，京亦非常忧虑，亏得御史中丞及开封尹林摅同治是狱，替京掩覆，京乃免坐。由是京与余、林两人结为死友，极力援引，遂得辅政。

是时尚书左丞张康国已进知枢密院事，他本由蔡京荐引，不次超迁，及既任枢密，又与京互争权势，各分门户，有时入谒徽宗，免不得诋毁蔡京。徽宗也觉京骄横，密令康国监伺，且谕言："卿果尽力，当代京为相。"康国喜跃得很，日伺蔡京举动，稍有所闻，即行密报。翻手为云覆手雨，是小人常态。蔡京也已察悉，遂引吴执中为中丞，嘱令弹劾康国。哪知康国已得消息，竟尔先发制人，趁着徽宗视朝，亟趋入，跪奏道："执中今日入对，必替京论臣，臣情愿避位，免受京怨。"徽宗道："朕自有主张，卿毋多虑！"康国退值殿庐，执中果然进见，面陈康国过失。徽宗不待词毕，便怒目道："你敢受人唆使，来进谗言么？朕看你不配做中丞，与我滚出去罢！"执中撞了一鼻子灰，叩首退朝，面如土色。是夕，即有诏谴责执中，出知滁州。做蔡家狗应该如此。看官试想！这阴谋诡计的蔡京，遭此挫，怎肯干休？于是千方百计的谋害康国。康国恰也小心防备，无如明枪易躲，暗箭难防，就使凡百慎密，保不住有一疏。一日，康国入朝，退趋殿庐，不过饮茗一杯，俄觉腹中大痛，狂叫欲绝。不到半时，已是仰天吐舌，好似牛喘一般。殿庐直役的人，慌忙异他至待漏院，甫经入室，两眼一睁，顿觉呜呼哀哉，大命告终。廷臣闻康国暴死，料知中毒，但也不便明言。徽宗闻报，暗暗惊异，表面上只好照例优恤，追赠开府仪同三司，且给他一个美谥，叫作文简，算是了局。语带双敲，莫非讽刺。所有康国遗缺，即命郑居中代任，别用管师仁同知院事。

会集英殿庐唱贡士，当由中书侍郎林摅，传报姓名，贡士中有姓甄名盎，摅却读甄为烟，读盎为央。徽宗方御殿阅册，不禁笑语道："卿误认了。"摅尚以为是，并不谢过。字且未识，奈何入任中书？同列在旁匿笑，摅且抗声道："殿上怎得失仪！"大众闻了此言，很是不平，当由御史劾他寡学，并且倨傲不恭，失人臣礼。乃罢摅职，降为提举洞霄宫。用余深为中书侍郎，薛昂为尚书左丞。昂亦京党，举家不敢言京字，倘或误及，辄加笞责。昂自误说，即自批颊。京喜他恭顺，荐擢是职。惟郑居中既秉权枢府，与蔡京本有夙嫌，暗地里指使台谏陈京罪恶。中丞石公弼、殿中侍御史张克公等受居中嘱托，挨次劾京，连上数十本，尚未见报。又经居中卖通方士郭天信密陈日中有黑子，为宰辅欺君预兆，徽宗正宠信天信，不免惊心，乃罢京为太乙宫使，改封楚国公，朔望入朝。殿中侍御史洪彦升、毛注等申论京罪，请立遣出都。太学生陈朝老等又上阵京恶，共积十四款，由小子揭纲如下：

　　　　渎上帝　罔君父　结奥援　轻爵禄　广费用　变法度
妄制作

喜导谀　箝台谏　炽亲党　长奔竞　崇释老穷土木
矜远略

结末数语，是引用《左传》成文，有"投诸四裔，以御
魑魅"等词。徽宗只命京致仕，仍留京师，用何执中为尚书
左仆射，兼门下侍郎。陈朝老又上言执中才不胜任，徽宗不
从。到了大观四年夏季，彗星出现奎娄间、徽宗援照旧例，避
殿减膳，令侍从官直陈阙失。有名无实，终归无益。石公弼、毛
注等遂极论京罪，张克公说京不轨不忠，多至数十事，因贬京
为太子少保，出居杭州。余深失一党援，心不自安，亦上疏乞
罢，出知青州。

时张商英调知杭州，过阙赐对，语中颇不直蔡京，暗合帝
意，遂留居政府，命为中书侍郎。商英因将京时苛政奏改数
条，中外颇以为贤。徽宗遂进商英为尚书右仆射，可巧彗星隐
没，久旱逢雨，一班趋炎附热的狗官，称为天人相应，归功君
相，连徽宗亦欣慰异常，亲书"商霖"二字，作为赐品。传说
恐未必如此。商英益怀感激，大加改革，将蔡京所立诸法，次
第罢除，并劝徽宗节华侈，息土木，抑侥幸，一时推为至言。
为节取计，亦应嘉许。徽宗初什信任，后来觉得不什适意，渐渐
的讨厌起来。主德之替，即误于此。左仆射何执中本是蔡京同
党，所有一切主张概从京旧，偏商英硬来作梗，大违初心，遂
与郑居中互为勾结，想把商英推翻，便好由居中接任。且因王
皇后崩逝，已隔二年，王后崩逝，在大观二年秋季，此处乃是补笔。
眼见得中宫位置，是郑贵妃接替。居中与贵妃同宗，更多一重
希望，所以与执中联同一气，日攻商英短处。果然大观四年十
月，郑贵妃竟受册为后。居中以为时机已熟，稍稍着手，便好
将商英挤去，稳稳的做右相了。不料郑皇后密白徽宗言："外
戚不当预政，必欲用居中，宁可改任他职。"徽宗竟毅然下

诏，罢居中为观文殿大学士，以吴居厚知枢密院事。居中接诏
大惊，明知郑后恃宠沽名，因此改任，但为此一激，越觉迁怒
商英。先令言官劾他门下客唐庚，由提举京畿常平仓，窜知惠
州，再由中丞张克公劾奏商英与郭天信往来，致触动徽宗疑
忌，竟免商英职，出知河南府，寻复贬为崇信军节度使。天信
亦安置单州。原来徽宗在潜邸时，天信曾说他当居天位，嗣因
所言果验，因得上宠。此时恐商英亦有异征，为天信所赏识，
乃将他二人相继黜逐，免滋后患。其实统是辅臣争宠，巧为排
挤，有什么意外情事呢！商英免职，似不什惜，但何执中等且不若
商英，岂可可叹？

　　商英既去，何执中仍得专政，蔡京贻书执中，请他援引。
执中却也有意，但又恐蔡京入都，未免掣肘，因此踌躇未决。
可巧检校司空童贯奉命使辽，带了一个辽臣马植回至汴都，竟
将马植荐做大官，一面召还蔡京，复太师衔，做一个好帮手，
闹出那助金灭辽、引金亡宋的大把戏来。好笔仗。小子于辽邦
情事，已有好几回未曾谈及，此处接叙宋、辽交涉，理应补叙
略迹，以便前后接洽。

　　自神宗信王安石言，割新疆地七百里界辽，辽人才无异
议。应四十回。辽主洪基有后萧氏，才貌超群，工诗文，好音
乐，颇得主宠。偏北院枢密使耶律乙辛一译作耶律伊逊。专权怙
势，忌后明敏，阴与宫婢单登等定谋，诬后与伶官赵惟一私
通。洪基不辨真伪，即将赵惟一系狱，嘱耶律乙辛审问。病鬼
碰着阎罗王，还有什么希望？三木交逼，屈打成招，当由乙辛
冤枉定谳，将惟一置诸极刑，连家族一并骈戮。那时害得这貌
赛西施、才侔道韫的萧皇后，不明不白，无处伸诉，只好解带
自经，死于非命。可怜可恫。萧后生子名浚，已立为太子，乙
辛恐他报复，密令私党萧霞抹一作萧萨满。进妹为后，谗间东
宫。洪基正在怀疑，那护卫耶律查刺查刺一译作扎拉。因乙辛嘱

委，诬告都官使耶律撒剌撒剌一译作萨喇。及忽古一译作和尔郭。等密谋废立。洪基又信为实事，废浚为庶人，徙锢上京。乙辛确是凶狠，待浚就道，竟遣力士行刺途中，可怜浚与妃子萧氏同被杀死。浚子延禧未曾随徙，幼育宫中，乙辛又欲谋害，亏得宣徽使萧兀纳、一作乌纳。夷离毕、一作伊勒希巴。萧陶愧愧一作海。等密谏洪基，请保护皇孙，为他日立嫡地步。洪基犹豫未决，会出猎黑山，见扈从官属多随乙辛马后，方有些猜忌起来，遂改任乙辛知南院大王事。乙辛入谢，洪基即令出居兴中府，并逐乙辛余党，追谥萧后为宣懿皇后，浚为昭怀太子，封延禧为梁王。延禧年仅六岁，洪基令甲士为卫，格外保育。后来闻乙辛私鬻禁物，擅藏兵甲，即将他削职幽禁，已而伏诛。

徽宗元年，辽主洪基病死，孙延禧嗣立，自称为天祚帝，与宋仍修旧好。延禧时已逾冠，在位荒淫，不问国事。东北有女真部，乘机崛起，势焰日张。女真旧为靺鞨，属通古斯族，世居混同江东部，素为小夷，与中国不通闻问。唐开元中，部酋始通译入朝，拜为勃利州刺史。五季时，始称女真。辽兴北方，威行朔漠，女真已分南北两部，南部属辽，称熟女真，北部不为辽属，号生女真。生女真中有完颜部酋长名乌古乃，一作乌古鼐。雄鸷过人，役属附近部落，辽欲从事羁縻，命为生女真节度使。自是始置官属，修弓矢，备器械，渐致盛强。乌古乃死，子劾里钵嗣。劾里钵一译作合理博。劾里钵死，弟颇剌淑嗣。颇剌淑一译作蒲拉舒。颇剌淑复传弟盈哥。一译作盈格。盈哥勇武，兼得兄子阿骨打一译作阿骨达，系乌古乃次子。为辅，威声渐震。徽宗崇宁元年，辽将萧海里一译哈里。谋叛，亡入女真阿典部。阿典一译作阿克占。遣族人斡达剌一译作乌达喇。往见盈哥，约同举兵。盈哥不从，竟将斡达剌囚住，转报辽主。辽主延禧已遣兵追捕海里，因接盈哥来使，遂命他夹攻，勿得纵逸。盈哥乃募兵千余人，率同阿骨打，进击海里，既至阿典部，见海里正与辽兵交战，辽兵纷纷退后，势将败走。盈哥遂语阿骨打道："辽称大国，为何兵士这般无用？"见笑大方。阿骨打答道："不若令他退兵，我看取海里首如囊中物，让我去打一仗罢！"盈哥乃登高呼道："辽兵且退，待我军独擒海里。"辽兵正苦不能支，蓦闻有人呼退，当即勒兵却回。阿骨打即麾众上前，一场厮杀，把海里部下打得七颠八倒。海里见不可敌，策马返奔，哪知背后一声箭响，急欲闪避，已经中颈，当时忍不住痛，翻身落马。部下正想趋救，但见一大将跃马过来，左手执弓，右手舞刀，刀光闪闪生芒，哪个还敢近前？大将不慌不忙，跳下了马，把海里一刀两段，割取首级，上马自去。看官不必细问，便可知是阿骨打。笔亦有芒。阿骨打既杀死海里，余众自然溃散，当由盈哥函海里首，献与辽主。辽主大喜，赏赉从优。但辽兵疲弱的情形，已被女真瞧破机关，看得不值一战了。

　　未几盈哥又死，兄子乌雅束继立，乌雅束一作乌雅舒，系乌古乃长子。东和高丽，北收诸部，渐有与辽争衡的状态。童贯镇西已久，稍稍得志西羌，遂以为辽亦可图，因表请愿为辽使，借觇虚实。时徽宗又改元政和，正想出点风头，点缀国庆，便遣端明殿学士郑允中充贺辽主生辰使，童贯为副。两使道出芦沟，遇着辽人马植，自言曾为光禄卿，因见辽势将亡，不得不去逆效顺。甘背祖国，其心可知。贯与语大悦，至入贺礼毕，即栽植俱归，令易姓名为李良嗣，登诸荐书。植本辽国大族，确是做过光禄卿，不过由他品行卑污，且有内乱情事，因此不齿人类。贯视为奇才，即令他献灭燕策略。谓："辽主荒淫失道，女真恨辽人切骨，若天朝自莱登涉海，结好女真，与约攻辽，不怕辽不灭亡。"徽宗令辅臣会议，有反对的，有赞同的，彼此相持不决。乃复召植入朝，由徽宗亲询方略。植对道："辽国必亡，陛下若代天谴责，以治攻乱，眼见得王师一出，辽人必壶浆来迎，既可拯辽民困苦，又可复中国旧疆，此机一失，恐女真得志，先行入辽，情势便与今不同了。"徽宗很是心欢，即面授秘书丞，赐姓赵氏，都人因呼他为赵良嗣。未几又擢为右文殿修撰，浸加宠眷。小子有诗叹道：

> 无端引得敌臣来，异类宁皆杞梓材。
> 莫道图燕奇策在，须知肇祸已成胎。

良嗣既用，蔡京复来，宋廷又闹个不休，容小子至下回陈明。

徽宗即位以后，所用宰辅，除韩忠彦外，无一非小人。蔡京固小人之尤者也，何执中、张康国、郑居中，张商英等皆京之具体耳。何执中始终善京，固不必说，张康国、郑居中、张商英三人始而附京，继而攻京，附京者为干禄计，攻京者亦曷尝不为干禄计耶？小人不能容君子，并且不能容小人，利欲之心一胜，虽属同类，亦必排击之而后快。徽宗忽信忽疑，正中小人揣摩之术，彼消则此长，彼长则此消，同室操戈，而国是已不可复问矣。童贯以刑余腐竖，居然授之节钺，厕列三公，艺祖以来，宁有是例？彼方沾沾然狃于小捷，侈言图辽，而不齿人类之马植，遂得幸进宋廷，夤缘求合。试思小人且不能容小人，而岂能用君子耶？公相有蔡京，媪相有童贯，虽欲不亡，宁可得哉？

第五十二回

信道教诡说遇天神　筑离宫微行探春色

　　却说童贯与蔡京本相友善，京得入相，半出贯力。至是贯自辽归朝，又为京极力帮忙，劝徽宗仍召京辅政。徽宗本是个随东到东、随西到西的人物，听童贯言，又记念蔡京的好处，当即遣使驰召。京趱程入都，徽宗闻京至都下，即日召对，并就内苑太清楼，特赐宴饮，仍复从前所给官爵，赐第京师。京再黜再进，越觉献媚工谀，无微不至。徽宗因大加宠眷，比前日尤为优待。且令京三日一至都堂，商议国政。京恐谏官复来攻击，特想出一法，所有密议，概请徽宗亲书诏命，称作御笔手诏。从前诏敕下颁，必先令中书门下议定，乃命学士草制，盖玺即行。至熙宁时，或有内降诏旨，不由中书门下共议，但亦由安石专权，从中代草。蔡京独请御笔，一经徽宗写定，立即特诏颁行，如有封驳等情，即坐他违制罪名。廷臣自是不敢置喙，后来至有不类御书，也只好奉行无违。炀蔽已极。贵戚近幸，又争仿所为，各去请求。徽宗日不暇给，竟令中书杨球代书，时人号为书杨。蔡京又复生悔，但已作法自毙，无从禁制了。

　　京又欲仿行古制，改置官名，以太师、太傅、太保，古称三公，不应称作三师，宜仍称三公，以真相论。司徒、司空，周时列入六卿，太尉乃秦时掌兵重官，并非三公，宜改置三少，称为少师、少傅、少保，以次相论。左右仆射，古无此名，应改称太宰、少宰，仍兼两省侍郎，罢尚书令，及文武勋官，以太尉冠武阶，改侍中为左辅，中书令为右弼，开封守臣为尹牧，府分六曹，士、户、仪、兵、刑、工。县分六案，内侍省识，悉仿机廷官号，称作某大夫。这一条想是由童贯主议。修六尚局，尚食、尚药、尚酝、尚衣、尚舍、尚辇。建三卫郎。亲卫、勋卫、翊卫。京任太师，总治三省事，童贯进职太尉，掌握军权。美人亦可教战，媪相应当典兵。追封王安石为舒王，安石子雱为临川伯，从祀孔庙。熙宁新法，一律施行。

京又恐徽宗性敏，或再烛察奸私，致遭贬斥，乃更想一蛊惑的方法，令徽宗堕入术中，愈溺愈迷。看官道是何术？乃是惝恍无凭的道教。是一件亡国祸阶，不得不特笔提出。自徽宗嗣统后，初宠郭天信，继信魏汉津，天信被斥，汉津老死，内廷儿无方士踪迹。可巧太仆卿王亶荐一术士王老志，有旨召他入京。老志，濮州人，事亲颇孝，初为小吏，不受赂遗，旋遇异人，自称为钟离先生，授丹服药，遂弃妻抛子，结庐田间，为人决休咎，语多奇中。至奉召入都，京即邀入私第，馆待什优。老志入对，呈上密书一函，徽宗启视，系客岁秋中，与乔、刘二妃燕好情词，不由的暗暗称奇，乃赐号洞微先生。老志谢退后，归至蔡第，朝士多往问吉凶，他却与作笔谈，辄不可解。大众似信非信，至日后，竟多奇验。于是其门似市。京恐蹈张商英覆辙，因与老志熟商，禁绝朝士往来，但令上结主知，便不负职。老志遂创制乾坤鉴赍献徽宗，谓帝后他日恐有大难，请时坐鉴下，静观内省，借弭灾变。又劝京急流勇退，毋恋权位，老志颇识玄机。京不能从。老志见时政日非，渐萌退志，留京一年，托言遇师谴责，不应溺身富贵，乃上书乞归。徽宗不许，他即生起病来，再三请去。至奉诏允准，便霍然起床，步行什健，即日出都，归濮而死。徽宗赐金赙葬，追赠正议大夫。

惟蔡京本意，欲借王老志蒙蔽主聪，偏老志独具见解，反将清心寡欲的宗旨，作为劝导，当然与京不合。京乃舍去王老志，别荐王仔昔。仔昔籍隶洪州，尝操儒业，自言曾遇许真人，即晋许逊。得大洞隐书豁落七元各法，出游嵩山，能道人未来事。京得诸传闻，遂列入荐牍。以人事君，果如是耶？徽宗又复召见，奏对称旨，赐号冲隐处士。会宫中因旱祷雨，遣小黄门索符，日或再至。仔昔与语，道今日皇上所祷，乃替爱妃求疗目疾，我且疗疾要紧，你可持符入呈。言至此，即用硃砂篆符，焚符入汤，令黄门持去，并语道："此汤洗目疾，可立愈。"黄门以未奉旨意，惧不敢受，仔昔笑道："如或皇上加责，有我仔昔坐罪，你何妨直达？"黄门乃持汤返报。徽宗道："朕早晨赴坛，曾为妃疾默祷求痊，仔昔何故得知？他既有此神奇，何妨一试。"遂命宠妃沃目。不消数刻，果见目翳尽撤，仍返秋眸。乃进封仔昔为通妙先生。想是学过祝由科，若知妃目疾，恐由内侍所传，揣摩适合耳。嗣是徽宗益信道教，便命在福宁殿东，创造玉清和阳宫，奉安道像，日夕顶礼。

政和三年长至节，祀天圜丘，用道士百人，执杖前导，命蔡攸为执绥官。车驾出南薰门，徽宗向东眺望，不觉大声称异。攸问道："陛下所见，是否为东方云气？"徽宗道："朕不特见有云气，且隐隐有楼台复杂，这是何故？"莫非做梦？攸即答道："待臣仔细看来。"言毕下车，即趋向东方，择一空旷所在，凝眺片刻，便回奏徽宗道："臣往玉津园东面，审视云物，果有楼殿台阁，隐隐护着，差不多有数里迤长，且皆去地数十丈，大约是上界仙府哩。"海市耶？蜃楼耶？徽宗道："有无人物？"攸即对道："有若干人物，或似道流，或似童子，统持幢幡节盖，出入云间，眉目尚历历可辨。想总由帝德格天，因有此神明下降呢。"满口说谎。徽宗大喜，待郊天礼毕，即以天神降临诏告百官，并就云气表见处建筑道宫，取名迎真，御制天真降灵示现记，刊碑勒石，竖立宫中，并敕求道教仙经于天下。越年，又创置道流官阶，有先生处士等名，秩比中大夫，下至将仕郎，凡二十六级。嗣复添设道官二十六等，有诸殿侍宸校籍授经等官衔，仿佛与待制修撰直阁相似。于是黄冠羽客相继引进，势且出朝臣上。王仔昔尤邀恩宠，什至由徽宗特命，在禁中建一圆象徽调阁，畀他居住。一班卑琐龌龊的官僚，常奔走伺候，托他代通关节，希附宠荣。

中丞王安中看不过去，上疏谏诤，略谓："自今以后，招延术士，当责所属切实具保，宣召出入，必察视行径，不得与臣庶交通。"结末，又言蔡京引用匪人，欺君害民数十事。徽宗颇为嘉纳。安中再疏京罪，徽宗只答了"知道"二字，已为蔡京伺觉，令子攸泣诉帝前，说是安中诬劾。徽宗乃迁安中为翰林学士。未几，又命为承旨。安中工骈文，妃黄俪白，无不相当，所以徽宗特别器重，不致远斥，且因此猜疑仔昔，渐与相疏。怎奈仔昔宠衰，又来了一个仔昔第二，比仔昔还要刁狡，竟擅宠了五六年。这人姓什名谁？乃是温州人氏林灵素。*道流也有兴替，无怪朝臣。*

灵素少入禅门，受师笞骂，苦不能堪，遂去为道士。善作妖幻，往来淮、泗间，尝丐食僧寺。寺僧复屡加白眼，以此灵素什嫉视僧徒。左阶道徐知常因王仔昔失宠，即荐灵素入朝。*知常前引蔡京，此时又荐林灵素，名为知常，实是败常。*至召对时，灵素便大言道："天有九霄，神霄最高。上帝总理九霄事务，以神霄为都阙，号称天府。所有下界圣主，多系上帝子姓临凡。现在上帝长子玉清王，降生南方，号称长生大帝君，就是陛下。次子号青华帝君，降生东方，摄领东北。陛下能体天行道，上帝自然眷顾，宁有亲为父子，不关痛痒么？"*一派胡言。*徽宗不觉惊喜道："这话可真么？"灵素道："臣怎敢欺诳陛下？陛下若非帝子降生，哪能贵为天子？就是臣今日得见陛下，亦有一脉相连，臣本仙府散卿，姓褚名慧，因陛下临凡御世，所以臣亦随降，来辅陛下宰治哩。"越发荒唐。徽宗闻了此言，即命灵素起身，赐令旁坐，又问答了一番。灵素自言，能呼风唤雨，驱鬼役神，徽宗大喜。会当盛暑，宫中奇热，徽宗出居水殿，尚苦炎燠，乃命灵素作法祈雨。灵素道："近日天意主旱，不能得雨，但陛下连日苦热，待臣往叩天阍，假一甘霖，为陛下暂时致凉罢。"徽宗道："先生既转凡胎，难道尚能升天么？"灵素道："体重不能上升，魂轻可以驾虚，臣自有法处置。"言已，即退入斋宫，小卧一时，复起身入奏道："四渎神祇，均奉上帝诰敕，一律封闭，唯黄河尚有路可通，但只可少借涓流，不能及远。"徽宗道："无论多少，能得微雨，也较为清凉呢。"灵素奉命，即在水殿门下，披发仗剑，望空拜祷，口中喃喃诵咒，左手五指捏诀，装作了一小时，果然黑云四集，蔽日成阴，他即向空撒手，但听得隆隆声响，阿香车疾驱而来。震雷甫应，大雨立施，约三五刻时候，雨即停止，依然云散天清，现出一轮红日。惟水殿中的炎热气，已减去一半。最可怪的是雨点降下，统是浊流，徽宗已是惊异。忽由中使入报，内门以外并无雨点，赫日自若。于是徽宗愈以为神，优加赏赉，赐号通真达灵先生。史称灵素识五雷法，大约祷雨一事，便用此诀。

　　先是徽宗无嗣，道士刘混康以法箓符水，出入禁中，尝言："京师西北隅，地势过低，如培筑少高，当得多男之喜。"徽宗乃命工筑运，叠起冈阜，高约数仞。未几，后宫嫔御，相继生男，皇后也生了一子一女。徽宗始信奉道教。蔡京乘势献媚，即阴嗾童贯、杨戬、贾详、何䜣、蓝从熙等中官导兴土木。土木神仙，本是相连。遂于政和四年，改筑延福宫，宫址在大内拱辰门外，由童贯等五人，分任工役，除旧增新。五人又各为制度，不相沿袭，你争奇，我斗巧，专务侈丽高广，不计工财。及建筑告竣，又把花石纲所办珍品，派布宫中。这宫由五人分造，当然分别五位，东西配大内，南北稍劣，东值景龙门，西抵天波门，殿阁亭台，连属不绝，凿池为海，引泉为湖，鹤庄鹿砦，及文禽、奇兽、孔雀、翡翠诸栅，数以千计，嘉蒀名木，类聚成英，怪石幽岩，穷工极胜，人巧几夺天工，尘境不殊仙阙。徽宗又自作《延福宫记》，镌碑留迹。后来又置村居野店，酒肆歌楼，每岁长至节后，纵民游观，昼悬彩，夕放灯，自东华门以北，并不禁夜。徙市民行铺，夹道傝居，花天酒地，一听自由。直至上元节后，方才停罢。寻又跨旧城修筑，布置与五位相同，号为延福第六位。复跨城外浚濠作二桥，桥下叠石为固，引舟相通。桥上人物不见桥下踪迹，名曰景龙江。夹江皆植奇花珍木，殿宇对峙，备极辉煌。徽宗政务余闲，辄往宫中游玩，仰眺俯瞩，均足赏心悦目，几不啻身入广寒，飘飘若仙，当下快慰异常，旁顾左右道："这是蔡太师爱朕，议筑此宫，童太尉等苦心构成，亦不为无功。古时秦始、隋炀盛夸建筑，就使繁丽逾恒，恐未必有此佳胜哩。"左右道："秦、隋皆亡国主，平时所爱，无非声色犬马，陛下鉴赏，乃是山林间弃物，无伤盛德，有益圣躬，岂秦、隋所可比拟？"一味逢君。徽宗道："朕亦常恐扰民，只因蔡太师查核库余，差不多有五六千万，所以朕命筑此宫，与民同乐呢。"哪知已为蔡太师所骗。左右又谀颂一番，引得徽宗神迷心荡，越入魔境。

看官听着！人主的侈心万不可纵，侈心一开，不是兴土木，就是好神仙，还有征歌选色等事，无不相随而起。徽宗宫中，除郑皇后素得帝宠外，有王贵妃，有乔贵妃，还有大小二刘贵妃，最邀宠幸，以下便是韦妃等人。二刘贵妃俱出单微，均以姿色得幸。大刘妃生子三人，曰棫，曰楧，曰榛，于政和三年病逝。徽宗伤感不已，竟仿温成后故事，温成事见仁宗时。

追册为后，谥曰明达。小刘妃本酒保家女，夤缘内侍，得入崇恩宫，充当侍役。崇恩宫系元符皇后所居，元符皇后刘氏自尊为太后后，见四十九回。常预外政，且有暧昧情事，为徽宗所闻，拟加废逐。诏命未下，先饬内侍诘责，刘氏羞忿不堪，竟就帘钩悬带，自缢而亡。孟后尚安居瑶华，刘氏已不得其死，可见前时夺嫡，何苦乃尔？此即销纳法。宫中所有使女，尽行放还。小刘妃不愿归去，寄居宦官何䜣家。可巧大刘妃逝世，徽宗失一宠嫔，抑郁寡欢。内侍杨戬欲解帝愁，盛称小刘美色不让大刘，可以移花接木。徽宗即命杨戬召入，美人有幸，得近龙颜，天子无愁，重谐凤侣。更兼这位小刘妃，天资警悟，善承意旨，一切妆抹尤能别出心裁，不同凡俗！每戴一冠，制一服，无不出人意表，精致绝伦。宫禁内外，竞相仿效。俗语说得好："酒不醉人人自醉，色不迷人人自迷。"况徽宗春秋鼎盛，善解温存，骤然得此尤物，比大刘妃还要慧艳，哪有不宠爱的情理？不到一两年，即由才人进位贵妃。嗣是六宫嫔御，罕得当夕，惟这小刘妃承欢侍宴，朝夕相亲，今日倒鸾，明日颠凤，一索再索三四索，竟得生下三男一女。名花结果，未免减芳，那徽宗已入魔乡，得陇又要望蜀。会值延福宫放灯，竟带着蔡攸、王黼及内侍数人，轻乘小辇，微服往游。寓目无非春色，触耳尽是欢声，草木向阳，烟云夹道。联步出东华门，但见百肆杂陈，万人骈集，闹盈盈的卷起红尘，声细细的传来歌管。徽宗东瞧西望，目不暇接，突听得窗帘一响，便举头仰顾，凑巧露出一个千娇百媚的俏脸儿来，顿令徽宗目眙神驰，禁不住一齐喝采。酷似一出《挑帘》。曾记得前人有集句一联，可以仿佛形容，联句云：

杨柳亭台凝晚翠，芙蓉帘幕扇秋红。

毕竟徽宗有何奇遇，且看下回便知。

王老志也，王仔昔也，林灵素也，三人本属同流，而优劣却自有别。老志所言，尚有特识，其讽徽宗也以自省，其劝蔡京也以急退，盖颇得老氏之真传，而不专以隐怪欺人者。迨托疾而去，翛然远引，盖尤有敝屣富贵之思焉。王仔昔则已出老志下矣，林灵素狡猾逾人，荒唐尤什。祷雨一事，虽若有验，然非小有异术，安能幸结主知？孔子谓攻乎异端，斯害也已，灵素固一异端也，奈何误信之乎？且自神仙之说进，而土木兴，土木之役繁，而声色即缘之以起。巫风、淫风、乱风，古人所谓三风者，无一可犯，一弊起而二弊必滋，此君子所以审慎先几也。